Die Königin vom Nil

COLIN FALCONER

DIE KÖNIGIN VOM NIL

Roman

Aus dem Englischen von Gabriele Weber-Jaric

WILHELM HEYNE VERLAG
MÜNCHEN

Umwelthinweis:
Dieses Buch wurde auf chlor- und säurefreiem Papier gedruckt.

Satz: Leingärtner, Nabburg
Druck und Bindung: Graphischer Großbetrieb Pößneck GmbH
Printed in Germany

ISBN 3-453-15996-9

Prolog

Dunkelheit, kaltes Gestein unter den Fingerkuppen; Schatten, die an den Wänden tanzen, Fackellicht, das im Zug der Schächte flackert. So kalt hier und so feucht wie der Tod. Es dauerte lange, bis sich ihre Augen an die Nacht gewöhnt hatten.

Sie hörte sie, bevor sie sie sah. Geschmeidiges Schlängeln, kalte, sich windende Körper, die sich verkrochen, um dem Lichtschein zu entfliehen. Sie konnte ihren Blick nicht abwenden, die Gliedmaßen gelähmt vom lauernden Grauen der Grube. Es waren ihrer Hunderte, unzählige Tode, mit Augen, die glitzerten wie Granatsplitter. Die Schergen des Henkers.

Sie erkannte die Viper, die Zunge erregt aus dem geschlitzten Maul schießend. Ihr Biß verursachte Qualen, die den ganzen Körper erfaßten. Häßliche feuerrote Flecken entstanden – und Schwellungen. Später übergab sich das Opfer, verlor die Kontrolle über Blase und Darm. Eine widerwärtige Form des Todes, jenen vorbehalten, die man im Sterben zweifach zu strafen gedachte.

Und dort, der lange, schlanke Körper gelbbraun gestreift, im Nacken die hutartige Verbreiterung, die Kobra, das heilige Symbol Oberägyptens, das königliche Sinnbild der Pharaonen und Ptolemaier. Die Griechen nannten sie Basilisk oder kleiner König. Im Buch der Toten war sie das Symbol ewigen Lebens.

Ihr Biß war tödlich, jedoch vergleichsweise schmerzlos. Schon nach kürzester Zeit wurden dem Opfer die Lider schwer. Man fiel in einen tiefen Schlaf, aus dem man nicht mehr erwachte. Die Giftzähne hinterließen zwei kleine Male; darüber hinaus wies der Körper keine Entstellungen auf, sondern beließ dem Sterbenden die Würde. Diesen Weg hatte man bei Berenike gewählt, der älteren Schwester, die sich gegen den Vater erhoben und die Hand nach dem Thron ausgestreckt hatte.

Jetzt kam der Vater mit dem Mund dicht an ihr Ohr. Sie spürte den borstigen Bart, der sie an der Wange kitzelte. »Das ist die Welt, die du geerbt hast«, flüsterte er. »Jeder Palast birgt Schlangen, doppelt so giftig wie diese. Diese Brut wird dein Leben begleiten. Wenn du überleben willst, mußt du lernen, ebenso wendig zu sein, mußt du dein Gift so schlau einsetzen wie sie und ebenso erbarmungslos zustoßen. Hast du das verstanden?«

»O ja«, antwortete Kleopatra.

Damals war sie zehn Jahre alt.

TEIL I

»Die vollkommenste aller Frauen, die je die Erde betraten,
die Weiblichste unter ihnen und die herrlichste der Königinnen.

Geschöpf der Anbetung, das Dichter nicht zu schmücken wissen;
Bild der Träumenden, am Ziel der Träume.«

Théophile Gautier, 1845

1

Der ägyptische Monat des Phamenoth im Jahre 51 vor Christi Geburt

Alexandria bei Ägypten

Ihr Vater, Ptolemaios XII., der Flötenspieler, der Bastard.

Als er starb, ließ er sie allein in nachtschwarzer Dunkelheit. Noch während er den letzten Atemzug tat, hörte sie das Schlängeln der kalten Körper, sah, wie sich die Giftzähne entblößten.

Sie stand an seinem Lager und betrachtete sein Gesicht. Die Augen waren geschlossen, auf den Lippen lag ein seliges Lächeln; der Abschied vom Leben war sanft gewesen. Er war ihr Vater, und dennoch war er es nicht. Die Haut so grau wie geschmolzenes Wachs, die Muskeln erlahmt, die vormals vertrauten Züge fremd.

Sie wartete darauf, daß der Schmerz einsetzte und die Tränen kamen. Doch alles, was sie spürte, war das Kribbeln im Bauch, der Kitzel der Furcht. Nun war sie auf sich gestellt. In den letzten Monaten hatte sie als Mitregentin fungiert, doch erst jetzt, nach seinem Dahinscheiden, begann das Leben, auf das er sie vorbereitet hatte.

Von diesem Tag an war sie für die Welt Kleopatra VII. Philopator; Königin der zwei Länder Ober- und Unterägypten, die Göttin, die den Vater liebte und das Land. In ihrem Herzen wußte sie jedoch, daß sie nichts dergleichen war. Sie war achtzehn Jahre alt, beinahe noch ein Mädchen, hatte keine Erfahrung, keinen Beistand, keine Freunde.

Hilf mir, wollte sie sagen. Ich bin noch nicht soweit. Aber er war von ihr gegangen; der Tod hatte ihn von der Last des Lebens und Herrschens befreit. Und auch ihr würde nur der Tod diese Art der Erlösung gewähren.

Als neuen Dionysos hatte er sich gefeiert, als Retter, der den Osten von der Tyrannei Roms befreien würde. Das bacchische Zeichen des Efeus war auf seinen Körper tätowiert, die dionysischen Riten des Weintrinkens, der Musik und der Ausschweifung waren ihm wohlvertraut. Man hatte ihn als Flötenspieler verspottet, wenn er der Trunkenheit erlag, oder Schweinehund gerufen und laut gelacht, wenn er sich mühte, die Römer aufzuhalten.

Und nun besaß sie sein Legat; die prächtige weiße Stadt, die Leuchtende Stadt, wie sie die Römer nannten. Alabasterpaläste mit schattigen Hainen, die im Glanz der Frühlingssonne schimmerten, sich hinabzogen bis zum Meer und sich in die sanften Buchten der Halbinsel Lochias schmiegten. Eine frische Brise, vollgesogen mit Seegeruch, bauschte die Seidenbehänge im Gemach des Vaters, tanzende Geister des letzten Banketts. Die Palastgebäude von Brucheion reichten bis an den Königlichen Hafen, unterbrochen vom hochgewölbten Damm des Heptastadions, der sie vom Hafen der Glücklichen Wiederkehr trennte, und vom dichten Mastenwald der Handelsschiffe, die eins neben dem anderen an den Kaimauern vertäut lagen. Alexandria bei Ägypten, wie die Römer sagten, einer der größten Häfen der Welt.

In den Lagerhäusern häufte sich der Reichtum Ägyptens und des Hinterlandes; Elfenbeintruhen türmten sich wie Zypressenstämme, Perlen, so achtlos in Jutesäcke gestopft, als handele es sich um Eicheln, Seiden- und Musselinballen waren zu waghalsiger Höhe gestapelt, neben Bergen aus Henna, Kardamom und Zimt.

Die erste Stadt der Welt, im Sinne von Bildung und Kultur. Die berühmte Bibliothek umfaßte über siebenhunderttausend *volumen* – zylindrische Schriftrollen mit Abhandlungen über Mathematik, Philosophie, Medizin, Astronomie, Anatomie und Geographie. Im Museion arbeiteten die namhaftesten Gelehrten der Erde, staatlich finanziert, Wissensquellen für das königliche Haus. In den Marmorhallen entstanden Siegesoden, medizinische Rezepturen und Kriegsmaschinen, ganz nach den Wünschen der Ptolemaier. Hier hatte Eratosthenes den Umfang der Erde berechnet, indem er die Länge der Schatten verglich, die sich bei Tagesmitte in Alexandria und Assuan erstreckten. Es war der Ort, wo Aristarchos bewies, daß die Erde die Sonne umkreiste, und wo Euklid, unter der Herrschaft der ersten Ptolemaier, seine mathematische Schule begründete.

Doch trotz dieses Ruhmes bedeutete Alexandria ein bitteres Erbe, denn es war ein Juwel, nach dem es die ganze Welt gelüstete.

Die Stadt war nach Alexander dem Großen benannt, der die Pharaonen vor drei Jahrhunderten besiegt und den Ptolemaiern die Macht über das Land verliehen hatte, dem eigenen Geschlecht griechischer Könige. Seine Nachfolger beherrschten die riesigen Landstriche, die er erobert hatte. Doch im Laufe der Jahrhunderte waren etliche Länder abgesplittert – Syrien, Kyrenaika, Zypern, das alles war verloren.

Das Mittelmeer wurde jetzt von Rom beherrscht. Wenn heute ein

Monarch, ein Satrap oder ein Fürst den Marschschritt der Legionärsstiefel vernahm, wußte er, daß die Volkszähler, die Steuereinnehmer, die Baumeister mit ihren Straßen- und Aquäduktplänen nicht mehr weit sein konnten und daß es nur noch eine Frage der Zeit war, bis die alten Traditionen und Kulturen gnadenlos untergepflügt würden. Die ganze Welt war im Begriff, zur römischen Provinz zu werden.

Nur Ägypten fehlte noch – das größte Handelszentrum der Welt, ein Land, dessen Basare und Warenlager überquollen von Elfenbein, Gewürzen, Getreide, Weinen und Kunstgegenständen. Und es gab keinen zweiten Alexander, der diese Fülle verteidigen konnte, sondern nur eine Meute von Piraten, entlaufenen Sklaven und Gesetzlosen, die man der Einfachheit halber als Armee bezeichnete. Regiert wurde das Land von einem Hof, der sich aus Griechen, Syrern und Judäern zusammensetzte, die ein Festmahl erst dann als gelungen bezeichneten, wenn sich die Gäste in Giftkrämpfen wanden. Die Stadtbevölkerung bestand aus aufbrausenden Griechen und Ägyptern, deren Treue dem eigenen Geldbeutel galt, und deren erste Reaktion angesichts einer Krise darin bestand, den Palast zu stürmen. Das Hinterland hingegen setzte sich aus ägyptischen Bauern zusammen, die Krokodile anbeteten und immer noch glaubten, die Pharaonen seien an der Macht.

Trotzdem liebte Kleopatra Ägypten, so wie es ihr Vater auch getan hatte. Philopatris, Philomatris – die, die den Vater liebt und das Land. Beides waren althergebrachte Titel, aber sie hatte sie zu den ihren erkoren – als ihre ureigensten Losungsworte.

Sie küßte zum letzten Mal die Hand des Flötenspielers und legte sie ihm auf die Brust zurück. Sie würde Ägypten erretten, so wie er es gewollt hatte, und sie würde Dionysos rächen. Jeden kleinen Scherz, den sie auf seine Kosten gemacht hatten, würden sie ihr bezahlen.

»Ich habe Befehl erteilt, den Leichnam zum Grabmal zu überführen«, ertönte eine Stimme. »Dort möge er ruhen, Seite an Seite mit seinen Vorfahren und Alexander.«

Kleopatra wandte sich um. Ein makedonischer Fettsack mit glänzenden Ringellöckchen, die dicken Finger überladen mit Ringen aus Lapislazuli und Karneol, und mit jener überheblichen Miene, die man als griechischer Minister offenbar zugleich mit der Amtstracht anlegte. Mitglied des Kronrats, einer der engsten Vertrauten ihres Vaters. Jetzt, nach dem Tod des Königs, ein gefährlicher Mann.

»Das zu befehlen steht mir zu, Pothinos.«

»Es schien mir lediglich das Ziemliche. Abgesehen davon wollte ich Eure Bürde erleichtern, in der Stunde des Schmerzes.«

»Daran habe ich keinen Zweifel.«

Der Flötenspieler hat recht gehabt. Das Klappern der Schlangen hat bereits eingesetzt, und diese hier ist dem Winterschlaf als erste entronnen. Sie erlassen Befehle, die ich nicht aufheben kann, um sich die ersten Machtbröckchen abzuknabbern, noch ehe mein Vater erkaltet ist. Meine Schonzeit ist von heute an beendet.

Die Mitglieder des Regentschaftsrats betraten einer nach dem anderen den Saal. Ihren kleinen Bruder Ptolemaios stießen sie vor sich her wie einen Gefangenen. Die Arme kaum dicker als Speerschäfte, eine unwirsche Miene. Ein übellauniger Bursche, dachte sie. Sie hatten ihm die *chlamys* des Mannes angelegt, obgleich er noch ein Junge war.

Wie soll ich mit ihm umgehen? Fraglos hat Pothinos ihm den Kopf mit Flausen gefüllt. Eines Tages, wenn er ein richtiger Mann ist, wird er nicht mehr mein Bruder sein, sondern mein Feind. Kleopatra deutete auf den vergoldeten Stuhl an ihrer Seite, so daß er sich gemeinsam mit ihr auf dem Thronsitz niederlassen konnte.

Der Regentschaftsrat nahm, etwas unterhalb von ihnen, auf einer reichverzierten Bank Platz. Als erster Pothinos, der Vorsitzende des Regentschaftsrats und offiziell Ptolemaios' Vormund. Dann Theodotos, Ptolemaios' Lehrer, ein weiterer Hofbeamter, dem sie erst trauen würde, wenn er tot wäre und sein Kopf den Fischen zum Fraß diente. Und Achillas, Ägypter und Hauptmann der Königlichen Wache – derzeit noch loyal. Auch Hephaestion, der amtierende oberste Minister, war anwesend. Seine Gegenwart hätte sie allein an dem Parfum erkannt, das er trug. Und natürlich ihre Schwester, Arsinoë. Erst fünfzehn Jahre alt, in Seide gehüllt, die glänzenden hellen Haare zu einem Knoten aufgesteckt; eine hochmütige, gefährliche Schönheit, bezaubernd und doch so berechnend und kalt. Zu guter Letzt der junge Antiochos, fast noch ein Kind, mit kurzer weißer Tunika, den immerwährenden Ausdruck bleicher Furcht im Gesicht.

Meine Familie, dachte Kleopatra, zumindest so lange noch, wie ich ihnen trauen kann. Sie ließ den Blick zur Decke wandern, die mit durchbrochenen Goldfriesen abgesetzt war, und betrachtete das gewaltige Fresko des Gottes Dionysos, umringt von einer Schar hingebungsvoller Mänaden. Unter dem langen wehenden Bart meinte sie das Gesicht ihres Vaters zu erkennen, und sie fragte ihn stumm: Hast du mich tatsächlich mehr geliebt als die anderen, oder hat es sich dabei wieder einmal nur um eines deiner Possenspiele gehandelt?

Ihr Blick senkte sich und schweifte über den Hof, über die Familienmitglieder mit den Stirnbändern. Alle, sogar die wenigen Ägypter, trugen die griechischen *chlamys*, lose fallende Überwurfmäntel, die an der Schulter mit einer Goldspange gerafft wurden. Die Höchsten Freunde in reichen purpurfarbenen Roben, die Hohepriester der Isis und Serapis mit kahlrasierten Köpfen und weißen Leinengewändern. Hinter ihnen, in der Großen Säulenhalle, drängten sich die Aristokraten, die Offiziere der Palastwache, der eine oder andere Gallier und Germane des römischen Kontingents sowie einige der reichen Syrer, Judäer und Ägypter. Die riesigen, halbnackten Nubier ihrer eigenen Leibwache umstanden den äußeren Kreis des Hofes, die Hände fest um die Zeremonienspeere gelegt.

Alle warteten gespannt darauf, was sie tun würde. Ihre erste große Prüfung stand bevor.

Das Eröffnungszeremoniell war rasch beendet. Pothinos brannte darauf, zur Sache zu kommen. »Die Hochzeit mit Eurem Bruder Ptolemaios sollte umgehend stattfinden«, teilte er ihr mit. »Das wird die Bevölkerung beschwichtigen. Die Nachfolge muß ordnungsgemäß vonstatten gehen, so daß wir nicht die Aufmerksamkeit der Römer auf uns lenken.«

»Wollt Ihr damit bekunden, daß die Nachfolge bisher nicht der Ordnung entsprach, Bruder?« fragte Kleopatra. Sie benutzte die ehrenvolle Anrede »Bruder«, die seiner erhabenen Position bei Hofe gerecht wurde. Dabei legte sie den Kopf zur Seite, als betrachte sie einen ihr fremden Gegenstand, der zufällig ihr Interesse erregt hatte.

»In keiner Weise, Majestät«, erwiderte Pothinos mit gekünsteltem Lächeln. »Ich möchte lediglich auf die Wünsche des Volkes hinweisen. Der Tradition zu entsprechen scheint mir von höchster Bedeutung.«

Die Tradition! Der pharaonische Brauch, die königlichen Geschwister zu vermählen, den die Ptolemaier übernommen hatten – eine liebedienerische Geste gegenüber den Priestern und der Masse der *fellahin*. Ihr Vater hatte seine Schwester geheiratet; ihre beiden älteren Schwestern, beide schon tot, waren dieser Verbindung entsprungen. Die Gepflogenheit zielte darauf ab, die Reinheit des königlichen Geblüts zu gewähren. Sie glaubte jedoch nicht, daß dies dem Rat vorrangig am Herzen lag.

»Als – unser Vater – erkrankte ...«, hob sie an. Fast wäre sie über die königliche Redewendung gestolpert. Ich kann das nicht, schoß es ihr durch den Kopf. Wahrscheinlich durchschauen sie mich alle. Ich bin einfach zu jung. »Als unser Vater erkrankte, krönte er uns als Mitregentin, um die ordnungsgemäße Nachfolge zu sichern. Unserer Ansicht nach wurde den Wünschen des Volkes und den Bedürfnissen des Staates dadurch in vollem Umfang entsprochen.«

Das Lächeln wich nicht aus Pothinos' Gesicht, doch seine Augen blickten kalt und unerbittlich. »Ihr beabsichtigt doch wohl nicht, ohne König zu regieren, oder?«

»Nun – Ptolemaios ist schließlich kein fremder Prinz, der mich umwirbt. Oder erwartet Ihr die Frucht unserer Leiber, Bruder?«

Ptolemaios erbleichte. Kleopatra lächelte und fühlte sich besser, da sie sich erstmalig gegenüber ihren Feinden behauptet hatte.

»Pothinos sagt, ich sollte eigentlich König sein«, begehrte Ptolemaios auf.

Hatte er das wirklich getan? Ihre Furcht wurde von Wut abgelöst. »Du bist doch noch ein Junge«, fuhr sie ihn an. »Deshalb haben sich diese Männer zu deinem Rat ernannt.«

Ptolemaios warf ihr einen finsteren Blick zu.

Der Streit wurde fortgesetzt, wenn auch verbrämt in den gesitteten Worten des Hofes. Kleopatra hatte nicht vor, freiwillig von ihrem Standpunkt abzuweichen, und zwingen konnte man sie nicht, es sei denn, man wählte einen offenen Konflikt. Doch das würden sie nicht wagen, denn die Römer lauerten nur darauf, daß man ihnen Gelegenheit bot, sich einzumischen.

»Es war immerhin der Wunsch Eures Vaters«, versuchte Theodotos es erneut.

Sie lächelte huldvoll, um ihren Zorn zu kaschieren, etwas, das sie als ptolemaische Prinzessin schon früh gelernt hatte. »Er hat uns gegenüber keinen derartigen Wunsch geäußert.« Es ist *dein* Wunsch, Theodotos, dachte sie. Wenn ich Ptolemaios heirate, werde ich seine Königin und wäre in dem Fall ihm, oder genauer gesagt, dir und dem Rest des Regentschaftsrats unterstellt. Du glaubst, daß ich ein dummes Mädchen bin, und meinst, mich einschüchtern zu können, so daß ich die Macht, zu der ich geboren wurde, meinem griesgrämigen, einfältigen Bruder überlasse und damit euch dreien: einem vertrockneten Gelehrten, einem Maulhelden, der seit zwei Jahren kein Schlachtfeld mehr betreten hat, und einem Mann mit schriller Stimme, dem zwischen den Beinen nur Fettwülste wachsen.

Nun, ich werde es nicht tun. Ich mag ja noch jung sein und dazu noch ein Mädchen, doch irgendwie wird Isis mir helfen, und irgendwie werde ich mich euren Wünschen widersetzen.

»Eure Thronbesteigung ist doch gewiß nur eine vorübergehende Angelegenheit?« beeilte sich Theodotos festzustellen.

»Maßt Ihr Euch an, Eure Königin in Frage zu stellen?« erkundigte sie sich mit klopfendem Herzen.

Zu ihrer Erleichterung gab Theodotos so lammfromm nach, wie es seiner Natur entsprach, und verneinte mit heftig hin und her wackelndem Kopf. Wenn die anderen nicht da wären, ging es Kleopatra durch den Sinn, würde er es gar nicht wagen, in unserer Gegenwart auch nur die Stimme zu erheben. *In unserer Gegenwart*. Wie schnell sie sich an die Symbole der Macht gewöhnt hatte. Als nächstes mußte sie aufhören, sich als das Mädchen Kleopatra anzusehen, und sich statt dessen als Königin Kleopatra betrachten.

Ihren Worten folgte langanhaltendes Schweigen. Kleopatra starrte sie an, bis sie die Augen niederschlugen – alle, bis auf Pothinos, der ihren Blick unter halbgesenkten Lidern aus schwarzen Augen erwiderte. Hephaestion war es, der die angespannte Stille unterbrach. »Da wäre noch eine Sache«, begann er.

Kleopatra atmete auf. Zu ihrer eigenen Überraschung hatte sie die erste Runde gewonnen, hatte sich selbst ebensoviel bewiesen wie den anderen.

»Rom ist wieder einmal kurz davor, einen Krieg anzuzetteln. Julius Caesar wetteifert mit Magnus Pompejus um die Macht. Dieser Caesar hat sich dem eigenen Senat widersetzt und Pompejus und dessen Truppen aus Italien vertrieben. Pompejus hat sich an uns gewandt und um Hilfe gebeten.«

Eine solche Bitte war im Grunde nicht abwegig. Pompejus galt als Verbündeter ihres Vaters, der Flötenspieler hatte ihm den Thron verdankt. Nun erwartete Pompejus, daß man Gleiches mit Gleichem vergalt.

»Wir müssen uns über diese Bitte hinwegsetzen«, beschied Pothinos.

»Darüber hinwegsetzen?« fragte Kleopatra erstaunt. »Und inwiefern sollte uns das dienlich sein?«

»Wir sind keine römischen Sklaven. Wenn dieser Caesar so siegreich ist, würdet Ihr ihn provozieren, wenn Ihr seinen Feind unterstützt!«

»Und wenn sich Magnus Pompejus behauptet?«

Pothinos ließ die Frage unbeantwortet.

Nun ging es also um ihre erste außenpolitische Entscheidung. Aber in diesem Punkt hatte sie sich schon seit langem eine Meinung gebildet und brannte darauf, sie der Öffentlichkeit kundzutun. Ihr Vater hatte ihre Einstellung als unausgegoren bezeichnet; sie wiederum hatte ihn einen Zauderer genannt. »Mein Vater schuldete Julius Caesar neun Talente Gold«, erklärte sie. »Sollte er gewinnen, wird er hier auftauchen, um sie zu fordern. Möchtet Ihr immer noch, daß Magnus Pompejus besiegt wird, Bruder?«

»Er ersucht uns um sechzig Schiffe und dreihundert Soldaten!«

»Dann werden wir sie ihm geben.«

»Man wird munkeln, daß Ihr römerfreundlich seid.«

Sie hielt den Blick auf ihn gerichtet. Ah, dachte sie, das ist also das Gerücht, das du über mich verbreiten willst. Gut, daß du mir wenigstens die Ehre erweist, mich zuvor darüber in Kenntnis zu setzen. »Man wird noch vieles über mich munkeln, bevor ich zu Grabe getragen werde.«

Pothinos warf ihr einen Blick zu, als wollte er sagen: Ach, du glaubst also tatsächlich, daß es noch dauern wird, bis du deinem Vater Gesellschaft leistest?

»Tut, wie wir befehlen«, sagte sie und merkte, daß sich ihr Gaumen mit einem Mal trocken anfühlte.

Dann erhob sie sich und schritt hocherhobenen Hauptes aus dem Saal.

Lange Zeit saß sie allein in den Privatgemächern des Palastes. Noch immer zitterten ihr die Glieder vor Wut und Anspannung. Sie war so einsam wie eh und je. Nichts war um sie außer dem Zischen der Schlangen. Sie würde zu Isis beten und Kraft von ihr erflehen.

Die prächtige Ausstattung des Raumes – die Schildpattintarsien der Portale, die dicken kappadozischen Teppiche und die mit Karneol verzierten Stühle – konnte sie nicht trösten. Es war das Gemach ihres Vaters; der überladene Pomp hatte zu ihm gepaßt, nicht zu ihr. Trotz der Erziehung, die er ihr hatte angedeihen lassen, empfand sie sich nicht als Königin, sondern kam sich vor wie eine Hochstaplerin, und dabei noch unendlich jung, unendlich unerfahren.

Sie hörte ein Geräusch hinter sich und schrak hoch, weil sie sich allein gewähnt hatte. Doch dann atmete sie erleichtert auf. Es war nur Mardian, ihr eigener *tropheus*, ihr Lehrer, der ihr schon seit Kindertagen zur Seite stand. Wenn sie überhaupt einen Freund hatte, dann war er es. Er hatte einen schwammigen Körper, wie viele Eunuchen, und war noch dicker als Pothinos. Seine blaue *chlamys* war so riesig wie der königliche Pavillon, und das Gesicht so faltig wie ein hingeworfenes Gewand, es bestand nur aus Furchen und hängenden Fleischtaschen.

»Vor Pothinos müßt Ihr Euch in acht nehmen«, warnte er sie.

»Werden sie sich gegen mich auflehnen, Mardian?«

»Solange Achillas auf Eurer Seite steht, können sie nichts unternehmen.«

Kleopatra ließ sich die Worte eine Weile durch den Kopf gehen.

»Aber Ihr habt ganz Alexandria gegen Euch. Sie mißbilligen den Weg, den Euer Vater Rom gegenüber beschritten hat. Das gleiche gilt für Euch. Man glaubt, daß Ihr zu den Römern haltet.«

»Wie kann ich denn gegen sie sein, wenn ich keine Armee befehlige, die es mit ihnen aufnehmen kann? Ich denke nur praktisch.«

»Überdies geht es Pothinos und seinen Freunden nur um den eignen Vorteil. Und jeder Händler im Basar sähe lieber einen Wicht wie Ptolemaios auf dem Thron, denn ihn hätten sie unter der Fuchtel.«

Kleopatra spürte, wie sie in sich zusammensank, und schloß die Augen. »Ich habe keine Anhänger, ich regiere eine Nation von Krämern und Sklaven, die sich zusammenrotten, sobald ein Wölkchen am Himmel erscheint, und ich habe die Römer im Nacken, die auf unser Geld aus sind. Was soll ich tun?«

Warum hatte ihr Vater sie nur so früh im Stich gelassen? Noch einige Jahre als Mitregentin, und sie wäre vielleicht in der Lage gewesen, ihre Position zu festigen, hätte gewußt, was zu tun war. Doch sogleich wurde ihr klar, daß das so nicht stimmte. Solange sie Brüder hatte, würde man sie nie als Königin aus eigenem Recht betrachten, sie würde sich immer dem Willen anderer fügen müssen. Und es würde immer einen Pothinos geben, der danach trachtete, ihre Schwächen auszunutzen.

2

Der Tempel lag auf der Landzunge von Lochias. Er bot einen weiten Blick über das offene Meer. Es handelte sich um das private Heiligtum des königlichen Hauses – ein Ort, an dem sie allein sein konnte mit Isis, der Göttin mit den Zehntausend Namen, Zuflucht der Menschen, Beschützerin der Frauen, barmherzige Trösterin, Große Mutter der Natur.

Salzwinde strichen wispernd um die Säulen, der Sand zog dünne Rieselspuren über die Marmorkacheln. Kleopatra ließ sich auf die Knie sinken und wartete, bis sich ihre Augen an das Dämmerlicht gewöhnt hatten. Isis hielt den Blick auf das Meer gerichtet, auf der silbernen Mondscheibe über ihrem Kopf die Federn der Gerechtigkeit, der mystische Knoten zwischen den entblößten Brüsten, in der linken Hand den Krug mit Nilwasser, um den rechten Arm die sich windende Schlange, unter dem Fuß das zahme Krokodil.

Kleopatra hörte, wie in der Nähe einer der Priester zu Ehren der Göttin mit hoher Stimme ein Loblied anschlug.

Sie legte ihre Opfergaben aus Blumen und Früchten am Fuß der Statue nieder und bat die Große Mutter stumm um deren Beistand.

Nachdem sie die Andacht beendet hatte, wanderte sie zurück durch die prächtig anzusehenden Palastgärten mit den weißen Blumen des Frühlings und erhielt die Nachricht, daß der Apis-Stier gestorben war.

Kleopatra lag bäuchlings und nackt auf der glatten Alabasterbank. Iras, ihre Nubierin, knetete ihr Rücken und Schultern mit wohlriechenden Ölen. Eine zweite Sklavin massierte ihr Mandelmilch in die Hände, während die dritte ihr die Füße mit Minzwasser rieb. Charmion kämmte mit einem Schildpattkamm ihre langen dunklen Haare.

Sie hatte Mardian rufen lassen, hatte für das Gespräch jedoch auf das Gitter des Wandschirms verzichtet. Bei ihm scherte sie sich nicht um Fragen der Schicklichkeit. Es gab ohnehin niemanden, der sie besser kannte, und abgesehen davon hatte man ihm die männlichen Bedürfnisse bereits im Alter von zehn Jahren abgetrennt.

Die fleischigen Kinnbacken bebten wie die Hautlappen eines Stieres, als er dahergeschritten kam. »Majestät«, sagte er, ließ sich schwer auf die Knie fallen und neigte die Stirn bis zum Boden.

»Du hast die Neuigkeit zweifellos schon gehört. Der heilige Apis-Stier ist tot.« Der Apis-Stier galt als Inkarnation des Ptah, des Gottes von Memphis. Man wählte ihn nach den immer gleichen Bedingungen aus; er hatte schwarz zu sein, mit einer weißen Raute auf der Stirn, einem Halbmond auf der rechten Flanke und dem Zeichen des Skarabäus auf der Zunge. Er wurde verwöhnt wie kein anderes Tier auf der Erde, und wenn er starb, wurde er mumifiziert und wie ein Pharao in ein Grabmal gelegt, das bereits seine Vorfahren beherbergte. Der Bestattung folgte eine langwierige Weihezeremonie für den Nachfolger, der auf einer Barke den Nil hinauf begleitet wurde, bevor er in seiner neuen Heimstatt, dem Tempel des Ptah, Einzug hielt.

Der Tod des Stieres, so bald nach dem Tod ihres Vaters, wurde bereits als böses Omen gewertet. Auf dem Markt von Alexandria wurde verkündet, daß es sich dabei um ein Zeichen der Götter handele, die es nicht guthießen, daß eine Königin ohne König regierte. Fraglos hatte Pothinos dazu beigetragen, daß sich derartige Gerüchte verbreiteten.

Ich werde ihnen zeigen, daß ich keine dumme Gans bin, die sich von Eunuchen und Aufschneidern kommandieren läßt, dachte Kleopatra. Ich werde dieses Omen in einen Vorteil verwandeln und die Gelegenheit nutzen, meine eigene Bastion der Macht aufzubauen, jenseits von Alexandria und seinen Ränke schmiedenden Griechen und Judäern.

»Ich habe beschlossen, selbst an der Bestattung teilzunehmen.«

Mardian schaute verdattert drein. Dieses Mal hatte sie ihren Lehrer überrumpelt. Sie spürte, wie sich ein Gefühl des Triumphes in ihr breitmachte. »In Memphis?« fragte er. »Keiner der Ptolemaier hat je den ägyptischen Göttern gehuldigt.«

»Nun, dann wird es eben das erste Mal sein«, erwiderte sie mit zuckersüßem Lächeln.

»Ich verstehe«, sagte er, wobei seine Miene aussah wie eine Hieroglyphe für Sprachlosigkeit.

Kleopatra stützte das Kinn auf die Hände. Vielleicht schaffe ich es doch, dachte sie. Wenn ich schon meinen eigenen Lehrer verblüffen kann, dann gelingt es mir vielleicht auch bei dem Regentschaftsrat. »Wir wünschen, daß die königliche Barke hergerichtet wird. Wir werden dem Apis-Stier die letzte Ehre erweisen und den Nachfolger willkommen heißen.«

»Ist das klug, Majestät?«

»In Alexandria liebt mich ohnehin niemand, Mardian. Aber ich bin nicht nur die Königin dieser einen Stadt. Ich bin Herrin der zwei Länder, und ich beabsichtige, dem Rat zu zeigen, daß man mich nicht im Palast einsperren kann. Was glaubst du, wie die Priester und die Menschen der *chora* reagieren, wenn sie sehen, wie ihre Königin, als Ebenbild der Isis, einem ihrer Götter die Ehre erweist? Meinst du nicht, daß sie uns dafür lieben werden?«

Sie lächelte, schloß die Augen und überließ sich den kundigen Händen ihrer Sklavinnen.

Mardian warf einen verstohlenen Blick auf diesen festen braunen Körper auf der Alabasterbank, ehe er sich zurückzog. Ein so zarter Körper für eine Person von so starker Entschlossenheit! Wenn man den Beweis nicht vor Augen hätte, vermochte man sie kaum für eine Frau zu halten. Sie haben sie alle unterschätzt, ging es ihm durch den Kopf. Nur er nicht. Schon als Kleopatra noch ein Kind war, hatte er erkannt, daß sie sich von ihren Brüdern und Schwestern unterschied, daß sie auch eine ganz andere Persönlichkeit war als ihr Vater. Pothinos, Theodotos – keiner von ihnen hatte auch nur die Spur einer Ahnung, mit wem sie es hier zu tun hatten. Halsstarrig ja, und auch eigensinnig, aber ausgestattet mit messerscharfem Verstand. Kein anderer der Ptolemaier hatte sich je damit abgegeben, die Sprache der Menschen zu lernen, die sie regierten. Sie war die erste. Und sollte sich Isis tatsächlich entschieden haben, nach Ägypten zurückzukehren, dann würde es ihn in keiner Weise wundern, wenn sie sich die kleine Kleopatra als Inkarnation ausgesucht hätte.

Sie befanden sich in einem Ägypten, das den Griechen und Juden Alexandrias gänzlich unbekannt war. Lehmhütten, die sich unter hohen Palmdächern duckten, Esel, die knarrende *sakkiehs* zogen, Wasserräder, die sich gemächlich drehten. Alexandria wurde vom Blau des Meeres und dem Weiß seiner Gebäude beherrscht. Es gab dort so viele Völkerschaften, daß die Stadt wie ein einziger bunter Basar wirkte. Hier jedoch dominierten Braun- und Grüntöne, und ein Gesicht sah aus wie das andere, mit Adlernase und schwarzen Augen. Sie hatten in Alexandria inmitten eines Unwetters die Segel gesetzt, doch nun war der Nil friedlich, der Himmel klar, die Luft still und warm.

Es war das zweite Mal, daß sie die Stadt verließ, um die *chora* zu besuchen. Beim ersten Mal hatte es sich um ihre Krönungsreise gehandelt, als sie zur Mitregentin gekürt wurde. Der Besuch lag nur wenige Monate zurück. Seit Beginn der Ptolemaierherrschaft, zur Zeit Alexanders, hatte sich jeder König einmal in Alexandria krönen lassen und dann noch einmal in Memphis, dem Krönungsort der Pharaonen.

An jenem Tag in Memphis hatte ihr ein kahlrasierter Priester den königlichen Krummstab mit dem Dreschflegel überreicht und ihr die Doppelkrone der Pharaonen aufgesetzt, das Kobradiadem Unterägyptens und den weißen geiergestaltigen Kopfschmuck Oberägytpens. Damit wurde sie zur Herrin der beiden Länder, ein Tatbestand, den die Ptolemaier offenbar vergessen hatten und dem Kleopatra nun erneut Aufmerksamkeit zollte.

Das Leben ist ein Trugbild, hatte der Vater ihr einmal gesagt. Niemand betrachtet dich als Mädchen mit glänzendem dunklem Haar, schmaler ägyptischer Nase und bronzefarbener makedonischer Haut. Niemanden kümmert es, daß du dich vor Schlangen fürchtest, daß dir vor der Dunkelheit graut und daß du Oliven naschst. Was man von dir erwartet, ist eine gottgleiche, makellose Königsgestalt. Du mußt so unwirklich sein wie ein Traum – nur dann werden sie dich lieben.

Und nun ruhte sie auf einem Diwan auf dem Zedernholzdeck der königlichen Barke, im Schatten des goldgesäumten Seidenbaldachins, umringt von nubischen Sklaven mit langstieligen juwelenbesetzten Fächern. Das dunkle Haar fiel ihr in sanften Wellen auf die Schultern, gehalten von dem goldenen Stirnband mit den zwei Federn der Gerechtigkeit, darüber die runde Scheibe, das silberne Antlitz des Mondes, glänzend wie ein Spiegel. Ihr weißes Leinengewand war in der Mitte mit dem mystischen Knoten geschnürt, die entblößten Brüste blau gefärbt. Um ihren rechten Arm wand sich die goldene Schlange.

Die Ruderblätter mit den silbernen Enden funkelten, wenn sie im Wasser ein- und auftauchten. Jede Meile wurde von Scharen kleiner Kinder begleitet, die aus den Lehmhütten stürzten, und von Bauern mit sonnengebräunter Haut und weißen Lendenschurzen, die zum Ufer rannten und mit offenem Mund die Göttin anstarrten, die zu ihnen zurückgekehrt war.

Ist das wirklich unsere Königin, hier in der *chora*? Ist das tatsächlich unsere Isis?

Kleopatra litt unter der Hitze, die sich unter dem Baldachin staute. Ermattet hob sie die Hand, um die ehrfürchtige Menge zu grüßen. Selbst beim leichtesten Wiegen der Barke wurde ihr übel, und das Leinenkleid lastete ihr schwer und unbequem auf der Haut.

Doch sie wußte, daß diese Scharade von ausschlaggebender Bedeutung war. Die Zweifel, die sie seit dem Tod des Vaters gequält hatten, wurden schwächer, je weiter sie den großen Nil hinaufsegelten. Ganz allmählich stieg eine Hochstimmung in ihr auf, eine tiefe Gewißheit hinsichtlich des eigenen Schicksals. Ich schaffe es, sagte sie sich. Ich kann mich im Palast der Schlangen behaupten.

Sie wurde in einer Sänfte am heiligen Weiher entlanggetragen und dann über eine gepflasterte, mit Sphingen gesäumte Straße zum Tempel von Apis. Sie hörte die schwermütigen Musikklänge, die aus dem Tempel drangen, und roch den süßsauren Weihrauch, der über der stillen, heißen Luft schwebte. Die Priester traten aus dem Tempel, um sie willkommen zu heißen, in blauen Gewändern der Trauer, die Köpfe rasiert.

Als erstes begrüßte sie Pshereniptah, der Hohepriester von Memphis. »Erhabene Königin«, murmelte er. »Ihr erweist uns eine große Ehre.«

»Im Gegenteil«, erwiderte sie. »Ich bin gekommen, um Ptah die Ehre zu erweisen.« An seiner Miene erkannte sie, daß sie ihre Worte klug gewählt hatte.

Die Anlage von Sakkara war der heiligste Ort Ägyptens. Sie passierten die gewaltige Stufenpyramide des Königs Djoser, die schwarz in der heißen Ödnis schimmerte, mit den mächtigen Wällen aus Lehmziegeln, *mastabas* längst verstorbener Priester und Wesire. Danach wohnte Kleopatra den Bestattungsriten für den toten Stier im Tempel bei und schritt anschließend in der Prozession zu den nahegelegenen Katakomben.

Den Eingang schmückten im Halbkreis angeordnete Statuen griechischer Dichter und Philosophen, in der Mitte Homer, dann Pindar mit der Lyra und Plato. Sie waren Schenkungen ihres Vaters. Er hatte den Priestern zu Lebzeiten großzügige Spenden zukommen lassen, damit sie die Tempel und heiligen Stätten instand halten oder erneuern konnten. Er war es auch gewesen, der Kleopatra geraten hatte, sich nicht nur als griechische Prinzessin zu verstehen, sondern gleichzeitig auch als Erbin der ägyptischen Pharaonen.

Über eine Rampe drangen sie tiefer in die Innenhöhlen der Wüste, in denen es dunkel und stickig heiß war. Die Priester sangen Klagelieder, und der Rauch der Fackeln brannte Kleopatra in der Lunge, doch sie schritt unentwegt weiter, hinab in das unterirdische Gelaß, vorbei an mächtigen Sarkophagen, bedeckt mit Hieroglyphen, tausendjährige mumifizierte Überreste früherer Apis-Stiere.

Die Luft im Inneren war dünn und faulig vor Alter und Staub, sie roch nach Hitze und Verfall. Ein Skorpion huschte durch den Sand und rettete sich aus dem Licht der Fackeln in die dunklen Schattenränder.

Schließlich wurde der mumifizierte Stier von einer schweißnassen Sklavenphalanx durch den schmalen Gang getragen. Ihr Keuchen ging unter im klagenden Singsang der Priester. Der Stier war riesig im Tod, fest eingeschnürt in weiße Bandagen, nur die Hörner schauten hervor. Große Kanopen faßten die Eingeweide und Organe. Die Trage wurde in das weiße Alabasterbett des rosafarbenen Granitsarkophages gesenkt, anschließend ließ man die wuchtige Steinplatte herab.

Der heilige Apis-Stier hatte seine letzte Ruhestätte gefunden und war nun bereit für die nächste Inkarnation.

In dieser Nacht, während der Trauerfeierlichkeiten im Tempel, beugte sich Pshereniptah zu Kleopatra hinüber und flüsterte: »Niemand wird Eure Anwesenheit hier jemals vergessen. In den Augen der Priester und der Menschen hier seid Ihr nicht mehr nur Kleopatra. Jetzt seid Ihr Isis.«

3

Königin zu sein, das lernte Kleopatra rasch, bedeutete auch, den immer gleichen Pflichten nachzugehen, denn jeder Tag bestand aus einer endlosen Abfolge von Ratsversammlungen. Und Regieren erforderte, daß man sich in Einzelheiten auskannte, gleichgültig ob es sich dabei um Kanalerweiterungen handelte, die Erhebung von Einfuhrzöllen oder die Ernennung von Beamten.

Mit dem obersten Minister, dem *dioiketes*, an ihrer Seite empfing sie die *strategioi*, die den Distrikten vorstanden, oder ließ ihnen Direktiven zukommen. Darüber hinaus hatte sie als Pharaonin auch dem Volk zugänglich zu sein, deshalb hielt sie anschließend hof im großen Audienzsaal, nahm Anträge und Bittgesuche entgegen und übte das Amt der Richterin aus.

Zwischendurch durfte man natürlich nicht versäumen, sich bei dem Hohepriester nach dem Wohlbefinden des heiligen Apis-Stiers zu erkundigen.

Kleopatra hatte weit mehr Probleme geerbt, als sie gedacht hatte. Das Land wurde von einem riesigen Verwaltungsapparat gelähmt, und in der *chora* breitete sich ein wild wuchernder Nationalismus aus. Viele *fellahin* hatten die Felder im Stich gelassen, weil sie die Steuern nicht bezahlen konnten, die ihr Vater erhoben hatte, und die ersten Anzeichen einer Hungersnot hatten zu Aufständen in Oberägypten geführt. Diesem letzten Problem hatte sich Kleopatra allerdings unverzüglich gewidmet, denn schließlich waren in der Vergangenheit mehr Herrscher hungrigen Volksmassen zum Opfer gefallen als feindlichen Heerscharen.

Sie hatte Pothinos und die übrigen Mitglieder der Regierung in großes Erstaunen versetzt, als sie verkündete, sie würde die Währung um ein Drittel abwerten, um die Ausfuhr zu steigern und dem Schatzamt

Gelder für den Getreideimport zu verschaffen. Gleichzeitig verordnete sie die Rationierung der Ernteerträge.

Die Gefahr einer Hungersnot war somit fürs erste gebannt.

Unterdessen wartete man jedoch auf Nachricht aus Griechenland, um zu erfahren, wie der Kampf zwischen Caesar und Pompejus entschieden worden war. Alle waren sich einig, daß Pompejus den emporgekommenen Feldherrn besiegen würde, wenngleich dieser in Gallien eine beachtliche Reihe militärischer Erfolge geerntet hatte. Kleopatra selbst war fest davon überzeugt, daß sich ihre Entscheidung, Pompejus mit Truppen und Proviant zu versorgen, als richtig herausstellen würde. Das würde Pothinos eine kleine Lektion in Sachen Diplomatie erteilen.

Die Gefühle von Furcht und Einsamkeit, die sie seit dem Tod des Vaters heimgesucht hatten, waren verschwunden. Sie kam sich längst nicht mehr wie eine Hochstaplerin vor, wenn sie auf Alexanders Thron Platz nahm. Ich habe mich unterschätzt, dachte sie insgeheim. Doch dann wurden zwei römische Gesandte von betrunkenen Legionären ermordet, und Kleopatras neugefundenes Selbstvertrauen löste sich auf wie die Morgennebel über dem See Mareotis.

Ganz Alexandria feierte. Man könnte meinen, wir hätten die glorreiche Marslegion bezwungen und das Forum geplündert, ging es Kleopatra durch den Kopf. Dabei handelte es sich bei den Mördern noch nicht einmal um Ägypter.

Die beiden Gesandten waren Söhne des römischen Statthalters Marcus Bibulus gewesen. Sie waren von römischen Legionären getötet worden, die vor der Stadt stationiert waren – Männer, die Pompejus vor acht Jahren ihrem Vater zur Verfügung gestellt hatte, um ihm im Falle eines Aufstands Schutz zu gewähren. Richtige Römer waren das allerdings nicht, sondern vorrangig Germanen und Gallier. Menschen mit stinkendem Atem und zottigen Bärten, die zuviel tranken und die Basare der Stadt plünderten, wenn ihnen der Sinn danach stand. Viele von ihnen hatten in Rhakotis Frauen gefunden, die genauso häßlich waren wie sie, und einige hatten sogar eine stattliche Anzahl Kinder in die Welt gesetzt.

Der syrische Statthalter wünschte diese verlotterte und verwilderte Meute jedoch zurück, damit sie ihn im Kampf gegen die Parther unterstützten. Doch wie es schien, behagte ihnen das Leben in Alexandria, und sie fanden wenig Geschmack an dem Gedanken, wieder Soldaten zu sein. Ein paar von ihnen hatten sich betrunken, als die Nachricht aus Syrien zu ihnen drang, und hatten auf ihre einfältige Art beschlossen, das Problem zu lösen, indem sie die Verkünder der Nachricht ermordeten. In diesem Fall leider keine Geringeren als die Söhne von Marcus Bibulus.

Und nun darf ich mich des Problems annehmen, dachte Kleopatra.

Der Hofstaat war in seiner ganzen Pracht versammelt. Griechen in purpurnen *chitons*, Perser in Mantel und Hose, Judäer in langen weißen Kaftanen, Ägypter in den traditionellen *kalasiris*. Der oberste Minister war anwesend, mit seinen *oeconomoi*, in griechischen Gewändern und Lorbeerkränzen auf dem Haupt. Die Offiziere der Königlichen Wache, unverwechselbar mit den breitkrempigen Filzhüten, dem kurzen geraden Überwurf und den hochgeschnürten Stiefeln des makedonischen Landadels. Der Oberste Jäger, der Oberste der Ärzte und der Oberste Mundschenk glänzten im Schmuck ihrer Diademe und Goldspangen.

Kleopatra hatte das offizielle Staatsgewand angelegt, mit einem Brustkreuz aus Gold und Elfenbein, Lapislazuli und Karneol, einem breiten Gürtel aus massivem Gold, Armreifen und Fußspangen aus Gold und Lapislazuli. In den Händen hielt sie den Krummstab und den Dreschflegel des Großen Hauses von Ägypten, und auf dem Kopf trug sie den Doppelhut mit dem Geier und dem goldenen Uraeus für die beiden Länder.

Charmion hatte Stunden damit zugebracht, sie zu schminken, wobei sie besonderen Wert auf die Augen gelegt hatte, die mit schwarzem Khol und grünem Malachit betont worden waren. Die Lippen hatte sie mit einer Salbe aus Widderfett, versetzt mit rotem Ocker, gefärbt, und das Haar mit einer Lotion aus Öl und Wacholder zum Glänzen gebracht. Die Gestalt, die vom Thron herunterschaute, war kein achtzehnjähriges Mädchen, sondern eine Göttin.

Ein ägyptischer Schreiber im gefältelten Rock saß zu ihren Füßen, neben einem Gelehrten des Museion in griechischem Gewand. Sie führten das Protokoll in Ägyptisch und Griechisch.

Als Kleopatra die Große Säulenhalle betreten hatte, waren alle verstummt. Jetzt erhob sie ihre Stimme. »Möchte mir jemand erklären, was gestern in der Stadt vorgefallen ist?«

Nervöses Schweigen. Kleopatra hatte festgestellt, daß sie die hohen Herren allein mit ihrer Stimme beeindrucken konnte. Es war Pothinus, der sich schließlich zu Wort meldete, in den Augen den gewohnten

Ausdruck der Überheblichkeit. »Majestät, den römischen Soldaten war seitens der beiden Gesandten aufgetragen worden, sie nach Syrien zu begleiten. Sie sollten dem dortigen Statthalter bei seinem Grenzkonflikt mit den Parthern beistehen. Sie haben sich geweigert.«

»Und deshalb zwei wehrlose Männer ermordet?«

»Zwei Römer!« Pothinos spuckte die Worte aus.

»Die Truppen haben sich mittlerweile hier niedergelassen«, setzte Theodotos erklärend hinzu. »Es sind einfache Barbaren aus Gallien oder Germanien. Sie haben sich Frauen oder Mätressen zugelegt, manche besitzen Familie. Rom ist für sie längst ohne Bedeutung.«

»Es sind dennoch römische Soldaten.«

Pothinos glühte vor Schadenfreude. Es würde mich nicht wundern, wenn er die ganze Geschichte eingefädelt hätte, dachte Kleopatra. So etwas wäre typisch für ihn. Er würde ihr die Wahl überlassen, entweder die Römer zu verärgern oder das eigene Volk gegen sich aufzubringen.

»Nun, es ist jedenfalls nicht mehr zu ändern, Majestät«, sagte er.

Sie ließ die Blicke über den Hofstaat schweifen, suchte das dritte Mitglied des Rats. »Bruder«, begann sie, getreu der Etikette. Achillas bekleidete das höchste Amt bei Hofe. »Ihr habt Eure Meinung noch nicht kundgetan.«

»Erhabene Majestät, wie Pothinos bereits anmerkte, sind es letztlich nur Römer.«

Ja, krieche nur vor ihm, dachte sie verärgert. Hat er euch denn inzwischen schon alle in der Tasche?

Sie wandte sich an ihren obersten Minister, der neben dem Thron stand. Protarchos war der Nachfolger von Hephaestion, seit dieser seine einjährige Amtszeit beendet hatte. »Was haltet Ihr von der Angelegenheit?« erkundigte sie sich.

»Majestät, es sind Römer, so wie es der Hauptmann der Wache sagt. Und sie haben gegen römisches Gesetz verstoßen. Deshalb sollten sie sich nach meiner Überzeugung auch Rom gegenüber verantworten.«

Kleopatra wandte sich wieder an den Hof. »Das ist auch unsere Meinung. Wir befehlen daher, daß man die Mörder aufspürt und sie in Ketten der Gerichtsbarkeit des römischen Statthalters von Syrien überstellt.«

Achillas trat einen Schritt vor. »Majestät! Ist das gerecht? Kriechen wir neuerdings vor den Römern? Und sollten wir uns ihnen dann nicht gleich zu Füßen werfen und sie in Alexandria einmarschieren lassen?«

»Nun, sofern sie das wünschen, werdet Ihr und Eure Armee sie kaum aufhalten können!« Achillas starrte sie an. Alle Farbe war aus seinem Gesicht gewichen. Wahrscheinlich, dachte Kleopatra, erschrocken ob der eigenen Unbedachtheit, habe ich nun auch noch den letzten Verbündeten im Palast verloren.

»Majestät, wollt Ihr uns wirklich derart vor den Römern demütigen?« fragte Pothinus mit Schmeichelstimme.

»Wenn ägyptische Soldaten Eure Söhne in Rom ermordeten, würdet Ihr dann nicht auch erwarten, daß man sie Eurem Richtstuhl überläßt? Obwohl das unter den gegebenen Umständen sicher nicht das beste Beispiel ist.«

So, das hatte gesessen. Pothinos' Wangen überzogen sich mit flammender Röte. Trotzdem blieb er beharrlich. »Das Volk wird sich fragen, ob es von Alexandria oder von Rom aus regiert wird.«

»Es ist nicht unsere Sache, was Menschen sich fragen, sondern nur das, was sie tun, Bruder. Findet die Männer, die die Gesandten getötet haben, und schafft sie hierher.«

Pothinos wagte einen verstohlenen Blick auf Ptolemaios. Der Junge starrte verdrossen auf den Fußboden. Es wird nicht mehr lange dauern, dachte Kleopatra. Eines Tages wird er sich gegen mich auflehnen, und zwar schon bald. Aber noch nicht heute.

Sie schaute wieder zu Pothinos. »Tut, wie Euch befohlen«, sagte sie.

4

Ägypten nannte sich das Schwarze Land, nach dem breiten Landstreifen fruchtbaren schwarzen Erdbodens, den der Nil bei den alljährlichen Überschwemmungen zurückließ, die ihre Endstufe dann erreichten, wenn Sirius am höchsten stand. Dieser Boden war es, von dem die Menschen der *chora* abhingen, weil sie dort ihr Getreide anbauten.

Entlang des Flusses zogen sich kuppelförmige Lehmbauten, die man Nilometer nannte, mit unterirdischen Kammern, die speziell dazu eingerichtet waren, den Wasserstand zu messen. An den Wänden befanden sich Pegel, an denen man die Flußhöhe ablesen konnte. Schwoll der Fluß zu stark an, wurden die Dämme fortgerissen, die Felder überschwemmt, und die Ernte war vernichtet. Erreichte der Fluß die notwendige Höhe nicht, vertrockneten die Felder, dem Boden fehlte die Kraft für die nächste Saat, und eine Hungersnot war die Folge. Der

Tod, so sagte man, ließ sich an den Wänden der Nilometer in Ellen ablesen.

Und nun war der Nil seit zwei Jahren unter dem Stand geblieben, den man als Todesgrenze bezeichnete. In der *chora* starben zuerst die Kinder, danach die Kranken. In Alexandria kam es zu Aufständen. Tausende von *fellahin* verließen die Dörfer. Das geeignete Klima für Verrat.

Mardian tauchte mitten in der Nacht auf. Vom Laufen über die Palastgänge war er außer Atem geraten. Das lange Gewand wehte ihm um die Knöchel.

Kleopatra hatte sich noch nicht zur Ruhe begeben. Sie saß an ihrem Arbeitstisch, jenem Stück von all ihren Schätzen, das ihr am liebsten war. Die Platte war aus einer massiven Tafel Lapislazuli gefertigt, die an den vier Ecken auf mit Gold- und Korallenintarsien verzierten Basaltsphingen ruhte. Man sagte, der Tisch habe einst Alexander dem Großen gehört.

Kleopatra war mit Wachstafel und Stylus beschäftigt, eine Reihe Schriftrollen lag ausgebreitet vor ihr. Die frische Meerbrise, getränkt vom Duft des Jasmins, der in den Gärten blühte, bauschte die Vorhänge ihres Gemachs und ließ die Ölleuchten auf dem Messingständer flackern.

Wieder und wieder hatte sie die Zahlen überprüft, die ihr die *strategioi* geliefert hatten. Demnach waren die Getreidevorräte in den Silos am Hafen bedenklich zusammengeschrumpft, obwohl sie in der Regel ausreichten, um nicht nur Ägypten, sondern den halben Mittelmeerraum zu versorgen. In diesem Jahr würden jedoch Tausende ihres Volkes den Tod finden, da konnte sie so oft und so lange auf die Zahlen in den Hauptbüchern starren, wie sie wollte.

Mardian wartete nicht auf die Erlaubnis zu reden. »Majestät«, keuchte er, »Ihr seid in Gefahr!«

Kleopatra legte den Stylus nieder. Ein Blick auf sein Gesicht, und sie wußte Bescheid. Es war also eingetreten. Sie hörte die Stimme ihres Vaters, vernahm wieder das Zischen der Schlangen in der Kerkerzelle von vordem.

Jeder Palast birgt Schlangen, doppelt so giftig wie diese.

»Pothinos?«

Er nickte. »Achillas konnte überredet werden, ihn zu unterstützen.«

Sie sprang auf und lief zum Türbogen. Die beiden makedonischen

Posten, die Nacht für Nacht vor ihrem Gemach Wache standen, waren verschwunden. Die leeren Gänge starrten ihr höhnisch entgegen.

»Ihr habt keine Freunde mehr in Alexandria, Majestät. Außer mir und Eurem Leibarzt, Olympos. Und ich fürchte, keiner von uns beiden weiß mit einem Schwert umzugehen.«

Sie und Mardian hatten sich schon seit Monaten auf diesen Augenblick vorbereitet, seit dem Tag, an dem Kleopatra die beiden Römer in Ketten nach Syrien geschickt hatte. Wie stolz und anmaßend sie gewesen war, als sie dachte, sie könne Pothinos und seine Gefährten übertrumpfen. Wie töricht!

Abermals hörte sie die Stimme ihres Vaters: *Ich habe dich gewarnt.*

Mardian hatte Geld und Schmuck den Nil hinauf nach Theben und Philae im Oberen Ägypten geschmuggelt. Die Priester waren ihm behilflich gewesen. Noch hatte sie nicht ganz Ägypten gegen sich. Der Besuch in Hermonthis und die Weihe des heiligen Stiers waren nicht umsonst gewesen.

Kleopatra hielt sich vor Augen, daß es nicht das erste Mal war, daß ein Mitglied des Hauses Ptolemaios um den Thron kämpfen mußte. Auch ihr Vater hatte Jahre im Exil zugebracht. Erst Pompejus hatte ihm zu seinem Recht zurückverholfen. Der Gedanke vermochte sie dennoch nicht zu trösten.

Sie bezwang den Drang, sich auf den Diwan zu werfen und zu weinen. So führen sich Kinder auf, ermahnte sie sich. Und doch – nun war sie wieder an dem Punkt, an dem sie sich befunden hatte, als ihr Vater starb. Achtzehn Jahre alt und ohne Freunde. Die Nacht fühlte sich plötzlich so kalt an wie ein Grab. Am liebsten hätte sie sich in die hinterste Ecke verkrochen und den Kopf in den Armen geborgen.

»Wir müssen sofort los, noch heute nacht«, stieß Mardian hervor, die Stimme fistelnd vor Aufregung. »Eure Henker sind bereits unterwegs.«

Ich bin doch nur ein Mädchen, dachte sie. Wie hochmütig, wie dumm, daß ich annahm, ich könne diese Männer aus eigener Kraft besiegen.

»Majestät?«

Sie riß sich von ihren Gedanken los und fahndete tief in ihrem Inneren nach dem Mut und der Entschlossenheit, die sie jetzt brauchte. Wie eine Spielerin, die ihr Geld verloren hat und nun in der Börse kramt, um auf die eine Goldmünze zu stoßen, mit der sie abermals setzen kann.

»Das Boot ist zum Ablegen bereit«, sagte Mardian.

Sie wußte nicht, ob sie ihrer Stimme trauen konnte, deshalb nickte sie nur wortlos und hastete an ihm vorbei. Die Kehle war ihr so eng, daß sie kaum atmen konnte, und um ihre Brust hatte sich ein eisernes Band gelegt. Die Zukunft lag so dunkel und bedrohlich vor ihr wie das Meer am Fuße der Palaststufen. Doch jetzt war keine Zeit, darüber nachzugrübeln. Du mußt dich retten. Einen Schritt schneller sein als die Schlangen mit ihrem Gift.

Eine kleine Barke lag auf dem Wasser. Charmion und Iras kletterten hinter ihr hinein. Mardian hatte Sklaven herbeigerufen, die den Schmuck und die Truhen mit ihren Gewändern an Bord hievten.

Geräuschlos glitten sie unter dem Heptastadion her in den Hafen der Glücklichen Wiederkehr und durch den Kanal unter dem schlafenden Rhakotisviertel in den See Mareotis. Dort stiegen sie um in eine Dhau, die sie den Nil hoch nach Theben und in Sicherheit bringen würde.

Bei ihrem letzten Besuch der *chora* war sie als Göttin gekommen, in der königlichen Barke, im Schatten seidener Baldachine, umwedelt von Pfauenfedern. Nun kehrte sie als verängstigtes Mädchen zurück, mit dem Gestank des Brackwassers in der Nase, das Gesicht verschleiert und unter Deck kauernd wie eine Übeltäterin.

5

Der Monat Septembris nach dem römischen Kalender im Jahre 48 vor Christi Geburt

Caesar beobachtete, wie die Galeere längsseits des Flaggschiffes anlegte. Ein Fettsack wurde an Deck gehievt, bemalt und parfümiert wie eine damaszenische Hure, unterwürfig wie ein Sklave, der Gnade erfleht. Hinter ihm ragten zwei nubische Sklaven auf, halbnackt, die schwarze Haut schweißglänzend.

Der Name des Gesandten lautete Theodotos.

Der schwarze Strandstreifen sah aus, als hätte man ihn mit zittrigen Händen gemalt. Um ihn herum das Klatschen der Wellen, die sich an der Schiffswand brachen, die heftige Brise, die den Fackelschein zucken ließ. Nervöse Soldaten, die sich am Deck versammelten, wachsam, Verrat witternd, die Gesichter im Schatten der Helme.

»Ich grüße Euch, edler Julius Caesar«, verkündete der Bote mit hoher schriller Stimme. »Im Namen des Regentschaftsrates heißen wir Euch willkommen in Ägypten, als Gast des großen Ptolemaios XIII., König von Ägypten, Herrscher der zwei Länder.«

Caesar ließ die Hand auf dem Heft seines Schwerts ruhen und schwieg. Seine Blicke wanderten zu dem Weidenkorb, den einer der Nubier in den Armen hielt.

»Wir überbringen Euch ein Geschenk, edler Feldherr.«

Caesar machte eine knappe Kopfbewegung, in der Zustimmung lag. Einer der Nubier stellte den Korb auf den Boden und entnahm ihm einen in Tuch gewickelten Gegenstand. Die Stoffbahnen waren weiß, mit bräunlichen Flecken.

Sein Gefährte rollte einen kleinen Teppich aus. Sie legten den Gegenstand darauf und rollten die Stoffbahnen ab. Unter der ersten befand sich eine zweite, die ebenfalls dunkel verfärbt war. Sie nahmen sie ab und enthüllten einen menschlichen Kopf.

Den Kopf hatte man bereits vor einer Weile von seinem Besitzer getrennt, er war fast unkenntlich geworden. Das Fleisch war schwarz und stank wie ein Faß Tintenfisch in der Sonne. Die Gabe wurde Caesar auf einem Silbertablett überreicht. Theodotos, der sich ein parfümiertes Taschentuch vor die Nase preßte, trat auf ihn zu und hielt ihm einen Siegelring entgegen. Caesar erkannte ihn. Er gehörte Pompejus.

»Du fette Kröte, was hast du getan?« brach es aus ihm heraus.

Theodotus schrak zurück, als habe man ihn geohrfeigt. »Er hat die Friedliebenden beleidigt«, begehrte er auf. »Die Schwester unseres Königs hat sich mit ihm zusammengetan, ihn mit Schiffen und Soldaten versorgt. Wir haben es für Euch getan.«

»Für mich?«

»Tote beißen nicht«, kam es von Theodotos.

So war das also. Sie hatten geglaubt, sie würden ihm eine Freude bereiten. Dieser elende Hund vor ihm warf ihm affektierte Blicke zu und erwartete eine Belobigung dafür, daß sie einen Römer hingemetzelt hatten. Caesar stürzte vor und packte ihn bei der Kehle. Allein dem Einschreiten seiner Hauptleute war es zu verdanken, daß er ihn nicht auf der Stelle erwürgte.

6

Berg Kasios, im Osten von Pelusium

Ein heißer Wind strich durch die Wüste. Zwei Monate hatten sie bei den Brunnen gewartet, die Armee verteilt in schäbigen Zelten unter Palmen. Falls man sie überhaupt als Armee bezeichnen konnte. Eine Kerntruppe, bestehend aus begeisterten, aber schlecht ausgebildeten ägyptischen *fellahin*, die sie in Mittel- und Oberägypten zusammengetrommelt hatte, und bei Askalon angeworbene nabatäische Söldner.

Achillas hatte sich inzwischen in seiner Festung bei Pelusium verschanzt und blockierte den Zugang zur Hauptstadt. Mit seinem zerlumpten Heer aus Taschendieben und Bordellwächtern, aufgestockt durch Legionärsveteranen, eben jenen Galliern und Germanen, die sich geweigert hatten, nach Syrien zu ziehen.

Eine Pattsituation. Kleopatra zog nicht weiter, die anderen rückten nicht vor. Alles, was sie für Ägypten befürchtet hatte, war in dem Jahr eingetreten, das seit ihrer Flucht aus Alexandria vergangen war. Der römische Feldherr, Julius Caesar, wohnte in ihrem Palast an den Lochias-Hängen. Trotz aller Widrigkeiten hatte er Magnus Pompejus bei Pharsalos in Griechenland geschlagen und war ihm bis nach Ägypten gefolgt. Der Regentschaftsrat hatte geglaubt, er könne ihn versöhnlich stimmen, indem er ihm Pompejus' Kopf darbot.

Wie es schien, war dieser Geniestreich auf das vortrefflichste mißlungen.

Ein schändlicher Vorfall, nach ihrer unmaßgeblichen Meinung jedenfalls. Ihr Vater hatte Pompejus den Thron verdankt. Doch sollte der Römer deshalb Treue oder Dankbarkeit von den Erben erwartet haben, hatte er sich geirrt. Pothinos hatte es für klüger befunden, ihm eine Falle zu stellen. Noch während Pompejus an Land watete, hatte Achillas ihn erstochen und ihm den Kopf abgeschlagen. Den Leichnam hatten sie am Strand liegen und verrotten lassen.

Caesar hatte seine Dankbarkeit für diese Perfidie dadurch bewiesen, daß er sich im königlichen Palast eingenistet hatte und Pothinos und Ptolemaios mehr oder weniger als Geiseln hielt. Statt als Gesandter verhielt er sich wie ein siegreicher Eroberer. Theodotos hatte er verbannt. Inzwischen beanspruchte er sogar die Rolle des Schiedsrichters im Kampf zwischen ihr und den verbliebenen Mitgliedern des Regentschaftsrats.

Der Pöbel hatte sich so verhalten, wie man es von ihm erwarten mußte. In den Straßen hatte es Krawalle gegeben, und einige von Caesars Soldaten waren umgebracht worden. Wenn man so wollte, war Caesar nun selbst der Belagerte – auf der einen Seite rückte ihm das Volk auf den Leib, und auf der anderen standen die Truppen Achillas'.

Seit Monaten verharrte man nun schon so, und manchmal hatte Kleopatra das Gefühl, daß sie hier in dieser endlosen Leere sterben würde. Und dann tauchten Caesars Freigelassene am Horizont auf.

»Mein Name ist Rufus Cornelius. Ich überbringe eine Botschaft des Imperators, Julius Caesar.«

Caesar. Ihr Herz begann zu hämmern.

Rufus Cornelius hatte den römischen Helm mit dem schmucken Federbusch abgesetzt und unter den Arm geklemmt. Er machte mit dem feuerroten Umhang und dem emaillierten Brustharnisch einen prächtigen Eindruck, strahlte die Selbstsicherheit aus, die alle Römer besaßen. Nicht die freche Arroganz, wie sie ihren griechischen Ministern zu eigen war, sondern das tiefe Selbstvertrauen, das der Gewißheit entsprang, Soldat der stärksten Armee der Welt zu sein.

Sie merkte, daß sie sich vor Angst versteifte. Hier bin ich nun, die verstoßene Mädchenkönigin mit ihrer Lumpenarmee. Was muß er von mir denken, dieser Römer? Mein Seidenzelt teile ich mit Schlangen und Eidechsen, der süße Duft des Sandelholzrauchs überdeckt nur schwerlich den Gestank der Kamele, und alles, was man anfaßt, ist sandig.

Ich würde ihn gern beeindrucken, aber leider weiß ich nicht, wie.

»Was hat Euer Herr Königin Kleopatra mitzuteilen?« fragte sie.

Rufus Cornelius verneigte sich. »Ihn bekümmert die Situation, die er in Ägypten vorgefunden hat, Euer Majestät. Rom hat freundschaftliche Beziehungen zu Eurem Vater und zu Ägypten unterhalten, und es beunruhigt Caesar zutiefst, das Land im Unfrieden anzutreffen.«

»Dieser Unfriede ist nicht das Ergebnis meines Handelns. Der Regentschaftsrat hat mich widerrechtlich entthront.«

»Wir Ihr wißt, hat Euer Vater in Rom ein Testament hinterlegt, nachdem Ihr und Euer Bruder gemeinschaftlich regieren sollt.«

Wenn ein derartiges Testament existierte, dann hörte Kleopatra jetzt zum ersten Mal davon.

»Der Imperator sieht es mit Unwillen, daß Euer Bruder dem Testament zuwiderhandelt. Er hat es sich zum Anliegen gemacht, den Fall zu entscheiden.«

Schau an, dachte sie. Dieser Caesar will offenbar nicht nur König sein, sondern darüber hinaus auch noch Königsmacher. Der römische Machtanspruch kennt wirklich keine Grenzen. Ganz unangemessen ist diese Haltung freilich nicht, immerhin bin ich eine landlose Königin, und obgleich er nur Magistrat ist, so ist er doch der Magistrat Roms, und seine Truppen beherrschen die Welt.

»Es ist Caesars Wunsch, daß Ihr nach Alexandria kommt, so daß er sich als Vermittler einschalten und eine Lösung des ägyptischen Problems herbeiführen kann.«

»Wenn ich nach Alexandria gehen könnte, bedürfte ich seiner Vermittlung nicht.«

Der Römer besaß doch tatsächlich die Kühnheit, die Miene zu einem Lächeln zu verziehen. »Das Angebot bleibt bestehen.«

»Ich danke ihm. Richtet ihm aus, daß ich darüber nachdenken werde.«

7

Lange nachdem Rufus Cornelius wieder von dannen geritten war, saß Kleopatra auf dem Thron und starrte ins Nichts. Ich habe meine Rolle gut gespielt, glaube ich. Mein ganzes Leben ist ohnehin nichts als Theater. Wenn jemand ahnte, wie schwach und verzagt ich in Wahrheit bin, hätte ich niemanden mehr, der zu mir hielte.

Mardian beobachtete sie, das teigige, bartlose Gesicht ausdruckslos, nur die Augen beredt. Wahrscheinlich fürchtet er sich ebenso wie ich, dachte sie. Wenn ich gewinne, ist seine Zukunft gesichert. Verliere ich, ist er ebenfalls am Ende.

»Was hältst du von dem Ganzen, Mardian?« fragte sie endlich.

»Trau einem Römer, und du verdienst das Unheil, das darauf folgt. Diese Teufel würden sich zur eigenen Großmutter legen, wenn es ihnen von Nutzen wäre.«

»Gewiß, aber welche Wahl bleibt mir?«

»Keine. Es ist unmöglich, nach Alexandria zu gelangen.«

»Das wird er wissen. Vielleicht will er mich auf die Probe stellen.«

»Eine waghalsige Probe.«

»Aber hier ist erst recht nichts zu gewinnen. Pelusium können wir nicht stürmen. Achillas ist es zufrieden, uns hier schmoren zu lassen, bis mir das Geld ausgeht oder die arabischen Söldner die Waffen strecken und wieder nach Hause ziehen.«

»Selbst wenn es eine Möglichkeit gäbe, die Stadt zu erreichen, würdet Ihr lediglich Caesars Gefangene sein.«

Kleopatra schloß die Augen. Ich kann nicht mehr Tag für Tag in der Wüste herumsitzen. Lieber sterbe ich. Schon nach diesem einen Jahr komme ich mir vor wie eine vertrocknete, alte Frau. Ich muß etwas unternehmen. Wenn sie diesen Caesar doch nur kennen würde, wenn sie doch nur wüßte, was für ein Mensch er ist. »Was weißt du über ihn, Mardian?«

Der Eunuch blies beide Backen auf. Das hieß soviel wie, daß er nichts von dem Mann hielt, in dessen Hand ihr Schicksal lag.

»Caesar ist ein großer Soldat. Er hat Pompejus aus Pharsalos vertrieben, und der widerliche Kerl war immerhin der beste Krieger, den die Römer hatten. Außerdem ist er als Lüstling verschrien. Man sagt ihm nach, daß er die Frauen seiner besten Freunde verführt und daß es in Rom keine Scheidung gibt, ohne daß sein Name fällt.«

Kleopatra spürte, wie ihr die Angst die Kehle zuschnürte. »Sieht er gut aus?« brachte sie heraus.

Mardian zögerte, die Frage weckte seinen Argwohn. »Nicht besonders. Meine Spione haben mir verraten, daß er etwas von einem Stutzer an sich hat, bedauerlicherweise jedoch kahl wird, eine Tatsache, auf die er übrigens sehr empfindlich reagiert.«

Kleopatra spürte das Kribbeln im Magen, eine Folge der Furcht. Selbst als Anwärterin auf den ägyptischen Thron hatte sie nichts in der Hand, um gegen solch einen Menschen bestehen zu können. Sie war keine Kriegerin, und zu allem Überfluß war sie auch noch Jungfrau. Die Vorstellung, ihm gegenüberzutreten, war einschüchternd, um es gelinde auszudrücken.

Mardian ließ sie nicht aus den Augen. Seine Gedanken standen ihm auf der Stirn geschrieben. Er war ganz ihrer Meinung.

»Wir müssen einen Weg finden, um Eindruck auf ihn zu machen«, sagte sie.

»Es wird kaum etwas geben, das Caesar beeindruckt.«

»Oh, etwas gibt es immer.«

Mich zum Beispiel.

Eine tollkühne Idee. Um sie durchführen zu können, mußte sie sich allerdings erst einmal Zutritt zur Stadt verschaffen. Sie würde sich hineinschleichen müssen, denn nicht einmal Caesars Truppen konnten ihr sicheres Geleit durch das Kriegsgebiet garantieren. Sogar Rufus Cornelius mit seiner Eskorte würde Schwierigkeiten haben, wieder nach Alexandria zu kommen.

Aber es mußte sein. In diesem stinkenden Zelt würde sie es keinen Tag länger aushalten.

»Begünstigt er Ptolemaios, Mardian?«

»Als Römer begünstigt er den, der seinen eigenen Zwecken am dienlichsten ist.«

»Nun, warum sollte ihm dann etwas an meinem kleinen Bruder liegen, dessen Ratgeber und General ihn bekriegen und ihn aus Alexandria vertreiben wollen?«

»Würdet Ihr die Römer auffordern, in Alexandria zu bleiben, wenn Ihr an Stelle Eures Bruders wäret? Das ist so, als würde man ein Krokodil zu sich einladen, unter der Bedingung, daß es nur das Getreide frißt.«

»Im Augenblick, lieber Mardian, bin ich eine Königin, die gar nichts hat. Ich kann das Geschick meines Landes – und auch das meine – nicht bestimmen, wenn mir die Macht dazu fehlt. Ich muß wieder Königin von Ägypten sein.«

Mardian blieb stumm. Draußen vor dem Zelt hörte man die Kamele schnauben, und der heiße Wüstenwind blähte die Seidenwände des Zeltes auf. »Ihr habt recht«, sagte er schließlich. »Es ist jedoch ein gefährliches Spiel. Ich ängstige mich um Euch.«

»Die Einladung ist nur eine Herausforderung.«

»Oder eine Falle«, entgegnete Mardian. »Solltet Ihr tatsächlich einen Weg in die Stadt finden, kann er nach Belieben mit Euch verfahren.«

»Was habe ich schon zu verlieren?«

»Euer Leben – Majestät.«

»Mein Leben! Das Leben einer Verstoßenen, die in der Wildnis haust.«

Mardian zog die Augenbrauen in die Höhe.

»Bist du anderer Meinung?« fragte sie.

»Die Römer sind durch und durch verderbt. Ich würde mein Gesäß lieber in ein kochendes Pechfaß tauchen, als einem von ihnen zu trauen.«

»Ich werde diesem Julius Caesar nicht trauen. Ich vertraue nur meinem Verstand. Und deinem.« Tapfere Worte, dachte sie, ich wollte, ich könnte sie glauben. Was hat mein Verstand mir denn bisher gebracht? Ich habe nur eine gewisse Sache zu bieten, die Caesar vielleicht interessiert. Etwas, von dem sie guten Gewissens behaupten konnte, daß es noch kein Mann besessen hatte. Ob dies jedoch von jemandem mit seiner Erfahrung geschätzt werden würde, vermochte sie nicht zu sagen.

»Um in die Stadt zu gelangen«, hob Mardian erneut an, »muß Eure Verkleidung vollkommen sein. Vergeßt nicht, daß Ihr dort Prinzessin und Königin wart und daß Euch jeder im Palast kennt wie die eigene Mutter. Wir müssen sehr schlau und mit größter Sorgfalt vorgehen.«

»Vielleicht finde ich ein Versteck. In einer Feigenkiepe zum Beispiel.«

»Damit schafft Ihr es höchstens bis in die Küche, Majestät.« Er schien in die Betrachtung des Teppichs vertieft zu sein.

Wie denn sonst, überlegte sie. Doch Mardian hatte natürlich recht. Selbst wenn sie sich allein und verkleidet Einlaß verschaffen könnte, käme sie bestenfalls durch die Tore und in die Stadt, aber noch lange nicht in den Palast oder gar in Caesars Nähe.

Mardian erwähnte die Abwasserkanäle, und Kleopatra stellte sich vor, wie sie dreckig und stinkend vor dem größten und mächtigsten Römer der Welt stehen und ihn bitten würde, sie zur Königin von Ägypten zu machen.

Und was, wenn sie tatsächlich zu ihm gelangte? Sie wäre mutterseelenallein, ohne Armee, nur seiner Gnade ausgeliefert. Was, wenn er sie lediglich benutzen wollte, um Pothinos zu einem Handel zu zwingen? Du gibst mir meine neun Talente Gold, und ich gebe dir Kleopatra.

Was stünde denn in ihrer Macht, um sich zu retten, wenn sie erst einmal in der Stadt war?

Nun, das war ihr Risiko. »Es muß einen Weg geben, um in den Palast zu kommen«, sagte sie.

»Vor jedem Tor wimmelt es von Soldaten. Pothinos hat Unterwassersperren im Hafen versenkt. Ich glaube, sie dienen ebenso dazu, Caesar in der Stadt wie Euch außen vor zu halten.«

»Ich sehe an deinem Blick, daß du dennoch eine Idee hast.«

Mardian seufzte. »Ihr werdet Euch nicht davon abbringen lassen, nicht wahr?«

»Hast du je erlebt, daß ich meine Meinung ändere?«

»Wenn Ihr Euer Leben schon auf diese waghalsige Weise riskieren wollt, ist es meine Pflicht, Euch als Euer Freund und Ratgeber dabei zu unterstützen.« Er preßte die Lippen aufeinander, und die kleinen Augen funkelten sie vorwurfsvoll an. Es verdroß ihn nicht so sehr, daß sie womöglich bei dem Unternehmen zu Tode kam, sondern daß sie seinen Rat mißachtete. »Ich kenne jemanden, der Euch in den Palast schmuggeln kann. Ein Spion, der sich frei bewegt.«

»Ich habe mich schon gewundert, woher du soviel über Caesar weißt.«

»Er ist Sizilianer, Kaufmann. Es war sein Schiff, das uns in der Nacht, in der Ihr geflohen seid, nach Theben gebracht hat.«

»Ist er zuverlässig?«

»Ich würde ihm mein Leben anvertrauen.«

»Es geht aber nicht um deines, sondern um meines.«

»Er wird Euch nicht enttäuschen, Majestät. Es handelt sich um meinen Schwager. Sein Name ist Apollodoros.«

8

»Apollorodos«, sagte sie.

»Majestät ...«

Er verneigte sich, doch seine Miene wirkte dabei fast aufsässig, eine Arroganz, die sie schon zuvor bei Männern bemerkt hatte, die ohne feste Heimat waren. Das Gesicht war von Salz und Sonne gegerbt, wie ein Fels, der im Ansturm der Wetter mehr rauhe Kanten als weiche Konturen erhalten hat. Unter den dichten Wimpern blitzten dunkle Augen. Er machte den Eindruck eines Mannes, der eher daran gewöhnt ist, Befehle zu erteilen, als sie entgegenzunehmen.

Apollodoros war nach griechischer Mode gekleidet. Die *chlamys* wurde von einem großen Smaragd zusammengehalten, die Sandalen waren aus bestem gepunztem Leder. Im linken Ohrläppchen steckte ein goldener Ring, der ihm einen verwegenen Ausdruck verlieh, doch abgesehen davon trug er keinen Schmuck.

»Wie es scheint, stehst du schon eine Weile in meinen Diensten, ohne daß ich davon wußte«, sagte Kleopatra.

»Mardian entlohnt mich gut.«

»Nicht zu gut, will ich hoffen.«

»Ich bin es wert.«

Sie unterdrückte ein Lächeln. Sie empfand seine Überheblichkeit keineswegs als unangenehm. Für das, was sie sich vorgenommen hatte, benötigte sie jemanden, der über mehr als das normale Maß an Selbstvertrauen verfügte.

»Mardian behauptet, daß du dich frei bewegen kannst.«

»Ich besitze etwa zwanzig Schiffe und dazu noch einmal doppelt so viele Barken. Sie legen ohne Hindernis an und ab, das gilt für den Hafen wie den See Mareotis. Wenn ich in die Stadt will, komme ich hinein. Wenn ich sie verlassen will, komme ich hinaus.«

»Deine Schiffe sind nie durchsucht worden?«

»Ich habe zuverlässige Reisepapiere«, erwiderte er, steckte die Hand in den Geldbeutel und holte eine Goldmünze hervor. »Sie wurden vom Gott der Habgier gestempelt und gelten in jeder Stadt der Welt.«

»Ich besitze davon auch eine ganze Menge, könnte jedoch nicht behaupten, daß sie mir viel genutzt haben.«

»Grenzen existieren allein für Könige und Soldaten, Majestät. Nicht aber für Handelsleute.«

»Hat Mardian dir gesagt, was ich von dir will?«

Während sein träger Blick sie musterte, zuckte er nicht einen Moment mit der Wimper. Phantastisch. Wenn jemand den Mut besaß, den Plan durchzuführen, dann war er es. »Hat er.«

»Und – du wirst es tun?«

»Mein Teil ist einfach. Erlaubt Ihr mir, offen zu reden, Majestät?« fragte er. In seiner Bitte lag nicht die leiseste Spur von Unterwürfigkeit.

Sie deutete ein leichtes Nicken an.

»Ich werde mit einer Ladung syrischer Teppiche nach Alexandria segeln, so wie ich es schon Hunderte Male zuvor getan habe. Dazu gehört keine Courage. Ihr seid diejenige, die Mut beweisen muß.«

Sie bewunderte die Kühnheit, mit der er sprach. Aber schließlich war es ja genau das, wofür sie ihn bezahlte. Und er hatte recht. Würde sie den Mut aufbringen, ihren Plan in die Tat umzusetzen?

Falls man in ihrem Fall überhaupt von Mut sprechen konnte. Das Jahr im Exil hatte sie ausgelaugt – selbst die Furcht verlor ihre Macht über die Seele, wenn sie zum ständigen Begleiter wurde.

Wie viele Nächte habe ich wachgelegen und Pothinos in Ketten vor mir gesehen, wie oft die kühle Brise des Königlichen Hafens auf der Haut gespürt, den Salzgeruch des Meeres in der Nase gehabt statt des faulen Atems und des beißenden Gestanks der Kamele. Ich sehne mich nach der Erfüllung meines Schicksals wie die Durstende, die vom Wasser träumt. Ich bin zu müde, zu wütend, um meiner Angst ins Auge zu sehen.

»Mein Mut ist meine Angelegenheit. Du mußt mir lediglich sagen, wie wir vorgehen.«

Apollodoros zuckte mit den breiten Schultern. »Caesar bewohnt den Palast an der Nordspitze der Lochias-Hänge in der Nähe des Isistempels.« Meine früheren Gemächer, dachte sie bitter. »Um dorthin zu gelangen, müssen wir den Königlichen Hafen ansteuern und an den Palaststufen anlegen. Da sich jedoch auch Euer Bruder Ptolemaios und sein Minister Pothinos innerhalb des Palastgebiets aufhalten, ist die Lage unübersichtlich geworden. Auf dem Gelände befinden sich nun makedonische Wachen wie auch römische Legionäre. Das bedeutet, daß Ihr erst sicher seid, wenn Ihr in Caesars Palast gelangt.«

»Es ist *mein* Palast, Apollodoros, obwohl ich nicht wegen Kleinigkeiten streiten will.«

Eine leichte Verneigung seinerseits, wie in Anerkennung ihrer Worte. »Meine Reisepapiere bringen uns sicher bis zum Palast, doch wenn Euch einer von Ptolemaios' Makedoniern erkennt, verlieren sie ihre Macht.«

»Und was wirst du dann tun?«

Er lächelte. »Das, Majestät, ist das, wofür Ihr mich bezahlt.«

Sie ließ sich von ihren Frauen auf das vortrefflichste für die Begegnung mit Caesar herrichten. Es würde die wichtigste Unterredung ihres Lebens werden, und sie wollte dabei so schön sein wie möglich.

Iras massierte sie mit Mandelöl und rieb ihr Gesicht und Hals mit Balsam ein, um sie gegen den heißen Wüstenwind zu schützen. Charmion flocht ihr das Haar zu dünnen Zöpfen, die sie zu einem hoch angesetzten Knoten band. Danach trug sie Antimon auf Augenbrauen und Lider auf, pinselte Ocker auf Kleopatras Lippen und färbte ihr die Handflächen und Fußsohlen mit Henna. Sie würde nicht vor Caesar auftauchen und aussehen, als wäre sie gerade aus einem unterirdischen Kanal hervorgekrochen.

Während die Sklavinnen sich mit ihr beschäftigten, studierte Kleopatra ihr Bild in einem Bronzespiegel. Was sie erblickte, war ein hochmütiges Mädchengesicht mit dunkel getönter Haut und hohen, aristokratischen Wangenknochen. Ihre Urgroßmutter war eine syrische Prinzessin gewesen, mit persischem Blut in den Adern. Zweifellos verdankte sie dieser die dunkle Hautfarbe und die schwarzen Augen. Sie wußte, daß es Menschen gab, die sie schön fanden, während andere wiederum behaupteten, ihre Züge seien zu scharf und gebieterisch für eine Frau. Sie besaß beileibe nicht die engelzarte Schönheit ihrer Schwester. Aber sie hatte Geist und Charme im Überfluß, außerdem den festen, kleinen Körper asiatischer Prinzessinnen und nicht zuletzt einen ausgeprägten Hang zum Theatralischen. Es mußte einfach genügen.

»Charmion, hast du schon einmal bei einem Mann gelegen?«

Charmion schaute sie erschrocken an. Sie war schließlich nur eine Sklavin.

»Nein, Majestät.«

»Sag die Wahrheit. Ich stelle dir keine Falle.«

»Es ist nicht so, als hätte ich nicht den Wunsch«, gestand Charmion, wobei sie dem forschenden Blick im Spiegel auswich. »Es bietet sich jedoch nur selten Gelegenheit, und außerdem fehlt mir der Mut.«

Kleopatra spürte, wie sich Enttäuschung in ihr breitmachte. Es wäre ja wohl zwecklos, Mardian dazu zu befragen. »Ich möchte mehr über diese Dinge erfahren. Wenn ich in Alexandria wäre, könnte ich mich selbst darum kümmern. Aber hier ist das anders, und ich möchte auf keinen Fall mit den Soldatenhuren der arabischen Söldner reden. Kennst du jemanden, der mir weiterhelfen kann?«

Charmion sah hoch, und ihre Blicke trafen sich im Spiegel. »Es gibt da eine Frau. Sie lebt in Askalon, hat sich dorthin zurückgezogen. Sie war früher sehr bekannt am Hof, unter den Männern jedenfalls. Eine *heterai*. Damals war sie sehr teuer.«

»Laß sie holen. Zahle ihr, was sie verlangt. Ich breche in zwei Tagen auf und muß sie vorher sehen.«

Charmion eilte fort. Kleopatra schloß die Augen, hörte dem Wind zu, der die Seidenwände ihres Zeltes peitschte, und roch die abgestandene Luft des Wüstenlagers, die durch den Eingang drang und den Duft des arabischen Weihrauchs überlagerte. Sie war froh, daß sie endlich von hier wegkommen würde, froh auch, daß sich die Zukunft bald entschied, zum Guten oder zum Schlechten. Caesar würde dafür Sorge tragen. Doch wenn sie ihm gegenüberstand, wollte sie wenigstens etwas von dem wissen, worin er bereits Meister war.

9

Ihr Name war Rachel und sie war Jüdin. Eine recht unübliche Herkunft für eine Kurtisane oder *heterai*. Sie wirkte um einiges jünger als die vierzig Jahre, die sie als ihr Alter angab. Tiefschwarzes Haar, feingliedrig, gepflegte dunkle Haut. Sie trug eine Tunika aus feinster dunkelroter Seide, die bei jedem Schritt schimmerte und mit einer schweren Goldspange gehalten wurde. An ihren nackten braunen Armen klimperten goldene Armreifen, und in der Nase steckte ein kleiner Ring, gleichfalls aus Gold. Die Fingernägel waren mit Schildpatt gelackt, und auf dem Haar thronte ein juwelenbesetztes Diadem. Sie war gekleidet wie eine Prinzessin – offenbar hatte sie ihr Gewerbe verstanden.

Die dunklen Augen glitzerten amüsiert und wissend.

Sie ließ den Blick über das Innere des königlichen Pavillons gleiten, die lichten Vorhänge, die mit Gold- und Silberfäden genäht worden waren, die dicken Wollteppiche in Gold und Pfauenblau, die Sitzkissen aus rotem handgepunztem Leder.

Kleopatra ruhte auf einem Diwan und ließ sich von einer taubstummen Sklavin mit einer langen Pfauenfeder Kühlung zufächeln und die Fliegen verjagen. Sie tat ihr Bestes, um so unbefangen wie möglich zu wirken, wenngleich es in ihrem Inneren anders aussah. Der Erfahrungsunterschied zwischen ihr und dieser Frau war zu groß.

Diese Jüdin tritt eher auf wie eine Königin als ich, dachte sie bei sich.

»Man erzählt, du seist über lange Jahre hinweg eine *heterai* gewesen«, eröffnete Kleopatra das Gespräch.

Rachels dunkle Augen blitzten. »Die beste, die es je gab. Inzwischen habe ich mich jedoch zurückgezogen.«

»Und kannst dir jeden Luxus erlauben, wie ich gehört habe. Hat Charmion dir erläutert, weshalb ich dich holen ließ?«

»Sie hat mir lediglich mitgeteilt, daß meine Dienste erwünscht seien. Außerdem war sie sehr großzügig, sonst wäre ich wohl nicht erschienen.«

Die Frau ließ Kleopatra nicht aus den Augen. Sie war nicht im entferntesten so eingeschüchtert, wie Kleopatra es gern gesehen hätte. Aber warum auch? Das Zelt einer Wüstenkönigin ist schließlich nicht der Palast von Lochias.

»Bei wie vielen Männern hast du gelegen?«

»Ich habe sie nicht gezählt. Ein Mann ist wie der andere.«

»Hunderte?«

»Freilich.«

»Charmion hat mir gesagt, daß du in Alexandria einst einen ordentlichen Preis fordern konntest. Daß du einen besonderen Ruf genossen hast.«

Die Frau lächelte nur – ein derart aufreizendes Lächeln, daß es wahrscheinlich sogar Mardian in Wallung versetzt hätte.

»Ich selbst bin auf diese Art noch keinem Mann begegnet.« Kleopatra hielt inne, doch Rachels Gesichtsausdruck ließ sich nicht deuten. »Ich möchte deine Geheimnisse erfahren.«

»Ich kann sie Euch binnen einer Stunde erzählen, Majestät. Aber …«

»Aber?«

»Die Umsetzung erfordert mehr als schlichtes Erklären. Wenn Ihr versteht, worauf ich hinauswill.«

»Ich verstehe sehr gut. Aus diesem Grund habe ich Charmion erlaubt, großzügig zu sein. Und ich werde noch großzügiger sein. Ich möchte, daß du es mir vorführst.«

Rachel legte den Kopf schräg. »Es Euch vorführen, Majestät?«

»Du hast dich doch hoffentlich nicht ganz aus deinem Gewerbe zurückgezogen?«

»Nicht ganz. Ich bin jetzt eine verheiratete Frau und gehe den Pflichten lediglich seltener nach als zuvor.«

»Kann man dich überreden, dein früheres Gewerbe noch einmal für eine Stunde aufzunehmen?«

»Zwei Stunden, Majestät«, verbesserte Rachel sie liebenswürdig. »Und es würde an Eurer Überredungskraft liegen.«

Kleopatra hielt ihr ein Paar Ohrringe hin: sündhaft teure Perlen aus dem Roten Meer.

»Ist der Betreffende so unansehnlich?« erkundigte sich Rachel.

»Ganz und gar nicht. Wenn die Dinge anders lägen, würde ich wünschen, daß *er* mich unterweist. Aber das ist nicht möglich.«

Rachel griff nach den Ohrringen und barg sie in der Hand. »Ich werde es Euch vorführen, Majestät. Wenn Ihr es denn wirklich so wollt.«

Die Öllampe warf flackernde Schattenbilder an die Seidenwände des Zeltes. Die blinde Sklavin, die in der Ecke kauerte, bewegte die Fransenschabracke, um die Luft zu kühlen, die heiß und klebrig war wie Melasse. Der Luftzug blähte die zarten Vorhänge, die den Raum zum Schutz vor Insekten teilten.

Kleopatra saß hinter einem dieser Vorhänge, verborgen im Schatten, auf einem Sessel mit hoher, gerader Rückenlehne. Das Zeltinnere war so beleuchtet, daß sie ungesehen hineinschauen konnte. Auf ihrem Schoß lagen Stylus und Wachstafel. Sie war entschlossen, die folgende Lektion ebenso sorgfältig zu erfassen, wie sie einst die Rhetorik von Mardian und die Geometrie und Mathematik von den Lehrern des Museion gelernt hatte.

Sie sah, wie sich die Vorhänge des Eingangs teilten. Apollodoros. Es gäbe eine Zulage für ihn, hatte man ihm gesagt. Ein Geschenk der Königin.

Kleopatra spürte, wie sich ihre Bauchmuskeln zusammenzogen, und plötzlich hatte sie Schwierigkeiten zu atmen. Wie seltsam, dachte sie, daß ich so reagiere. Schließlich dient das Ganze nicht meinem Vergnügen, sondern lediglich der Anschauung. Sonst stünde ich doch ganz ohne Waffen vor Caesar, und das ist unmöglich.

Rachel hatte sich in einer Ecke des Zeltes auf einem einfachen Lager ausgestreckt. Sie trug eine knappe Tunika mit Fransenbesatz, unter der ihre langen, muskulösen, ölglänzenden Schenkel sichtbar waren. Auf die Lippen hatte sie einen dunklen bläulichen Puder aufgetragen, der sie voller und schwerer erscheinen ließ, und die Augenwinkel waren mit leuchtendem Zinnoberrot betont. Die Brüste waren von einem durchsichtigen Gazeschleier bedeckt, die Brustwarzen mit Karmin gefärbt – blutrote Schwellungen.

Apollodoros trat zu ihr. Auch er trug lediglich eine kurze weiße Tunika. Rachel erhob sich träge von ihrem Lager. Sie wechselten ein paar gemurmelte Sätze. Kleopatra lächelte still vor sich hin. Der Sizilianer war in erster Linie Kaufmann – wahrscheinlich wollte er sicherstellen, daß er für das Ganze nichts zu zahlen hatte.

Dann nickte er zufrieden und wollte nach Rachel greifen, doch sie entwand sich geschickt seinen Händen. Auf einem Klapptisch aus Zedernholz standen zwei silberne Pokale und eine Karaffe mit Wein. Daneben befand sich eine Sanduhr. Rachel drehte sie um, damit der Sand langsam in das untere Gehäuse rieseln konnte, schenkte Wein in einen der Pokale und trug ihn zu dem Sizilianer. Er blickte ihr mit Begehren entgegen, war sich aber offenbar nicht ganz im klaren, welche Rolle ihm zugedacht war.

Rachel nahm ihn bei der Hand, führte ihn zur Bettstatt, drückte ihn darauf nieder und hielt ihm den Pokal an die Lippen. Dann nahm sie seinen Kopf zwischen die Hände und küßte ihn auf den Mund. Apollodoros versuchte sie zu packen, doch sie entschlüpfte ihm und bedeutete ihm, geduldig zu sein. Dann kniete sie sich zwischen seine Beine und forderte ihn auf, die Kleider abzulegen.

Kleopatra merkte, wie fest ihre Finger den Stylus umklammert hielten. Ihr Mund fühlte sich trocken an, und zwischen den Schulterblättern hatte sich eine schmale Schweißspur gebildet, die ihr langsam die Wirbelsäule hinunterrann.

Apollodoros zog sich die Tunika über den Kopf. Sein Körper glich dem eines Gladiatoren – harte dicke Muskelstränge, Brust und Bauch mit dichtem Haarwuchs bedeckt. Sein Gesicht hatte sich gerötet und wirkte gequält. Kleopatra beugte sich dichter an den seidenen Trennschleier.

Als ob sie wüßte, was ihrer Schülerin durch den Kopf ging, rückte Rachel umsichtig zur Seite, und Kleopatra erkannte den Grund für den Aufruhr des Sizilianers. Die Jüdin hielt sein hochaufgerichtetes Glied zwischen ihren scharlachroten Fingernägeln. Kleopatra blies beide Backen auf, abgestoßen und fasziniert zugleich. Unmöglich, daß so ein kleines Ding so groß werden konnte. Würde es denn tatsächlich in eine derart zarte Frau passen, ohne sie zu zerreißen?

Und jetzt? Was tat sie da?

Der königlichen Jungfrau entglitt die Wachstafel, deren Aufschlag glücklicherweise von dem weichen Teppich verschluckt wurde. Daß eine Frau so etwas mit Zunge und Mund tun würde!

Kleopatra war nicht sicher, ob sie selbst sich je dazu überwinden konnte. Apollodoros bäumte sich auf, als würde er gepeitscht. Seine Züge waren verzerrt, er schien geradezu unter Folter zu stehen. Aber er hatte Rachel bei den Haaren gepackt, so daß ihr Kopf nicht von der Stelle konnte.

Jetzt leuchtet mir ein, warum sie mir das nicht einfach erklären konnte. Rachels Hände und Zunge schienen überall gleichzeitig zu sein. Apollodoros stöhnte laut, seine Stimme klang so unheimlich wie die der Priester im Tempel, wenn sie zu ihren Gesängen ansetzten.

Mit einemmal erhob sich Rachel und trat an den kleinen Zederntisch. Sie nahm den Mund voll Wein und schaute in das Dunkel, in dem Kleopatra verborgen saß, geradeso als könne sie sie erkennen. Sie lächelte. Es bereitet der Hexe Freude, dachte Kleopatra. Wie jede große Schauspielerin liebt sie ihr Publikum.

Danach ging Rachel aufreizend langsam zu dem Lager zurück, auf dem Apollodoros ausgebreitet lag wie ein Opfer. Sie beugte sich über ihn und ließ den roten Wein in seinen Mund tröpfeln. Dann richtete sie sich auf und streifte die Tunika ab. Darunter war sie nackt.

Ihr Körper war sorgsam eingeölt und glänzte im Lichtschein, der die sanfte Wölbung ihrer Wirbelsäule und die runden Kurven ihrer Hüften betonte. Die Lippen des Sizilianers glitten über ihren Bauch und über die kleinen Brüste. Er nahm eine der harten roten Brustwarzen zwischen die Zähne, und sie stieß einen Schrei aus wie ein verwundeter Vogel.

Kleopatra hatte Mühe zu schlucken. Ihre Hände hatten zu zittern begonnen. Es war ihr, als entweihe sie einen Tempel, um Zeugin geheimer Handlungen zu sein. Es war ganz anders, als sie es sich vorgestellt hatte, ganz anders als das, was üblicherweise durch Anleitung gelernt werden konnte, wie beispielsweise der Ringkampf oder das Speerwerfen, das die Männer im Gymnasium übten. Sie hatte mitangesehen, wie sich Pferde und das Vieh bestiegen, und sie war davon ausgegangen, daß der Vorgang nur eine Frage der Technik sei. Nun jedoch wurde ihr klar, daß es um mehr ging, daß Unterwerfung und Leidenschaft eine Rolle spielten.

In ihrem Bauch breitete sich Wärme aus, und sie wurde feucht zwischen den Beinen. Sie drückte die Hand auf den Mund und grub die Zähne in das Fleisch ihres Handballens.

Der Sizilianer preßte die *heterai* jetzt unter sich auf das Bett, Rachels Hüften wölbten sich ihm entgegen. Jedes Aufbäumen wurde von heiserem Geflüster und kleinen Schreien untermalt. Die Gurtbänder des Lagers ächzten, scharlachrote Fingernägel zerkratzten die Haut auf seinem breiten Rücken und über den festen Muskeln seiner Hinterbacken. Die Jüdin warf den Kopf zurück, die Lippen geöffnet. Doch dann wandte sie den Kopf zur Seite und lächelte abermals zu der dunklen Schattenecke hin. Trotz der perfekt gespielten Unterwerfung war sie immer noch Herrin der Lage.

Vollkommene Liebe, vollkommenes Theater.

Kleopatra spürte die Hitze in ihren Leisten, ihre Bauchmuskeln zogen sich schmerzhaft zusammen. Die Stärke der eigenen Begierde bewirkte, daß ihr übel wurde. Lange würde sie nicht mehr zuschauen können.

Rachel saß nun rittlings auf ihrem Liebhaber, seine Hände fuhren gierig über ihren Körper. Doch sie schien seinen Rhythmus zu kennen – ohne Vorwarnung stützte sie sich von ihm ab und hielt sein Glied, während er sich ergoß. Er rang mit offenem Mund nach Luft, die Fäuste zusammengeballt.

Rachel stand auf, um ihm noch einmal Wein einzuschenken. Sie tippte gegen die große Sanduhr neben der Karaffe. Der Sand war erst halb durchgelaufen, die Aufführung noch nicht zu Ende.

Kleopatra wußte jedoch, daß sie genug gesehen hatte. Sie erhob sich und hastete aus dem Pavillon.

10

Ein zarter violetter Schleier der Dämmerung hatte sich über die Küste gesenkt, als sie zu der Galeere ruderten, einem der Handelsschiffe des Sizilianers, das aus Syrien kam. Weiter im Westen erkannte man im dichter werdenden Nebel die große Festung von Pelusium und die Lagerfeuer von Achillas' Truppen.

Sie machten an der Galeere fest, während das kleine Boot auf den grauen Wellenbergen schlingerte. Plötzlich rissen grobe Hände Kleopatra hoch, als sei sie eine Schiffbrüchige und nicht die Königin von Ägypten.

Der Anker wurde gelichtet, und sie fuhren auf das Meer hinaus, um das letzte Stück der Reise hinter sich zu bringen, hinein in das Delta und nach Alexandria. Kleopatra war vor Angst wie gelähmt. Jetzt spielte es keine Rolle mehr, wie oft sie sich gesagt hatte, daß es keinen anderen Ausweg gab. Jetzt, da die Gefahr greifbar war, flüsterte ihr eine leise, doch unüberhörbare Stimme zu, daß ihr Leben, *jedes* Leben mehr galt als Stolz und Pflicht.

Aber sie würde ihre Schwäche nicht zeigen. Sie verbarg das Grauen unter derselben hochmütigen Maske, die ihr schon in der Vergangenheit gute Dienste geleistet hatte.

Apollodoros stand neben ihr am Bug. Sie schaffte es nicht, ihn anzublicken. Jedesmal, wenn sie daran dachte, was sie in der vergangenen Nacht mitangesehen hatte, wurde sie von einem heftigen Schamgefühl gepackt. Sie hätte jeden anderen Mann für die Unterweisung der jüdischen *heterai* auswählen können. Daß sie den Sizilianer erkoren hatte, war der unverzeihliche Versuch gewesen, ihr eigenes Verlangen auf dem einzigen Weg zu befriedigen, der ihr zustand. Sie würde nie die Freiheit besitzen, eigenen Sehnsüchten nachgeben zu können.

Das Ganze entbehrte jedoch nicht der Ironie. Sie hatte den Meisterspion enttarnt gesehen, hatte bis tief in sein Innerstes geblickt. Dennoch gab es vieles an ihm, das sie nicht kannte, und trotzdem hatte sie ihm ihr Leben anvertraut.

»Du bist mit der Schwester meines Lehrers verheiratet«, sagte sie und hielt die Augen auf den Küstenstrich gerichtet, der immer rascher in der Dunkelheit verschwamm.

»Seit zehn Jahren, Majestät«, kam die knappe Antwort.

»Wo ist deine Frau?«

»Ich sehe sie nicht oft«, erwiderte er ausweichend. »Die Anforderungen meines Geschäfts lassen es nur selten zu.«

»Sie lebt also nicht in Alexandria?«

»Nein, Majestät.«

Kleopatra fing an, sich über seine wortkarge Art zu ärgern. Glaubte er womöglich, nur weil sie nicht mehr im Lochias-Palast residierte, könne er so mit ihr umspringen? Nun, sie wollte einmal sehen, ob sie ihn nicht doch ein wenig aus der Bahn werfen konnte. »Und wie hat dir deine Hure gefallen?«

Er schwieg für lange Zeit, und Kleopatra dachte bereits, er habe ihre Frage nicht gehört. Schließlich antwortete er: »Ihr seid sehr gnädig. Ich hielt mich bereits für ausreichend entlohnt.«

»Eine kleine Zulage – da du dein Heim so selten siehst«, fügte sie spöttisch hinzu.

»Ich wünschte, es wäre meine Frau gewesen.«

»Selbstverständlich. Doch wenn sich etwas so günstig anbietet...«

»Ich liebe meine Frau. Bei meinem Leben.«

In der einfallenden Dunkelheit konnte sie sein Gesicht nicht ausmachen, doch seine Antwort verwunderte sie nicht. Männer sind ausnahmslos Lügner, hatte der Vater ihr in einem seiner klaren Momente erklärt. Sie belügen sich sogar selbst. Daß Ehemänner sich andere Frauen nahmen, schockierte Kleopatra nicht, das war einfach ihre Art. Selbst für Männer edlen Geblüts war die Ehe oft nichts weiter als eine Vereinbarung, ein Bündnis zwischen zwei Familien. Es erbitterte sie jedoch, daß der Sizilianer von der Liebe zu seiner Frau sprach, während ihm noch der Geruch einer anderen am Körper haftete.

»Natürlich liebst du sie. Zumindest wenn du bei ihr bist.«

»Wagt es nicht, über mich zu richten!« zischte er. »Ihr mögt eine Königin sein, aber Ihr seid noch ein Mädchen und wißt bei weitem nicht alles, was es über das Leben zu wissen gibt!«

Er wandte sich von ihr ab und begab sich zum Heck des Schiffes. Kleopatra verkroch sich in ihrem Mantel, um sich gegen den scharfen Nachtwind zu schützen. Wenn ich Caesar für mich einnehmen kann, lasse ich dich auspeitschen, Mardian hin oder her, dachte sie, während ihr das Herz wütend gegen die Rippen hämmerte. Ich lasse mich nicht wie eine Dienstmagd abkanzeln! Auch wenn ich verlassen und verraten bin und mich wie eine Diebin in den eigenen Palast schleichen muß, so bin ich dennoch Königin von Ägypten, die fleischgewordene Große Mutter, und das wird so bleiben, bis zum Tage meines Todes!

Kleopatra erfuhr zum ersten Mal in ihrem Leben, wie es ist, Opfer der Seekrankheit zu sein. Den folgenden Tag verbrachte sie über das Heck gebeugt, um Neptun die Ehre zu erweisen, wie Apollodoros es ausdrückte. Auf diesem Weg lernte sie, daß auch der stolzeste Wille am Schaukeln eines kleinen Schiffes zerbrechen kann. Als sie schließlich keine Galle mehr im Leib hatte, die sie über Bord spucken konnte, kauerte die Königin von Ägypten so elend im Speigatt wie die kümmerlichste Bettlerin aus Rhakotis.

Sie hatte ihre Stadt noch nie so gesehen, wie viele der anderen Alexandriner sie kannten, nämlich vom Horizont aus, vom Meer kommend. Der Leuchtturm schwang sich riesengroß aus dem schwarzen Meer, die mächtige Statue des Zeus erhob sich über dem lodernden Signalfeuer, die Wellen brachen sich wie Phosphor unter den Sockelkolonnaden.

Apollodoros hatte Kleopatra in ihrem Refugium aufgerüttelt, damit sie sich den Anblick nicht entgehen ließe. Geschwächt stand sie an der Reling, die sie so fest umklammerte, daß ihr die Knöchel weiß hervortraten.

Alexandria, ihre Stadt, die weißen Palastgebäude und Tempel stachen gespenstisch in den sternenübersäten Nachthimmel. Ein eindrucksvolles Bild, aber sie fühlte sich so matt, daß es ihr ebenso recht gewesen wäre, wenn sich das Reich der Toten vor ihr ausgebreitet hätte.

Von der Küste drang der Gestank der Werftgebäude zu ihnen, ein Gemisch von Gewürzen in den Lagerhallen, säuerlichem Tanggeruch der Fischerboote und dem beißenden Aroma der Eßstände. Kleopatras Magen verkrampfte sich. Sie hielt den Blick starr auf das Ufer gerichtet. Sie schämte sich zu sehr, um die Seeleute und Apollodoros anzuschauen, die sie in ihrer schlimmsten Stunde erlebt hatten. Noch immer zitterten ihr die Glieder von der Heftigkeit der Anfälle. Daß sie ihren Körper nicht hatte beherrschen können, jagte ihr einen heillosen Schrecken ein. Sie werden glauben, daß ich mich gefürchtet habe, dachte sie.

Aus dem Brucheion-Palast blitzten ihnen Lichter entgegen. Dort war sie geboren worden, und dort hatte sie, bis auf das vergangene Jahr, ihr Leben verbracht. Jetzt erschien er ihr so kalt und bedrohlich wie eine feindliche Festung.

Der Teppich wurde hervorgeholt und auf Deck ausgerollt. Es war einer der schönsten, den Kleopatra je gesehen hatte, ein Geschenk, das eines Kaisers würdig war, nicht eines römischen Magistrats. Gewebt in Kappadokien, aus feinster Wolle, mit dem satten Scharlachrot und Blau aus den Farben von Tyrus.

»Ihr müßt Euch auf den Teppich legen«, sagte Apollodoros.

Kleopatra holte tief Luft. Nun, dachte sie, immerhin haben nur wenige Menschen auf der Welt das Privileg, bei lebendigem Leib mumifiziert zu werden. Sie spürte die Blicke der Seeleute auf sich. Ob sie wirklich damit durchkommen würde?

»Beeilt Euch«, drängte Apollodoros.

Sich innerlich wappnend, legte sie sich auf den Teppich und kreuzte die Arme über der Brust. Noch ehe sie ein Zeichen geben konnte, waren bereits drei der Männer vorgesprungen und rollten sie ein. Erschöpft und schwach, wie sie sich nach der Seekrankheit fühlte, war das Gefühl, um die eigene Achse gedreht zu werden, schier unerträglich. Sie fing an zu schreien, doch alles, was sie hervorbrachte, wurde von dem dicken Teppich gedämpft.

Dann war es vollbracht. Sie war verschnürt, unfähig, auch nur eine Hand zu rühren. Sie stemmte sich gegen die Panikwelle, die sich ihrer bemächtigen wollte.

Es ist, als läge ich lebendig begraben, dachte sie.

Der Geruch von Wolle und Staub legte sich ihr auf die Lunge.

Ich ersticke, ging es ihr durch den Kopf. Sie fühlte, wie sie hochgehoben und in das kleine Beiboot gelassen wurde. Wieder spürte sie das Auf und Ab der Wellen und bekämpfte die Übelkeit, die erneut in ihr hochstieg. Wenn du dich hier erbrichst, sagte sie sich, würdest du in der Tat sterben. Das konnte nicht der glorreiche Tod sein, den die Götter für sie vorgesehen hatten.

»Nur Mut, Majestät«, hörte sie die gedämpfte Stimme des Sizilianers. »Ich werde dafür sorgen, daß Ihr vor den großen Römer kommt.«

Sie konnte den eigenen Herzschlag vernehmen. *Ich bekomme keine Luft!* Sie zwang sich zur Ruhe. Atme langsam ein und aus, sonst wirst du ohnmächtig. Sei mutig, Kleopatra. Es ist bald vorbei. Noch ehe die Sonne aufgeht, bist du entweder tot – oder du stehst vor Caesar.

Undeutlich drangen die Rufe der Fischer aus dem Hafen an ihr Ohr. Dann andere Stimmen, grimmig, der schwerfällige griechische Akzent nicht zu verkennen. Die makedonische Wache. Das Boot stieß gegen einen der Pylone und schrammte die Kaimauer. Apollodoros brüllte eine muntere Begrüßung. Offenbar kannte man ihn.

»Was bringst du da, Sizilianer?« hörte sie einen der Wachen fragen.

»Einen Teppich. Für den jungen König. Kostet mehr Geld, als du je auf einem Haufen sehen wirst, du fetter Esel. Soll ich ihn dir zeigen?«

Das Palaver ging noch eine Weile hin und her, dann merkte Kleopatra, wie sie aus dem Boot gewuchtet wurde. Die ruckartige Bewegung verdrehte ihr die Wirbelsäule, gleich anschließend wurde sie nach vorn geklappt.

Danach hievte man sie auf die Schultern der beiden Sklaven, die Apollodoros mit an Land gebracht hatte. Wenige Augenblicke später hörte sie, wie ein massives Eisenportal hinter ihr ins Schloß fiel. Sie waren im Palast.

Gedanken, denen sie zuvor keine Beachtung geschenkt hatte, drängten sich nun mit Macht in ihr Bewußtsein. Was ist, wenn Apollodoros mich verrät? Wie hoch ist der Wert meines Kopfes für einen einfachen Kaufmann? Mardian behauptet zwar, daß er zuverlässig ist, doch letztlich hat jeder seinen Preis. Und weiß ich denn überhaupt, ob ich Mardian trauen kann?

Ein neuerlicher Wortwechsel. Sie waren an einem der nächsten Kontrollpunkte angelangt. Nach dem, was sie mitbekam, handelte es sich nun um römische Wachen, doch was sie sagten, konnte sie nicht verstehen. Der Teppich hing von den Schultern der beiden Sklaven herab, ihre Nase wurde in das Gewebe gepreßt. Sie versuchte, den Kopf ein wenig zur Seite zu drehen, um Luft zu bekommen.

Wie aus weiter Ferne hörte sie das Knarren einer schweren Tür, die aufgeschwungen wurde, dann den Klang von Stimmen und Musik. Kleopatra wurde unsanft auf den Boden fallen gelassen und schlug hart mit dem Kopf auf. Dann wurde ihr schwarz vor Augen, es gab keine Luft mehr zum Atmen.

»Was ist das?« erkundigte sich Caesar.

»Es ist für meinen Herrn Caesar«, antwortete Apollodoros. »Ein Geschenk der Königin von Ägypten.«

Caesar wandte sich an Decimus Brutus, einen seiner Hauptleute.

»Etwas zu groß für einen Kopf, meinst du nicht? Vielleicht hat man uns dieses Mal den kompletten Leichnam geschickt. Ich frage mich, wer es sein könnte. Cicero etwa?«

Decimus legte ihm die Hand auf den Arm. »Seid vorsichtig, Imperator. Es könnte ein Meuchelmörder sein.«

»Dann mach du die Rolle auf.«

Decimus zog das Schwert und befahl Apollodoros und seinen Sklaven zurückzutreten. Er rollte den Teppich mit Fußtritten auf dem Marmorboden aus.

»Caesar!« rief er aus. »Er enthält in der Tat einen Körper.«

Caesars spöttischer Gesichtsausdruck verschwand. Mit einem Blick bedeutete er seiner Leibwache, die Schwerter zu ziehen. Drei von ihnen bauten sich hinter Apollodoros und seinen Sklaven auf.

Die Stille lastete bleiern im Raum. Dann versetzte Decimus Brutus dem Teppich einen letzten Tritt.

»Beim Barte Jupiters«, stieß Caesar hervor.

Kleopatra lag leblos vor ihnen, die Arme zu beiden Seiten herabgesunken. Apollodoros wollte einen Schritt auf sie zumachen, doch Decimus hielt ihn zurück. »Vielleicht verstellt sie sich.«

Apollodoros wirkte jedoch aufrichtig besorgt. »Ich fürchte, sie ist erstickt.«

»Wer ist das?« wollte Decimus wissen.

»*Sie* ist es, du Narr«, knurrte Caesar. Mit wenigen Schritten war er bei ihr und hatte sich heruntergebeugt. Sie sah so winzig aus wie ein verletztes Vögelchen. Er hob sie hoch, als sei sie eine Feder, und trug sie zu einem Diwan.

Kleopatra brauchte einige Minuten, um wieder zu wissen, wo sie war. Als sie die Augen aufschlug, sah sie zwei muskulöse Beine vor sich, die in schweren Ledergamaschen steckten. Sie hörte, wie eine Männerstimme in lateinischer Sprache sagte: »Sieht ganz süß aus, die Kleine.«

»Was meinst du, Decimus, ist sie wohl freiwillig gekommen, oder hat man sie als Appetithäppchen vorgeschickt? Du kennst diese ägyptischen Halunken. Sie würden die eigene Großmutter verkaufen.«

»Aber zuvor besteigen sie sie noch von hinten«, sagte der andere grinsend, woraufhin beide in schallendes Gelächter ausbrachen.

»Ich bin wach, meine Herren«, murmelte Kleopatra ebenfalls in lateinischer Sprache. »Und ich erlaube Ihnen nicht, so über meine Familie zu reden.«

Kleopatra hatte nicht vorgehabt, sich so rasch schon zu erkennen zu geben. Doch der, den man Decimus nannte, hatte ihre Worte vernommen und hörte auf zu lachen. Da hielt auch der andere – das mußte Caesar sein – im Lachen inne. Er wirkte allerdings immer noch erheitert. Keine Spur von Schuld oder Verlegenheit. »Habt Ihr verstanden, was wir gesagt haben?«

»Ich bin in Latein ein wenig aus der Übung ... aber ich weiß, daß Ihr mit einem Satz nicht nur mein Land, sondern auch meine Großmutter beleidigt habt, und das war immerhin eine syrische Prinzessin, verwandt mit den König von Parthien.«

»Das war ein schlechter Auftakt«, gab er zu. »Können wir noch einmal von vorn beginnen?«

»Dann aber in Griechisch«, erwiderte sie. »Das ist leichter für mich.« Sie wollte sich aufsetzen, doch um sie herum drehte sich immer noch alles. Seltsam, wo doch ihr Verstand so klar war wie ein Kristallsee.

»Selbstverständlich.« Er klatschte in die Hände, um die Diener herbeizurufen. »Bringt Wein, um sie zu beleben!«

Aus ihrer Perspektive sah er aus wie ein Riese. Sie versuchte abermals, sich aufzusetzen, aber die Muskeln gehorchten ihr nicht, und ihr wurde erneut schwindelig. Doch der Wein half. Caesar hielt ihr den Becher an die Lippen, als sei sie ein kleines Kind. Dann streckte er die Hand aus. Sie nahm sie. Ein Griff wie aus Eisen, er half ihr hoch, hielt ihre Hand länger als nötig. Große, kräftige Hände, ein schwerer goldener Siegelring am Mittelfinger der Rechten, die Adern wie dicke Seile unter der Haut, die mit feinen goldenen Härchen bedeckt war. Die Handflächen waren rauh und schwielig von Schwertknauf und Pferdegeschirr.

Jeder starrte sie an. Apollodoros, der Mann, den man Decimus Brutus nannte, die Sklaven und Diener, selbst Caesars Leibwache stand mit offenem Mund da, wie Bauern im Theater. Caesar schien sich der anderen mit einemmal bewußt zu werden.

»Raus!« rief er und scheuchte sie zur Tür. »Allesamt. Raus mit euch!«

Das war also Julius Caesar, von dem sie schon soviel gehört hatte. Der große Feldherr, der Pompejus besiegt hatte. Sie hatte etwas anderes erwartet, einen zweiten Alexander vielleicht. Sein Äußeres war enttäuschend. Für einen Römer war er zwar hochgewachsen, und vielleicht war er auch einmal ein gutaussehender Mann gewesen, doch mittlerweile hatte er die Fünfzig überschritten und war fast kahl. Um seinen Kopf zog sich nur noch ein kurzer blonder Haarkranz, der langsam ergraute. Und wie Mardian bereits erwähnt hatte, schien ihn die fehlende Haarpracht zu stören, denn er trug einen Lorbeerkranz auf dem Haupt, um den Makel zu kaschieren. Das Gesicht war gebräunt und mit tiefen Furchen durchzogen, abgenutzt wie eine lederne Satteltasche, die etliche Reisen hinter sich hat. Aber es ist die

Macht, die einem Mann seine Anziehungskraft verleiht, sagte Mardian immer, und nicht die körperliche Schönheit. Das Gesicht war sorgfältig rasiert, sehr viel gepflegter, als man es von einem Krieger hätte erwarten können.

Was Caesar jedoch fraglos besaß, war ein großes Maß an Autorität, so groß, daß es sie verunsicherte. Er hatte durchdringende dunkle Augen, die sie abwägend musterten, so als wolle er ihren Wert für den Basar bestimmen. Als ob sie, wenn man so wollte, tatsächlich ein Teppich wäre.

»Also habt Ihr Euch doch entschlossen, mir einen Besuch abzustatten«, sagte er, wieder vollkommen gefaßt.

»Ich bin keine Besucherin. Dieser Palast gehört mir.«

»Nun, das wäre noch zu klären.« Caesar wandte sich um und ließ sich auf einen Stuhl fallen. Dann grinste er plötzlich. »Ihr seid sehr einfallsreich. Pothinos wird in Ohnmacht sinken, wenn er erfährt, was Ihr getan habt.«

Kleopatra ließ ihren Blick durch den Raum wandern. Er gehörte zu den früheren Gemächern ihres Vaters. Dort stand der Tisch aus geschnitztem Elfenbein, an dem er immer gearbeitet hatte. Die Vase aus Lapislazuli gehörte ihr; sie war ein Geschenk, das ihr der König von Punt gesandt hatte. Und jetzt hatten sich diese Fremden hier breitgemacht, räkelten sich auf den kostbaren Sofas, als gehörten sie ihnen. In diesem Raum hier hatte sie manchmal privat gespeist, bevor Pothinos und seine Bande sie vertrieben hatte. Es war noch nicht einmal ein Jahr her, und doch kam es ihr vor wie ein ganzes Leben.

»Ihr seid also Kleopatra.«

»Und Ihr seid Caesar. Ich habe schon viel über Eure Taten vernommen.«

Er lächelte. Es war kein Lächeln der Bescheidenheit, sondern das eines Mannes, der ungebührlich stolz ist auf seine Errungenschaften. Sie hätte daran Anstoß nehmen sollen, doch statt dessen fand sie es auf seltsame Weise reizvoll.

»Ihr seid sehr schön«, sagte er.

Kleopatra spürte, daß sie rot wurde. Es stimmte offenbar, was man über ihn munkelte, er war ein Lüstling. Sie konnte es in seinen Augen sehen.

Das war nun der Mann, den sie hatte überreden, beeinflussen, womöglich sogar verführen wollen! Was ihr in der ausgedörrten Weite um den Berg Kasios noch so logisch und klar erschienen war, kam ihr nun ausgesprochen absurd vor. Wie ein Stück Treibholz, das glaubte, die Wellen befehlen zu können und zuletzt doch nur den Launen des Meeres gehorcht.

Mardian hatte recht gehabt. Sie war nackt und hatte nichts gegen ihn in der Hand.

Caesars Lächeln verschwand, der Blick seiner Augen wurde hart. »Neunzehn Jahre alt, eine Königin und sehr schön. Sagt mir, warum Ihr Pompejus, meinen Feind, mit Soldaten und Proviant versorgt habt.« Es klang wie ein Verhör.

»Mein Vater stand in seiner Schuld. Es war eine Frage der Treue.«

»Und trotzdem möchtet Ihr, daß ich mich nun zwischen Euch und Eurem Bruder entscheide?«

»Der Vorschlag stammt von Euch selbst, nicht von mir.«

»Ihr richtet Euer Segel nach dem Wind, wie es mir scheint.«

»Das nennt man steuern.«

Er lachte auf.

»Pothinos und der Regentschaftsrat haben mich des Thrones beraubt. Ich hoffe, daß Ihr mir Gerechtigkeit widerfahren laßt.« So lagen die Dinge aus ihrer Sicht, doch noch ehe sie die Sätze zu Ende gesprochen hatte, merkte sie, wie hohl sie im Grunde klangen.

Er verzog das Gesicht, als habe er einen unangenehmen Geschmack im Mund. »Gerechtigkeit gibt es nicht, es gibt nur Macht und die Wege, von ihr Gebrauch zu machen.«

Er behandelt mich wirklich wie ein kleines Mädchen, dachte sie. Eine von den vielen unbedeutenden Herrscherfiguren, mit denen er sich die Zeit vertreibt. Ich wäre närrisch, wenn ich mich vor ihm aufspielte und leere Drohungen von mir gäbe, denn ich werde niemals Eindruck auf ihn machen können.

»Und wie gedenkt Ihr von Eurer Macht Gebrauch zu machen?«

»Ich habe viertausend Legionäre und fünfunddreißig Schiffe. Achillas hat zwanzigtausend Mann, die vor der Stadt lagern und die ägyptische Flotte, die jenseits des Heptastadions liegt. Was glaubt Ihr, wieviel Macht das für mich bedeutet?«

»Ihr habt selbst vorgeschlagen, daß Ihr vermittelt.«

»Weil sich das leichter bewerkstelligen läßt, als Achillas' Armee zu bekriegen. Leuchtet Euch das ein?« Er verließ seinen Stuhl und nahm neben ihr auf dem Sofa Platz. Ohne weitere Worte ergriff er ihre Hand, drehte die Innenfläche nach oben und küßte sie.

»Ihr habt also nicht nach alter Sitte Euren Bruder geheiratet?«

»Er gefällt mir nicht«, brachte sie hervor.

»Und außer ihm gab es keine Bewerber?«

»Wer sollte mich denn wollen?«

»Nur ein Blinder könnte sich an Eurem Anblick nicht erfreuen.«

»Daran zweifle ich.«

»Ihr solltet meine Worte nicht bezweifeln. Ich bin Experte auf diesem Gebiet.«

Mit einemmal fiel es ihr schwer, gleichmäßig zu atmen. »So hat man mir berichtet.«

Rachel und deren Instruktionen fielen ihr ein. Glaubte sie wirklich, daß sie diesen Mann verzaubern konnte? Was für ein abwegiger Gedanke. Kleopatra war vor Schreck wie gelähmt. Du mußt dich ein bißchen mehr anstrengen, Mädchen, ermunterte sie sich. Was Caesar will, liegt auf der Hand, und er wird es sich nehmen, ob du es ihm offerierst oder nicht. Genau wie Gallien.

»Werdet Ihr mir helfen?« flüsterte sie.

Er antwortete mit einem Lächeln. »Das, mein Kätzchen«, sagte er leise, »liegt ganz bei dir.«

11

Es war ganz anders, als sie es sich vorgestellt hatte. Sie hatte vorgehabt, die Führung zu übernehmen, so wie sie es bei Rachel gesehen hatte, doch dann hatte der Mut sie verlassen. Wie sollte sie denn auch jemanden wie diesen Römer kontrollieren können, der schon bei so vielen Frauen gelegen hatte? Es war eine Sache, jemandem zuzusehen. Es selbst zu tun war jedoch eine ganz andere. Caesar war offenbar nicht gewillt, es ihr leichtzumachen – er stand einfach da, hielt einen Weinpokal in der Hand und blickte sie an.

Natürlich hatte er auch ihr Schlafgemach übernommen. Der weiche Kerzenschein in den farbigen Glaslaternen wurde wie stumpfes Gold von den Onyxböden und Elfenbeinwänden zurückgeworfen. Die Vorhänge aus bester arabischer Seide bauschten sich in der Brise, die vom Hafen her zu ihnen wehte. Unter den Fenstern klatschten die Wellen ans Ufer.

Das Bett war aus geschnitztem Ebenholz, das den Nil hoch aus Ländern jenseits der Katarakte herbeigeschafft wurde. Es war mit Intarsien aus Elfenbein versehen. Die Bettdecke war mit tyrischem Purpur gefärbt. Kleopatra streifte sich hastig die Kleider ab, kletterte geschwind ins Bett und zog sich die Decke bis unter die Achseln.

Caesar trank seinen Wein aus und entkleidete sich ohne die geringste Scheu. Er löste die Spangen des Purpurmantels, nahm den kostbaren Brustschild aus Emaille ab und entledigte sich der ledernen Gamaschen und Sandalen. Er trug jedoch noch Tunika und Unterkleidung, als er zu ihr ins Bett schlüpfte.

Dann zog er sie an sich. Sie spürte die schwieligen Hände auf ihrer Haut. Nichts von dem, was Rachel ihr vorgeführt hatte, wußte sie in diesem Moment zu wiederholen. Sie lag nur da und ließ ihn gewähren. Als er sie zum ersten Mal küßte, wurde sie sich seines warmen, leicht würzig riechenden Atems bewußt. Danach spürte sie, wie seine Hände ihre Brüste kneteten, fest, als wolle er ihr weh tun.

Sie war zu verängstigt, zu sehr von der Bedeutung des Moments ergriffen, um Vergnügen zu empfinden. Er vergrub sein Gesicht zwischen ihren Brüsten, saugte an ihnen und biß in die Brustspitzen. Womöglich hielt er ihr qualvolles Stöhnen für Laute der Lust, denn er wurde heftiger, statt von ihr abzulassen.

Sie sah unverwandt in das Dämmerlicht, den Körper starr vor Furcht. Was denkt er jetzt wohl, fragte sie sich. Caesar, wie er Ägypten erobert?

Er glitt zwischen ihre Beine, und sie hielt den Atem an. Dann war er in ihr, stieß zu, schnell und hart. Kleopatra biß sich auf die Lippen, unterdrückte den Schmerzensschrei und spürte, wie ihr die Tränen aus den Augen traten. Sie hatte nicht geahnt, daß es so schmerzhaft sein würde.

Danach war alles schnell vorbei. Mit einem Mal bäumte er sich auf, dann spürte sie sein Gewicht, als er auf sie niedersank.

Sie blieb lange Zeit reglos liegen, die Last seines Körpers auf sich, und fühlte, wie ihr Gesicht naß war vor Tränen. Auch zwischen ihren Beinen war es naß. Blut und Samen. Schließlich rollte er sich von ihr herunter.

Kleopatra drehte den Kopf zur Seite, um aus dem Fenster zu schauen. Eine schmale Mondsichel glänzte über dem Leuchtturm, ein dünner Silberbogen, der aussah wie die Hörner des Horus, das Zeichen der Fruchtbarkeit.

Das einzige, was ihr durch den Kopf ging, war: *eine weitere Eroberung Caesars.* Er war eingedrungen und hatte Besitz ergriffen.

Vielleicht genügte ihm das in der Regel. Wenn sie ihn weiterhin halten wollte, dann nicht mit dem Körperteil, der allen Frauen zu eigen war. Sie würde das einsetzen, was sonst keine Frau besaß – Ägypten.

»Du bist sicher hungrig«, sagte er. Er riß die Tür auf und brüllte nach seinen Sklaven. Als er wieder zu ihr trat, lächelte er. »Man hatte mir schon berichtet, daß du gewitzt bist. War das deine Idee? Die Sache mit dem Teppich?«

Nein – aber das willst du bestimmt nicht hören. »Wenn ich gewußt hätte, wie unangenehm es wird, hätte ich mir etwas anderes einfallen lassen.«

»Nun, davon bin ich überzeugt.« Er setzte sich zu ihr, und sie stellte fest, daß er sie abermals musterte, als befände er sich auf dem Sklavenmarkt, um die Ware zu inspizieren. »Wie alt bist du?«

»Ich bin zwanzig Jahre alt.«

»Reichlich jung für eine Königin.«

»Das hängt von der Situation ab, in der sich die Königin befindet. Das Innere einer Teppichrolle ist beispielsweise kein Ort für eine alte Frau.«

»Und überdies wäre Caesar nicht entzückt, wenn man ihm auf diese Weise eine alte Frau in die Gemächer brächte.«

»Wohl kaum.«

Es ist, dachte sie, als würde man von der tosenden Flut weggespült. Sie hatte angenommen, daß ihre Entjungferung für ihn der Höhepunkt des Abends sein würde, doch es schien seiner Vitalität nicht den geringsten Abbruch getan zu haben. Er hatte sie zwar genossen, doch seine Aufmerksamkeit und Konzentrationsfähigkeit waren davon nicht im mindesten betroffen. Sie fragte sich, ob sie wirklich gewußt hatte, was er von ihr wollte.

Andererseits – wußte sie, was sie von ihm wollte? Sie hatte erwartet, daß er sie abstieß, dieser barbarische Feldherr, doch nun mußte sie erkennen, daß sie noch nie jemandem begegnet war, den sie so faszinierend fand wie ihn. Noch niemand war ihr bisher so selbstbewußt, so ebenbürtig entgegengetreten, und schon gar keiner war derart selbstverständlich in die Rolle des Liebhabers einer ptolemaischen Prinzessin geschlüpft.

Das Mahl wurde auf einem großen Silbertablett hereingetragen. Schafskäse, Rosinen aus Rhodos, volle dunkle Weintrauben. Es wurde ihr auf einem kleinen Tisch kredenzt. Caesar füllte den Jaspispokal mit Wein auf und trat zum Fenster.

»Möchtest du denn nichts essen?«

»Essen interessiert mich nicht so sehr.«

Sie selbst war jedoch hungrig wie ein Wolf. Nach den widrigen Umständen auf der Galeere des Sizilianers war ihr Magen leer, und die schonungslose Einführung in die Belange eines römischen Magistrats hatte sie noch zusätzlich geschwächt. Wie eine Wilde machte sie sich über das Essen her.

Caesar beobachtete sie. Ihr Verhalten schien ihn zu belustigen. »Das also ist die Exilkönigin von Ägypten.«

»Ich hoffe, du bist nicht enttäuscht.«

»In keiner Weise. Weder von deiner Gesellschaft noch von der Art deiner Ankunft.«

»Ich komme wie eine Bittstellerin.«

»Vielleicht erfährst du ja, daß dir die Hilfe gern und großzügig gewährt wird.«

»Zuerst müßte ich verstehen, weshalb du mir hilfst.«

»Selbst Caesar versteht sich nicht allezeit.«

Wie sie feststellte, hatte er die Angewohnheit, über sich zu sprechen, als sei er ein anderer. Wie ein Herrscher. Oder als sei er ein Beobachter, der das eigene Leben betrachtet, um in Erfahrung zu bringen, was er als nächstes tut.

»Du weißt, was sie mit Pompejus gemacht haben?« fragte er.

»Pompejus war der Freund meines Vater«, erwiderte sie. »Er hatte Anspruch auf bessere Behandlung.« Nun, das war jedenfalls *eine* Möglichkeit, die Dinge zu sehen. Andererseits war er auch nur ein weiterer römischer Blutsauger. Ihn umzubringen war, taktisch gesehen, jedoch ein grober Fehler. So dumm wäre ich nicht gewesen, dachte sie. Aber Pothinos und seine Genossen hatten wahrscheinlich geglaubt, daß sie mit Weitblick agierten. Kein Wunder, daß Ptolemaios unter dem Einfluß seines Lehrers so verdorben worden war.

»Glaubst du, daß ein Mann solchen Menschen trauen kann?«

»In mir hättest du eine getreuere Verbündete, Imperator«, erwiderte sie.

Er wirkte nachdenklich. »Das wird sich zeigen«, sagte er dann. »Da wäre immer noch die Frage, warum du Pompejus unterstützt hast.«

»Ich habe dir erklärt, daß er ein Freund meines Vaters war. Freunde verrät man nicht.«

»Außerdem muß es dir damals als der klügere Einsatz erschienen sein.«

Götter, es hatte keinen Zweck. Sie lächelte, und er lächelte zurück.

»Ich an deiner Stelle hätte wahrscheinlich genauso gehandelt«, lenkte er ein. »Doch darüber können wir uns später noch unterhalten. Zuerst mußt du mir berichten, wie es überhaupt dazu kommen konnte, daß du in der Wüste gelandet bist.«

»Sie haben ein Komplott geschmiedet. Der Hauptmann der Wache hat mich verraten. Als ihm klar wurde, daß ich nicht vorhatte, meinen Bruder zu ehelichen, schlug er sich auf die Seite des Regentschaftsrats. Tief in der Nacht habe ich die Flucht ergriffen.«

Er runzelte die Stirn. »Wie kann man nur den eigenen Bruder heiraten?«

»Da wir Götter auf Erden sind, können wir uns nur mit unseresgleichen vermählen. Das war von jeher Sitte in Ägypten, seit der Zeit der Pharaonen. Wir Ptolemaier haben diese Sitte übernommen, um die Gunst der Priester zu gewinnen. In der Regel wird die Ehe nicht vollzogen.«

Sie wußte, was er dachte. *Barbarisch*. Er mochte recht haben. Arsinoë und Antiochos waren entstanden, weil ihr Vater mit einer seiner Schwestern herumgetändelt hatte.

»Ich wollte diese Tradition nicht übernehmen«, erzählte sie weiter. »Das war das Problem.«

Er verzog das Gesicht. »Aus Gründen des Anstands?«

»Weil mein Bruder ein Dummkopf ist. Ich bin die einzige, die über genügend Geist und Entschlossenheit verfügt, Ägypten zu regieren. Mein Vater wußte das. Ebenso wie ich.«

Er grinste. »Du bist wie eine Tigerin.«

»Ich weiß, was ich bin.«

Er trank ein Schlückchen Wein, ohne den Blick von ihr zu wenden. Das verwirrte sie. »Erzähle weiter.«

»Am Morgen, nachdem ich Alexandria verlassen hatte, übernahm der Regentschaftsrat die Macht, im Namen meines Bruders.«

»Mit dem Regentschaftsrat meinst du dieses fette Schwein Pothinos, dessen Stimme quietscht wie ein schlecht gezimmerter Karren?«

»Eben jenen.«

»Und danach? Bist du gleich zum Berg Kasios geflohen?«

»Zuerst nicht. Ich habe viele Anhänger in der *chora*, das sind die Regionen des Mittleren und Oberen Nils, jenseits des Deltas. Die Priester der alten Religion sind dort noch immer sehr einflußreich. Sie sagten mir ihre Hilfe zu. Ich habe ihre Religion respektiert, und sie haben es mir mit Treue vergolten.«

»Nun, mir scheint, daß da mehr als Respekt eine Rolle spielt«, sagte er. »Ich habe gehört, daß du eine ihrer Göttinnen anbetest – Isis.«

»Isis, Aphrodite – sie ist für alle da.«

Er zog die Augenbrauen in die Höhe. »Bitte. Sprich weiter.«

»Ich war mehrere Monate lang in Theben, um eine Armee aufzustellen, bis Pothinos ein *prostagma* verkündete, einen königlichen Erlaß, wiederum im Namen meines Bruders. Danach war es verboten, Gebiete außerhalb Alexandrias mit Getreide zu versorgen. Zuwiderhandelnden drohte die Todesstrafe. Man wollte mich aushungern. Da ich nicht zulassen konnte, daß die *chora* meinethalben noch mehr litt, als sie es ohnehin schon tat, beschloß ich, Ägypten zu verlassen.«

Caesar lächelte. »Außerdem hätten sie dich ausliefern können, wenn ihnen der Magen erst einmal ordentlich geknurrt hätte.«

»Es lag mir nicht daran, das in Erfahrung zu bringen.«

»Das war sehr weise von dir.«

»Zu jenem Zeitpunkt verfügte ich über eine kleine Armee, die ich in der *chora* rekrutiert hatte, auch über Führer und Lastenträger und nicht zuletzt über das Vermögen, das ich bereits Monate vor dem Aufstand als Sicherheit hatte nach Theben schaffen lassen.«

»Ich bin beeindruckt.«

»Mit Hilfe der Abwärtsströmung sind wir nach Norden gesegelt, nahmen den östlichsten Arm des Nils. Danach verließen wir die Barken und zogen entlang des Necho-Kanals auf Kamelen zum Roten Meer. Wir überquerten die Grenze an einer Stelle, die den Namen Schilfsee trägt. Es handelt sich um flaches, unwirtliches Marschland, das den Gezeiten gehorcht. An jenem Ort entkamen die Juden den Ägyptern, mit dem abtrünnigen Moses an der Spitze. Als die Soldaten des Pharaos ihnen folgten, stieg die Flut, und die Marsch wurde ihr Grab.«

»Ich kenne diese Geschichte von Herodes.«

»Ist er ein Freund von dir?«

»Ein Vasall«, korrigierte er sie.

»So oder so, die Geschichte ist wahr. Die Gewässer sind verpestet und tückisch. Man riecht sie schon von weitem. Manch einer der ägyptischen Träger weigerte sich, weiterzuziehen. Sie glauben, daß der Gestank der Atem des Seth ist, des Gottes des Bösen.«

»Aber du bist durchgekommen.«

»In Schilfbooten. Unsere Führer haben die Kamele durch eine Furt geleitet. Ich werde die Hitze und den Geruch nie vergessen. Immer wieder habe ich mich gefragt, ob ich wohl jemals diesen Palast wiedersehe.« Sie lächelte. »Als sie den armen Mardian in eines der Boote hievten, wäre es bei seinem Gewicht fast gekentert.«

»Wer ist Mardian?«

»Mein Ratgeber. Als ich Kind war, war er mein *tropheus*, mein Lehrer.«

Caesar schaute sie amüsiert an. »Und da stecktest du nun inmitten des Sumpfes, ohne Land, ohne Freunde, und nur mit einem Lehrer, der dir zur Seite stand?«

»Wir wurden in Askalon aufgenommen. Die Erinnerung an meinen Vater ist den Menschen dort teuer.«

»Wie hast du deine Armee zusammenbekommen?«

»So wie mein Vater. Ich habe nabatäische Araber als Söldner angeworben, denen ich einen hohen Sold in Aussicht gestellt habe, wenn sie mir wieder zum Thron verhelfen. Die versprochene Summe war zweimal so hoch wie das, was sonst gezahlt wird.«

»Natürlich. Geld ist das teuerste im Leben.«

»Dennoch – Gold allein ist wertlos, es sei denn, man tauscht es gegen Macht.«

Caesars Augenbrauen wanderten erstaunt in die Höhe. Offenbar war er derselben Ansicht. »Hattest du tatsächlich vor, zu kämpfen?«

»Ich hatte keine Wahl. Wir sind auf Pelusium marschiert, doch Achillas hat sich uns nicht gestellt, und uns fehlten die Mittel zum Sturm. In dieser Situation habe ich die vergangenen Monate verbracht.«

»Was wäre gewesen, wenn Achillas den Kampf aufgenommen hätte? Was, wenn du verloren hättest?«

»Wenn ich verliere, sterbe ich. Ich kann nicht die Seiten wechseln, wie der gemeine Soldat.«

»In der Tat. Eine amüsante Geschichte.«

Was sie betraf, so konnte sie an der Geschichte beim besten Willlen nichts Unterhaltsames finden. Die Monate im Exil hatten ihr dafür zu arg zugesetzt. Allerdings hatte die Erfahrung sie auch gestählt. Sie hatte gelernt, Härten und Widrigkeiten zu trotzen, und dies wiederum hatte ihr Zuversicht geschenkt. Sie war längst nicht mehr das verwöhnte Mädchen, das voller Furcht aus dem Palast geflohen war, und sie hatte begriffen, daß sie nicht so einfach zu besiegen war. Doch sie wußte auch um die Narben, die die Erfahrung hinterlassen hatte, die Schatten, die sie auf den königlichen Glanz geworfen hatten. Sie war nur noch eine Aufständische, bar jeder Macht, besaß nur noch Name und Titel der Geburt.

»Was gibt es noch, das ich über dich wissen sollte?« fragte er.

»Ich beherrsche acht Sprachen, einschließlich des Hebräischen und Aramäischen. Ich kann die Preise in einer syrischen *tabernae* lesen, einen phönizischen Matrosen fragen, welche Fracht er geladen hat, und einen Judäer in dessen Muttersprache beleidigen. Ich habe die Epen des Homer gelesen, die Geschichtstexte des Herodot und die Tragödien des Euripides. Ich kann auf der siebensaitigen Lyra spielen, habe Rhetorik, Astronomie und Heilkunde im Museion studiert, und mein Lehrer behauptet, daß ich ein große Begabung für die Mathematik und die Geometrie besitze. Außerdem mache ich mich ganz passabel zu Pferde.«

Caesars Lächeln erlosch. »Gibt es auch etwas, das du nicht kannst?«

Kleopatra entschloß sich zur Wahrheit. »Ich kann Ägypten nicht ohne dich regieren.«

Er nickte versonnen. »Das weiß ich bereits. Ich danke dir jedoch für deine Offenheit.«

Die schwarzen Augen sahen sie eindringlich an. Sie mußte an sich halten, um ihm nicht noch mehr zu gestehen. Eine Stimme in ihr flüsterte ihr ein, ihm zu vertrauen – eine wahrhaft gefährliche Ausgangsbasis.

12

Kleopatra versank in der tiefsten Schwärze des Schlafs, bis sie am Morgen von lauten Schreien geweckt wurde. Als sie hochfuhr, sah sie ihren kleinen Bruder an der Tür stehen, der sie mit offenem Mund anstarrte. Neben ihm Pothinos. Caesar lehnte, bereits angekleidet, am Fenster und tunkte zum Frühstück einen Kanten Brot in ein Glas Wein.

Sie begriff sogleich, was Caesar beabsichtigt hatte. Das Lager mit einer Königin zu teilen war nicht zuletzt ein politischer Akt, der unbezeugt bedeutungslos blieb. In ihr tauchte der Verdacht auf, daß er Ptolemaios und Pothinos gleich nach dem Wachwerden hierherzitiert hatte. Na gut, wenn sie die Rolle der Hurenkönigin spielen sollte, dann würde sie auch davor nicht zurückschrecken. Sie ließ das Laken von den Schultern gleiten und entblößte die Brüste. Ohne nachzudenken, streckte sie ihrem Bruder die Zunge raus und schnitt ihm eine Fratze. Doch sofort bereute sie es. Eine kindische Reaktion der Schadenfreude, die einer Königin nicht anstand. Doch sie erreichte ihren Zweck. Ptolemaios brach in Tränen aus.

Dummer Junge.

»Was macht *sie* denn hier?« heulte er auf.

Caesars Augenbrauen wanderten abermals in die Höhe. »Wonach sieht es wohl aus?«

Ptolemaios' Gesicht zog sich so schrumpelig zusammen wie eine Weintraube in der Sonne. Er stampfte mit dem Fuß auf. Ach, kleiner Bruder, dachte Kleopatra, wenn du willst, daß Caesar dich ernst nimmt, dann darfst du niemals mit dem Fuß aufstampfen. Du erntest sonst nur Kopfnüsse und einen Tritt in den Allerwertesten.

»Das ist dein Fehler!« brüllte er Pothinos an und rannte aus dem Raum.

In Pothinos' Augen mischten sich Zorn und Verwirrung, als er Caesar ansah, doch als sein Blick zu Kleopatra wanderte, sprühten die Augen Gift. Wie gut, dachte sie, daß Blicke nicht töten können. Dann machte er kehrt und folgte seinem Schützling. Caesar nickte den Soldaten zu, die an der Tür wachten. »Ihnen nach! Bringt den Jungen hierher zurück.«

Dann wandte er sich um und lächelte Kleopatra zu. »Das wird ein wundervoller Morgen«, sagte er und richtete die Augen wieder auf den blauen Hafen und die zarten weißen Wellenkronen, die die Insel Pharos mit dem Leuchtturm umspielten.

13

Caesar hatte alles gut geplant. Er empfing sie im Haus der Verehrung, dem Thronsaal. Die hohen Säulen aus rot gemasertem Porphyrit spiegelten sich im glänzenden Marmorboden. Die mächtige Erhabenheit des Thrones ließ jene, die an seinem Fuße standen, unbedeutend erscheinen. Caesar saß in der fransenbesetzten *toga virilis*, versehen mit den Purpurstreifen des römischen Senators, auf einem Thron, der mit gelbem Jaspis und Granatsteinen in der Größe von Taubeneiern bedeckt war. Kleopatra trug eine Robe aus schimmerndem Gold und befand sich auf einem ähnlichen Thronsitz an seiner Seite.

Pothinos und Ptolemaios glichen eher Bittstellern als dem Regenten und dem obersten Ratgeber des reichsten Landes der Erde.

Ptolemaios' Augen waren geschwollen vom Weinen, und seine Hände zitterten. Der Sohn seines Vaters, nur weitaus schlimmer, dachte Kleopatra traurig. Wenn er noch ein wenig mehr von dieser Seite geerbt hätte, würde er sich mit Hilfe des Weins gegen die drohenden Unbill des Lebens schützen. Armer Vater.

Pothinos hatte die Locken mit teurer Pomade gekräuselt und versuchte – ganz Speichellecker, der er war – den Abscheu vor dem römischen Feldherrn mit heuchlerischem Lächeln zu übertünchen.

»Fühlt sich der Kronregent besser?« erkundigte Caesar sich mit eisiger Stimme.

Pothinos' Kopf nickte so heftig auf und ab wie der eines Papageis. »Er hat sich vollständig von dem Schrecken erholt, Imperator.«

»Er hat sich aufgeführt, als hätte er eine Legion verloren und überdies noch einen strotzenden Gallier vor sich, der ihm an den Kragen will. Wenn er König sein will, sollte er lernen, seine Gefühle zu beherrschen.«

»Er leidet noch unter seiner Jugend. Wenn er ein wenig älter ist, wird er ein zweiter Alexander.«

»Alexander!« Caesar zog die Luft ein, als sei er Zeuge einer Gotteslästerung geworden. Es war kein Geheimnis, daß er selbst danach trachtete, in die Fußstapfen des legendären makedonischen Feldherrn zu treten. Seine Lippen kräuselten sich verächtlich beim Anblick Ptolemaios'. Dann wiederholte er den Namen noch einmal, fast unhörbar. »Alexander!«

Kleopatra hätte gern schon jetzt gewußt, was als nächstes geschehen würde. Obwohl Caesar so tat, als gehörte sie zu ihm, hatte er sie ebenso wie ihren Bruder und Pothinos hierherbefohlen und bisher nichts verlauten lassen, was ihre Zukunft betraf. Sie war vollkommen in seiner Hand. Wen würde er vorziehen? Sie – oder diesen dummen Jungen? Sie bildete sich nicht ein, daß sie ihn sich mit dieser einen Liebesnacht gefügig gemacht hatte – die Liebe war für jemanden wie ihn ohnehin nichts als eine billige Währung, bei Bedarf zu gebrauchen, doch darüber hinaus wertlos. Ihr blieb nur die Hoffnung, daß ihre Ausführungen sein hartes Herz erweicht hatten.

»Wie Ihr wißt«, wandte er sich an Pothinos, »war es der Wille des letzten Königs, daß Ägypten von Ptolemaios und seiner Schwester, Kleopatra, regiert würde. Es bekümmert Rom, daß Uneinigkeit zwischen ihnen herrscht. Ihr Vater war nicht zuletzt Freund und Verbündeter des römischen Volkes.«

Das war er in der Tat, dachte Kleopatra voll Bitterkeit. Für dieses Privileg hatte er einen beträchtlichen Teil seines Vermögens verschleudert.

»Caesars einziges Anliegen ist, daß wieder Frieden einzieht in Ägypten. Daher wünscht Caesar, daß der Prinz sich unverzüglich, nach Sitte der Ägypter, mit seiner Schwester vermählt, und sie den Willen ihres Vaters erfüllen.«

Das war es also. Caesar würde sie mit ihrem Bruder verheiraten. Wie auch anders? Ihm lag nicht an Gerechtigkeit, er wollte nur Frieden. Sie sah starr geradeaus, um ihre Enttäuschung zu verbergen. Dann wartete sie darauf, daß er seine Bedingung kundtat, dafür, daß sie sich erneut an die Gurgel gehen durften.

»Ihr werdet den Frieden, den Caesar euch geschenkt hat, nutzen, um der römischen Republik die Schulden zu erstatten, die Euer Vater hinterlassen hat. Eine Summe, die mir zu entrichten ist.« Schau an, dachte sie, auf diese Weise zieht er also Gewinn aus der Sache. Sie sah, daß er sie beobachtete und auf Anzeichen ihres Unmuts oder Zorns wartete. Nun, den Gefallen würde sie ihm nicht tun.

Habe ich überhaupt Anlaß dazu? überlegte sie weiter. Ich werde abermals den Thron besteigen. Caesar bekommt, was er wollte, und ich bekomme das, was ich wollte. Zumindest muß ich mir jetzt nicht mehr mit Fliegen und Eidechsen den Wüstenstaub teilen.

Ptolemaios sah aus, als würde er jeden Moment wieder in Tränen ausbrechen.

Dummer, dummer Junge.

»Stimmt etwas nicht?« fragte Caesar ihn.

Ptolemaios setzte zu einer Erwiderung an, doch ein Blick von Pothinos brachte ihn zum Schweigen.

»Ich habe Vorkehrungen für die sofortige Hochzeit getroffen. Ganz Alexandria wird sich mit euch freuen.«

»Ich danke Euch, edler Herr«, sagte Pothinos mit gepreßter Stimme. Dann trieb er Ptolemaios vor sich her aus dem Saal.

14

Kleopatra studierte ihr Gesicht in dem Bronzespiegel. Seltsamerweise hatte sie sich ihren Hochzeitstag genauso vorgestellt: den Himmel grau verhangen, ein dumpfes Gefühl der Furcht im Magen, die trostlose Aussicht, sich für einen Bräutigam zurechtzumachen, der ihr, bis auf die Erfordernisse des Staates, in keiner Weise gerecht wurde. Sie hatte jedoch immer gedacht, daß es sich dabei um einen Ausländer handeln würde, jemanden, der einfach zu alt, zu jung oder zu tölpelhaft für sie wäre.

Doch stets hatte sie befürchtet, daß es letztlich doch Ptolemaios sein würde.

Sie malte sich aus, was ihr Vater wohl gesagt hätte, wenn er noch am Leben gewesen wäre. Wahrscheinlich wäre er zu betrunken gewesen, um sich zusammenhängend zu äußern. Ob er wohl von ihr enttäuscht gewesen wäre? Wie oft hatte er ihr ins Ohr geflüstert, daß sie schlauer sei als die anderen. Wie es schien, hatte er sich geirrt.

Ihre Gedanken schweiften ab, und sie stellte sich plötzlich vor, wie es wäre, wenn sie Caesar heiratete. Bislang hatte sich ihre Phantasie auf Macht und Politik beschränkt, nie auf ihr privates Vergnügen. Sie hatte Träume genährt, in denen sie Alexanders Reich neu errichtete, die Stadt zur größten der Welt machte, in der – welch vermessener Gedanke – der eigene Name gerühmt wurde wie seiner. Was wäre, wenn sie heute Caesars Königin würde? Wir besäßen zusammen das mächtigste Reich der Erde, oder gar der Geschichte. Und, dachte sie, während sie konzentriert in den Spiegel blickte, vielleicht würde ich sogar lernen, dabei mit ihm glücklich zu werden.

Charmion hatte ihr die Haut mit einer Lotion aus Öl und Zyperngras getränkt und zuvor die Paste aus Gurkensaft entfernt. Nun glänzte sie wie Marmor. Anschließend widmete Charmion sich ihrem Haar und flocht es in kleine Zöpfchen, die sie hoch auf dem Kopf zu einem schweren Knoten band.

»Es kursiert ein Gerücht«, begann sie.

Im Palast kursierten viele Gerüchte. Man sagte, daß die Gänge nur deshalb so lang und gerade waren, damit man schneller hindurchsausen konnte, um ein geneigtes Ohr zu finden.

»Woher stammt es?«

»Von Caesars Barbier, Majestät.«

Kleopatra ließ den Spiegel auf den Tisch sinken und zog eine Augenbraue in die Höhe, um ihr Interesse zu bekunden. Der *tonsore* des Imperators wurde als Caesars geheimes Sprachrohr betrachtet, das all jene Nachrichten verbreitete, die er offiziell nicht verkünden konnte.

»Was besagt das Gerücht?«

»Daß Pothinos Eurem Bruder aufgetragen hat, die Ehe zu vollziehen, so wie in früheren Zeiten.«

»Was?« Die Idee war dermaßen absurd, daß sie nicht wußte, ob sie darüber lachen oder dagegen wüten sollte.

»Damit Ihr, wenn Ihr ein Kind empfangt, nicht behaupten könnt, es sei Caesars.«

»Ptolemaios ist ein Junge! Er glaubt, sein Schwengel sei dazu da, um Wasser zu lassen!« O Götter, ging es ihr durch den Sinn. Wenn man mich hört! Vor wenigen Tagen war ich noch Jungfrau. Jetzt rede ich wie eine Straßenhure aus dem Hafen von Kanopos.

»Pothinos hat Ptolemaios erklärt, daß sein Leben davon abhängt.«

»Ein Eunuch, der einem Kind rät, sich zu der Schwester zu legen? Was müssen die Römer von uns denken?«

Dennoch bestürzte Kleopatra die Neuigkeit. Sie sprang auf und stieß dabei eins von Charmions kleinen Kosmetiknäpfchen zu Boden. Sie war größer und stärker als ihr Bruder. Er würde es nicht wagen!

Doch dann rührte sich in ihr ein neuer Gedanke. Caesars Kind! Wer weiß? Ob das überhaupt sein konnte nach nur einer Nacht? Und wenn nicht, vielleicht konnte sie es dann so einrichten, daß es eine Wiederholung gab. Pothinos hatte allen Grund, sich zu grämen. Ein Kind – ein Sohn Caesars! – würde alles verändern.

Ganz Alexandria nahm an der Hochzeit teil – die Gelehrten, Mathematiker und Mediziner des Museion, die weißgewandeten Priester der Isis und Serapis, die Hauptleute der Hofgarde in den weißen makedonischen Stiefeln und den flachen Hüten, Caesars führende Offiziere in roten Mänteln und Lederfaltenröcken, die Schatzmeister, Höflinge und Schreiber in ihren Purpurroben.

Die Säulen des Zeremoniensaals waren mit Girlanden aus grüner Seide umwunden, und auf dem Marmorboden lag ein dicker Teppich aus Rosenblüten. Es war ein Anblick wundervoller Farbenpracht, der rotgeäderte Wald der marmornen Säulen schwang sich hoch zu den mächtigen Deckenbalken aus Zedernholz, und die goldene Kuppel leuchtete.

Kleopatra betrat den Saal durch die haushohen Portale aus Zedernholz. Trompeten verkündeten ihr Kommen, und auf die Tausende, die sich im Saal versammelt hatten, senkte sich Schweigen.

Sie war in ein Gewand aus durchsichtiger blauer Seide gehüllt, das sich so weich über sie ergoß, daß einige später sagten, es habe ausgesehen, als ob die Königin Wasser trüge. Mit den Perlen des Roten Meers, die sie an den Händen, am Hals und im Haar schmückten, hätte man einen königlichen Prinzen aus der Gefangenschaft auslösen können. Als sie über den Rosenteppich schritt, zerdrückten ihre geflochtenen Silbersandalen die Blüten und setzten deren schweren, süßen Duft frei.

Kleopatra schaute sich um. Sah den anderen Bruder, Antiochos, sein Gesicht eine Maske aus Unruhe und Furcht, daneben Arsinoë, schön und giftig. Dann Pothinos, der das Haar mit einem Brenneisen gelockt hatte. Die Ohrringe hingen an ihm wie reife Feigen. Und dann Ptolemaios, auf dem Kopf ein goldenes Stirnband im Stile der Pharaonen und das doppelte Diadem Ägyptens, geschmückt mit der heiligen Kobra. Der Kragen seines plissierten Leinenkleides war abgesetzt mit Lapislazuli und Karneol, die Füße steckten in goldenen Sandalen.

Er wirkte durch und durch lächerlich.

Caesar war da, um die ganze Angelegenheit zu leiten, gebieterisch in der *toga virilis*. Olympos, der Hofarzt, und Caesars Hauptmann, Rufus Cornelius, fungierten als Trauzeugen. Die Zeremonie sollte von Psherenipthah, dem Hohepriester, durchgeführt werden.

Caesar schaute sie nicht an, gab kein Zeichen des Erkennens von sich. Er nickte nur fast unmerklich mit dem Kopf, um den Auftakt für den Hohepriester zu signalisieren. Pshereniptah murmelte einige Sätze in Altägyptisch, und dann war es auch schon vorbei.

Anschließend wandte Caesar sich an die Menge und verkündete mit lauter Stimme, daß Königin Kleopatra VII. und König Ptolemaios XIII. ihre Differenzen beigelegt und sich versöhnt hatten, um Ägypten förderhin vereint zu regieren.

Die Hochzeitsgäste nahmen das zum Anlaß, in Hochrufe auszubrechen, wobei sich jedoch keine aufrichtige Begeisterung einstellte. Auf ein verabredetes Zeichen hin wurden abermals Rosenblüten vor die Königin auf den Boden geworfen.

Kleopatra wandte sich ein wenig zur Seite und starrte auf ihren frischgebackenen Ehemann hinab. Sie führte die Lippen an sein Ohr. »Wenn du es je wagen solltest, mich anzurühren, dann kann sich

Pothinos deine zwei Hoden an die Ohren hängen. Hast du mich verstanden?«

Ptolemaios Gesicht war von Furcht und Haß verzerrt. Ja, er hatte verstanden. Dummer Junge.

Das Bankett war von Caesar höchstselbst bestimmt worden. Er ließ es an nichts fehlen, schließlich handelte es sich ja auch nicht um sein Geld. Man reichte zartrosafarbene Schalentiere, gebratene Zicklein und Wildenten, Seeigel in Minze, Pilze und süße Nesseln, attischen Honig. Der beste Falernerwein strömte aus goldenen Pokalen, reich bestückt mit Koralle und Jaspis. Nach dem Mahl wurden die Gäste von nubischen Tänzern unterhalten, deren dunkle geschmeidige Körper von Öl glänzten, während sie nach wilden Trommelschlägen und nach dem rhythmischen Händeklatschen der Gäste tanzten.

Caesar, einen Kranz aus Kornblumen und Rosen um den Hals, stand auf, hob Kleopatra und Ptolemaios den Pokal entgegen und verkündete, daß endlich wieder Friede herrsche im Land.

Eigentlich ein ganz durchschnittlich aussehender Mann, dachte sie, bis auf die Augen. Als sie zu ihm hinschaute, verspürte sie plötzlich ein unerklärliches Gefühl der Beklemmung. Sie wünschte sich, er würde zu ihr hersehen, ihr ein Zeichen geben, eine schweigende Zusicherung, daß er auf ihrer Seite stand, daß der Entschluß, zu ihm zu kommen, kein schwerwiegender Fehler gewesen war. Kleopatra wurde bewußt, daß sie erstmalig seit dem Tod ihres Vaters ihr Vertrauen in einen anderen Menschen gesetzt hatte.

Er wich ihren Blicken absichtlich aus.

»Als Zeichen des guten Willens gegenüber dem Land und seinen neuen Herrschern«, rief er nun mit lauter Stimme, »übereignet Caesar die Insel *Zypern Ägypten* und setzt die königliche Prinzessin Arsinoë sowie ihren Bruder, Ptolemaios den Jüngeren, dort als neue Statthalter ein.«

Kleopatra rang nach Luft. Sie sah, daß die Blicke etlicher römischer Hauptleute zu ihm huschten, um ihrer Bestürzung Ausdruck zu verleihen. Zypern war unter der Herrschaft ihres Vaters von Rom annektiert worden. Der Flötenspieler hatte kampflos zugesehen und sich dadurch in Alexandria eine große Anzahl Feinde geschaffen. Es lag nicht in Caesars Macht, die Insel an Ägypten zurückzugeben, zumindest hatte Kleopatra das angenommen, doch offenbar wähnte er sich einflußreich genug, um für ganz Rom zu sprechen. Glaubte er, auf diese Weise Pothinos, Achillas und die anderen Nationalisten beschwichtigen zu können?

»Was die Schuld des verstorbenen Königs gegenüber Rom betrifft, so bin ich bereit, sie auf eine Abfindung von zehn Millionen Denaren zu reduzieren.«

Das war weniger als die Hälfte. Caesar hielt sich wahrscheinlich für großzügig. Leider wird das nur den Römern so vorkommen, dachte Kleopatra. In ganz Alexandria gibt es keinen Menschen, der sich auch nur von einem einzigen Denar trennen möchte, um die Summe zu begleichen, mit der mein Vater seinen Thron zurückgekauft hat – schon gar nicht jetzt, wo er tot ist.

Während man sich zutrank, wanderten Kleopatras Blicke über die Gesichter im Saal, und sie fragte sich, ob Zypern und ein Schuldenerlaß um zehn Millionen Denaren ausreichen würden, um den Haß von Pothinos und seinen Gefolgsleuten zu mindern.

Sie hatte da ihre Zweifel.

15

Das Leben im Palast nahm nun die Gestalt eines Traumes an. Nach der Hochzeitszeremonie wurde Ptolemaios in einen Palast des Brucheionviertels verbannt, während Kleopatra gemeinsam mit Caesar ihre alten Gemächer bezog. Als Diener standen ihm seine Leibwache zur Seite und als Schutz seine Legionäre, wohingegen sie, verlassen vom Großteil des königlichen Hofes und abgeschnitten von ihren Beratern am Berg Kasios, gewissermaßen als seine Königin residierte. Ptolemaios und Pothinos hielten sich von ihr fern, sie waren von Anhängern und Gefolgsleuten umgeben und standen unter dem Schutz der makedonischen Hofgarde, allerdings beaufsichtigt von einer Kohorte römischer Soldaten.

Und hier bin ich nun, die Bettgenossin des Feindes, im Krieg mit den eigenen Leuten, ging es ihr durch den Kopf. Verräterin und Verratene in einem. Schon als Kind hatte sie gelernt, die Römer zu verabscheuen, damals, als sie zusehen mußte, wie diese Barbaren ihre Familie demütigten. Sie hatte sich geschworen, deren Macht über Ägypten zu brechen, und nun stand sie auf der anderen Seite der Barrikaden, während sich ihr Volk den Legionärsspeeren entgegenwarf.

Zusammengerollt unter Caesars schützenden Flügeln liege ich hier, lache über seine Witze, lausche seinen Geschichten, nehme bereitwillig seinen Samen auf. Ich frage mich, ob ich doch nur die Tochter meines Vaters bin oder ob ich je Königin aus eigenem Recht sein werde.

Aufmerksam beobachtete Kleopatra Pothinos und wartete auf seinen nächsten Zug. Wenn Ägypten siegte, bedeutete dies ihren Untergang. Wenn Caesar siegte, bestünde sie fort. Jede Seite lag auf der Lauer. Die Spannung im Lochias-Palast war mit Händen zu greifen.

Allein Caesar schien davon nichts zu spüren.

»Ich habe den Eindruck, daß Eure Truppen sich zum Kampf rüsten«, bemerkte er Achillas gegenüber so munter, als kommentiere er ein Wagenrennen oder einen Wettkampf im Circus. »Die Frage der Nachfolge wurde zur allgemeinen Zufriedenheit geregelt, aber dennoch sind sie nach Alexandria marschiert und belagern die Stadt.«

»Der Befehl erging nicht von mir«, entgegnete Achillas.

Achillas scheint beunruhigt zu sein, dachte sie. Seine Haut ist fahl, und die Schweißperlen auf seiner Stirn haben die Größe von Tautropfen. Sein Lächeln soll offenbar beruhigend wirken, doch es verwandelt sein Gesicht in eine Maske des Todes.

Auf Caesars Drängen aßen sie täglich gemeinsam. Doch die Speisen, die Pothinos ihnen bot, waren nicht dazu angetan, die Lebensgeister anzuregen, denn es gab nie etwas anderes als angeschimmeltes Maisbrot und kleine tranige Fische aus dem Hafenbecken. Statt auf Goldgeschirr wurde das Essen auf Holztellern serviert – Pothinos behauptete, daß er die anderen habe einschmelzen lassen müssen, um Caesars Forderung nachzukommen.

Den Wein, der ihnen vorgesetzt wurde, hätte sie noch nicht einmal einem durstigen Hund offeriert.

Sie speisten in der herkömmlichen Art der Griechen, auf Ruhebänken an drei Seiten des Eßtisches. Nur Antiochos, der noch ein Kind war, saß auf einem Schemel.

Allein Caesar schien sich eines gesegneten Appetits zu erfreuen, doch Kleopatra wußte, daß er sich verstellte. Es geschah nur selten, daß er sich überhaupt zum Essen niederließ, viel lieber aß er nebenbei ein Stück Brot, während er mit seinen Generälen die Karten studierte. Decimus Brutus behauptete, daß er einmal einen Spargel verschlungen hatte, der versehentlich in Salböl getunkt worden war, ohne dabei auch nur eine Miene zu verziehen.

Sie beobachtete, wie Achillas in seinem Fischgericht herumstocherte. Arsinoë und ihr Lehrer Ganymedes tauschten Blicke aus und formten lautlose Sätze über den Tisch hinweg. Ptolemaios wiederum ließ seinen Teller gänzlich unbeachtet. Er hielt den Kopf gesenkt, während ihm die Tränen über das Gesicht strömten.

Als Pothinos die Tränen entdeckte, schleuderte er Kleopatra einen haßerfüllten Blick zu. Nun, dazu hast du keinen Grund, dachte sie, du schmutziger Auswurf eines Kamels. Den Zustand des armen Jungen kannst du mir nicht anlasten.

»Der Pöbel hat heute wieder einmal versucht, den Palast zu stürmen«, bemerkte Caesar, an Pothinos gewandt.

»Das Tun einer Handvoll Kaufleute und Matrosen entzieht sich meiner Gewalt, Imperator«, erwiderte dieser.

»Es handelt sich um mehr als nur eine Handvoll Kaufleute und Matrosen.«

Pothinos hob die Schultern. »Die Anwesenheit der römischen Soldaten ist ihnen ein Stachel im Fleisch. Sobald sie wieder abgezogen sind, wird sich die Lage beruhigen.« Als Caesar keine Antwort gab, setzte er hinzu: »Nun, da die Frage der Nachfolge geregelt ist, werdet Ihr Eure Zeit doch sicher nicht weiter in Ägypten vertrödeln wollen, da Euch andernorts dringendere Geschäfte erwarten?«

Caesar ließ seine kalten schwarzen Augen auf ihm ruhen. Solch ein Blick, dachte sie. Wie ein Todesurteil. »Es obliegt Caesar zu entscheiden, welche Geschäfte er als dringend erachtet und welche nicht.«

Er biß einen Brocken Brot ab und spülte ihn mit dem Wein aus dem hölzernen Pokal zu seiner Rechten hinunter. Wie er diesen Essig herunterbrachte, den Pothinos kredenzt hatte, überstieg Kleopatras Vorstellungsvermögen.

Achillas konnte sein Schweigen nicht länger aufrechterhalten. »In den Basaren erzählt man sich, daß Caesar die königliche Familie als Geisel hält«, sagte er.

»Vielleicht kann Pothinos mit dem Pöbel reden«, schlug Caesar vor, »um die Lage zu beruhigen.«

»Ich glaube kaum, daß die Menschen auf mich hören. Ich bin nicht verantwortlich für das, was sie sich beim Fischkauf erzählen.«

»Wie seltsam. Das Volk scheint weder auf Euch noch auf irgendeinen anderen zu hören. Noch nicht einmal auf den König.« Er schaute in die Runde und schien erstmalig Ptolemaios' unglückliche

Miene wahrzunehmen. »Und weshalb greint Seine Majestät nun schon wieder?«

Pothinos' Stimme klang matt. Er hatte Mühe, das gewohnte Lächeln aufrechtzuerhalten. »Das Essen schmeckt ihm nicht, Imperator.«

»Nun, es sind seine eigenen Soldaten, die ihm die geliebten Schalentiere und das Wildgeflügel vorenthalten. Wenn sie die Belagerung aufheben, kann er gebratene Giraffen essen, sofern es ihn danach gelüstet.« Caesar stemmte die Fäuste in die Seiten. »Ich weiß nicht, weshalb er ein solches Theater macht. Als ich auf dem Feldzug in Britannien war, haben wir Nesseln gekaut und Wasser getrunken, das sich in Felssenken gesammelt hatte.«

»So wie Eure Vorfahren?« fragte Arsinoë mit süßlicher Stimme.

Caesar lächelte, doch seine Augen waren hart wie Feuerstein.

Oh, meine liebliche kleine Schwester, dachte Kleopatra, mit deinen hellen Haaren, den kornblumenblauen Augen und dem Sylphenkörper könntest du, wenn du wolltest, mit Caesar spielen wie mit einem Fisch, den du an der Angel hältst. Statt dessen benimmst du dich, als teiltest du den Tisch mit einem Straßenköter. Freilich sind die Römer Barbaren, doch dieser hier zeigt zumindest ein wenig Kultur, und wenn der Krieg zu den Künsten gehörte, gäbe es keinen Gelehrten im Museion, der es mit ihm aufnehmen könnte.

»Euch mangelt es gleichfalls an Appetit?« erkundigte sich Caesar.

»Ich finde, daß es hier nicht gut riecht«, erwiderte sie.

Caesar schnupperte in der Luft, so genüßlich, als befände er sich in einem Rosengarten. »Alles, was ich rieche, ist der Geruch des Meeres. Behagt Euch der Salzgeruch etwa nicht? Ich persönlich empfinde ihn erfrischend. In Rom ist das Meer nicht weit von uns entfernt.«

»Ich würde die Mahlzeit lieber mit einem Hund teilen als mit einem Römer.«

Das Lächeln erstarb angesichts dieser tödlichen Beleidigung, und Caesar beendete seine Versuche, sie zu erheitern. »Der Wunsch soll Euch gewährt sein«, entgegnete er.

Arsinoë stand auf und rauschte aus dem Raum.

Caesar erhob sich und stellte sich hinter den Schemel, auf dem Antiochos gesenkten Kopfes saß, voller Furcht vor harten Stimmen und zornigen Blicken. »Wenn doch nur auch die anderen Mitglieder des Hauses Ptolemaios ein so freundliches Wesen besäßen wie der kleinste von ihnen«, sagte Caesar und zerzauste ihm die Haare.

Kleopatra sah, wie sich Achillas und Pothinos einen verstohlenen Blick zuwarfen. Sie alle wußten, daß Antiochos lediglich verängstigt war und keineswegs sanft. Im ganzen Palastviertel von Brucheion gab es kein freundliches Wesen, hatte es seit Jahrhunderten keines gegeben.

»Was mir beim Essen mit euch allen das größte Vergnügen bereitet«, sagte Caesar, nachdem die anderen fort waren, »ist die wohlgefällige Unterhaltung.« Er schenkte sich noch ein wenig von dem Krätzer nach, den Pothinos als Wein zu bezeichnen beliebte, und trank mit ungerührter Miene.

»In meiner Familie«, antwortete Kleopatra«, galt ein Mahl als angenehm und gesittet, wenn niemand ermordet wurde, bevor die Spielleute kamen.«

»Ich habe zum Glück Mundschenke, die sicherstellen, daß der Wein nicht vergiftet ist.«

»Willst du etwa behaupten, daß er das nicht ist?« entgegnete sie und goß den Inhalt ihres Glases aus dem offenen Fenster.

Er zuckte die Achseln. »Ich bin Soldat. Ich trinke alles. Wenn Pothinos sich einbildet, er könne mich entmutigen, indem er mir Luxus versagt, dann weiß er nichts über Caesar.« Er betrachtete sie nachdenklich. »Der Mann, der Arsinoë begleitet hat – ist das ihr Geliebter?«

»Sie ist die Prinzessin eines königlichen Hauses. Wie sollte sie einen Geliebten haben?«

»Sie schienen mir sehr vertraut.«

»Er ist ihr Lehrer. Schon seit Ptolemaios I. genießen die Töchter der königlichen Familie dieselbe Erziehung wie die Söhne.«

»Bemerkenswert.«

»Glaubst du nicht, daß eine Frau ebensoviel Verstand haben kann wie ein Mann?«

»Ich glaube, daß es sich dabei um eine außergewöhnliche Frau handeln müßte.«

»In dem Fall hätte es in unserer Familie ausschließlich außergewöhnliche Frauen gegeben, denn bislang hatte noch keine ptolemaische Prinzessin Schwierigkeiten, mit ihren Brüdern mitzuhalten. Jede von uns hat einen *tropheus*, der uns in den Künsten und Wissenschaften unterrichtet. Später, sofern er sich des Vertrauens würdig erwiesen hat, können wir sie zu unseren Ratgebern machen.«

»Und zu Liebhabern?«

»Liebhabern?« Kleopatra lächelte.

»Was ist daran so lustig?«

»Weil es unmöglich ist. Ganymedes ist Eunuch. Genau wie Mardian.«

Caesars Gesichtsausdruck veränderte sich. Er hatte gedacht, sie wäre zu naiv, um darauf zu kommen. In seiner Miene vermischten sich Überraschung und Ekel.

»Wie es scheint, gibt es im Osten vieles, das Rom nicht versteht.«

»Warum machst du so ein seltsames Gesicht?« fragte Kleopatra aufrichtig verwundert.

»Ihr mit euren Tiergötzen und Eunuchen und der Besessenheit, was den Tod betrifft. Mir kommt die Galle hoch angesichts dieser Praktiken.«

»Es ergibt doch Sinn, wenn du ...«

»Eine Frau, die Männer regiert, denen man die Männlichkeit abgeschnitten hat! Das ist ... barbarisch!« Caesar knallte den Pokal auf den Tisch und stürmte aus dem Raum.

16

Winterstürme peitschten die Insel Pharos. Selbst das Wasser im Hafen schäumte weiß, und der Himmel hatte die Farbe von Blei angenommen. Durch die Straßen entlang der Werften fegte der Regen und versprühte eine salzige Gischt. Immer noch schlängelten sich Karawanen aus Punt und Arabissos durch das Sonnentor, doch die Handelsschiffe lagen fest vertäut im Hafen der Glücklichen Wiederkehr, und Alexandria würde bis zum Frühling vom Mittelmeer abgeschnitten sein.

Die ägyptische Armee – wie Achillas seinen Haufen Piraten, Freibeuter, Gesetzlose und entlaufene Sklaven zu nennen pflegte – lagerte vor der Stadt. Es waren ihrer zwanzigtausend, unterstützt von zweitausend einheimischen Reitern.

Caesar schien nicht weiter beunruhigt. Schließlich, so teilte er Kleopatra mit, verfüge er über dreitausend erfahrene Legionäre, eine Reiterei, bestehend aus achthundert Kelten, sowie fünfzig Dreiruderer am Fuße des Lochias-Palastes – und vier königliche Geiseln.

Es war das erste Mal, daß er zugab, daß sie kein Gast mehr war.

Der Pöbel hatte dreifache Barrikaden aus Steinblöcken errichtet, so daß weder die Kanopische Straße noch die Straße des Soma passierbar waren. Caesar hatte seinerseits Kräfte im Palast zusammengezogen und sein Hauptquartier in die Bankettsäle verlegt, wo auf den kostbaren Elfenbein- und Rosenholztischen Karten ausgerollt wurden. Die Alabasterböden bebten vom stampfenden Stiefelschritt der Zenturionen, Hauptleute stürmten bei Tag wie bei Nacht hinein oder hinaus, übermittelten Berichte oder wohnten hastig einberufenen Konferenzen bei.

Caesar schien die ganze Angelegenheit als Spiel zu betrachten.

Der Wind heulte und warf sich gegen die Wände des Palasts. Der Schein des großen Leuchtfeuers von Pharos drang als einsames Licht durch die Öde der Winternacht. Kleopatra hatte damit gerechnet, daß Caesar sie mit derselben Gewalt nähme, die ihm so häufig zu eigen war, doch in dieser Nacht war er behutsam und ließ sich Zeit, als wolle er zum wilden Tosen des Sturms einen Kontrapunkt setzen.

Oftmals war es ihr, als verließe sie ihren Körper und schaue ihrem Liebesspiel aus der Ferne zu, hoch oben schwebend unter der Decke des Schlafgemachs. Sie sah die verschlungenen Gliedmaßen auf dem Leopardenfell. Die Konturen im tanzenden Schimmer des Lampenlichts, das im Zugwind von Fenstern und Türen flackerte. Sie sah seine nackten Schultern und den Rücken, der von alten Narben übersät war, sah, wie er sich über ihr aufrichtete wie ein Löwe über der Beute. Ihre Knöchel fest über den Stamm seiner Wirbelsäule gekreuzt, wölbte sie sich ihm entgegen. Langsam begann er, sich zu bewegen, mit weich moduliertem Rhythmus darauf wartend, daß sie ihm folgte.

Diese Nacht war jedoch anders als die vorausgegangenen. Plötzlich war sie keine entfernte Beobachterin mehr, sondern spürte erstmalig den erregenden Kitzel des eigenen Körpers, eine nie dagewesene Wärme, die ihr aus Waden und Schenkeln in die Bauchhöhle kroch. Sie schloß die Augen, war ganz nah bei ihm, Teil des Schattenballetts, während sich die Hitze in ihrem Körper ausbreitete wie ungezähmtes Feuer. Zögernd überließ sie sich der unbekannten Sehnsucht, die Hände auf der Decke ballten sich zu Fäusten. Ihr Rücken bäumte sich auf, die Muskeln in den Schenkeln spannten sich, während sich ihrer ein Drängen bemächtigte, das Körper und Geist zu wilden Zuckungen zwang.

Dann war es, als würde die Dunkelheit aufblitzen in einer Explosion des Lichts, rasch wie das Streifen des Todes, danach ein Loslassen und bedingungsloses Sichaufgeben an das, was war. Zuletzt durchlebte sie ein so tiefes und atemloses Gefühl der Freude und Erleichterung, wie sie es noch nie empfunden hatte. Als er zum Ende gekommen war, klammerte sie an ihm wie Treibgut im schäumenden Meer, mit hämmerndem Herzen und einem weit aufgerissenen Mund, der um Atem rang. Ganz zum Schluß schien ihr Körper zu glühen wie die Holzkohle in der Metallpfanne, die in der Ecke des Raumes stand. Als sie die Augen zumachte, gab es keine Dunkelheit, sondern nur die tausend Farben schimmernder Seide. Dann schlief sie ein.

Sie wurde abrupt wach, wußte sofort wieder, wo sie war und was geschehen war. Caesar schlief neben ihr, hatte den Arm achtlos über ihre Brust geworfen, den Kopf an ihrer Schulter. Während sie ihn betrachtete, wurde sie von einer plötzlichen Woge der Zärtlichkeit überrollt und verachtete sich dafür. Der Verrat des Herzens.

»Julius«, wisperte sie und fuhr mit der Spitze des Zeigefingers über seine Wange. Wie schwach ich bin, dachte sie. Das hier habe ich nicht gewollt.

Mit einemmal drangen laute Rufe aus den Gärten an ihr Ohr, Metall schlug auf Metall, das Getrappel schwerer Stiefel. Ein markerschütternder Schrei. Sie begriff, daß dies die Geräusche waren, die sie geweckt hatten. Caesar war sofort wach, mit dem Instinkt des Soldaten sprang er aus dem Bett, machte ein paar Schritte zum Fenster, und starrte angestrengt in die Dunkelheit. Kleopatra fühlte, wie ihr das Herz schmerzhaft gegen die Rippen schlug. Vielleicht hatten die Aufständischen die Barrikaden durchbrochen.

»Was geht da draußen vor sich?« fragte sie.

»Es ist nichts«, antwortete er. »Meine Männer kümmern sich bereits darum.« Fast zur gleichen Zeit hörte sie, wie Stiefel über die Gänge auf ihr Schlafgemach zudonnerten. Eine Faust hieb gegen die Tür. Caesar ließ sich nicht aus der Ruhe bringen. Ohne Eile legte er seine Tunika an.

»Komm herein«, sagte er und verschränkte die Arme vor der Brust.

Einer der Zenturionen trat ein und hielt einen kleinen tropfenden Sack in der Hand. Caesar machte eine zustimmende Kopfbewegung, und der Mann öffnete das durchnäßte Bündel. Zutage kam ein Kopf, der jedoch nur noch mit Mühe zu erkennen war. Alles Leben und alle Farbe waren daraus entwichen, doch ein Rest Blut sickerte noch aus den durchtrennten Adern des Halses.

Caesar wandte sich zu Kleopatra um. »Weißt du, wer das ist?« fragte er so beiläufig, als handele es sich um einen ausländischen Würdenträger, den er anläßlich eines Banketts erspäht hatte.

»Das ist Pothinos«, antwortete sie. Und weil Caesar nicht reagierte, fügte sie hinzu: »Er hat allerdings einiges an Gewicht verloren.«

Caesar warf den Kopf in den Nacken und lachte vor Entzücken laut auf. »Stimmt. Auch erschien er mir früher größer.« Ein leichtes Kopfnicken, und der Mann stopfte den Kopf in den Sack zurück. »Ich danke dir, Zenturion. Du kannst ihn den Hunden vorwerfen.«

»Es gab ein Mißgeschick, Imperator«, sagte der Zenturion betreten. »Der General – Achillas. Man konnte ihn nirgendwo finden.«

»Pech. Er muß gewarnt worden sein.«

Er entließ ihn mit einem weiteren Nicken. Der Soldat grüßte und verschwand.

Caesar wandte sich erneut Kleopatra zu. »Während wir schliefen, fand eine Abrechnung statt. Es wäre mir lieber gewesen, wir hätten das ganze Nest ausgerottet, doch was soll man machen?«

Er hat es von Anfang an geplant, ging es ihr durch den Kopf. Von dem Moment an, in dem der Regentschaftsrat beschloß, Pompejus zu töten, war dessen Schicksal besiegelt gewesen. Insgeheim war Caesar zweifellos froh, daß sie ihm die Arbeit abgenommen hatten, doch der Römer in ihm konnte es nicht durchgehen lassen. Im Namen Roms hatte er sich gerächt und damit einen zweifachen Sieg verbucht.

»Du hattest nie die Absicht, ihn am Leben zu lassen«, sagte sie.

»Natürlich nicht. Schade jedoch, was Achillas betrifft.«

Seine Unbarmherzigkeit hätte sie erschrecken müssen, doch statt dessen erfüllte sie sie mit Ehrfurcht. Nie hatte er Groll gezeigt, nie seine Absichten verraten. Fraglos lag darin der Grund, daß er so mächtig geworden war und so gefürchtet in Rom. Ob ich lernen kann, ebenso entschlossen zu handeln?

»Und was beabsichtigst du nun zu tun?« erkundigte sie sich.

»Ich bin zu beschäftigt, um gegen Ägypten zu kämpfen. Vielleicht können wir nun, da sich der Fall Pothinos erledigt hat und Alexandria ein neues Königspaar besitzt, zur Normalität zurückkehren.«

»Und ich?«

»Du hast jetzt, was du wolltest, Kätzchen. Die Schmutzarbeit habe ich für dich getan. Ich bin sicher, daß du mit Antiochos fertig wirst, jetzt, da wir den Regentschaftsrat aufgelöst haben.« Er lächelte ein wenig spöttisch. »Oder etwa nicht?«

Du hast jetzt, was du wolltest, Kätzchen. Es klang kühl, so als glaubte er, *er* sei derjenige, der benutzt worden war. Doch er hatte recht; in vieler Hinsicht hatte sie, was sie wollte. Natürlich würde sie mit Antiochos, Achillas und den anderen fertig.

Doch seit sie wieder im Palast war, hatte sich ein neuer Wunsch wie ein ungebetener Gast in ihr eingenistet, der politisch gesehen sogar Sinn ergab. Ich kann dir nützlich sein. Du kannst mir sehr nützlich sein, dachte sie.

Du hast jetzt, was du wolltest, Kätzchen.

Nein, Julius, nicht alles. Denn nun will ich dich.

17

Ein kalter, strahlender Wintermorgen, Wolken fegten über den Himmel, die Brandung donnerte an den Turm der Insel Pharos und peitschte die Gischt hoch in die Luft. Drüben im Westhafen schlingerten die riesigen Lastkähne, die *barides*, und zerrten an den vertäuten Ankern. Zu ihren Füßen, unterhalb des Brucheion und entlang der Werften, befanden sich Caesars Kriegsschiffe aus Rhodos, fünfzig römische Dreiruderer, die sich mit den Wellenbergen hoben und senkten. Dann bei den Lagerhäusern und Getreidespeichern über sechzig ihrer eigenen Kriegsschiffe, Zwei- und Dreiruderer, die Flotte, die sich gegen sie gewandt hatte. Masten, die sich in den Himmel bohrten.

Kleopatra stand am Fenster ihres Schlafgemachs und hatte Caesars schweren, mit Bärenfell gefütterten Ledermantel eng um die Schultern gezogen.

Du hast jetzt, was du wolltest, Kätzchen.

Warum hast du das getan? Warum hast du dich auf meine Seite geschlagen? dachte sie. Vom ersten Schritt an, den ich hierher gemacht habe, war ich in deiner Hand. Du hättest ein kleines Häppchen Ägypten kosten und mich dennoch verraten können, hättest Ptolemaios als Vasallenkönig behalten können, ohne je zu den Waffen greifen zu müssen. Pothinos hätte sich schließlich einverstanden erklärt, die Schuld meines Vaters zu begleichen, wenn du ihm geholfen hättest, mich loszuwerden.

War der Grund wirklich die frevlerische Tat, die an Pompejus begangen wurde? Oder war es nur eine Laune deinerseits? Du scheinst mir ein Mann, der sich Freiheiten gewährt, allein weil er es vermag. Du machst, was du willst, und nichts kann dich hindern.

Ich würde gern glauben, daß du es aus einem Gefühl für mich heraus getan hast, doch ich weiß, daß dem nicht so ist. Sind es politische Erwägungen, die dich lenken? Ist es Berechnung? Ich weiß, du planst etwas, aber ich weiß nicht, was es ist.

Ein blauer, bitterkalter Tag in Alexandria. Ein Tag, an dem es sich gut leben ließ. Ein Tag zum Pläneschmieden. Caesar stand auf der Terrasse und stemmte sich gegen den Wind. Die Kälte brannte ihm auf den Wangen.

Der Arm des Festlandes umschloß den Königlichen Hafen bis hin zum Damm mit den Arkaden, ein wuchtiger Bogen, dahinter der Westhafen. Und dort, neben dem großen Tor des Isistempels, erhob sich das Wunderwerk, der Insel Pharos. Zeus, der sich über dem runden Turm in den Himmel schwang. Welch eine Baukunst! Der viereckige Kalksteinsockel, darüber das achteckige Gelaß aus rosafarbenem Marmor, auf der Spitze der Turm aus dem purpurroten Granit Assuans. Mit dem Licht des Tages wechselten die Farben, vom blassen Rosa der Morgendämmerung bis hin zum blutigen Rot des Sonnenuntergangs.

Wenn er sich umdrehte, erkannte er hoch über dem Dach des Palastes den eckigen Turm mit dem konischen Dach, die Grabstätte Alexanders. Der Alabaster und Marmor des Brucheion glitzerte so weiß, daß es ihn blendete und er sich abwenden mußte.

Eine einzigartige Stadt, dachte er. Im Vergleich dazu wirkt Rom wie ein Dorf aus Lehm.

Auch der Palast war von erstaunlicher Fülle und Pracht. Stühle aus Ebenholz und Elfenbein, Truhen, über und über mit Gold besetzt, arabischer Weihrauch in Dreifüßen aus Bronze und Silber, die Böden gekachelt mit rotem und schwarzem Porphyr. Und doch war es keine Stadt, die sich allein den Sinnen ergab, wie man hätte meinen können, sondern ein Hort der Bildung. Eine schier grenzenlos scheinende Sammlung an Schriften, eine Bibliothek mit jedem namhaften Werk der Welt, alles, was sich der zivilisierte Mensch für seine Muße erträumte.

Trotzdem – bis zum großen Auftritt der hübschen kleinen Königin wäre er es zufrieden gewesen, den ägyptischen Halunken ein wenig Furcht einzuflößen und sich eine Atempause zu gönnen nach den endlosen Kriegszügen in Britannien, Gallien und zuletzt nach dem Gerangel mit Pompejus.

Doch diese dunkelhaarige kleine Abenteurerin hatte ihn auf eine neue Idee gebracht. Abgesehen davon, daß es ihm körperlich wie seelisch Vergnügen bereitete, mit dieser jungen, lebhaften Königin des Orients ins Bett zu steigen, bot sich auch ein politischer Schachzug, wenn man es geschickt einfädelte. Mit dem richtigen Bündnis an der Hand konnte er sich die größte Kornkammer der Welt zu eigen machen.

Pothinos war kein Mann gewesen, der sein Fähnchen nach dem Wind hängte, das hatte er gleich erkannt. Ein fanatischer Nationalist, das Gefährlichste auf der Welt, was man sich denken konnte. Daß sich hier Kopf und Körper ein freundliches Lebewohl entbieten mußten, war sonnenklar gewesen.

Inzwischen hatte er die Lage schon weitaus besser im Griff. Die ägyptische Hilfe würde er brauchen, wenn er seine Ziele in Rom verwirklichen wollte. Die Anhänger Pompejus' waren noch nicht geschlagen. Dessen Söhne hatten sich nach Afrika verzogen, und der Tag würde kommen, an dem er ihnen folgen und sie stellen müßte. Das zu bewerkstelligen würde einiges kosten. Und was war Ägypten letztlich anderes als eine riesige Schatztruhe?

Er selbst war der Schlüssel dazu. Und Kleopatra besaß das zarte, rosige, wohlriechende Schlößchen.

Seit Jahren waren Kleopatra und ihre Schwester bis auf den Austausch leerer Höflichkeitsfloskeln nicht fähig, miteinander zu reden, ohne sich alsbald wie Wildkatzen an die Gurgel zu gehen. Inzwischen war es ihnen zur Gewohnheit geworden, nur noch das Nötigste zu sagen, doch selbst das fiel ihnen schwer.

Seit dem Tag ihrer Krönung waren sie sich nicht mehr begegnet. Kurz nach Pothinos' Tod sah Kleopatra jedoch, daß jene über die Palastgänge auf sie zugerauscht kam – eine Woge aus Seide, Parfum und Verachtung. Ganymedes war an ihrer Seite.

Sie wollte bereits in eine andere Richtung schauen und vorbeieilen, doch zu ihrer Überraschung hielt Arsinoë sie an.

»Schwester«, grüßte Kleopatra sie, während sie sich fragte, was die andere wohl von ihr wollte.

Arsinoë bedachte sie mit einem geringschätzigen Lächeln. »Nun, du hast es ja offenbar geschafft. Endlich konntest du es dir einmal von einem Römer besorgen lassen.«

Kleopatra schnappte nach Luft. Welch eine Ausdrucksweise! Hätte sie nicht wenigstens erst ein oder zwei einleitende Sätze über das Wetter von sich geben können? Höchst bedauerliche Manieren.

Ganymedes' Gesicht war sehenswert. Er zupfte seinen Zögling am Ärmel. »Erlauchte! Das sollten wir nicht tun«, flehte er weinerlich.

»Maße dir nicht an, mir Vorschriften zu machen, du fette Kröte!«

Noch nicht einmal achtzehn Jahre alt, dachte Kleopatra bei sich, und schon eine kleine Schlange.

»Du bist genau wie Vater«, fauchte Arsinoë. »Du hast ihnen so lange die Füße geleckt, bis es nur eine Frage der Zeit war, daß man dich besteigt.«

Ich werde mich hüten, meinen Atem zu verschwenden, dachte Kleopatra. Wenn sie nicht begreift, was sie tut, werde ich ihr nicht auf die Sprünge helfen. Man übersandte dem Feind den Schlachtplan schließlich nicht im voraus.

Ganymedes bat seinen Schützling flüsternd, doch mit ihm weiterzugehen.

»Auf daß du tausend Tode stirbst«, zischte Arsinoë noch, bevor sie sich auf den Weg machte. Ganymedes huschte hinter ihr her. Kleopatra sah ihnen kopfschüttelnd und in Gedanken versunken nach.

18

Die Vorhänge der Fenster aus weißer, hauchdünner Seide blähten sich und tanzten in der Brise um die mondbeschienenen Säulen. Der vergangene Nachmittagssturm hatte das Meer wieder aufgewühlt, der wuchtige Aufprall der Wellen gegen die Landzunge hallte wie ferner Donner.

Der Onyxboden unter ihren Füßen war kühl. Caesar hörte nicht, wie sie den Raum betrat. Ihr Schatten fiel plötzlich über den Tisch, an dem er schrieb, und er hob überrascht den Kopf. Sie war nackt.

Sie hielt ihm den Weinpokal entgegen, doch er schob ihn fort. Wortlos legte er den Stylus ab, stand auf und ging auf sie zu. Dieses Mal hatte Kleopatra jedoch beschlossen, daß sie ihn verführen würde. In dieser Nacht wollte sie seine sanfte Meisterin sein, etwas von der natürlichen Macht ausüben, die sie als Frau besaß, und endlich Gebrauch machen von dem, was sie bei der *heterai* gelernt hatte.

Als er nach ihr greifen wollte, packte sie ihn bei den Handgelenken und legte sie an seinen Körper.

»Zieh dich aus«, flüsterte sie.

Sie war nervös. Sie hatte so etwas noch nie zuvor getan, hatte nie gedacht, daß sie so etwas einem Mann zuliebe machen würde.

Caesar war neugierig geworden und tat, wie ihm geheißen.

Sein Körper war übersät mit Narben, runzelige häßliche Erinnerungen an Hunderte von Schlachten. Trotz seiner Jahre war sein Bauch hart wie Rosenholz, Brust und Schultern waren von festen Muskelsträngen durchzogen. Er war nicht behaart, weder auf der Brust noch auf den Schenkeln. Mardian hatte ihr anvertraut, daß man munkelte, er ließe sie sich die Haare mit glühendheißen Walnußschalen absengen.

Sein Glied war angeschwollen. Caesar, dachte sie, Gott der Fruchtbarkeit, so wie Osiris. Und ich bin Isis, die über deinen Körper streicht, um zu empfangen und zu nähren.

Nie hätte sie sich vorgestellt, so vor einem Mann zu knien. Doch sie tat es, wie Rachel es ihr vorgemacht hatte. Zuerst war sie befangen, doch ermutigt von seinem Stöhnen vergaß sie für einen Augenblick, daß sie Königin war und er nur ein Barbar. Was immer er auch vorhat, dachte sie, in diesem Augenblick ist er in meiner Hand.

Sie hielt abrupt inne, so wie sie es von Rachel in Erinnerung hatte, und zwang ihn sanft auf das Bett. Dann nahm sie einen Schluck aus dem Weinpokal und bewahrte ihn im Mund, kühl und prickelnd. Dann beugte sie sich über ihn, küßte ihn und ließ den Wein in seinen Mund tröpfeln, spürte die Nässe auf seinem Kinn.

Sie setzte sich auf ihn und führte ihn ein, hielt ihn hin, wehrte sich gegen sein Drängen. Er hatte sie an den Hüften gepackt, riß sie fort mit seinen Stößen. Kleopatra stöhnte so laut auf, wie Rachel es getan hatte. Doch bei ihr war es kein Theater, denn sie erfuhr abermals dieses köstliche, wunderbare Gefühl, das sich ihres Körpers bemächtigen konnte. Seine Stöße wurden hastiger, heftiger. Im Mondlicht erblickte sie sein Gesicht, erkannte die Überraschung, den Schreck und die Erleichterung auf seinen Zügen, wie sie sie zuvor schon auf den Gesichtern Sterbender gesehen hatte.

Doch es gab eine Lektion der Jüdin, die sie nicht übernahm. In jenem letzten Moment stieß sie sich nicht von ihm ab. Statt dessen ließ sie ihn in sich eintauchen, wünschte, daß sein Samen den Weg in ihren Schoß fand.

Es geschah ohne Vorwarnung.

Sie waren eines Abends allein in ihren Gemächern, als Caesar plötzlich einen dünnen Schrei ausstieß und zu Boden stürzte. Der Rumpf war starr, das Gesicht blau, mit blutigem Schaum auf den Lippen, während die Gliedmaßen wild zu zucken anfingen.

Wie gelähmt schaute Kleopatra auf ihn hinab. Der einzige Gedanke, der ihr durch den Sinn schoß, war, daß ihn jemand vergiftet hatte. *Achillas!* Er hatte sie überlistet!

Mit jähem Entsetzen wurde ihr klar, daß ihr Leben, wenn Caesar nun stürbe, noch immer gefährdet war. Sie brauchte Caesars Soldaten und seinen Einfluß als Schutz, nicht nur vor Achillas, sondern auch vor Rom.

Caesar lag auf dem Rücken, der Atem entwich rasselnd aus seiner Brust. Kleopatra rannte zur Tür und schrie die erschrockenen Wachen an, einen Arzt zu holen.

Dann lief sie zurück, nahm seinen Kopf in die Arme und wiegte ihn hin und her. *Bitte, stirb nicht. Ich habe alles auf dich gesetzt. Du darfst nicht sterben!*

Decimus Brutus kam in den Raum gestürmt und kauerte sich neben sie. »Was ist passiert?«

»Er ist einfach zusammengebrochen«, antwortete sie. »Sein Körper hat sich versteift und dann angefangen zu zittern. Er hustet Blut.«

Decimus nickte. Es schien, als atme er auf. »Das ist nur die Fallkrankheit«, beruhigte er sie. »Schaut. Er hat sich in die Zunge gebissen. Helft mir, ihn zum Bett zu tragen. Das hier geht vorüber.«

Decimus schickte die Wachen aus dem Raum, die mit aufgerissenen Mündern dagestanden hatten.

Dann sah er Kleopatra eindringlich an. »Die Fallkrankheit trifft nur die, in denen die Götter wohnen. Es ist das Zeichen des Erhabenen.«

»Er wurde nicht vergiftet?«

Decimus schüttelte den Kopf. »Er wird sich wieder erholen. Wenn er aufwacht, murmelt er Dinge, die niemand versteht. Dann sprechen die Götter aus ihm. Nach einer Weile verlassen sie ihn wieder, und er ist derselbe wie zuvor.«

Es geschah genau so, wie Decimus vorausgesagt hatte. Wenig später schlug Caesar die Augen auf, murmelte etwas Zusammenhangloses und erkannte Kleopatra nicht, als sie ihn in die Arme nehmen wollte. Decimus sprach mit sanfter Stimme zu ihm, und schließlich schlief Caesar ein.

Als er am folgenden Morgen aufwachte, erhob er sich wie gewöhnlich, ging zum Vorderraum und befahl den Sklaven, ihm Wein und Brot herbeizuschaffen, so als wäre nichts geschehen.

Sie stand in der Tür zum Schlafgemach und beobachtete ihn. »In der vergangenen Nacht ist dir etwas zugestoßen«, sagte sie.

Sein Blick wurde wachsam. »Bin ich gefallen?«

»Ich dachte, man hätte dich vergiftet.«

Er schaute weg. »Nun weißt du also um Caesars Geheimnis.«

Er verzehrte sein karges Frühstück und ließ anschließend den *tonsore* und die Kammerherren rufen.

»Decimus sagt, es bedeutet, daß du ein Gott bist.«

Caesar lächelte. »Zum Glück glaube ich nicht an solche Ammenmärchen«, erwiderte er, doch er sagte es so leichthin, als sei es nur ein Lippenbekenntnis. »Du wirst mit niemandem darüber reden, hast du verstanden?«

Sie hatte verstanden. Doch ihr kam erstmalig der Gedanke, daß Caesar womöglich doch mehr war als nur ein einfacher römischer Konsul und Imperator. Vielleicht war auch er ein Gott und keineswegs ein Barbar. Vielleicht hatte Isis ihren Osiris gefunden, ihren Stier und Gefährten.

19

Die Straßen Alexandrias lagen noch im Dunkeln, als Kleopatra erwachte. Sie hörte den Lärm, erhob sich vom Lager und ging zum Fenster. Die Römer strömten aus den Palasttoren, die dröhnenden Stiefel hallten auf den Pflastersteinen, dazwischen das Geklirr von Rüstungen und Waffen. Sie trugen Fackeln. Ihr Zug glich einer sich windenden Schlange aus Flammen und Rauch.

Sie hörte die rauhen Laute Kämpfender, die vom Hafenbecken zu ihr drangen. Die Soldaten hatten die Barrikaden durchbrochen und hielten auf die Dämme zu.

Caesar trat neben sie.

»Komm wieder ins Bett«, raunte er ihr ins Ohr. »Das ist nur Geplänkel. In einer Stunde ist alles vorbei.«

Ein rosiger Schein, so als würde der Morgen bereits dämmern, stieg über dem Westhafen auf, gefolgt von einem gelbroten Funkenregen und einer schwarzen Rauchwolke, die vor dem blauvioletten Himmel verharrte. Brennende Schiffsrümpfe trieben auf die Docks zu. Caesars römische Galeeren standen in Flammen. Kleopatra sah, wie eine von ihnen Kurs auf die ägyptischen Kriegsschiffe nahm und das Feuer auf sie übertrug.

»Was geht da vor sich?« wisperte sie.

»Achillas hat versucht, meine Schiffe zu entern, und ich besitze nicht genug Männer, um sie zu verteidigen. Daher habe ich befohlen, daß sechzig Galeeren in Brand gesetzt und auf Achillas' Flotte zugesteuert werden. Zudem schleudern meine Soldaten von den Werften aus brennende Fackeln an Bord seiner Schiffe. Damit sollte das Problem gelöst sein. Wenn du zur Landzunge hinüberschaust, siehst du, daß meine Männer die übrigen Galeeren besteigen, um zum Pharos zu gelangen. Sie besetzen den Leuchtturm. Von dort aus kontrollieren wir die Hafenpassage. Achillas ist außer Gefecht gesetzt. Das ganze Vorgehen diente nicht nur dem Zweck, den Gegner zu schwächen, sondern täuschte auch über unsere eigentliche Absicht hinweg.«

In den engen Kaimauern war es für die Flammen ein leichtes, sich auszubreiten. Das Feuer hatte die Flotte im Nu erfaßt. Im grauen Morgenlicht sah Kleopatra, wie sich Männer von einem Vierruderer ins Wasser stürzten, während die Flammen hungrig über die pechbestrichenen Decks züngelten. Auch auf eines der Lagerhäuser waren die Flammen übergesprungen.

»Der Krieg ist von großer Schönheit«, sagte er leise. »Er übt sowohl Körper wie auch Verstand. Man überlistet den Feind und bezwingt ihn. Fast ist er eine Kunst. Aber jetzt komm wieder ins Bett.«

Dann nahm er sie, mit der rauhen Gewalt und der Gier des Soldaten. Über seine Schulter hinweg sah Kleopatra, wie der Widerschein des Feuers die zedernen Deckenbalken rosarot färbte. Er tut meiner Stadt Gewalt an, ebenso wie mir, dachte sie. Und dennoch kann mein Herz ihn nicht hassen.

20

Die Öllampen waren angezündet worden, und Caesar arbeitete still an seinem Schreibtisch. Er schrieb seine Kommentare über den gallischen Krieg nieder, in dem er seinen Gegenspieler, Vercingetorix, besiegt hatte. Kleopatra sah ihm zu, hörte, wie der Stylus über die Papyrusrollen kratzte, und merkte, daß sie rastlos wurde. Zum ersten Mal in ihrem Leben war sie der Langeweile ausgesetzt.

Als sie nach dem Tod ihres Vaters die Regentschaft übernahm, hatte sie die Stunden des Tages mit ihren Ministern und Ratgebern verbracht oder endlosen Zusammenkünften mit den *strategioi* beigewohnt, um die Verwaltungsgeschäfte zu regeln. Sogar im Exil waren die Tage Regierungsangelegenheiten gewidmet gewesen, Mardians Spitzel mußten befragt, Strategien geplant, Gelder aufgebracht und Söldner für die Armee angeworben werden.

Nun war sie zwar abermals Königin von Ägypten, doch die Grenzen des Landes reichten nicht weiter als die des Palastes, und die Regierungsgeschäfte nahm Caesar wahr. Sie war nur dem Namen nach Königin – in Wirklichkeit war sie eine Gefangene Roms. Sie hatte nichts zu tun, außer Caesars Vergnügen zu dienen, und wenngleich ihr diese Pflicht weniger lästig war als gedacht, so entsprach doch weder das Nichtstun noch die Rolle der Sklavin ihrer Natur.

Achillas' Versuch, den Hafen zu übernehmen, war an Caesars Finte gescheitert. Jener hatte sich inzwischen mit dem Rest seiner Flotte in den Westhafen zurückgezogen. Die Römer hielten den Leuchtturm besetzt und kontrollierten den Zugang zum Königlichen Hafen. Die Position schien gesichert. Nur ein frontaler Angriff konnte sie jetzt noch vertreiben.

Zur Vergeltung hatte Achillas versucht, ihnen die Wasserzufuhr abzuschneiden. Das Trinkwasser stammte aus unterirdischen Kanälen, die sie mit dem Wasser des Nils versorgten. Achillas hatte es geschafft, diese Leitungen zu unterbrechen und hatte statt dessen Meerwasser in die Brunnen gepumpt. Einige Tage lang hatten Caesars Soldaten ausschließlich von Wein gelebt.

»Für die Kelten unter ihnen ist das kein Problem«, hatte Caesar lachend gesagt. Doch des Nachts hatte er einen Trupp Soldaten ausgesandt, die am Strand frische Brunnen gruben, und am folgenden Morgen hatten sie eine neue Wasserquelle entdeckt.

Auf diese Weise ging es immer weiter, Zug um Zug, ein reiner Nervenkrieg. Caesar war es zufrieden, abzuwarten und zu planen. Er schien die ganze Angelegenheit für ein Spiel zu halten.

Kleopatra strich durch ihr Gemach und lief die Grenzen ihres Gefängnisses ab. Sie ließ eine Sklavin rufen, damit diese ein Würfelspiel mit ihr spielte, schickte sie jedoch nach wenigen Runden wieder fort. Sie schaute aus dem Fenster, doch den Anblick des Hafens war sie mittlerweile so leid wie die Gitter eines Käfigs. Sie seufzte hörbar.

Caesar sah vom Schreibtisch auf. »Bist du unglücklich?« fragte er.

»Ich habe nichts zu tun.«

»Laß dich von den Sklavinnen massieren oder baden.«

»Es ist nicht mein Körper, der der Beschäftigung bedarf, sondern mein Geist.«

Er warf ihr einen Blick zu, als habe sie ägyptisch mit ihm gesprochen. Offenbar konnte er sich nicht mit dem Gedanken anfreunden, daß ihm eine Frau intellektuell ebenbürtig war. Er mochte noch so außergewöhnlich sein, doch in vieler Hinsicht war er so rückständig wie alle Römer.

»Römische Frauen langweilen sich nie.«

»Was machen denn römische Frauen?«

Er wandte den Blick ab. »Das weiß ich nicht. Sie wirken jedenfalls zufrieden.«

»Was werden wir tun?« fragte sie.

»In welcher Hinsicht?« antwortete er etwas gereizt.

»Was Achillas betrifft.«

»Im Moment tun wir gar nichts, Kätzchen.« *Kätzchen*. Sie hätte aus der Haut fahren können, wenn er sie so nannte. »Ich warte auf die Siebenunddreißigste Legion aus Rhodos. Mithridates, mein syrischer Vasall, schickt weitere Truppen auf dem Landweg, und Malchos aus Nabatäa hat mir Reiter zugesagt. Wenn die Verstärkungstruppen eintreffen, kümmern wir uns um deinen Hauptmann der Wache und seine Halunkenarmee. Bis dahin bleiben wir im Palast und warten.«

Warten, dachte sie. Immer nur warten! Wie lange noch?

Er legte den Stylus nieder und schenkte ihr das vertraute Lächeln. »Komm her, Kätzchen.«

Das, denkt er also, brauche ich. Als ob ich den ganzen Tag darauf gelauert hätte, daß er die Arbeit beendet, um mir Vergnügen zu bereiten. »Ich glaube, ich gehe ein wenig spazieren«, sagte sie und marschierte hocherhobenen Hauptes aus dem Raum.

Sie saß lange auf dem einsamen, windgepeitschten Felsen der Landzunge. Danach begab sie sich zum Tempel der Isis, um sich der Beschützerin der Frauen anzuvertrauen und um Rat zu bitten für ihr bekümmertes Herz und ihre gespaltene Seele.

21

Arsinoë stand am Fenster, Quecksilbertupfer vom Wasser des Hafens tanzten über sie hinweg. Caesar betrachtete sie abschätzend. Schön wie Aphrodite, mit hellem Haar und hauchdünnem weißem Gewand. Eine

Frucht, reif für die Ernte von fester Hand. Welch köstlicher Gedanke, den weichen Leib dieser Göttin zu besitzen. Eine reizbare Göttin, wie es den Anschein hatte, mit trotzigen Augen und schmollendem Mund. Nun, wenn sie ihn ließe, würde er sie schon zu zähmen wissen.

Caesar streckte sich auf dem Ruhelager aus. »Kommt. Setzt Euch«, forderte er sie auf.

Arsinoë wandte sich vom Fenster ab und bedachte ihn mit einem eisigen Blick, der ihn amüsierte. Ob sie ihn einzuschüchtern gedachte? »Ihr habt nach mir gesandt«, erwiderte sie frostig.

»In der Tat. Caesar bat um das Vergnügen Eurer Gesellschaft.«

»Und Arsinoë muß dieser Bitte entsprechen«, entgegnete sie höhnisch. »Ich bin ja schließlich Eure Gefangene.«

»Meine Gefangene? Glaubt Ihr das wirklich?«

»Kann ich denn den Palast verlassen, wenn ich es wünsche?«

»Jederzeit. Caesar sorgt sich lediglich um Eure Sicherheit.«

Arsinoë verschränkte mürrisch die Arme vor der Brust und drehte sich wieder zum Fenster. Welch eine Hexe, dachte er.

Er stand auf und trat hinter sie. »Habt Ihre Eure Situation je genauer bedacht?« fragte er. »Wenn Eurer Schwester etwas zustieße, wäret Ihr doch Ptolemaios' Mitregentin.«

»Ptolemaios war Pothinos' Werkzeug. Er ist ein Schwächling und ekelt mich an.«

»Sieh an. Dann gibt es doch etwas, das Ihr mit Caesar gemeinsam habt.« Er legte den Arm um ihre Taille. »Ihr seid sehr schön«, flüsterte er.

Sie wand sich geschickt aus seinem Arm. Ihre Lippen verzogen sich verächtlich. »Ihr Römer denkt, euch gehört die ganze Welt!«

»Und – ist dem nicht so?«

»Nun, *ich* gehöre Euch nicht!«

»Nicht auf jede Weise, das gebe ich zu. Ein Zustand, der sich jedoch leicht ändern ließe. Vielleicht wäre es sogar zu Eurem Besten.«

»Meine Schwester mag sich vor Euch erniedrigen. Doch es gibt noch ein Mitglied des Hauses Ptolemaios, das sich den Stolz bewahrt hat.«

»Stolz gewinnt man nur durch Macht. Welche Macht besitzt Ihr außer der, die Caesar Euch gewährt?«

»Die Macht, Euch abzuweisen!«

»Auch diese ließe sich beiseite räumen.«

Sie schenkte ihm einen hochfahrenden Blick. »Wagt es nicht!« Hinreißend. Ganz hinreißend. Aber nicht klug. Er befand, daß sie ihm in keiner Weise dienlich sein konnte.

Seufzend sagte er: »Ihr habt Euch zu lange mit Eunuchen umgeben.«

»Es gibt Männer, die einer Frau ihre Gesellschaft vorteilhaft erscheinen läßt.«

»Dort ist die Tür«, bemerkte er. »Geht, wann immer Ihr wollt.«

Sie rauschte an ihm vorbei.

Die Welt lag in seiner Hand, genau wie ihr Schicksal, und doch wollte sie ihm nicht gefällig sein. Es gab Frauen, die konnte er nicht begreifen.

22

Caesar hatte sich auf eine Ruhebank gelegt und studierte den Bericht eines seiner Befehlshaber. Er schaute von der Wachstafel hoch und tat, als sei er überrascht, Ptolemaios vor sich zu sehen. Dabei hatte er seinen Wachen befohlen, den Jungen zu holen.

Der dumme Junge machte einen ausgesprochen unglücklichen Eindruck. Erst hatte Pothinos ihn ins Elend geführt und dann einfach sitzenlassen, um Caesar den Kopf hinzuhalten. Die Welt war wirklich ungerecht.

»Der liebe Achillas nähert sich Alexandria«, sagte Caesar.

Wie schön, dieses Mal gab es keine Tränen. Der Junge war nur verstockt, die dicken Lippen zu einem mürrischen Strich zusammengepreßt, den Blick auf den Teppich gerichtet. »Achillas handelt auf eigene Faust. Ich bleibe Caesar ergeben, auch meiner Mitregentin und Schwester.«

Caesar nickte zustimmend. »Eine erfreuliche Einstellung! Wie schade, daß es der anderen Schwester an gleicher Löblichkeit mangelt.«

Ptolemaios schaute erstmalig auf, unfähig, die Überraschung zu verbergen. Hatte er tatsächlich nichts gewußt? Die Kunde nicht vernommen? Ohne Pothinos keine Spitzel? Der Junge schien hilflos zu sein wie ein neugeborenes Kind.

»Es scheint, daß sie und diese… Kreatur, Ganymedes, sich Achillas angeschlossen haben. Sie hat sich zur Königin ernannt. Gesegnetes Land Ägypten! Anderswo wäre man bereits froh, nur einen Monarchen zu haben. Ägypten hingegen besitzt deren nun drei.«

Ptolemaios' Verwirrung nahm zu. Das kann er nicht gleich verarbeiten, vermutete Caesar. Ob er sich vorgaukelt, Arsinoë teile mit ihm die Macht, falls sie gewinnt? Dieser kleine Schafskopf ist wie ein Würfel hin und her gerollt worden. Jeder hat sein Glück mit ihm versucht, bis man ihn einfach hat fallen lassen. Nun muß er mitansehen, wie sich die Namen der Toten und Abgebliebenen häufen.

Also klammerte er sich an Caesar.

»Habt keine Furcht«, sagte Caesar. »Ich gewähre Euch Schutz.«

Sein Gesicht war Gold wert. So etwas müßte man als Mosaik zu Hause auf dem Palatin haben. Ptolemaios hatte wohl begriffen, daß seine Tage gezählt waren und Anubis, der Schakal, der Gott der Unterwelt, seinen Namen bereits kichernd vor sich hin krächzte.

Caesar ging wieder an den Tisch zurück, um sich erneut dem gallischen Krieg zuzuwenden. Die ägyptische Frage war entschieden. Die Familie des Flötenspielers hatte er jetzt kennengelernt, und es war klar, bei wem die Zukunft lag.

23

Kleopatra konnte die Schlacht vom Dach des Palastes aus verfolgen. Trotz des Mantels zitterte sie in der Kälte des Morgens, dessen Dämmerung noch nicht angebrochen war. Sie legte sich einen zweiten Mantel um die Schultern, wollte nicht, daß jemand sah, wie sehr sie zitterte und es womöglich als Angst auslegte.

»Ich habe zu Isis gebetet, damit sie Caesar beschützt«, ließ sich eine Stimme vernehmen.

Sie fuhr herum. Es war Ptolemaios' hohe Stimme. Kleopatra hatte sie sofort erkannt, wenngleich sein Gesicht im Dunkeln lag. Ihr war der weinerliche Ton zu eigen, der sie jedesmal störte.

Sie wandte ihre Aufmerksamkeit erneut dem Geschehen zu, das sich am anderen Ende des Hafens abspielte.

Der Plan hatte sich so einfach angehört, als Caesar ihn vortrug. Die Siebenunddreißigste Legion war mit einer Kriegsflotte eingetroffen, und Caesar hatte verkündet, daß er dem »Geplänkel«, wie er es nannte, nun ein Ende setzen wolle. Seine Schiffe würden die Ägypter im Westhafen attackieren und die Durchlässe des Heptastadions blockieren, so daß es kein Entkommen gab. In der Zwischenzeit würden Verstärkungseinheiten der Siebenunddreißigsten am Westzipfel der Insel Pharos landen und sich den Truppen anschließen, die den Leuchtturm besetzt hielten. Mit vereinten Kräften wollte man sich dann von der

Insel zum Heptastadion vorkämpfen und die Kontrolle des Hafens übernehmen.

Von ihrem Platz aus konnte Kleopatra auf der Insel lediglich die roten Mäntel der römischen Legionäre ausmachen, und gelegentlich führte ein Windstoß das Geräusch klirrender Waffen und Rüstungen an ihr Ohr. Weit hinten im Hafen waren Caesars Galeeren und Achillas' Kriegsschiffe aneinandergeraten, doch sie lagen zu weit entfernt, und der Morgen war noch zu trübe, als daß sie Genaueres hätte erkennen können.

»Du hast alles auf den Römer gesetzt«, sagte Ptolemaios.

Sie ertrug es nicht, ihn anzuschauen, sondern hielt die Augen auf die Wellenbrecher gerichtet und die Insel jenseits des Leuchtturms, suchte nach dem Aufblitzen des Purpurs, dem Generalsmantel, den Caesar so sehr liebte, wenngleich er durch ihn zur Zielscheibe wurde. Es wurde heller, und sie konnte feststellen, daß die Römer im Begriff waren zu siegen, ganz wie Caesar es vorausgesagt hatte. Die Schlachtlinien waren weiter zum Damm hin vorgerückt.

Wenn Alexander sich plötzlich aus dem prächtigen Kristallsarg erhöbe und jetzt neben mir stünde auf dieser kalten, umtosten Terrasse! Was würde er dann von der Tochter halten, die sich gegen das eigene Volk auf die Seite des Feindes gestellt hat? Würde der Meisterstratege das Zweckdienliche begreifen und wissen, daß sie nur katzbuckelte, bis es Zeit war, die Krallen zu zeigen?

»Ich bin Caesars Verbündeter, genau wie du«, greinte Ptolemaios.

»Laß mich allein«, fuhr sie ihn an, doch er blieb. Wie würde die Göttin des Glücks entscheiden? Was hielt sie bereit für sie an diesem kalten, blaßblauen Morgen?

Die Römer mit ihren scharlachroten Mänteln und eisernen Helmen hoben sich deutlich ab gegen die zerlumpte Armee Achillas' in zusammengewürfelten Uniformen. Kleopatra stand seit Stunden auf der Dachterrasse. Die Sonne war fast im Zenith, und doch dauerten die Kämpfe noch an. Die Römer hatten sich bis zur Mitte des Heptastadions vorgekämpft und befanden sich ihr beinahe direkt gegenüber. In der Ferne stieg Rauch aus brennenden römischen und ägyptischen Schiffen auf, die im Hafen der Glücklichen Wiederkehr aufeinanderprallten.

Und da war er, im Zentrum des Gewühls – Julius höchstselbst, im purpurroten Mantel. Mit einemmal wurde ihr Gaumen trocken, sie konnte kaum atmen. Sie war überwältigt vor Freude, ihn lebend zu sehen, und elend vor Furcht, er könne fallen. Wenn er stürbe, stürbe auch sie.

Doch dann sah es so aus, als habe sich Caesar doch noch verrechnet. Sie spürte, wie ihr die eiskalte Angst über den Rücken kroch. Die Gestalten oben auf dem Damm, das waren ägyptische Soldaten, die ihm den Rückzug abschnitten. Einer ihrer Dreiruderer hatte sich aus dem Schlachtgewühl befreit und sich durch die brennenden Schiffsrümpfe gekämpft, um Truppen am Fuße der Insel abzusetzen. Der große Feldherr war von anderen überlistet worden.

Er war von seinen Truppen getrennt und von beiden Seiten umzingelt. Der Kapitän auf einer der römischen Liburnen erkannte die Gefahr und steuerte sein Schiff zum Damm, um ihn und die mit ihm Kämpfenden zu retten. Sie sah, wie Legioniäre kopflos auf das Deck der kleinen Galeere sprangen, die bedrohlich auf den Wellen schwankte.

Doch sie sah auch, wie vergeblich es war. Dieses Mal hatte die römische Disziplin versagt – die Ägypter stürmten die Liburne.

Die Galeere begann zu kentern.

Vor ihren Augen geschah das Undenkbare. Die glorreichen, unbezwingbaren Römer! Gedemütigt von ihrer alten Armee, dem schäbigen Söldnerheer, das sie vor Zeiten vor Achillas und dem versammelten Hof der Lächerlichkeit preisgegeben hatte.

Sie wandte sich um. Ptolemaios hatte sie beobachtet. Auf seinen Zügen lag ein hämisches Grinsen. »Ich habe dich immer gehaßt«, stieß er hervor.

»Und ich dich immer verachtet. Glaube nicht, daß ich auf die Knie falle und um Gnade winsele, wenn Caesar stirbt.«

»Man sagt, daß unsere Schwester die Kontrolle über ihren Darm verloren hat, als sie hingerichtet wurde. Unser Vater ließ sie erwürgen. Das hättest du nicht gedacht, nicht wahr? Er hat dir erzählt, es sei die Kobra gewesen und somit ein gnädiger Tod. Aber Pothinos hat mir berichtet, was wirklich geschah. Er sagte, der Gestank sei bestialisch gewesen. Ich weiß nicht, welchen Tod ich für dich vorsehen werde.«

Purpur blitzte auf, als Caesar von der Liburne sprang und mit mächtigen Zügen zu schwimmen anfing. Das ihm am nächsten liegende römische Schiff war etwa sechshundert Fuß entfernt. Überall tauchten nun Köpfe aus den Wellen auf, und sie verlor ihn aus den Augen. Die

Ägypter sammelten sich um die gekenterte Liburne und schleuderten Speere ins Wasser. Sie konnte unmöglich erkennen, ob Caesar tot oder lebendig war.

»Am liebsten wäre mir wohl der Würgetod für dich«, sagte Ptolemaios. »Der Gestank wird mir so lieblich sein wie der Duft der Rosen.«

Kleopatra schenkte ihm keinerlei Beachtung. Es durfte nicht sein, daß das Schicksal sie während der letzten schrecklichen Jahre verschont hatte, nur um sie jetzt im Stich zu lassen. Er mußte am Leben bleiben.

Er mußte es einfach.

24

Sein Gesicht war grau, und die Schultern waren vor Erschöpfung nach vorn gesackt. Er wirkte um Jahre gealtert. Das dünngesäte Haar klebte ihm am Schädel, die Tunika war zerrissen und naß. Vom Arm bis über das Handgelenk und die Finger zog sich eine Blutbahn, die ein Hieb mit dem Schwert hinterlassen hatte. Es schien ihn jedoch nicht zu kümmern.

Caesar stand in seinem Hauptquartier, dem vormaligen Bankettsaal. Der Zeremonientisch ihres Vaters war um des besseren Lichtes willen ans Fenster gerückt worden. Er war einer seiner kostbarsten Besitztümer gewesen, mit einer Platte aus einem Stück Holz, das aus dem Atlasgebirge Mauretaniens stammte, und mit Beinen aus den Stoßzähnen von Elefanten. Die Karten lagen so achtlos darübergeworfen, als handele es sich bei dem Tisch um eine rohgezimmerte Holzbank. Auf den schimmernden Alabasterböden hatten schmutzige Schlammstiefel Abdrücke hinterlassen.

Caesar war umgeben vom engsten Kreis der Befehlshaber. Sie studierten die Grundrisse des Palastes und des Hafens und entwickelten neue Pläne. Sie hatten die Insel erobert und Achillas' Flotte außer Gefecht gesetzt, doch sie hatten auch vierhundert Legionäre verloren – eine unfaßbare Niederlage.

»Imperator«, verkündete Ptolemaios, als sie eintraten. »Wir sind erleichtert, Euch unversehrt zu sehen.«

Caesar wandte sich um. Ein flüchtiges Lächelns huschte über sein Gesicht. »Das glaube ich, mein Junge.«

»Ihr riskiert zuviel für unser Wohl.«

»Sicherlich wäret Ihr froh, wenn ich abzöge.«

»Nicht, was uns betrifft. Doch Alexandria steht gegen Euch. Euer Leben schwebt in dauernder Gefahr.«

Kleopatra fand die hochtrabenden Worte des Jungen albern.

Insgeheim mußte sie jedoch lächeln. So schnell wirst du mich nicht erwürgen lassen können, mein Lieber. Solange Caesar lebt, legen sich die Henkershände nicht um meinen Hals.

»Caesar schwebt immer in Gefahr«, teilte der Römer Ptolemaios mit. »Gleichgültig, wo er ist. Dennoch meinen untertänigsten Dank für Eure Sorge um mein Befinden.«

Mit einem Kopfnicken sandte Caesar seine Offiziere aus dem Raum. Ein harter Blick tat Ptolemaios kund, daß auch seine Anwesenheit unerwünscht war, woraufhin er, wenn auch widerstrebend, verschwand. Auf was will mein Bruder hinaus? fragte sich Kleopatra. Glaubt er, er könne unseren Julius, *meinen* Julius, mit öligem Lächeln und schmeichlerischen Worten einnehmen? Glaubt er womöglich, daß Caesar ihm den Thron zu Füßen legt, wenn er nur tief genug vor ihm kniet?

Die großen Portale schlossen sich hinter den Wachen. Sie waren allein.

»Ich dachte, du wärest tot«, flüsterte sie.

»Und das hätte dich bekümmert?«

»Du bist mir teuer geworden«, sagte sie. Das war noch nicht einmal gelogen. Was geht nur in mir vor? fragte sie sich.

Er grinste. »Komm her, Kätzchen.« Er hielt sie in den Armen, zitterte. Die Tunika war immer noch kalt und feucht.

»Du solltest die nassen Kleider ablegen«, wisperte sie. Sie fuhr mit dem Finger über die klaffende Wunde auf seinem linken Arm. Sie war bereits verkrustet mit geronnenem schwarzem Blut.

»Sie haben tapfer gekämpft«, sagte er stolz, doch seine Augen verrieten seine innersten Gedanken. Die Ereignisse des Tages hatten ihn tief erschüttert. Achillas' Lumpenarmee hatte sich als stärkerer Gegner erwiesen als erwartet.

Doch auch dieser knappe Sieg, der fast zur Niederlage geworden wäre, hatte seinen Ruhm wieder einmal gefestigt. Er war dem Tod entronnen, indem er in voller Rüstung über die Strecke eines Stadions bis zu einem der römischen Schiffe geschwommen war, einhändig, mit der anderen Hand die Schlachtpläne hochhaltend, um sie vor den Wellen zu schützen. Außer der Wunde am Arm war ihm nichts zugestoßen –

nur den kostbaren Purpurmantel hatte er verloren, das geliebte Symbol seines Rangs.

Er ließ sich von ihr zu Bett bringen. Sein Körper war kalt wie der eines Toten. Er rollte sich in ihre Arme ein wie ein Säugling und schlief. Sie strich über den dünner werdenden Scheitel und flüsterte »Julius«, ein ums andere Mal. Sie dachte an Ptolemaios' Henkersknechte und wie sich rohe Hände um ihren Hals schlossen. Um diese dunklen Träume zu vertreiben, beschwor sie abermals die Macht ihres Schicksals – ein Schicksal, das weit über Caesar hinaus reichte.

Caesar schlang sein Frühstück herunter, einen Kanten Brot, ein wenig Schafskäse, einen Krug Wasser. Sie konnte nicht begreifen, wie er bei Kräften blieb. Sein Desinteresse, was Nahrung betraf, mußte aus den vielen Kriegsjahren stammen, in denen er von kargen Armeerationen gelebt hatte.

Kauend instruierte er seine Befehlshaber, während sich Kleopatra im Nebenraum mit Hilfe zweier Palastsklavinnen der Morgentoilette widmete. Keine von ihnen war so geschickt wie Charmion oder Iras, doch im Augenblick mußte sie mit ihnen vorlieb nehmen.

Dann hörte sie, wie eine neue Stimme aus dem anderen Raum drang. »Ptolemaios«, zischte sie, sprang auf und scheuchte die Sklavenmädchen fort.

Caesar hatte sich auf der Ruhebank ausgestreckt und prüfte einen Lagebericht. Nichts erinnerte mehr an den Kämpfer und Imperator. Er war lediglich ein Mann in weißer Tunika, vertieft in seine Lektüre. Ihr alberner Bruder stand im Türrahmen, lächerlich anzusehen in golddurchwirkter Brokatrobe, die Haare gesalbt und gekräuselt. Ein aufgeputzter kleiner Wichtigtuer.

»Ah, Ihre Majestät«, sagte Caesar, ohne den Blick von der Wachstafel zu nehmen.

»Ihr habt mich rufen lassen«, entgegnete Ptolemaios. Er sah sich um, erblickte Kleopatra im Türrahmen des Schlafgemachs und verzog das Gesicht zu einem selbstgefälligen Grinsen. Es schien, als habe er den Entschluß gefaßt, sich Caesar gegenüber zu behaupten. Auf der Straße des Soma war es abermals zu Aufständen gekommen, wahrscheinlich hatte ihn der Lärm des Pöbels vor den Toren ermutigt und aufgeplustert.

»Caesar hat eine gute Nachricht für den König von Ägypten.«

Ptolemaios fiel in sich zusammen. Wie dünn die Maske gewesen war, die er aufgesetzt hatte!

»Ich wünsche, daß Ihr Euch zu Eurer Schwester, Arsinoë, begebt«, verkündete Caesar.

Ptolemaios sperrte den Mund auf. Mücken und Fliegen hätten ungehindert ein und aus schwirren können.

»Schaut nicht so überrascht. Wer könnte ein besserer Bote Caesars sein als jemand aus ihrer eigenen Familie?«

»Ihr wollt, daß ich den Palast verlasse?«

Das muß ein arger Schlag sein, dachte Kleopatra. Ob Ptolemaios jemals in seinem Leben weiter als über das Brucheionviertel hinausgekommen war? Wahrscheinlich waren die Gärten um den See Mareotis für ihn die äußerste Grenze gewesen.

»Eine Schwadron der Palastwache wird Euch begleiten.«

Kleopatra studierte das Kaleidoskop der Gefühle, das sich auf der Miene ihres Bruders abzeichnete. Unglaube, Furcht, Panik. Ohne Pothinos war er schlichtweg verloren.

»Aber warum?«

»Glaubt Ihr, daß es Caesar gefällt, hier eingesperrt zu sein? Ihr müßt die Waffenruhe verhandeln, so daß ich und meine Männer die Schiffe besteigen und wieder in Frieden nach Rom ziehen können.«

Kleopatra spürte, wie ihr das Blut aus den Wangen wich. Sie war unfähig, dem Gehörten Glauben zu schenken.

»Ich wünsche zu bleiben«, hörte sie Ptolemaios sagen.

Zum ersten Mal machte sich bei Caesar ein leichter Unmut bemerkbar. »Es geht nicht um das, was Ihr wünscht. Es geht um Eure Pflicht als König! Sollte dieser Krieg weitergehen, wird Eure Stadt zerstört. Würde Euch das nicht grämen?«

Nein, würde es nicht, dachte Kleopatra. Man kann es ihm ansehen. Es läßt sich so deutlich von seiner Nase ablesen wie die Hieroglyphen auf Alexanders Grab. Er begreift nicht, daß du ihm den Thron schenkst, daß du vorhast, mich zu verraten. Was konnte ich auch anderes erwarten? Von einem Römer! Mardian hat mich gewarnt.

»Eure Schwester hat Caesars Boten ermorden lassen«, erklärte Caesar Ptolemaios. »Sie hat sich sogar mit ihrem General überworfen. Ihr Eunuch hat ihn umbringen lassen. Euch allein wird sie Respekt erweisen, denn Ihr seid ihr König. Ihr werdet Caesar den Frieden vermitteln, so daß er sich den dringenderen Angelegenheiten Roms widmen kann.«

Achillas ermordet? Warum hatte er ihr das nicht erzählt? Weil er beschlossen hatte, sie aufzugeben? Es war nicht zu glauben, wie feige er war. Wurden aus solchem Holz die Helden der Geschichte geschnitzt?

Sie blickte zu Ptolemaios. Trotz des eigenen Entsetzens empfand sie beinahe Mitleid mit ihm. Sie wußte, was er dachte. Wie würde Arsinoë ihn empfangen? Als ihren Bruder und König? Oder als tödlichen Rivalen, der auf der Stelle umzubringen war? Seine Unterlippe bebte – so als hätte ihn sein Lehrer wegen Unaufmerksamkeit geohrfeigt, was, wenn man so wollte, ja auch der Fall war.

Auf diese Weise, dachte sie, entscheidet Caesar unser beider Schicksal.

Die Demütigung machte sie stumm. Sie schaute auf ihren Bruder, der sie mit Blicken um Unterstützung anzuflehen schien. Sie konnte das Ausmaß von Caesars Verrat immer noch nicht fassen. Aber sie würde ihren Zorn für sich behalten, etwas anderes nutzte ohnehin nichts und war zudem unter der Würde einer Königin. Warum sollte Caesar ihr schließlich auch Schutz gewähren? Er war in einen Konflikt verwickelt worden, auf den er gänzlich unvorbereitet gewesen war. Vielleicht hatte er sich ja auch überschätzt, nachdem er Pompejus besiegt hatte. Nun, bestimmt würde er zu einem späteren Zeitpunkt und mit einer stärkeren Streitmacht nach Alexandria zurückkehren, um die Rechnung mit Ägypten zu begleichen. Doch wenn Arsinoë sich jetzt durchsetzte, wäre sie bald tot.

»Die Vorbereitungen sind getroffen«, beschied Caesar dem Jungen. »Ihr brecht zur Mittagszeit auf.«

Ptolemaios rührte sich nicht von der Stelle.

»Meint Ihr nicht, Ihr solltet Euch beeilen?«

»Mir gefällt es hier ganz gut«, erwiderte Ptolemaios, den die Furcht kühn gemacht hatte.

»Ich habe Euch erklärt, daß Eure Vorlieben ohne Bedeutung sind.« Die Stimme wurde eisern. »Tut Eure Pflicht. Ein König verdrückt sich nicht im Palast, wenn es um Staatsfragen geht. Nun fort mit Euch!«

Kleopatra befürchtete bereits, daß Ptolemaios anfangen würde zu weinen. Er schien im Begriff, noch etwas zu sagen, doch Caesar entließ ihn mit einem ungeduldigen Wedeln der Hand. Ptolemaios warf ihr noch einmal einen Blick zu, so als könne sie ihn retten, doch dann hastete er aus dem Raum.

Offenbar hatte Caesar die ganze Zeit über von ihrer Anwesenheit gewußt, denn nachdem Ptolemaios verschwunden war, drehte er sich zu ihr um und lächelte. »Guten Morgen, Kätzchen.«

Ich werde ihm nicht den Gefallen tun, zu wimmern oder zu wüten, dachte sie. Ich werde gelassen sein, sogar angesichts dieses Verrats. »Hat der Imperator wohl geruht?« erkundigte sie sich. »Unberührt von den Eingebungen des Gewissens?«

»Das hat er in der Tat.«

»Du weißt, daß mein Bruder nicht zurückkommt?«

»Natürlich.«

Sie studierte sein Gesicht, suchte nach Anhaltspunkten. Es war offensichtlich, daß er ihr keine weiteren Erklärungen liefern wollte. Sie sollte selbst dahinterkommen.

Er lächelte immer noch, so als hielte er sich für über die Maßen gescheit. Was er ja wohl auch war. Sie überdachte noch einmal, was sie gerade gesehen und gehört hatte. Vielleicht hatte sie doch vorschnell geurteilt.

Nach einer Weile dämmerte es ihr. »Du hast ihn in den Tod geschickt«, sagte sie.

Caesar neigte nur leicht den Kopf, als empfinge er in aller Bescheidenheit den Beifall des Senats.

Gut. Sie hatte die Gerissenheit dieses Römers gründlich unterschätzt. Er spielte ein doppeltes Spiel. Wenn Arsinoë Ptolemaios ermorden ließ, dann müßte sie, Kleopatra, sich den Thron nicht länger mit dem lästigen Bruder teilen. Sie würde allein regieren, als Caesars Vasallin. Wenn Arsinoë ihn jedoch nicht ermorden wollte oder konnte, würde Ptolemaios zweifellos die Gelegenheit beim Schopf ergreifen und sich an die Spitze von Achillas' Lumpenarmee schwingen. In dem Fall würde ihn Caesar als Aufrührer töten lassen.

Des weiteren hatte er Ptolemaios weisgemacht, daß er Ägypten verlassen wolle und sich damit im Nachteil befand – eine Schwäche, die Ptolemaios umgehend auszunutzen versuchen würde. Dabei ging es in Wirklichkeit nur darum, daß Caesar ihn zum Angriff ermuntern wollte, um ihn auch guten Gewissens töten zu können.

»Du willst die Oberherrschaft über Ägypten, mußt jedoch in der Lage sein, dich vor dem römischen Senat zu rechtfertigen«, erkannte sie.

»Dein Lehrer hat recht gehabt, wenn er dir einen scharfen Verstand bescheinigt hat. Ich werde Sorge tragen müssen, daß du mich nicht übertriffst.«

»Da wartet immer noch eine Armee, die es zu besiegen gilt.«

Das Lächeln erstarb. Ohne jeden Zweifel würde sein gekränkter Stolz auf baldige Rache drängen. »Es wird kein zweites Heptastadion geben.« Das Lächeln flackerte so schnell wieder auf, wie es erloschen war. »Was ist mit dir? Wirst du etwa die trauernde Witwe spielen und dein Geschmeide auf den Scheiterhaufen werfen, wenn dein Bruder tot ist?«

»Er ist doch noch ein Junge«, hörte sie sich sagen.

»Der, wenn man es ihm und der Natur überläßt, eines Tages heranwächst und ein Mann wird. Wenn er mehr Verstand hätte, hätte er gewußt, daß er sterben muß.«

Sie schloß die Augen. Ob ich je so grausam sein kann? Etwas in ihrem Wesen rebellierte gegen diese brutale, unvermeidliche, endgültige Tat. »Ich wünschte, es wäre schon vorbei«, sagte sie.

»Es ist nie vorbei, Kätzchen«, entgegnete er, die Stimme mit einemmal düster. »Wenn du danach trachtest, die Welt zu regieren, ist es nie, nie vorbei.«

25

Die Kerzen flackerten in den feinziselierten Haltern. Die Wandbehänge aus kostbarem Purpur mit breitem goldenem Brokatsaum bauschten sich. Draußen in der Dunkelheit brandete das Meer, während der Wind stöhnte und heulend um die Mauern des Palasts fuhr.

Caesar tippte mit dem Finger auf die Karte, die auf dem Tisch vor ihm ausgebreitet lag. »Mithridates' Armee hat Pelusium eingenommen und marschiert auf das Delta zu. Deine Schwester und ihr niedlicher kleiner General haben ihre Streitkräfte zusammengezogen, um sich ihm entgegenzustellen.«

»Wartest du hier auf seinen Sieg?«

Caesar schnaubte verächtlich. Als ob er warten würde, bis ihm ein ausländischer Satrap, halb Grieche, halb Gallier, die Arbeit erledigte! »Sobald das Wetter es zuläßt, nehme ich die Siebenunddreißigste, segle nach Osten und treffe mich mit Mithridates jenseits des Nils, in der Gegend des Schilfmeers. Deine Schwester und ihr verweichlichter Bube werden dort eine Lektion erteilt bekommen.«

So also geht die Geschichte aus, dachte Kleopatra. Wieder einmal mit römischen Soldaten, die nach Alexandria ziehen. Schon ihr Vater hatte für den Thron gezahlt und ihn mit römischen Truppen gesichert. Nun war sie gezwungen, das gleiche zu tun. Und wenn Caesar wollte, konnte er Ägypten in eine römische Provinz verwandeln, wie zuvor schon Griechenland, Syrien und Judäa.

Was Wunder, daß ihr Vater den größten Teil seines Lebens in den Dienst Bacchus' gestellt hatte. Vielleicht war er von sich enttäuscht gewesen oder hatte eingesehen, daß man in der Welt der Römer kein König sein konnte, und hatte sich nach dem Jenseits gesehnt.

Julius Caesar war jetzt alles in einer Person; Retter, Liebhaber, Feind – und Vater ihres Kindes.

Er warf sich auf die Ruhebank aus dem Holz des Zitronenbaums. Ein blonder germanischer Sklave hastete zu ihm und brachte ihm eine Fußbank. Sie stellte fest, daß der harte Veteran Hunderter von Schlachten sich allmählich an die kleinen Annehmlichkeiten des Brucheion zu gewöhnen schien.

»Was gibt es denn Neues aus dem Lager Arsinoës?« erkundigte sie sich. Sie haßte die Hilflosigkeit, mit der sie auf ihn angewiesen war, wenn sie Nachrichten aus der Außenwelt erfahren wollte. Sie saß hier gefangen, ohne Berater, ohne Boten und ohne Macht, gegen die Feinde vorzugehen oder die Anhänger zu unterstützen. Alles, was sie im Augenblick tun konnte, war zu warten und zu hoffen, daß Caesar siegte.

Wenn ich das hier überlebe und den Thron von Ägypten wiedererlange, schwor sie sich, werde ich nie mehr einem Mann gestatten, über mein Schicksal zu entscheiden. Und erst recht keinem Römer.

Sein kühler Blick richtete sich auf sie. »Es wird dich freuen zu hören, daß der Sohn Ägyptens in Sicherheit ist. Meine Spione berichten, daß deiner Schwester treue Truppen ihn in einer Sänfte durch ihre Reihen getragen haben. Er hat seinen geliebten Freund Caesar als Barbaren gebrandmarkt und dich, die eigene Schwester, als Hure und Verräterin. Du wirkst verwundert?«

»Ich dachte, Arsinoë ließe ihn töten, so wie Achillas. Offenbar ist sie doch nicht so mordlüstern, wie ich annahm.«

»Ist es nicht schön, wenn einen die Familie auch einmal angenehm überrascht?«

»Wahrscheinlich wissen sie, daß sie nicht siegen können.«

»Oder sie sind bereit, für ihre Prinzipien zu sterben.«

»Willst du damit sagen, daß ich keine Prinzipien besitze?«

»Ich will damit sagen, daß ich sie nicht für nützlich halte. Die Frage der Prinzipien hat mich nie beschäftigt. Frag meine Freunde, deren Frauen oder meine Geldverleiher. Sie werden es dir bestätigen.«

Was meinte er damit? Hielt er sie lediglich für eine Opportunistin und Abenteurerin? Oder wollte er sie loben, weil er in ihr dieselbe Rücksichtslosigkeit erkannt hatte, die auch ihm zu eigen war? »Du vertust dich, wenn du glaubst, daß ich Ägypten nicht liebe«, sagte sie.

»Ägypten ist nur eine Wüste, durch die ein Fluß fließt. Liebe dich selbst. Dein Äußeres ist sehr viel einladender.«

Sie stellte fest, daß ihr sein zynischer Witz nicht behagte, und begab sich nach draußen auf die Terrasse, wo sie seinen Bärenfellmantel enger um die Schultern zog. Die Nordstürme wirbelten um die Wellenbrecher und peitschten das Wasser schäumend in die Luft. Eine riesige Brandungswelle warf sich gegen den Felsen am Fuße des Turms von Pharos und schleuderte die Gischt bis zu den Marmorsäulen des Sockels. Winterzeit, und sie war eingekreist von allen Seiten.

Wenn sich das Wetter nicht rasch besserte, würde Caesar der Sieg womöglich doch noch vorenthalten bleiben.

Er war ihr gefolgt und trat hinter sie. »Dir geht doch etwas durch den Kopf, oder irre ich mich?« fragte er.

»Ich muß dir etwas sagen.«

Er wartete.

»Ich bekomme ein Kind. Dein Kind.«

Seine Augenbrauen wanderten nach oben. War das die einzige Reaktion, die die Nachricht in ihm auslöste? Kleopatra wartete auf mehr.

Er legte den Finger auf den Mund, als sei er tief in Gedanken versunken. Sie wünschte sich, von ihm umarmt zu werden, so wie es jeder normale Mann tat, wenn seine Frau ihm solch eine Neuigkeit überbrachte. Aber das war nicht seine Art. Wenn er sie berührte, bedeutete das immer, daß er sie zu nehmen gedachte.

Sie versuchte sich vorzustellen, was ihm jetzt durch den Sinn ging. Er hatte nur einen Erben, oder vielmehr eine Erbin – Julia, seine Tochter. Natürlich mochte es jede Menge Bälger geben, die, wie Mardian es einst formuliert hatte, in den Palästen des Mittelmeers zurückgelassen worden waren wie Tote nach der Schlacht. Bei ihr wäre das jedoch etwas anderes. Wenn sie, die Königin von Ägypten, Caesars Sohn bekäme, könnte man diesen Nachkommen nicht so einfach übersehen und als Begleiterscheinung des Krieges abtun. Ihr Sohn wäre eines Tages Thronerbe Ägyptens und – vielleicht – sogar der Erbe Roms.

»Ein Geschenk der Götter«, murmelte er schließlich.

»In der Tat«, entgegnete sie. »Ein Geschenk der Götter für die Götter.«

Er blieb neben ihr stehen, nur mit der Tunika bekleidet, obwohl es angefangen hatte zu regnen und die Tropfen wie Steinhagel niederprasselten. Es kümmerte ihn nicht. »Hältst du mich für einen Gott?« fragte er.

»Ich weiß, daß *ich* eine Göttin bin.«

»Du hast mir etwas zum Nachdenken gegeben, Kätzchen.«

»Willst du mich nicht in die Arme nehmen?« fragte sie leise.

Er zögerte. Einen Augenblick lang glaubte sie, daß er nachgeben würde. Doch dann sagte er: »Dein Zustand ist zu heikel.« Er wandte sich ab und ging wieder hinein.

26

Der ägyptische Monat des Phamenoth im Jahre 47 vor Christi Geburt

Über das gleißende Weiß der Palastdächer hinweg konnte Kleopatra sehen, wie das Volk zu den Toren strömte. Drei Jahrhunderte nach Alexander hatte die Stadt nun wieder einen neuen Eroberer. Entlang der Kanopischen Straße knieten dieselben Menschen, die sich während der langen Wintermonate mit Steinen und Beleidigungen gegen sie gewandt hatten, ehrerbietig unter den großen Säulen, während Caesar, an der Spitze seiner Legionen, in die Stadt einritt. Ihn begrüßte das Schweigen der Besiegten, nur hier und da hörte man vereinzeltes Stöhnen, vermischt mit dem rauhen Schritt römischer Stiefel.

Die Ältesten der Stadt empfingen ihn am Sonnentor; barfüßig, in den blauen Leinenkleidern der Trauer, streuten sie sich Asche auf das Haupt, zum Zeichen der Reue. Sie sangen das Klagelied derer, die besiegt worden waren. »Sohn Amuns, erbarme dich unser! Dir sind wir ergeben, vor dir beugen wir Haupt und Schultern, Erhabener Sieger!«

Wie schön, die Griechen einmal um Gnade flehen zu sehen, dachte Kleopatra. Selbst die Höflinge, die Mitglieder der Familie, die Höchsten Freunde und die anderen Abtrünnigen hatten sich in den Staub geworfen. Die fetten Kaufleute, deren Hände übersät waren mit Jaspis und Smaragden, lagen auf den Knien, neben Ägyptern, Syrern, Phöniziern, neben Bettlern, Balsamierern, Bäckern, Goldschmieden, Glasbläsern und Seeleuten. Lediglich die Juden mußten sich nicht verneigen. In deren Viertel war es während des Krieges ruhig geblieben, und sie hatten für die Römer Nahrung in den Palast geschmuggelt. Caesar hatte ihnen zum Lohn den freien Zugang zur Stadt gewährt.

Caesar hatte, wie immer, Glück gehabt. Tyche, die Göttin des Glücks, mußte seinem Zauber erlegen sein wie schon so viele Frauen vor ihr. Das Wetter hatte sich gebessert, Sonne und Wolken fügten sich dem Willen dieses neuen Gottes und ermöglichten es ihm, mit seiner Flotte den Hafen zu verlassen, so, wie er es geplant hatte. Allerdings war er nicht Mithridates entgegengesegelt, wie er Kleopatra gegenüber behauptet hatte. Er wußte, daß Arsinoës Spione seinen Aufbruch belauerten, und hatte sich deshalb nach Osten gewandt, als zöge er nach Pelusium. Im Schutz der Dunkelheit hatte er die Flotte jedoch wieder gewendet und war statt dessen mit den Legionen im Westen gelandet. In Eilmärschen erreichten sie anschließend den Süden und umzingelten Arsinoës Armee. Aufgerieben zwischen dem Aufgebot Mithridates' und Caesars Legionen, hatten ihre Soldaten die Flucht durch die Papyrussümpfe gesucht, wo sie erbarmungslos niedergemetzelt und den Krokodilen als Festmahl zurückgelassen wurden. Ptolemaios' Barke kenterte, und er ertrank, nicht zuletzt aufgrund des Gewichts seiner goldenen Rüstung.

Caesar erreichte den Palast im Licht der Abenddämmerung.

Kleopatra erwartete ihn im Hof hinter der Säulenhalle, umgeben von ihrer neuen Leibgarde: römischen Legionären, von Caesar eigens zu diesem Zweck bestimmt, in typischer Lederrüstung, mit kurzen Stechdegen in der Gürtelscheide, Helmen und roten Tüchern, die sie um den Hals trugen.

Als einziges Geräusch vernahm man das Knistern der Fackeln und das leise Plätschern der Brunnen.

Caesar ritt an der Spitze seiner Leibgarde auf einem weißen Hengst. Er trug die Zeremonienrüstung, den goldenen Brustpanzer, auf dem die Siege eingraviert waren, den Purpurmantel des Imperators und auf dem Haupt den Lorbeerkranz. Er schaute auf sie hinunter und lächelte. Sie lächelte zurück und war überrascht angesichts der Freude, die sie empfand, ihn wiederzusehen.

Soldaten mit Speeren und großen rechteckigen Schilden marschierten neben einem Karren, der von zwei Ochsen gezogen wurde. Die metallenen Radränder knirschten über die Steine.

Ptolemaios lag mit unbedecktem Körper auf der Ladefläche, so daß ganz Alexandria hatte erkennen können, daß er tot war und sich kein Prätendent aus dem Nilsumpf erhob, um seinen Platz einzuklagen. Bleich und aufgedunsen wie ein Fisch lag er da, die Lider gesenkt, als habe man ihn im Schlaf überrascht. Das Gesicht war schlammverkrustet, und seinem Körper entstieg ein fauliger Geruch. Er würde sich nicht mehr lange halten.

»Er ist als Mann gestorben«, bemerkte Caesar.

Kleopatra sah auf. Er stand neben ihr, das Gesicht zur Hälfte im Schatten. Wie kann ein Mensch als Mann sterben, fragte sie sich. Tot ist tot.

»Am Ende hat er die Rüstung angelegt und versucht, tapfer zu kämpfen«, sagte Caesar.

Er hat die Rüstung angelegt, weil sie aus Gold war, dachte sie bitter, und weil er sie nicht verlieren wollte. Aber sie schwieg.

In diesem Hof hatte sie mit ihm als Kind mit Würfeln gespielt. Schon damals hatte er versucht zu betrügen. Sie wollte ihn betrauern, stellte jedoch fest, daß es ihr nicht gelang. Sei waren Ptolemaier und dadurch als Feinde geboren, nicht als Geschwister. Sie hatte ihn im Leben verachtet, das gleiche galt für ihn im Tod.

Arsinoë jedoch lebte.

Sie wurde von zwei Legionären in den Großen Thronsaal geschleppt, kratzend und fauchend wie eine Katze. Caesar hatte den Hof einbestellt, um dem Schauspiel beizuwohnen: Die Griechen in den feinen Gewändern, die kahlrasierten Priester, die Sekretäre, Berater und Schatzmeister, alle waren sie zusammengetrieben worden wie eine Ziegenherde, um die letzte Demütigung der Ptolemaier zu bezeugen. Kleopatra saß an der Seite Caesars.

Arsinoë spuckte und wand sich, ihre Schreie gellten durch den großen Marmorsaal. Sie war barfüßig, die Handgelenke vor ihr in Ketten, das Gesicht bedeckt mit getrocknetem Schlamm. Die Schwester, die Kleopatra aufgrund ihrer Schönheit gehaßt und gefürchtet hatte, starrte vor Schmutz wie ein altes Weib, das auf dem Markt Fische feilbot.

Ihre Kleider waren zerrissen und stanken. Selbst die nubischen

Wachen rümpften die Nase. Unter den Schönlingen des Hofes gab es etliche, die sich das Gesicht mit den Händen bedeckten.

Ganymedes war bei ihr. Auch er war kaum wiederzuerkennen, die hübsche Larve entstellt von einer rissigen Schicht fauligen Morasts.

Caesar wandte sich an Kleopatra. »Deine Schwester!« sagte er.

Sie empfand nichts. Das ist nicht meine Familie, dachte sie. Meine Familie ist Ägypten.

Ganymedes lag auf den Knien. Auf seiner Stirn klaffte eine häßliche Wunde mit schwarz geronnenem Blut. Er hielt den Blick gesenkt. Arsinoë allerdings war aus anderem Holz geschnitzt.

»Hure!« schrie sie. Aus ihrem Mundwinkel troff Speichel. »Du hast Ägypten an deinen Römer verraten!«

»Wie du siehst, hast du ihr sehr gefehlt«, ließ Caesar sich vernehmen.

Kleopatra stellte fest, daß er sich an dem Schauspiel weidete. Gut, schließlich war es seine Stunde des Triumphes. Ihr bedeutete der Anblick ihrer Schwester so wenig wie der ihres toten Bruders. Sie war Königin, und das konnte ihr niemand mehr nehmen. Caesar hatte sich für sie eingesetzt.

»Du widerliche Hure!« kreischte die verdreckte Kreatur zu ihren Füßen.

Sollte ich je an diesen Punkt kommen, dachte Kleopatra, werde ich mich nicht derart gehenlassen. Was sollte es auch bewirken? Du hast dein Spiel gemacht, Schwester, und du hast verloren. Ich dachte, du würdest deine Niederlage würdevoller ertragen.

»Schafft sie fort«, befahl Caesar den Wachen, und Arsinoë wurde, schreiend und Verwünschungen ausstoßend, aus dem Saal gezerrt. Ganymedes folgte ihr so artig wie ein Lamm.

27

Mardian betrachtete Kleopatra wie ein Lehrer seine Schülerin, die endlich die Fähigkeiten an den Tag legte, die er schon früher immer vermutet hatte. Er näherte sich dem Thron, ließ sich nieder und führte die Stirn zum Boden. Einer der Sklaven war ihm beim Aufstehen behilflich.

Sein *chiton* war schmutzig, und er hatte an Gewicht verloren. Kleopatra fragte sich, welche Entbehrungen er wohl hatte auf sich nehmen müssen, seit sie sich das letzte Mal am Berg Kasios gesehen hatten.

Sie waren allein im privaten Audienzsaal der Gemächer, die sie mit Caesar teilte. Ihr armer *tropheus* wirkte in der Tat ein wenig heruntergekommen und fehl am Platz inmitten der funkelnden Pracht seiner Umgebung.

»Majestät«, murmelte er.

»Welche Freude, dich wiederzusehen, mein lieber fetter Kapaun!«

»Und ich bin überglücklich zu sehen, daß Eure Majestät ...«

»Den Kopf noch auf den Schultern hat?«

»Sich bester Gesundheit erfreut.«

»Dein Schwager hat mir gute Dienste geleistet.«

»Es gab so viele Gerüchte! Wie oft hat man behauptet, Ihr wäret tot.«

»Nun, ich habe überlebt und stehe in der Gunst Roms. Wie es aussieht, war Isis unseren Taten gewogen.«

»Ich hätte nie gedacht, daß ich diesen Tag noch einmal erleben würde.« Er hielt inne und musterte sie von oben bis unten.

Ich weiß, was meine alte Glucke denkt, ging es ihr durch den Kopf. »Sprich es aus, Mardian.«

»Es wäre anmaßend.«

»Maße es dir an.«

Ein tiefer Atemzug, und dann sagte er ein wenig undeutlich: »Man sagt, daß Caesar Euch liebt.«

»Caesar liebt jede Frau, mit der er im gleichen Raum ist. Ich glaube jedoch, daß ich ihn eher mit meinem Verstand beeindruckt habe als mit jenen Körperteilen, die man für ein paar Münzen in Kanapos kaufen kann.« Er errötete angesichts des derben Hinweises, was sie wiederum belustigte. »Du hast also die Härte des Wüstenlebens überstanden.«

»Mit knapper Not. Die Nabatäer desertierten nur wenige Tage nach Eurem Aufbruch. Danach lösten sich allmählich die Freikorps auf. Als Achillas sah, daß wir immer weniger wurden, kam er schließlich aus der Festung. Wir mußten fliehen, tiefer in die Wüste. Ich fürchtete, dort zu sterben.«

Armer Mardian. Früher hatte er sich bereits in Nöten gewähnt, wenn sein bestes Duftwasser aufgebraucht war.

»Aber jetzt bist du hier«, sagte sie. »Wir können uns an die Arbeit machen. Laß die Sänften holen. Wir müssen uns die Stadt ansehen, um festzustellen, was nach all diesen Kämpfen zu tun ist.«

Das Ausmaß der Zerstörung war erschütternd. Caesar hatte zwar geäußert, daß der Krieg Schönheit besäße, doch wie ihr schien, konnte man das, ähnlich wie bei einem Feuer, nur aus der Ferne behaupten. Aus der Nähe betrachtet hatte der Krieg beileibe nichts Großartiges an sich.

Ihr wundervolles Alexandria lag in Trümmern. Die Fronten der großen Gebäude entlang der Kanopischen Straße waren heruntergerissen und hatten zum Barrikadenbau gedient. Der Pöbel hatte das Museion, ja selbst den Neptuntempel verwüstet. Die hohen Säulengänge des Gymnasions mit den vergoldeten Deckengittern aus Zedernholz waren verschwunden, auch sie waren als Barrikaden benutzt worden.

Im Brucheionviertel waren die ursprünglich weißen Alabastermauern der Palastgebäude geschwärzt vom Rauch, die Ställe, Bäder und Zisternen waren zerfallen.

Kleopatra spürte, wie ein Gefühl unendlicher Trauer sie erfaßte. Sicher, das Zerstörte konnte wieder aufgebaut werden, aber ersetzt werden konnte es nicht. Die mächtigen Holzsäulen, die die Arkaden des Gymnasions geschmückt hatten, stammten aus den Zedernwäldern des Libanons und des Atlasgebirges in Mauretanien, wo es keine Bäume dieses Ausmaßes mehr gab. Nun waren sie einfach in Rauch aufgegangen und verschwunden.

Diese Römer! Wo immer sie hingingen, ließen sie Ruinen zurück, so, als besäße die Welt einen unerschöpflichen Reichtum an Schönheit, den man nach Herzenslust plündern könnte.

Zum ersten Mal seit seiner Ankunft im Herbst des vergangenen Jahres, hatte Caesar Zeit, die Stadt zu besichtigen, die er erobert hatte. Sein vordringlichster Wunsch war, daß Kleopatra ihn zu Alexanders Grabmal unter der schimmernden weißen Marmorkuppel führte.

Ihr hatte dieser Ort nie behagt – der lange Abstieg über die Steinstufen, der vom Widerhall der Schritte begleitet war, bis tief in die Gruft, wo der Geruch von Schimmel und Verfall die süßlichen Schwaden des Weihrauchs bekämpfte. Der mumifizierte Leichnam des Unbesiegbaren lag unter einem kuppelförmigen Kristallbau, das Licht der Öllampen spiegelte sich in der goldenen Rüstung. Um den Sarkophag türmten sich die Opfergaben: Wein von den Reichen, Brot von den Armen; Blumenberge, einige schon getrocknet, andere in frischer Blüte. Der große König selbst glich einer Statue. Die Arme lagen über der Brust gekreuzt, das goldene Haar war wie Flachs fächerförmig um sein Haupt ausgebreitet. Dem Gesicht hatte man mit Schminke ein natürliches Aussehen verliehen, doch darunter war die Haut wie Pergament. Einer der Nasenflügel fehlte, versehentlich abgestoßen, wie man behauptete, von einem ihrer Vorfahren.

Caesar schien es den Atem zu nehmen. Er hatte erst wenige Schritte in die Gruft getan, als er tief Luft holte und auf die Knie sank. Eine Weile sagte er nichts.

Schließlich murmelte er: »Er war weit jünger als ich, als er starb, und doch hatte er die halbe Welt erobert.«

»Du bist mächtiger als er«, flüsterte sie.

»Wie kann ich mächtiger sein? Im Vergleich zu ihm habe ich nichts erreicht.«

»Aber du lebst. Alexander ist tot.«

Das schien ihn ein wenig aufzumuntern.

»Jeder Römer, der sich mächtig nennen will, muß es ihm gleichtun. Er muß nach Osten ziehen und Parthien erobern, so wie er es getan hat.«

»Das ist ein Narrentraum.«

»Nein«, beschied Caesar. »Babylon ist das Schicksal Roms.«

In diesem Augenblick bedeuteten ihr die Worte nichts. Sie fröstelte in der kalten Gruft und sehnte sich danach, wieder ans Tageslicht zu gelangen. Doch Jahre später würde sie oft daran denken, was Caesar ihr an jenem Morgen gesagt hatte, und noch eine Zeit später würden seine prophetischen Worte sie eingeholt haben.

Jeder Römer, der sich mächtig nennen will, muß es ihm gleichtun. Er muß nach Osten ziehen und Parthien erobern, so wie er es getan hat.

Als sie die Grabstätte verließen, befahl Kleopatra, daß man ihre Sänften durch das Hafengebiet von Rhakotis zum Palast zurücktrüge.

»Ich möchte dir etwas zeigen«, sagte sie.

Trotz des »Alexandrinischen Krieges«, wie Caesar ihn nun bezeichnete, waren die meisten Lagerhäuser im Hafen unversehrt geblieben. Ein Trupp makedonischer Soldaten hatte sie während der Höhepunkte der Auseinandersetzungen bewacht, denn sie gehörten immer dem, der Ägypten besaß. Achillas mochte zwar zugelassen haben, daß die Aufständischen das Gymnasion zerstörten, nicht aber das, wonach er strebte.

Sie stiegen aus den Sänften. Die Leibwachen und ihr Gefolge zogen hinter ihnen her, während Kleopatra Caesar die Schätze Ägyptens zeigte.

Sie durchwanderten ein riesiges Warenlager nach dem anderen. Ein atemberaubender Anblick bot sich ihnen. Als erstes kamen die Getreidespeicher, mit den dicken Mauern aus Lehmziegeln und den schweren Eisentüren, die man von innen verriegelte. Drinnen herrschte ewiges Zwielicht, die Luft war stickig aufgrund des goldenen Staubes, der von den Bergen aus Weizen, Gerste und Hirse herrührte, die bis an die Decke ragten. Aus den Ecken funkelten die Augen von Katzen, die diesen Reichtum vor Mäusen und Ratten bewahrten.

Kleopatra studierte Caesars Miene. Rom mußte Weizen einführen, Jahr für Jahr – und hier war ein Vorrat, der für den ganzen Mittelmeerraum reichte.

Danach führte sie Caesar zu dem Gewürzspeicher, ein großes rechteckiges Gebäude mit Ventilationsschächten und Wachen an den Eingängen. Im Inneren durchdrang das Sonnenlicht die Dämmerung in dünnen gelben Schäften, die Luft erschien wie ein gelber Nebel, der sich auf die Lunge legte, das Gemisch der Aromen war überwältigend. Unzählige Holzkisten mit Kardamom, Zimt und Pfeffer, pralle Jutesäcke mit Safran, Kumin, Gelbwurz, Anis und Koriander. Kleopatra ließ den Blick nicht von Caesar, wußte, was er dachte. Ein unschätzbares Vermögen tat sich hier auf – allein in diesem einen Gebäude.

Die Lager für die Ölvorräte standen separat, im Inneren eines jeden befanden sich übereinander geschichtete Bretter, auf denen dickbäuchige Amphoren standen, die in Stroh eingebettet waren. Sesamöl, Leinsamenöl und Olivenöl, das Wichtigste unter ihnen.

»Als Königin habe ich das Monopol über dies alles«, flüsterte sie ihm zu, als sie wieder ins Sonnenlicht traten. »Ich befehle den Bauern, wieviel sie anbauen sollen, und später wird die Ernte in meinen Fabriken gepreßt. Die Jahressteuer für Weizen beläuft sich auf zwanzig Millionen Scheffel. Und das ist noch nicht alles. Aus meinen Papyruspflanzen entsteht das Papier für die ganze Welt. Ich besitze ein Wollmonopol. Ein Viertel aus dem Verkauf von Fisch und Honig gehört mir, und ein Drittel aus dem von Wein. Mir gehören auch Salz- und Salpetergruben, Goldminen im Süden des Landes. Ich erhalte einen Zoll von zwölf Prozent für alle Waren, die den Nil hinauffahren …«

»Das reicht«, murmelte er überwältigt. »Warum zeigst du mir das alles? Glaubst du nicht, daß es bereits genug Römer gibt, die es nach Ägypten gelüstet?«

»Ich sorge mich nicht um die anderen Römer«, erwiderte sie. »Sondern um den, der ein zweiter Alexander wäre, wenn er die Mittel dazu hätte.«

Er starrte sie an. In seinen Augen lag plötzlich ein ganz neuer Ausdruck: Achtung, vermischt mit Furcht. Sie lockte ihn mit gefährlichen Visionen.

Die Tatsache, daß Ägypten noch frei war vom römischen Joch, lag darin begründet, daß der römische Senat keinem Römer die Oberherrschaft über ein Land gestattete, das so reich war, daß es diesen unabhängig von Rom machen konnte. Doch nun war es Ägypten, das sich ihm anbot, sich niederlegte, freiwillig die Schenkel spreizte und ihm einflüsterte, Rom zu vergessen und zu tun, was ihm beliebte.

»Es muß eine neue Krönung geben«, sagte sie zu Mardian.

Er wirkte verdutzt. »Ihr seid bereits gekrönt worden, Majestät, sowohl im Serapion wie auch in Memphis.«

»Dann eine Hochzeit.«

»Welche Hochzeit?«

»Wir müssen Caesar ein wenig enger an Ägypten binden.«

»Sind Euch die Römer noch nicht nahe genug?«

»Der Pöbel der Stadt betrachtet Caesar als Eroberer, und die *chora* achtet nur auf das Dröhnen der römischen Stiefel. Kleopatra muß neu erstehen, so wie Alexandria. Man soll mich als Caesars Gemahlin sehen, nicht als sein Werkzeug. Das ist der große Vorteil, den ich gegenüber meinem Vater habe. Er konnte sich nicht mit einem römischen Feldherrn vermählen.«

»Er mag daran gedacht haben«, murmelte Mardian vor sich hin. Des Flötenspielers Schwäche für Lustknaben war kein Geheimnis. Sie warf ihm einen tadelnden Blick zu.

»Wir müssen ein Schauspiel aufführen, Mardian. Die Welt liebt Theater. In diesem Stück werde ich Isis und Caesar Amun sein, der Stiergott, der Gott der Fruchtbarkeit. In Rom hält man Caesar für meinen Beherrscher und Kleopatra für seine Vasallin. Doch hier am Nil müssen wir Götter sein, Mardian, denn das ist es, was die Menschen wollen. Und sie werden es bekommen – Isis und Amun, die sich vermählt haben, um Ägypten eine neue Blütezeit zu bescheren. Wir spielen das kleine Stück in der *chora*. Ich habe meine Lektion gelernt, Mardian. Ich werde keine Nacht mehr in einem Wüstenzelt zubringen.«

»Ihr werdet weder das Volk in der Stadt noch die Menschen bei Hof täuschen können.«

»Daran liegt mir nicht. Ich habe jetzt Caesars Legionen hinter mir, so daß sie es gar nicht wagen werden, sich zu widersetzen. Und wenn ich auch noch die Getreidekammer der *chora* in der Hand habe, werden sie mir huldigen, selbst wenn sie mich nicht lieben.«

Mardian wirkte skeptisch. »Eine kühne Vision, Majestät.«

»Ich kenne mein Schicksal, Mardian. Kleopatra wird die Welt verändern, nicht nur Ägypten.«

Mardian schenkte ihr den gleichen mitleidigen Blick, mit dem die anderen ihn sonst bedachten. Er konnte ihr nicht folgen, hatte keine Ahnung, wovon sie redete. Nun, eines Tages würde er es begreifen.

Sie wußte, was Caesar vorschwebte. Eine folgsame Königin, ein eigenes Lehnsgebiet mit einem Marionettenhof, den er gegen den römischen Senat ausspielen konnte. Aber Caesar glaubte auch an die Macht des Schicksals, genau wie sie. Doch wenngleich sie ihr Schicksal unlösbar mit dem seinen verknüpft hatte, unterschied sich ihre Vorstellung dennoch von seiner. In ihrem Schoß wuchs nicht nur ein Kind heran, sondern der erste Sproß einer großen Dynastie. Gut, daß Mardian auch davon keine Ahnung hatte, denn sonst würde er auf der Stelle in Ohnmacht fallen.

28

Sie war sicher, daß Caesar trotz seiner einundfünfzig Jahre noch nie auf einem Prachtschiff wie diesem gesegelt war. Die *thalamegos*, die Staatsbarke der Ptolemaier, war so groß wie ein Vierruderer. Ein halbes Stadion, vom geschwungenen Heck bis zu dem Bug mit der Lotusblume aus libanesischem Zedernholz. Es hatte sechs Reihen für die Ruderer, Bankettsäle, Altäre für Venus, Dionysos, Isis und einen kleinen Garten. Die Tages- und Schlafgemächer waren mit süß duftendem Zedern- und Zypressenholz getäfelt, und obgleich die Einrichtung griechisch war, zierten die Wände ägyptische Motive aus Blattgold, bei denen es sich vor allem um die Nilgötter handelte – Sobek, Bastet und Kleopatras persönliche Götter, Horus und Isis.

Aus Höflichkeit Caesar gegenüber hatte sie das Schlafgemach, das sie teilen würden, mit einem Fries übermalen lassen, auf dem Szenen aus Homers Ilias dargestellt waren. Darüber hinaus war der Raum mit jeder erdenklichen Kostbarkeit ausgestattet: goldgerahmten Spiegeln, Bänken, bestückt mit Koralle und Karneol, ein Zederntisch mit Elfenbeinintarsien, ein mit Gold überzogenes Bett aus Ebenholz, Decken aus purpurner Seide.

Sie begannen die Reise am See Mareotis, wo es so aussah, als sei die gesamte Bevölkerung Alexandrias erschienen, um sie zu verabschieden. Das ist jetzt die wahre Krönung, dachte sie. Von nun an ist jedem klar, daß ich die Königin Ägyptens bin und mein Beschützer der mächtigste Mann der Welt ist. Ptolemaios ist tot, und Arsinoë liegt in Ketten. Es gibt niemanden mehr, der mir den Thron streitig macht. Wenn noch Gefahr lauert, dann nur mehr aus Rom.

Die Segel blähten sich mit dem launischen Flußwind, während die königliche Barke durch das feuchte Herz des Deltas glitt, an Wasserrädern und Rebengärten vorbei, sumpfigen Ufern und Schilfgestrüpp, grünen Gersten- und Bohnenfeldern, flach gedeckten Lehmdörfern, die unter Dattelpalmen in der Sonne schmorten. Die Rücken der Nubier beugten sich über die Ruder und glänzten, die silbernen Blätter blitzten in der Sonne. Hinter ihnen ein Geleitzug aus vierhundert Liburnen, auf ihnen zwei von Caesars Legionen – die größte Flotte, die der Nil je gesehen hatte.

Die Menschen strömten aus den Hütten, standen knietief im rötlichen Schwarz des Schlamms und bestaunten etwas, das sie noch nie zuvor erblickt hatten. Das Vorbeiziehen der Götter Isis und Amun, die nebeneinander auf goldenen Bänken unter Seidenbaldachinen ruhten, aufgewartet von einer Dienerschaft, die die Stirnbänder und gefältelten Röcke früherer Zeiten trug, schöne junge Männer mit juwelenbesetzten Fächern.

Sie ließen das endlose Grün des Deltas hinter sich. Das Tal verengte sich auf beiden Seiten des Flusses, jenseits von ihm erstreckte sich die dürre Wildnis der Wüste, die teils bis zum Ufer reichte, manchmal jedoch nur in der Ferne zu sehen war.

Sie rasteten in der Nähe von Memphis und sahen zu, wie die Sonne hinter der Mastaba Djosers und dem blauroten Rand der Wüste versank. Caesar ließ den Blick über die große Stufenpyramide gleiten, die sich gegen den dunkler werdenden Himmel abhob, und fragte sie, wer jene Denkmäler gebaut habe. Die Pyramiden, antwortete Kleopatra, seien so alt wie Ägypten, so alt wie die Zeit. Wie Wüste und Berge.

Als sie weiter südwärts gelangten, sahen sie gewaltige Felskuppeln, die sich aus dem Sand erhoben, weiß wie Asche in der Mittagsglut, violett im Licht der untergehenden Sonne. Sie erreichten die uralte Stadt Theben, die Stadt der Hundert Tore. Am Westufer lagen wie mächtige Elefantenrücken die steinernen Hügel, aus denen die Pharaonen ihre Grabstätten hatten errichten lassen. Während die Barke vorbeizog, beäugte sie ein Flußpferd aus dem Wasser, lediglich Ohren und Nüstern ragten hervor. Und immer wieder zwischen Dattelpalmen die Eingangstore und Säulen früherer Tempel. Über die staubigen Saumpfade wanderten Frauen, mit Wasserkrügen auf dem Kopf. Auf den Sandbänken lagen schlafende Krokodile, die platschend ins Wasser glitten, sobald sie ihrer gewahr wurden.

Bei der Abfahrt aus Alexandria waren die Tage noch kühl gewesen, so daß man nachts im Palast Becken mit glühendem Sandelholz hatte aufstellen müssen, um die Räume zu erwärmen. Doch je weiter sie flußaufwärts kamen, desto heißer wurde es. Der Himmel zeigte sich tagsüber in einem stechenden Blau, die Nächte waren erfüllt von Fliegenschwärmen. Caesar wirkte gelöst, und seine Umarmungen wurden hingebungsvoller und sanfter. Es gab Augenblicke, in denen sie glaubte, er könne sie fast ein wenig liebgewonnen haben.

Philae, das Inselheiligtum der Isis, wiederhergestellt und aufgebaut von ihrem Vater. Es war Abend, als sie dort ankamen: die Sandsteinobelisken standen zwischen schlanken Palmen, die sich im Abendrot golden färbten.

Die königliche Barke schob sich durch wiegendes Schilf an Land. Im Tempel und entlang der Prozessionsstraßen waren Fackeln entzündet, in deren Licht sich das Wasser kräuselte. Mit der Abendbrise drangen Weihrauchschwaden aus Kampfer zu ihnen.

Kleopatra hatte den Tag in ihrem Gemach zugebracht, um sich auf diesen Augenblick vorzubereiten. Nun trug sie eine Robe aus feinster Gaze, durchwirkt mit Gold, zwischen den Brüsten prangte der mystische Knoten, an Oberarm und Fuß gewundene Goldschlangen, die Hoheitszeichen der Isis.

Die Anlegestelle und die Straße, die zum Vortor des Tempels führte, war von Menschen gesäumt, Fellachen neben Nubiern und Arabern, sogar etliche Griechen waren zu sehen. Kahlrasierte Priester, in den weißen Gewändern der Göttin, waren aus dem Tempel getreten, um sie mit Weihrauchgefäßen in den Händen zu empfangen. Als Kleopatra die königliche Barke verließ, fielen sie auf die Knie und berührten die Erde mit der Stirn. Die Menge tat es ihnen nach.

Kleopatra bestieg eine Sänfte und wurde zum Eingang des Tempels getragen, eingehüllt von den Gesängen der Priester und dem Gerassel unzähliger Sistren.

Die Relieffiguren auf dem goldenen Sandstein traten scharf im Feuerschein der Fackeln hervor. Kleopatra schaute zu ihnen empor: In strahlenden Farben war da ihr Vater abgebildet, der den Feind erschlug. Mit der einen Hand hatte er einen Haarschopf gepackt, mit der anderen eine Keule. Nur die Hieroglyphen wiesen ihn als Ptolemaios XII. aus, denn er trug das goldene Stirnband und den langen gelockten Bart der Pharaonen. Sie bezweifelte auch, daß er in seinem Leben je einen Feind getötet hatte; doch es wäre wohl nicht angegangen, ihn inmitten seiner dionysischen Gelage abzubilden, wie er sich gerade bewußtlos trank.

Sie verließ die Sänfte und stieg die Stufen zum Eingang empor, der zum großen Altar führte und von zwei wuchtigen Obelisken gesäumt wurde. Der weite Vorhof war eingerahmt von Säulenreihen mit dunklen Arkaden, die als Trennung zwischen heiligem und weltlichem Bezirk dienten. Zu ihrer Linken befand sich das Haus der Geburt, im Fackellicht erkannte man in leuchtendem Blau und Ocker Horus, wie er als Sohn von Isis und Osiris geboren wurde.

Kleopatra schritt weiter zu dem dahinterliegenden Eingang, der ebenfalls mit Reliefs geschmückt war, die ihren Vater zeigten, wie er der Göttin Opfer brachte. Flache Stufen führten hinauf zur Halle der Schöpfung.

Säulen über Säulen, gewaltige Pfeiler mit Kapitellen in Lotusgestalt, die sich im Dunkel verloren. Sie waren als Abbild der Schöpfungsgeschichte entworfen. Die Götter in kräftigen Grün- und Goldtönen, Hathor mit dem Kuhkopf, der widderköpfige Amun und Horus als Falke.

Sie ließen die Gebetshalle hinter sich. Danach war nur noch den Priestern und Kleopatras Gefolgschaft das Weitergehen gestattet. Die Räume wurden enger und dunkler, bis sie, am entlegensten und höchsten Teil des Tempels, das Heiligtum der Göttin erreichten.

Kein Lichtstrahl von außen drang vor zu dem Altar. Isis schimmerte golden und sanft im Kerzenlicht; Isis, die Gütige, die Große Mutter, im Kopfschmuck der Pharaonen, in der Linken den Krug mit dem geweihten Wasser des Nils, heiter, schön, barmherzig. Sie war nackt bis zur Taille, der Umhang zwischen den Brüsten war zum mystischen Knoten geschnürt, das Geier-Amulett der *chora* lag um ihren Hals, um den rechten Arm wand sich die Schlange.

Kleopatra las die Hieroglyphen am Fuße der Statue: *Isis, die Große, die Lebenspendende, die mächtige Herrscherin der Götter, deren Name sich über ihresgleichen erhebt, ohne die kein Einlaß ist in den Palast…*

Aus dem Schatten drang ein Rascheln an Kleopatras Ohr, es glitzerte das goldene Auge der Kobra, das heilige Tier der Göttin. Sie bezwang ihre Furcht. Heute bin ich Isis, dachte sie. Sie kann mir nichts zuleide tun. Die Kobra tötet nur Menschen, für die Kinder der Götter bedeutet ihr Biß Unsterblichkeit.

Sie fiel vor der Göttin auf die Knie und bedeutete ihren Dienerinnen, die Opfergaben vorzubringen: Goldschatullen mit kostbarer Myrrhe, süß riechendem Zimt und erlesenem Weißwein aus Mareotis.

»O Isis, Spenderin des Lebens, Göttin der Zehntausend Namen, Schutz und Zuflucht der Menschheit! Ich, Kleopatra, bin zu dir gekommen, um dein Antlitz zu sehen und dich anzuflehen um die Herrschaft über meine Länder.«

Sie sah, wie die Priester Weihwasser versprengten, während die Altardiener mit hohen Stimmen ihre Hymnen anschlugen. Sie beugte sich vor, um den Weihrauch zu entzünden, und fühlte, wie ihr schwindelte, als sich der schwere, würzige Duft entfaltete.

Als es Nacht wurde, stiegen die Nebel aus den Papyrussümpfen, und unzählige Insekten schwirrten um die Öllampen. Die Hitze des Tages war gewichen, die Sternennacht war klar und kalt. Kleopatra fröstelte unter ihrem Umhang, als sie neben Caesar auf der königlichen Barke stand.

Caesar störte weder Kälte noch Hitze. Er steckte in derselben Tunika, die er auch in der glühenden Tageshitze getragen hatte, und gab die braunen Arme und Beine der Natur preis. Er wirkte tief in Gedanken versunken. Die Ereignisse des Tages schienen ihn zu beschäftigen. Also haben wir Caesar doch endlich beeindrucken können, dachte Kleopatra.

»Als wir hier ankamen, haben sie dich behandelt wie eine Göttin«, sagte er nach einer Weile.

»Als Königin von Ägypten bin ich eine Göttin. Vielleicht nicht in Alexandria, doch hier in der *chora* und für die Priester bin ich die Inkarnation der Isis.«

Er runzelte die Stirn. Die Vorstellung widersprach dem, was er in Rom gelernt hatte. Andererseits besaß sie Aspekte, die ihm eigentlich zusagen müßten. »Männer können keine Götter sein. Ebensowenig wie Frauen.«

»Das ist aber nicht das, was die Menschen hier glauben. Für sie bist du die Inkarnation Amuns, des Gottes der Fruchtbarkeit.«

Das entlockte ihm ein Lächeln. »Nun, kaum eine meiner Frauen würde das unterstreichen. Ich war viermal verheiratet und habe nur eine Tochter. Nicht sehr göttlich.«

»In Ägypten warst du fruchtbar. Ein kräftiger Same braucht einen kräftigen Boden.«

Er gab keine Antwort.

»Ich glaube, es würde dir gefallen, wenn Rom vor dir kniete, so wie die Priester heute vor mir.«

»Das ist ein frevelhafter Gedanke.«

»Aber verlockend, findest du nicht?«

Er wandte sich ab. Offenbar wollte er ihr seine Meinung dazu nicht anvertrauen. Die Lehmkuppel eines Nilometers zeichnete sich zwischen den schwarzen Konturen der Palmbäume ab, jenseits davon sah man den dunklen Schatten der Nachbarinsel und das Eingangstor eines Tempels.

»Was liegt dort hinten?«

»Das ist Biggeh, der Ort, an dem Osiris begraben liegt. Der Bruder und Gemahl der Isis.«

»Daher bezieht ihr also eure … Praktiken.« Kleopatra erkannte den Spott in seiner Stimme.

»Ein Ägypter würde sagen: Was für die Götter gilt, das gilt auch für Menschen.«

»Und du glaubst das?«

»Ich glaube, daß der Ptolemaier, der Ägypten regiert und es zu neuer Blüte führt, sein Land verstehen muß. Du denkst zu sehr wie ein Römer, um Ägypten zu begreifen.«

Caesars Gesicht wirkte wie eine steinerne Maske. »Erzähl mir die Geschichte dieser Götter.«

Sie holte tief Luft und überlegte, wo sie am besten anfangen sollte. Die Göttergeschichte war nicht so einfach. »Vor langer, langer Zeit lebte Osiris als großer König«, begann sie. »Er schenkte der Welt die Schreibkunst, den Ackerbau und die Kultur, führte die Menschheit von der Barbarei zur Zivilisation. Er herrschte über die Länder der Erde, aber er benutzte keine Waffen, sondern die Macht der Worte, der Lieder und der Musik. Isis war seine Frau. Sie war berühmt für ihre Liebe und Treue zu ihm. Aber Seth, Osiris' Bruder, wurde eifersüchtig und tötete Osiris. Er zerhackte den Körper in vierzehn Teile und verstreute sie über Ägypten. Isis jedoch suchte so lange, bis sie die Teile wiederfand. Alle, bis auf eins. Den Phallus nämlich endeckte sie nicht. Sie fügte die Teile wieder zusammen und schenkte ihrem Mann das ewige Leben. Vor seiner Reise in die Unterwelt verbrachte sie eine letzte Nacht mit ihm. Dabei wurde Horus gezeugt, ihr Sohn. Als Horus erwachsen war, rächte er sich an Seth, indem er ihn tötete, und bestieg den Thron von Ägypten. Jetzt ruht Osiris im Reich der Toten, doch Isis ist die Spenderin des Lebens, die Große Mutter, die Göttin der Liebe und der Barmherzigkeit.«

»Wie will ein Mann ein Kind zeugen, wenn ihm das Wichtigste fehlt?«

»Er war ein Gott«, entgegnete Kleopatra schlicht.

Sie wußte nicht, ob er das verstehen würde. Doch auch in Rom gab es schließlich Isistempel. Wahrscheinlich betrachtete er jedoch die Göttin wie die meisten Römer einfach nur als Göttin der Frauen, in deren Tempel Prostituierte warteten und sich die Liebespaare heimlich trafen. Für ihn gab es nur Jupiter, den Gott der Fülle, und Mars, den Gott des Krieges. Sagten ihm Begriffe wie Sühne und Auferstehung überhaupt etwas? Verstand er, daß er für die Ägypter der wiedergeborene Osiris war? Hatte sich die Spinne endlich in ihrem eigenen Netz verfangen?

Hatte er, obwohl er sie beherrschte, sich endlich doch ihrem Leben anheimgeben? Hatte sie ihn schließlich eingewoben in das Gespinst ihrer Träume?

»Und nun wohnt Isis in einem Tempel neben seiner Grabstätte?« erkundigte er sich.

»Richtig. Aber alle zehn Tage wird die goldene Isis-Statue, die wir gesehen haben, auf einer heiligen Barke über den Fluß gesetzt, damit sie den geliebten Gemahl besuchen kann.«

»Und den geliebten Bruder!« murmelte Caesar. Sein Widerwille war unverkennbar.

»Nun, es kann nicht die ganze Welt so rein sein wie Rom«, entgegnete Kleopatra. An seinem wütenden Gesichtsausdruck erkannte sie, daß sie ins Schwarze getroffen hatte.

Lange Zeit blieb er still. Sie lauschte dem Quaken der Frösche in den Sümpfen. Dann sagte er mit einemmal: »Hast du schon einmal daran gedacht, wieder zu heiraten?«

Sie wandte sich abrupt zu ihm um. Ihr Herz fing so wild und stürmisch zu schlagen an wie das eines jungen Mädchens. Seit sie wußte, daß sie sein Kind erwartete, hatte sie kaum an etwas anderes gedacht. Sie zwang sich jedoch zur Ruhe, ehe sie antwortete.

»Heiraten?« fragte sie mit gespielter Verwunderung. Aus dem Dickicht des Schilfs drang der Schrei eines Hähers.

»Du hattest recht, als du sagtest, Caesar dächte zu sehr wie ein Römer. Ich sollte wie ein Ägypter denken – wie du. Daher scheint mir, daß du, ehe die Menschen erneut unruhig werden, den kleinen Antiochos heiraten solltest. Das wäre doch ägyptisch gedacht, oder nicht?«

Oh, du dampfender Haufen Krokodildung! schleuderte sie ihm innerlich entgegen. Du willst mich also ein zweites Mal verraten! »Antiochos ist erst zwölf Jahre alt.«

»Das tut wenig zur Sache. Er wird anderes junges Blut daran hindern, ein Auge auf dich und Ägypten zu werfen.«

»Ich brauche keinen Antiochos.«

»Aber du hast mir gerade erklärt, daß die Geschwisterehe nach Art der Götter ist und insofern auch die deine, nicht wahr? Und eine Königin kann nun einmal nicht allein regieren. Ohne Gemahl werden dich fremde Prinzen umwerben.«

»Ich trage dein Kind!«

»Oh, keine Sorge, man wird es kaum für das deines Bruders halten.«

»Weil jeder weiß, wessen Kind es ist.«

Er zeigte das selbstgefällige Lächeln eines Mannes, der all seine Probleme gelöst glaubt. Und das waren sie ja schließlich auch. Wieso verwunderte sie diese neuerliche Tücke eigentlich? Die Vermählung mit einer ägyptischen Königin würde sein Leben nur unnötig erschweren. So war es der einfachste Weg.

Und – hatte sie nicht erreicht, was sie wollte? Sollte sie sich etwa aufführen wie ein verwöhntes Prinzenkind, so wie Arsinoë oder Ptolemaios mit dem Fuß aufstampfen, nur weil nicht alles nach ihrem Willen ging? Caesar trachtete lediglich nach der Erhaltung seines Besitzes, und zwar so, wie er es für richtig hielt.

Für sie war ihr Kind das Versprechen eines neuen Herrschergeschlechts, das größer und mächtiger sein würde, als es die Welt je gesehen hatte – für ihn war es nur ein weiterer Bastard.

»Somit wäre auch das geregelt«, sagte er.

»Wenn du meinst«, entgegnete sie kühl.

»Du kannst dir natürlich Liebhaber nehmen.«

»Die Königin von Ägypten kann nicht ganz so sorglos sein wie ein römischer Imperator.«

»Vielleicht einen deiner hübschen Sklavenjungen?«

»Schwerlich. Wann immer ich sie rufe, liegen sie in den Armen römischer Zenturionen.«

»Du hast eine scharfe Zunge.«

»Bei einem untadeligen Leben. Das ist der Unterschied zwischen dir und mir.«

Noch lange, nachdem Caesar sich zurückgezogen hatte, saß sie allein an Deck und lauschte den Wellen, die an die Schiffswände klatschten. Sie spürte, wie sich das Kind in ihr regte. Dann schaute sie zum Himmel und beobachtete, wie die Sterne hinter dem Horizont verschwanden. Wie schlau und gerissen Caesar doch war! *Antiochos heiraten!*

Sie hatte noch viel von ihm zu lernen.

Vielleicht hätte der Kompromiß ihrem Vater gereicht. Sie hatte den Thron, selbst wenn sie ihn mit dem Bruder teilen müßte, und sie besaß den Schutz Roms. Natürlich wußte sie noch nicht, wieviel Caesars Schutzherrschaft sie kosten würde. Doch sie konnte es sich vorstellen. Wenn er seine Legionen nach Osten verlagern würde, um in den Fußstapfen Alexanders in Parthien einzufallen, dürfte es wohl an Ägypten sein, für diese Ruhmestat aufzukommen.

Ja, der Flötenspieler hätte das akzeptiert. Aber ich bin nicht mein Vater. Ich will aus eigenem Recht Königin sein, nicht nur aus Caesars Gnaden. Er hält mich immer noch für eine dumme Gans, das willige Werkzeug seiner Lust, die Schatztruhe, die seine Ziele möglich macht. Aber ich werde Ägypten befreien von ihm und seinen Machenschaften.

Oh, er hat natürlich unzählige Frauen gehabt, ich bin ja nur eine von vielen. Er war bereits zum vierten Mal verheiratet, und jede dieser Verbindungen war aus Gründen des Geldes oder der Macht geschlossen worden, wie Mardian erzählte. Nun, er wird sich wundern, wenn er seinen Ehrgeiz an mir zu reiben beginnt, denn zwischen meinen Beinen liegt Ägypten, und aus der Frucht meines Leibes entsteht eine neue Welt.

Ich werde Caesar umgarnen. Und eines Tages werde ich den Strick zuziehen. Dann lösche ich meinen Durst mit seinem Blut.

29

Bei ihrer Rückkehr nach Alexandria erwarteten Caesar dringende Nachrichten. Gleich nach der Ankunft schloß er sich mit seinen Befehlshabern ein, empfing Kundschafter und studierte Berichte. Die Nachrichten, so erfuhr Kleopatra, waren ausnahmslos schlechter Natur. Nun, dachte sie, schlechte Nachrichten für Caesar bedeuten noch lange nicht schlechte Nachrichten für mich. Sie zog sich mit Mardian in ihr privates Audienzgemach zurück, wo sie neue Minister und Beamte berief und sich abermals bereit machte, die Regierungsgeschäfte Ägyptens zu übernehmen.

Am Abend traf sie Caesar in dem Bankettsaal, den er während der Belagerung für seine Zwecke eingerichtet hatte. Er saß an dem großen Tisch aus Rosenholz und Elfenbein. Die Lampe auf dem Tisch war angezündet, und die kleinen Leuchten auf den Bronzearmen warfen blasse Tupfer auf sein Gesicht. Die Karten und Lagepläne waren jedoch verschwunden, statt dessen breiteten sich viele Schriftstücke vor ihm aus. Andere waren auf den Boden gerollt. Caesar wirkte müde und erschöpft.

Von irgendwoher aus dem Palast erklang leise Musik. Flöten und Lyren, ein kleines Konzert am Abend. Durch die Fenster sah man das helle Feuer des Leuchtturms; es zog eine wellige Lichtspur über das Hafenwasser.

Als sie eintrat, blickte er auf. »Caesar kehrt Rom für kurze Zeit den Rücken, und schon ist die Welt aus den Fugen geraten.«

»Wirst du uns verlassen?« fragte sie mit klopfendem Herzen. Sie wußte nicht, ob sie sich darüber freuen sollte oder nicht. Warum bin ich so uneins mit mir? fragte sie sich. Habe ich mir das nicht gewünscht? Die Herrschaft über Ägypten auszuüben, ohne von ihm gegängelt zu werden und Befehle erteilt zu bekommen?

Widerwillig gestand sie sich ein, daß sie diesem elenden römischen Verräter trotz allem zugetan war. Und eigentlich wollte sie, daß er zugegen war, wenn sie ihm seinen Sohn überreichte. Es mußte ein Sohn sein!

»Ich bin schon viel zu lange fortgeblieben«, hörte sie ihn sagen. »Die Siebenunddreißigste Legion, die mir aus Pontus zu Hilfe kam, war meine Rettung, doch der Ruin der Provinz. Ihre Bewohner haben die Abwesenheit der Legion genutzt, um die Römer dort niederzumetzeln. Zudem haben sich Pompejus' Söhne in Karthago zusammengetan, um neue Unruhen zu stiften. Selbst in Italien gibt es Ärger. Auf dem Land meutern die Veteranen, und Marcus Antonius hockt auf seinem Hintern und sieht seelenruhig zu, wie der Pöbel das Forum stürmt. Man verargt es mir, daß ich hier Zeit vertrödele, während das Reich in Trümmer fällt.«

»Ich wünschte, du müßtest nicht gehen«, sagte sie. Es entsprach beinahe der Wahrheit.

»Ich werde drei Legionen unter Cornelius Rufus zu deinem Schutz zurücklassen.«

Zu meinem Schutz? Oder zu meiner Bewachung? fragte sie sich. Aber es ist wohl einerlei, wie er es nennt. Er weiß, daß ich ihn ebenso brauche wie er mich.

»Ich nehme die Sechste Legion und segele nach Pontus.«

»Werden wir dir fehlen?«

Er zuckte die Achseln. »Alexandria ist ganz angenehm.«

Die Unverbindlichkeit seiner Worte ärgerte sie, aber das war wohl beabsichtigt.

»Nur angenehm?«

»Nun – bis auf die allgemeine Liebelei mit Tod und Begräbnis und der Unsitte der Eunuchen! Man weiß nie, ob man es mit einem Mann zu tun hat oder mit einem … Lustknaben.«

»Es sind Männer wie Mardian.«

»Ein Mann ist kein Mann, wenn ihm das Wichtigste fehlt. Ich werde es nie verstehen. Es ist einfach barbarisch.«

Caesar wollte *ihr* einen Vortrag über barbarisches Benehmen halten? »Man hat mir erzählt, daß du während des gallischen Krieges in Uxellodunum zehntausend Männer gefangengenommen hast und ihnen die Hände abschlagen ließest, damit sie die Waffen nicht mehr erheben können. Und du nennst *uns* barbarisch?«

Seine Augen blitzten böse, und sie erkannte, daß sie zuviel gesagt hatte. »Das war im Krieg«, knurrte er.

»Es war notwendig, meinst du. Nun, genauso notwendig sind für uns die Eunuchen.«

»Und zu welchem Zweck?«

»Glaubst du, wir Könige könnten den Ministern trauen, wenn nicht auszuschließen ist, daß sie selbst nach dem Thron streben?«

»Und einem Mann, der wie ein Baum gestutzt wurde, kann man trauen?«

»Könige brauchen Nachkommen. Die erste Pflicht heißt zwar regieren, die zweite jedoch, für Kinder zu sorgen. Ohne diese bist du nur ein ...« Sie war schon im Begriff, »Tyrann« zu sagen, als sie sich Einhalt gebot. Sie würde ihren Standpunkt schon noch vertreten.

»Und deshalb benutzt ihr diese – Geschöpfe?«

»Eunuchen wie Mardian entstammen den vornehmsten Familien des Landes. Sie haben bereits als Kinder in bezug auf Sitte und Gelehrsamkeit außergewöhnliche Fähigkeiten bewiesen. Wenn sie nach Höherem streben, wird der Eingriff notwendig. Er ist außerdem freiwillig.«

»Und wie alt sind sie, wenn man zu dieser drastischen Maßnahme greift?«

»Etwa zehn Jahre.«

»Und das nennst du freiwillig? Sie wissen doch gar nicht, auf was sie sich einlassen! Ich behaupte immer noch, daß es barbarisch ist!«

»Aber dich selbst hältst du nicht für einen Eunuchen?« fragte sie vorsichtig.

Seine Augen sprühten vor Zorn. Dieses Mal gab sie jedoch nicht nach.

»Denk darüber nach. Du bist der König von Rom. Dir fehlt allein der Titel. Und warum bist du es nicht offiziell? Weil du weder Söhne noch Töchter hast, die dir nachfolgen werden. Die Welt mag zwar zittern, wenn du marschierst, aber dennoch bist du nur ein Mensch. Du wirst sterben, und du wirst vergessen sein. In Ägypten würde man dich als Eunuchen bezeichnen. Das ist es, was dein geliebtes Rom aus dir gemacht hat.«

Einen Moment lang dachte sie, er würde sie schlagen. Sein Gesicht war weiß geworden. Sie hatte ihn bis aufs Blut gereizt.

»Verschwinde!« zischte er.

»Wenn du mich jetzt haßt«, flüsterte sie, »dann nur, weil ich dir die Wahrheit gesagt habe.«

War sie zu weit gegangen? Nun, mochten die Würfel fallen, wie sie wollten. Sie hatte nicht um Ägypten gekämpft, um nur nach seiner Pfeife zu tanzen. Es war das erste Mal, daß sie sich ihm gegenüber behauptet hatte, doch jetzt konnte sie es sich leisten. Es gab keinen Ptolemaios und keine Arsinoë mehr, durch die er sie ersetzen konnte. Außerdem hatte er ihr selbst gezeigt, wie man andere besiegt, und das war eine Lektion, die sie nicht so rasch vergessen würde. Wie sie ihm bereits zu Beginn ihrer Bekanntschaft zu verstehen gegeben hatte, war sie stets eine gelehrige Schülerin gewesen.

Am darauffolgenden Tag wurde Kleopatra, als letzte Maßnahme Caesars, zum zweiten Mal mit einem ihrer Brüder verheiratet. Antiochos schien kaum zu begreifen, was um ihn herum geschah. Man glaubte ohnehin, daß die Furcht, die er in seinen jungen Jahren bereits durchlebt hatte, die Entwicklung seines Geistes behindert hatte. Wieder leitete Pshereniptah die Zeremonie und bat Isis um ihren Segen. Sie tauschten die üblichen Treueschwüre aus, und schließlich ernannte Caesar Antiochos zu Ptolemaios XIV. von Ägypten.

Kleopatra fing Caesars Blick auf und meinte Befriedigung darin zu lesen. Seit ihrem letzten Gespräch hatten sie sich auf den Austausch von Höflichkeiten beschränkt. Auch als er später am Tag zu ihr kam, um sich von ihr zu verabschieden, hielt er sich strikt an das Protokoll und umarmte sie nicht.

Dennoch bereute sie ihre Worte nicht. Sie wußte, daß sie in ihm schwären würden, über Monate, vielleicht sogar jahrelang, bis zu dem Tag, an dem sie sich wiedersähen. Kleopatra von Ägypten würde er jedenfalls nicht mehr vergessen.

30

Isis, die Große Mutter. Ihr Gesicht leuchtete gnädig zu Kleopatra herab. Der schwere Kampfergeruch des Weihrauchs, die Gesänge der Priester und das Rasseln der Sistren hüllten sie ein. Unter ihr rollten die Wellen heran und brachen sich klatschend am felsigen Ufer.

Kleopatra schaute kniend zu dem glatten weißen Marmorgesicht der Göttin auf, zu dem Kopfschmuck, der Mondscheibe und den Hörnern Hathors. Sie ist die Göttin, aber sie ist auch eine Frau.

Die Steine vor dem Altar waren abgewetzt von den vielen Knien, die darüber gerutscht waren, wenn die Menschen um Gnade flehten. Zu Füßen der Großen Mutter lagen die Opfer unzähliger Hände, vertrocknete Blumen, schimmelndes Brot. Die Gefäße mit Ziegenmilch tranken in der Regel die Priester leer.

Kleopatra bot Isis einen Kranz aus Rosen dar und einen Steinkrug, der mit bestem attischem Honig gefüllt war. »Isis, große, barmherzige Mutter«, flüsterte sie. »Laß mein Kind ein Junge sein. Laß mich Caesar einen Sohn schenken. Einen Sohn, der Ägypten rettet.«

Sie legte ihre Gaben zu Füßen der Statue ab. Iras und Charmion stützten sie, als sie sich erhob und sich auf den Weg zurück zum Palast machte. Sie spürte, wie das Kind in ihrem Leib um sich trat.

Das Kind kam im Sommer auf die Welt, als Alexandria von milden Lüften umweht wurde und der Hafen in der Sonne wie Quecksilber glitzerte. Kleopatra hatte die Stricke des Stuhls fest um die Handgelenke geschlungen. Sie bäumte sich auf, als die Schmerzen begannen. Dann schloß sie die Augen und ballte die Hände zu Fäusten, spürte, wie der Schweiß in Rinnsalen über ihren Körper lief, hörte die Ermahnungen der Hebammen schwach aus der Ferne, als kämen sie vom Ende eines langen Tunnels der Qual. Sie krümmte sich und schrie, spürte kaum, wie Charmion ihr das Gesicht mit einem feuchten Tuch abrieb.

Doch dann war das Kind da. Es war eine schwere Geburt gewesen, die Stricke hatten Striemen auf den Handgelenken hinterlassen, und die Hebammen hatten Mühe, ihr die verkrampften Finger zu lösen. Anschließend trugen sie sie zu ihrem Lager, wuschen das Kind mit warmem Rosenwasser und legten es ihr an die Brust.

Sie war nicht vorbereitet gewesen auf den Ansturm der Gefühle, der sich ihrer bemächtigte, als sie das kleine runzlige Gesicht zum ersten Mal sah. Du wirst es einmal besser haben, mein Schatz. Du wirst deine Geschwister nicht wie ich bekämpfen müssen und sie als Gegner verfluchen. Ich gebe dir alles, was ich nicht hatte, für dich wird die Krone kein vergifteter Pokal sein.

»Es ist ein Junge«, flüsterte Charmion. Kleopatra weinte vor Freude. Ein Junge. Caesar hatte einen Sohn. Ägypten einen Erben.

Mardian kam auf Zehenspitzen in das Gemach, das Gesicht glühte vor Aufregung. Man möchte meinen, er sei der Vater, dachte sie. Er spähte in das Kinderbettchen, schlug die Decke zurück, um den schlafenden Säugling besser betrachten zu können.

»Er gleicht Euch«, sagte er.

»Er gleicht einer Meergurke. Warten wir ab, wie er aussieht, wenn er erst einmal Zähne und Haare hat.«

Mardian ging über ihre Worte hinweg. Inzwischen hatte er sich an ihre Ironie gewöhnt. »Wißt Ihr schon, wie Ihr ihn nennen werdet?« fragte er.

Kleopatra antwortete nicht gleich. Sie schloß die Augen, stellte sich das Gesicht der Mutter Isis vor und sah, daß sie lächelte. Sie hatte verstanden. Die Vorhänge bewegten sich nur sacht in der weichen Brise. Der Turm von Pharos glänzte wie Butter in der späten Sonne des Nachmittags.

»Majestät?«

»Ich werde ihn ... Ptolemaios Caesar nennen.«

Mardian zuckte zurück. Dann stöhnte er leise auf. »Möchtet Ihr das nicht noch einmal überdenken, Majestät?«

Es fiel ihr schwer, nicht laut aufzulachen. Ein seltsames Gefühl des Stolzes durchflutete sie, obwohl sie doch eigentlich nur einen ganz normalen Vorgang hinter sich gebracht hatte. Sie hatte einen Jungen geboren. Und doch war es etwas Besonderes, denn dieser Junge war Caesars Sohn. Keine römische Frau hatte das bisher geschafft. Und er hatte ihnen weiß Gott genug Gelegenheit gegeben. Nun, da hätten sie im Senat jedenfalls endlich ein Thema, über das es sich zu reden lohnte. »Warum sollte ich das noch einmal überdenken, Mardian?«

»Aus unzähligen Gründen, nicht zuletzt wegen der öffentlichen Mißbilligung.«

Sie tat so, als wüßte sie nicht, wovon er redete. »Ist er denn nicht Caesars leiblicher Sohn?«

»Erkennt Caesar ihn an?«

»Mir gegenüber schon. Wer sonst sollte wohl der Vater sein? Du möchtest doch meinen Lebenswandel nicht in Frage stellen, Mardian, oder?«

Der Ärmste wurde ganz blaß. »Erlauchte Majestät ... das würde mir niemals in den Sinne kommen«, hauchte er. »Doch wenn Caesar die Vaterschaft nicht offiziell anerkennt, könnt Ihr auch seinen Namen nicht verwenden.«

»Er ist der Vater des Kindes. Wozu brauche ich seine offizielle Anerkennung?«

»Weil es das römische Gesetz verlangt.«

»Wir sind aber nicht in Rom, sondern in Ägypten. Julius Caesar ist der Vater meines Sohnes. Die ganze Welt soll es erfahren.«

Er starrte sie an, und seine Miene verriet eine Mischung aus Ehrfurcht und Angst. Wieder einmal hatte er sie unterschätzt. Genau wie die anderen. Jetzt würde sie allen zeigen, daß sie aus eigenem Recht Königin war und keineswegs nur von Caesars Gnaden. Bisher hatte man sie nur als das Mädchen betrachtet, das sich vor dem römischen Feldherrn geduckt hatte, um den Thron wiederzuerlangen. Ein Kind ließ die Sache jedoch in einem ganz anderen Licht erscheinen. Caesar mochte ja glauben, daß er sie besaß, doch nun hatte sie seinen Sohn – nun besaß die Sklavin auch den Herrn.

31

Es war das neue Jahr des ägyptischen Kalenders, und wieder einmal hatte der Nil sie im Stich gelassen. In den ersten beiden Jahren ihrer Herrschaft hatte es eine Dürre gegeben. Jetzt hingegen flossen die Wasser in Strömen. Der Fluß trat über die Ufer, überflutete die Felder und spülte die Dämme fort, die ihm in gemäßigteren Zeiten Einhalt geboten. Überall im Land kletterten Kleopatras *strategioi* in die Nilometer und spähten bangen Blicks auf den Stand des Pegels. Innerhalb eines Monats war die Flut in den Schleusen höher gestiegen, als sich die Menschen in der *chora* zu erinnern wußten.

Das Land glich einem Binnenmeer, aus dem die höhergelegenen Dörfer und Städte wie Inseln aus einem Ozean ragten. Im Niltal lösten sich die Lehmhütten auf, und die Ernte verschwand unter den Wassermassen. Doch nicht genug, daß dem Land eine Hungersnot drohte, Kleopatra mußte auch mit den Folgen rechnen, die das Hochwasser nach sich zog. Zuerst mit den Insekten, danach mit den Mäusen, dann den Schlangen und schließlich mit den Seuchen, die aus dem fauligen Wasser stiegen.

Kleopatra berief ihre Minister zu einer Notversammlung ein. »Alles Getreide, das zu retten ist, muß in die Speicher jenseits des Flusses geschafft werden. Baut neue Speicher, wenn es sein muß. Außerdem müssen Rationierungspläne erstellt werden. Die Armee wird die Maßnahmen überwachen. Sollte sich auch nur ein Soldat zu bereichern suchen, wird er sich mir gegenüber verantworten, wobei auf Gnade nicht zu hoffen ist.« Sie schaute in die Runde. »In guten Zeiten zahlen uns die Menschen Steuern, in schlechten stehen wir ihnen bei. Sonst ist man den Kopf schneller los, als man denkt.«

»Selbst wenn wir rationieren, lassen sich nicht alle sättigen«, hielt Mardian ihr entgegen.

»Dann müssen wir eben Getreide dazukaufen.«

»Das hieße die Staatsreserven plündern. Der Preis für Gerste und Weizen ist allenthalben gestiegen.«

»Tu, was du kannst, und zahle, was verlangt wird. Wenn das Land die Königin lieben soll, muß die Königin auch das Land lieben.«

Kleopatra hatte nicht vergessen, daß es die Priester und *fellahin* Oberägyptens gewesen waren, die ihr im Kampf gegen Pothinos beigestanden hatten. Jetzt war es an ihr, die Schuld zu begleichen.

Kleopatra hatte, wie es ihr zur Gewohnheit geworden war, bis tief in die Nacht gearbeitet, um die Aufstellungen zu prüfen, die ihr die *strategioi* überlassen hatten. Es war wieder Winter geworden, und draußen tobte ein heftiger Sturm. Der Luftzug, der durch die Fenster drang, strich um die Kohlebecken und ließ die Asche rot aufglühen.

Sie griff nach den Berichten, die ihr Mardians Spitzel aus Mauretanien geliefert hatten. Caesar stand kurz vor der Konfrontation mit Gnaeus und Sextus, den Söhnen Pompejus', und dem fanatischen Republikaner Cato. Nachdem jene nach Afrika geflohen waren, hatten sie sich mit ihren restlichen Legionen mit Juba verbündet, dem König von Numidien, um Caesar mit neuen Kräften anzugreifen.

Im Gegenzug hatte sich Caesar mit den mauretanischen Königen Bogud und Bocchus zusammengeschlossen. Wie es seine Art war, hatte er einem von ihnen bereits Hörner aufgesetzt, denn es hieß, daß Boguds Frau, Eunoë, Caesars Geliebte sei.

Mein Julius, dachte Kleopatra. Wenn er mit seiner Lanze nicht vor den Feinden herumfuchtelt, steckt er sie in die Frauen seiner Freunde. Kein Wunder, daß ihm seine Leibgarde auf Schritt und Tritt folgen muß.

Mardian hatte die Berichte geschönt und versucht, die Hinweise auf die mauretanische Königin zu verbrämen. Als ob sie sich um Caesars Bettgenossinnen scherte! Sehr viel größere Sorge bereitete ihr der römische Senat. Und die Frage, ob Caesar überleben würde.

Was würde geschehen, wenn Caesar in der Schlacht fiele? Sie glaubte nicht, daß der Sieg in Afrika so leicht zu erringen sein würde wie der bei Pharsalos. *Veni, vidi, vici*! – gut und schön. Dennoch wußte sie nicht, was aus ihr werden würde, wenn ihm etwas zustieße.

Nun, sie würde ihr Schicksal den Göttern überlassen. Isis sollte entscheiden, ob sie Caesar unversehrt ließ und seine Feinde zerstörte.

»Das ist mein Geheimgarten«, sagte Olympos.

Im Palastviertel gab es viele Gärten, und Kleopatra hätte geschworen, daß sie alle kannte, doch in diesem Eckchen des Brucheion war sie noch nie gewesen. Olympos bezeichnete es als seine »Werkstatt«. Es war von den Mauern des Museion und einem Flügel der Bibliothek umgeben, so daß einige der Beete bereits früh am Nachmittag im Schatten lagen. Etliche Gärtner machten sich mit schweißglänzenden Rücken an den Büschen und Sträuchern zu schaffen.

»Ein hübsches Fleckchen«, sagte sie.

»Wenn Ihr gestattet, Majestät, ich fürchte, Ihr seht nur die Blumen und sonst nichts.«

Sie blickte ihn fragend an.

»Seht her«, ermunterte er sie, beugte sich nieder und zupfte ein Blatt ab.

»Unkraut«, erklärte Kleopatra. »Deine Gärtner scheinen pflichtvergessen.«

»Das ist Bilsenkraut. Ihr findet es überall auf den Feldern. Die Wurzel tötet den Menschen in kürzester Zeit. Ein garstiger Tod. Oder dort drüben.« Er deutete auf einen hüfthohen Strauch mit zarten weißen Blüten. »Schierling.«

Sie starrte hinüber. Das hatte Sokrates verwendet, der sein Leben lieber selbst beenden wollte, als sich den Henkern zu überantworten.

»Das Gift lähmt den Menschen und verursacht heftige Schmerzen, ehe es ihm die Seele raubt. Doch mein Garten dient nicht allein dem Tod. Ich ziehe hier, was ich brauche. Aus dieser Pflanze entsteht zum Beispiel ein Trank, der die Empfängnis verhindert. Jene hier ergeben ein belebendes Elixir. Oder die Aloe – sie ist nicht schön, doch ihr Mark hat heilende Wirkung. Jedes Gewächs in diesem Garten hat seinen Nutzen. Aus manchen macht man Aufgüsse oder Salben, die den Blutstau verhindern, andere bilden Essenzen, die dem Körper Gifte entziehen.«

»Oder sie ihm zuführen«, entgegnete Kleopatra und ließ den Blick über das sonnige Plätzchen schweifen, wo der Tod gepflanzt und umhegt wurde. »Ich sollte froh sein, daß du mein Freund bist.«

Olympos machte eine verlegene Geste. Er gehörte zu den Besten, die das Museion je hervorgebracht hatte, und seine Kenntnisse als *pharmakon* waren unübertroffen. »Der Tod kommt nicht immer als Feind«, murmelte er. »Er kann auch Erlösung sein vom Übermaß des Lebens. Doch Ihr seid noch zu jung, um das einzusehen. Die Jungen wollen ewig leben.«

»Ich bin überrascht. Ich hätte geschworen, daß du deine Tage im düsteren Labor verbringst, Tränke mischst und nie das Licht des Tages erblickst.«

»Der *pharmakon* lebt in der Natur, nicht in der dunklen Kammer. Draußen habe ich gelernt, daß die Natur gibt und nimmt. Sie kennt keine Furcht vor dem Tod. Nur der Mann begegnet dem Tod mit Schrecken.«

»Auch die Frau«, antwortete Kleopatra. Ihr fröstelte im Dämmerlicht der Schatten. Sie redeten zuviel vom Tod an diesem lichten Tag. »Ich hoffe, daß ich deiner Dienste nie bedarf.«

Er zuckte die Achseln. »Jeder bedarf meiner Dienste irgendwann einmal. Jeder. Vor allem die Königin von Ägypten.«

Trotz Mardians anfänglicher Einwände wurde der Junge für sie, für die Dienerschaft und schließlich für alle am Hof *Caesarion* – der kleine Caesar. Kleopatra richtete einen Raum für ihn ein, den sie mit duftenden Gräsern von dem See Genezareth ausstattete. Dort lag er nun in seinem Bettchen, roch das Salz des Meeres, hörte, wie die Wellen gegen die Hafenmauern brandeten und schaute gebannt auf die Seidenvorhänge, die sich im Windhauch blähten.

Ja, er sieht aus wie Caesar, dachte Kleopatra. Die gleichen dunklen, wachen Augen, die gleichen Haare – nur daß er schon jetzt mehr davon hatte –, das gleiche Kinn. Mein kleiner ägyptischer Gott. Mein Ptolemaios, mein Caesar.

Auch in der Veranlagung ähnelte er Caesar. Essen interessierte ihn nicht, er war eher zum Spielen aufgelegt. Und er war robust. Nicht einmal während des langen alexandrinischen Winters litt er an Husten. Sein kleiner Körper hatte eine gesunde braune Farbe.

Doch noch immer gab es keine Zeile von seinem Vater. Kleopatra hatte ihm Briefe geschrieben, hatte ihm von der Geburt berichtet, mitgeteilt, daß es ein Sohn war, ihm den Jungen geschildert.

Nicht eine Zeile.

Die Tage vergingen, mündeten in Wochen und Monate, in immer neue Pflichten. Caesarion machte gerade die ersten Gehversuche, als Kleopatra erstmalig wieder eine Nachricht über seinen Vater erhielt. Er hatte die Überreste von Pompejus' Armee in Thapsus geschlagen, wobei fünfzigtausend von ihnen das Leben lassen mußten. Cato und Juba hatten sich ins eigene Schwert gestürzt. Caesar herrschte nun über Nordafrika – mit Ausnahme Ägyptens. Doch je nachdem, wie man es sah, gehörte ihm letztlich auch das. Alles – bis auf Parthien.

32

Mardian überbrachte ihr eine der neuen Münzen, die sie in Auftrag gegeben hatte. Die Prägung zeigte sie als Isis, die Caesarion als Horus in den Armen hielt. Die Anspielung war nicht zu übersehen, denn wenn sie Isis war, dann war Caesar Osiris, ihr Gemahl. Und Caesarion wäre ihrer beider Sproß – und Erbe.

Am Oberen Nil waren die Steinmetze in den Tempeln bereits eifrig damit beschäftigt, Caesar mit der Krone der Pharaonen darzustellen, wie er Osiris und Horus Opfer brachte. In der *chora* glaubte man, daß Caesarion einer göttlichen Vereinigung entsprungen sei. Für Ägypten war Kleopatra jedenfalls mehr als nur die Geliebte eines abenteuerlustigen Römers.

Kleopatra lächelte, als sie die frisch geprägte Münze in der Hand wog, und sie fragte sich, was man wohl in Rom davon halten würde. Sie drehte sie um. Auf der Rückseite war sie im Profil abgebildet, mit furchteinflößenden Zügen, schrecklicher anzusehen als jeder römische Feldherr.

»Sehr eindrucksvoll, Majestät«, urteilte Mardian. »Rom wird zittern.«

»Wie hätte ich denn deiner Meinung nach wirken sollen? Verführerisch und schmachtend? Deine Spitzel lassen mich ja jetzt schon glauben, daß man mich in Rom halb als Freudenmädchen, halb als Tanzsklavin sieht.«

»Nun, jetzt werden sie sich fragen, ob Caesar noch ganz bei Sinnen war, soviel seiner Zeit einer Hyäne zu opfern.«

»Mein lieber Julius würde seine Nächte auch bei einem Krokodil zubringen, wenn es zu seinem Nutzen wäre. Erzähl mir lieber, was die Spione berichten. Was tut sich in Rom?«

Caesar war wieder dort angekommen, im römischen Monat Quintilis, der jedoch in Julius umbenannt würde, wie es hieß, da er in diesem Monat geboren worden war.

»Caesar wird gefeiert wie ein Gott. Niemand legt sich mit ihm an. Selbst Cicero und der Rest der alten Senatsgarde lassen ihn gewähren.«

Sie hatte endlich eine Botschaft von ihm erhalten, in der er sie in offiziellem Ton von seinem Sieg über Cato unterrichtete und sie zur Geburt *ihres* Sohnes beglückwünschte. Der liebe Julius. Ganz der Politiker.

»Und was wird über mich gesagt?«

Mardian wich ihrem Blick aus. »Nun, im Forum reißt man wohl ein paar derbe Witze.«

»Immer noch? Sollte ich mich etwa geschmeichelt fühlen?«

»Es ist wie hier in Alexandria. Die Menschen tratschen über alles und jeden.«

»Aber in Alexandria achtet man die Königin. Zollt man Caesar den gleichen Respekt?«

»Ihr wißt, wie Männer sind, und erst recht die Männer in Rom. Sie weiden sich an solchen Späßen.« Mardian zog ein mißbilligendes Gesicht. Manchmal hatte sie den Eindruck, daß er mehr als Frau denn als Mann empfand. Es geschah sehr selten, daß er ein gutes Wort über das eigene Geschlecht verlor.

»Ich will wissen, was sie sagen.«

»Es ist abstoßend.«

»Ich bin kein kleines Mädchen mehr, Mardian.«

Die fleischigen Backen überzogen sich mit Röte. »Sie spotten über unsere Not. Im Forum hat man Sprüche an die Wand gemalt. Der Nil, so steht dort, sei in der Nacht um sechs Zoll angeschwollen – und Caesar desgleichen.«

Kleopatra lachte. »Nur sechs Zoll? Mir schien es sehr viel mehr.«

Mardian bedachte sie mit einem Blick der Entrüstung.

»Was sonst noch?« erkundigte sie sich.

»Das gemeine Volk hat ein Lied gedichtet, das man auf der Straße singt. Darin heißt es, daß Caesar zwei Wochen auf dem Nil und zwei Monate in der Königin gesteckt hat.« Kleopatra war klar, wie garstig und dumm solche Sprüche in den Ohren eines Mannes klingen mußten, dem das Geschlechtliche fremd war. »Sie preisen ihn dafür. Für sie seid Ihr nur eine seiner vielen Eroberungen. Wenn er Euch im Forum vorführen könnte, würden sie anfangen zu johlen.«

»Was ist mit Caesarion?«

Seine Miene heiterte sich auf. »Über Euren Sohn singt man keine Lieder, Majestät. Über ihn wird im Senat lediglich geflüstert, und die Reichen munkeln über ihn in den Bädern. Doch dank Caesars Ruf...«

Er mußte nicht weiterreden. Dank Caesars Ruf war Caesarion nur einer seiner vielen Bastarde. Trotzdem würde die Römer die Existenz des Jungen beunruhigen; sie mußte ihnen zu denken geben.

Nein, Caesarion war kein Bastard. Selbst Caesar würde das einsehen, würde die Bedeutung eines Sohnes aus Ägypten erkennen.

»Ich will nicht, daß Caesarion das Joch trägt, das ich von meinem Vater geerbt habe«, sagte sie. »Wir haben der Welt ein unendliches Maß an Wissen beschert, doch uns selbst scheint es nichts zu nützen. Wir beugen uns immer der römischen Macht.«

»Sie haben nun einmal die größte Armee der Welt.«

»Man muß für die Freiheit kein Blut vergießen. Man könnte sich auch mit ihr vermählen.«

»Ihr redet dabei wieder von Caesar?« Auf Mardians Gesicht machte sich Unwille breit. Warum denn nicht? dachte sie. Was ist denn so außergewöhnlich an diesem Vorhaben? War Caesar etwa kein fremder Herrscher, der als Gemahl in Frage kam?

»Majestät, Caesar ist Römer. Ein einfacher Soldat. Er ist Eurer nicht würdig.«

»Du meinst, der Senat ließe es nicht zu.«

Mardian nickte. »Caesar bekäme zuviel Macht.«

»Wann wäre zuviel Macht je genug für ihn gewesen?«

»Dennoch – er hat nun einmal kein königliches Blut!« empörte sich Mardian erneut.

»Dann borge ich ihm etwas von meinem.«

»Majestät! Es kann nicht sein.«

»Es kann sein, und es wird sein. Habe Geduld, Mardian. Julius ist nicht dumm. Mit der Zeit wird er die Vorteile erkennen. Warte nur ab.«

Sein Name war Quintus Dellius, und er hatte etwas Verschlagenes an sich. Als er in den Audienzsaal marschiert kam, hallten die metallbeschlagenen Stiefel im Raum. Er trug die Rüstung eines römischen Offiziers, einen Mantel aus rotem Leder und einen verzierten Brustharnisch aus Emaille. Die rote Tunika und die Lederstiefel spiegelten sich im Marmorboden. Er verneigte sich. Doch als er sich wieder aufrichtete, war sein Blick voller Geringschätzung.

»Eine Botschaft von Julius Caesar, Konsul von Rom, an die Königin von Ägypten, seine Freundin.«

Quintus Dellius' Blicke schweiften in die Runde, um alles in sich aufzunehmen. Er wirkte ein wenig enttäuscht. Wahrscheinlich hatte er zu sehr auf den Klatsch in den Bädern des Palatins gehört und erwartet, daß sie halb nackt vor ihm läge, mit dem Kopfschmuck der Pharaonen und an mumifizierten Überresten ihres Vaters knabbernd.

Statt dessen umgaben ihn griechische Beamte und Legionäre aus Kalabrien, und nur die nubischen Wachen mit der schwarzen Haut und die kahlen Schädel Pshereniptahs und seiner Priesterschar unterschieden die Versammlung von der anderer hellenischer Höfe.

»Wie lautet seine Botschaft?«

»Caesar hofft Euch bei guter Gesundheit und beglückwünscht Euch zu der Geburt Eures Sohnes.«

Es hieß also immer noch *Euer* Sohn, stellte sie fest. Nicht *unser* Sohn. Diese Römer und ihre Spielchen.

»Richtet ihm aus, daß sich unser Sohn bester Gesundheit erfreut. Weist ihn überdies darauf hin, daß er dies bereits seit elf Monaten tut, so daß seine Glückwünsche ein wenig spät eintreffen.«

Das verschlug Quintus Dellius die Sprache.

Nach einer Weile fuhr er fort: »Er freut sich, Euch mitteilen zu können, daß die römischen Senatoren ihm das Recht auf vier Triumphzüge gewährt haben, und lädt Euch hiermit ein, an diesen Feierlichkeiten teilzunehmen.«

»Die Königin von Ägypten beglückwünscht Caesar zu seinem Ruhm und dankt für die Ehre der Einladung. Wir werden darüber nachdenken und Euch die Antwort wissen lassen.«

»Caesar betont seinen Wunsch ausdrücklich und versteht Eure Zusage als Zeichen, daß Ihr Rom nicht feindlich gesonnen seid«, betonte Dellius.

»Wir danken Euch, Quintus Dellius«, erwiderte Kleopatra. »Ihr habt Euren Standpunkt deutlich gemacht.« Sie entließ ihn mit einer lässigen Handbewegung.

Als Zeichen, daß Ihr Rom nicht feindlich gesonnen seid. War das etwa ein Befehl oder gar eine geheime Drohung? Nun, befehlen konnte er ihr nichts. Sie war schließlich keine Vasallin. Oder doch? Wie auch immer – sie mußte letztlich wohl doch tun, was er ihr sagte, denn ohne ihn wäre sie weiterhin verloren. Die Freiheit hatte nun einmal ihren Preis, und wenn sie ihn nicht zahlte, würde es ihr ergehen wie all den anderen vor ihr.

Abgesehen davon war es gar keine Frage – sie würde nach Rom reisen. Schließlich hatte sie genau dafür so lange gebetet. Der Tatbestand, daß er Dellius gesandt hatte, um ihr einen Befehl zu erteilen – sogar mit verhüllten Drohungen –, war, wenn man es richtig überlegte, nur befriedigend. Vielleicht war er endlich zur Vernunft gekommen.

TEIL II

»Erachte keinen Mann als glücklich, es sei denn, er wäre tot.«

Römisches Sprichwort zur Zeit Caesars

1

Der neue Monat Julius nach dem römischen Kalender im Jahre 46 vor Christi Geburt

In Rom

Kleopatra hatte noch nie zuvor Pinienwälder gesehen und war fasziniert und abgestoßen zugleich. Sie empfand die dunkelgrünen Baumkronen als düster und bedrohlich. Die spitzen Nadeln wurden braun, und wenn sie schließlich abfielen, erstickten sie den Boden unter sich. Wie die Römer, ging es ihr durch den Kopf. Groß, dunkel und mächtig, doch in ihrem Schatten gedeiht nichts.

Caesar hatte sie in einem seiner Wohnhäuser untergebracht, auf der Westseite des Tibers an der Via Campana, was sie als gutes Zeichen betrachtete. Das Haus war angemessen, entbehrte jedoch der lichten Luftigkeit, die sie aus Alexandria gewöhnt war. Es war aus hellem Stein erbaut, die Säulen umwuchert von Rosenranken, Glyzinien und Klematis. Das Atrium wurde von Marmorbüsten gesäumt: mit Venus, wie Isis von den Römern genannt wurde – die, wie Kleopatra zu ihrer Belustigung erfuhr, Caesar als Ahnin diente –, etlichen Abbildern Alexanders sowie einigen, die Caesar selbst darstellten, jedoch aus früherer Zeit stammten.

An das Atrium schloß sich ein weiterer Hof an, dessen Dach in der Mitte vertieft und mit einer Öffnung versehen war. Die Römer bezeichneten es als *compluvium.* Von dort aus führte ein Gang zu den Schlafgemächern und Speisezimmern. Dahinter erstreckte sich ein kleiner, von Säulen umgebener Park, in dem ein hübscher Fischteich angelegt worden war.

Die Wände der Innenräume waren im Grün der Pinienbäume gehalten, die dunkle Farbe wurde jedoch aufgelockert durch Friese mit bunten Blumengirlanden. Die Fußböden der Wohn- und Speiseräume zierten zarte Mosaike mit ländlichen Idyllen, in denen neckische Nymphen tanzten. Kleopatra fand das Ganze ein wenig zu verspielt für einen strengen römischen Imperator. Die Einrichtung erschien ihr wiederum zu karg für einen Mann seines Standes, paßte jedoch zu seinem Charakter. Sie bestand aus Ruhebänken, Tischen mit Intarsien aus Schildpatt und Elfenbein sowie einigen wenigen Kandelabern, von deren Armen die kleinen Lämpchen an dünnen Silberketten hingen.

Ihr Schlafgemach, so wurde ihr versichert, sei dasjenige Caesars, wenn er hier residiere. Es war sehr spartanisch, kaum groß genug, wie Mardian sagte, um einen Sklaven auszupeitschen. Das breite eichengeschnitzte Bett mit Decken aus Wolle und Seide beanspruchte beinahe den ganzen Raum.

Im Vergleich zu ihrem Palast in Alexandria war es nicht mehr als ein Soldatenquartier. Nur die Tatsache, daß es sich um eines von Caesars Häusern handelte, verhinderte, daß Kleopatras Unterbringung beleidigend wirkte. Im Grunde, tröstete sie sich, hätte er keinen besseren Ort wählen können, um Rom ihre Verbindung kundzutun.

Zu dem Haus gehörten Gärten, die den Blick auf die Stadt und den Fluß freigaben. Auch diese Art von Gärten hatte sie noch nie zuvor gesehen. Die Ulmen, Platanen und Zypressen standen aufgereiht hintereinander wie Soldaten beim Exerzieren, die Hecken aus Eiben, Buchsbaum, Lorbeer und Myrte waren gestutzt. Von den schattigen Hängen aus konnte sie die Barken sehen, die von Ostia aus flußaufwärts zur Probusbrücke krochen und weiter zum Emporium, der riesigen Markthalle, deren Gerüche je nach dem Stand des Windes bis zu ihr drangen. Jenseits des Flusses erhob sich der dichtbesiedelte Aventin-Hügel, mit fünf- und sechsstöckigen Wohnhäusern, den *insulae*, die sich wie Sklavenlasten auf seinem Rücken türmten.

Inzwischen lag Kleopatras Ankunft bereits einige Tage zurück, doch Caesar hatte ihr noch immer nicht seine Aufwartung gemacht. Dabei hätte sie zu gern erfahren, ob sie sich als Gast oder Geisel betrachten mußte. Doch sie sagte sich schließlich, daß sie das über kurz oder lang ohnehin herausfinden würde. Er schickte ihr täglich Quintus Dellius – den Mardian Caesars Frettchen nannte –, um ihr Grüße auszurichten und sich nach ihren Wünschen zu erkundigen. Abgesehen davon hatte man jedoch den Eindruck, daß Roms erster Bürger zu sehr mit den Vorbereitungen zu seiner Verherrlichung in Anspruch genommen war, um Zeit für einen Besuch opfern zu können.

Kleopatra machte sich nicht vor, daß sie ihm gefehlt hatte, doch sie hatte gehofft, daß er der Königin von Ägypten die Ehre erweisen würde und vielleicht auch, daß es ihn drängte, seinen Sohn zu sehen. Schließlich war der kleine Ptolemaios Caesars einziger männlicher

Nachkomme, oder doch zumindest der einzige, der seinen Namen trug.

Sie erkundigte sich bei Mardian nach den jüngsten Neuigkeiten aus der Stadt.

Mardian fand Rom entsetzlich. Er haßte ihre Unterkunft, die ihm zu ärmlich war, im Vergleich jedenfalls zu dem prächtigen Anwesen, das er am See Mareotis besaß. Er haßte das Klima, das ihm zu heiß war, und er haßte vor allem die Römer.

Dennoch wußte er viel über das, was in der Stadt vor sich ging. »Majestät«, sagte er, »wie es scheint, ist Caesar nicht nur Konsul der Republik, sondern wurde für die nächsten zehn Jahre zum Präfekten und Diktator des römischen Volkes gewählt. Es ist eine Ehre, die ihresgleichen sucht. Der Titel des Diktators gilt in der Regel nur für Notzeiten und währt nie länger als sechs Monate. Ganz ohne Zweifel übertrifft Euer lieber Caesar nun sogar den großen Pompejus im Ausmaß der Macht.«

»Pompejus' Kopf endete auf einem Silberteller. Was ist daran schon großartig zu übertreffen? Caesar muß lediglich am Leben bleiben.«

Mardian schnitt eine Grimasse. »Wir sind hier in Rom, Majestät. Genau wie in Alexandria sollte man das Überleben nicht als etwas Geringes abtun.«

Sie fragte sich, ob er nachts kommen würde, versteckt in einem Wagen oder verhüllt in einer Sänfte. Dann hätte sie gewußt, welche Rolle ihr zugedacht war. Doch Caesar kam morgens, im hellen Tageslicht, auf einem Schimmel geritten. Vor ihm marschierten vierundzwanzig Liktoren, die Symbole seiner Macht als Diktator der Republik. Jeder von ihnen trug ein Rutenbündel mit herausragendem Richtbeil.

Außerdem begleiteten ihn zwei Zenturien Soldaten als Leibgarde. Als er von seinem Pferd stieg, bezogen sie Posten an den Toren und umstellten die Gärten, als gälte es einen Angriff abzuwehren. Wie es den Anschein hatte, konnte sich Caesar noch nicht einmal in seiner eigenen Stadt sicher fühlen. Vielleicht *erst recht* nicht in seiner eigenen Stadt.

Kleopatra begab sich in den großen Raum, von dem aus man einen Blick auf den Innenhof mit dem Wasserbecken hatte. Ehe sie ihn empfing, probierte sie etliche Sessel und Ruhebänke aus, um sich am gefälligsten zu drapieren, obwohl ihr Herz vor Ungeduld raste. Doch er hatte sie schließlich auch warten lassen!

Da konnte er sich ruhig noch ein wenig die Füße vertreten, bis sie bereit war.

Aber sosehr sie sich auch mühte, ihren Groll aufrechtzuerhalten, sie schaffte es nicht. In Wahrheit fieberte sie ihm entgegen. Dennoch – er mußte es ihr ja nicht gleich an der Nasenspitze ansehen.

So viel hing von dieser Begegnung ab. Würde er Caesarion sehen wollen? Oder würde er sie lediglich wie eine fremde Würdenträgerin behandeln? Würde er sich wieder wie ein Römer aufspielen? Die Chance, die sich ihm durch sie bot, mißachten?

Genug gewartet. Sie bedeutete einem der Dienstboten, Caesar zu ihr zu lassen.

»Ich grüße Euch, erhabene Majestät«, sagte er in vornehmem Griechisch.

»Ich grüße Euch, mein oberster General. Meine Augen erblicken Euch mit Freude.«

»Eine geringe Freude im Vergleich zu der meinen, denn Rom kennt nicht Euresgleichen.«

Oh, Caesar, du Diplomat, dachte sie. Caesar, du Geliebter, du Lügner.

»Auch Euch war das Leben gewogen, seit wir Euch das letzte Mal gesehen haben«, erwiderte sie. Es war gleichermaßen eine Lüge, denn er wirkte erschöpft und abgekämpft. Die endlosen Schlachten hatten wohl schließlich doch ihren Tribut gefordert.

»Die Göttin des Schicksals hatte ihre Hand im Spiel. Natürlich auch die bessere Strategie.«

Von allzu großer Bescheidenheit war er noch nie geplagt gewesen.

»Es grämt mich, daß ich Euch nicht eher aufsuchen konnte«, fuhr er fort. »Doch ich war mit der Vorbereitung der Triumphzüge beschäftigt.« Als sie nichts entgegnete, setzte er hinzu: »Ich hoffe, daß Euch die Unterkunft behagt.«

»Es ist ein wenig beengt.«

Er schaute sich um. Sein Blick wanderte über die Sklaven, die Kammerfrauen, die Höflinge, die Ratgeber und Minister, blonde Gallier und Germanen, pechschwarze Nubier, bärtige Griechen, jüdische *oikenomoi*, sogar ihr Priester Pshereniptthah war mitgekommen. Sie ahnte, was ihm durch den Kopf ging: Bei Jupiter, sie hat ganz Alexandria mitgebracht. »Ich hatte keine so große Gefolgschaft erwartet«, sagte er schließlich.

»Die Einladung Kleopatras bedeutet, Ägypten einzuladen.«

Ein Lächeln huschte über sein Gesicht. »Ich nehme an, Ihr habt die Pyramiden in den Gärten errichten lassen.«

»Nein«, entgegnete sie, ohne die Miene zu verziehen. »Nur den Leuchtturm.«

Es entstand eine kleine Pause. Er schaute sich abermals um, so als suche er jemanden. »Habt Ihr Euren Sohn mitgebracht?«

Ah, dachte Kleopatra. Endlich kommen wir zur Sache. Du bist also doch nicht aus Stein. Sie wurde von einer Woge der Erleichterung erfaßt. Was hätte sie nur getan, wenn er nicht nach dem Jungen gefragt hätte? »Er ist im Kinderzimmer.«

»Kann Caesar ihn sehen?«

Sie wollte nicht zu eifrig erscheinen, wenngleich sie mehr als ein Jahr auf diesen Augenblick gewartet hatte. Schließlich murmelte sie nur: »Folgt mir.« Sie erhob sich von der seidenbezogenen Ruhebank und führte ihn durch das Haus zu dem Raum, den sie zum Kinderzimmer erklärt hatte. Die Kunst einer Königin bestand nicht zuletzt darin, sich selbst dann noch herrschaftlich zu gebärden, wenn einem das Herz gegen die Rippen hämmerte und man kaum genug Luft hatte, um zu atmen.

Sie betraten den Raum allein. Caesarion lag auf einem glänzenden schwarzen Pantherfell und spielte still mit einem Holzpferdchen, das Charmion ihm geschenkt hatte. Mein Sohn. Sie spürte den gewohnten Anflug von Stolz, als sie ihn erblickte. So viele Träume und Hoffnungen, die auf dieses kleine braunhäutige Geschöpf gerichtet waren.

Kleopatra beobachtete Caesars Miene. Nichts deutete auf seine Gefühle hin. Er schien es zufrieden, den Jungen einfach nur anzuschauen. Am liebsten hätte sie ihn angeschrien: *Nimm das Kind doch auf! Halte es in den Armen! Es ist deines!*

Schließlich hockte er sich zu ihm nieder. Behutsam streckte er einen Finger aus, den der Junge dankbar ergriff, um mit den kleinen spitzen Zähnen darauf herumzukauen und hineinzubeißen. Caesar lachte auf und zog die Hand zurück.

Als er aufstand, lächelte er Kleopatra an. »Ihr habt einen schönen Sohn.«

Seine Unverbindlichkeit machte sie rasend. Der Junge hatte immerhin sein Blut! »Wir beide haben einen schönen Sohn.«

Es war, als hätte er ihre Worte nicht gehört. Caesar, der ewige Taktierer, würde nicht so schnell klein beigeben. »Vielen Dank, daß ich ihn sehen durfte.«

»Wie könnte ich Euch Euer eigen Fleisch und Blut verweigern?«

Abermals reagierte er nicht auf ihre Worte. »Ich fürchte, mein Besuch kann nur von kurzer Dauer sein. Eure Gegenwart war mir ein Vergnügen. Vielleicht gelingt es uns bald, eine längere Unterhaltung zu führen. Ihr seid zu einem Bankett eingeladen, das morgen abend in meinem Haus stattfindet.«

Du elender Mistkerl, dachte sie. »Ich werde meinen Sekretär fragen müssen, ob dem bereits andere Verpflichtungen entgegenstehen.«

Da ließ er für einen kurzen Moment die Maske fallen. Sie schaute ihn an und glaubte, in sein Innerstes zu blicken. Hatte etwa Sehnsucht in seinem Blick gelegen, oder hatte sie sich das nur eingebildet?

»Du hast mir gefehlt«, flüsterte er.

»Nicht so sehr, wie ich es mir gewünscht hätte.«

»Du warst nicht einen Augenblick aus meinen Gedanken«, fuhr er fort. Es kam ihm ein wenig zu glatt von den Lippen. Immer der Verführer, dachte sie, der den Frauen das sagt, was sie hören wollen. Er beugte sich vor und küßte sie auf die Wange. Sie ließ es zu, kam ihm jedoch nicht entgegen.

Er zuckte die Achseln. Sie wußte, daß er mit ihrer Zurückhaltung gerechnet hatte, dennoch setzte er eine gekränkte Miene auf. »Bis morgen dann«, verabschiedete er sich.

Kleopatra schaute zu, wie er wieder abzog. Zuerst die Liktoren, dann die Leibgarde. Es war, als bräche eine Armee auf. Nun war er also gekommen. Er wirkte anders, nicht mehr ganz sein eigener Herr. So als hätte Rom ihn an der Kandare.

Mit einemmal war es ihr, als ob Mardian doch recht haben könnte: daß ihre Pläne letztlich nur die Wunschträume eines kleinen Mädchens waren. Sie spürte, wie der Zorn in ihr aufwallte, befahl ihrer Dienerschaft, sie allein zu lassen, und marschierte zurück ins Kinderzimmer, wo sie Caesarion aufnahm, um ihn fest an die Brust zu drücken. Heiße Tränen rollten ihr über die Wangen, und sie verachtete sich für ihre Schwäche. Wie ein dummes kleines Ding zu weinen!

»Ich lasse nicht zu, daß sie dich verleugnen«, wisperte sie Caesarion ins Ohr. »Du gehörst uns beiden. Das ist dein Geburtsrecht. Ich lasse nicht zu, daß *er* dich verleugnet!«

2

Kleopatra stützte sich gegen die Wand der schaukelnden Sänfte. Die Ledergurte knarrten, als die Träger hügelaufwärts stiegen. Sie horchte auf die kreischenden Möwen am Tiberhafen und die heiseren Stimmen der Bettler in den Arkaden. Etliche Male spähte sie durch die Vorhänge, doch in den engen, gewundenen Straßen gab es nichts zu sehen, das ihrer Aufmerksamkeit würdig gewesen wäre. Die Häuser standen dichtgedrängt nebeneinander und ragten in die Luft, eine eintönige Front aus rotbraunen Ziegelsteinen, die schon am Nachmittag der Sonne den Weg versperrten. Dagegen überraschte sie die Vielfalt der Gesichter. Afrikaner mit krausen Locken, arabische Händler in Burnus und Kaftan, flachsblonde germanische Sklaven, selbst ein ägyptischer Schlangenbeschwörer war dabei. Es war, als hätte Rom Teile des ganzen Reiches zu sich kommen lassen. Als sie den Circus Maximus passierten, fingen etliche der Prostituierten kreischend zu lachen an und bedachten sie mit obszönen Gesten. Sie ließ die Vorhänge wieder zufallen und lehnte sich in die Polster zurück.

Der Nachmittag war von erdrückender Schwüle. Während des weiteren Anstiegs hörte sie, wie ihre Träger vorbeidrängende Ochsenkarren mit Flüchen bedachten, horchte auf die ebenso derben Entgegnungen der Wagenlenker und vernahm zwischendrin die ungehaltenen Stimmen irgendwelcher Würdenträger, die den eigenen Sklaventrupp zur Eile antrieben. Das Erstaunlichste waren jedoch die Gerüche. Allem zugrunde lag eine Mischung aus frisch gebackenem Brot und abgestandenen Fischsoßen, doch darüber lagerte der Gestank der Latrinen, der Kanalisation und der Rauchschwaden, die aus den Badethermen quollen.

Caesar wohnte in der Regia, im Herzen der Stadt, neben dem Jungfrauentempel. Ein unpassender Ort für einen Mann wie ihn, hatte Mardian gespottet, als er davon erfuhr. Kleopatra hatte einen Palast erwartet, doch es handelte sich nur um eine von öffentlichen Gebäuden eingezwängte schlichte Villa. Außen befand sich ein mächtiges, vergittertes Eisentor, vor dem zwei Zenturionen Wache hielten.

Ein Diener führte sie durch die marmorne Eingangshalle zum Atrium, dessen Wände mit hübschen Blumengemälden geschmückt waren. Der Fußboden bestand aus einem Mosaik, auf dem eine Katze gegen eine Kobra kämpfte.

Die anderen Gäste waren vor ihr eingetroffen, so daß Kleopatra das Opfer unverhohlener, wenn nicht gar feindseliger Neugier wurde. Jedoch kam Caesar sogleich lächelnd und mit ausgestreckten Händen auf sie zu. Er begrüßte sie in griechischer Sprache, ein kleines Entgegenkommen, da er wußte, daß ihre Lateinkenntnisse bruchstückhaft waren und er sie den Gästen gegenüber nicht in Nachteil setzen wollte. Sie würden seinem Beispiel nun wohl oder übel folgen und dieselbe Sprache benutzen müssen.

Kleopatra hatte nur ein kleines Gefolge bei sich. Mardian, einige der Sklaven sowie ihre nubische Leibwache. Antiochos war ebenfalls eingeladen gewesen – offenbar dachten die Römer, er sei tatsächlich ihr Mitregent –, doch sie hatte es vorgezogen, ihn nicht mitzubringen. Nicht einmal der beschränkteste unter den römischen Senatoren sollte glauben, sie würde sich die Macht mit jemandem teilen.

Bei den Gästen, die Caesar ihr vorstellte, handelte es sich um seinen engsten Vertrautenkreis. Viele der Namen waren ihr dank Mardians Spitzel schon geläufig, und insgeheim hatte sie sich von jedem bereits ein Bild gemacht. Sie mußte jedoch zugeben, daß dieses Bild nicht bei allen der Wirklichkeit entsprach.

Da war zum Beispiel Calpurnia, Caesars Frau. Kleopatra hatte sich eine stattliche römische Matrone vorgestellt, vornehm und beherrscht, doch nun sah sie eine hagere Erscheinung mit einem gewöhnlichen Gesicht und, wie es schien, etwas unfeinem Benehmen. Caesar hatte etwas Besseres verdient, fand sie. Calpurnia trug ein Gewand aus schillernder fliederfarbener Seide und war derart mit Juwelen bestückt, daß sie Kleopatra vorkam wie ein muschelverkrustetes Fischerboot. Laut Mardian hatte Caesar sie aus politischen Motiven geheiratet. Gehässigen Stimmen zufolge war er in Britannien eingefallen, um vor ihr zu flüchten.

»Ich habe schon viel von Euch gehört«, sagte Calpurnia mit süßlichem Lächeln.

Kleopatra lächelte auf die gleiche Art zurück und erwiderte: »Oh, ich von Euch desgleichen.«

Danach stellte Caesar sie seinem Großneffen vor, Gajus Octavian: ein schmächtiger Junge von sechzehn Jahren, dessen Haut noch die Unreinheiten der Pubertät aufwies. Das einzig Schöne an ihm waren seine Augen – sie besaßen das tiefste Blau, das Kleopatra je bei einem Menschen gesehen hatte. Er kam ihr allerdings ein wenig verweichlicht und etwas eitel vor, wenn man die erhöhten Sohlen an seinen Sandalen betrachtete. Zweifellos wollte er größer erscheinen, als er in Wirklichkeit war. Diese Römer! Ob sie dachten, sie würden die Götter kränken, wenn sie körperliche Mängel aufwiesen, sei es nun Kahlköpfigkeit oder Kleinwüchsigkeit?

Dann war da noch Marcus Brutus, ein Mensch mit hochmütigem Gesicht, dem sein Ruf bereits vorausgeeilt war. Von Mardian hatte Kleopatra erfahren, Brutus sei so von sich eingenommen, daß er glaubte, der große Gott Ra ginge in seiner unwürdigsten Körperöffnung auf und unter. Während des Bürgerkriegs hatte er auf der Seite des Pompejus gestanden, doch Caesar hatte ihn nach der Schlacht von Pharsalos begnadigt und schließlich sogar zum Statthalter des zisalpinischen Galliens ernannt. Er befand sich in Begleitung seiner Mutter Servilia – nach Mardians Auskunft eine weitere ehemalige Geliebte Caesars. Aber, hatte Mardian mit verächtlichem Achselzucken hinzugefügt, wer war das nicht, außer den Vestalinnen und Caesars Mutter? Es gab Gerüchte, die besagten, daß Brutus Caesars Sohn sei.

Brutus begrüßte sie mit herablassender Miene.

Nach ihm stellte Caesar ihr Marcus Agrippa vor, einen gutaussehenden, aber dennoch grobschlächtig wirkenden jungen Mann. Er hatte kurzgeschnittenes dunkles Haar und wurde im allgemeinen als enger Freund Octavians bezeichnet, ein Tatbestand, der Kleopatra zu denken gab. Schließlich traf sie auf Claudius Marcellus, den Senator. Er war in Purpur gehüllt, kahl, mit kreisrundem Gesicht und sehr selbstgefällig. Neben ihm seine Frau, Tertullia, eine hübsche Römerin mit Puppengesicht, geziertem Benehmen und hauchzarter Stimme.

Kleopatra hatte kein freundliches Willkommen erwartet – nicht von den Römern –, doch was nun folgte, hatte Ähnlichkeit mit den Verhören, denen normalerweise Kriegsgefangene ausgesetzt sind. Wie es schien, hatte die Gesellschaft nichts anderes im Sinn, als sich die alten Vorurteile bestätigen zu lassen und sich frische Nahrung für den Klatsch in den Badehäusern zu besorgen.

»Also, was haltet Ihr denn nun von Rom?« erkundigte sich Marcellus sofort ohne Umschweife.

»Ich habe noch nicht genug gesehen, um mir einen endgültigen Eindruck zu verschaffen«, antwortete Kleopatra diplomatisch.

»Es muß Euch doch großartig vorkommen, im Vergleich zu Ägypten«, fuhr er fort und bewies damit sowohl seine Unkenntnis bezüglich ihres Landes als auch schlechte Manieren. Im ersten Impuls wollte Kleopatra ihn anfahren und zurechtweisen, doch dann besann sie sich eines Besseren und beschloß, sich damit bis nach dem Essen Zeit zu lassen und es dann mit Ruhe und Genuß zu tun.

»Man behauptet, daß Ihr in Eurem Land wie eine Göttin angebetet werdet«, schaltete sich Brutus ein.

Etwas in ihrem Inneren riet ihr, vor diesem jungen Mann auf der Hut zu sein. In seinen Worten lag offenbar eine ganz bestimmte Absicht. »Ja, es gibt Menschen, die glauben, ich sei die Inkarnation der Isis.«

»Unterstützt Ihr diesen Glauben?«

»Ich bin gegen jede Art des Unfugs – und das schon seit Menschengedenken.«

Die letzte Bemerkung ließ Caesar laut auflachen, und auch die Frau des Senators fing an zu kichern. Kleopatras Befrager verzog jedoch keine Miene. Eine beunruhigende Eigenschaft. Menschen, die nicht über sich selbst lachen konnten, fehlte es in der Regel an Weitblick, und sie neigten leicht zu Fanatismus, wenn sie sich einer Sache verschrieben hatten. Gefährliche Menschen.

»Ich glaube nicht an die Göttlichkeit im Menschen«, hielt Brutus ihr entgegen. »In unserer Republik sind alle Menschen gleich.«

»Natürlich sind sie das. Deshalb werden wir heute abend auch von Sklaven bedient, genau wie die armen Waschfrauen auf dem Aventin.«

»Ich habe mich auf die gehobene Schicht bezogen. Nicht auf das gewöhnliche Volk.«

O Göttin, dachte Kleopatra. Das Mahl hat noch nicht begonnen, und sie reißen mich schon in Stücke. Sie schaute sich hilfesuchend zu Caesar um.

»Laßt uns in den Speiseraum gehen«, forderte dieser seine Gäste auf.

Sie begaben sich in das *triclinium*, wo die Männer ihre schweren, unbequemen Togen ablegten. Dort standen drei langgezogene Ruhebänke in Hufeisenform um einen Tisch, die vierte Seite blieb für den Zugang der Dienstboten offen. Die Ruhebänke wurden dreigeteilt durch Klinen, auf denen sich jeder Gast, auf Kissen gestützt, ausstrecken konnte. Was die Tischordnung betraf, so richtete man sich nach dem Protokoll. Die Ehrenbank befand sich gegenüber der freien Öffnung. Sie gebührte Caesar und Kleopatra. Als dritten bat Caesar Brutus zu ihnen.

Nachdem man sich niedergelassen hatte, nahmen ihnen Sklaven die Sandalen ab und wuschen ihnen die Füße mit Rosenwasser. Andere legten ihnen Rosenkränze um den Hals. Der *cellarius* erschien mit zwei

Amphoren Falernerwein, die er in ein großes Gefäß namens *kratera* goß, wo er mit Wasser vermischt und mit Schnee aus Thrakien kühl gehalten wurde. In einem der Alkoven musizierten zwei Sklavinnen auf der Lyra und der Flöte.

Das Essen wurde hereingetragen. Der erste Gang, *gustus*, bestand aus Wachteleierscheibchen, Haselmäusen in Honig, Krebsklößchen in Olivensoße, Austern und Tintenfisch. Als Hauptgericht, *mensa prima*, servierte man einen geschmorten Wildschweinkopf mit vergoldeten Borsten in süßer Nußsoße. Dazu wurden gedünstete Gladiolenzwiebeln gereicht, Gurkengemüse, gebackene Krickente; ein Gericht, das Caesar als Rosenpastete bezeichnete – aus Kalbsbries, Eiern und Wein –, und als Höhepunkt eine riesengroße gebratene Meeräsche. Meeräsche, so wurde Kleopatra belehrt, betrachte man in Rom als Delikatesse, die sich nur Reiche leisten konnten. Kleopatra kostete zum ersten Mal in ihrem Leben Schweinefleisch. Diese Tiere wurden in Ägypten nicht verzehrt.

Da man mit den Fingern aß, wuschen ihnen die Sklaven immer wieder die Hände. Sie umstanden mit Krügen in der Hand die Ruhebänke, gossen ihnen parfümiertes Wasser über die Finger und trockneten diese anschließend mit Tüchern.

Caesar hatte das Gespräch geschickt von der Politik zu seinen Triumphzügen gelenkt, die in zwei Tagen in Rom stattfinden sollten.

»So etwas hat es in Rom noch nie gegeben«, prahlte Calpurnia in ihrer hohen, durchdringenden Stimme. »Ein einziger Triumphzug ist sonst schon der Höhepunkt im Leben eines Mannes. Aber gleich vier! Das ist einzigartig. Und hinterher wird Caesars Triumphwagen im Capitol neben Jupiter aufgestellt.«

Angesichts Caesars berüchtigter Treulosigkeit fand Kleopatra Calpurnias Stolz bemitleidenswert.

Brutus zog eine finstere Miene. »Findest du es richtig, über römische Brüder zu triumphieren?« fragte er Calpurnia.

»Welche römischen Brüder?« fuhr Caesar ihn an.

»Cato und Scipio unter anderem.«

»Man ist kein Römer, wenn man unter fremder Herrschaft kämpft!« kam es von Caesar.

Brutus schüttelte den Kopf. »Römer zu sein ist eine Auszeichnung, die ewig währt.«

»Wie Göttlichkeit?« fragte Kleopatra. Caesar lachte beifällig, und die anderen lachten notgedrungen mit. Alle – außer Brutus und seiner

Mutter. Kleopatra kam zu dem Schluß, daß Caesar zwar ein begnadeter Feldherr, jedoch ein schlechter Menschenkenner war. Man muß sich nur anschauen, mit welchen Leuten er sich umgibt, dachte sie, Menschen, die er als Freunde oder gar als Familie betrachtet. Wie hielt er das aus? Sie ließe sich lieber erwürgen, als daß sie ein weiteres Mahl mit diesem Brutus oder dessen Mutter ertrüge. Und dann dieser Junge, Octavian, mit dem affektierten Gehabe und dem dummen Gekicher! Von Calpurnia ganz zu schweigen.

Vielleicht war er wirklich in Britannien eingefallen, um ihnen allen zu entkommen.

Als letzten Gang, *mensa secunda*, gab es Kuchen mit attischem Honig, Maulbeeren, Feigen und Granatapfelsaft.

»Roms Problem ist«, teilte Marcellus ihnen währenddessen mit, »daß wir die sittlichen Werte verloren haben, die Rom zu dem gemacht haben, was es heute ist. Ich will nur diese abscheulichen Bacchusriten erwähnen, bei denen sich Männer und Frauen wollüstig vergnügen und im Namen der Religion dem Laster frönen. Oder den Isistempel auf dem Aventin, der inzwischen nicht nur Prostituierten dient, sondern auch als heimlicher Treffpunkt ganz normaler Männer und Frauen gilt. Na, Isis ist ja wohl auch eine Frau – was soll es mich da groß wundern? Die Frauen sind letztlich an allem schuld.«

Er hatte die Worte an Caesar und Octavian gerichtet, doch sie waren eindeutig auf Kleopatra gemünzt. Bitte, wenn er Streit suchte.

»An allem schuld? Darf ich das so verstehen, Claudius Marcellus, daß Ihr euren Frauen die Niederlage in Parthien zuschreibt? Oder den letzten Bürgerkrieg?«

Marcellus schaute empört in die Runde, weil ausgerechnet eine Frau ihm Widerrede bot, doch verstummen ließ es ihn nicht.

»Was wir ihnen verdanken, ist das erschreckende Handelsdefizit in unserem Haushalt. Sie entkräften das Reich mit ihren Begierden, Moden, teuren Stoffen, Halsketten, Broschen, Ringen, goldenen Armbändern. Nicht ein Tag vergeht, an dem nicht mein Bankier vor mir steht und mich wegen irgendeinem Tand zur Rede stellt, den meine Frau sich zugelegt hat und für den ich bezahlen darf.« Also wirklich, dachte Kleopatra, er redet über seine Frau, als wäre sie nicht anwesend. »Und alles muß aus fremden Ländern sein. Ich könnte mir ein ganzes Haus in den Albaner Bergen leisten mit dem, was meine Frau allein an den Ohren trägt. Die Seide, die sie benötigt, kann kein Mensch in Gold aufwiegen. Wen wundert es da, daß Rom keine Mittel hat, um eine vernünftige Armee zu bezahlen?«

»Marcellus«, unterbrach Kleopatra ihn. »Hat Eure Frau auch Liebschaften?«

Die Frage raubte ihm einen Moment lang die Sprache. Dann schaute er Tertullia an, die seinem Blick auswich. »Natürlich nicht!« entgegnete er im Brustton der Überzeugung.

»Dann ist sie wohl eine rühmliche Ausnahme«, entgegnete Kleopatra. »Mir will nämlich scheinen, daß sich auch die intelligenten und kultivierten Frauen Roms nur deshalb dem Laster verschreiben, weil ihre Ehemänner grenzenlos langweilig sind. Die Männer wiederum sehen darüber hinweg, um sich in Ruhe der Politik widmen zu können wie auch den reizenden Damen eines gewissen Etablissements gegenüber dem Circus Maximus, das sich, wenn ich nicht irre, Venuslaube nennt.«

Aus den Augenwinkeln bemerkte Kleopatra, daß Caesar sie anschaute. Sie blickte ihn fragend an.

Zuerst fürchtete sie, daß er ihr zürnte, doch dann stellte sie fest, daß seine Mundwinkel zuckten, und schließlich warf er den Kopf in den Nacken und fing schallend zu lachen an.

Marcellus' Wangen brannten vor Zorn. Caesars Heiterkeit schien er als ausgesprochen unpassend zu empfinden. »Ich glaube, was Ihr sagt, beweist nur meinen Standpunkt. Die Frau ist ein unbesonnenes Geschöpf. Gewährt man ihr auch nur ein Quentchen an Freiheit, so nutzt sie es umgehend, indem sie es in Prunksucht verwandelt oder gar in Unzucht. Der Mann kann also gar nicht umhin, ihr Zügel anzulegen.«

»Behandelt man die Frauen in Ägypten etwa anders?« ließ sich Octavian vernehmen.

Dieses anmaßende kleine Männerliebchen. Wie konnte er es wagen, sie herauszufordern? »Nun, die wahrhaft Klugen unter ihnen macht man beispielsweise zu Königinnen«, versetzte sie. Caesar applaudierte, und Tertullia lächelte fein. Sogar Calpurnia schien die Unterhaltung Spaß zu machen. Brutus und Octavian tauschten vielsagende Blicke.

»Ihr meint also, daß es den Frauen in Alexandria besser ergeht als in Rom?« erkundigte sich Calpurnia liebenswürdig.

»Die ägyptische Frau kann Geld leihen und verleihen, sie kann Häuser kaufen und verkaufen, alles in ihrem eigenen Namen. Sie braucht keinen männlichen Beistand wie hier in Rom, der sie ein Leben lang gängelt.«

»Und ich behaupte dennoch, daß die römische Frau zuviel Freiheit genießt«, zeterte Marcellus unbeirrt weiter. »Aber sie sollen machen, was sie wollen, solange sie sich nicht in Angelegenheiten mischen, die sie nichts angehen.«

»Als da wären?«

»Die Politik, zum Beispiel, von der eine Frau von Natur aus nichts versteht.«

»Ich glaube, ich weiß, was Ihr ausdrücken wollt. Sie darf also nach Herzenslust Zeit in den Bädern verbringen oder sich die Haare kräuseln, solange sie nichts tut, was ihren Verstand beweist und zeigt, daß dieser dem Euren überlegen ist.«

»Auf diesem Gebiet habe ich keine Befürchtungen«, schnaubte Marcellus verächtlich.

»Dann wollen wir Eure These einmal überprüfen. Was ist, frage ich Euch, wenn Ihr eine Legion von viertausendfünfzig Soldaten habt, von denen fünfhundertachtzig im Kampf gegen die Parther fallen und weitere eintausendfünfzehn verwundet sind. Wie viele sind dann noch unter Eurer Standarte?«

Marcellus blies beide Backen auf und überlegte.

»Die Antwort lautet zweitausendvierhundertfünfundfünfzig«, teilte Kleopatra ihm mit.

»Ich wette, das habt Ihr auswendig gewußt!«

Sie wandte sich an Caesar. »Dann denkt Ihr Euch eine andere Aufgabe für mich aus.«

Caesar gab ihr drei ähnliche Aufgaben, die sie jedesmal richtig löste, während Marcellus die Stirn in Falten legte und seine Finger knetete.

»Ich glaube, sie hat den Beweis erbracht«, sagte Tertullia schließlich, woraufhin ihr Mann sie mit einem giftigen Blick durchbohrte. Dafür setzt es zu Hause garantiert eine Ohrfeige, dachte Kleopatra zornig.

»Es tut mir leid, Marcellus, aber sie hat recht«, hob Caesar an. »Wenn ich ehrlich bin, wäre mir die Königin als Quartiermeister lieber als du.« Danach verschonte er den Senator jedoch vor weiterer Demütigung, indem er in die Hände klatschte und die Spielleute herbeirufen ließ.

»Ich habe gehört, daß Ihr einen Sohn habt«, sagte Brutus zu Kleopatra.

Im Raum breitete sich Stille aus. Kleopatra fing Caesars Blick auf, konnte jedoch nicht erraten, was er dachte. »Ja, ich habe einen Sohn«, erwiderte sie nach kurzer Überlegung.

»Wenn ich einmal einen Sohn habe, werde ich ihn streng nach den

Regeln der Philosophie und der Mathematik erziehen lassen«, fuhr Brutus fort. »Man sagt, daß in Alexandria einige der besten Mathematiker der Welt zu Hause sind.«

»Das stimmt. In diesem Punkt sind wir tatsächlich gesegnet.«

»Dann werdet Ihr mit jenen Regeln vielleicht vertraut sein.«

»Das bin ich. Und es würde mich interessieren, wie Ihr Euer Wissen auf Euer Leben übertragt.«

Er lächelte selbstgefällig. Alles, was dieser Mensch im Leben braucht, dachte sie, ist eine Bühne, auf der er seine Tugenden zur Schau stellen kann. Soviel Engherzigkeit in so jungen Jahren! Keine hundert Gladiatoren würden ihn vom rechten Pfad abbringen, selbst wenn sie sich noch so sehr ins Zeug legten.

»Nun, ich zum Beispiel lege mir abends Rechenschaft ab über das, was ich am Tag gut oder schlecht gemacht habe. Ich bin davon überzeugt, daß sich der Wert eines Menschen so berechnen läßt.«

»Ist das nicht ein wenig leidenschaftslos gedacht?«

»Die Leidenschaft ist ein schlechter Steuermann, selbst wenn sich viele von ihr leiten lassen. Ich finde, die Reinheit der Seele ist mehr wert als unser kleines Leben. Am Vorabend der Schlacht bei Pharsalos habe ich Abschnitte aus den Texten des Polybios kopiert, während die anderen Offiziere die Reiterei inspizierten.« Seine Mutter und Marcellus belohnten ihn mit bewundernden Blicken.

»Was ist aus Eurer Reiterei geworden?«

»Sie wurde aufgerieben«, murmelte Caesar.

»Weil ihr Befehlshaber Polybios studiert hat?« fragte sie.

»Ihr versteht meine Aussage nicht«, entgegnete Brutus.

»Und Ihr nicht die meine. Sagt mir, warum Ihr auf Pompejus' Seite gekämpft habt.«

»Ich hielt ihn für den Tugendhafteren«, antwortete Brutus.

»Ich bezweifle, daß der Tugendhaftere Euch im umgekehrten Fall dieselbe Gnade gewährt hätte«, entgegnete sie und erntete dafür einen Blick offenen Hasses von Brutus und seiner Mutter. Sie blieben jedoch stumm.

Die Römer, entdeckte Kleopatra, tranken gern Wein, die Frauen ebenso wie die Männer. Caesar selbst war ein zurückhaltender Trinker, doch als die Spielleute die abendliche Vorführung beendet hatten, waren Marcellus und Calpurnia beschwipst. Kleopatra trank niemals zuviel und nahm den Wein nur sehr stark mit Wasser verdünnt zu sich.

Sie hatte erlebt, was der Alkohol bei ihrem Vater bewirkte, und hatte sich geschworen, diesen Fehler nicht zu wiederholen.

Leider war jedoch auch der beste Falernerwein nicht dazu angetan, Calpurnias Reize zu erhöhen. Sie erging sich in hemmungslosem Gerede über diesen oder jenen römischen Senator sowie deren Freunde und Bekannte. Dabei landete sie unweigerlich bei Caesars vormaligem Reiterhauptmann, Marcus Antonius.

»Dein guter Freund macht wieder von sich reden«, nuschelte sie Caesar zu.

Caesar wirkte ungehalten, blieb jedoch ruhig.

»Er trinkt und suhlt sich in der Gesellschaft von Schauspielerinnen«, fuhr Calpurnia fort. »Er hat sogar einen Zwerg, den er mit sich herumschleppt.«

»Ich gebe zu, daß er ein wenig zuviel trinkt«, erwiderte Caesar hölzern.

»Fulvia ist außer sich. Angeblich bekommt er von ihr Kopfnüsse wie ein kleiner Junge. Doch danach zieht er wieder los und tut, als wäre nichts gewesen.« Es schien Calpurnia Spaß zu machen, Caesar mit diesem Thema zu reizen. Vielleicht setzte der Wein den Unmut frei, den sie im nüchternen Zustand verbarg.

»Wie dem auch sei«, wandte Caesar ein, »Marcus ist ein guter Soldat.«

»Nur in Friedenszeiten hat er Probleme«, bemerkte Brutus spitz.

»Man muß jedoch zugeben, daß er sehr attraktiv ist«, kam es von Calpurnia. »Eine Frau dürfte eigentlich froh sein, ihn als Ehemann zu haben. Er behauptet immer, er stamme von Herkules ab. Ich weiß zwar nicht, ob da etwas Wahres dran ist, doch daß viele Frauen in Rom auf seine Keule schwören, weiß ich genau.«

Caesar warf ihr einen angeekelten Blick zu, doch Calpurnia ließ sich nicht beirren und brach in kreischendes Gelächter aus. Diese Römer, dachte Kleopatra. Barbaren.

Später, als sie wieder in dem Haus an der Via Campana waren, fragte sie Mardian, wer dieser Marcus Antonius sei, von dem die Rede gewesen war.

»Ihr werdet Euch nicht mehr an ihn erinnern, Majestät«, erwiderte Mardian. »Er hat in der Armee des Gabinius gekämpft, als man Eurem Vater den Thron zurückgab. Damals nahm er Pelusium ein und verschonte das Leben all jener Ägypter, die Euer Vater töten lassen wollte. Es gibt Alexandriner, die sich seiner sehr gern erinnern.«

»Und welche Rolle spielt er in Rom?«

»Man hält ihn für einen Hitzkopf, doch seine Soldaten schwören auf ihn. Im gallischen Krieg hat er sich sehr verdient gemacht; er wurde dadurch übrigens auch sehr reich. Danach war er Caesars rechte Hand und hat sich auch in Pharsalos hervorgetan. Als Caesar sich an die Verfolgung von Pompejus machte, ernannte er Antonius zu seinem Stellvertreter in Rom und überließ ihm die Regierungsgeschäfte. Daraufhin ging hier alles drunter und drüber. Als Caesar zurückkehrte, randalierten Aufständische in den Straßen, und Marcus Antonius hatte sich wohl ganz dem Alkohol ergeben. Daneben hatte er sich Pompejus' Haus bemächtigt, ohne Caesar auch nur eine Sesterze dafür zu zahlen. Augenscheinlich hat Caesar ihn des Amtes enthoben, und seitdem ist das Verhältnis der beiden gespannt.«

»Caesar schien ihn vorhin jedoch zu verteidigen.«

»Wie es heißt, besitzt dieser Antonius ein gewinnendes Wesen, trotz seiner Fehler. Vielleicht fällt es Caesar schwer, ihn zu hassen. Abgesehen von all diesen Dingen, ist mit Antonius aber durchaus noch zu rechnen. Vor dem Zwist mit Caesar war er dessen offizieller Nachfolger.«

Nun, dachte Kleopatra, inzwischen hat er einen neuen Nachfolger. Wodurch dieser Marcus Antonius mein Feind wäre.

Sie zog sich in ihr Schlafgemach zurück, konnte jedoch nicht einschlafen. An diesem Abend hatte sie Rom erstmalig selbst erlebt und die Meinungen der Menschen kennengelernt, die das Geschick der Stadt bestimmten. Auch ein Schlangennest, hörte sie ihren Vater flüstern. Mit so etwas bin ich schon einmal fertig geworden, antwortete sie ihm im Geist. Warum sollte es nicht ein zweites Mal gelingen? Wer weiß, vielleicht ließe sich auch dieses Mal ein Gewinn erzielen. Leider hing sehr viel davon ab, was in Caesars Kopf vor sich ging – und die Windungen dieses Schlangennests konnte kein Mensch erahnen.

3

Der Triumphzug begann am Marsfeld, zog an den Kolonnaden des Circus Maximus vorbei, der großen Arena, die sich zwischen den Hügeln des Palatin und Aventin erstreckte, und von dort aus zum Forum Romanum, einem häßlichen Platz voller Tempel, Statuen und öffentlicher Gebäude. In der Mitte dieses Platzes befand sich eine breite Tribüne, die Rostra, von der aus die Tribunen ihre Volksreden hielten. Für Kleopatra stand das Forum sinnbildlich für Rom: eine wahllos zusammengewürfelte Anhäufung von Machtmonumenten, getragen von einer richtungslosen Architektur, die sich blindlings der Kopien aus aller Welt bediente. Ohne Harmonie, ohne Maß, ohne Form. Die Ästhetik von Barbaren.

Man hatte ihr und ihrem Gefolge Plätze auf einer Tribüne mit schattenspendenden Seidenbaldachinen zugewiesen, von denen aus man einen Blick über das gesamte Forum hatte. Für Kleopatra selbst war ein Ehrenplatz vorgesehen, gleich neben Calpurnia, Octavian und anderen Mitgliedern aus Caesars Kreis. Antiochos saß neben ihr, still wie immer, eingeschüchtert von dem Anlaß wie auch der Menschenmenge, die sich versammelt hatte.

Kleopatra war sich bewußt, daß sie von allen angestarrt wurde. Mardian hatte ihr berichtet, daß man in Rom über nichts anderes redete als über ihre Verbindung mit Caesar und daß man sich die Mäuler zerriß über das, was in dem Haus an der Via Campana vor sich ging.

Es war nicht nur das gemeine Volk, das sie angaffte. Mehrmals spürte sie, daß auch Calpurnias Blicke auf ihr ruhten. Desgleichen die von Octavian, der hinter ihr Platz genommen hatte. Er befand sich in Gesellschaft von Agrippa und Maecenas, weiteren geckenhaften Menschen von Rang. Sie wollte sich gar nicht ausmalen, was sie miteinander trieben, wenn die Kerzen verlöscht waren.

Es herrschte eine ausgelassene Volksfeststimmung. Die Straßen und Tribünen barsten schier vor Menschen, die Luft war durchtränkt von ihrem Schweißgeruch und dem Weihrauch, der aus den Tempeln quoll.

An dem immer lauter werdenden Stimmengewirr erkannte sie, daß sich der Zug allmählich näherte. Der Applaus und das Geschrei der Menge schwoll zu ohrenbetäubendem Gebrüll an, als er in die Via Sacra bog, vorbei am Tempel von Castor und Pollux und der halbfertigen Eingangshalle des neuen julianischen Forums. Die Herolde mit den Trompeten tauchten als erste auf, danach die Priester des Jupiter-, Apollo- und natürlich des Venustempels, Caesars ureigenster Ahnfrau. Hinter ihnen drängten sich, nach Rangordnung gestuft, verschwitzt und altersschwach, die Magistrate und Senatoren der Republik.

Dahinter wiederum endlose Reihen hölzerner Fuhrwerke, die unter dem Gewicht von Goldtellern und Silberpokalen ächzten – unzählige Beutestücke, die man aus Gallien herausgeschleppt hatte. Es waren deren so viele, daß es mit der Zeit ermüdend wurde, sie zu bewundern.

Selbst das Volk wurde unruhig. Offenbar gab es nur eine bestimmte Menge Gold, die das Auge ertragen konnte.

Den Fuhrwerken folgte die Armee. Zuerst die schwere Reiterei, furchteinflößend in goldenen Helmen mit heruntergeklappten Visieren, die die Gesichter im verborgenen ließen. Danach kamen die Fußsoldaten. Die Standartenträger reckten die Adlerwappen der Legionen hoch in die Luft, gemeinsam mit den Tafeln, die die Namen der Schlachten trugen: Agedincum, Lugdunum, Gregovia, Alesia.

Die Soldaten sangen, als sie in das Forum marschierten, und die Menge grölte und lachte.

Römer, schließt eure Frauen ein,
heim kommt der kahle Hurensohn,
all das Gold, das ihr ihm schenktet,
ward der gallischen Dirnen Lohn.

Sie hörte, wie Agrippa hinter ihr anfing zu glucksen und fragte sich, ob Calpurnia das auch so lustig fand wie er.

Am Ende des Zuges tauchten nun Caesars Gefangene auf, die schwer an ihren Ketten trugen und von Wachen umringt waren. Die Haare waren verklebt und die Bärte in den langen Jahren der Gefangenschaft wild gewuchert. Sie waren dreckig und zerlumpt, trugen nur Fetzen aus Leder und Fell. Einer schlurfte hinter dem anderen her, geschundene, jämmerliche Gestalten, geblendet vom plötzlichen Tageslicht und umjohlt von der Menge, die sie mit Unrat bewarf.

Als letzter und allein ging Vercingetorix, der kühne Häuptling, der Caesar so viele Jahre lang mutig getrotzt hatte. Auch die sechs Jahre im Tullianum-Gefängnis hatten ihn nicht gebrochen. Mit hocherhobenem Kopf blickte er auf das Volk, das die Straßen säumte, und die Menschen wurden stumm und schauten betreten zu Boden.

Doch dann brach die Menge in ekstatische Begeisterungsstürme aus. Caesar erschien. Auf einem goldenen Wagen, gezogen von vier Schimmeln, das Elfenbeinszepter mit dem römischen Legionsadler in der linken, einen Lorbeerzweig in der rechten Hand. Hinter ihm stand ein Sklave, der die schwere Goldkrone Jupiters über sein Haupt hielt.

Der Zweck dieses Sklaven, so hatte man Kleopatra erklärt, sei zweifacher Natur. Zum einen trug er das Gewicht der Krone, deren Bürde zu schwer war, um auf dem Haupt eines Menschen zu ruhen. Zum anderen war es seine Aufgabe, den Triumphator an die eigene Sterblichkeit zu gemahnen. Während der Prozession, in der der Gefeierte die Huldigungen des Volkes entgegennahm, hatte er ihm zuzuflüstern: *Schau hinter dich! Denke daran, daß du Mensch bist.*

Diese Römer, dachte Kleopatra kopfschüttelnd. Auf was für verrückte Ideen sie kamen!

Sie wandte sich nach hinten um. »Die Gefangenen«, sagte sie zu Octavian, »was geschieht mit ihnen?«

»Man bringt sie in die Kerker unter dem Tullianum, wo sie hingerichtet werden.«

Sie betrachtete ihn voller Abscheu. »Caesar hat Vercingetorix sechs Jahre lang gefangengehalten, um ihn dann einen Tag lang vorzuführen und ihn anschließend umbringen zu lassen?«

Der Junge zuckte mit den Schultern. »Warum nicht?« erwiderte er feixend.

Mein Julius, dachte sie. Welch ein rätselhafter Mensch er doch ist! Ein Mann der Nachsicht und der Grausamkeit. Bei seiner Unberechenbarkeit ist es überhaupt nicht so abwegig, daß er mich zu seiner Königin macht.

Dann war alles vorbei. Die Menge löste sich auf und drängte sich aus dem Forum. Über die Via Sacra schaukelte bereits der erste Sänftenzug auf den Circus Maximus zu, wo das heiß ersehnte Nachmittagsspektakel stattfinden sollte.

Als sie den Circus erreichten, mühte sich schon eine Vielzahl an Legionären, die neuerlichen Menschenmassen in Schach zu halten. Kleopatra und Antiochos leitete man an allen vorbei zu den Stufen des Stadiums. Als sie die Arena betrat, schaute sie verblüfft um sich. Die Sitzreihen türmten sich in die Höhe, und ein Gewirr aus Lärm und Farben ergoß sich darüber wie aus einem Trichter. Caesar hatte ihr gesagt, daß der Circus hundertfünfzigtausend Menschen faßte, doch sie hatte das bislang als leere Prahlerei abgetan.

Ihr und Antiochos wurden die vergoldeten Stühle zwischen dem Satrapen von Galatien und Bogud, dem König von Mauretanien, zugewiesen. Kleopatra warf einen verstohlenen Blick auf Boguds Königin Eunoë. Also wirklich, Caesars Ansprüche mußten arg gesunken sein.

Sie wurde von Caesar offiziell begrüßt, der sich bereits auf seinem Ehrenplatz eingefunden hatte. Er war mit einer prächtigen fransenbesetzten Toga bekleidet, über die ein breiter Purpurstreifen lief, und trug den goldenen Lorbeerkranz auf dem Haupt. Neben ihm saßen Calpurnia und Octavian.

»Was geschieht jetzt?« flüsterte Antiochos.

»Irgendeine Form der Unterhaltung«, antwortete Kleopatra.

»Werden Tänze aufgeführt?« fragte er.

Sie zog es vor, ihm keine Antwort zu geben. Man hatte ihr bereits warnend zu verstehen gegeben, was von der römischen Form der Freizeitgestaltung zu erwarten sei.

Um die Arena war ein Wassergraben gezogen worden, dessen Funktion Kleopatra bald entschlüsseln sollte. Als die Herolde die Trompeten erschallen ließen, verstummte die Menge. Caesar stand auf und hob die rechte Hand. »Laßt die Spiele beginnen!« rief er.

Am Ende der Arena wurde ein eisernes Tor aufgeworfen. Durch die Zuschauer lief ein ehrfürchtiges Raunen, als ein ungezähmter Löwe daraus hervorschoß, der sich knurrend und fauchend in die Arena stürzte, angestachelt von der plötzlichen Freiheit und erregt durch die Nähe von hundertundfünfzigtausend warmen Leibern.

Drei Männer rannten hinter ihm auf die Sandfläche, zwei davon in Helm und Rüstung, ledernen Arm- und Beinschonern, einer jedoch nur mit dünner Tunika bekleidet und bewaffnet mit einem langen Speer.

»Das sind der *bestiarius* und die *venatores*!« Caesar hatte sich vorgeneigt, um es ihr zu erklären. »Es sind ausgebildete Gladiatoren, die sich auf den Tierkampf spezialisiert haben.«

Der Löwe verharrte regungslos auf der Stelle und fixierte die Eindringlinge mit starrem Blick. Sein Knurren ging nun unter in dem Gekreisch der Menge. Als die *venatores* das Tier jedoch zu umkreisen begannen, senkte sich tödliche Stille über das Stadion.

»Es geht um Schnelligkeit und Geschick«, flüsterte Caesar ihr ins Ohr. »Der erste Stoß muß direkt ins Herz zielen.«

Der Löwe ließ seine Gegner nicht aus den Augen. Mit einemmal setzte er sich in Trab und stürmte auf einen der Herausforderer zu. Dieser ließ ihn fast bis auf eine Handbreit an sich herankommen, trat im letzten Augenblick behend zur Seite und rammte ihm den Speer in den Leib.

Doch das Ziel hatte er verfehlt. Zwar sprudelte aus der Flanke des Tieres dunkelrotes Blut, aber der Stoß war keineswegs tödlich gewesen. Der Löwe lag zuckend auf der Seite und versuchte, sich wieder aufzurichten. Kleopatra sah, daß der Speer noch in seinem Körper steckte. Er setzte zum Sprung an. Die Wucht des Angriffs riß den nun wehrlosen Gladiator zu Boden. Die Zähne des Löwen schlugen in seinen Hals. Seine markerschütternden Schreie gingen im Toben der Menge unter.

Danach stürmten mehrere Männer in die Arena, die in schneller Abfolge drei Pfeile auf den Löwen abschossen. Das Tier versuchte ihnen auszuweichen, doch die neuerlichen Verletzungen machten es benommen. Es stolperte seitwärts. Einer seiner Angreifer durchbohrte ihm den Leib mit einem Speer. Der Löwe taumelte, sank zu Boden und blieb erstarrt liegen.

Der tote Gladiator und das tote Tier wurden aus der Arena geschafft. Sie ließen eine dunkle Blutlache auf dem Sand zurück.

Caesar schüttelte den Kopf und zog die Stirn in enttäuschte Falten. »Ich hoffe, die anderen taugen mehr als dieser erste«, sagte er, als hätte er sich durch den langweiligen ersten Akt eines neuen Theaterstücks gequält.

»Ich bin sicher, daß er es beim nächsten Mal besser macht«, entgegnete Kleopatra, und Caesar runzelte die Stirn. Offenbar wußte er nicht, ob er ihren Witz erheiternd oder beleidigend finden sollte.

Sie warf einen Blick auf Antiochos. Der Junge war leichenblaß. Sie hoffte, daß er ihr nicht die Schmach antat, vor aller Augen in Ohnmacht zu fallen.

Kleopatra versuchte, ihren Ekel gegenüber dieser Art von Belustigung zu verbergen, um ihre Gastgeber nicht vor den Kopf zu stoßen. Im Grunde jedoch bestätigte es ihr nur, um welche Sorte Menschen es sich bei diesen Römern handelte, und endlich wußte sie auch, warum man sie auf der Welt so sehr fürchtete. Hundertundfünfzigtausend Römer, eingepfercht in diesem Stadion, und jeder von ihnen im Rausch der Gewalt. Selbst Caesars sonst so ausdrucksloses Gesicht war von der Aufregung gerötet. Sie lieben es zu morden, dachte sie. Es ist ihr ganzes Leben.

Die Kämpfe zogen sich bis weit in den Nachmittag, eine endlose Abfolge von Gladiatoren in unterschiedlicher Aufmachung, im Kampf gegen Löwen, Bären und Wildschweine. Als der erste Blutdurst der Zuschauer gestillt war, wurde das Todeshandwerk beschleunigt, und Gefangene wurden in Scharen in die Arena gebracht. Sie wurden anschließend von ganzen Rudeln wilder Löwen gejagt. Die Zuschauer waren auf die Sitze geklettert und johlten vor Vergnügen.

Zur Feier des Tages hatte man sich auch bislang unbekannte Wettkämpfe ausgedacht, um den Reiz der Darbietungen immer wieder neu zu entfachen. Löwen kämpften gegen Krokodile, eine Pythonschlange gegen ein Wildschwein, ein Stier gegen einen Bären. Kleopatra schaute nicht mehr hin. Nicht daß ihr der Anblick von Blut oder von Toten etwas ausgemacht hätte – davon hatte sie als Ptolemaierin längst genug gesehen. Nein, es waren die übertriebene Grausamkeit und die sinnlose Verschwendung des Lebens, die ihr zu schaffen machten. Hinrichtungen gehörten zum politischen Alltag, daran ließ sich nichts ändern, doch sie als Volksfest zu feiern empfand Kleopatra als geschmacklos und obszön.

Der Sand in der Arena war inzwischen schwarz vor Blut. Immer häufiger waren die Wärter und Aufseher gezwungen, in die Arena zu laufen, um frischen Sand über die geronnene Masse zu schütten. Die Leiber der toten Tiere wurden an einem Ende des Stadions aufgestapelt. Nubische Löwen, syrische Bären und ägyptische Krokodile türmten sich dort auf, als blutiges Denkmal geschändeten Lebens.

Antiochos, das mußte Kleopatra ihm zugute halten, fiel nicht in Ohnmacht, doch etliche Male befürchtete sie, er würde sich erbrechen. Sein Gesicht war totenblaß, und seine Augen blickten starr vor Entsetzen, denn von dem Gemetzel einmal abgesehen, handelte es sich bei einigen der Tiere auch um jene, die man in Ägypten als Inkarnationen der Götter betrachtete.

Gegen Ende der Vorstellung unterzog man sich schließlich nicht mehr der Mühe eines Wettkampfes. Statt dessen wurde eine Herde verängstigter, wild trompetender Elefanten in die Arena getrieben, die von Männern mit Pfeilen und Speeren gejagt und abgeschlachtet wurden. Einer der Elefanten stürzte zu ihren Füßen zu Boden, den Leib aufgerissen, mit hervorquellenden Gedärmen, die in den Wassergraben schlitterten.

All dieses Morden. Wozu? Die Römer schienen entschlossen, die Welt nicht nur ihres Goldes und ihrer Juwelen zu berauben, sondern auch all ihrer Lebewesen. Wie konnten sie ihre Götter preisen, wenn ihnen gar nichts heilig war? Und dann gingen sie hin und nannten den Rest der Welt barbarisch.

Kleopatra würde diese Menschen niemals begreifen.

4

Der folgende Tag war dem Triumph über Ägypten gewidmet. Und als wäre es des Feierns und Trinkens noch nicht genug gewesen, gab Caesar zuvor eigens ein Fest in seinem Haus, um diesen Anlaß speziell zu würdigen. Der Abend stand unter dem Motto *Aegyptus*. Kleopatra hatte ihm bangend entgegengesehen, und wie es schien, waren ihre Sorgen nicht unberechtigt gewesen.

Denn was bei Caesars Fest herauskam, war nur eine Parodie auf Ägypten, die Kleopatra zeigte, was Rom von ihr und ihrem Land hielt. Es war das Ägypten der Priester und der *chora*, so als gäbe es ihre wunderschöne Stadt Alexandria gar nicht, als hätte man noch nie etwas von dem Museion gehört, das der Welt soviel an wissenschaftlichen Erkenntnissen beschert hatte.

Als sie das Haus betrat, entdeckte sie im Atrium als erstes die Alabasterstatue eines Nilpferdes, umgeben von zwei Alabasterkrokodilen. Im Peristyl hatte man weitere Statuen aufgestellt: eine Sphinx, eine Pyramide und etliche Obelisken. Die Sklaven und Dienstboten trugen Kleidung, die die Römer sich als typisch ägyptisch vorstellten, was bedeutete, daß man mehr Material auf dem Kopf als um die Lenden trug. Unter den Gästen befand sich ein Anubis, als Hüter der Unterwelt, in der Maske eines Hundes und dem Gewand eines Pharaos. Es gab Sklavinnen, die halb nackt zu Trommel- und Flötenmusik tanzten, und Senatorenfrauen, die vierlagige Goldkragen auf engen langen Kleidern trugen sowie Stirnreifen mit aufgereckter Goldkobra – eine Verunglimpfung der heiligen ägyptischen Krone.

Alle hatten vergessen, daß es sich bei den Ptolemaiern um Makedonen handelte.

Im Gegensatz dazu erschien Kleopatra in einer Robe, die einem offiziellen Bankett angemessen war – ein lose fallendes griechisches Gewand aus zartestem Blau, ein juwelenbesetztes Diadem und goldene Sandalen. Als sie den Blick über die anderen Gäste gleiten ließ, fragte sie sich, ob man sie unter diesen Bedingungen überhaupt für die Königin von Ägypten halten würde, denn unter den ganzen Frauen war sie die einzige, die nicht aussah wie eine Pharaonin.

Er war selbstgefällig und blasiert, weich und dicklich. Hinter ihm drängte sich eine Schar von Bewunderern, schnatternd wie Gänse. »Cicero«, flüsterte Mardian Kleopatra ins Ohr. Das Mädchen an Ciceros Arm hätte seine Enkelin sein können. Er war ihr sofort unsympathisch.

»Marcus Tullius Cicero«, teilte er ihr mit, als Caesar ihn zu ihr führte. »Ich bin sicher, Ihr habt von mir gehört.«

»Nein«, log sie. »Wart Ihr mit Caesar in Pharsalos?«

Seine Augen blitzten sie wütend an. »Sehe ich etwa aus wie ein Soldat?«

»Niemals.«

Dafür erntete sie einen sehr frostigen Blick. Cicero schritt weiter.

Mardian neigte sich zu ihr. »Solche Männer solltet Ihr Euch nicht zum Feind machen, Majestät«, flüsterte er.

»Glaubst du, daß Freundschaft hier etwas gilt? Selbst wenn ich die innigste Geliebte von einem von ihnen wäre, würde dieser mich am nächsten Tag verleugnen, und zwar ohne mit der Wimper zu zucken. Wer war das Mädchen bei Cicero?«

»Ihr Name ist Publilia«, antwortete Mardian.

»Wie alt ist sie?«

»Nicht sehr alt. Man behauptet, daß er sie wegen ihres Geldes geheiratet hat.«

»Womit ihm sogar die Ausrede der Lüsternheit versagt wäre.«

»Als er sich von seiner ersten Frau scheiden ließ, wurde er gefragt, ob er sich wieder verheiraten würde. Als Antwort sagte er, niemand könne eine Frau *und* die Philosophie verkraften. Das war jedoch bevor man ihn zwang, die Mitgift seiner Frau zurückzuzahlen. Also heiratete er die zweite, um sich von der ersten scheiden lassen zu können.«

»Armer Cicero.«

»Arme Publilia.«

Ganz Rom wollte offenbar Kleopatras Bekanntschaft machen, sei es aus Neugier oder einfach nur, um nachher etwas zum Reden zu haben. Mehrmals entdeckte sie, daß auch Caesars Blick auf ihr ruhte, doch da er ebenso gefragt war wie sie, bot sich keine Gelegenheit zu einem privaten Gespräch. Schließlich jedoch fand er einen Moment Zeit für sie.

Allerdings sah er müde aus, und sie konnte erkennen, daß es ihm nicht leichtfiel, das Lächeln des Triumphators aufrechtzuerhalten.

»Ein schöner Tag für Caesar«, sagte sie.

»Vielen Dank. Wirst du morgen dabeisein?«

Morgen. Der Tag des Triumphs über Ägypten. Der Grund, weshalb er sie nach Rom geladen hatte. »Ich muß doch sehen, wie Alexandria bezwungen wurde.«

Er wirkte beinahe verlegen. »Bedenke, daß es nur Theater ist«, sagte er. »Entsetze dich nicht bei dem, was du siehst oder hörst. Sei nur zugegen, damit man begreift, daß ich nicht dich besiegt habe, sondern deine Feinde.«

Wie sollte sie sich nicht entsetzen, wenn doch ihre Schwester unter den Gefangenen sein würde?

»Laß uns jetzt dem Protokoll Genüge tun«, bat er sie. Er führte sie und Antiochos zu einem Podest am Ende des Raumes. Als sie die Stufen emporstiegen, wurde es still. Caesar hielt eine lange Rede, in der er Königin Kleopatra VII. und König Ptolemaios Antiochos von Ägypten in Rom willkommen hieß – als hochgeschätzte Gäste der Republik. »Heute ehren wir den König und die Königin von Ägypten«, schloß er, »und nehmen sie auf als Freunde und Verbündete des römischen Volkes.«

Es wurden einige Trinksprüche auf sie ausgebracht, doch das war bereits alles.

Vielleicht bin ich für ihn nur noch das, dachte sie. Ein hochgeschätzter Gast. Mit einemmal wurde ihr schmerzhaft bewußt, daß sie mit ihrem Besuch nicht nur hatte erreichen wollen, daß er Caesarion anerkannte, sondern auch sie selbst. Ich bin einsam, ging es ihr durch den Kopf. Mir fehlt sein Körper. Ich will, daß er mich berührt, daß er mich in den Armen hält – und daß er mich liebt.

Er darf nicht merken, wie närrisch du bist, sagte sie zu sich selbst. Du bist nur eine seiner Eroberungen, genau wie Eunoë, wie die Frau von Pompejus – wie Gallien. Einer seiner Triumphe. Eine seiner Dirnen. Versteck dein einfältiges Frauenherz und tu, was für Caesarion richtig ist.

Während des restlichen Abends bekam sie Caesar kaum noch zu Gesicht. Statt dessen mußte sie langweilige Gespräche über sich ergehen lassen und sinnlose Fragen beantworten. Stimmt es, daß die Ägypter Krokodile anbeten? Ist es wahr, daß sie ihre Toten einbalsamieren? Gibt es in den Straßen tatsächlich so viele Skorpione wie Ameisen?

Im Grunde hätte sie den ganzen Abend vergessen können, wenn sie nicht zum ersten Mal den berüchtigten Marcus Antonius erblickt hätte.

Er war einer der eindrucksvollsten Männer, die sie je gesehen hatte. Sein Körper war der eines Gladiators, das Gesicht das eines Schlächters und die wilde dunkle Lockenpracht die eines Gottes. Kleopatra sah, wie sich ihm alle Gesichter zuwandten, als er eintrat, die der Männer mit stillem Neid, die der Frauen mit eindeutiger Bewunderung. Auf das vorgeschriebene ägyptische Kostüm hatte er verzichtet. Er trug ein Löwenfell, das an der Schulter zusammengeknotet war und die feste Rücken- und Brustmuskulatur freilegte. Über die Schulter hatte er sich eine Keule geschwungen.

Er war einfach als Herkules erschienen, in offener Mißachtung des Protokolls. Außerdem war er sturzbetrunken, was dem Protokoll wahrscheinlich ebensowenig entsprach.

Antonius hatte noch nicht die Mitte des Atriums erreicht, als er bereits stolperte und danach erst einmal schwankend auf der Stelle stand. Dann hatte er sein Gleichgewicht jedoch wieder zurückerlangt und sich weiter vorwärts bewegt – allerdings mehr wie jemand, der den Fluß auf einem schwimmenden Baumstamm überquert.

Marcus Antonius war nicht allein gekommen. In seiner Gesellschaft befand sich eine Truppe Musikanten, Schauspieler und Dirnen. Eine Frau, die genauso betrunken war wie er, hatte sich so eng an ihn geschmiegt, daß man nicht wußte, wer wen stützte. Sie war schön, wenn auch auf eine etwas grelle Art, und lachte viel zu laut.

»Wer ist das?« erkundigte Kleopatra sich bei dem Senator, mit dem sie sich gerade unterhalten hatte.

»Das ist Marcus Antonius«, antwortete er und verzog das Gesicht zu einer geringschätzigen Grimasse. »Tut so, als sei er Nachfahre des Herkules. Als Caesar bei Euch in Ägypten weilte, war er Konsul. Welch ein Desaster! Caesar hat ihn daraufhin des Amtes enthoben.«

Plötzlich tauchte eine Frau mit einer Mähne aus weizenblondem Haar im Atrium auf und bahnte sich einen Weg durch die Gäste, als sei sie ein Zenturio, der im Forum einen Menschenauflauf zerschlägt. Dann stand sie mit in die Seiten gestemmten Fäusten vor dem Neuankömmling, der sie verwundert anstarrte.

»Was fällt dir eigentlich ein?« zischte sie.

Marcus Antonius drehte sich zu seinem Gefolge um, unter denen etliche mit einemmal erschrockene oder betretene Mienen zeigten. »Das ist meine Frau!« rief er so erstaunt, als habe er gerade ein Gesetz der Logik entdeckt.

»Schaff auf der Stelle diese Schlampe fort«, fauchte sie und deutete auf Antonius' Begleiterin. »Und der Rest dieses Gesindels kann ebenfalls verschwinden!«

Antonius' Gespielin warf ihr einen hochmütigen Blick zu, befreite sich jedoch aus seinen Armen und strebte dem Ausgang zu. Die anderen folgten ihr wortlos, einer nach dem anderen. Antonius schaute ihnen enttäuscht nach. Dann aber drehte er sich um, breitete die Arme aus und flüsterte so laut, daß es alle hören konnten: »Liebste, wie wäre es mit einem schnellen, kleinen Schäferstündchen?«

Die Ohrfeige ließ seinen Kopf zurückschnellen. Er stürzte jedoch nicht, sondern taumelte nur zu dem Springbrunnen, der im *effluvium* plätscherte. Fulvia ließ ihre Sklaven herbeiholen und verließ das Fest wenige Augenblicke später in einer Sänfte.

Marcus Antonius erbrach sich in den Springbrunnen. Danach rief er einen der Dienstboten zu sich und erbat einen neuen Pokal mit Wein. Das Fest nahm kurz danach seinen Lauf, als sei nichts geschehen.

»Ein garstiges Schauspiel«, bemerkte Mardian später, als Kleopatra mit ihrem Gefolge wieder zu Hause war.

»Stimmt. Man scheint der Ansicht zu sein, Ägypten bestünde nur aus Krokodilen und *heterai.*«

»Ich rede von Marcus Antonius.«

Sie lächelte. Wenn er wollte, konnte ihr *tropheus* so prüde sein wie ein römischer Senator.

»Er war wenigstens unterhaltsam.«

»Majestät, dieser Mensch ist dekadenter als die meisten Römer, und das will etwas heißen. Man erzählt sich, daß ihm einmal ein römischer Senator eine halbe Million Sesterzen geboten habe, wenn er sich von dessen Sohn fernhielte. Der Mann wußte, daß Antonius den Jungen sonst verdirbt. Antonius trinkt, hurt und praßt.«

»Nun, Caesar hat offenbar doch einige interessante Freunde. Was ist mit der Gesellschaft, die Marcus Antonius bei sich hatte?«

»Schauspieler, Musikanten und andere Tagediebe. Aus dem Dionysischen Bund. Es kursiert das Gerücht, daß Marcus Antonius die Bacchusriten befolgt und daß auf seinem Landsitz im Namen dieses Gottes unaussprechliche Dinge geschehen.«

»Seine Frau wirkt ziemlich einschüchternd.«

»In der Tat, Majestät. Die Rede geht, daß man sie allein nach Parthien schicken könnte, um die vergangene Schmach zu rächen.«

Kleopatra lächelte. »Und ich dachte schon, die römischen Frauen wären kleine Mäuschen.«

»Nun, für dieses kleine Mäuschen sind die römischen Männer eher der Käse.«

Das also war Rom – je mehr Kleopatra darüber erfuhr, um so verwunderlicher fand sie es. Greise saßen im Senat und hielten lange Reden, während sich die Jungen in Bordellen und Tavernen herumtrieben. Sie konnte sich des Eindrucks nicht erwehren, daß sich die vielgepriesene Stadt im Untergang befand.

Die Zeit war reif. Ein starker Mann mußte jetzt die Zügel in die Hand nehmen. Zeit für einen Mann wie Caesar. Zeit für einen König.

Und für eine Königin.

5

Rom glich einem Hexenkessel. Von überallher waren die Menschen zusammengeströmt, um bei diesem grandiosen Ereignis dabeizusein. Vier Triumphe für einen Mann – und damit verbunden eine nicht enden wollende Abfolge von Spielen und freies Essen für jedermann. Am vorangegangenen Tag war der Ansturm auf den Circus Maximus so gewaltig gewesen, daß es Tote im Gedränge gegeben hatte. Wie von Calpurnia vorausgesagt, war dergleichen noch nie dagewesen und würde es womöglich auch nie mehr geben.

Als nun der ägyptische Triumphzug anstand, hatten sich die Erwartungen zu fieberhafter Unruhe gesteigert. Der Sensationshunger der Massen war durch den gallischen Umzug schon angestachelt, und nun gierte man nach mehr. Anschließend, so hatte Caesar versprochen, gäbe es anstelle der üblichen Wagenrennen und Kämpfe im Circus Maximus eine Seeschlacht auf einem eigens dafür angelegten See auf dem Marsfeld.

Kostenlose Speisung und blutgetränkter Sand! Nichts konnte das römische Herz höher schlagen lassen.

Es handelte sich um ein ähnliches Spektakel wie das in Caesars Haus. Caesar wußte, was bei den Menschen ankam.

Nun, die Massen wünschten den Kitzel des Exotischen, und genau das war es, was er ihnen gab. Es begann mit einer Parade halbnackter Nubier mit ölglänzender Haut, die trommelnd und Trompeten blasend vorbeizogen, gefolgt von Frauen in hauchdünnen Gewändern, die sich mit verführerischen Tanzschritten zum Klang von Schellen und Sistren durch die Straßen bewegten. Es waren zwar keine Ägypterinnen, sondern Syrerinnen, aber was machte das schon für einen Unterschied? Ihnen schloß sich eine Gruppe Priester aus dem hiesigen Isistempel an, die ihre Weihrauchgefäße schwenkten.

Die Menge tobte.

»Sie machen sich über uns lustig«, flüsterte Antiochos neben Kleopatra.

»Schau einfach nur still hin«, flüsterte sie zurück.

Das ist der Osten ihrer Phantasie, dachte sie, ein Land mit billigen Tänzerinnen und barbarischem Musikgetön. Nicht das Ägypten der Wirklichkeit, der wohlgeordnete Staat mit einer sorgsam geführten Bürokratie und einer Zivilisation, die der ihren um tausend Jahre voraus ist. Nein, für diese Menschen hier waren sie einfach nur fremdländische Schaustücke. Armselige Sumpfpflanzen.

Ein Karren holperte an ihnen vorbei. Obenauf prangte ein nachgemachter Leuchtturm, aus dessen Spitze tatsächlich Rauch quoll. Ein erschrecktes Gemurmel ging durch die Zuschauer, als die Krokodile durch die Käfiggitter nach ihnen schnappten, und etliche Frauen schrien auf, als Panther an langen Leinen an ihnen vorbeischlichen, gefolgt von riesigen, verwundert dreinschauenden Straußenvögeln. Dann hörte man aufgeregtes Raunen, und anschließend war es, als hielten alle die Luft an. Sie dachte schon, es müsse sich um Caesar selbst handeln, der jetzt käme, doch statt dessen war es eine Giraffe. Die erste, die man in Rom zu Gesicht bekam. In Ägypten gab es zwar weder Panther noch Giraffen, aber bitte, warum sollte man sich daran stören?

Danach marschierten die Legionen auf und grölten ihre Zotenlieder. Sie hörte die Worte, sah, daß die Köpfe sich in ihre Richtung drehten, und spürte, wie ihr die Glut in die Wangen stieg.

Als Caesar nach Ägypten kam,
da traf der Mars die Venus,
und als er die Kleopatra sah,
da traf sein Speer was Schönes.

Bedenke, daß es nur Theater ist, hatte er gesagt. *Entsetze dich nicht bei dem, was du siehst oder hörst.*

Nur Theater? O nein, das war nicht nur Theater! Da durfte man sich ruhig entsetzen. Aber sie würde es ertragen. Sie würde es ertragen, um zu beweisen, daß Caesar nicht über sie, sondern über ihre Feinde gesiegt hatte.

Riesige Wachsimitationen von Pothinos und Achillas schwankten auf großen Tragstühlen vorbei. Die Menge bewarf sie mit Straßenkot und faulem Obst. Ihnen schlossen sich die Gefangenen an. Ganymedes – bei weitem nicht mehr so rundlich wie früher, die vormals glänzenden Locken hingen ihm strähnig und stumpf um den Kopf. Er erntete weiteres Gejohle, und auch auf ihm landete der Unrat.

Dann, hochaufgerichtet hinter ihm, erschien Arsinoë. Sie war während ihres Aufenthalts im Tullianum fast bis auf die Knochen abgemagert, doch ihre Schönheit und stolze Haltung riefen Achtung hervor, genau wie es bei Vercingetorix der Fall gewesen war. Wieder spürte Kleopatra, wie die Augen der Zuschauer sie durchbohrten, darunter einige, die nur mitbekommen wollten, wie sie reagierte, während andere sie mit offener Feindseligkeit anstarrten. Wahrscheinlich waren sie der Meinung, daß sie hätte Sorge tragen müssen, ihre Schwester zu verschonen.

Sie merkte, wie sich ihr der Magen zusammenkrampfte. Wir waren zwar Feindinnen, dachte sie, dennoch ist sie meine Schwester. Muß ich wirklich still dasitzen und ungerührt zuschauen? Sie sah, wie Mardian den Blick abwandte. Antiochos' zarter Brustkasten ging heftig auf und ab, und er bedeckte sein Gesicht mit den Händen. Kleopatra packte seine Handgelenke und riß sie herunter. Er durfte ihr nicht noch größere Schande bereiten.

Während Arsinoë langsam an ihnen vorbeizog, gelobte sie sich: *Das lasse ich sie niemals mit mir tun, was immer auch geschieht. Ich sterbe von eigener Hand, ehe mich Rom in Ketten durch das Forum schleift.*

Sie sah Caesar kurz nach dem Ende des Triumphzuges. Er war umgeben von Beamten und jungen Offizieren, die sich in seinem Ruhm sonnten. Er wirkte vollkommen erschöpft. Kleopatra erinnerte sich daran, wie er in Alexandria in voller Rüstung durch den Hafen geschwommen war, und wie unbesiegbar er an diesem Tag gewirkt hatte. Vielleicht focht man doch nicht ungestraft so viele Schlachten. In seinem Gesicht waren Falten, die sie noch nie zuvor gesehen hatte, und um seinen Kiefer hing die Haut in schlaffen Säcken.

»Hiermit frage ich Euch«, begann er förmlich, »was mit Arsinoë geschehen soll.«

Sie schaute fort. »Sie ist Eure Gefangene.«

»Aber auch Eure Schwester. In der Regel werden die Gefangenen nach dem Triumph hingerichtet.«

»Seit wann fragt Ihr mich um Rat? Könnt Ihr nicht ohne meine Meinung verfahren?« Sie merkte, daß alle Augen auf sie gerichtet waren. Antiochos gaffte wie ein Idiot, Mardians Miene blieb undurchdringlich.

Caesar starrte sie an. »Ich muß wissen, wie Eure Entscheidung lautet«, sagte er.

Kleopatra wurde in einer Sänfte zum Campus Martius, zum Marsfeld, getragen. Dort war ein See von etwa vier Stadien Länge angelegt worden. An der einen Uferseite befanden sich hölzerne Tribünen für die Gäste, auf der anderen lagerte der Pöbel auf dem Boden, reckte die Hälse und knuffte sich gegenseitig aus dem Weg, um sich bessere Sicht zu verschaffen.

Auf dem Wasser standen sich zwei Flotten gegenüber: Zwei-, Drei- und Vierruderer in Schlachtordnung. Die Fahnen von Ägypten und Tyros wehten von den Masten.

Wieder führte man Kleopatra zu einem Ehrenplatz, der sich direkt vor Caesar befand. »Ich hoffe, daß Euch das Schauspiel gefallen wird«, sagte er. »Ich habe die denkwürdige Schlacht nachstellen lassen, die einst zwischen der ägyptischen und tyrischen Flotte ausgefochten wurde.«

»Ist das auch nur Theater?«

»Aber nein, wo bliebe denn da der Spaß? Bei den Männern auf den Schiffen handelt es sich um Kriegsgefangene oder zum Tode Verurteilte. Sie kämpfen richtig um ihr Leben.«

Kleopatra spürte, wie sie eine seltsame Mattigkeit überfiel. Noch mehr Gemetzel. Wieviel Blut mußte denn nur fließen, bis sich diese Menschen zufriedengaben?

Caesar gab den Herolden ein Zeichen. Die Fanfaren ertönten, die Schiffe stießen vom Ufer ab und ruderten aufeinander zu. Sechstausend Männer, das Leben verwirkt, nur zum Vergnügen Roms.

Als sie dicht genug aufgefahren waren, griffen sie sich mit schweren bronzenen Rammböcken an. Über das Wasser flogen Enterhaken. Ein Brandpfeil wurde in einen der Vierruderer geschleudert und steckte ihn in Brand.

Die Menge auf der anderen Uferseite tobte, doch auch die Gäste auf der Tribüne schienen Gefallen an dem Schauspiel zu finden. Selbst die

Senatoren in den Purpurroben waren aufgesprungen. Kleopatra wandte sich zu Caesar um. Er schien der einzige zu sein, der das Geschehen gelassen verfolgte, leicht amüsiert, wie gewöhnlich.

Eins der Schiffe war bereits im Begriff zu sinken. Auf dem Wasser trieben die ersten Leichen. Der Lärm war ohrenbetäubend: das Aufeinandertreffen stählerner Schwerter, splitterndes Bersten hölzerner Rumpfseiten, wenn die Rammböcke sie durchbohrten, anfeuerndes Gebrüll der Zuschauer, unter denen viele eine Wette auf den Schlachtausgang abgeschlossen hatten.

Kleopatra überlief ein Schauder, so heftig und beängstigend, wie sie es noch nie erlebt hatte. Es war, als hätte man ihr plötzlich eisiges Wasser übergegossen. Ihr war speiübel. Sie wußte jedoch, daß dieses Gefühl nichts mit dem Blutvergießen zu tun hatte, das sich vor ihren Augen abspielte.

Es ging nicht mehr. Kleopatra konnte nicht länger hinschauen. Sie sprang auf.

»Ihr verlaßt uns?« Caesars Stimme drückte Zorn und Enttäuschung aus.

»Ich fühle mich nicht wohl«, entgegnete sie und hastete mit ihrem Gefolge an den Zuschauern vorbei. Auch als die Sänfte das Marsfeld schon eine Meile hinter sich gelassen hatte, hörte sie noch den Schlachtenlärm, die Schreie der Sterbenden, roch den Rauch brennenden Holzes, des Leinens und Teers und spürte, wie sie abermals erschauerte.

Später würde sie sich an diesen Tag auf dem Marsfeld erinnern und wissen, daß Isis sie hatte warnen wollen, selbst damals schon.

Sie befanden sich tief unter der Stadt. Sie hörte, wie das kalte Wasser von den Felsen tropfte. Der Boden unter ihren Füßen war glitschig vor Blut. Der Henker richtete sich auf, dehnte und reckte die Muskeln. Ein großer, grobschlächtiger Kerl, mit fauligen Zähnen und toten Augen. Er wirkte erschöpft. Sein Schwert war befleckt mit schwarzem Blut.

Jetzt war sie an der Reihe.

Arsinoë spürte, wie sie die Kontrolle über sich verlor. Etwas Nasses rann an den Innenseiten ihrer Schenkel hinab. Das Atmen fiel ihr schwer, und sie spürte, wie ihre Beine nachgaben. Eine der Wachen mußte sie stützen. Bei Ganymedes hatten sie ihr Werk bereits getan. Der Zenturio stieß den enthaupteten Rumpf mit dem Fuß in den Brunnen. Mit einem Aufklatschen stürzte er in die Abwässerkanäle.

Ein Wachhauptmann trat vor. »Die nicht!« sagte er.

»Ich bleibe … am Leben?« flüsterte sie, wenngleich sie es nicht zu hoffen wagte.

»Ihr werdet nach Ephesos verbannt.«

»Meine Schwester … hat mich verschont?«

Das Gesicht verzerrte sich zu einem Grinsen. »Niemals. Wie es heißt, hat sie sich Euer hübsches Köpfchen in Essig eingelegt gewünscht. Es ist ein Befehl Caesars, und mir soll's recht sein. Wäre auch viel zu schade, so schöne Ware in die Cloaca Maxima zu werfen!«

Er und die anderen Henkersknechte brachen in brüllendes Gelächter aus.

6

Die Triumphe verteilten sich auf ein zehn Tage währendes Fest. Jeden Nachmittag fanden auf dem Marsfeld athletische Kämpfe und Wettspiele statt. Der Pontische Triumph, so fand man jedoch, war eine Enttäuschung nach den fiebrigen Höhepunkten des gallischen und der exotischen Darbietung Ägyptens.

Das Wetter war inzwischen hochsommerlich, und die vollgestopfte Stadt briet in der Glut der Tage. Anders als in Alexandria gab es keine sanfte Brise, die vom Meer wehte und Abkühlung brachte. Aus diesigen Wolkenbänken brannte die Sonne erbarmungslos auf die Wohnhäuser des Aventins, und die Stadt steckte unter einer Glocke des eigenen Schweißes und Gestanks.

Als schließlich der dritte Triumph gefeiert wurde, hatte sich bereits ein Gefühl des Überdrusses eingestellt. Kleopatra vernahm eine Stimme hinter sich, die sich in diesem Sinne äußerte, während man auf den Umzug wartete. »Das ist alles zuviel, zuviel für einen Menschen. Selbst für einen Gott wäre das zuviel.«

Sie wandte sich um. Die Stimme gehörte Marcus Brutus.

Als die Reihe dann endlich am letzten Triumph war, dem über Afrika, schien es, als ob sich selbst der unfehlbare Caesar verrechnet hatte. Wie Brutus ihm an jenem Abend vorgehalten hatte, war der afrikanische Krieg gegen die Söhne des Pompejus geführt worden – gegen römische Brüder. Caesars Behauptung, daß er gegen Juba und die Numiden gekämpft habe, hatte niemanden überzeugt.

Die Paraden hatten etwas Gleichförmiges angenommen. Als die Senatoren und Magistrate erneut an der Tribüne vorbeizogen, neigte

Mardian sich zu Kleopatra und grinste. »Seht nur die roten Köpfe, und wie sie keuchen«, flüsterte er. »Wenn es nach ihnen ginge, brauchte Caesar sein Leben lang nicht mehr zu siegen.«

Natürlich gab es auch hier wieder Beute. Fuhrwerke, hoch beladen mit riesigen Elefantenzähnen, Käfige mit wilden Tieren, Leoparden und sogar Hyänen. Außerdem sah man Nomaden im Fellkostüm, die in Hörner stießen und kleine Trommeln schlugen. Auch dieses Schauspiel wirkte exotisch, und eine Zeitlang war es die Menge zufrieden und klatschte Applaus.

Dann kamen jedoch die Schauwagen. Die Räder ratterten schwer über die Pflastersteine. Sie führten Bildertafeln mit sich, auf denen die Schlachten lebensnah nachgestellt waren, die Flächen fast haushoch, mit leuchtenden Farben. In seinem Hochmut hatte Caesar sogar den Tod seiner römischen Gegner aufmalen lassen, darunter ein riesiges Bildnis des sterbenden Cato, mit herausquellenden Eingeweiden.

Bei diesem Anblick verfiel die Menge in Schweigen.

Da Juba genau wie die anderen Feinde nicht mehr unter den Lebenden weilte, war nur noch ein Kriegsgefangener übriggeblieben. Jubas Sohn, gerade einmal vier Jahre alt, stolperte, in silberne Ketten gelegt, an ihnen vorbei. Das Schweigen verwandelte sich in Buhrufe und Pfiffe. Es war ein beschämender Anblick. Ein Kind zur Schau zu stellen war eigentlich unter Caesars Würde. Hatte er das Maß der Dinge verloren? fragte sich Kleopatra, oder zeigte er damit etwa seine Verachtung für diese Form des Ruhms? Oder sogar gegenüber Rom selbst?

Am selben Abend wurde Caesar in einer Sänfte zwischen zwei Elefanten durch ein Fackelspalier zum Capitol getragen. Dort brachte er Jupiter seine Opfer dar und dankte im römischen Pantheon für den siegreichen Ausgang seiner Taten. Anschließend feierte Rom abermals auf seine Kosten. Im Forum waren unzählige Tische aufgestellt, an denen das Volk bewirtet wurde. Tänzer und Gaukler dienten der Unterhaltung. Im Verlauf der Sommernacht wurde die Via Sacra allmählich erfüllt von singendem und johlendem Gebrüll, Betrunkene lagen auf den Stufen der Kurie hingestreckt, und überall breiteten sich Weinlachen aus.

Dergleichen hatte Rom wahrhaftig noch nie erlebt. Die Stadt hatte einen neuen Gott. Unter den römischen Göttern, die in dieser Nacht vom Palatin herunterschauten, gab es jedoch nicht wenige, die sich fragten, ob er nicht auch wie andere unter ihnen erst sterben müsse, um dann wiederzukommen und gehuldigt zu werden.

7

Der Tisch war mit einem karminroten Tuch bedeckt. Darauf standen Schalen mit Granatäpfeln, Teller mit Brot und ein Krug mit bestem Falernerwein. Durch das Gemach huschten Diener, die die Öldochte auf den Lampenständern anzündeten. Das weiche, goldene Licht breitete sich über den Ruhebänken aus.

Caesar kam in der zweiten Stunde der Nacht. Doch auch dieses Mal erschien er nicht als Mann, der sich heimlich zu seiner Geliebten stiehlt, sondern in Begleitung von etwa hundert Leibgardisten, die das Haus umstellten und die Türen bewachten. Caesar war offenbar ein Gott, der wie ein gewöhnlicher Mensch – oder sogar mehr als dieser – um sein Leben bangte.

Charmion und Iras hatten Kleopatra angekleidet und frisiert. Sie trug einen schlichten grünen *chiton* und an den Ohren ein verschlungenes Goldgeschmeide.

»Ihr seht aus wie eine Königin, bereit für ihren König«, sagte Charmion.

»Vielen Dank, Charmion«, entgegnete sie. Die Sklavinnen huschten aus dem Raum und ließen sie allein. Hier in Rom bin ich keine Königin, dachte sie. Ich bin nur Caesars Spielzeug. Im Brucheion habe ich meine Pflichten, die, obgleich sie mich oft langweilen, mir letztlich lieber sind als die Rolle einer fügsamen Mätresse.

Und doch lebt dieser Schmerz in mir, die Einsamkeit. Wie wäre es wohl, einen Mann nur aus Neigung zu wählen und ein Kind aufzuziehen, für das man sich nichts weiter wünscht, als daß es glücklich wird? Kaum vorzustellen. Nun, warum auch über etwas grübeln, das man nie haben wird?

Als sie sich umwandte, stand er da. Eine fahle Gestalt im Lampenlicht, wieder normal gekleidet in einer einfachen weißen Tunika. Kleopatra wartete darauf, daß er etwas sagte, etwas erklärte, doch statt dessen griff er nach ihr und riß sie an sich. Sie wollte ihn wegstoßen, doch dann fühlte sie, wie sich die Sehnsucht ihrer bemächtigte. Caesar sollte ihr gehören, zumindest für eine kleine Weile, alles andere mußte erst einmal warten.

Später, nachdem sie sich geliebt hatten, lagen sie im Dunkeln auf dem Bett. Kleopatra lauschte seinem ruhigen, gleichmäßigen Atem und dachte, er sei eingeschlafen. Dann aber sagte er mit einemmal:

»Weißt du noch, wie du mich damals mit einem Eunuchen verglichen hast?«

Sie glaubte, er suche nach Bestätigung, und erwiderte: »Niemand kann dich mit einem Eunuchen vergleichen. Nicht nach dem, was du heute nacht geleistet hast.«

»Du hast mich so genannt.«

»Dabei jedoch nicht dein Wissen um die Liebeskunst bemängelt.«

»Ich wollte auch keineswegs über meine diesbezüglichen Kenntnisse reden. Indem du mich als Eunuchen bezeichnetest, meintest du, daß, gleichgültig wie oft ich auf dem Schlachtfeld siege, man sich meiner nicht länger erinnern wird als jenes Fettsacks, den du Ratgeber nennst.«

Sie spürte, wie die abfällige Bemerkung über Mardian sie verärgerte. Um es ihm zu vergelten, antwortete sie: »Richtig, das habe ich wohl gemeint.«

»Nun, du hast recht gehabt.«

Das plötzliche Eingeständnis verwirrte Kleopatra ein wenig. Sie strich mit der Hand über seine glatte, haarlose Brust. »Julius.«

Er setzte sich auf und schien mit einemmal aufgebracht. »Ich bin vierundfünfzig Jahre alt. Ich habe Rom zu wahrer Größe verholfen, zu einem Reich, wie es nie dagewesen ist seit der Zeit Alexanders. Doch wie steht es mit meiner Zukunft? Soll ich den Rest meines Lebens damit verbringen zu entscheiden, wer Konsul wird und wer Prätor? Ämter verteilen an die, die mir lieb sind oder sich am tiefsten vor mir verneigen? Ist es Caesars würdig, so seine Tage zu beenden?«

»Dann ändere deine Geschichte, Julius. Nimm, was dir gebührt.«

Er wandte den Kopf ab. »Du verstehst Rom nicht.«

Dieser Mann. Wie sollte sie aus ihm klug werden? Oder aus den widersprüchlichen Strömungen ihrer eigenen Gefühle? Sie konnte sich keinen Mann vorstellen, für den sie ähnlich empfinden würde. Er war der einzige, von dem sie in ihrem Herzen wußte, daß er ihr ebenbürtig war, sowohl was den Ehrgeiz als auch den Verstand betraf. Kleopatra spürte, wie sie innerlich aufatmete. Dann hatte sie also doch recht gehabt. Er wünschte sich dasselbe wie sie.

»Nein, ich verstehe Rom nicht. Aber ich glaube, ich verstehe dich.«

»Es wird kein leichtes sein.«

»Das ist es nie. Bedenke jedoch, was auf dem Spiel steht. Ist es nicht an der Zeit, daß Rom dir Gleiches mit Gleichem vergilt?«

»Ja«, flüsterte er. »Es ist wohl an der Zeit. Wenn Ägypten eine Königin hat, warum Rom dann nicht auch einen König?«

Kleopatra ließ die Hand zu seinen Lenden gleiten und spürte, wie er hart wurde. »Wenn man dich zum König macht, solltest du dann nicht auch die Freiheit besitzen, dir eine Königin zu suchen?« Ihre Hand schloß sich um die Quelle des zukünftigen Roms. Der König von Ägypten wäre auch der König von Rom. Ost und West würden sich vermählen, und alles, was sie getan hatte, würde gerechtfertigt sein.

»Nichts davon darf an die Ohren deiner Vertrauten dringen«, befahl er mit rauher Stimme. »Rom hat seit fünfhundert Jahren keinen König mehr gehabt, und unter den Römern gibt es Menschen, die die Monarchie ärger fürchten als Gift.«

Sie legte sich zurück und zog ihn auf sich. »Schenk mir noch einen Prinzen«, flüsterte sie.

Noch nie zuvor hatte sie ihn so sehr begehrt. Das wilde Hochgefühl, das sich ihrer bemächtigte, als sie ihn empfing, war weit mehr als der rein körperliche Genuß. Als sie die Augen schloß, sah sie eine lange Reihe von Prinzen vor sich, die in die Zukunft wanderten. Könige einer neuen Welt.

8

Eingehüllt von dichten Dampfschwaden, saß Antonius nackt auf einer Marmorbank. Ich schwitze wie ein nubischer Lastenträger an einem Markttag im Sommer, dachte er. Irgendwo klatschten die Hände eines Masseurs im gleichmäßigen Rhythmus auf den faltigen Leib eines Senators, man hörte die lauten Stimmen der Wurstverkäufer, die ihre Ware im *caldarium* verkauften, und einen lauten Platscher, als einer der Gäste in das Wasserbecken sprang, während woanders ein junger Schönling, dem man die Haare von den Beinen zupfte, gequält aufschrie.

Antonius schaute hoch und sah, daß Cicero auf ihn zukam, nackt, rosig und schweißglänzend. Sie begrüßten sich. Cicero, der große Redner, dachte Antonius, mit einem Schwanz so klein wie eine Haselnuß. Die Natur kann doch sehr launisch sein. Wenn ich nur wüßte, was er von mir will. Nun, nach dem üblichen Hin und Her wird er sicher irgendwann zur Sache kommen.

Zuerst gab es nur oberflächliches Geplänkel. Offenbar wollte Cicero über Caesars neuen Kalender streiten. Der bisherige beruhte auf den Zyklen des Mondes, so daß das laufende Jahr nur dreihundertfünfundfünfzig Tage hatte. Wenngleich man stetig daran herumgebastelt hatte, war er den Jahreszeiten schließlich nicht mehr gerecht geworden. Im vergangenen November hatte es beispielsweise eine Hitzewelle gegeben, wohingegen das diesjährige Erntefest bereits gefeiert wurde, ehe die Weintrauben und das Getreide reif waren. Caesar hatte sich inzwischen jedoch mit einem von Kleopatras berühmten Mathematikern und Astronomen aus dem Museion in Alexandria beraten, einem gewissen Sosigenes, und einen neuen Kalender eingesetzt, der sich nach der Sonne richtete und das Jahr in dreihundertfünfundsechzig Tage teilte. Damit sie sich diesem Kalender anglichen, hatte Caesar verkündet, daß es in diesem Jahr drei November-Monate gäbe.

»Habt Ihr schon von Marcellus gehört?« fragte Cicero gerade. »Man hat ihn gesehen, wie er aus einem Bordell am Circus Maximus kam. Seine Frau war außer sich, doch er hat ihr erklärt, er könne tun und lassen, was ihm beliebe, da seine Taten ebenso wenig Gültigkeit besäßen wie die ersten beiden November-Monate.« Cicero kicherte. Er weidete sich gern am Mißgeschick anderer.

»Das ist noch gar nichts gegen Lepidus«, erzählte Antonius. »Er notiert sich jetzt täglich, was er tut, so daß er an den entsprechenden Tagen der nächsten beiden November-Monate genau das gleiche verrichten kann. Ich habe ihn nach dem Grund gefragt, doch er hat keinen nennen können.«

»Ein seltsamer Mensch.«

»Ein Schwächling mit dem Mundwerk eines Waschweibs.«

Das Gespräch wandte sich dem Aufstand in Spanien zu. Sextus, einer der Söhne Pompejus', war dorthin geflohen und hatte eine neue Armee mit dreizehn Legionen aufgestellt. Zwei davon bestanden aus Veteranen, obwohl deren Anzahl nach den Kämpfen in Pharsalos und Numidia beträchtlich geschrumpft war. Bei den elf weiteren handelte es sich um ausgehobene Truppen. Das Hauptquartier hatte man in Córdoba aufgeschlagen.

»Ich fürchte, die Bürgerkriege nehmen kein Ende«, sagte Cicero. »Rom besitzt zu viele stolze und ehrgeizige Männer.«

»Stolze und ehrgeizige Männer gibt es überall«, entgegnete Antonius. Genaugenommen sitze ich sogar neben einem von ihnen, ging es ihm durch den Kopf.

»Wenn ein Mann zu mächtig wird, sorge ich mich um die Republik. Wie steht Ihr dazu?«

»Ich sorge mich vor allem um Rom, wenn Caesar nicht aus Spanien zurückkehrt.«

Cicero machte ein enttäuschtes Gesicht. »Glaubt Ihr nicht, daß er unterliegt?«

»Er zieht zwar mit weniger Legionen in die Schlacht als seine Feinde, doch sie sind besser ausgebildet als die von Sextus. Und er hat die Reiterei, die die Mauretanier ihm mitgegeben haben. Dagegen führt Sextus Caesars ehemalige Hauptleute mit ins Feld, die den alten Knaben inzwischen so gut kennen wie er sich selbst. Außerdem verbringen sie den Winter in festen Gebäuden, wohingegen Caesars Armee in Zelten wohnt. Wie die Sache ausgeht, steht in den Sternen.«

»Wißt Ihr, wann Caesar Rom verläßt?«

»Bald. Es ist jedoch schon zu spät, um zu segeln. Er muß den Landweg einschlagen.«

»Zieht Ihr mit ihm?«

»Wohl eher nicht«, antwortete Antonius.

»Habt Ihr Euch noch nicht versöhnt?«

Er weiß genau, daß dem nicht so ist, dachte Antonius, und hofft jetzt, daß ich irgendeine Verleumdung von mir gebe. »Ich glaube, der alte Knabe will, daß ich ein Auge auf Rom halte.«

»Und ein Auge auf eine gewisse Dame aus Ägypten?«

Ah, da also lag der Hase begraben. »Sie ist sehr reizvoll, das gebe ich zu. Gewiß hat Caesar mit ihr in Alexandria ein paar nette Nächte verlebt. Er wird ja nicht die ganze Zeit nur über den neuen Kalender debattiert haben. Es sei denn, um noch weitere Nächte herauszuholen.«

»Sie wird sein Verderben sein.«

»Ich hätte nichts dagegen, mich von ihr verderben zu lassen.«

»Das meint Ihr doch nicht im Ernst, oder? Ich bin ihr zwar erst wenige Male begegnet, fand sie dabei jedoch überheblich und unhöflich. Sie mag ja ihre Reize haben, doch die findet Ihr auch unter den Kolonnaden am Circus Maximus.«

»Nun, Ihr müßt es ja wissen«, erwiderte Antonius, der sich den Spott nicht verkneifen konnte. »Man erzählt sich jedoch, daß sie sich bestens auskennt, was die Geheimnisse der Liebe angeht.«

»Was Ihr nicht sagt!« Cicero zog eine Augenbraue in die Höhe, um anzudeuten, daß er mehr zu erfahren wünschte.

Antonius beugte sich näher zu ihm. »Es wird behauptet, daß sie die Muskeln ihrer Körperöffnungen zucken lassen kann wie eine Schlange und einem Mann höchste Wonnen verschafft, ohne sich sonst weiter zu rühren. Auch kennt sie wohl keine Hemmungen, wenn es um das eigene Vergnügen geht. Einer von Caesars Spitzeln im Haus in der Via Campana beobachtete sie im Akt mit einer Python, die sie eigens zu diesem Zweck aus Ägypten mitbrachte.«

»Das kann doch nicht wahr sein!« Cicero zog hörbar die Luft ein.

Nein, kann es nicht, pflichtete Antonius ihm im stillen bei. Ich habe es mir gerade ausgedacht. Trotzdem, eine gelungene Geschichte.

In diesem Augenblick ging ein Junge an ihnen vorbei, nicht älter als sechzehn oder siebzehn Jahre, der blasse Körper fast durchsichtig in den Nebelschwaden des Bades. Er schüttelte das Badetuch ab und trat an den Beckenrand, um ins Wasser zu tauchen. Er war schmächtig, der Körper unbehaart, die goldenen Locken an den Ohren sorgfältig gekräuselt.

»Octavian«, sagte Cicero leise.

Antonius maß ihn mit kritischem Blick. »Schaut ihn Euch an. Das kleine Hinterteil hart wie ein Feldbett. Da wir gerade von Betten sprechen, man sagt, daß sein Freund Maecenas manchmal die Nächte bei ihm verbringt.«

Der Junge sprang in die warmen Fluten und entschwand ihren Blicken.

»Angeblich ist er Caesars Favorit«, murmelte Cicero. »Womöglich wird er als Erbe ausgerufen.«

»Diese kleine Schlampe? Er würde einem Konsul eine gute Frau abgeben, das ist gewiß. Viel mehr wird aus ihm wohl nicht. Wartet nur ab. Ein paar Regentropfen, und der Junge verkrümelt sich wie eine Katze.«

»Und wer wird der neue Herr, wenn Caesar etwas zustößt?«

»Ihr glaubt, daß dem alten Knaben etwas zustoßen könnte?«

»Der große Caesar kämpft eine Schlacht nach der anderen. Ich finde, daß er sein Glück ein wenig arg auf die Probe stellt. Angeblich war es bereits ein Wunder, daß er Alexandria überlebt hat.« Cicero zuckte die Achseln. »Vielleicht sollten wir ja wieder zur Republik zurückkehren. Es gibt einige, die glauben, ich könnte den Weg dahin weisen. Sehnt Ihr Euch nach der Republik, Antonius?«

Nun, andere glauben, daß *ich* Caesar folgen soll, dachte Antonius. In nämlichem Fall wäre meine Sehnsucht nach deiner Republik ausgesprochen gering. »Ich vermute, der alte Knabe macht es noch eine Weile.«

»Nun – freilich, das hoffen wir alle. Er sollte jedoch auf der Hut sein.« Cicero schenkte Antonius ein seltsames Lächeln. »In Spanien, meine ich.«

Natürlich, dachte Antonius. Was hättest du auch sonst meinen sollen?

9

Das Haus in der Via Campana wurde zu einer kleinen Oase, sogar für ihre Feinde. Selbst der alte Asinius Pollio, einer der besten und berühmtesten Redner Roms, brachte Kleopatra seine Entwürfe, damit sie ein kritisches Auge darauf warf. Ein gewisser Atticus, Experte für Antiquitäten, war entzückt, als sie ihm einige kostbare bebilderte persische Schriftrollen zeigte, und ausgesprochen verwundert, als sie ihm darüber hinaus Elfenbeinskulpturen aus dem Land der Serer vorführte, von deren Vorhandensein er gar nichts gewußt hatte.

Auch Cicero sprach bei ihr vor. Für ihn besorgte sie ein Manuskript mit der Geschichte der Pharaonen, übersetzte ihm die Hieroglyphen und schenkte es ihm anschließend für seine Bibliothek in seinem Haus bei Tusculum.

Während das Volk sich im Forum schlüpfrige Einzelheiten über Kleopatras schwarze Sklaven mit den Goldohrringen und Kastraten mit den hohen Stimmen erzählte und von Orgien phantasierte, die sich innerhalb ihrer vier Wände abspielten, erlag die römische Oberschicht allmählich ihrem Zauber.

Wenn Kleopatra sich zu diesem Zeitpunkt entschlossen hätte, nach Alexandria zurückzureisen, hätte man sie in diesen Kreisen vielleicht sogar verehrt.

Kleopatra und Caesar waren nie vollkommen allein. Selbst wenn sie in den Gärten des Hauses spazierengingen, war seine Leibwache zugegen, strich durch die Gegend oder lagerte in kleinen Gruppen zu Füßen der Statuen und Brunnen. Doch zumindest entkamen sie draußen den neugierigen Augen und Ohren der Hausdienerschaft.

An einem späten Nachmittag schlenderten sie über einen schmalen Weg, der von der Jupiterstatue wegführte. Die Bäume färbten sich schon in herbstlichem Rotgold, und unter die Hecken hatte der Wind Blätterberge geweht.

»Ich werde noch in dieser Woche nach Spanien aufbrechen«, sagte Caesar.

Sie erwiderte nichts. Sie hatte Angst.

»Und wer regiert Rom, während du fort bist?«

»Ich habe einen Rat aus acht Stadtpräfekten nominiert. Sie haben die Macht, den Senat zu überstimmen, und agieren in meinem Namen.«

»Was ist mit diesem Marcus Antonius?«

Ein bitteres Lächeln spielte um seine Lippen. »Ich glaube nicht, daß das noch einmal gutginge.«

»Oh. Aber man redet über ihn, als würde er der nächste Caesar.«

»Marcus Antonius folgt Befehlen, er erläßt sie nicht. Schau dir seine Frauen an – nur als Beispiel.«

»Seine Frauen?«

»Man kann einen Mann immer nach seinen Frauen beurteilen. Antonius' Frauen waren ausnahmslos zänkische Weiber, dominierend und ohne Benehmen. Deshalb wird Antonius auch nie Rom regieren. Er herrscht ja noch nicht einmal in seinem Haus.«

»Aber er macht doch, was er will, und er wirkt wie ein Fels.«

»Marcus ist ein großes Kind. Irgendwann rennt er wieder nach Hause zu seiner Mutter zurück.«

»Ich dachte, Ihr wäret Freunde.«

»In Rom hat man keine Freunde, sondern höchstens Verbündete.« Caesar hielt inne und runzelte die Stirn. »Was sollen all die Fragen?«

»Er interessiert mich. Man behauptet, er huldige Dionysos.«

»Dionysos war ein Gott. Antonius huldigt nur dem Wein, den die Anbeter trinken.«

»Zu Hause hat man meinen Vater als neuen Dionysos bezeichnet.«

»Noch ein Säufer. Du solltest dich vor ihnen in acht nehmen.«

Kleopatra sah ihn vorwurfsvoll an. Es war beleidigend, ihr so etwas zu sagen, selbst wenn es stimmte. Caesar machte es Spaß, die Denkmäler anderer umzustoßen, während er das eigene erhöhte. »Das ist eine sehr bösartige Behauptung.«

»Ich habe es nicht gesagt, um dich zu kränken. Es ist einfach so. Dein Vater war ein Schwächling. Du bist hundertmal soviel wert.«

Es kränkte sie dennoch. Vielleicht gerade, weil es die Wahrheit war.

»Ich glaube, du hast uns alle überlistet.«

»Wie meinst du das?«

Was war das für ein Ausdruck auf seinem Gesicht? Zeigte es Bedauern? Man wußte einfach zu selten, was er dachte. »Du wolltest von Anfang an Rom erobern, stimmt's?«

Was sollte sie darauf antworten? Jeglicher Einwand hätte falsch geklungen. Ja, sie hatte es von Anfang an gewollt. Womit sie jedoch nicht gerechnet hatte, war, daß sie den Herrn Roms bewundern und er ihr ... sehr lieb werden würde.

»Nun ist es fast soweit. Eine unglaubliche Leistung.«

»Wollen wir das nicht beide?«

»In der Tat. Du bist sehr klug vorgegangen.«

»Dennoch ist nichts entschieden. Wie lange müssen wir noch warten?«

»Im Moment sind die Senatoren noch die Herrscher über Rom. Wir müssen sowohl mit Umsicht als auch mit Eile vorgehen. Ich möchte unserem Sohn kein vergiftetes Erbe hinterlassen.«

»Dann wünschte ich, du zögest nicht nach Spanien.«

»Ich habe keine Wahl. Die Sache muß zu Ende gebracht werden. Wenn ich zurückkehre, wird mir niemand mehr im Wege stehen. Pothinos und seine Minister haben zwar Pompejus getötet, doch wenn ich dessen Söhne in Spanien gewähren lasse, werden sie sich bald gegen mich erheben.«

Sie blieben an einem der Springbrunnen stehen. Das Wasser sprudelte um eine Statue der Venus, der römischen Version der Göttin Isis. *Göttin aller Frauen, hilf mir, diesen letzten Schritt zu tun.*

Sie war fast am Ziel. Wenn sie nur wüßte, ob sie schon hoffen durfte. »Ich verstehe die Verzögerung nicht.«

»Weil du Rom nicht verstehst. Außerdem bin ich nicht der einzige mit hinderlichen Verhältnissen.«

»Antiochos«, sagte sie.

»Genau.«

»Diese Ehe war nicht meine Idee.«

Mit einem Schulterzucken gestand er seinen Fehler ein. »Das ist richtig. Doch selbst wenn du ihn nicht geheiratet hättest, stünde er im Weg. Er hat Anspruch auf den Thron Ägyptens ...«

Caesar hielt abrupt inne. Dann wurde er aschfahl und sah sie an, als habe ihm jemand einen Dolch in den Rücken gebohrt. Er stieß einen dünnen Schrei aus und stürzte mit zuckenden Gliedern vornüber auf den Weg.

Dieses Mal brach sie nicht in Panik aus. Sie erkannte die Symptome, wußte, daß ihn die Götter abermals aufsuchten, genau wie damals in

Alexandria. Sie rief die Wachen. Decimus kam mit etlichen von ihnen herbeigestürzt.

»Es scheint, die Götter kommen derzeit häufiger zu Besuch«, murmelte er und beugte sich über Caesar.

Aus Mund und Nase war blutiger Schaum getreten, und von den Augen sah man nur das Weiße. Es war ein beängstigender Anblick, doch nach wenigen Augenblicken ging der Anfall vorüber, und Caesar war bewußtlos. Die Soldaten trugen ihn ins Haus. Kleopatra eilte hinter ihnen her. Wenn es stimmte, was Decimus sagte – daß die Götter ihn häufiger besuchten als zuvor –, dann war bei der Angelegenheit, um die es ging, keine Zeit mehr zu verlieren.

Es war nur ein einfaches, rechteckiges Gebäude, versteckt im Schmutz und Gewirr des Aventin. Eine der Mauern gehörte zum Bau des benachbarten Theaters einer dionysischen Gruppe. Isis war in die ärmeren Viertel der Stadt verbannt worden, da sie das Mißfallen der Senatsväter erregt hatte. Die Fassade war recht kümmerlich mit vier kleinen Säulen, doch die Wände waren mit leuchtenden Grün- und Ockertönen bemalt. Isis mit Horus als Falke, Isis, die das Kind an ihrer Brust säugte. Im Schatten der Eingangshalle lungerten Prostituierte und warteten auf Kundschaft. Sie zitterten in ihren dünnen Gewändern und wirkten im Dämmerlicht müde und fahl.

Auf der Straße standen leere Sänften, deren Träger es sich auf den Stufen bequem gemacht hatten. Kleopatra hatte wie jeden Tag ihre Eskorte bei sich. Sie stieg aus ihrer Sänfte und betrat den Tempel, gefolgt von Charmion. Nach dem Schmutz und Gestank der Straße wirkte der süße Duft des Weihrauchs wohltuend und belebend.

So spät am Nachmittag waren nur wenige Besucher im Tempel. Eine Nubierin, bei der es sich wohl um eine Sklavin handelte, brachte ihre Opfer am Altar dar, zwei hochgeborene römische Damen in feinen Baumwollumhängen kehrten gerade zu ihren Sänften auf der Straße zurück. Kleopatra hörte die Hymnen, die die Priester im Allerheiligsten sangen.

Sie legte die Opfergaben der Isis-Statue zu Füßen und sandte flüsternd Gebete zur Großen Mutter. Als sie sich erhob, drang ein leises Stöhnen an ihr Ohr, und sie sah, daß sich im Schatten hinter den Säulen etwas bewegte. Sie wußte, daß die Tempeldirnen ihre Kunden im Tempel selbst bedienten und es nicht ungewöhnlich war, der Liebesgöttin auch auf diese Weise zu huldigen.

Trotzdem wagte sie einen verstohlenen Blick in die Richtung, aus der die Geräusche stammten. Einen kurzen Moment sah sie das blanke Hinterteil eines Mannes aufblitzen sowie zwei grazile Knöchel, die sich um seinen Rücken schlossen.

Der Mann – eigentlich war es noch ein Junge – drehte sich kurz um, und Kleopatra erkannte ihn. Das Gesicht der Frau war unter einem Schleier verborgen, doch sie erinnerte sich, daß sie eine der Sänften, die draußen warteten, schon früher einmal gesehen hatte – es war dieselbe, die Marcellus und seine Frau Tertullia zu Caesars abendlichem Gastmahl gebracht hatte.

Sie fand es nicht weiter überraschend, daß sich die Frau von Marcellus noch nebenbei vergnügte. Den jungen Ocatvian hatte sie jedoch falsch eingeschätzt. Sie hätte ihn eines solchen Betruges für unfähig gehalten und zudem angenommen, daß ihn sein Geschmack zu jungen Männern führte.

Vielleicht glich der kleine Neffe Caesar doch mehr, als man vermutete.

Am folgenden Tag brach Caesar nach Spanien auf. Er kam im purpurroten Generalsmantel und in voller Rüstung, um sich offiziell von Kleopatra zu verabschieden. Die Leibwache wartete hoch zu Roß und schaute ihnen zu.

»Die Götter mögen dich schützen und behüten und dir eine sichere Heimkehr gewähren«, sagte sie.

Sein Benehmen war steif und förmlich. Er verneigte sich knapp und ging zu seinem Pferd zurück. Sie hatten sich nicht berührt.

Kleopatra sah ihm nach. Aus den Nüstern der Pferde stoben weiße Dampfwolken in die stille Morgenluft. Die Hufe klapperten auf dem Pflaster. Am Straßenrand hatte der Wind Blätter zusammengefegt, auf denen bereits der erste Rauhreif lag. Ihre Zukunft, die Zukunft ihres Sohnes und die Ägyptens begab sich jetzt auf den Weg nach Spanien. Er war ihr Ehemann, wenn auch nicht für alle Welt und dem Namen nach. Sie fragte sich, was wohl geschähe, wenn er nicht mehr zurückkäme.

10

Kleopatra verbrachte ihren ersten Winter in Rom. Es war bitter kalt, eine Kälte, wie sie sie noch nie zuvor erlebt, geschweige denn für möglich gehalten hatte. Eines Morgens, kurz nachdem Caesar nach Spanien aufgebrochen war, wurde sie wach und stellte fest, daß die Gärten und die großen Pinienbäume in Weiß gehüllt waren. Es war das erste Mal, daß sie Schnee sah.

Caesarion war hellauf begeistert und spielte stundenlang im Freien. Antiochos jedoch zitterte in der Kälte, weinte und bekam eine Lungenentzündung. Olympos befürchtete bereits, daß er sterben würde.

Von Caesar trafen regelmäßig Briefe ein, die jedoch förmlich gehalten waren, für den Fall, daß sie abgefangen wurden. Kleopatras Leben wurde plötzlich von einer starken Sehnsucht nach ihm beherrscht. Wen sonst hatte sie auf der Welt, mit dem sie sich wie mit einem Gleichrangigen unterhalten konnte?

Im Januar verließ Octavian Rom, um Caesar nach Spanien zu folgen. Er hatte den Winter über an einem Fieber gelitten, daher war sein Aufbruch ebenso überraschend wie unbedacht. Später sollte sie erfahren, daß sein Schiff untergegangen war und daß man ihn für tot hielt.

So schritt diese Jahreszeit vorüber – naß, einsam, kalt und bedrückend. Nur wenige Schiffe setzten sich im Winter den gefährlichen Stürmen des Mittelmeers aus. Aus diesem Grund war Kleopatra auch abgeschnitten von dem, was in Alexandria geschah, konnte weder Botschaften versenden noch empfangen und somit keinen Einfluß auf das Leben in ihrem Heimatland nehmen.

Mardian drängte sie, Rom nach den Winterstürmen umgehend zu verlassen, da er neuerliche Unruhen befürchtete, wenn sie Ägypten zu lange den Rücken kehrten. Kleopatra war jedoch voller Zuversicht, daß Caesars Legionen das Ihre taten, um die Ordnung in ihrem Land zu garantieren. Abgesehen davon lag ihre Zukunft nun in Rom. Caesar hielt den Schlüssel zu ihrem Schicksal in der Hand. Wenn sie jetzt nach Alexandria zurückkehrte, wäre sie nicht zur Stelle, wenn in Rom Entscheidungen getroffen würden, die sowohl für Ägypten als auch für die restliche Welt von Bedeutung wären. Wenn man Caesar zum König ausriefe, wäre sie seine Königin, die Mutter seines Sohnes, die Mutter der ganzen Welt.

Im Moment konnte man nichts anderes tun als warten.

Der Frühling zog ins Land. Mit ihm kamen gelbe Blumen, die sich am Ufer des Tibers der Sonne entgegendrängten. Die Frühlingsfeste der Lupercalia, Anna Perenna und Liberalia wurden gefeiert, allerdings in gedämpftem Ton. Die ganze Stadt wartete. Jeder schaute nach Spanien, wo sich derzeit die Zukunft entschied.

Eines Tages kündigte Mardian Kleopatra einen Besucher an. Es war der Römer, Marcus Antonius.

Draußen fiel ein kalter Regen, die *tramontana*-Winde wehten aus dem Norden in die Stadt. Kleopatra empfing ihn, dick in Pelze eingehüllt. Die geringe Wärme, die den Kohlebecken entströmte, verlor sich rasch im kalten Marmor römischer Häuser. Es war unmöglich, sich irgendwo behaglich zu fühlen.

Antonius trat ein. Er trug die Uniform eines Reiteroffiziers. Ein imposantes Bild, wie er dastand, in roter Tunika und lederner Rüstung, den schweren Mantel über die Schultern geworfen. Er verneigte sich. »Ich habe gute Nachricht für Eure Majestät.«

Kleopatra spürte, wie ihr Herz einen Schlag aussetzte. Caesar!

»Ist er in Sicherheit?« fragte sie atemlos.

»Nicht nur das, Majestät. Er hat gesiegt. Dreißigtausend Soldaten des feindlichen Heeres sind bei Munda gefallen, einschließlich des abtrünnigen Generals Labienus und Pompejus' Sohn Gnaeus. Allein Sextus konnte entkommen.«

Am liebsten wäre sie aufgesprungen und hätte sich vor Freude im Kreise gedreht. Er hatte wieder einmal gesiegt. Nun stand ihnen nur noch Rom im Weg. Sie gestattete sich jedoch lediglich die Andeutung eines Lächelns.

»Er hat nur eintausend der eigenen Leute verloren«, sagte Antonius.

»Das ist in der Tat eine gute Nachricht«, sagte sie. »Ich danke Euch, daß Ihr sie mir so schnell überbracht habt.«

»Ich dachte mir, daß es Euch freuen würde.«

Kleopatra betrachtete ihn genauer. Nüchtern machte er einen ausgezeichneten Eindruck, die Stärke seines Charakters verdeutlichte sich in der Festigkeit, mit der er sprach. Daneben zierte ihn ein derart jungenhaftes Lächeln, das selbst seine Feinde entwaffnen mußte. Ihr fiel wieder ein, wie sie ihn zum ersten Mal erlebt hatte – bei jener ägyptischen Feier in Caesars Haus. *Liebste, wie wäre es mit einem schnellen kleinen Schäferstündchen?* Caesar suchte sich wahrlich seltsame Offiziere aus, dachte sie.

»Habt Ihr ihn gesehen?« fragte Kleopatra. »Ist er bei guter Gesundheit?«

»Marcus Brutus und ich kommen gerade aus Gallien zurück«, antwortete er. »Wir haben ihn mit eigenen Augen gesehen. Er hat uns vorgeschickt, damit Rom die Kunde möglichst bald erfährt.«

Kleopatra wandte sich zum Fenster um. Auf dem Dach schmolz das Eis und tropfte aus der Traufe. »Ich glaube, es wird bald Frühling«, sagte sie.

Nachdem Antonius sich verabschiedet hatte, ging sie zu Caesarion, der auf einem Bärenfell vor einem lodernden Kaminfeuer saß. Iras war bei ihm. Er spielte mit einem winzigen Triumphwagen, einem Thron und einer Puppe, die ein Krone trug. Kleopatra sah ihm zu.

Das alles wird dir gehören, mein Sohn, dachte sie. Dir gehört die Zukunft. Du wirst nicht aus Furcht um dein Leben kämpfen müssen, wie ich es tun mußte. Das verspreche ich dir.

Nach der Schlacht von Munda überschlugen sich die Senatsväter, Caesar mit Ehrentiteln zu überhäufen. Er wurde Imperator auf Lebenszeit, ein Titel, der zudem erblich sein würde. Er wurde für die nächsten zehn Jahre zum Konsul, die Tage seiner Triumphe wurden zu Feiertagen erklärt, und im Quirinustempel würde man ihm eine Statue errichten, neben denen der alten römischen Könige, und sie mit einer Inschrift versehen, die lauten würde *Dem unbesiegbaren Gott.*

Sie gaben ihm alles – außer dem einen Titel, den er ersehnte. Vor diesem letzten, unumstößlichen Schritt schraken sie zurück – dank des Widerstands einer kleinen Gruppe von Gegnern, unter denen sich auch Cicero befand.

Sie weigerten sich, ihn zum König von Rom auszurufen.

Die Bäder des neuen julianischen Forums waren nun fertiggestellt. Sie gehörten zu den Segnungen, die Caesar der Stadt hatte zuteil werden lassen.

Die Fußbodenkacheln wurden unterirdisch beheizt, und aus den Hähnen floß sowohl kaltes als auch warmes Wasser. Man betrachtete die neuen Bäder als Wunder.

Marcus Brutus ging in die Umkleideräume, um seine Kleidung abzulegen, und anschließend in das *tepidarium*, den Raum, in dem sich das Becken mit dem lauwarmen Wasser befand, das die Badegäste auf das Heißwasser im *caldarium* vorbereitete. Brutus hatte eine kleine Amphore mit Öl bei sich, ein Handtuch und eine *strigilis*, um den Schweiß abzuschaben. Er legte sich auf die Marmorbank und ließ sich von einem der Sklaven Öl in Schultern und Rücken massieren.

Anschließend begab er sich zurück ins *caldarium*, wo er auf Cicero und Gajus Cassius Longinus stieß, die bereits auf ihn warteten. Was für ein Paar, dachte Brutus. Cassius mit dem gedrungenen, behaarten Körper und Cicero daneben, rosig und glatt wie ein Schwein.

Die beiden jüngeren Männer schüttelten sich die Schweißtropfen aus dem Gesicht und setzten sich auf der Marmorbank zurecht. Brutus war sich bewußt, daß er sich in Gesellschaft des ersten Advokaten und Staatsmannes seiner Zeit befand, und er wußte auch, daß sie sich nicht nur im Alter, sondern auch in der Erfahrung unterschieden. Die Frage war, warum er sich diesem aufgeblasenen Windbeutel gegenüber dennoch überlegen fühlte.

»Der arme Marcellus«, sagte Cicero gerade, indem er wie üblich schamlos über andere herzog. »Tertullia läßt sich immer weniger von ihm sagen. Wie ich gehört habe, hat sie ihn zehn Tage lang von dem gemeinsamen Lager verbannt, weil sie jetzt im Isistempel betet und anschließend rein bleiben will.«

»Und wir alle wissen, was das heißt.«

»Sie ist immerhin die Frau eines Senators. Ihr Verhalten ist schändlich.«

»Diese fremden Religionen untergraben das Fundament unserer Republik«, behauptete Cassius.

»Die Schuld daran trägt Caesar. Er unternimmt einfach nichts. Er läßt dieser Ägypterin ihren Willen und fördert eine Brutstätte des Lasters.«

Brutus wirkte nachdenklich. »Andere behaupten, sie sei seine Gefangene.«

»Und wieder andere meinen, es sei eher umgekehrt«, entgegnete Cicero.

Cassius schauderte. »Diese Fremden sind einfach nicht zu verstehen und widerwärtig. Habt Ihr den Kastraten gesehen, der zu ihren Günstlingen zählt? Es ist eine Sache, Sklaven zu halten, eine andere ist jedoch, sie der Männlichkeit zu berauben und dann zum obersten Minister zu ernennen.«

»Wie man mir erzählt hat, badet sie in Milch und trinkt den Wein aus reinen Goldpokalen. Und Caesar besucht sie in aller Öffentlichkeit!«

Da Brutus schwieg, ging Cicero davon aus, daß er mit dem Gesagten übereinstimmte.

»Ich habe außerdem erfahren«, fuhr Cicero leise fort, »daß der große Julius an eine offizielle Verbindung denkt.«

Brutus wurde blaß. »Was? Etwa eine Heirat? Hat der alte Knabe den Verstand völlig verloren?«

»Er möchte eine königliche Dynastie gründen.«

»Das wagt er nicht!« zischte Cassius.

»Nun, er hat es auch gewagt, den großen Pompejus herauszufordern, und er hat sich durchgesetzt. Er hat es gewagt, Britannien zu besetzen, und er hat es gewagt, im Forum einen Triumph über römische Brüder zu feiern. Wer kann schon wissen, was der große Julius nicht noch alles im Schilde führt?«

Brutus fiel es schwer, Caesar etwas in der Art zu unterstellen. Doch je mehr er darüber nachdachte, desto deutlicher zeichnete sich ihm das Bild vor Augen ab. »Es gibt Stimmen, die meinen, er plane für das Frühjahr einen Feldzug gegen die Parther.«

Cassius stieß einen leisen Pfiff aus. »Wenn er den gewinnt, nimmt er in der Geschichte seinen Platz neben Alexander ein.«

Auf Ciceros Miene drückte sich leichter Unwille aus. »Wenn er den gewinnt, wird Rom ihm die Füße küssen, und er kann nach der Krone greifen, die er so sehr begehrt. Die Republik wäre dann gestorben.«

»Seid Ihr Euch dessen sicher?« fragte Brutus.

»Überzeugt Euch doch selbst. Rom ist längst angesteckt von dem ganzen Gerede über Könige und Königinnen. Das ist Kleopatras Werk, mit ihren Duftwässern und Salben und ihren Schönlingen. Alles Böse kommt aus Alexandria. Man muß ihr Einhalt gebieten.«

»Oder Caesar«, entgegnete Cassius.

Danach verstummten sie ob der Ungeheuerlichkeit dieses Gedankens.

11

Kleopatra spähte durch die Vorhänge ihrer Sänfte. Der Tempel war verschwunden, oder besser, er bestand nur noch aus Schuttbergen. Die Göttin selbst lag umgestürzt neben dem Sockel, ihr Gesicht war von Hammerschlägen zerstört.

Eine Frau tauchte aus dem Nebel auf. Sie erschrak, als sie die Sänfte und Kleopatras Wachen erkannte, und machte eiligst wieder kehrt. Mardian befahl den Wachen, sie einzufangen und zurückzubringen. Von iher Sänfte aus hörte Kleopatra, wie er die Frau anschließend ausfragte.

»Liebe Frau, wir tun Euch nichts zuleide«, sagte Mardian in fehlerlosem Latein. »Könnt Ihr uns sagen, was hier vorgefallen ist?«

»Warum fragt Ihr?«

»Meine Herrin wollte zu der Großen Mutter beten. Es bekümmert sie sehr, den Tempel zerstört zu sehen.«

»Es geschah auf Befehl des Senators Claudius Marcellus. Er kam mit Helfern und einer von ihm selbst unterzeichneten Anordnung zur Zerstörung des Tempels. Ich habe es mit eigenen Augen gesehen. Als die Helfer sich weigerten, seinem Befehl Folge zu leisten, zog er sich die Toga aus und zerschlug die Statue mit eigenen Händen.«

»Wißt Ihr auch den Grund?«

»Wer weiß schon, warum diese Senatshalunken etwas machen? Vermutlich gibt es dabei etwas herauszuholen.«

»Meine Herrin wird über die Maßen betrübt sein«, sagte Mardian.

»Das sind wir alle, die wir die Große Mutter lieben. Warum meint Ihr, haben sie es getan?«

Kleopatra glaubte, die Antwort zu kennen.

Vergib mir, Herrin, betete Kleopatra auf dem Weg zurück durch die belebten Straßen. Sie haben es nicht dir angetan. Es war, um die Furcht und den Haß zu zeigen, die sie mir gegenüber, der Großen Fremden, deiner Inkarnation hier auf Erden, empfinden. Rom hat Angst vor mir.

Und mit der Zeit werde ich ihnen Grund dafür geben.

Caesar bedachte Marcus Antonius mit einem bohrenden Blick aus seinen schwarzen Augen. Er war nach dem jüngsten Sieg nicht so schnell wie erwartet nach Rom zurückgekehrt. Die Feiern anläßlich seiner Triumphe hatten ohne ihn stattgefunden. Antonius stellte mit Erleichterung fest, daß die lange Trennung Caesar milder gestimmt hatte. Offenbar hatte er ihm endlich verziehen, daß er die Schuld für das Haus des Pompejus nicht beglich. Antonius selbst hätte eine Freundschaft ohnehin nie wegen etwas so Unerheblichem wie einer Geldangelegenheit aufs Spiel gesetzt. Doch bei dem alten Knaben wußte man nie – er war immer wegen irgend etwas beleidigt.

»Nun, wie sind die Dinge in Rom gelaufen, während ich in der Fremde war?« erkundigte sich Caesar.

»Eigentlich wie immer. Im Senat herrscht das übliche Hin und Her über Fragen des Rechts. Es gibt Senatoren, die hoffen, daß du jetzt nach Beendigung der Bürgerkriege die Republik wiederherstellst.«

»… und drücken ihre Verbundenheit der Demokratie gegenüber dadurch aus, daß sie mir den Titel eines Imperators auf Lebenszeit verleihen? Es ist doch wirklich nur ein Haufen alter Weiber!«

»Trotzdem wäre ich an deiner Stelle vorsichtig. Es sind auch noch ein paar gefährliche Männer dabei.«

»Nein, Marcus, *ich* bin gefährlich. Sie sind nur schnatternde Gänse, die auch vereint keine Erektion mehr auf die Beine bringen, geschweige denn eine ganze Armee. Ich habe die Feinde besiegt und Rom ein Imperium geschaffen, und nun soll ich ihnen die alte Autokratie zurückgeben, ohne daß sie den Finger krumm machen. Sie wollen die Früchte genießen, aber nicht auf die Bäume klettern.«

»Ich rate dir nur, gewisse Bestrebungen im Auge zu behalten. Einige von diesen alten Gänsen besitzen immerhin noch einiges an Macht.«

»Die Macht steckt im Schwert.«

»Was nicht jeder glaubt.«

»Weil noch nicht jeder die Klinge meines Schwertes gespürt hat.«

Heiliger Jupiter, dachte Antonius. Munda ist ihm schnell zu Kopf gestiegen. Auf diese Art habe ich ihn ja noch nie reden hören. Wird er nicht eher zufrieden sein, bis er uns alle getötet hat? »Ich rate dir nur zur Vorsicht«, beharrte er. »Viele liebäugeln nun einmal mit der Vorstellung der Republik.«

»Die Republik ist ein Badehaus voller schlaffer Greise, die nur Italien kennen. Die Republik ist tot.«

Hitzige Worte. Caesar hatte natürlich recht, dennoch war Antonius beunruhigt angesichts dieses freimütig, ja geradezu herausfordernd vorgetragenen Bekenntnisses. Irgend etwas war mit Caesar geschehen, während er in Spanien war. Der alte Knabe war in der Regel so vorsichtig, so … kühl und beherrscht. Es war, als hätte ihn der Leichtsinn gepackt. Vielleicht glaubte er allmählich selbst, was sich das Volk auf dem Aventin erzählte: daß er ein Gott sei.

»Ich möchte dir jedenfalls empfehlen, deine Pläne bezüglich des Triumphes noch einmal zu überdenken.«

Caesars Lippen verzogen sich zu einem bösen Lächeln. »Glaubst du, daß meinem spanischen Sieg kein Triumph gebührt, Marcus?«

»Es war ein Krieg gegen andere Römer.«

»Es war ein spanischer Aufstand, den verräterische Römer unterstützten.«

Oh, tatsächlich? Pompejus' Söhne als Verräter? »Die Leute sehen es anders.«

»Die Leute sehen es so, wie ich es ihnen sage.«

Antonius starrte ihn an. Meinte er das wirklich? Der alte Knabe wurde wahrhaftig verrückt. Vielleicht stimmte es, was Cicero und die anderen sagten – daß die Hexe in seinem Haus in der Via Campana dahinterstand.

»Ich bin nicht gegen dich«, sagte er. »Ich rede doch nur von Vorsicht.«

»Götter verrichten die Dinge auf ihre Art.«

»Wir sind aber keine Götter«, antwortete Antonius, wenngleich es ihn nicht gewundert hätte, wenn Caesar ihm auch hierin widersprochen hätte. »Wir unterstehen immer noch Rom.«

Caesar schleuderte ihm einen wütenden Blick entgegen. »Ich weiß, wem ich unterstehe.«

»Seit du aus Spanien zurück bist, hast du viel Zeit im Haus in der Via Campana verbracht. Es gibt Stimmen, die behaupten ...«

»Das Geschwätz interessiert mich nicht.«

»Wenn es im Senat geäußert wird, ist es kein Geschwätz mehr, sondern Politik. Manche von ihnen fürchten sich vor dieser Frau. Sie glauben, daß sie dich regiert.«

»Und was glaubst du, Marcus Antonius?«

Antonius zuckte die Achseln. »Du kennst mich. Ich belehre keinen Mann über die Art, wie man mit Frauen umgeht. Ich habe es ja selbst nie gekonnt.«

Dieses Bekenntnis trug ihm ein freundliches Lächeln ein. »Schau, Marcus, diese Frau ist anders. Bei ihr fühle ich mich wohl, rede mit ihr wie mit meinesgleichen. Ich kann sogar politische Themen mit ihr besprechen und mich an ihrer Klugheit erfreuen. Es ist nicht das Bett, das mich zu ihr führt, Junge.«

»Dennoch rate ich dir noch einmal zur Vorsicht.«

»Oh, du kennst mich doch«, erwiderte Caesar. »Ich bin immer vorsichtig.« Er lächelte abermals. Ein Lächeln, das alles bedeuten konnte. Ich wünschte, ich wüßte, was in ihm vorgeht, dachte Antonius. Es ist ihm doch sicher nicht ernst mit dem Königtum, oder doch?

12

Wenn Caesar kommt ...

Wenn Caesar kommt, kommt er mit Liktoren und Leibgarde. Kein Geliebter der Nacht, sondern einer, der nicht schläft, ohne auf die Tritte von Mördern zu lauern.

In dieser Nacht hielt Kleopatra ihn umschlungen, den Arm über seine Brust gelegt, den Schenkel auf seinem Leib, den Mund an seiner Wange. In dieser Nacht war Caesar unfähig gewesen zu erobern, geschwächt von Intrigen und Sorge. Im Streben nach dem Göttlichen hat er die Kraft des Mannes verloren.

Der runde Erntemond hing tief und schwer über den sieben Hügeln, sein Licht erschien in Wellenlinien auf dem dunklen Wasser des Tibers. Auf dem Marmorboden ein silberner Lichtfleck. Nach einer Weile erhob Caesar sich und trat ans Fenster, wo er in düsterem Schweigen nach draußen starrte. Kleopatra beobachtete ihn vom Bett aus. In ihr breitete sich ein dumpfer Schmerz der Leere aus.

In dieser Nacht war Caesar zum Eunuchen geworden, so wie Mardian.

»Du bist müde«, flüsterte sie. »Es macht nichts. Komm wieder ins Bett.«

Er gab keine Antwort. Sein Zorn war wie dorniges Gestrüpp.

»Julius«, bat sie.

»So etwas ist Caesar noch nie zuvor passiert.«

Dann liegt es vielleicht an mir, dachte sie. Sie hatte keine Erfahrung mit diesen Dingen und wußte nicht, was sie sagen oder tun sollte. Wenn ein Mann eine Frau begehrte, zeigte er es dann nicht auf die übliche Art?

Das ist jetzt nur dein Stolz, Julius, dachte sie bei sich. Wenn du deinen Samen nicht in eine Frau ergießen kannst, erträgst du es nicht, sie anzuschauen. Er wollte ihren Trost, war jedoch zu hart, zu sehr ein Getreuer des Gottes Mars, um es auszusprechen.

»Rom ist zu eng und nimmt mir die Luft zum Atmen«, sagte er. »Auf dem Schlachtfeld sind die Dinge immer ganz klar. Dort ist der Feind, und ich weiß, wie man ihn besiegt. Hier in Rom weiß ich nie, wer mein Feind ist. Ich sehe nur Schatten.«

»Du hast zu viele deiner Feinde am Leben gelassen.«

»Aber Barmherzigkeit ist eine Tugend«, erwiderte er.

Es stimmte. Caesar war für seine Barmherzigkeit so berühmt wie für seine Grausamkeit. Derselbe Mann, der die Kriegsgefangenen in Gallien verstümmeln ließ, hatte Hunderte seiner Feinde in Pharsalos begnadigt. Er blieb ein Rätsel, das man nicht verstand.

Aus der Ferne erklang ein Trompetensignal. Im Lager auf dem Marsfeld fand der Wachwechsel statt. »Ich habe heute eine Geschichte gehört«, sagte sie. »Es ging um einen Wettkampf im Circus Maximus.

Hirtius Grattus, einer der Gladiatoren wurde getötet. Er bat um Gnade, doch du hast mit dem Daumen nach unten gewiesen.«

»Sein Gegner wollte ihn nicht verschonen. Ich richte mich nur nach den Wünschen des Volkes. Sie wollten, daß er starb.«

»Der Mann, der ihn tötete, hieß Didius. Grattus hatte ihn vor zwei Monaten im Kampf verschont.«

»Warum erzählst du mir das?«

»Weil die Geschichte vielleicht eine Lektion enthält. Wenn du einem Menschen Gnade gewährst, kann es dich das Leben kosten.« Kleopatra erinnerte sich wieder an die unnachgiebige Härte, mit der Caesar sich ihres Bruders entledigt hatte, und wie sie ihn für diese Kälte bewundert hatte. Und nun hielt sie ihrem eigenen Lehrmeister einen Vortrag.

»Wenn du von Feinden redest, meinst du die Anhänger von Pompejus.«

»Im Senat gibt es viele, die dir ihr Leben verdanken. Glaube nicht, daß sie das zu deinen Freunden macht.«

»Der Senat«, sagte er verächtlich.

»Du glaubst, weil du gnädig warst, würden sie sich dir nicht widersetzen.«

»Sie widersetzen sich nicht mir, sondern einer Idee. Einige unter ihnen reden über die Republik, als würden Roms Probleme durch sie gelöst. Das Reich ist inzwischen zu groß, als daß es noch von einer Handvoll alter Männer zu regieren wäre, die nie weiter als bis zu ihren Landgütern in Brindisi gekommen sind.«

»Dann tu, was nötig ist. Hör auf, dich mit Gesetzen und Vorschriften zu quälen. Du bist Caesar. Nimm dir, was deins ist, so, wie du es immer getan hast.«

»Noch nicht, Kätzchen.«

»Wann?«

»Weißt du noch, wie es in Alexandria war? Ich habe sie gewähren lassen, als sie sich gegen die Palasttore warfen, denn ich war mir des Sieges nicht sicher. Ich habe den richtigen Zeitpunkt abgewartet, bis es soweit war, ehe ich zuschlug. Du bist zu ungeduldig.«

»Weil ich mich um meinen Sohn sorge. Und um mich selbst. Du wirst uns nicht verlassen, Julius, nicht wahr?«

Er wandte sich um. »Du zweifelst an mir?«

»Du vergißt, daß ich immer noch Königin bin. Soll ich noch einen Winter in Rom zubringen und in Alexandria über mich sagen lassen, ich sei nur eines reichen Mannes Mätresse? Lieber ginge ich gleich und mit leeren Händen nach Ägypten zurück, als daß ich mich weiter von dir demütigen lasse.«

»Ich demütige dich nicht. Wir wollen beide dasselbe, Kätzchen.«

»Wie kann ich mir da sicher sein?«

Er holte tief Luft. »Ich werde es dir beweisen. Morgen.«

Das Forum Romanum. Ein Monument römischer Glorie stand neben dem anderen. Selbst die Römer fanden es inzwischen übertrieben. Die Statuen, Tempel und Paläste waren so dicht gedrängt, daß der groß angelegte Platz des ursprünglichen Plans längst von Marmorkolonnaden und Eingangsportalen verschluckt wurde.

Für Caesar war es jedoch ein großes Ereignis gewesen, der Stadt ein weiteres Forum zu schenken, das Forum Julium genannt wurde. Er wollte es selbst bezahlen, eine verschwenderische Geste. Man munkelte, daß es Caesar über eine Million Sesterzen kosten würde, doch es hieß auch, daß man ihn auf diese Weise nie vergessen würde.

Kleopatra verließ ihre Sänfte vor dem großen Eingangsportal des Venustempels. Die Mauern des Julianischen Forums wurden aus Travertin errichtet, die Fassade hingegen mit Porphyr abgesetzt, in fein geädertem Grau und leuchtendem Schneeweiß. Das neue Gestein hatte den Schimmer von Perlen. Eine Reiterstatue schwang sich in die Höhe – Caesar schaute auf seinem Schimmel über den Platz, der seinen Namen trug.

Caesar wartete bereits auf sie. Gemeinsam stiegen sie die Treppenstufen hoch. Sie ließ den Blick in die Höhe wandern. Über ihr ragten riesige Marmorsäulen in den blauen kalten Herbsthimmel hinein. Im Forum war man noch bei der Arbeit, von überall hörte man Hammerschläge oder das Rattern der Fuhrwerke, die neue Steinlieferungen brachten.

Als sie den Tempel betraten, roch Kleopatra den feuchten Mörtel der Maurerarbeiten. Drinnen war es kalt und dunkel, ein gewaltiger Raum aus Stein, in dem ihre Schritte widerhallten. Nachdem sich ihre Augen an das Dämmerlicht gewöhnt hatten, konnte sie die Wandgemälde ausmachen, die sich bis zur Decke zogen. Die Farben waren frisch und leuchtend, tiefe Blau- und Grüntöne. Venus, die ein Kind an der Brust nährte, Caesar auf seinem Schimmel, im Hintergrund Schlachtfelder in Gallien und Griechenland.

Als sie sich dem inneren Heiligtum näherten, beobachtete Caesar Kleopatra gespannt. Neben dem Hochaltar erhoben sich drei Statuen.

In der Mitte Venus, die Mutter Roms, die mild auf sie herablächelte. Als Caesars Ahnin diente sie als Schutzherrin des Julianischen Hauses. Die Schönheit der Statue war atemberaubend, ein vollkommenes Kunstwerk. Arcesilaus aus Griechenland hatte sie geschaffen, teilte Caesar ihr mit. Arcesilaus! Er galt als der größte unter den lebenden Bildhauern. Wie man sah, verdiente er diesen Ruf zu Recht.

Die zweite Statue, zu Venus' Rechten, stellte Caesar selbst dar, als Triumphator, den Lorbeerkranz auf dem Haupt, der damit seinen Platz in der Reihe der Götter bezog.

Sie wandte sich der dritten Statue zu – und erstarrte.

Kleopatra erkannte ihr eigenes Gesicht, das hoch über einem Sockel schwebte. Die Statue trug das Gewand der Venus, der römischen Isis, und auf den Knien hielt sie Caesarion. Die Botschaft, die den Römern auf diese Weise vermittelt wurde, war eindeutig – und mutig. Caesar stammte von Venus ab und war demnach göttlich. Seine Gefährtin war Kleopatra als Inkarnation der Venus. Caesarion war sein Sohn, als Sproß dieser Eltern bekam auch er eine göttliche Natur.

Kleopatra dachte an die Münze, die sie nach Caesarions Geburt hatte gießen lassen. Nun besaß sie auch die offizielle Anerkennung Caesars.

»Zweifelst du immer noch an mir?«

Was gab es darauf zu antworten? Daß es noch nie einen Mann wie ihn gegeben hatte? Sie lächelte. Es war ein Lächeln der Erleichterung und des Triumphes. Wenn jetzt doch der Flötenspieler hier sein könnte, ging es Kleopatra durch den Kopf. Er hat auf mich gebaut, und ich habe ihn nicht enttäuscht.

13

Der Monat Februarius nach dem römischen Kalender im Jahre 44 vor Christi Geburt

Rom lag hinter ihm. Die aufragenden *insulae* und der Gestank der Tiberwerften, die rumpelnden Fuhrwerke, das Gedränge unzähliger Leiber. Er ritt vorbei an den kühn geschwungenen Aquädukten, die die Stadt versorgten, über die Appische Straße, wo Schafherden über die Pflastersteine zogen, durch winterbraune Felder zu dem Haus von Marcus Antonius, das sich inmitten stiller, weißer Gärten befand.

Apollodoros entdeckte die Überreste des Gelages, zerbrochene Amphoren, die im taubenetzten Gras lagen. Er erkannte das Spalier aus Zweigen und Farn, das als Zeichen der Initiation gedient hatte. In den Tempelruinen hatte der Schnee Pfützen auf den Marmorböden gebildet. Im Inneren sah er die Statue einer Venus, die umgestürzt neben dem Sockel lag. Von irgendwo aus den Wäldern drang der einsame Schrei einer Krähe an sein Ohr. Hier und da fanden sich Kleidungsstücke, Fetzen einer Tunika neben den Ascheresten eines Feuers. Er wollte bereits umkehren, doch der Bussard, der hoch über den Pappeln seine Kreise zog, führte ihn weiter. Und so fand er sie, neben einem Bach hinter den Ruinen, nackt und auf dem Rücken liegend. Blut war ihr aus Nase und Mund geronnen. Ihr Körper war kalt wie Alabaster, blaß und schön auch im Tod.

Er erkannte sie wieder. Eine der Mänaden, die mit dem dionysischen Gefolge zu Antonius' Orgie gekommen war. Einfach nur eins der Mädchen.

Apollodoros schlug hastig den Rückweg ein. Er berührte das Amulett an seinem Hals, das den bösen Blick abwehrte. Etwas Furchtbares lauerte in diesem klaren, kalten Morgen. Ein Schatten huschte über die blasse Sonne. Der Geruch der Erde, der Gestank der Fäulnis grub sich in ihm ein.

Caesar, so hatte es den Anschein, wollte die ganze Welt mit seinen Händen formen. Seine Krankheit hatte ihn abermals heimgesucht, er wirkte abgezehrt und erschöpft, doch die Zeichen seiner Sterblichkeit schienen ihn nur noch zu härterer Arbeit anzutreiben.

Täglich entwickelte er neue Pläne, wollte eine neue Straße über den Apennin bauen, einen Hafen in Ostia errichten, Siedler nach Karthago entsenden, den Isthmus von Korinth durchstoßen, die Angelegenheiten Syriens regeln, eine neue Bibliothek für das Capitol in Auftrag geben. Er peitschte ein Gesetz durch den Senat, das jedermann, außer den Bauhandwerkern, in der Zeit zwischen Morgen- und Abenddämmerung die Zufahrt in die Stadt verbot, um so die verstopften Straßen aufzulösen.

Der Senat überhäufte ihn weiterhin mit Titeln – bis auf den einen natürlich. Sie ernannten ihn zum *Pater Patriae*, zum Vater des Landes. Er erhielt einen goldenen Sessel im Senat, der jedoch nicht als Thron gelten durfte. Man stellte seine Statue im Capitol neben den sieben alten Königen Roms auf und erklärte seine Person als unantastbar.

Jeder Senator hatte zu schwören, daß er ihn mit seinem Leben schützen würde.

Letzteres hätte komisch wirken können, wenn Caesar es nicht ernst genommen hätte. Der Mann, der zuvor keinen Schritt ohne seine vierundzwanzig Liktoren und eine Zenturie handverlesener Soldaten unternommen hatte, der Mann, über den Cicero einst geklagt hatte, daß er einen Besuch in eine militärische Operation verwandelte, derselbe Mann entließ nun seine Spanische Leibgarde und bewegte sich unbewaffnet zwischen dem Forum und seinem Haus, lediglich begleitet von einer Handvoll Sklaven und einigen wenigen Beamten.

Vielleicht wollten die Senatsväter ihn beschwichtigen mit den Ehren, die sie ihm bezeugten, doch sie zeitigten das Gegenteil. Sie bestärkten Caesar in seiner Maßlosigkeit. Der Kritik wohlhabender, einflußreicher Kreise, deren Macht er beschneiden wollte, ließ er freien Lauf, ohne ihr entgegenzutreten. Er erhöhte die Anzahl der Senatoren um die Hälfte, um dergestalt neue Machtverhältnisse zu schaffen, wobei erschwerend hinzukam, daß etliche der frischgebackenen Senatoren Gallier waren, Ausländer in langen Hosen anstelle der *toga virilis*. Für die *boni*, die braven Senatsbürger, die dem Überkommenen verhaftet waren, bedeutete dies das Ende der Welt. Caesar ging eindeutig zu weit.

Andere wiederum fanden, er ginge nicht weit genug. Eines Nachts setzte ein Unbekannter Caesars Statue in der Rostra ein Diadem auf das Haupt. Tagelang sprach man in Rom über nichts anderes. Hatte Caesar das etwa selbst veranlaßt, gewissermaßen als Versuch, um die Stimmung zu prüfen? Oder hatte ein römischer Bürger lediglich die Wünsche des Volkes ausgedrückt?

Was steckte dahinter? Wollte Caesar den Schritt des Unmöglichen wagen – die Republik beenden und sich zum König ernennen?

Spät an jenem Abend hallten eiserne Pferdehufe durch die Straße, und vor dem Haus hielt ein Wagen. Es war ein schweres vierrädriges Gefährt mit glänzendem Kutschwerk und silbernen Verschlägen, das man als *carpentum* bezeichnete. Es wurde von vier Schimmeln gezogen, mit einem Kopfschmuck aus tausend kleinen emaillierten Blumen. Die schwarzen Vorhänge an den Fenstern waren zugezogen.

Ein Diener öffnete den Schlag, und Caesar stieg aus.

Kleopatra empfing ihn in einem der Räume, die gleich hinter dem Atrium lagen. Ein hübscher Raum, mit üppigen Wandgemälden aus

Blumengirlanden und Zweigenspalieren und einem Bodenmosaik, auf dem sich kleine Cupidos um ein Liebespaar tummelten. Das leichte Geplätscher eines Brunnens machte es neugierigen Ohren schwer, ihre Unterhaltung zu belauschen.

Caesar warf sich auf eine der Ruhebänke. Die Sklaven eilten fort, um Speisen und Wein herbeizuholen.

Kleopatra schaute ihn verwundert an. »Du bist allein gekommen? Wo ist deine Leibgarde?«

»Ich habe sie fortgeschickt.«

»Fortgeschickt? Aber warum?«

»Der Senat hat meine Person für unantastbar erklärt.«

Sie lachte und wollte ihn für seinen trockenen Humor loben. Doch er betrachtete sie mißbilligend, und sie erkannte, daß es kein Scherz gewesen war.

Was hatte er getan? »Bist du von Sinnen?« fragte sie.

»Mein Schicksal liegt in der Hand der Götter.«

Sie fing vor Wut an zu zittern. Sie konnte nicht fassen, daß er so leichtsinnig war. Es war nicht nur sein Leben, das auf dem Spiel stand, sondern ihrer aller Zukunft, ihre, die ihres Sohnes! »Wir schaffen unser eigenes Schicksal. Und deines hast du gerade besiegelt. Du hast dein eigenes Todesurteil unterschrieben!«

»Ich bin der ewigen Angst überdrüssig«, begehrte er auf. »Sie ist schlimmer als der Tod.«

»Ein Mensch sollte den Tod fürchten, anstatt ihn zu sich zu bitten.«

Er wandte den Kopf ab. »Er bedeutet mir längst nichts mehr.«

»Dann sollte dir zumindest *das* etwas bedeuten«, sagte Kleopatra. Sie nahm ihn bei der Hand und zog ihn über den Gang in eines der *cubicula*. Caesarion lag schlafend in seinem Bett aus Rosenholz.

»Sieh ihn dir an, Julius!«

Er glich seinem Vater so sehr – die Form des Mundes, das entschlossene Kinn. »Er ist dein Sohn«, flüsterte sie, »der zukünftige König der Welt, wenn du es willst.«

»Er muß seinen Weg allein gehen, so wie wir alle.«

»Du weißt, daß das nicht stimmt. Seine Zukunft hängt von dem ab, was du unternimmst.«

»Es ist der Wille der Götter«, fuhr Caesar sie an, schüttelte ihre Hand ab und verließ den Raum.

Die Götter! Er war der ungläubigste Mensch, der ihr je über den Weg gelaufen war, und nun redete er von dem Willen der Götter. Es ging auch gar nicht um seinen Glauben, sondern allein um seine Überheblichkeit – er war tollkühn und vermessen. Es machte ihm Spaß, mit dem Verderben zu spielen. Er glaubte, daß Fortuna ihren Schützlingen ewig gewogen sei, daß sein Ruhm auf Glück beruhte und nicht auf Mut und Geschick. Sie dachte zurück an jene gefährlichen Tage in Alexandria, als er Pothinos und Achillas gegenüberstand und der Pöbel gegen die Tore anrannte. Auch da hatte er unbedacht gehandelt, hatte sich in einen Kampf verwickeln lassen, wenngleich ihm sowohl Truppen wie Nachschub fehlten. Doch die Götter hatten ihm beigestanden.

Seine jüngsten Siege in Afrika und Spanien mußten ihn wieder einmal in dieser Vermessenheit bestärkt haben. Wahrscheinlich glaubte er mittlerweile selbst an das Gerücht seiner eigenen Unsterblichkeit.

Über Kleopatras Körper kroch die Angst.

14

Das Haus, das einst Pompejus gehört hatte, lag in der Carinae, etwas außerhalb Roms, ein weitläufiges Anwesen aus Stein, nicht weit entfernt von Ciceros Haus.

Es war Kleopatras erster Besuch bei Antonius, doch Caesars Hauptmann ließ sie so lange im Atrium warten, daß es bereits gegen die guten Sitten verstieß. Als er endlich auftauchte, erkannte sie jedoch, daß er sie keineswegs hatte kränken wollen. Es war offenkundig, daß er die vorangegangene Nacht durchzecht hatte, denn obwohl es Nachmittag war, schien er sich gerade erst erhoben zu haben. Seine Toga sah aus, als habe er sie hastig übergeworfen, und das dichte, lockige Haar war unfrisiert. Er wirkte verschlafen und roch wie ein offenes Weinfaß.

»Majestät«, begann er, »ich bitte um Vergebung. Ich habe Euch nicht erwartet.«

»Das sehe ich.«

»Bitte, laßt Euch nieder.«

»Ein wunderschönes Haus. Es mangelt freilich an Einrichtung.«

»Ich führe ein einfaches Leben.«

»Nun, das hat man mir anders erzählt.« Genaugenommen hatte Mardian ihr berichtet, daß das Haus einst eine einzigartige Sammlung wertvoller Kunstschätze beherbergt hatte – angefertigt von den ersten Handwerkern des Reiches –, die inzwischen jedoch zum großen Teil beim Würfelspiel verloren oder an Freunde verschenkt worden waren.

Kleopatra nahm auf der einzigen noch vorhandenen Ruhebank Platz. Antonius scheuchte einen Diener auf, damit er ihnen etwas zu essen und trinken holte. Durch die Fenster konnte Kleopatra über den dichtbewaldeten Palatin bis zu den heruntergekommenen *insulae* der Armen und dem Gewirr von Gebäuden um den Circus Maximus sehen.

Der Diener kam zurück. Mit Verwunderung stellte sie fest, daß Antonius sich aus dem großen Krug, der vor ihm abgesetzt wurde, einen Pokal mit unverdünntem Wein vollschenkte. Das mußte demnach sein Frühstück sein. Sie selbst begnügte sich mit einer kleinen Menge parfümiertem Rosenwasser.

»Welchem Umstand verdanke ich die Ehre?« erkundigte sich Antonius, nachdem er den Pokal geleert hatte. Kleine Rotweintröpfchen glitzerten wie Rubine in seinem Bart.

»Es handelt sich um Caesar.«

Er rieb sich die Stirn. Wie es den Anschein hatte, war er immer noch nicht ganz wach. »Caesar?«

»Ich sorge mich um ihn.«

Armer Marcus Antonius. Er zwinkerte wie eine Eule, die Gedanken noch verwirrt vom Schlaf, vom Wein und, wie sie annahm, auch der Unzucht. Selbst die einfachste Unterhaltung bedurfte einer übermenschlichen Anstrengung. »Der alte Knabe weiß, was er tut«, brachte er schließlich hervor.

»Er hat seine Leibgarde entlassen!«

»Ja. Ich weiß.«

»Es ist blanker Wahnsinn. Könnt Ihr ihn nicht zur Vernunft bringen?«

Er starrte sie an. Römische Frauen mischten sich nicht in die Belange ihrer Männer ein. Nun ja, Fulvia vielleicht. Aber Fulvia war auch keine Frau. Sie war eine Hyäne, eine giftige Hexe. Und dummerweise auch seine Ehefrau.

»Habt Ihr mit ihm darüber geredet?« fragte er.

»Natürlich.«

»Und?«

»Er zieht weiterhin ohne seine Liktoren durch Rom, demnach hat er meinen Worten wenig Aufmerksamkeit geschenkt.«

»Warum sollte Caesar auf mich hören, wenn er schon nicht auf seine ...«

»Mätresse hört?«

»Seine Ratgeber. Auf seinen Sekretär Balbus, der ihn ebenfalls davon zu überzeugen versucht hat.«

»Nun, Balbus ist nur ein Sekretär. Ihr jedoch seid sein engster Freund. Und ein Mann. Vielleicht hört er eher auf Euch als auf mich.«

»Ihr wißt, daß Caesars Person durch den Senat als unantastbar erklärt wurde.«

»Das gilt, bis sich der erste Dolch in seine Rippen bohrt.«

»Rom liebt Caesar, Majestät.«

Kleopatra bedachte Marcus Antonius mit einem niederschmetternden Blick, und er hätte sich am liebsten die Zunge abgebissen. »Wenn Ihr meinen Verstand beleidigt, gehe ich wieder.«

Er wandte den Blick nicht von ihr ab. Ihre Augen, geschminkt mit dicken Malachitstrichen, schienen ihn zu durchdringen. Ein aufregendes Wesen, mit einer betörenden Mischung aus levantinischem und makedonischem Blut. Ihre Mutter sei Syrerin gewesen, hatte man ihm erzählt. Als er ihren langen, schön geschwungenen Hals betrachtete, überkam ihn die Lust, hineinzubeißen. Das war der Grund, weshalb man Frauen aus der Politik verbannte. Sie machten es einem zu schwer, sich auf das Nächstliegende zu konzentrieren.

»Der alte Knabe hat seine Entscheidung getroffen«, sagte er. »Und wer bin ich, daß ich einen Gott rechten könnte?«

»Wünscht Ihr seinen Tod, Marcus Antonius?«

Solche Gespräche sollte man nicht führen, dachte er, wenn einem der Kopf vom Wein des Vorabends hämmert, wenn sich der Magen noch hebt und sich der Mund so pelzig anfühlt wie ein Kamel. »Ich würde sein Leben mit meinem schützen, Majestät.«

»Und wenn ein anderer seinen Tod wünscht? Wer wäre der mächtigste Mann in Rom, wenn Caesar stürbe?« Ihr Lächeln war bitter. Sie kannten beide die Antwort auf diese Frage.

»Ihr verkennt mich«, sagte er. »Ich besitze zwar weder den Verstand eines Marcus Brutus noch die Redegewandtheit eines Cicero, doch wenn ich mein Wort gebe, besitzt es Gültigkeit. Ich habe geschworen, daß ich Caesars Leben mit meinem schütze, und diesen Schwur breche ich nicht.«

In Kleopatras Lächeln lag Schwermut. Sie glaubt mir, dachte Antonius. Und sie tut gut daran, denn es ist mir ernst. »Nicht alle Männer sind derart ehrenhaft«, erwiderte sie.

»Ich habe viele Fehler, wie ihr zweifellos wißt, doch sie sind von geringer Art. Ich trinke zuviel, verliebe mich in jede Frau, spiele und schulde halb Rom ein Vermögen. Aber ich würde nie einen Mann hintergehen.«

Sie studierte ihn, als wäre er ein seltsames Tier, das sie noch nie zuvor gesehen hatte. »Marcus Antonius, wie konntet Ihr in Rom so hoch aufsteigen?«

»Ich bin unwiderstehlich«, sagte er grinsend.

Eine bemerkenswerte Frau, ging es Antonius durch den Kopf, nachdem sie ihn verlassen hatte. Ich möchte mit ihr ins Bett gehen, sehen, was sie da macht. Sie soll ja mit Feuereifer bei der Sache sein, wenn man den Gerüchten Glauben schenkt. Obwohl ich der Meinung bin, daß mehr dahintersteckt als nur die scharfe kleine Zunge und das hübsche Hinterteil. Ihr Verstand ähnelt dem Fulvias, doch ist sie ohne deren bissige Verachtung für die Lage eines Mannes. Ich mag ihren Mut.

Außerdem denkt sie wie ein Mann. Was mehr ist, als man von unserem Senat behaupten kann.

Caesar könnte recht haben. Sie wäre eine recht passable Königin. Doch dazu wird es nie kommen. Nicht in Rom.

Auch im Winter unternahmen sie lange Spaziergänge in den Gärten. Es war ein einfaches Vergnügen, das beiden Freude machte.

Die Kälte war beißend. Die Zweige entlang der dunklen Zypressenallee hingen tief unter der Last des Schnees, die Brunnen waren vereist. Ein marmorner Athlet stand vorgebeugt, um seinen Diskus über die nackten braunen Hecken zu werfen, der kalte Leib war mit Reif überzogen. Die Statue eines geflügelten Merkurs sah aus, als hätte ein böser Eisgott sie erstarren lassen.

Selbst Caesar hatte sich in einen dicken Pelzmantel gehüllt. Der graue Himmel und der weiße Garten verliehen seinem Gesicht eine besondere Blässe.

»Du siehst müde aus«, sagte sie.

»Wahrscheinlich bin ich das auch. Es ist nicht leicht, Rom zu regieren.«

»Weil es auf diese Weise unregierbar ist.«

»Da könntest du recht haben.«

»Ich würde ein neues Rom errichten.«

Die Vorstellung schien ihn zu erheitern. »Und wie würdest du dieses neue Rom gestalten, Kätzchen?« Sein Ton war neckend.

»Vielleicht werden dir meine Ideen nicht gefallen.«

»Selbst wenn sie mir nicht gefallen, sind sie in der Regel unterhaltsam.«

»Nun, als erstes würde ich dich zum König machen.«

»Natürlich. Und du würdest meine Gemahlin.«

»Königin von Rom. Richtig. Danach würde ich diese lächerlichen Greise aus dem Senat auf ihr Altenteil schicken, wo sie in Ruhe vor sich hinsabbern und vertrotteln könnten.«

»Aha.«

»Statt dessen würden unsere Erlässe von Verwaltern und Beamten durchgesetzt, so wie bei uns in Alexandria.«

»Du möchtest, daß das Reich von deinen verweichlichten Griechen geführt wird?«

Sie überhörte seinen Spott. »Der König und die Königin würden das Reich führen. Der Hof gehorcht nur ihren Befehlen. Jedenfalls wären mir meine verweichlichten Griechen, wie du sie nennst, lieber als deine schnöden Großgrundbesitzer, die nur das tun, was ihnen zur Bereicherung dient. Haben sie eigentlich jemals etwas bewirkt, was Rom dienlich war?«

»Du hast gerade einige der ehrwürdigsten Familien dieser Stadt beleidigt«, sagte er mit gespielter Entrüstung. »Aber leider hast du recht«, setzte er hinzu.

»Natürlich habe ich recht. Du hast beispielsweise unzählige Legionäre, denen man für ihre Dienste Landschenkungen versprochen hat. So ist es doch, oder?«

Er nickte widerstrebend.

»Das alleinige Anliegen der guten Senatsbürger ist es aber, ihnen dieses Land vorzuenthalten und statt dessen lieber das eigene Landgut zu erweitern. Letztendlich bedeutet das, daß der Senat gegen die Legionäre kämpft.«

»Ich bin zu demselben Schluß gekommen.«

»Diese großartige Republik hat für das Land bisher nichts weiter ausgerichtet, als Anlaß für die nächsten Bürgerkriege zu schaffen. Wenn du nichts unternimmst, werden die Mauern Roms von innen gestürzt.«

Er lächelte bedrückt. »Cicero träfe der Schlag, wenn er uns so reden hörte.« Er hielt den Blick auf den Boden gerichtet. Ein einziger Krokus hatte die Frostdecke mit seinem grünen Schößling durchbrochen.

»Ich hätte noch einen zweiten Vorschlag.«

»Ich höre dir zu, Kätzchen.«

»Ich würde Rom nicht von Rom aus regieren.«

Er zog die Augenbrauen in die Höhe. Er wirkte belustigt, verärgert und interessiert.

»Es liegt zu weit vom Meer entfernt, was den Handel betrifft. Die Straßen sind eng, schmutzig und schnell voller Hochwasser. Die Stadt ist überfüllt, heruntergekommen und anfällig für Seuchen. Außerdem stinkt der Fluß.«

»Und wo wäre deiner Meinung nach die Hauptstadt Roms, wenn nicht in Rom?«

»In Alexandria.«

Er legte den Kopf in den Nacken und lachte lauthals auf. Welch eine Ungeheuerlichkeit!

»Alexandria sieht wenigstens aus wie eine Hauptstadt. Es hat Paläste und breite Straßen. Und, falls es dir noch nicht aufgefallen ist, es befindet sich im Herzen des Römischen Reiches, wohingegen Rom nur am Rande liegt. Es ist zudem näher an Tarsos, Ephesos, Antiochia und den wichtigsten Handelsstraßen nach Indien und Arabien. Nur ein Bauer vom Land würde dein Rom für eine Hauptstadt halten.«

»Rom hat Tradition.«

»Pah! Ihr wißt doch gar nicht, was das ist. Euer Land ist ja kaum siebenhundert Jahre alt. Ägypten dagegen zählt die Geschichte in Tausenden von Jahren.«

Er blieb stehen. Ihn fröstelte selbst in dem dicken Mantel.

»Ich kann dir nicht widersprechen, Kätzchen, denn all das habe ich selbst bereits bedacht.«

»Rom braucht einen König, Julius. Es braucht dich.« Nicht, daß mich Rom etwas scherte, dachte sie. Selbst wenn es niederbrennen und jeden seiner Bürger zu Asche verwandeln würde, wäre es mir gleich. Doch darum geht es nicht.

»Wir werden sehen, was wir tun können«, sagte er.

»Wann?«

»Das ist kein Wagenrennen, Kätzchen. Es ist wie in einem Krieg. Geduld und Strategie zählen mehr als Geschwindigkeit. Wir trachten danach, die mächtigsten Männer Roms zu entmachten. Das ist kein leichtes Unterfangen.«

»Das stimmt nicht. Es ist ein Rennen. Ein Rennen gegen die Zeit. Und die Zeit bedeutet Leben.«

Er musterte sie nachdenklich und lange. »Fürchtest du dich nicht vor den Göttern?« fragte er leise.

Die Frage versetzte sie in Erstaunen. War Caesar inzwischen tatsächlich so abergläubisch wie der einfache Mann, der den Boden beackerte?

»Wenn wir den Göttern vorgreifen, werden sie uns vernichten«, fuhr er fort. »Vielleicht fordern wir zuviel von ihnen.«

»Wir sind mit ihnen im Bunde.«

»Vielleicht hast du recht. Wir werden sehen.« In seiner Stimme schwang Unbehagen. Er war nicht überzeugt.

Caesar befand sich in seinem privaten Arbeitszimmer, als Antonius ihn aufsuchte. Es war bereits später Nachmittag, doch Antonius war noch nicht lange auf den Beinen. Er wußte aber, daß Caesar in der Regel ab Sonnenaufgang tätig war.

Als Antonius vor dem Haus angekommen war, hatte einer der Wächter durch das schwere Eisengitter gespäht, ehe er ihn einließ, und zu Caesars Allerheiligstem führte. Auf dem Weg dahin hatte Antonius festgestellt, daß, anders als bei früheren Besuchen, keine Wachen an den Türen standen. Caesars neugewonnener Glaube an die eigene Unverwundbarkeit war beängstigend.

Der alte Knabe sah noch nicht einmal hoch. »Du wolltest mich sehen?« fragte er barsch.

»Ja, du solltest nämlich etwas wissen«, antwortete Antonius. »In der Stadt kursieren schon wieder Gerüchte.«

»Worum geht es dieses Mal?«

»Man behauptet, daß die Priester die Sibyllinischen Seherinnen wegen des Angriffs auf Parthien befragt haben.«

Das Orakel der Sibyllen. Einer der früheren Könige hatte diese Einrichtung vor Jahrhunderten mit nach Rom und in den Jupitertempel gebracht. Wie alle Prophezeiungen handelte es sich um verdichtete, rätselhafte Aussagen, die nach dem Gutdünken der Auslegenden verstanden werden konnten. Der Pöbel jedoch glaubte daran.

»Und was hat man laut der Gerüchte erkannt?«

»Daß kein Römer Parthien erobern kann, es sei denn, er wäre ein König, denn sonst drohe ihm der Tod und Rom Schande. Die Priester sind zu dem Schluß gekommen, daß Rom, wenn es Caesar sendet, ihn nur als König Caesar senden darf. Das hat großes Aufsehen erregt.«

»Mir ist dieses Gerücht selbst zu Ohren gekommen.« Caesar lächelte und legte den Messingstylus nieder. »Wenn man es genau nimmt, stammt es sogar von mir.«

Antonius nickte.

»Aber das hast du natürlich vermutet. Deshalb wolltest du mich sehen.«

»Nun, du bist der oberste Priester«, stimmte er zu. Caesar war zum *Pontifex Maximus* ernannt worden, dem höchsten heiligen Amt in Rom, und das für die Zeit von zwanzig Jahren. Es hatte eine ordentliche Wahl stattgefunden, was soviel hieß, daß Caesar einen ordentlichen Preis für die Stimmen gezahlt hatte. »Wenn jemand das Orakel deuten kann, dann doch du.«

Cicero hat recht gehabt, dachte Antonius. Der alte Knabe will alles für sich. Doch warum auch nicht? An Ehrgeiz hatte es Caesar nie gemangelt. Als er den Rubikon überschritt, um gegen Pompejus anzutreten, hatte er mehr als nur eine Grenze hinter sich gelassen. Und er, Antonius, würde sich ihm gewiß nicht in den Weg stellen. Schließlich war gut für Antonius, was gut für Caesar war.

»Habe ich dein Vertrauen, Marcus?«

»Das weißt du.«

»Dann möchte ich, daß du mir hilfst. Wie ich gehört habe, leitest du das Fest der Lupercalien.«

Antonius zuckte die Achseln. »Ich habe meine Dienste angeboten. Immerhin darf man dabei nackte Mädchen peitschen. Warum sollte ich den Spaß nur den Priestern überlassen?«

»Oh, ich will dich auch von nichts abhalten.« Caesar beugte sich vor und senkte die Stimme. »Doch am Ende der Prozession mußt du mir einen Gefallen tun.«

15

Das Fest der Lupercalien war herangekommen.

Wieder einmal so eine blutige, schmutzige Angelegenheit, dachte Kleopatra, eines von diesen ausschweifenden Festen, an denen die sittsamen Römer so große Freude hatten, genau wie an Wagenrennen und Circusspielen, wo Gefangene von Löwen zerrissen wurden. Trotz all ihrer Gesetze, Gerichte und Senatshäuser, trotz ihrer Theaterstücke und Gedichte waren sie im Grunde ihres Herzens Wilde geblieben. Der Rest war Täuschung.

Bei den Lupercalien wurde die Rückkehr des Frühlings und der Beginn des wiedererwachten Lebens gefeiert, obwohl sich die neue Jahreszeit in Rom noch nicht recht einstellen wollte. Der Tag war kalt, der Himmel eisblau, und auf den Bergen lag immer noch Schnee. Caesar, der den Festlichkeiten vorstand, saß auf einem goldenen Thron auf der Rostra. Er trug das Purpurgewand des Triumphators und den goldenen Lorbeerkranz auf dem Haupt. Das Forum quoll über vor Menschen, es herrschte eine aufgewühlte, aufgekratzte Stimmung. Die Verkäufer der dampfend heißen Pasteten, die ihre Waren im Forum verkauften, machten ein gutes Geschäft.

Kleopatra und Caesarion wurden in einer Sänfte ins Forum getragen und nahmen ihre Plätze neben den anderen Würdenträgern auf vergoldeten Sesseln ein, die man ihnen auf den Tempelstufen bereitgestellt hatte. Dort saßen auch Marcus Brutus, Decimus und Cassius. Sie nickte ihnen zu, und sie verneigten sich. Höfliche, wohlerzogene Männer, die sie aus ganzem Herzen haßten.

Sie wirken alle so angegriffen und ernst, fand Kleopatra. So als stünden sie gerade unter einer besonderen Belastung. Dabei soll das hier doch ein Fest sein, dachte sie. Können sie denn die Politik nicht einmal einen Tag lang vergessen?

Zuerst wurden eine Ziege und ein Hund geopfert, die Sinnbilder Pans und Lupercus', die alten Götter der Natur. Junge Männer aus vornehmen römischen Familien, denen man den nackten Oberkörper mit dem Blut der toten Tiere bestrich, waren zu Priestern auserkoren worden. Anschließend wurden die Tiere gehäutet und die Haut in dünne Streifen geschnitten, die man *februa* nannte. Nach dieser Bezeichnung hatte der Monat, in dem die Lupercalien gefeiert wurden, seinen Namen erhalten.

Drohend, halb nackt und blutverschmiert bahnten sich zwei von ihnen den Weg durch die Straßen Roms. Sie hatten die *februa* zu Peitschen gebündelt und schlugen auf jeden ein, der sich ihnen in den Weg stellte. Das Fest war unter anderem auch ein Fruchtbarkeitsritus, denn die Römer glaubten, daß die Frau, die von der Peitsche getroffen wurde, wenig später empfänglich sein würde. Demzufolge kamen die beiden Priester auch nur langsam voran, da sich ihnen viele der jungen verheirateten Frauen anboten, um sich die schmerzhaften Segnungen einzuholen.

Plötzlich teilte sich die Menge. Die Frauen fingen an zu kreischen, dazwischen hörte man das Knallen der Peitschen. Man sah, wie sich die Frauen vordrängten und sich die Kleidung herunterrissen. Einige der nackten Rücken waren schon von Striemen entstellt. Hinter ihnen stolzierten die beiden Priester, die die blutigen *februa* schwangen.

Kleopatra erkannte einen von ihnen. Bis auf einen Lendenschurz aus Ziegenhaut trug er nichts. Er besaß einen makellosen Körper, die Muskeln auf Brust und Schenkeln wölbten sich unter einer Schicht aus Blut und Schweiß. Er wirkte wild, primitiv – und schön. Durch die Zuschauer ging ein ehrfürchtiges Raunen.

Marcus Antonius.

Kleopatra hörte, wie Decimus hinter ihr sagte. »Meine Güte, und dieser Mensch will ein Konsul sein? Hat er denn keinen Anstand mehr im Leib?«

»Es ist ungeheuerlich!« stimmte ihm Calpurnia zu. Kleopatra sah jedoch, daß sich auf ihrem Gesicht etwas anderes abzeichnete als Entrüstung.

Eine kreischende, aufgeregte Menge folgte den beiden Männern ins Forum. Ein junges Mädchen, das die Arme über den bloßen Brüsten verschränkt hielt, schrie vor Schmerz auf, als Antonius ihr die *februa* über den Rücken zog. Die Menge öffnete sich einen kleinen Spalt, um ihr Platz zu machen. Sie schoß darauf zu und wollte flüchten wie ein verängstigtes Reh.

Kleopatra fühlte sich unbehaglich. Da steckt mehr dahinter als der Wunsch nach Fruchtbarkeit, dachte sie. Wieder und wieder knallte die Peitsche. Antonius war seinem Opfer gefolgt, das nun, von den anderen erneut eingekeilt, den Hieben erbarmungslos ausgesetzt war. Kleopatra spürte die Erregung, die sich unter den Männern breitmachte. Es herrschte die gleiche aufgeladene Stimmung wie im Circus Maximus. Gewalttätige Menschen, die sich an ihrer Lüsternheit und ihrem Blutdurst berauschten.

Erst als es aussah, als ob das Mädchen erschöpft zusammenbräche, ließ Antonius von ihr ab, und sie konnte entkommen. Die Männer protestierten lautstark, doch sie war in Sicherheit, und es galt, nach einem neuen Opfer Ausschau zu halten.

Doch dann geschah etwas, das der Pöbel nicht erwartet hatte, etwas, das nichts zu tun hatte mit dunklen Begierden und uralten Riten.

Kleopatra wußte nicht, ob Antonius die Krone bereits in der Hand gehabt hatte, als er in das Forum kam, oder man sie ihm auf ein verabredetes Zeichen hin übergeben hatte. Plötzlich sprang er jedoch auf die Rostra und schwang das glänzende königliche Diadem. Man hörte, wie die Menge die Luft anhielt.

Antonius trat vor Caesar. Auf dem Platz herrschte Grabesstille.

»Bei Jupiter«, hörte Kleopatra Brutus hinter sich murmeln.

»Was hat dieser Narr nun wieder ausgeheckt?«

Antonius hatte sich auf ein Knie vor Caesar niedergelassen und reichte das Diadem zu ihm empor. »Caesar«, rief er so laut, daß Kleopatra es bis zu ihrem Platz auf den Tempelstufen hören konnte, »ich überreiche Euch dieses Diadem im Namen des römischen Volkes. Ihr sollt die Krone tragen und Eures Volkes König sein!«

Unter den Senatoren wurden Äußerungen der Entrüstung laut. Die Menge war wie versteinert. Jeder wartete auf Caesars Reaktion. Mit einemmal wurden einzelne Stimmen laut, die riefen, er solle die Krone nehmen. Vielleicht waren sie aber auch von Caesar oder Antonius bezahlt worden, denn alle anderen blieben stumm.

Caesar Lippen kräuselten sich vor Wut und Enttäuschung. Kleopatra wußte, worauf er gehofft hatte. Er hatte gewollt, daß das Volk in einen Beifallssturm ausbrach, denn danach hätte er sagen können, daß er die Krone habe nehmen müssen, weil das Volk ihn dazu gezwungen hätte.

Statt dessen streckte er die Hand aus ... und schob das Diadem beiseite.

Antonius wirkte überrascht. »Caesar, dies ist Eure Krone!« rief er erneut. »Das Volk wünscht Euch zum König.«

Caesar ließ den Blick über die Menge schweifen. Eisiges Schweigen. Das Volk hatte entschieden.

Nimm sie, dachte Kleopatra. Nimm sie, und mach der Sache ein Ende. Die Krone steht dir zu. Wer wagt es denn, dir Einhalt zu gebieten?

Dennoch wußte sie, daß sein Instinkt richtig war. Er konnte vielleicht ohne die Unterstützung des Senats vorgehen, auch ohne den Auftrag des Volkes aber er konnte sich nicht beiden zugleich widersetzen.

Oder handelte es sich wieder um eine seiner Finten? Wollte er die Senatsväter womöglich nur in Sicherheit wiegen und sie glauben machen, daß er den Thron nicht anstrebte, um sie nachher hinterrücks zu überfallen? War es nur eine Taktik, eines seiner Manöver? Kleopatra wußte, daß er ihr darauf nie eine Antwort geben würde.

Antonius hielt Caesar das Diadem ein drittes Mal hin, doch Caesar hatte seinen Entschluß gefaßt. Er erhob sich und stieß die Krone fort. »Jupiter ist der König Roms«, verkündete er. »Nehmt die Krone und setzt sie auf sein Haupt in seinem Tempel.«

Die Menge brach in tosenden Beifall aus. Als Antonius sich mit dem Diadem in der Hand an allen vorbei zum Jupitertempel drängte, war es

Kleopatra, als habe man ihr das Herz aus dem Leib gerissen. Julius hatte befunden, daß die Zeit noch nicht reif war. Die Gelegenheit war vertan. Einen Moment lang hatte die Zukunft Ägyptens in der Waagschale geschwebt, doch dann hatte das Schicksal sich gegen sie entschieden.

Als Kleopatra sich erhob, merkte sie, daß sie zitterte. Da Caesar sie nicht zu sich bat, bestieg sie ihre Sänfte und ließ sich nach Hause tragen. Sie versuchte sich einzureden, daß sie zu ungeduldig sei und daß Caesars Entscheidung richtig gewesen war. Hatte er zuletzt nicht auch Pothinos besiegt? Und würde er nicht schließlich auch hier triumphieren?

16

Ein wunderschönes Haus, doch es mangelte tatsächlich an Einrichtung. Ihre Majestät hatte recht gehabt. Es sah leer aus. Er mußte mit der Spielerei aufhören.

Ein kalter Luftzug ließ die Türen erzittern und die Lampenlichter aufflackern. In den Zimmerecken waren Kohlebecken aufgestellt worden, doch sie machten die Kälte lediglich etwas erträglich. Brutus und Cassius hatten sich auf den Ruhebänken ausgestreckt und wärmten sich mit ein paar Schlucken heißen Würzweins.

»Wie es scheint, plant Caesar schon wieder die nächste Heldentat. Er macht jetzt ernst mit Parthien«, begann Brutus.

»Er bezeichnet es als den krönenden Abschluß seines Lebens«, spöttelte Cassius.

Brutus sah Antonius an. »Ich frage mich nur, was in der Zeit aus Rom werden soll.«

Antonius tat, als wisse er nichts von dem Gerede, das in den Bädern kursierte. »Was meinst du damit?«

»Nun, Caesar besitzt immerhin die absolute Macht. Er ist Diktator des Volkes, Imperator der Armee und Pontifex Maximus der Priester. Alles geschieht nur auf sein Geheiß. Ohne ihn ist Rom hilflos. Will er diese Macht etwa abgeben, ehe er die Stadt verläßt?«

»Er hat mir gegenüber nichts in der Art verlauten lassen.«

»Vielleicht wird er dir die Geschäfte übertragen.«

»Vielleicht. Doch wenn Caesar nach Parthien zieht, würde ich eigentlich gern mit ihm ziehen.«

»Er wird zwei oder gar drei Jahre fort sein. Was soll in der Zeit aus Rom werden?«

Worauf wollen die beiden hinaus? fragte sich Antonius. Wenn mich nicht alles täuscht, verfolgen sie ganz bestimmte Absichten. Doch Caesar verraten können sie nicht. Cassius verdankt ihm sein Leben, und wenn man den Gerüchten Glauben schenkt, ist Brutus sogar sein Sohn. Außerdem hat er ihnen, obwohl sie seine Feinde waren, zu hohen Ämtern verholfen.

Dennoch mißtraute Antonius ihnen. Männer, die ihr Leben mit Denken zubrachten, konnten sich alles mögliche einreden. Wenn man ihm die Wahl ließe zwischen Geist oder Ehrgefühl, würde er sich für letzteres entscheiden.

Ein Diener trat ein, um die Öllampen nachzufüllen. Cassius und Brutus verstummten. Überall in Rom lauerten Spitzel. Selbst den Dienstboten war nicht zu trauen.

Nachdem der Mann wieder verschwunden war, begann Antonius erneut: »Was soll's? Ihr wißt ja, wie der alte Knabe ist. Er macht letztendlich doch, was er will.«

»Und gerade das lieben wir so an ihm«, ergänzte Cassius.

»Doch wir liebten ihn noch mehr, wenn er sich nicht wie der König von Rom aufführen würde«, setzte Brutus hinzu.

»Wie meinst du das?«

»Wenn er sich noch mehr Denkmäler setzt, werden die Wagen bald nicht mehr durch die Stadt kommen. Außerdem sollte ihm vielleicht jemand sagen, daß man das Triumphgewand auch einmal ablegen kann, und sei es nur, um es waschen zu lassen.«

»Er hat sich die Ehren, die er besitzt, reichlich verdient.«

»Das Gerede über sein Königtum beunruhigt dich demnach nicht, Marcus Antonius?«

»Nein, tut es nicht«, erwiderte Antonius. »Diktator oder König, wo ist da schon der Unterschied? Caesar ist Caesar. Mir ist es lieber, wenn er Rom regiert als die Schar alter Weiber aus dem Senat.«

Cassius antwortete mit einem frostigen Lächeln. Brutus schwieg. Antonius schenkte sich erneut Wein nach, und das Gespräch wandte sich anderen Themen zu.

Sie lagen beieinander und schauten durch die Fenster zu, wie die Nebel durch die Pinien zogen und der Mond das erste blasse Licht verstrahlte.

»Du bist also entschlossen? Du ziehst gegen Parthien?«

»Parthien ist mein Schicksal.«

»Ich flehe dich an, noch einmal darüber nachzudenken. Parthien ist nicht wie Afrika oder Gallien. Es liegt zu weit von Rom entfernt. Der Weg führt ins Verderben.«

»Der Weg führt zu den verlorenen Standarten des Crassus. Ich hole sie mir zurück, ebenso wie die gefangenen Legionäre. Die Schande wird getilgt!« Crassus war einer von Pompejus' Kampfgefährten gewesen, der den Krieg gegen Parthien geführt hatte. Kleopatra war damals sechzehn Jahre alt gewesen. Er war in Charran in Medien getötet worden. Seine Soldaten waren gefallen oder in Gefangenschaft geraten.

»Und wenn du dabei umkommst?«

»Dann werde ich nicht so groß wie Alexander sein, denn er hat den Krieg geführt und ist dabei nicht umgekommen.«

Was sollte das alles? Mußte er sich denn immer noch mehr beweisen? »Ich verstehe dich nicht.«

»Parthien können wir beide regieren«, sagte er. Seine Augen leuchteten, als hätte er eine Vision. »Rom ist zu weit entfernt davon, als daß es sich einmischen könnte. Es wird mein Legat für unseren Sohn. Laut Gesetz erbt er nichts von dem, was mir in Rom gehört. Doch ich kann ihm ein eigenes Imperium schaffen ...«

Er hielt jäh inne und preßte die Hände an die Schläfen.

»Was ist mit dir?« fragte sie besorgt und fürchtete bereits, daß die Götter erneut bei ihm Einzug halten würden.

»Diese Kopfschmerzen«, sagte er. Er war kalkweiß geworden. Sein Gesicht wirkte eingefallen.

»Caesarion kann alles erben«, flüsterte sie, »ohne daß Caesar nach Parthien zieht.«

»Du hast die Menschen an den Lupercalien erlebt. Ich fürchte, es wird nicht möglich sein.«

Kleopatra spürte, wie der Zorn in ihr aufwallte. Wieviel länger sollten sie noch warten? Die Römer wurden zu Helden, wenn sie in die Fremde zogen, doch wenn sie zurückkehrten, verwandelten sie sich zu Kindern, die die Schelte der Mutter fürchteten.

»Ich kann nicht König sein«, sprach er weiter. »Doch ich kann Könige ernennen.«

»Du bist bereits König, es fehlt allein der Name. Du hast selbst gesagt, daß die Republik tot ist. Sie ist unnatürlich. Menschen wollen geführt werden, und dazu sind Könige da. Du hast keine Krone geerbt, doch du wurdest als König geboren.«

»Parthien gibt uns, was wir wünschen.«

»Ich habe bereits, was ich wünsche. Ägypten lebt im Frieden, ist unabhängig und stark. Ich brauche kein Parthien.«

»Aber du brauchst mich.«

Es war hoffnungslos. Warum konnte er es nicht einsehen? »Ich biete dir Stützpunkte, an denen du deine Truppen sammeln und dich ausruhen kannst. Mehr jedoch nicht.«

»Das reicht nicht. Ich brauche Vorräte, Ausrüstung und Reiterei.«

»Ich soll dir Männer und Geld geben, damit du deinen Träumen nachjagen kannst? Was ist denn mit *meinen* Träumen?«

»Ohne Rom – ohne mich – sind das Sklaventräume.«

Sie starrte ihn an. Die Wahrheit! Endlich hatte er sie ausgesprochen. Sie war nur sein Werkzeug. Das wollte er ihr damit zu verstehen geben.

Vielleicht hatte er sich von dem Geschwätz im Forum beeinflussen lassen. Mardian hatte ihr erzählt, daß die Menschen glaubten, sie würde ihn beherrschen. Doch sie hatte ihn nirgendwo hingeführt, wo er nicht selbst auch hingewollt hatte.

»Wenn ich die Krone jetzt nähme«, sagte er besänftigend, »und zöge nach Parthien – was würde dann geschehen? Es gibt Mitglieder des Senats, die mir nicht gewogen sind, Männer deren Einfluß ich nicht unterschätzen darf. In den drei Jahren, in denen ich fort bin, könnte ich die Krone niemals bewahren.«

»Dann ziehe nicht fort.«

»Wenn ich es nicht tue, fehlen mir die Stimmen des Volkes, die ich brauche.«

»Was sollst du denn noch alles tun? Mit oder ohne Parthien – Rom wird sich dir nicht widersetzen.«

»Ich muß Parthien erobern. Ich will nicht, daß Alexander mein Leben überschattet. Ich will so sein wie er!«

Das also ist der Kern des Problems, dachte Kleopatra. Es quält ihn, den Vergleich zu ziehen. Vielleicht zweifelt er selbst an seinem Recht zum Königtum, ehe er nicht in Babylon war.

Sie holte tief Luft. »Wenn du gehen mußt, dann mache mich zu deiner Königin. Laß mich Rom regieren, während du fort bist.«

Er schaute sie fassungslos an. »Eine *Fremde* als Herrscherin über Rom? Dein Leben wäre verwirkt, sobald ich einen Fuß aus der Stadt gesetzt hätte, selbst wenn ich närrisch genug wäre, deinem Ansinnen nachzugeben.«

»Heirate mich.«

Er setzte sich auf und faßte sich abermals an die Schläfen. Die Knöchel traten weiß hervor.

Er wird den Krieg nicht überleben, dachte Kleopatra. Caesar stirbt, aber nicht auf dem Schlachtfeld. Die Fallkrankheit wird ihn hinwegraffen.

Sie spürte, wie sie mit einemmal die Kraft verließ. Es war zwecklos. Sie hatte ihn ohne Unterlaß angefleht, aber es hatte immer Ausflüchte gegeben. Parthien, Calpurnia, der feindselige Senat. Der große Caesar, so berühmt für die Schnelligkeit und Entschlossenheit seines Handelns, ließ sich von Ängsten lähmen.

»Wenn ich aus Parthien zurückkehre, wird mich ganz Rom als Gott feiern«, sagte er. »Dann können wir tun, was wir wollen, und niemand wird sich uns widersetzen.«

»Laß sie sich doch widersetzen. Schon jetzt kann dir niemand Einhalt gebieten.«

»Du verstehst es einfach nicht. Rom hat seit vierhundert Jahren keinen König mehr.«

Er hatte recht. Sie verstand es nicht. Einen Thron mit einem zweiten zu verbinden, das ergab für sie Sinn. Warum sollte Rom sich gegen etwas wehren, was der übrigen Welt nur natürlich erschien?

»Was ist mit Calpurnia? Warum läßt du dich nicht von ihr scheiden? Soll das auch warten, bis du zurück aus Parthien kommst?«

Er wurde ärgerlich, wie immer, wenn man seine Beschlüsse in Frage stellte, wenn man ihn zu Erklärungen zwang. »Was für einen Unterschied macht das? Ich kann dich nicht heiraten, ehe sich meine Situation in Rom geändert hat.«

»Und wenn sie sich ändert?«

»Dann werde ich Calpurnia verlassen, obwohl es mir nicht leicht sein wird. Calpurnia war über vierzehn Jahre hinweg eine gute und treue Ehefrau, wenngleich ich selten in Rom war, um mich ihr zu widmen. Da sie unfruchtbar ist, wird sie keinen neuen Gefährten finden.«

»Da sie unfruchtbar ist, kannst du dich von ihr scheiden lassen, wann immer du willst.«

»Calpurnia ist eine römische Dame, und du hast kein Recht, mir Vorschriften zu machen.«

Natürlich, trotz ihrer Mängel war Calpurnia immer noch Römerin, wohingegen sie, obgeich sie ihm einen Sohn geschenkt hatte, immer noch eine *peregrina*, eine Fremde, war.

»Zudem«, sagte er, »gibt es nicht nur in meinem Leben Hindernisse.«

»Du redest von meinem Bruder.«

»Ich kann dich nicht heiraten, solange du verheiratet bist.«

»Es war dein Wunsch.«

»Damals hatte ich meine Gründe. Außerdem ist geschehen, was geschehen ist. Doch wenn es an der Zeit ist, solltest du auch deine Situation überdenken.«

»Er ist noch ein Junge.«

»Aber eines Tages ist er ein Mann. Er hat Anspruch auf deinen Thron. Denk darüber nach, Kätzchen!«

Sie erinnerte sich daran, wie sie seine Entschlossenheit bewundert hatte, als er Ptolemaios in den Tod schickte.

Würde sie sein können wie Caesar, wenn alles auf dem Spiel stand?

17

Apollodoros war noch immer der gleiche. Er schlug die Augen nicht nieder, wie es andere in ihrer Gegenwart taten, sondern musterte sie mit dem gewohnten Blick leichter Belustigung.

Kleopatra hatte ihn zum letzten Mal an jenem Tag gesehen, als er sie in den Lochias-Palast schmuggelte. Er war Zeuge ihrer Furcht gewesen, hatte sie elend erlebt und krank. Sie spürte einen Anflug von Befangenheit, den sie jedoch gleich wieder unterdrückte. Damals hatte Mardian ihn ausgewählt – und auch dieses Mal war es Mardians Idee gewesen, Apollodoros abermals mit einer heiklen Aufgabe zu betrauen.

»Mein treuer Apollodoros«, sagte Kleopatra. »Wie geht es dir?«

»Ich habe getan, was Ihr befahlt. Ich habe die letzten drei Monate in Diensten des Antonius zugebracht.«

»Hat er dich gut behandelt?«

»So gut, wie ein Mann seinen Sklaven nun einmal behandelt. Er hat mich gar nicht wahrgenommen. Ich hingegen kenne ihn gut.«

»Und?«

»Was wünscht Eure Majestät zu wissen?«

»In einem deiner Berichte erwähntest du, daß er sich eines Abends allein mit Cassius und Brutus getroffen hat. Worüber haben sie geredet?«

»Ich konnte kaum etwas verstehen. Sie verstummten, sobald ich den Raum betrat. Es sind vorsichtige Männer. Oder vielleicht sollte ich sie besser furchtsam nennen.«

»Du hast demnach nicht gehört, daß Antonius Schlechtes über Caesar redete?«

»Nein. Beim Abschied schienen sie kühl, doch mehr war nicht zu erkennen.«

»Hast du ihn überhaupt jemals über Caesar reden hören?«

»Ja. Im vertrauten Kreis nennt er ihn den alten Knaben, und hin und wieder macht er auch einen Scherz, was Caesar und Euch betrifft – jedoch nur unter Freunden.«

»Welcher Art sind diese Scherze?«

»In der Art, daß er Caesar das exotische Nachtmahl neide, das dieser abends verzehre. Vor den gröberen Späßen möchte ich Euch verschonen.«

»Sehr feinfühlig von dir, Apollodoros.«

»Verächtlich äußert Antonius sich lediglich über seine Frau, jedoch nicht ohne Grund. Fulvia ist eine Giftnatter, ein Weib, dem die Rute gebührt, wenn Ihr mich fragt. Sie hat mich zweimal geschlagen. Ich mußte mir vor Augen halten, daß ich in Euren Diensten bin, sonst hätte sie es gebüßt.«

»Ich werde es dir vergelten.«

»Das hat Mardian bereits getan.« Er zögerte. »Da wäre jedoch noch etwas anderes.«

»Sprich!«

»Es geschah nach einem seiner Feste auf dem Land. Man hatte ein Ritual nach Art des Bacchus veranstaltet. Eine Schar junger Männer und Frauen waren zusammengekommen, und es sind Dinge geschehen, die ich vor Euch nicht wiederholen mag. Der Wein floß in Strömen, soviel sei gesagt, und schließlich ließ man der Natur freien Lauf.«

»Eine Orgie?«

»Ja, Majestät. Sie führten sich auf wie hitzige Tiere.«

Kleopatra unterdrückte ein Lächeln. Apollodoros versuchte offensichtlich, sie auf versteckte Art herauszufordern.

»Es liegt, wie du schon sagtest, wohl tatsächlich in unserer Natur«, erwiderte sie.

»Am folgenden Morgen fand ich eins der Mädchen tot im Wald.«

Sie beugte sich erschrocken vor. »Tot, sagst du?«

»Erwürgt, wie es den Anschein hatte.«

»Glaubst du, daß es Antonius war?«

Apollodoros schüttelte den Kopf. »Ich habe ihn nie gewalttätig erlebt, Majestät, selbst wenn er sinnlos betrunken war, was häufig genug vorkommt. Dennoch möchte ich Euch vor ihm und seinesgleichen warnen. Wenn ein Römer dem Dionysos folgt, führt es in den Wahn. Antonius kann man trauen, doch nicht dem Gott, zu dem er betet.«

Nachdem Apollodoros gegangen war, dachte Kleopatra über seine Worte nach. Antonius war offenbar nicht so einfältig, wie sie geglaubt hatte. Doch konnte man überhaupt Caesars Gefolgsmann werden, wenn man nicht auch eine dunkle, zerstörerische Seite in seiner Seele besaß? Ihr Vater war wie viele Griechen Alexandrias ein Anhänger des Dionysos gewesen. Genaugenommen hatten die Ptolemaier den Gott erst in Ägypten eingeführt und ihn der Bevölkerung nahegebracht, indem sie ihn mit dem ägyptischen Osiris zu einer Gestalt verschmolzen, die sie Serapis nannten.

Für ihren Vater war dieser Gott Zuflucht geworden, die Anbetung eine Form des Vergessens – doch ihr Vater war auch ein schwacher Mensch gewesen. Die Römer hingegen suchten im Rausch die Erhöhung, wähnten sich göttlich im Trunk.

Was war es bei Antonius, das ihn dem Wein zuführte? Krankte auch er an einer Schwäche, trotz seiner Muskeln und dem kriegerischen Mut?

18

Auf dem Weinlaub lag noch der Rauhreif, und auf dem ruhigen Brunnenwasser trieb Eis, doch an den Pfirsich- und Kirschbäumen zeigten sich schon erste zarte Knospen. Die ersten Märztage waren vorüber, und die Truppen, die Caesar nach Parthien begleiten würden, sammelten sich auf dem Marsfeld.

Caesar kam in Mantel und Rüstung. Er war in Begleitung seiner Befehlshaber, Antonius, Decimus und Marcus Lepidus. Sie hatten die Truppen auf dem Marsfeld inspiziert. Caesar war blaß und wirkte müde.

Er stieg von seinem Pferd. Kleopatra erwartete ihn unter dem Eingangsportal, zusammen mit Mardian und weiteren Vertrauten. Sie hatten sich in dicke Pelzmäntel gehüllt, um sich gegen die Kälte zu schützen.

»Ich bin gekommen, um Lebewohl zu sagen«, begann Caesar.

»Wann brichst du auf?«

»In drei Tagen.«

So bald. Nun gab es kein Hoffen mehr.

Seit ihrem letzten Gespräch war ihre Beziehung angespannt. In den vergangenen Wochen hatten sie sich kaum gesehen. Die nächtlichen Besuche waren selten geworden. Caesars Gedanken richteten sich ganz auf den Feldzug gegen Parthien. Kleopatra hatte sich damit abgefunden. Nachdem sie Caesar nicht von seinem Kurs hatte abbringen können, war sie gewappnet und rechnete damit, erneut verraten zu werden. Man wußte schließlich nie, welches Spiel Caesar spielte. Wenn man ihn nicht überzeugen konnte, die Interessen seines einzigen Sohnes zu wahren – wußte man dann, was er tun würde, wenn er aus Parthien zurückkäme?

Wenn er zurückkäme.

»Was wirst du nun tun?« fragte Caesar.

»Ich kehre nach Ägypten zurück, sobald das Wetter es erlaubt.«

Er nickte, schien erleichtert. »Das wäre klug. Hier hast du Feinde.«

»Ich flüchte nicht vor Römern, ich kehre zu meinen Pflichten zurück.« Immer die gleiche Überheblichkeit. Als ob das Geschehen in Rom das Maß aller Dinge sei. »Ich werde Isis um deine sichere Rückkehr bitten.«

Caesar ging nicht darauf ein. Statt dessen murmelte er: »Vielleicht erfüllt sich unser Traum, bevor ich gehe.«

Kleopatra starrte ihn an, wagte kaum zu atmen. Er hatte ihre Hoffnungen so viele Male zerstört. »Was willst du damit sagen?«

Er lächelte matt. »Ehe ich losziehe, wird der Senat das Sibyllinische Orakel erörtern. Ich denke, daß man mich am Ende der Debatte zum König macht.«

War das wieder eines seiner Spiele? Warum hatte er denn nicht früher etwas davon verlauten lassen? »Ist es gewiß?«

Caesar zuckte die Achseln. »Nichts ist gewiß. Marcus Antonius sagte jedoch, daß die nötige Zahl der Senatoren für diesen Plan gewonnen werden konnte. Er hat sie bestochen, und die, die nicht käuflich waren, bedroht.«

»Dann wirst du König von Rom?«

Er wich ihrem Blick aus. »Es könnte einen Kompromiß geben.«

Oh, natürlich. Ihr geliebter Julius. Es gab immer irgendeinen Kuhhandel. »Einen Kompromiß?«

»Ich werde zwar König, doch nicht der von Rom. Statt dessen gewährt man mir die Teile des Reiches, die außerhalb Italiens liegen.

Ich könnte eine Königin meiner Wahl heiraten, den Hauptsitz der Monarchie nach Alexandria verlegen, und Caesarion wäre für dieses Reich mein Erbe.«

Einen Moment lang war Kleopatra wie versteinert. »Ohne Rom wird dein Sohn nie sicher sein – nichts wird sich ändern!« begehrte sie schließlich auf.

»Für mich wird sich etwas ändern«, erwiderte er kalt.

»Läßt du dich dann auch von Calpurnia scheiden?«

»Das wird nicht vonnöten sein. Sie bleibt die kinderlose Frau des römischen Diktators. *Du* wirst meine Königin.«

Kleopatra erkannte die Absicht, die sich dahinter verbarg. Wie immer hatte er sich das Beste herausgepickt. Falls der Senat seinen Wünschen entsprach, würde er die Ehe mit ihr als politischen Schritt rechtfertigen, als geschicktes Taktieren seinerseits. Dagegen würde auch das Volk nichts einzuwenden haben, denn die Einverleibung Ägyptens, samt königlichem Haus und prall gefüllter Schatztruhe, wäre jedem recht. Damit besäße Caesar endlich alles – einschließlich der Liebe seines Volkes. Er hatte sie nicht verraten, sondern nur seine Schachfiguren verstellt.

Seine Lippen glitten über ihre Wange. »Wir werden Götter sein«, flüsterte er.

Du Mistkerl, dachte Kleopatra und wandte den Kopf ab.

Er hob gleichgültig die Schultern. Zweifellos hatte er ihre Reaktion vorausgesehen. Und wenn schon? Er würde zwei Jahre in der Fremde sein – mindestens zwei Jahre. Bis er zurückkäme, würde sie ihm verziehen haben. Und schließlich warteten auf dem Weg nach Parthien schon die Frauen anderer Männer, die ihn trösten würden. Wie man hörte, hatte sich Herodes gerade wieder frisch vermählt.

»Auf daß die Götter dich begleiten und deinen Weg behüten«, sagte Kleopatra förmlich.

In seinen Augen glomm ein seltsamer Blick. War es etwa Reue? Nun, sie hätte darauf nicht wetten wollen. »*Vale*, Kätzchen.«

Sie schwieg und sah zu, wie er ging. Was immer auch geschieht, dachte sie, von einem Römer lasse ich mich nicht mehr betrügen.

Kleopatra konnte nicht schlafen.

Der März war inzwischen weiter fortgeschritten, doch der Winter wollte nicht weichen. Stürme kamen aus dem Norden mit Regengüssen und Windböen von solcher Stärke, daß sie etliche der Zypressen im Garten entwurzelten.

Kleopatra lag in ihrem Bett, hörte, wie der Wind um die Pinien stob, Äste brach und heulend durch die Türritzen fegte. Irgendwo ging ein Lampenständer mit lautem Getöse zu Boden.

In den vergangenen Tagen war die Stadt von einer eigenartigen Spannung erfaßt gewesen. Jeder wußte, daß der Senat am folgenden Tag – an den Iden des März – die Sibyllinischen Orakel diskutieren würde. Mardian hatte inzwischen Gerüchte vernommen, nach denen man Caesar nach dem Leben trachtete. Doch solche Gerüchte kursierten schon von jeher.

Auf den Märkten wurden die Schwätzer und Wahrsager belagert, als seien sie das eigentliche Orakel. Die Rede war von wunderlichen Zeichen, von neugeborenen Kindern, die mit zwei Köpfen zur Welt kamen, Statuen, die blutige Tränen vergossen, von Lichtern, die am Himmel erschienen. Eine Geschichte, die sich besonderer Beliebtheit erfreute, war die eines Wolfes, der aus den Wäldern auftauchte, einem Torwächter das Schwert entriß und damit in der Nacht verschwand.

Kleopatra starrte in die Dunkelheit, zerbrach sich den Kopf und dachte an Caesars Kompromiß. Im Grunde war es mehr, als sie damals zu hoffen gewagt hatte. Caesar als König und Gemahl der Königin von Ägypten! Es würde ihrem Land Frieden gewähren, und Caesarion wäre die Nachfolge sicher.

Nein – das stimmte nicht, sicher wäre sie nicht. Caesarion war noch klein, und es war durchaus absehbar, daß Caesar seine Thronbesteigung gar nicht mehr erlebte. Und nach Caesars Tod gäbe es andere Menschen, die Rom regierten. Vielleicht würde der nächste Imperator all das zurücknehmen, was Caesar gewährt hatte.

Letztlich habe ich gar nichts bekommen, dachte Kleopatra.

19

Die Zweige der Pinien schwankten heftig im Wind. Über den Himmel zogen dichte dunkle Wolken, und ein Blitz erhellte die Statuen in den Gärten, machte sie auf gespenstische Weise lebendig.

Kleopatra stand am Fenster und spürte, wie sie ein seltsames Gefühl des Unbehagens beschlich, so als würde ihr jeden Moment übel werden. Die Stadt schimmerte in einem unheimlichen grünlichen Licht, und ihre Katzen jagten aufgestört durch die Räume und fauchten. Die

Diener fuhren bei jedem Blitz zusammen und befingerten ihre Amulette am Hals.

In den späten Morgenstunden hörte einer von ihnen Lärm, der aus der Stadt zu ihnen drang, doch bis man ihr davon Meldung machte, war er wieder beigelegt. Kleopatra nahm an, daß Legionäre nach irgendwelchen Unruhen die Ordnung wiederhergestellt hatten. Sie fragte sich, ob es etwas mit dem Geschehen im Senat zu tun gehabt hatte. War es öffentlicher Beifall gewesen, als man Caesar zum König ausrief? Oder war die Senatsdebatte in einen Aufstand gemündet? Wo steckten Mardians Spitzel, wenn man sie brauchte?

Es war kurz nach Mittag, als ein Wagen vor dem Tor hielt. Der Mann, der ausstieg, war Konsul Marcus Antonius in Begleitung einer schwerbewaffneten Leibgarde. Die Männer strömten aus und verteilten sich wie Fliegenschwärme über die Gärten, mit gezückten Waffen, die Mienen starr und ernst.

Kleopatra wußte, daß etwas Schreckliches vorgefallen sein mußte.

Sie empfing Antonius in dem großen Raum, von dem aus man die Gärten überblicken konnte. Sie erkannte ihn kaum wieder, so grau war sein Gesicht, die Züge so hart. Draußen ging ein Hagelschauer nieder, die Körner trommelten gegen die Fenster, als würden sie aus Katapulten geschleudert. Über den sieben Hügeln der Stadt grollte der Donner.

Nun wußte sie Bescheid.

»Er ist tot, nicht wahr?«

Antonius nickte. »Er wurde ermordet. Mitten im Senat, zu Füßen der Statue des Pompejus, vor aller Augen. Es waren etwa zwanzig, die sich um ihn drängten und mit Dolchen auf ihn einstachen.«

Es war, als stünde die Erde still. Das durfte nicht sein. Und doch war es der Moment, den sie seit ihrer Ankunft gefürchtet hatte. Der unbesiegbare Gott – tot! Kleopatra dachte an den Tag zurück, an dem er sich in den Hafen Alexandrias gestürzt hatte und in voller Rüstung durch die Wellen geschwommen war, während um ihn herum die feindlichen Speere niederprasselten. Hatte er das überlebt, nur um dem eigenen Senat zum Opfer zu fallen? Sie erinnerte sich wieder an die Worte ihres Vaters. *Jeder Palast birgt Schlangen.*

So viel, so unendlich viel hatte von dem Schlagen eines Herzens abgehangen.

Sie schloß die Augen. Es war wie ein böser Traum. »Wer war es?«

»Cassius. Decimus. Sogar Marcus Brutus. Später stürmten sie zum

Forum und brüllten etwas von Freiheit und der Republik. Die übrigen Senatoren haben ihre Togen gerafft und sind geflohen wie Weiber. Jetzt herrscht Aufruhr, die Gladiatoren haben bereits mit Plünderungen begonnen.«

Kleopatra war wie betäubt. Warum fühlte sie nichts? »Ich habe ihn gewarnt«, stieß sie schließlich hervor.

»Wir alle haben ihn gewarnt, Majestät. Ich bin sicher, der alte Knabe wußte, in welche Gefahr er sich begab.«

Caesar war tot – und wenn man *ihn* ermorden konnte, war niemand mehr sicher. »Seid auch Ihr in Gefahr, Marcus Antonius?«

Er lächelte zum ersten Mal. »Dazu müßten ich ihnen erst einmal in die Hände geraten. Anders als Caesar traue ich der Leibwache mehr als der Liebe der Menschen.«

Kleopatra dachte daran, daß am Ende des Ganges ein kleiner Junge spielte, der als nächster auf der Liste der Mörder stehen konnte. Was war, wenn sie nicht nur Caesar, sondern alles von ihm vernichten wollten? »Und ich? Mein Sohn?«

Das Lächeln erlosch. »Es wäre gut, wenn Ihr nicht länger hier verweiltet. Die Zeiten sind unsicher. Nun, da Caesar nicht mehr ist, weiß niemand, was in Rom geschieht.«

Er hat recht, dachte Kleopatra. Wer weiß, vielleicht ist sogar er schon mein nächster Feind. Wie oft hatte man Antonius als Caesars Nachfolger im Munde geführt, obgleich dabei wohl niemand geglaubt hatte, daß sich die Frage so bald erhob. Doch nun warf die Lage ein ganz neues Licht auf diesen – diesen Feuerkopf und Taugenichts. Vielleicht war der Tag gar nicht mehr so weit, an dem sie, Kleopatra, *ihn* bekriegen oder befreunden mußte.

Seine Geliebte werden mußte.

»Ich nehme an, Ihr habt auch weiterhin gute Vorkehrungen zu Eurem Schutz getroffen«, sagte Kleopatra.

»Das habe ich«, er nickte.

»Sind Brutus und Cassius die neuen Herren Roms?«

»Brutus und Cassius schwingen nur wilde Reden. Dabei fuchteln sie mit dem Mörderdolch und schreien die alten Parolen. Zur Vorsicht habe ich Lepidus gebeten, die Legionen zum Marsfeld zu schaffen. Laßt mir zwei Tage. Dann hole ich das zurück, was sie glauben, gewonnen zu haben.«

Plötzlich verstand sie, weshalb Caesar Antonius geliebt hatte. Es gab Männer, die treu zur Stelle waren, wenn es zu kämpfen galt. Vielleicht taugten sie nicht zu Friedenszeiten, doch wenn Blut vergossen wurde, war auf sie Verlaß.

»Fühlt Ihr Euch unwohl, Majestät?«

Kleopatra sank auf das Sofa nieder. Die Beine versagten ihr mit einemmal den Dienst.

Sie dachte immer noch, es könne gar nicht sein, daß Caesar wahrhaftig tot sei. Sie hatte ihn für unverletzlich gehalten, trotz der Falten, die sein Gesicht zerfurchten, trotz der Fallsucht, die ihn gezeichnet hatte. Sie glaubte auch jetzt noch, daß er jeden Moment durch die Tür marschiert käme, mit Berichten in der Hand, Befehle erteilend. Sie sah das Gesicht vor sich, das ihr aus schwierigen Zeiten vertraut war, erschöpft und ungeduldig, so als strapaziere die bloße Gegenwart gewöhnlicher Menschen seine Geduld bereits über die Maßen.

Nun, von all diesen Problemen war er jetzt befreit. In einem kurzen Augenblick hatte die Erde angehalten – und danach hatte sich alles verändert.

»Marcus Antonius, ich danke Euch, daß Ihr mir die Nachricht überbracht habt. Ich werde nie vergessen, daß Ihr als Freund erschienen seid.«

Er verneigte sich. »Majestät.«

Dann ging er, und sie saß lange Zeit allein, schaute über die Gärten, beobachtete den Wind, der an den Ästen rüttelte, die Blitze, die sich in die römischen Hügel bohrten. Eine Träne rann ihr über die Wange. Das überraschte sie. Sie hätte nie geglaubt, daß sie einmal um einen Römer weinen würde.

Als Marcus Antonius Caesars Haus betrat, hatte Calpurnia die tragische Kunde bereits vernommen. Einer ihrer Diener war vom Forum aus zu ihr gelaufen, um ihr die Nachricht zu überbringen. Sie war leichenblaß, und ihre Augen waren vom Weinen gerötet.

Marcus Antonius stand vor ihr und trat von einem Fuß auf den anderen. Er wollte es hinter sich bringen. Später war noch genug Zeit, den alten Knaben zu beweinen. Jetzt gab es Wichtigeres zu erledigen.

»Ich habe es ihm gesagt«, wiederholte Calpurnia ein über das andere Mal. »Ich habe ihm gesagt, er soll vorsichtig sein. Es konnte ja nicht anders kommen.«

»Sie haben ihn verraten, Calpurnia.«

»Wie denn auch nicht? Was hat er denn erwartet?« Sie hatte ihre Morgentoilette noch nicht beendet. Es war das erste Mal, daß Marcus

Antonius sie ohne Schmuck und Schminke sah. Das Haar hing ihr wirr um den Kopf – eine alte Frau. »Wahrscheinlich bist du zuerst zu seiner Hure gerannt.«

»Kleopatra wurde benachrichtigt.«

»Und? Gewiß hat sie sich die Augen aus dem Kopf geweint.«

Antonius holte tief Luft. Er hatte Calpurnia nie gemocht und hatte nicht erwartet, daß sie die Nachricht mit Würde trug. Wie es den Anschein hatte, enttäuschte sie ihn nicht.

»Warst du dabei?«

»Glaubst du, ich lebte noch, wenn ich mich zwischen ihn und die Mörder hätte werfen können?«

In ihrem Blick blitzte ein Anflug von Verständnis auf. »Nein, Marcus. Sicherlich nicht. Ich weiß, du hast ihn geliebt – auf deine Art.«

»Wir können morgen um Caesar trauern«, lenkte Antonius ab, da er nicht Zeuge ihrer Gefühle werden wollte. »Heute gilt es, Dinge zu regeln, die Rom vor seinen Mördern bewahrt.«

Calpurnia preßte die Lippen zusammen. »Also gehen wir gleich zum Geschäftlichen über?« fragte sie.

»Die beste Rache ist, Brutus und seine Freunde daran zu hindern, die Früchte ihrer Tat zu ernten.«

Calpurnia nickte stumm. Ihr Schmerz war echt, stellte Antonius verwundert fest. Er hätte nie gedacht, daß sie Caesar geliebt hatte.

»Hast du sein Testament?« fragte er.

Sie schien zu zögern. »Mein Vater hat es von den Vestalinnen bekommen, als er die Nachricht erfuhr.«

»Hast du es geöffnet?«

Sie nickte.

»Ich muß es lesen, Calpurnia.«

Sie verließ das Zimmer und kam wenige Augenblicke später mit zwei Schriftrollen zurück, die sie vor ihm auf den Tisch warf. »Sieh selbst, was er getan hat.«

Zwei Testamente? Antonius setzte sich nieder und entrollte den ersten Bogen. Darauf war Octavian als Haupterbe des Vermögens eingesetzt. Dadurch würde der Junge als Caesars angenommener Sohn gelten und wäre berechtigt, Caesars Namen zu führen.

»Ich hätte ihm einen eigenen Sohn schenken müssen«, murmelte Calpurnia. »Nun bekommt dieser Schwächling alles.«

»Was steht in dem anderen Papier?« fragte Antonius und hielt das zweite Testament hoch.

Calpurnias Gesicht war grau geworden. »Lies!« drängte sie ihn.

Es war zwei Jahre nach dem anderen Schriftstück datiert. Der Inhalt war ungeheuerlich. Danach erbte Octavian zwar immer noch einen Teil des Vermögens, doch der Großteil ging an den Sohn über, den Caesar mit Kleopatra gezeugt hatte. Es gestattete dem Kind, Caesars Namen zu tragen, und beinhaltete die offizielle Anerkennung der Vaterschaft. Die Auswirkungen dieser Verfügung waren schlechthin unvorstellbar.

»Es ist ungesetzlich«, sagte Antonius.

»Unmoralisch wäre wohl das bessere Wort, doch wie soll ich einen Begriff wie Moral mit Caesar in Verbindung bringen?«

»Der alte Knabe muß von Sinnen gewesen sein, als er das niederschrieb.«

»Er erkennt den Bastard an. Vor aller Welt. Nicht allein, daß er durch alle Betten Roms gestiegen ist, nein, diese Sache hier muß er auch noch an die große Glocke hängen, als gäbe es Grund, stolz darauf zu sein.«

Antonius schüttelte den Kopf. Gerade Caesar hätte sehr wohl wissen müssen, daß es gegen das Gesetz verstieß, römisches Vermögen einem Fremden zu vererben. So etwas wurde nicht anerkannt. Doch falls der Inhalt dieses Testaments an die Öffentlichkeit drang, würde es jedem Nachfolger Caesars die Herrschaft erschweren. Caesarion würde wie eine anhaltende Gewitterwolke am Himmel drohen. Der einzige Ausweg für den nächsten Imperator läge darin, den Jungen zu ermorden – und wohl auch dessen Mutter.

»Wir müssen entscheiden, welches dieser beiden Testamente dem Senat vorgelegt wird«, sagte Antonius, obwohl es nur eine Antwort darauf gab.

Calpurnia starrte ihn entgeistert an. Antonius war überrascht, daß ihr dieser Gedanke nicht selbst gekommen war.

»Du meinst – wir könnten eins davon vernichten?«

»Nur dann werden wir ruhig schlafen können, meine Liebe. Abgesehen davon ist nur die erste Fassung gültig. Die andere verstößt gegen das Gesetz. Ihr Einfluß wäre allenfalls politischer Natur.«

Er wandte die Aufmerksamkeit wieder den beiden Dokumenten zu. Seinen lieben Freund, Marcus Antonius, hatte Caesar bei der Abfassung offenbar ganz vergessen. Dieser abgefeimte Gauner und Verräter! Wer weiß, ob ich den Dolch nicht auch gezückt hätte, hätte ich davon gewußt, ging es Antonius durch den Kopf.

Am liebsten hätte er beide Testamente vernichtet, doch für eins mußte er sich entscheiden. Wenn er es sich recht überlegte, zählte Octavian nicht. Er würde das Geld nehmen und es mit seinen holden Knaben durchbringen. Mit Octavian würde er fertig. Vielleicht war das sogar Caesars Absicht gewesen. Dieser elende Schurke und Verbrecher.

Antonius zog eine der Kerzen näher. Kurz darauf lag Caesars Testament als verbranntes Häufchen Asche auf dem Tisch. Antonius fuhr mit der Hand darüber und fegte es auf den Boden. »So – damit wäre Octavian Caesars Erbe. Es wird ihm Freude bereiten.«

»Er wird seine Freude irgendwo reinstecken, wie es seine Art ist.«

Antonius mochte es nicht, wenn Frauen derbe Anspielungen machten, aber Calpurnia war dafür bekannt. Wieso hatte Caesar es nur so lange mit ihr ausgehalten? Ihr politischer Nutzen war längst verbraucht.

»Ich nehme Caesars Testament mit und auch seine anderen Unterlagen.«

»Du willst seine *Staatspapiere*?«

»Es ist mein Recht und meine Pflicht als der alleinige, rechtmäßig amtierende Konsul.« Antonius hatte zwar keine Ahnung, ob das zutraf, nahm jedoch an, daß Calpurnias Kenntnisse des römischen Rechts nicht ausreichten, um ihm zu widersprechen.

Während Calpurnia den Raum verließ, um Caesars Papiere zu holen, betrachtete Antonius die verkohlten Reste zu seinen Füßen. Was hatte der alte Knabe sich nur dabei gedacht?

Er studierte das erste Testament und ging die Liste der Nacherben durch. Dort tauchte auch Decimus Brutus auf, einer derer, die ihn ermordet hatten. Der alte Knabe war zwar ein begnadeter Feldherr gewesen, doch bei allem, was recht war, ein guter Menschenkenner war er nicht.

Kleopatra mußte hinaus ins Freie. Blindlings stürzte sie aus dem Haus, spürte den Regen wie kalte Pfeile auf dem Gesicht. Sie lief einfach geradeaus, stolperte mit rauhen Schluchzlauten durch schlammige Pfützen bis sie auf einer nassen Marmorbank niedersank.

Sie hatte ihn gewarnt. Als er die Leibgarde entließ, hatte er sich ihnen dargeboten, sie regelrecht herausgefordert, den Dolch zu zücken und über ihn herzufallen.

Warum hatte er nicht auf sie gehört? Warum?

Am liebsten hätte sie sich auf die Erde geworfen und getobt und geschrien. Alles war verloren, einfach weggeworfen. Nicht nur sein Leben, auch das ihrige und das ihres Sohnes. Du Narr, rief sie in den Wind und zu den peitschenden Regentropfen. Ihr Körper bebte vor Wut.

Du Narr!

Doch dann wurde ihr klar, warum alles so gekommen war. Es lag an diesem Volk, dieser Stadt. Sie glaubten an die Größe des Römertums, es war ihnen wichtiger als alles andere, und zuletzt hatte genau dies ihn getötet.

Tief in seinem Herzen mußte er selbst an der Richtigkeit seiner Absicht gezweifelt haben. Er wollte den römischen Göttern gefallen, den steinernen Figuren mit den strengen Gesichtern, an die er nicht zu glauben vorgab. Ihnen hatte er sich ausgeliefert, seinen Ehrgeiz auf ihren Prüfstein gelegt. Sein römisches Gewissen hatte sich seinen Wünschen widersetzt. *Er selbst* hatte nicht gewollt, daß Rom einen König erhielt – einen, der sich mit einer fremdländischen Königin vermählte.

Kleopatras Zorn ebbte so schnell wieder ab, wie er gekommen war, und sie fing an zu weinen. Sie weinte um Ägypten, um Caesarion und schließlich um sich selbst. Sie weinte, weil sie Caesar am Vortag im Bösen hatte ziehen lassen – ohne ein Lebewohl.

20

Sie hatten Caesar ermordet, dachte Antonius, eine Tat begangen, die ihresgleichen suchte, und sich dann aufgeführt wie dumme Jungen. Sie hatten den Fehler gemacht, Brutus im Forum reden zu lassen, damit sie das Volk auf ihre Seite bekämen. Seine Ausführungen waren langatmig und verworren wie immer, gespickt mit Bezügen zur Republik, wo doch das Volk nur hinhörte, wenn es um Steuererlaß ging oder Krieg. Zudem hatte Brutus vergessen, daß der gemeine Mann Caesar geliebt hatte, wenn auch auf seine Weise. Nach einer Weile waren die Menschen Brutus' Worten überdrüssig geworden, hatten sich gegen ihn empört und ihn und seinen Anhang aus dem Forum gejagt.

Der nächste Fehler, den die Verschwörer begingen, war, Cicero zum neuen Führer Roms auszurufen. Er war ein großartiger Redner, aber ein Versager, wenn es einen Aufstand zu bekämpfen galt. Während er mit Cassius und Brutus in Gedanken das perfekte Rom entwarf, hatte

Antonius sich der Unterstützung des Marcus Lepidus versichert, des Oberbefehlshabers der Reiterei, einer von Caesars Getreuen. Lepidus hatte vorgeschwebt, daß er dafür der neue Pontifex Maximus würde, eine Illusion, die Antonius ihm beließ.

Antonius hatte inzwischen drei Kohorten zum Forum verlegt und den restlichen Truppen befohlen, die Wachen an den Stadttoren zu verstärken. Ausgestattet mit Caesars Testament und seinen Staatspapieren, traf er sich mit Caesars Bankier, Caesars Sekretär und den Konsuln, die Caesar noch kurz vor seinem Tod ernannt hatte. Innerhalb weniger Tage besaß Antonius, dank der Dreifaltigkeit aus Geld, Politik und der Armee, die Kontrolle über Rom.

Die Verschwörer hatten nur ihre Prinzipien – eine mangelhafte Gegenwehr, wie sich bald herausstellte.

Zwei Tage nach Caesars Ermordung versammelte sich der Senat abermals im Theater des Pompejus. Cicero beantragte, die Caesarmörder zu begnadigen, doch anderen war das der Milde noch nicht genug. Freunde von Brutus und Cassius schlugen vor, den Verschwörern – oder Befreiern, wie sie sie nannten – Ehre zu bezeugen und sie als Retter des Volkes zu feiern. Einer der Senatoren ging sogar soweit, die Tat als Tyrannenmord zu loben und Caesars Verfügungen als ungültig zu erklären.

Antonius nahm sich Zeit und ließ sie alle ausreden, ehe er sich erhob und den Senatsvätern mit ruhiger Stimme das Unvernünftige ihrer Absichten darlegte. »Wenn Caesars Erlässe ungültig werden«, sagte er, an Brutus und Cassius gewandt, »seid ihr nicht mehr Prätor. Du, Decimus, wärest hinfort nicht mehr Statthalter des zisalpinischen Gallien, und Tillius Cimber verlöre Bithynien.« Er drohte den Senatoren mit dem Finger, wie kleinen Kindern, denen man das Naschwerk verwehrt. »Und für dich, Trebonius, gäbe es kein Asien.«

Aus den Reihen der übrigen ertönte schallendes Gelächter.

Als Cassius und Brutus einsahen, daß ihre Vorschläge ohne Resonanz blieben, wollten sie erreichen, daß Caesar heimlich und in Unehre begraben würde. Antonius seufzte und wies sie geduldig darauf hin, daß man ihrem Ansinnen deshalb nicht nachkommen könne, weil jeder Konsul, der im Amt verstarb, Recht auf ein öffentliches Begräbnis hatte. So wollte es das Gesetz.

Lächelnd, umsichtig und ausnahmsweise auch einmal nüchtern erreichte er sein Ziel nach Plan. Allerdings hatte er in aller Stille auch Lepidus' Legionen im Marsfeld aufmarschieren lassen.

Für alle Fälle.

21

Sie begruben Caesar an einem grauen Tag. Bleigraue Wolken jagten über die Stadt, der Nordwind fegte heulend durch die Gassen. Einige glaubten, es seien die alten Könige Roms, die den Tod des Caesar beklagten.

Er ist gestorben, dachte Kleopatra, und mit ihm meine Träume.

In diesem Augenblick haßte sie ihn mehr, als sie je einen Menschen gehaßt hatte. Wie typisch für ihn, an nichts und niemanden zu denken, außer an sich selbst. Selbst sein Tod war, wie er es gewünscht hätte, schnell und doch gewaltig. Auf dem Gipfel der Macht hatte er ihn ereilt, ihm die Prüfung in Parthien erspart. Im Vertrauen auf seinen Erfolg hatte Rom ihm den Ruhm eines Alexanders vorab gewährt – doch was wäre geschehen, wenn Caesar besiegt worden wäre?

Nun, er würde es nicht mehr erfahren. Seine Größe als Feldherr war unbestritten, selbst wenn er den letzten Beweis nicht hatte antreten müssen.

Doch was war ihr von seiner Hinterlassenschaft geblieben? Ihr Sohn war ohne Thron. Der Geliebten, der Königin, die so lange gewartet und der er so viel versprochen hatte, blieb nur die leere Asche. In den eigenen Tod hatte er sich vernarrt, hatte sich dieser neuen Leidenschaft hingegeben – ohne Rücksicht auf die, die ihm so lange treu ergeben war.

Und doch werde ich nicht in Selbstmitleid zerfließen, dachte Kleopatra. Ich wußte immer, daß es ein Spiel war. Und ich habe nicht *alles* verloren. Caesar hat mir den Thron zurückerobert, und dafür will ich dankbar sein. Nun beginnt eben alles noch einmal von vorn. Doch es wird lange dauern, bis ich seinen Tod verwunden habe, denn ich habe auch den Geliebten verloren, den Gefährten, den Menschen, dem ich mich öffnen konnte, meinen Lehrer in den Ränkespielen der Macht. Jemanden wie ihn wird es für mich nie mehr geben. Sie hatte die Einsamkeit begriffen, die das Königtum mit sich führte, doch Caesar hatte ihr gezeigt, daß diese Last teilbar war, wenn es jemanden gab, der einen verstand.

Er hat mich in die Falle gelockt, die ich immer vermeiden wollte, dachte Kleopatra. Das, was er mir hinterläßt, ist die Einsicht, daß ich ihn, diesen gerissenen, treulosen Mistkerl, mehr geliebt habe als er mich.

Die Totenbahre stand im Forum. Die Liegestatt für den Toten war dem Venustempel nachempfunden, geschnitzt aus reinem Elfenbein, bedeckt mit Tüchern aus Gold und Purpur, umgeben von marmornen Säulen.

Die Ehrengäste zogen über die Stufen des Vestatempels zu der Galerie, die man hastig errichtet hatte. Da die Stimmung des Volkes als unberechenbar galt, hatte man Truppen zusammengezogen und um die Stätte postiert.

Kleopatra nahm ihren Platz ein. Sie schaute zur Seite und stellte fest, daß Calpurnia sie mit giftigen Blicken durchbohrte. Was sollen diese Blicke? dachte Kleopatra. Du hast nur einen Mann verloren, der dich nicht einmal geliebt hat, ich dagegen verlor eine Zukunft als Königin der Welt.

Die Trompeten begannen mit der Trauerweise, durchsetzt von den dumpfen Schlägen der Trommeln.

An den Rändern des Forums hatte man Fackeln entfacht. Sie warfen seltsame Schatten, die unruhig über die Mauern zuckten. Der Wind wurde kälter, und Kleopatra zog sich den Mantel enger um die Schultern.

Die Trage mit Caesars Leichnam wurde von zehn Magistraten durch die Menge geführt und ehrfürchtig auf der Liegestatt abgesetzt. Marcus Antonius folgte der Prozession und stellte sich auf der Rostra auf, gleich hinter der Totenbahre.

Er stand mit gesenktem Haupt und wartete, während ein Herold die Dekrete verlas, die der Senat dank Caesar erlassen hatte. Durch die Menge ging ein Stöhnen, als er zu dem Eid kam, mit dem man Caesar Unantastbarkeit geschworen hatte. Danach zählte er die Feldzüge auf und die Siege, die dieser errungen hatte – Gallien, Britannien, Alexandria, Spanien und Afrika –, benannte den Wert der Schätze, die er für Rom gewonnen, die Zahl der Regionen, die er dem Reich angegliedert, die Liste der Titel, die ihm ein dankbarer Senat verliehen hatte.

Es schien, als hörte diese Liste nie mehr auf. Als Antonius vortrat, um die Trauerrede zu halten, war es, als würde nicht ein Mensch, sondern ein Gott begraben.

Über die Menge hatte sich Stille gelegt. Antonius schaute über die dichtgedrängte Menschenmasse, die schweigend seiner Worte harrte. Die Fackeln knisterten im Wind. Er besaß ihre ganze Aufmerksamkeit.

Kleopatra betrachtete ihn mit einem Anflug von Respekt. Dieses Theaterstück hast du glänzend inszeniert, dachte sie. Rom hat dich unterschätzt.

»Caesar«, begann er so leise, daß man sich anstrengen mußte, ihn zu verstehen. »Mein Caesar!«

Er hielt inne, die Worte verhallten zitternd im Wind.

»Brüder! Sagt mir, ob die Geschichte der Welt je einen Römer sah wie ihn? Und gab es je einen Menschen, der Rom so liebte wie er?« Er machte eine Pause, als erwarte er eine Antwort. »Unsere Stadt hat viele große Feldherren und Staatsmänner gekannt, doch keinen wie ihn, den Gajus Julius Caesar, der von uns gerissen wurde.«

Er schien zu bewegt, um weitersprechen zu können. Die Menge hielt den Atem an. Dann hatte Antonius sich jedoch wieder in der Gewalt.

»Für die Götter war Caesar Priester, für die Menschen war er Konsul, den Soldaten ihr Imperator, den Feinden Diktator. In seiner kurzen Zeit auf Erden hat er uns mehr Ehre eingebracht als andere Männer in unserer langen Geschichte. Caesar *war* Rom.

Doch nun ist er tot, und wir sind hier zusammengekommen, um ihn zu beweinen. Wenn ihn die Jahre geraubt hätten, ertrügen wir es leichter. Wenn eine Krankheit die gierige Hand nach ihm gereckt hätte, hielten wir es für den Wunsch der Götter. Wenn er in einem Krieg gefallen wäre, wüßten wir, daß es Fortunas Wille war. Doch sein Schicksal war grausamer, zu grausam, als daß wir es fassen könnten. Caesar, unser Caesar, der große Feldherr, starb hier in unseren Mauern.

Caesar, *unser* Caesar, der Mann der sein Leben für Rom in den fernsten Regionen aufs Spiel setzte, wurde ruchlos ermordet in der Stadt, die er liebte. In *seinem* Senatshaus, neben dem Haus *seines* Gerichts! Wehrlos ermordet! Dieser Caesar, der Mann, den Feinde nicht töten konnten, der tausendmal hätte sterben können im Kampf für Rom, wurde Opfer römischer Brüder. Unser barmherziger Caesar, der Mann, der seinen Feinden gnädig war, wurde verraten von jenen, die ihm ihr Leben verdankten.«

Antonius hielt abermals inne, und Kleopatra hörte, wie die Stille von Schmerzensschreien durchbrochen wurde. Die tiefe, bewegte Stimme von Marcus Antonius hatte sie alle mit ihrem Bann belegt.

Kleopatra betrachtete ihn inzwischen mit uneingeschränkter Bewunderung.

»Caesar war gnädig und gut. Doch zu welchem Zweck, frage ich euch? Brutus und Cassius begnadigte er bei Pharsalos. Was war der Dank, den sie ihm erwiesen?

Und wie stand es mit der Unantastbarkeit, die die Senatoren ihm versprachen? Was nützen uns Gesetze, wenn diejenigen sie brechen, die sie erlassen?«

Antonius beugte den Kopf, als habe der Gram ihn überwältigt.

Daraufhin erhob sich eine Stimme, die von irgendwoher rief: »Ist das die Art, mit der man Gnade vergilt? Habe ich sie gerettet, auf daß sie mich ermorden?«

Die Stimme schien von der Totenbahre zu kommen. Es war, als habe Caesar selbst gesprochen. In der Menge wurde Gemurmel laut. Es war ein Gemisch aus Entsetzen und Entrüstung. Wie geschickt! dachte Kleopatra.

Antonius hielt eine Toga in die Höhe, dunkel gefärbt von Blut. Die Menge erkannte sie als das Gewand, das Caesar am Tage seiner Ermordung getragen hatte. Schreie der Empörung wurden laut.

»Seht, was ihr ihm angetan habt«, rief Antonius. Seine Stimme hatte sich zu einem wütenden Aufschrei gesteigert, der durch das Forum hallte und danach von der Menge aufgegriffen wurde. »Zählt die Löcher! Jedes ist Zeuge eines Dolchstoßes. Seht, was sie unserem Caesar getan haben! Ihm, der euch so sehr geliebt hat!« Nun zog er ein Schriftstück aus seinem Gewand und hielt es so hoch, daß es für alle sichtbar war. »Das ist Caesars Testament! Ihr werdet sehen, wie sehr er euch geliebt hat.«

Antonius bewies ein großartiges Gespür für den richtigen Moment, ging es Kleopatra durch den Kopf. Doch wen sollte es wundern, da Antonius Schauspieler als Freunde hatte, die ihn beraten konnten?

»Dem römischen Volk ...«, begann er und wartete, bis sich der Tumult auf dem Platz wieder in absolute Stille verwandelt hatte. »Dem römischen Volk vermache ich die Gärten meines Hauses jenseits des Tibers als öffentlichen Park. Des weiteren hinterlasse ich jedem römischen Bürger eine Summe über ... dreißig Sesterzen.«

Beifall und laute Jubelrufe.

»Er hat euch seine Gärten überlassen. Er hat euch sein Geld vermacht. Und seht, was man ihm zugefügt hat! War das der Lohn für die Liebe zu euch, die Liebe zu *Rom*?«

Kleopatra hatte genug von der Vorstellung.

Die Soldaten schlugen die Schilde aneinander und verursachten ein wildes Blechgetöse. Dann warf jemand einen Brandpfeil auf den Scheiterhaufen, und die Menschen, die der Totenbahre am nächsten waren, nahmen die Stühle und Bänke, auf denen sie gesessen hatten, und schleuderten sie in die Flammen. Frauen, die von Hysterie erfaßt wurden, warfen ihren Schmuck in das Feuer, Männer die Gewänder, Soldaten die Brustpanzer. Funken stoben in den Himmel, gefolgt von dicken Rauchsäulen.

Als ein Mann in der Menge als Mitglied der Verschwörer erkannt wurde, wandten sich die Menschen gegen ihn und begannen, auf ihn einzuschlagen. Er stürzte und verschwand unter einem Meer trampelnder, tretender Stiefel. Danach setzte sich der Pöbel in Bewegung und zog zu dem Haus von Marcus Brutus. Fackeln wurden in die Luft gereckt, und man forderte brüllend, das Haus niederzubrennen. Der Mond, der inzwischen am Himmel erschienen war, wurde von Rauchwolken verhüllt. Die Stadt hatte sich dem Wahnsinn ergeben.

22

Vor der Küste Ägyptens

Das schwere Schiff legte sich auf die Seite und wurde erneut hochgestemmt, als sich die nächste Woge unter seinen Rumpf schob. Kleopatra schlug der Gestank aus den unteren Decks entgegen, eine ekelerregende Mischung aus Brackwasser und dem Schweiß der Galeerensklaven. Sie taumelte über den Gang, bekämpfte den Brechreiz und den Geschmack der Galle, der sie in der Kehle würgte. Das Schiff schlingerte abermals. Sie ertastete einen der Zedernholzpfosten und krallte sich daran fest.

Oben an Deck, hatte Mardian ihr berichtet, schiene die Sonne am sanftblauen Himmel. Der Kapitän hatte ihr versichert, daß sich kein besserer Reisetag denken ließe, die purpurfarbenen Segel blähten sich in einem Wind, der ihnen wohlgesonnen sei. Doch sie würde nicht nach oben gehen, würde Mannschaft und Dienerschaft nicht gestatten, sie in diesem Zustand zu erblicken. *Isis Pelagia*, die Königin des Meeres, elend wie ein Krüppel. Es mußte ihr Geheimnis bleiben. Nur der Arzt durfte davon wissen sowie ihr engster Kreis – Mardian, Charmion und Iras.

Davon – und von dem anderen Geheimnis.

Sie schleppte sich zu der nächsten Kabine, in der Antiochos auf seinem Bett lag. Eingefallen wie ein Greis, das Gesicht grau. Ein stickiger, enger Raum, in dem sich die Sklaven hilflos aneinanderdrängten. Der Gestank von altem Erbrochenem ließ Kleopatra abermals würgen, der Schweiß trieb ihr aus den Poren und überzog ihre Haut mit einer feuchtkalten Schicht. Der Raum neigte sich seitwärts, und Mardians Arm schoß vor, um sie aufzufangen.

Olympos saß am Bett. Er schaute auf, als er Kleopatra sah.

Sein Gesicht war ernst.

»Hinaus«, befahl Kleopatra mit einem ungeduldigen Wink in die Runde. Die Sklaven huschten fort.

»Wie geht es ihm?« fragte sie leise.

Olympos schüttelte den Kopf und schwieg.

Antiochos murmelte etwas im Schlaf. Er roch nach Verfall. Sie konnte sehen, wie sich die Form seines Schädels unter der Haut abzeichnete.

»Ich muß ihn füttern«, sagte Olympos. »Doch er behält nichts bei sich, sondern spuckt Blut. Ich fürchte, es ist die Lungenfäule. Er ist zu lange in Rom gewesen.«

»Ich will nicht, daß er so leidet«, entgegnete sie. »Wie weit sind wir von Alexandria entfernt?«

»Wir segeln noch zwei Tage.«

Sie legte die Hand auf ihren Bauch. Das ständige Erbrechen hatte etwas in ihrem Leib zerrissen. An diesem Morgen hatte sie geblutet.

»Seid Ihr wohlauf, Majestät?« erkundigte sich Olympos.

Das Kind, dachte sie flehentlich. Bitte, laß mich nicht noch den letzten Teil von ihm verlieren. Laß mir wenigstens sein Kind! Doch vielleicht war es der Wunsch der Göttin, ein Leben zu opfern.

Mit einemmal begann sich der Raum zu drehen. Kleopatra tastete nach der Wand, doch ein neuerliches Senken des Schiffes ließ sie in die Leere greifen. Ein Aufschlag, dann barmherzige Finsternis, die sie mit sich in den tiefen, stillen Abgrund des Vergessens führte.

Auf dem Palatin, in Rom

Fulvia hatte sich in aller Frühe erhoben und die Sklaven aufgescheucht, die sich nun, mit Eimern, Tüchern und Besen bewaffnet, daran machten, die Böden zu säubern. Nach dem Gelage der vergangenen Nacht hatte es im Haus ausgesehen wie in einem Schweinestall. Im Speiseraum lagen Hummerschalen und Schweineschwarten auf dem Boden, und das *peristylium* war übersät mit zerbrochenen Amphoren. Selbst auf dem Boden des Fischteichs, den die Sklaven hinter vorgehaltener Hand als *vomitorium* bezeichneten, fand man noch Reste von Scherben.

Der neue Herr über Rom lag rücklings ausgebreitet auf einer der Ruhebänke und schnarchte laut und vernehmlich vor sich hin, ungeachtet des Lärms, der um ihn herum veranstaltet wurde. Fulvia roch Wein, abgestandenen Schweiß und den Duft billiger Frauen. Sie hoffte, daß ihr Mann letztere ausschließlich zum Vergnügen der Gäste eingeladen hatte, denn sollte sie je entdecken, daß er sie in ihrem eigenen Haus betrog, würde sie ihm die Haut bei lebendigem Leib abziehen.

Sie hielt nach der Vase Ausschau, die ihr Vater ihr aus Palmyra mitgebracht hatte. Sie fehlte, ebenso wie die Marmorbüste des Pompejus. Wie es aussah, hatte der Herr Roms sie entweder seinen Gästen geschenkt oder beim Würfelspiel verloren.

»Mach die Augen auf!« schrie sie Antonius an, packte ihn bei den Schultern und zerrte ihn unter größter Anstrengung von seinem Lager. Antonius rollte auf den Fußboden. Fulvia griff nach dem Wasserkrug und goß ihm den Inhalt über den Kopf. Da brüllte er wie ein Stier und setzte sich auf.

»Na, hast du dich letzte Nacht gut amüsiert?«

Antonius fuhr sich mit der Hand über die Stirn. Seine Augen waren noch verquollen vom Schlaf und glichen kleinen roten Beeren.

»So führst du dich also auf, während Octavian sich als der neue Herr Roms ausgibt!«

»Fulvia!« Es klang wie ein Fluch.

»Du bist ein Schwein.«

»Die Nacht... ist einfach zu kurz.«

»Hast du die Vase meines Vaters verschenkt?«

Er blinzelte so verdutzt, als hätte sie ihn auf aramäisch oder ägyptisch angesprochen. »Was ist los?«

»Die Vase, die mir mein Vater geschenkt hat – sie hat ein Vermögen gekostet.« Er wußte offenbar immer noch nicht, wovon sie redete. Es war zwecklos. Er erinnerte sich nie an etwas, das er während seiner berühmt-berüchtigten Komitien tat. »Du stinkst. Außerdem solltest du längst auf dem Weg in den Senat sein.«

»Um Ciceros ellenlangen Reden über die öffentliche Moral zuzuhören?« Antonius gab den Versuch auf, aufrecht sitzen zu bleiben, und ließ sich zurück auf den Boden sinken.

»Aber Octavian wird dasein.«

»Dieses Bübchen!«

»Dieses Bübchen hat mittlerweile Caesars Legionen hinter sich.«

»Ich bekomme Kopfschmerzen von deinem Geschwätz.«

Fulvia stubste ihn mit dem Fuß in die Seite. Antonius gab ein Stöhnen von sich und versuchte, ihr auszuweichen. »Mach, daß du auf die Beine kommst! Begreifst du nicht, was du anrichtest? Caesar ist tot. *Du* mußt der nächste Caesar werden.«

»Laß mich in Frieden.«

»Steh auf!«

Fulvia traktierte ihn so lange mit den Füßen, bis er sich taumelnd aufrichtete. Dann schickte sie ihn zu seinem *tonsore* und befahl den Sklaven, ihm eine frische Toga herbeizuschaffen. Sie hätte sich das Purpurgewand selbst umgelegt, wenn sie statt seiner in den Senat gekonnt hätte. Dieser schwerfällige Esel wollte nicht begreifen, daß Octavian eine Bedrohung darstellte. Ob Bübchen oder nicht – Octavian war berechnend. Warum sah Antonius das nicht ein? Jetzt, wo die erste Gefahr vorüber war, hatte er außer seinem Vergnügen wieder einmal nichts im Sinn.

Aber wenn er glaubte, sie würde zusehen, wie der alte Schlendrian wieder Einzug hielt, hatte er sich geirrt. Sie würde ihn schon noch zum Herrn über Rom machen – selbst wenn sie dafür zur Peitsche greifen müßte.

23

Die Öllampen in Kleopatras Gemächern brannten noch, lange nachdem der Mond über der Insel Pharos aufgegangen war. Sie arbeitete bis weit in die Nacht hinein, umgeben von Truhen und Kästen, in denen sich die Papyrusrollen stapelten: kopierte Erlässe, Korrespondenzen, Aufstellungen und Berichte.

Es gab so viel zu tun! Die *strategioi* hatten die Instandhaltung der Kanäle vernachlässigt, während sie fort war, und nun waren etliche davon versandet. Wenn sie keine Hilfsmaßnahmen ergriff, drohte die Gefahr einer neuerlichen Hungersnot.

Kleopatra legte den Stylus mit einem Seufzer nieder. Sie ließ die Blicke über die vertrauten Gegenstände ihres Gemachs schweifen und hing eine Weile ihren Gedanken nach. Es war gut, daß sie so viele Pflichten hatte, besser, als die Zeit mit Grübeln zu vertun und sich der Trauer anheimzugeben.

Oft wurde sie morgens vom Lärm aus dem Hafen geweckt, den Gesängen der Priester, die aus dem königlichen Tempel zu ihr drangen, den Wellen, die an die Felsen klatschten, dem Rascheln des Windes in den Bäumen. Dann kam es vor, daß sie die Glieder reckte und es genoß, zu Hause zu sein, der dunklen Höhle Roms entronnen.

Doch wenn ihre Hand über die leere Bettseite strich, sickerte das Ausmaß ihres Verlustes in ihr Bewußtsein zurück. Dann wußte sie, daß es keine Umarmungen mehr gab, keine Gespräche, keine Pläne – daß all dies unwiderruflich vorbei war. In solchen Augenblicken hatte sie auch den blutigen Klumpen wieder vor Augen, den sie in der Kabine ausgestoßen hatte – das, was von dem Kind übriggeblieben war –, Caesars zweiten Sohn. Nur die Sorgen waren beständig geblieben, das Bangen um ihre Sicherheit und um Caesarions Zukunft. Wenn sie sich dann genug gegrämt und schließlich die Fruchtlosigkeit ihrer Gedanken erkannt hatte, zwang sie sich aufzustehen, um Ablenkung in ihren Pflichten zu suchen.

Nach ihrer Ankunft in Alexandria hatte sie eine Woche im Bett verbracht, geschwächt von dem Blutverlust und elend vor Kummer und Leid. Sie hatte die Nahrung verweigert, bis Olympos ihr warmen Wein und Kräuterelixiere einflößte, mit deren Hilfe sie allmählich wieder zu Kräften kam. Sobald sie die ersten Anzeichen der Genesung verspürt hatte, stürzte sie sich zur Verwunderung aller in die Arbeit. Du bist die Königin von Ägypten, hatte sie sich ermahnt. In der Politik ist für Trauer kein Platz.

Olympos hatte den Kopf geschüttelt und sie vor übertriebenem Eifer gewarnt, doch Kleopatra hatte festgestellt, daß Arbeit ebenso heilsam sein konnte wie Medizin. Was sollte sie auch im Bett? Schlaf fand sie ohnehin erst, wenn die Erschöpfung sie dazu zwang.

Sie trat ans Fenster und atmete die frische salzige Meerluft ein. Die Flamme des Leuchtfeuers spiegelte sich im Wasser und tauchte die Fischerflotte, die an der Insel vor Anker lag, in ein rötliches Licht.

Irgendwo da draußen, jenseits des schwarzen Ozeans, lauerten ihre Feinde und schmiedeten neue Pläne.

Brutus war aus Rom geflüchtet, um sich in Sicherheit zu bringen. Er hatte sich in Makedonien niedergelassen. Cassius hatte in Asien Truppen ausgehoben und Xanthus und Tarsos überfallen und geplündert. Gegenwärtig marschierte er gegen Syrien, gegen den dortigen Statthalter Dolabella, der einer von Caesars Getreuen gewesen war.

Doch es gab auch eine gute Nachricht: Trebonius, ein weiterer der Verschwörer, hatte die Stirn besessen, den Posten als Statthalter von

Bithynien zu beziehen, den Caesar ihm zugedacht hatte. Doch Dolabella hatte ihn verfolgt, seine Truppen geschlagen und mit ihm abgerechnet. Wie es hieß, hatte er Trebonius' Kopf einer aufgebrachten Menge überlassen, die in den Straßen von Smyrna damit spielte wie mit einem Ball.

Kleopatra hatte Dolabella mit den Legionen unterstützt, die Caesar ihr in Ägypten zurückgelassen hatte. Ihre Minister hatten gemurrt und ihr vorgehalten, daß Dolabella dennoch nicht über genügend Legionen verfüge, um Cassius im Falle eines Rachefeldzugs standzuhalten, und daß sie Gefahr liefe, auf der Verliererseite zu enden. Doch sie war standhaft geblieben. Was hätte sie denn auch anderes tun sollen? Etwa jenen zu Hilfe eilen, die den Vater ihres Sohnes ermordet hatten?

Und Antonius? Auf welcher Seite stand er bei diesen Auseinandersetzungen? Antonius hatte sich in die inneren Machtkämpfe Roms verstrickt und kämpfte an allen Fronten, ob gegen Octavian oder Cicero. Doch Kleopatra hatte sich inzwischen geschworen, daß sie nicht noch einmal warten würde, bis ein Römer sie rettete. Ägypten mußte in die Lage versetzt werden, sich aus eigener Kraft verteidigen zu können. Als Folge dieses Entschlusses hatte sie den Bau einer neuen Flotte befohlen. Zu Lande waren die römischen Legionen unschlagbar, doch auf dem Meer war ihnen der Erfolg seltener geglückt. Diese Schwäche galt es auszunutzen – die Flotte würde Ägyptens Schutzschild sein!

Bisher hatte Kleopatra den Bau von zweihundert Schiffen in Auftrag gegeben. Die Ausgabe würde zwar die Staatsreserven erschöpfen, doch welchen Zweck hatte es, die reichen Schätze zu horten, wenn später die Römer kommen würden, um sie zu erbeuten? Für den Bau der Flotte kaufte Kleopatra Zedernholz aus Syrien und ließ sowohl in Alexandria als auch entlang des Nildeltas neue Werften errichten. Eine Hälfte der Flotte sollte aus den mächtigsten Vierruderern bestehen, die die Welt je gesehen hatte, die zweite aus leichten Seglern. Selbst Isis, die Königin des Meeres, wäre stolz gewesen auf diese Flotte.

Kleopatra wandte sich vom Fenster ab, wohl wissend, daß sie in dieser Nacht keinen Schlaf finden würde. Zu viele Gedanken kreisten ihr durch den Kopf. Ihre Füße trugen sie über den langen Gang zu den Gemächern des Bruders, Ehemanns und Mitregenten.

Man hatte Antiochos' Bett während der heißen Nächte draußen auf der Terrasse aufgeschlagen. Die zarte Gestalt wirkte klein und verloren. Auf dem abgezehrten Gesicht glänzten die Augen wie schwarze Seen. Olympos hatte zwar die Hoffnung geäußert, daß Antiochos sich nun, da er das unwirtliche Klima Roms hinter sich gelassen hatte, erholen würde, doch die Überfahrt hatte ihn zu sehr geschwächt, und er kümmerte weiter vor sich hin.

An diesem Abend hatte er die Augen auf den Himmel gerichtet, doch es waren nicht allein die Sterne, die seine Aufmerksamkeit gefesselt hatten. Kurz nach ihrer Ankunft in Alexandria war plötzlich ein Komet erschienen, und das Ende seines schimmernden Schweifs berührte die Spitze des Leuchtturms. Jede Nacht tauchte er auf, ein Wunder, das Sterndeuter selbst aus so weit entfernten Ländern wie Parthien angelockt hatte.

Viele von ihnen glaubten, daß es sich um ein Zeichen der Götter handele, legten es als Fluch aus oder als Verheißung. Andere wiederum waren der Meinung, daß es der Geist Caesars war, dessen Seele der Welt noch einmal Lebewohl sagte, ehe sie ihren Platz unter den Göttern einnahm. Es war ein gutes Geschäft für die Wahrsager, denn die Menschen auf den Straßen wurden es nicht müde, sich die Auswirkung des Kometen auf ihr Leben erklären zu lassen.

Doch auch andere Phänomene trieben die Abergläubischen derzeit auf die Marktplätze von Rhakotis. Ein Gerücht besagte, daß es eine Krokodilplage am Nil gäbe, oberhalb von Theben. Kleopatra hatte Berichte erhalten, nach denen sich die dortige Flußbevölkerung bereits nicht mehr in die Nähe des Wassers wagte. Angeblich waren den Raubtieren schon Kinder und Hunde zum Opfer gefallen. Unter den Gelehrten des Museion war man sich uneins, was die Bedeutung dieser Plage betraf, doch in den Tempeln der *chora* opferten die Menschen Sobek, dem Gott mit dem Krokodilkopf, und flehten ihn um Erlösung von dem Übel an.

Nun, dachte Kleopatra, wenn das dort oben Julius ist, der müßig durch die Wolken streift, dann könnte ich ihn eigentlich fragen, warum er mich nicht in seinem Testament bedacht hat. Und statt dessen Octavian, einen Burschen ohne Kenntnis, der nicht über die Erfahrung verfügte, öffentliche Ämter zu bekleiden? Ihm hatte er sein Vermögen vermacht, ihm den Namen gegeben, den Namen des Gottes.

Hatte er nicht gewußt, daß der Name dem Menschen große Macht verleihen konnte, mehr noch als Gold und Soldaten?

Sie hatte für Caesarion nichts gewollt außer diesen Namen, denn er hätte ihm Legitimation verschafft, ihm einen Platz in der Welt eingeräumt. Statt dessen hatte Caesar ihn an Octavian weitergereicht.

Warum hatte er das getan? Warum nur?

War es wieder eins seiner Spiele gewesen? Auch über den Tod hinaus war er ihr gegenüber rätselhaft geblieben, rätselhaft und treulos. Der Zorn darüber hatte sich mit ihrer Trauer verbunden und sie auf seltsame Weise verstärkt.

»Ich hasse dich, Julius«, flüsterte sie dem Nachthimmel zu.

Nach einer Weile zog der Komet auf seiner Bahn weiter und entschwand. Caesar hatte sich zur Ruhe begeben, sich der Bürde entledigt. Ihre hingegen bestand unverändert weiter.

Kleopatra beugte sich vor und führte die Lippen an das Ohr ihres Bruders. »Antiochos«, wisperte sie.

Der Junge regte sich nicht. Nichts deutete darauf hin, daß er sie gehört hatte. Seine Augen waren geöffnet, klar wie das Wasser am Fuße des Palasts, doch seelenlos und leer. Sie streckte die Hand aus, um seinen Atem zu fühlen. Warum dauerte dies so lange?

»Antiochos, es tut mir so leid«, sagte sie leise.

Als sie das Gemach verließ, wartete Mardian draußen auf sie. Der Ausdruck auf seinem Gesicht war schwer zu deuten. Kleopatra glaubte, so etwas wie einen Vorwurf darin zu lesen.

»Wie geht es ihm?« fragte er.

»Ich glaube, er ist tot.«

Mardian nickte bedächtig. Es schien, als habe er mit dieser Antwort gerechnet. »Gift«, murmelte er.

»Sei nicht albern. Du hast doch gehört, was Olympos gesagt hat. Antiochos hatte die Lungenfäule, der Winter in Rom hat ihn zu sehr geschwächt.«

Es war, als habe Mardian ihre Worte nicht vernommen. »Habt Ihr das befohlen, Majestät?«

Sie erschrak und spürte, wie ihr das Blut in den Kopf stieg.

»Wie kannst du es wagen, mir dergleichen zu unterstellen?«

»Ich kenne Euch von klein auf, Majestät. Ich habe immer gewußt, daß es so kommen würde.« Er schüttelte den Kopf. »Der arme Antiochos. Wäre er in eine andere Familie geboren worden, wäre er für niemanden eine Gefahr gewesen.«

Kleopatra schwieg. Dachte Mardian denn, es wäre ihr leichtgefallen? Sie hatte es für Ägypten getan – und für Caesarion. »Ich hatte keine Wahl«, sagte sie.

»Das weiß ich, Majestät«, entgegnete Mardian bekümmert. Danach machte er kehrt und entfernte sich mit schwerfälligem Schritt.

24

Er wurde in den Palast geführt, durch die übermannshohen Pforten, über Böden aus Onyx und Alabaster, die wie Glasseen schimmerten. Jeder Raum war angefüllt mit erlesenen Kostbarkeiten: ziselierte Metalltische aus Damaskus, Lampenständer aus nubischem Silber, ägyptische Götterstatuen aus Porphyr und Basalt, prächtig geknüpfte Teppiche aus Indien, hohe griechische Vasen, Tische aus Zitronenholz, die von Elefantenzähnen getragen wurden. Nichts davon erinnerte mehr an die Umstände ihrer ersten Begegnung, damals in dem schmutzigen Zelt am Rande der Wüste Sinai, vor dessen Eingang zottige Kamele lagerten.

Nur an ihrer Art hatte sich nichts geändert, stellte er zufrieden fest. Hochmütig wie eh und je. Da es sich um eine inoffizielle Zusammenkunft handelte, hatte Kleopatra auf königliches Gepränge verzichtet. Sie lag auf einer der Ruhebänke und war in eine Schriftrolle vertieft. Als ihr seine Gegenwart gemeldet wurde, schaute sie so ungehalten auf, als habe ein Bettler gewagt, sie zu stören.

Nur der engste Kreis war anwesend, ihre Ratgeber, ihr *dioiketes*, Mardian und Charmion natürlich, und Diomedes, ihr Schreiber. Der *dioiketes* maß ihn mit feindseligen Blicken, wahrscheinlich mochte er keine Sizilianer. Diese engstirnigen, kleinlichen Griechen!

Apollodoros ließ sich davon jedoch nicht beeindrucken. Er diente Kleopatra zuverlässig und gern. Dank der königlichen Protektion blühten seine Geschäfte, die wiederum eine perfekte Tarnung abgaben für das Netz an Kundschaftern und Spitzeln, das er in Rom und andernorts unterhielt. Abgesehen davon war die Entlohnung mehr als angemessen.

»Apollodoros«, grüßte Kleopatra.

Ihre Blicke trafen sich. Es gab nur wenige Menschen, die sie so zu Gesicht bekamen – ohne die prächtige Robe, ohne Juwelenschmuck, ohne sorgsam frisiertes Haar und bar jeder Schminke. Sie trug einen schlichten *chiton*, der in der Taille gegürtet war, und hatte glatte Goldreifen an Arm- und Fußgelenken. Das schwarze Haar lag ihr in einem Knoten im Nacken. Dennoch waren ihre Reize unverkennbar, die olivfarbene Haut, die dunklen Augen, die dem Gegenüber bis auf den Grund des Herzens zu sehen schienen, der geschmeidige Körper, der Duft von Lotusöl, der sie umwehte. Verführerisch und unnahbar zugleich.

Versuche gar nicht erst, mich einzuschüchtern, dachte Apollodoros. Ich habe dich wie einen Sack auf der Schulter geschleppt, meine Liebe. Du schuldest mir einiges – vergiß das nie!

»Was gibt es Neues aus Rom?« erkundigte sich Kleopatra.

»Es handelt sich um Geheimberichte, die erst heute eingetroffen sind.«

»Und was steht darin?«

»Was Ihr vorausgesagt habt, Majestät. Die Stadt versinkt im Chaos. Es gibt einen Aufstand nach dem anderen. Der Pöbel tut, was ihm beliebt, die Armee greift nicht ein, da sie selbst in Unordnung ist. Entgegen der allgemeinen Erwartung ist Octavian in Rom geblieben, um nach der Macht zu greifen. Dagegen wehrt sich Marcus Antonius und bedient sich dabei der Hilfe Ciceros. Im Senat jedoch hetzt Cicero gegen Antonius und redet von der Wiederherstellung der Republik mit Octavian als Imperator.«

»Aber dafür ist Octavian doch noch viel zu jung«, warf der *dioiketes* ein.

»Bei allem Respekt«, unterbrach ihn Mardian, »das hat Pothinos auch von unserer Königin gesagt, als ihr Vater starb.«

»Und seht, wie es ihm ergangen ist«, warf Apollodoros ein.

Kleopatra betrachtete ihn mit regloser Miene. Apollodoros befürchtete bereits, er habe sie beleidigt. Dann breitete sich jedoch ein vergnügtes Lächeln auf ihrem Gesicht aus, und sie sagte: »Den Kopf darf man in einer Krise nicht verlieren, nicht wahr, Apollodoros?«

»So ist es, Majestät.« Er grinste.

»Entschuldige bitte, daß wir dich unterbrochen haben. Fahre fort.«

»Cicero hat Antonius beschuldigt, Staatsgelder veruntreut und Caesars Siegel zur Fälschung von Urkunden benutzt zu haben, die ihm und seinen Freunden Vorteile verschafften.«

»Und? Trifft das zu?«

»Jawohl, Majestät. Antonius macht keinen Hehl daraus. Ihn stört jedoch, daß Cicero es zum Skandal erhebt.«

»Wird es zu einem Krieg kommen?« fragte Mardian.

»Daran besteht kein Zweifel. Antonius kämpft bereits gegen einen der Caesarmörder, Decimus Brutus, der gegenwärtig Statthalter des zisalpinischen Galliens ist. Der Senat hat Octavian beauftragt, Decimus mit Caesars Legionen zu Hilfe zu eilen.«

»Der Senat unterstützt einen Mann, der zu Caesars Mördern gehört?« fragte Kleopatra, die Stimme beinahe erstickt vor Zorn.

Apollodoros zuckte die Achseln. »Es bleibt ihm nichts anderes übrig, wenn er Antonius in die Schranken weisen will. Es ist eine Frage der Politik.«

»Und die Legionen?« wollte Diomedes wissen.

»Octavian wurde von Caesar zum Nachfolger bestimmt, daher sind die Soldaten auf seiner Seite. Er verfügt über die Vierte und die Marslegion, und bei beiden handelt es sich um Veteranen. Darüber hinaus besitzt er eine Legion aus Freiwilligen und eine weitere, die sein Freund Agrippa ihm in Etrurien ausgehoben hat.«

»Ihr wollt damit doch wohl nicht andeuten, daß Marcus Antonius diesen Krieg verlieren wird!« warf der *dioiketes* ein.

Wieder zuckte Apollodoros die Achseln. Wie sollte er das? Er war kein Militärexperte.

Diomedes schüttelte den Kopf. »Warum unterstützt man denn diesen Octavian?«

»Oh, das ist ganz einfach«, erklärte Kleopatra. »Cicero unterstützt ihn, weil er dessen Legionen benötigt. Zweifellos glaubt er, daß er ihn wieder los wird, sobald Antonius besiegt ist. Er wird sich vorgaukeln, daß er danach seine heißgeliebte Republik zurückerhält.«

»Ob Caesar gewußt hat, was er mit seinem Testament anrichtet?« murmelte Mardian vor sich hin.

Kleopatra rang sich ein dünnes Lächeln ab. »Er tat, was er für richtig hielt.«

»Im engeren Kreis verkündet Cicero, daß er ›den Jungen‹ unter Kontrolle hat«, sagte Apollodoros.

»Er irrt sich«, entgegnete Kleopatra. »Octavian wird nicht nach seiner Pfeife tanzen.«

Die Umstehenden sahen sie fragend an.

»Cicero und die Senatoren sind so mit ihrer eigenen Bedeutsamkeit befaßt, daß ihnen das Nächstliegende entgeht«, fuhr sie fort. »Cicero selbst ist ein alter Mann, um ihn muß Octavian sich nicht mehr lange sorgen. Die Armee greift Octavian nicht an, weil er Caesars Namen trägt, und genau das ist das Problem von Marcus Antonius, der die Caesarmörder strafen will. Wenn Octavian klug ist, oder zumindest kluge Berater hat, wird er die Parteien gegeneinander ausspielen und warten, bis etwas Gras über die Sache gewachsen ist. Danach wird er der Held des Tages sein.«

Ihre Zuhörer brüteten stumm vor sich hin. Wenn die Königin recht behielt, bedeutete das Unheil für Alexandria, denn solange ihr Sohn lebte, gäbe es keinen Frieden im Land. Für Kleopatra bliebe Caesarion Caesars Erbe.

»Und was sollen wir nun tun?« begann der *dioiketes* nach einer Weile.

»Tun?«

»Soweit ich weiß, befindet sich eine Delegation des Cassius auf dem Weg zu uns. Sie werden uns um Schiffe und Versorgung bitten, um Rom im Kampf gegen Syrien zu unterstützen.«

»Das entspräche seiner Dreistigkeit. Er hat den Vater meines Sohnes ermordet – und nun sucht er bei mir Hilfe?«

»Es könnte ratsam sein, ihm nachzugeben.«

Kleopatra bedachte ihn mit einem so eisigen Blick, daß er die Augen niederschlug.

»Es ist weder ratsam noch ehrenhaft.«

»Aber wenn wir uns weigern, und Cassius sich als siegreich erweist...«, murmelte er unter Zusammennahme allen Mutes.

»Wenn er sich als siegreich erweist, mein Lieber, wird es egal sein, ob wir sein Ersuchen nun mißachtet haben oder nicht. Er will uns ohnehin zu Knechten machen – wir können nur wählen, ob wir ihm dabei freiwillig folgen oder nicht. Ich hätte eigentlich gedacht, dies wäre offenkundig. Zu unserer nächsten Zusammenkunft bringt bitte Euer Gehirn wieder mit.«

Die anderen schauten betreten zu Boden. Kein Wunder, daß die Königin sich Feinde macht, dachte Apollodoros, sie spricht aus, was andere nur denken. Vielleicht unterrichtet man eine Königin nicht in den gefälligen Redensarten, mit denen die Menschen sich gemeinhin belügen. Dennoch sollte sie nicht so gnadenlos sein. Der *dioiketes* ist nur ein Höfling, der nach dem einfachen Vorteil trachtet. Das macht ihn zwangsläufig kurzsichtig und dumm.

»Gibt es sonst noch etwas?« fragte Kleopatra Apollodoros.

»Noch ein paar Einzelheiten. Ihr findet sie in meinem Bericht.«

»Dann danke ich dir abermals für deine Dienste«, antwortete Kleopatra. Danach war er entlassen. Gut, daß ich nicht zu ihren Schreibern und Ministern gehöre, dachte Apollodoros im Hinausgehen. Ich liefe zu häufig Gefahr, ihr eins hinter die Ohren zu geben, wenn sie es nicht anders verdient.

Doch dann wiederum gestand er sich ein, daß er seine Königin genau so haben wollte, wie sie war, und keinen Deut anders.

TEIL III

Wozu verfolgen wir mit Macht in kurzer Lebenszeit
so viele Ziele? Wozu in Länder, glühend unter fremder
Sonne, wechseln über wir? Wer, der aus der Heimat fortzog,
ist auch sich selbst entronnen?

Horaz
Oden XVI

1

Der ägyptische Monat Mecheir im Jahre 43 vor Christi Geburt

Oh, diese Anmaßung der Römer, dachte Kleopatra. Da kommt dieser Mann hereinstolziert, als ob er seine Truppen inspizierte. Nun, mein Bester, noch gehört euch Alexandria nicht.

Sie schaute ihm von ihrem Thron aus entgegen. Die Lederstreifen seiner Rüstung klatschten ihm gegen die Schenkel, während er den Audienzsaal mit seinen Schritten durchmaß. Auf seinem Brustpanzer prangten Szenen eines ruhmreichen römischen Sieges. Seine Nase glich dem Schnabel eines Habichts, die schwarzen Augen glitzerten wie die einer Krähe.

Kleopatra musterte ihn stumm. Sie wartete, bis er anfing, sich unbehaglich zu fühlen. Er wußte, daß ihm das Protokoll das Wort verbot, solange sie ihn nicht zur Kenntnis nahm. Sollte er ruhig noch ein wenig zappeln.

Endlich gab sie das erforderliche Zeichen.

»Ich überbringe Euch die Grüße des Generals Gajus Cassius Longinus, Majestät. Er bittet um die sofortige Bereitstellung der Flotte aus Antiochia.«

Die sofortige Bereitstellung? Was fiel ihm ein, eine solche Sprache zu führen?

»Damit Ihr in Rhodos einfallen könnt?« erkundigte sie sich freundlich. Rhodos war ein vorzüglicher Stützpunkt für einen Angriff auf Ägypten.

»Der Zweck ist ohne Bedeutung.«

Kleopatra stellte sich vor, wie sie diesen aufgeblasenen Ziegenbock öffentlich auspeitschen ließ, und brachte ein Lächeln zustande. Dann wartete sie, bis sie ihren Zorn unter Kontrolle hatte. »Wir wären Euch gern zu Diensten, doch die Umstände erlauben es leider nicht.«

Er wirkte überrascht. »Majestät?«

»Ich weiß nicht, ob Ihr die üblen Gerüche bemerkt hat, als Ihr die Stadt betratet. Wir verbrennen unsere Leichen. In Alexandria wütet die Pest, es ist abscheulich. Die Haut wird schwarz und platzt wie bei überreifen Feigen. Viele meiner Schiffsbauer sind tot, andere sind geflüchtet. Halbfertige Schiffe verrotten in den Werften von Rhakotis, und der Rest meiner Flotte ist nach Zypern gesegelt, wo Euer Herr, wenn ich nicht irre, bereits ohne meine Erlaubnis von ihr Besitz ergriffen hat.«

Die Wahrheit war, daß Serapion, der Statthalter von Zypern, die Schiffe Cassius kampflos überlassen hatte – ein weiterer Verräter. Kleopatra hatte Serapion selbst auf diesen Posten gesetzt. Einen Vorwurf machte sie sich daraus jedoch nicht. In Alexandria war ein Verbündeter nicht mehr als eine Schlange, der man zeitweilig den Rücken zukehrt.

»Mein General hatte gehofft, daß Ihr ihm Treue bekundet.«

»Ich habe ihm Treue bekundet, indem ich ihm die Legionen sandte, die Caesar zu meinem Schutz in Alexandria ließ.«

Er lächelte höhnisch. »Und wir hatten bereits befürchtet, sie wären für Dolabella gedacht. Aber lassen wir das. Sie unterstellten sich freudig dem Imperator Cassius, als sie Syrien erreichten.«

»Es sind römische Soldaten, was schert mich ihr Tun?«

Seine Miene wurde grimmig. Wahrscheinlich hatte er sich an den Höfen von Pontos und Bithynien daran gewöhnt, daß man sich vor ihm krümmte. »Was ist mit Nachschub? Kann der Imperator hier mit Eurer Unterstützung rechnen? Oder mangelt es Ägypten neuerlich auch an Getreide?«

»Freilich. Der Nil hat uns enttäuscht, die Speicher sind leer. Mein Volk hat die Wahl zwischen Hungersnot und Pest. Meint Ihr nicht, daß eher *wir* um Hilfe bitten sollten?«

»Mein Imperator wird zürnen.«

»Nicht doch, Ihr werdet es ihm ja erklären. Wir würden ihm gern helfen, doch schaut Euch um in der Stadt. Ihr werdet unsere Not erkennen.«

Als er wieder fort war, beugte Kleopatra sich zu Mardian vor und fragte leise: »Hat er es geglaubt?«

»Vielleicht sollten wir ihn in eine der Leichengruben werfen, um ihn zu überzeugen«, flüsterte dieser zurück.

Der *dioiketes* trat zu ihr. »Majestät«, murmelte er.

Oh, du alte griechische Unke, dachte Kleopatra, du glaubst es natürlich wieder besser zu wissen. »Ja, Bruder?«

»Das war vielleicht ein Fehler.«

Kleopatra stieß innerlich einen Seufzer aus. Dolabella wurde in Laodicea belagert, wohingegen Cassius bereits über vierzehn Legionen besaß, acht weitere waren in Syrien und Bithynien zu ihm übergelaufen. Nach den Worten ihrer Kundschafter war es nur noch eine Frage der Zeit, bis Laodicea fiel.

Was konnte sie denn anderes tun, als Neutralität vorzutäuschen? Von den Streitparteien, die in Rom um die Macht kämpften, verkörperte lediglich Antonius die Hoffnung, Ägypten vor dem Zugriff der Römer zu retten, und er schien zur Zeit am wenigsten in der Lage zu sein, sich durchzusetzen.

Das alles hatte sie Caesar zu verdanken. Sie konnte sich weder an seinen Mördern rächen, noch konnte sie sich und ihren Sohn vor ihnen schützen. Und dann noch dieser schlaue kleine Neffe. Eine Woche lang hatte Antonius durchgehalten und sich als tapferer Held erwiesen, bis er der Verlockung des Weinkrugs abermals erlegen war.

Die Verquickung von Trauer, Zorn und Furcht hatte Kleopatra zermürbt, doch sie würde nicht aufgeben. Sie würde einen Weg finden. Sie würde zu Isis beten und ihr Opfer bringen. Vielleicht würde die Göttin danach den Sternen befehlen, Kleopatras Schicksal zum Guten zu wenden.

Kleopatra lag in ihrer marmornen Badewanne und genoß das seidige Wasser auf ihrer Haut. Iras hatte dem Bad ein duftendes Öl beigegeben, das sich in sanften Regenbogenfarben verlief und ihre Brüste mit winzigen Tropfen betupfte. Sie berührte eine ihrer dunklen Brustwarzen mit der Fingerspitze, sanft, so wie Julius es getan hatte. Wie sehr er ihr fehlte. Die Sehnsucht nach seiner Umarmung hatte sich als bohrender Schmerz in ihr eingegraben, der nicht zu weichen schien.

Zwar gab es Tage, an denen er verebbte, doch dann wieder überfiel sie die Trauer mit Macht, kam wie ein Dieb aus dem Hinterhalt und quälte sie mit dem Verlangen nach seiner Nähe, seinen Umarmungen, seiner Siegesgewißheit und Kraft.

Kleopatra hörte, wie Mardian hinter dem Wandschirm hin und her schlich. Er würde wieder irgend etwas Dringendes auf dem Herzen haben. Es nahm einfach kein Ende.

Dabei hätten sie alles haben können. Sie könnte frei sein von dem ewigen Katzbuckeln, der immerwährenden Furcht vor Rom. Wenn Caesar doch nur seine Leibgarde bei sich behalten hätte! Wenn er während der Lupercalien doch die Krone angenommen hätte! Wenn er doch wenigstens einmal auf sie gehört hätte!

Doch alles Hadern nützt nichts, dachte sie. Das Heute ist wichtig und das Morgen. Darauf gilt es, sich zu besinnen.

»Mardian, was ist los?« rief sie ungeduldig.

»Neue Nachricht aus Syrien, Majestät«, tönte es aufgeregt hinter dem Wandschirm. »Cassius hat erklärt, daß er Ägypten angreift, um uns für die Unterstützung Dolabellas zu strafen. Er bezeichnet Arsinoë als die wahre Königin von Ägypten. Ich weiß jetzt, daß sie es war, die Serapion überredet hat, die Flotte an Cassius zu übergeben.«

Kleopatra umklammerte den Rand der Wanne, bis ihre Knöchel weiß hervortraten. Das Wasser, das ihr eben noch soviel Genuß bereitet hatte, schien plötzlich nur noch lauwarm, und sie überlief ein Schauer. Sie schloß die Augen und lehnte den Kopf an den Wannenrand. Brutus, Cassius, Arsinoë – alle hatten sie von Caesars Güte profitiert. »Es kommt noch schlimmer.«

»Sag es!«

Sie hörte, wie er hinter dem Wandschirm von einem Fuß auf den anderen trat. »Es geht um Marcus Antonius, Majestät. Er wurde bei Mutina, im Norden Italiens, von den Armeen Octavians und Decimus Brutus' geschlagen. Er mußte in die Berge flüchten und lebt dort jetzt von Wurzeln und Schnee.«

Kleopatra erhob sich schwankend. Iras stürzte vor, hüllte sie in vorgewärmte duftende Tücher und rieb sie trocken.

Was hält die Schicksalsgöttin denn noch für mich bereit? fragte Kleopatra sich entsetzt. Sie wußte, was ihr *dioiketes* und die anderen Minister jetzt dachten: Die Königin hat sich verrechnet und alle in Gefahr gebracht. Gewiß überlegten sie bereits, ob sie die eigene Haut retten konnten, indem sie die Königin zum Tausch anboten. Wäre Antiochos noch am Leben, würden die Köpfe erneut zusammengesteckt, würde über den nächsten Aufstand getuschelt.

Und welcher Caesar würde sie dann retten?

Kleopatra streckte sich bäuchlings auf der Marmorbank aus, woraufhin Iras begann, ihr Rücken und Schultern mit Mandelöl einzureiben. Ihre Muskeln hatten sich verkrampft, und Kleopatra schnitt eine Grimasse, als sich die kräftigen Finger der Sklavin in ihr Fleisch gruben.

»Nun, das waren ja ganz ausgezeichnete Nachrichten, Mardian«, rief sie dem Schatten hinter dem Wandschirm zu.

Sie hörte, daß er unglücklich seufzte und schnaufte. Demnach gab es noch mehr. Sie versuchte, sich zu entspannen, sich ganz den kundigen Händen von Iras zu überlassen.

»Los, Mardian, gib dir einen Ruck!«

»Majestät, man behauptet, daß Octavian sich als den jungen Caesar bezeichnet.«

Den jungen Caesar? Es gab nur einen jungen Caesar, und der lag nicht weit entfernt von ihr in seinem Zimmer und schlief unter der Obhut seiner Leibwache.

Wo sollte jetzt noch der Ausweg sein? Octavian bestritt ihrem Sohn das Erbe und befehligte Caesars Legionen. Cassius und Brutus wollten Ägypten erobern, um Asien zu beherrschen. Ihr einziger Freund in Rom war in die Berge geflüchtet und verhungerte mit seinen Legionen im Eis.

Ich war so kurz davor, alles zu gewinnen, dachte Kleopatra, so kurz, wie ich jetzt davor bin, alles zu verlieren. Vielleicht wäre es besser gewesen, ich wäre mit Caesar gestorben.

»Oh, Mardian, was soll ich nur tun?«

»Vielleicht ...« Er zögerte.

»Was vielleicht?« erkundigte sie sich.

»Wir können uns vielleicht schützen – mit einer klugen Allianz. Dann müßtet Ihr nicht allein regieren. Bithynien käme da in Frage, auch Pontos ...«

»Heißt das, daß ich mich verheiraten soll? Du glaubst, ich werde nicht allein damit fertig?«

»Nun, bei Hofe denkt man, daß ...«

»Verschwinde!«

»Majestät, ich wollte nur ...«

»Raus!«

Kleopatra hörte, wie er eilig fortschlurfte. Sie schaute sich ungehalten nach Iras um und sah, daß diese sie mit weit aufgerissenen Augen anstarrte. »Was gaffst du so?« herrschte sie sie an. »Ich denke, du bist hier, um meine Schultern zu massieren.«

Kleopatra streckte sich abermals aus, doch nun waren ihre Muskeln so angespannt wie Bogensehnen. Iras' Finger bohrten sich ihr erbarmungslos in die Rippen, und Kleopatra stöhnte auf. Nein, dachte sie, auch wenn sich die ganze Welt gegen mich verschworen hat, aufgeben werde ich nicht. Es mußte einen Weg geben, Ägypten zu retten und ihrem Sohn den Thron zu erhalten. Isis hatte ihr ein Schicksal vermacht, und dieses Schicksal würde sie nicht verraten.

2

Am Rande der endlosen Wüste, jenseits der flachen Nilmarschen, erhebt sich der Morgengesang und löscht das Gesumm der Fliegen, während sich die ersten Wolken mit rosigen Rändern säumen.

In einer Gasse der großen Stadt Rom, am Fuße des Aventins, unterbricht das Rasseln der Sistren die Stille des dunklen Tempels.

In einem verschneiten Wald in den gallischen Alpen beobachtet ein römischer General, wie die Sonne über die eisigen Bergspitzen steigt, und fragt sich, ob er das Forum Romanum noch einmal wiedersehen wird.

Im Brucheion-Viertel in Alexandria sitzt eine Frau über Papyrusrollen gebeugt, während der Rauch ihres Öllichts den Morgen mit rußigen Schlieren durchsetzt.

In einem düsteren Schrein auf der Halbinsel Lochias, wo sich sanfte Wellen an den Tempelwänden brechen, neigt sich ein kahlgeschorener Kopf und murmelt das erste Gebet...

Isis. *Isis.*

Es gab Zeiten, in denen Kleopatra wie alle Mütter war, und es gab Zeiten, in denen sie anders war als alle Frauen und über das Leben von vielen bestimmte.

An diesem Tag konnte sie Mutter sein. Sie saß auf den Palaststufen und schaute Caesarion zu, der im seichten Wasser nach Muscheln suchte. Das nackte kleine Hinterteil ragte in die Luft, als er sich jauchzend nach einer schillernden Muschel bückte. Kleopatra spürte, wie eine schmerzliche Zärtlichkeit in ihr aufwallte. Ihre ganze Liebe und all ihre Hoffnung waren auf diesen kleinen gebräunten Körper gerichtet.

Der Sommer war gekommen und wieder gegangen, lange Monate, in denen sie auf Nachrichten aus einer Welt gewartet hatte, die abermals von Gewalt zerrissen wurde. Warten – ewiges, zermürbendes Warten.

Auch der Nil hatte sich wieder einmal als unzuverlässig erwiesen, nein, schlimmer noch, er schien sie zu verhöhnen, ihre Rückkehr mit Verrat belohnen zu wollen. In diesem Jahr erreichte das Wasser in den Nilometern den Pegelstand der Todesellen.

Ein Gutes hatte die Sache allerdings: Die Krokodilplage am Oberen Nil hatte sich durch die Dürre von selbst erledigt. Kleopatras *strategioi* konnten ihr berichten, daß die Nachfahren des Gottes Sobek sich in die Sümpfe zurückgezogen hatten und daß sich die Dorfbevölkerung wieder an die Flußufer wagte. Kleopatra hatte alles darangesetzt, um Unruhen zu vermeiden, sie hatte Soldaten um die Getreidespeicher postiert und Weizen und Gerste rationieren lassen. Aufstände und Plünderungen würde es nicht geben, doch in der *chora* würden die Menschen verhungern, wenn sie nicht zuvor von der Pest dahingerafft wurden.

»Wenigstens gibt es danach ein paar Münder weniger zu stopfen«, hatte Kleopatra zu Mardian gesagt.

Er hatte die Stirn gerunzelt und ihr vorgeworfen, daß sie ein kaltes Herz habe, woraufhin sie ihm erklärt hatte, daß sie lediglich praktisch dächte und daß sich ein so großes Land wie Ägypten ohne praktischen Verstand nicht regieren ließe.

Caesarion plapperte vergnügt vor sich hin und planschte in den Wellen. Genieße die Tage der Unschuld, dachte Kleopatra, denn sie sind rasch vorbei. Die Welt besteht nicht nur aus munteren Wellen und bunten Muscheln.

Ein Leben im Wartestand – und nichts, das sie ändern konnte. Sie konnte weder Marcus Antonius retten, noch verfügte sie über die Armee, um Cassius zu schlagen. Sie konnte nur ausharren und beobachten, wie der römische Machtkampf weiterging. Wenn er entschieden wäre, würde sie sich mit dem neuen Herrn einigen müssen.

Die Ironie des Ganzen war, daß ausgerechnet Cicero ihre Hoffnungen geschürt hatte.

Er und die anderen Senatoren hatten Octavian benutzt, um Antonius zu besiegen, doch zum Dank hatten sie den Triumphzug dem Decimus Brutus gestattet. Die Flotte hatten sie Sextus zugesprochen, dem Sohn des Pompejus. Cassius und Brutus hatten sie als Statthalter bestätigt und ihnen die Provinzen im Osten zugeteilt. Und was hatten sie Gajus Julius Caesar Octavian gegeben? Dem jungen Caesar? Nichts. Ihm war noch nicht einmal Anerkennung zuteil geworden. Statt dessen hatten sie ihn aufgefordert, die Vierte und die Marslegion dem Senat zu unterstellen.

Auf Cicero war Verlaß.

In der Zwischenzeit war Marcus Antonius, der es offenbar leid geworden war, sich von Baumrinde zu ernähren, wieder aus den Alpen aufgetaucht und hatte sich mit Marcus Lepidus verbündet, Caesars Befehlshaber der Reiterei.

Kleopatra hörte Schritte auf den höhergelegenen Treppenstufen über sich. Mardian. Sie holte tief Luft und wappnete sich.

»Wenn es wieder schlechte Nachrichten sind«, sagte sie, »werfe ich dich eigenhändig ins Wasser.«

»Ihr hattet recht. Cicero hat einen kleinen Löwen an der Leine geführt.«

»Hat unser junger Caesar nach ihm geschnappt?«

Mardian reichte ihr eine Schriftrolle. Kleopatra erkannte das Siegel – der Bericht kam von Apollodoros aus Rom. Ihre Augen flogen über die Zeilen.

Octavian, der Junge, von dem Cicero geglaubt hatte, er könne ihn kommandieren, hatte sich mit Lepidus und Marcus Antonius zu einem Triumvirat zusammengeschlossen. Zum gegenwärtigen Zeitpunkt marschierten sie auf Rom zu, begleitet von siebzehn Legionen und zehntausend Mann der Reiterei.

Kleopatra brach in Gelächter aus. Caesarion unterbrach sein Spiel und schaute sie verwundert an.

Octavian, den Antonius als Caesars Bübchen zu bezeichnen pflegte, hatte dem Senat die Zähne gezeigt. Sie hätte ihn für seinen Mut und sein Geschick bewundert, wenn sie nicht gewußt hätte, daß er auch Caesarions Leben beenden würde, wenn er könnte.

»Glaubt Ihr, daß das unsere Rettung ist, Majestät?« fragte Mardian.

»Was sagen deine Spitzel?« fragte sie zurück und warf ihm die Schriftrolle zu.

»Sie sagen, daß ich noch nicht so bald im Hafenwasser lande.«

Kleopatra lächelte. »Das stimmt. Mit etwas Glück bleibst du noch ein Weilchen im Trockenen.« Sie nahm einen Stein, holte weit aus und ließ ihn über die Wellen tanzen, wie früher als kleines Mädchen.

3

An gewöhnlichen Tagen wimmelte das Forum von Menschen. Händler, Geldverleiher, Fischverkäufer, Bäcker, Fleischer, dazwischen das Volk, Sklaven und Freie. Sie alle trieben dann durch die Gassen, und in den Eingangshallen der Tempel standen dicht nebeneinander die Tische der Schreiber, Wucherer, Wahrsager und ähnlicher Halsabschneider, ein Gewirr von Leibern, die Luft getränkt mit tausend Gerüchen.

An diesem Tag aber lag das Forum verlassen da – bis auf zwei Leichen, deren einer noch das Blut aus der offenen Kehle rann. Vom Palatin her drang der Lärm der Aufständischen, die sich dem Circus Maximus näherten. Dazwischen mischten sich Stiefelschritte – eine Kohorte der Vierten, die zum Eingreifen bereit war.

Es würde bald vorbei sein. Die Ordnung, von den Römern mehr geliebt als das Leben selbst, würde bald wiederhergestellt sein – sobald das Töten zu Ende war.

Die Proskriptionen, redete Antonius sich gut zu, waren notwendig gewesen. Die Senatoren, die sich ihnen widersetzt hatten, hatten sterben müssen, denn Caesars Großmut konnte sich nicht jeder leisten. Man sah ja, was es ihm gebracht hatte.

Und das Geld der Toten brauchten sie auch.

Cicero war der erste auf der Liste gewesen. Octavian dürstete nach Rache, Antonius wollte ihn aus dem Verkehr geschafft haben, und Lepidus hatte sich mit allem einverstanden erklärt. Wie man sich erzählte, war Cicero zu lange zu stolz gewesen, um zu fliehen. Als seine Diener ihn endlich überredet hatten, die Sänfte zu besteigen, war es bereits zu spät gewesen. Octavians Männer hatten ihn eine Meile hinter seinem Landgut, auf dem Weg nach Brindisi, gestellt. Als er den Kopf aus dem Fenster streckte, um nachzusehen, was es gab, war er ihm ohne langes Fackeln von einem der Zenturionen abgeschlagen worden. Wenn Cicero das geahnt hätte! Er hatte bestimmt noch eine letzte Rede vorbereitet, und es hätte ihn empört, daß sie nun ungehalten blieb.

Die Senatoren hatten in der Tat einen hohen Preis für ihren Starrsinn bezahlt. An die zweihundert der reichsten Männer Roms, die sich törichterweise für Brutus entschieden und Octavian gegen Antonius aufgehetzt hatten, ehe sie ihn fallenließen, mußten sich das Geschehen nun von der Rostra aus ansehen, wo ihre Köpfe dem Volk als Schaustücke dienten. Das Volk rührte so etwas nicht, es liebte jede Art von Blutvergießen, zumindest solange es nicht das eigene war.

Antonius zog weiter in Richtung Palatin. Unterwegs stieß er auf den nächsten Pöbelhaufen, der im Begriff war, das Haus eines Senators anzuzünden. Eine Kohorte der Marslegion versuchte, ihnen Einhalt zu gebieten. Als man seiner ansichtig wurde, brach die Menge in johlenden Beifall aus. Antonius nahm diesen mit unbewegter Miene entgegen und verdrängte die Gedanken an die Taten, mit denen er in Rom Ordnung geschaffen hatte.

In Antonius' Haus wartete die übliche Schar der Lobhudler, Speichellecker und Schmarotzer. Fulvia hatte ein Festmahl angesetzt, um seine Rückkehr zu feiern. Immerhin handelte es sich dabei um eine fast wundersame Umkehr des Geschicks. Inzwischen war es Spätherbst; noch im Frühling hatte er in den Alpen kampiert, ein Ausgestoßener, der seinen Durst mit geschmolzenem Schneewasser stillen mußte.

Ohne auf die Glückwünsche und aufmunternden Schläge auf den Rücken zu achten, drängte Antonius sich an den Gästen vorbei, die sich im Atrium versammelt hatten. Von irgendwoher drang kreischendes Gelächter an sein Ohr. Als er den Speiseraum betrat, sah er Fulvia dort neben dem Ehrenplatz thronen. Die Tische waren beladen mit gebratenen Fasanen, Enten, Spanferkeln und geschmorten Ochsenteilen. Fulvia hielt einen runden Gegenstand in der Hand. Die Gäste lachten verlegen.

Im Näherkommen sah Antonius, daß der Gegenstand ein Menschenkopf war. Ciceros Kopf. Fulvia bemühte sich ausgelassen, ihm Nadeln in die Zunge zu bohren. Ciceros rechte Hand lag in der Mitte des Tisches, zwischen den Kuchen und Süßigkeiten. Auf den ersten Blick wirkte die Hand wie ein ausgebleichter Krebs.

»Da kommt mein Gemahl«, rief Fulvia mit funkelnden Blicken.

Die Gäste verstummten. »Was machst du da?« herrschte Antonius sie an.

»Er wird dich nie wieder schmähen«, gackerte sie zurück. Dann sprach sie zu dem Kopf: »Komm, Cicero, halte uns eine deiner berühmten Reden! Langweile uns noch einmal zu Tode.«

»Wie kommt der Kopf hierher?« brach es aus Antonius hervor, doch Fulvia ließ sich nicht bremsen. Sie hielt ihm ihre Trophäe entgegen. »Die böse Zunge wurde bestraft«, verkündete sie triumphierend, »genau wie die Hand, die die Strafreden schrieb.«

Antonius wandte sich an zwei Männer der Leibgarde, die ihm gefolgt war. »Nehmt das weg, und bringt es zu den anderen auf der Rostra.«

Fulvia schleuderte ihm einen wütenden Blick entgegen. »Wirst du jetzt auch zum Schwächling? So wie Caesar?« zischte sie.

Sie kannte keine Grenzen. Und das vor aller Augen! Ein schändliches Weib, ein Greuel, dem er entfliehen mußte.

»Töten ist eine Sache, in Blut zu baden eine andere.« Antonius machte kehrt und verließ den Speisesaal. Bei allen Göttern, manchmal war Rom kaum zu ertragen.

»Was ist denn los mit dir?« wollte Fulvia wissen.

Die Feier war zu Ende, die Gäste fort. Die Sklaven waren dabei, die Fleischknochen und Krebsschalen beiseite zu fegen. Antonius beobachtete sie stumm. Er hatte nichts getrunken. Vielleicht hat mich der Aufenthalt in den Bergen endgültig ernüchtert, dachte er.

»Für so etwas fehlt dir der Mumm in den Knochen«, hörte er Fulvia höhnen. »Du mußt den Menschen zeigen, wie es deinen Feinden ergeht.«

»Indem ich ihnen nach dem Tod Nadeln in die Zunge stecke?«

»Du bist viel zu weich.«

Zu weich? War es das? In dem Kuhhandel, der auf das neue Bündnis folgte, hatten er, Lepidus und Octavian gefeilscht wie Jungen, die Kastanien tauschen: dein Onkel, der mich im Senat verunglimpft hat, gegen meinen Vetter, der die Fraktion gegen dich geführt hat. Deinen Freund gegen meinen Schwager. Lepidus hatte seinen Bruder für Antonius' Onkel geboten, einen alten Mann, ehrbar – und reich. Die Proskriptionen hatten Befürworter wie Gegner getroffen. Nun waren sie alle tot, nicht weil sie hinter Cicero gestanden, sondern weil sie irgendwann in ihrem Leben einmal ein Mitglied des Triumvirats beleidigt hatten.

Oder weil sie Geld besessen hatten.

Das Ganze ekelt mich an, dachte Antonius. Mir ekelt vor dem hirnlosen Lepidus genau wie vor dem tückischen Schleimsack Octavian. Schon der Gedanke an sie verursacht mir Übelkeit. Sobald mir die Macht sicher ist, begebe ich mich fort. Seit Caesars Tod ist niemand mehr da, den ich für die Fehler verantwortlich machen kann.

Der alte Knabe! Ich habe ihm unrecht getan. Die Bürde, die er trug, war schwerer, als ich dachte.

»Du mußt Octavian loswerden«, hub Fulvia wieder an.

»Octavian?«

»Im Namen Jupiters! Ja, glaubst du denn, jetzt wäre alles vorbei? Hast du Mutina schon vergessen? Du hast gedacht, er wäre mit Caesars Vermögen zufrieden, doch er hat den Senat gegen dich gehetzt und dich zwei Jahre im Schnee verrotten lassen!«

Sie gibt keine Ruhe, dachte Antonius. Wenngleich er zugeben mußte, daß sie nicht ganz unrecht hatte. Doch im Augenblick war er des Blutvergießens müde. Es stimmte zwar, er hatte das Bübchen unterschätzt, doch letztlich hatte der Junge nur das getan, was jeder Mann an seiner Stelle getan hätte. Außerdem hatte er geschworen, den Frieden einzuhalten. Man mußte ihm eine Chance geben. »Wenn es soweit ist, rechne ich mit ihm ab«, sagte er. »Im Moment bekäme ich gar nicht die nötigen Legionen zusammen, um gegen ihn anzutreten. Die Soldaten werden nach wie vor nicht gegen Caesars Erben kämpfen. Und des Bürgerkriegs sind sie schon lange überdrüssig, wie wir alle.«

»Es gibt auch andere Wege.«

»Bei den Göttern, du bist ein blutrünstiges Weib.«

»Octavian ist gefährlich.«

»Ihm sprießt ja kaum der erste Bart. Die Sache in Mutina war Ciceros Betreiben.«

»Du mußt dich seiner entledigen, Marcus.«

»Ich werde mein Wort nicht brechen«, erwiderte er, flüchtete jedoch vorsichtshalber aus dem Raum, ehe sie sich wieder wie eine Wilde aufführte und mit Gegenständen um sich schmiß. Er wünschte, er hätte sie nie geheiratet.

4

Der Monat October nach dem römischen Kalender im Jahre 42 vor Christi Geburt

Philippi in Griechenland

Kalt war es in Griechenland, und der Winter war noch nicht vorbei. Die Rauchschwaden der Lagerfeuer zogen über die Zelte an den Hängen der Berge und verloren sich in den Nebeln, die aus den Tälern stiegen. Eine eisige, einsame Hochebene, doch ein Ort so gut wie jeder andere, um den Mord an Caesar zu rächen.

Octavian lag auf einem kargen Lager. Er fieberte, und seine Stirn glänzte vor Schweiß. Ab und zu erbrach er sich in die Messingschale, die ihm einer seiner syrischen Knaben reichte. Maecenas und Agrippa waren an seiner Seite, Maecenas mit frisch gekraustem Haar, als sei er auf dem Weg in den Circus. Er warf Antonius einen schmachtenden Blick zu, als dieser das Zelt betrat. Bei Jupiter, dachte Antonius, wenn ich den Burschen ermutigte, flöge die Tunika hoch, und er würde sich vornüberbeugen.

Aus der dunklen Ecke, in der Nähe des Kohlebeckens, starrte ihm Agrippa mürrisch entgegen. Er gab sich als Wüterich, mit wild wucherndem Bart. Antonius überlegte flüchtig, wie jener in die Runde paßte.

Fulvia irrt sich, ging es ihm durch den Kopf, als er den Kranken begrüßte, der ihm kläglich entgegensah. Um Octavian muß ich mir keine Sorgen machen. Diese Jammergestalt wird den Winter nicht überleben. Angeblich litt er ähnlich, als er mit Caesar in Spanien war. Ein Wunder, daß er das überstanden hatte, doch ein zweites Mal würde er es nicht schaffen. Der Geruch des Todes haftete ihm jetzt schon am Leib.

»Du siehst gut aus, Junge«, sagte er, als er sich an dem Lager niederließ. Er klopfte Octavian aufmunternd auf die Schenkel. So hielt er es immer, wenn er unter Soldaten war. Selbst wenn man Arm und Bein verloren hatte, erzählte man sich in der Truppe, kam Antonius hernach ins Hospital und verkündete, daß man am nächsten Tag wieder so gut wie neu sei.

»Der Arzt sagt, ich hätte mich verkühlt. Er hat mich zur Ader gelassen.«

Sieht aus, als habe er dich ausbluten lassen, dachte Antonius.

Oh, er mußte zugeben, daß er eine Weile geglaubt hatte, Fulvia hätte recht mit ihrem Verdacht, wenngleich sie das Triumvirat für fünf Jahre bestimmt hatten. Der junge Caesar, wie er sich so gern nannte, hatte den Pakt noch damit besiegelt, daß er Fulvias Tochter Claudia heiratete. Fulvia hatte zwar eine Weile getobt, doch zu guter Letzt hatte sie sich gefügt.

Antonius hatte sie zu beschwichtigen versucht. »Es ist für Rom«, hatte er zu ihr gesagt. »Mach dir keine Sorgen. Wenn er stirbt, erhältst du sie unversehrt zurück. Unser junger Caesar steht auf der Seite der Männer und attackiert nur von hinten.«

Fulvia hatte ihm einen vernichtenden Blick zugeworfen. »Er hat in den vergangenen eineinhalb Jahren ein Verhältnis mit der Frau des Claudius Marcellus gehabt.«

Antonius hatte sie sprachlos angestarrt. »Mit Tertullia?«

»Deshalb stand Marcellus auch auf der Todesliste. Octavian wollte Tertullia für sich.«

»Tatsächlich? Und ich dachte, er liebt nur Männer.«

»Das ist es ja, was ich meine. Niemand von euch Kriegshelden schätzt diesen Jungen richtig ein.«

Kurz darauf hatte Octavian den Senat gezwungen – und wer wagte es noch, sich gegen ihn aufzulehnen? –, Caesar offiziell in den Stand eines Gottes zu erheben. Wie schön für Caesar. Und auch für Octavian, denn ab sofort setzte er die Bezeichnung *divi filius*, Sohn des Gottes, neben seinen Namen. In Bescheidenheit stand er Caesar jedenfalls nicht wesentlich nach. Anschließend ratifizierte der Senat den Vorschlag des Triumvirats, die Caesarmörder zu Staatsverrätern zu erklären und verfolgen zu lassen. Damit war der Krieg erklärt.

Jene Entwicklungen hatten Antonius nach Philippi geführt, wo er den Verrätern auf dem Schlachtfeld begegnen würde, um ihre Mordtat zu rächen.

Ja, ich habe mir eine Weile wegen dir Sorgen gemacht, dachte er und sah zu, wie sich Octavians Lider senkten. Aber nun nicht mehr. Die Krankheit, die an dir zehrt, wird deine letzte sein.

»Du mußt ohne mich in die Schlacht ziehen«, flüsterte Octavian.

Das werde ich kaum verkraften, hätte Antonius um ein Haar geantwortet. Statt dessen sagte er jedoch: »Es tut mir leid, daß du nicht dabei bist, wenn dein Onkel gerächt wird.«

»Mein Vater«, verbesserte Octavian mit großer Anstrengung.

Meinetwegen, dachte Antonius. Eigentlich war er sogar nur dein Großonkel, und daran können weder ein unterwürfiger Senat noch das Testament etwas ändern, jedenfalls nicht für mich. »Sieh zu, daß du für die Siegesfeier wieder auf den Beinen bist.«

Bevor er etwas antworten konnte, wurde Octavian von einem neuerlichen Hustenanfall gepackt. Der kleine Syrer eilte herbei und hielt ihm die Schale vor. Antonius beschloß, sich lieber zu verabschieden, ehe ihm der Appetit auf das Abendbrot verging.

Antonius stand lange in der Abenddämmerung und ließ den Blick über das Tal zu seinen Füßen wandern. Die Zeit würde für ihn arbeiten. Er würde den Sieg bei Philippi erringen, und alles weitere brächte das Schicksal. Wenn Octavian der Lungenfäule erlegen sein würde – was nur eine Frage der Zeit war –, würde er sich die Macht mit Lepidus teilen, und Lepidus war ein Dummkopf. Damit wäre auch die Frage der Nachfolge erledigt.

Auf dem Meer
Zwei Tage entfernt von Alexandria

Ein Sturzbach ergoß sich durch die Fensteröffnung. Kleopatra hörte, wie Iras aufschrie. Sie krallte sich haltsuchend am Rand des Bettes fest. Die Lampen waren umgestürzt, in der Kabine herrschte Finsternis. Man hörte nur das Heulen des Sturmes und das Ächzen der hölzernen Planken. Kleopatra spürte, wie ihr die Galle abermals hochkam, doch sie schaffte es nicht aufzustehen. Es war ihr gleich, daß die Königin von Ägypten, die Göttin der See, die fleischgewordene Venus, sich über sich selbst erbrach.

Wie leicht es ist, sich den Tod auszumalen, dachte sie, doch wenn er sich nähert, mit donnernden Wogen, brausendem Getöse und den Schreien der Sterbenden, dann verläßt uns jäh der Mut. Sie versuchte, die Ohren zu verschließen gegen den Höllenlärm von draußen, betete zu Isis, stöhnte, stammelte und flehte um das Ende dieser Schreckensnacht.

5

Es wurde Tag. Trübes Licht schlich sich zu ihnen hinein. Der Wind hatte sich gelegt, doch die Galeere schlingerte noch immer durch aufgewühlte Wellenberge. Kleopatra schlug die Augen auf. Offenbar war sie, als die Angst der Erschöpfung gewichen war, schließlich doch eingedämmert. Charmion lag wie ein Bündel am Fußende des Bettes, Iras kauerte in einer Ecke, inmitten von Dreck, Erbrochenem und salzigen Tümpelresten, die das eingedrungene Meerwasser hinterlassen hatte. Ihre Augen standen offen, doch ihr Blick war teilnahmslos, so als kümmere sie nichts mehr – weder sie selbst noch die Königin.

Kleopatra richtete sich taumelnd auf. Zitternd legte sie sich den durchnäßten Umhang über und schleppte sich nach draußen in den Gang, wo sie bei jedem Schiffsstoß gegen die Wände prallte.

Ein Mitglied der Mannschaft zog sie über die schmalen Stufen an Deck. Eine riesige graue Woge rollte dem Schiff entgegen, schob sich unter den Rumpf, die Ruder stachen hilflos in die Luft. Kleopatra fürchtete, keine Luft mehr zu bekommen, und spürte, wie ihr kalter, klebriger Schweiß ausbrach. Göttin des Meeres, rette mich, flehte sie.

Von der Flotte, mit der sie aus Alexandria in Richtung Brindisi gesegelt war, war weit und breit nichts mehr zu sehen.

Der Kapitän stand am Steuer, Haar und Bart salzverkrustet, die Augen halb irr. Er hatte die Nacht über an seinem Platz ausgeharrt.

»Majestät«, stammelte er und starrte sie an, seine Königin, mit strähnigem Haar, das ihr im Gesicht klebte, furchtsam und verdreckt wie die anderen Menschen an Bord.

»Wie sieht es aus?«

»Die Flotte wurde in der Nacht auseinandergetrieben. Wir haben sie aus den Augen verloren, bis auf die zwei Fünfruderer, die hinter uns sind.«

Kleopatra sah, wie ihnen die nächste Woge entgegenschäumte, aus ihrem Kamm ragten Teil eines Masts und geborstene Ruder. War das alles, was von ihrer Flotte übriggeblieben war?

Nun konnte sie Marcus Antonius nicht mehr helfen.

»Kehr um«, sagte sie matt. »Es ist zwecklos. Wir segeln zurück nach Alexandria.«

Philippi, Griechenland

Welch ein zerlumpter Haufen! Sie zitterten unter den Mänteln, die Bärte struppig, in den Augen der leere Blick der Besiegten. Octavian betrachtete sie vom Sattel seines Pferdes aus, die Finger fest um die Zügel gekrallt. Er fühlte sich schwach und benommen. Während der vergangenen drei Tage hatte das Fieber ihn wieder gepackt. Die Schlacht bei Philippi war ohne ihn entschieden worden.

»Wer sind die Männer?« erkundigte er sich bei einem der Soldaten.

»Sie gehörten zu Brutus, mein Herr. Es sind sein Adjutant, sein Stallmeister und zwei seiner Offiziere. Was soll mit ihnen geschehen?«

»Ich schlage vor, du bringst sie um«, antwortete Octavian.

Er ließ den Blick in die Runde schweifen. Das Schlachtfeld war übersät mit den roten Mänteln der feindlichen Brüder. Der kalte Wind trug den Gestank des Todes herbei. In dieser Nacht würden die Legionäre keine zotigen Lieder grölen.

»Wo ist unser lieber Freund Brutus?«

Der Zenturion deutete auf einen Schimmel, der fast regungslos neben einem verkümmerten Baum stand, etwa hundert Schritte von ihnen entfernt. Um das Tier hatte sich eine kleine Schar Offiziere versammelt. Über seine Flanken rann Blut, und auf seinem Rücken lag ein Mann. »Man hat ihn gerade hergebracht. Er hat sich in sein Schwert gestürzt. Sein Tod war ehrenhaft.«

»Sein Leben leider nicht«, entgegnete Octavian.

Er stieg von seinem Pferd. Seine Knie fühlten sich immer noch weich an, doch er war entschlossen, sich vor den Männern keine Blöße zu geben. Dann trat er zu der kleinen Gruppe neben dem Baum. Marcus Brutus war grau wie ein Fisch, über die starren Augen hatte sich bereits der stumpfe Glanz des Todes gebreitet. Octavian nahm alle Kräfte zusammen und zog den Toten von dem Pferderücken herab. Dann packte er sein Schwert und trennte ihm den Kopf vom Leib. Es sah widerlich aus und kostete mehr Kraft, als er vermutet hatte. Er trat gegen den Kopf und rollte ihn bis vor die Füße des Stallmeisters.

Octavian schwankte vor Erschöpfung. »Pack das in deinen Mantel, und nimm es mit«, befahl er. »Wir nehmen den Kopf mit nach Rom und legen ihn zu Füßen der Statue meines Vaters.«

Als er sich seinem Pferd zuwandte, drängte sich einer der Gefangenen vor. Der Schrecken des zuletzt Erlebten malte sich auf seinen Zügen ab. »Ihr werdet uns doch ein ordentliches Begräbnis gewähren!« stammelte er.

Octavian starrte ihn an. Wieso rechnen Menschen eigentlich mit Gnade, wenn sie verloren haben? dachte er. Caesars Barmherzigkeit war eine Schwäche gewesen. Diesen Fehler würde er nicht wiederholen. Dem Sieger gehörte alles, der Verlierer war Opfer des Schlächters.

»Ein ordentliches Begräbnis? Trag dein Anliegen den Geiern vor!« erwiderte er höhnisch, bestieg sein Pferd und ritt fort.

Spät am Abend erreichte Antonius dieselbe Stätte. Sein Blick fiel auf den Leichenhügel, der sich auf dem gefrorenen Boden türmte. Augenscheinlich hatte man sie einfach hingerichtet. Wenig entfernt stand ein Schimmel, der Gras aus dem Boden rupfte. Neben ihm lag eine Leiche im roten Mantel des Generals. Sie war verstümmelt.

Brutus.

Antonius stieg von seinem Pferd, nahm seinen Umhang ab und breitete ihn über dem Toten aus. Schlimm genug, wenn einfache Soldaten mit herausquellendem Gedärm und ohne Kopf auf der Erde lagen – für einen Feldherrn und römischen Senator war dergleichen undenkbar.

Antonius sah, daß ihn einer der Zenturionen beobachtete. »Sieh zu, daß der Mann ein ordentliches Begräbnis bekommt«, befahl er.

»Aber Caesar hat gesagt, daß ...«

»Er ist nicht Caesar«, brüllte Antonius. »Caesar ist tot! Der Mann, von dem du redest, ist nichts als ein giftiger Zwerg! Jetzt tu, was ich dir sage! *Ich* habe diese Schlacht gewonnen, während dein Caesar im Bett lag und erkältet war!«

Er stapfte mit wütenden Schritten von dannen.

Und damit nahm die Geschichte ihren Lauf.

Der Mann, den Antonius als giftigen Zwerg bezeichnet hatte, kehrte nach Italien zurück, um die Staatsgeschäfte zu führen, die ihm sein

Name beschert hatte. Die Veteranen seiner Legionen erhielten den üblichen Sold in Form von Geldern und Land. Die Verteilung war eine undankbare Aufgabe, denn trotz der Proskriptionen gab es nicht genug, um alle zufriedenzustellen. Was man verteilte, mußte man zuvor anderen nehmen. Auch die Geldvorräte waren knapp, denn Caesars Vermögen war in den Krieg geflossen.

In der Zwischenzeit hatte Sextus, der Sohn des Pompejus, dem der Senat die Flotte versprochen hatte, die Herrschaft auf dem Meer übernommen und blockierte als Seeräuber die Wege nach Rom. In Italien wurde gehungert, und die Menschen gaben Octavian die Schuld.

Der junge Caesar, lachte Antonius im Kreis seiner Freunde, war doch nicht so schlau, wie er geglaubt hatte. Nun, der Happen, den er sich abgebissen hatte, sollte ihm ruhig noch eine Weile im Halse steckenbleiben.

Die Beute stand dem Sieger zu. Ein Mann, der im Bett gelegen hatte, während die Schlachten geschlagen wurden, konnte dem Kriegshelden nichts mehr befehlen. Spanien und Sardinien wollte Antonius Octavian gern überlassen. Er, der Mann, der sich noch vor zwei Jahren in den Alpen verkrochen hatte, erhielt Gallien und das Reich des Ostens. Dort wollte er sich einträglichen und vergnüglichen Geschäften widmen, während Octavian sich mit Italien und seinen Problemen herumschlagen konnte.

Oh, richtig, Lepidus bekam die afrikanischen Provinzen. Antonius war es dort zu heiß – und zu sandig.

Antonius' Einzug in die Gebiete des Ostens glich einer Fahrt im Triumphwagen. Überall feierte man ihn als den allmächtigen Sieger, als Erretter, als neuen Dionysos, als Gott des Weines, der Feste und des Friedens.

In Ephesos thronte er auf einem rebenbekränzten Wagen, vor ihm tanzten spärlich bekleidete Bacchantinnen, hinter ihm zogen junge Männer, die als Satyr und Pan verkleidet waren. Ihnen folgten die Musikanten des dionysischen Bundes, die auf Harfen, Flöten und Schalmeien spielten. Die Menschen spendeten ihm jubelnd Beifall und grüßten ihn als Huldreichen, als Freudenspender.

Alles war so, wie Antonius es sich immer erträumt hatte. Und wie er es, so fand er, auch verdient hatte.

6

Der Winter stand ganz im Zeichen des Freudenspenders.

Antonius versammelte die besten Tänzer und Schauspieler des Ostens um sich, die standhaftesten Zecher und die berühmtesten Dirnen. Seine Hofhaltung glich einem Gelage, der Krieger in ihm ruhte aus. Der Wein, die Frauen, die Huldigungen wirkten nach der langen dunklen Nacht der Proskriptionen, der vergifteten Welt des Senats und der Metzelei bei Philippi wie Balsam für seine Seele.

Verschwommenes Sonnenlicht wurde durch die grünen Blätter der großen Götterlaube gefiltert. Efeu und Wein umrankten die Streben wie verschlungene Glieder, die Säulen glichen Bacchantenstäben. Antonius hatte dieses Bauwerk in Auftrag gegeben, es war seine Höhle, die Höhle des Dionysos.

In ihrem Innern entfalteten sich Tätigkeiten, die der Ekstase galten. *Ecstasos*, wie die Griechen es nannten. Die Seele befreit von den Schranken des Geistes, die Suche nach den Göttern mittels fleischlicher Liebe und Wein.

Unter dem Gitterwerk aus grünen Zweigen konnte Antonius sich den Zügellosigkeiten hingeben, die das sittsame Rom verbot. Hier lachte und trank er, umgeben von seinem Künstlervolk und Sisyphus, dem Zwerg. Er trug einen Efeukranz auf dem Haupt, und sein Pokal wurde nie leer. Mänaden in hauchdünnen Gewändern tanzten zu Flöten- und Harfenklängen und haschten sich trunkene Satyrn, mit denen sie in den Hainen verschwanden.

Dort sah man im verborgenen sich windende Leiber, Körper ohne Gesichter oder Namen, die aufeinander glitten und zuckten wie Schlangen in einem Nest. Eine braune Hand schloß sich um eine pralle weiße Brust, eine andere fuhr über Schenkel, Münder und Hände, emsig wie Bienen, vielfältige Formen der Lust allein um der Lust willen.

Antonius vergrub den Kopf im Schoß eines jungen Mädchens, dessen Mund sich einem anderen entgegenreckte. Als er dieses Spiels überdrüssig wurde, wandte er seine Aufmerksamkeit dem nächsten Paar zu und überließ sich dessen Händen und Zungen. Es machte keinen Unterschied, ob es sich dabei um Mann oder Frau handelte, er suchte allein den rosigen feuchten Ort und die Schwellungen des Fleisches.

Schemenhaft nahm er wahr, daß eine junge Syrerin, die Haut braun wie Molasse, das Hinterteil rund und fest wie ein Pfirsich, sich hingebungsvoll einem der Dionysosjünger widmete und dieser sie bei den Hüften packte, sie auf den Bauch drehte und sie von hinten nahm.

Antonius spürte, wie er die Erde, den Körper, den Geist verließ; seine Welt dehnte sich aus und wurde nur noch von sinnlichen Gefühlen bestimmt. Er trieb auf den Wogen der Lust, bis sie sich zu Schmerz verwandelte, und weiter, bis sich seine Seele erhob, aufstieg und eins wurde mit dem Himmel über dem grünen Dach.

Bis er eins war mit den Göttern.

»Quintus Dellius, Majestät. Ich überbringe die erlauchtesten Grüße meines Herrn, Marcus Antonius.«

Kleopatra erinnerte sich an sein falsches Lächeln aus der Zeit, als er noch Caesars Bote war. Ein aufgeputzter Mensch, dessen Augen noch listiger glitzerten als die der Schlange. Natürlich hatte sie ihn erst einmal endlos lange warten lassen.

Wie bei seinem ersten Besuch glitten seine Blicke verstohlen in die Runde, bis sie auf der Statue des Dionysos haften blieben, die mit einem Pantherfell bekleidet war und eine Kithara hielt. Vielleicht hatte er gedacht, daß sein Herr der einzige Anbeter Dionysos' war.

Kleopatra trug einen zarten goldenen *chiton* und ein goldenes Diadem aus verschlungenen Reifen, die hinter dem Kopf in einen Knoten mündeten.

Mardian beugte sich zu ihr vor und wisperte ihr in Ägyptisch ins Ohr: »Ich kenne diesen Menschen. Erst war er Dolabellas Mann, kurz vor Laodicea lief er dann zu Cassius über, und bei Philippi hat er sich Antonius an die Fersen geheftet.«

»Zuverlässig wie der Wind.«

»Nach dem er sein Fähnchen hängt, wie die meisten Römer, die wir kennen.« Kleopatra wandte ihre Aufmerksamkeit dem Gesandten zu. »Nun, Dellius?« fragte sie.

»Ich überbringe Grüße an Ihre erhabene Majestät von meinem Herrn Antonius, des weiteren einen Brief meines Herrn. Er wünscht, daß Ihr ihn lest.« Er hielt Kleopatra eine Schriftrolle entgegen, die von einem der Kammerherren ergriffen und danach an sie weiter gereicht wurde. Sie überflog die Zeilen. An die erlauchte und große Königin von Ägypten, und so weiter und so fort... Der Herr Antonius ersuchte sie um das Vergnügen ihrer Gesellschaft an seinem Hof in Tarsos.

»Tarsos«, sagte sie.

»Meinen Herrn Antonius drängt es, Euch zu sehen, um die frühere Freundschaft zu erneuern. Zudem möchte er erfahren, aus welchem Grund Ihr Eure Flotte Cassius überlassen und diesen mit vier Legionen gegen Dolabella unterstützt habt.«

Welch eine Unverschämtheit! Sie erinnerte sich an den Herrn Antonius, wie er betrunken durch Caesars Haus getorkelt war und wie er bei den Lupercalien halbnackt die *februa* schwang. Und nun befahl der nämliche sie zu sich, als sei sie einer seiner Zenturionen.

»Ein römischer Magistrat wünscht die Königin von Ägypten zu befragen?«

»Er meint sich zu erinnern, daß Ihr früher Freunde wart, und sucht eine Erklärung für die widersprüchlichen Taten.«

Auch Kleopatra wünschte Marcus Antonius dringend zu sehen. Sie hielt ihn weiterhin für den einzigen Freund, den sie in Rom besaß. Doch sie würde ihm nicht als Bittstellerin begegnen, die um Nachsicht für eingebildete Vergehen bat. Und in einen Teppich würde sie sich dieses Mal auch nicht rollen lassen.

»Ihr dürft Eurem Herrn Antonius ausrichten, daß ich sein Ersuchen bedenke.«

Quintus Dellius lächelte. Es war natürlich kein Ersuchen, sondern ein Befehl, doch er war ein zu erfahrener Diplomat, um sie darauf hinzuweisen. »Ich werde ihn Eure Antwort wissen lassen«, sagte er.

»Ich danke Euch, Quintus Dellius. Mögen die Götter Euch eine sichere Rückfahrt gewähren.«

»Ihr *müßt* zu ihm gehen«, drängte Diomedes.

»Nur wenn er es unterläßt, mir Befehle zu erteilen. Dann gehe ich. Vorher nicht.«

»Er ist jetzt Herr über Asien.«

»Und ich bin die Königin von Ägypten und nicht seine Dienerin.«

Kleopatra wußte, was man bei Hof dachte. Erst die Hungersnot, dann die Pest, und dann der Verlust der halben Flotte auf dem Weg nach Brindisi. Sie konnten es sich nicht leisten, Rom zu brüskieren – falls sie das je gekonnt hatten. Nachdem ein gnädiges Geschick sie von Cassius und Brutus befreit hatte, mußte Antonius ihnen als Wohltäter und Retter erscheinen.

Kleopatra sah es anders. Gerade jetzt galt es, den Kopf hochzuhalten und Antonius als gleichrangig zu begegnen.

Ihr *dioiketes* wackelte bekümmert mit seinem dummen alten Schädel. »Kennt Ihr diesen Marcus Antonius?« fragte er. »In Ephesos bezeichnet man ihn als neuen Dionysos.«

»In Ephesos bezeichnet man alle Römer mit Schwert und Trinklust als neuen Dionysos.«

»Dieser wird dem Namen jedoch gerecht«, ließ Mardian sich vernehmen. »Man hört von unaussprechlichen Dingen, die sich dort abspielen. Ich glaube, er befolgt die heiligen Riten bis zum Exzeß.«

»Marcus Antonius hat sich noch nie zurückgehalten.«

»Ihr kennt ihn also, Majestät?« kam es von dem *dioiketes.*

»Wir waren uns in Rom wohlgesonnen.«

»Dann könnte Euer Besuch doch die Lage Ägyptens verbessern.«

»Sobald ich dazu bereit bin.«

»Wenn Ihr ihn aber beleidigt...«

»Wovor fürchtet Ihr Euch eigentlich? Daß er uns angreift, wie Cassius es plante? Das wäre vergeudete Furcht. Octavian und Lepidus würden ihm Ägypten nie überlassen. Es würde ihren Pakt gefährden, und das kann nicht in Antonius' Interesse sein.«

»Ein gefährliches Spiel, Majestät.«

»Politik ist immer ein gefährliches Spiel, Diomedes.«

»Wir *brauchen* seine Freundschaft.«

»Rom kennt keine Freunde, sondern nur Verbündete.« Wie sich die Zeiten gewandelt hatten! Wie lange Alexandria versucht hatte, sich von Rom fernzuhalten! Doch es war aussichtslos. Rom war Bestandteil ihres Lebens geworden, wie die Krokodile im Nil und die Kobras in der Wüste. Was ihnen blieb, waren Wachsamkeit und Umsicht.

Kleopatra seufzte. Nun – ändern ließ sich der Zustand nicht mehr. Auch ihre Verbindung mit Caesar trug einen Teil der Schuld daran. Doch da der Traum, Caesarion auf den Thron beider Reiche zu heben, ausgeträumt war, galt es, Antonius den bestmöglichen Handel abzuringen.

Kleopatra sah, daß Mardian lächelte.

»Mardian?«

»Ich dachte gerade, daß Euer Besuch ein bedeutendes Ereignis werden könnte. Dionysos trifft Aphrodite – das gäbe ein eindrucksvolles Schauspiel.«

Dieser Gedanke war ihr selbst schon gekommen. Für die Ägypter war sie Isis, Aphrodite für die Griechen. Die Göttin der Liebe. Nun war Antonius zum griechischen Dionysos geworden, dem Gott der

Freude, der dem ägyptischen Osiris glich. Gemeinsam würden sie die großen Gottheiten des Ostens verkörpern – dieselben, die Rom haßte.

Was hatte Mardian zu ihr gesagt? *Ihr könnt nicht allein regieren.* Er wollte, daß sie einen Prinzen erwählte. Und welchen besseren Prinzen gäbe es für sie als einen göttlichen? Er wäre der perfekte Gefährte für eine Göttin. Wenn sie Caesar nicht hatte bekommen können, vielleicht bekäme sie ja Caesars Nachfolger.

Es wäre genau die Art der Vermählung, die sie sich immer vorgestellt hatte – eine politische Verbindung ohne Liebe, weiter nichts. Sie würde damit zurechtkommen, falls man nicht zuviel Zeit miteinander verbrächte. Es gab ja Frauen, die Antonius sogar anziehend fanden, obwohl er es nicht mit Caesar aufnehmen konnte. Doch an diesem Maß mußten letztlich alle Männer scheitern.

Mardian hatte recht. Es würde ein eindrucksvolles Schauspiel abgeben, wenn sie nach Tarsos ginge.

Eindrucksvoller, als manch einer sich dachte.

7

Tarsos in Kleinasien

Die Hänge des Gebirges mit grünen Wiesen und dichten Wäldern erhoben sich weit in der Ferne. Tarsos, die Stadt in der fruchtbaren Ebene Kilikiens, zählte zu den größten des Ostens. Sie war gleichbedeutend mit Ephesos und Antiochia. Es hatte Zeiten gegeben, in denen sie den Ptolemaiern gehört hatte, genau wie Zypern und ein großer Teil der syrischen Küste. Und wer weiß, dachte Kleopatra, ob die Ptolemaier sie nicht eines Tages wieder zurückerlangten.

Im Moment erschien dieser Tag jedoch so entrückt wie das Gebirge am Horizont. Die lange Reise über das Mittelmeer war wieder einmal eine nicht enden wollende Qual gewesen. Es gibt auf der Welt beinahe nichts Schrecklicheres, als seekrank zu sein, ging es ihr durch den Kopf. In diesem Zustand hält man den Tod für eine Gnade. Sie wünschte sich nichts so sehnlich, wie wieder festen Boden unter die Füße zu bekommen, diesem Ungeheuer aus knarrendem, knarzendem Holz und dem fauligen Gestank der unteren Decks zu entrinnen. Doch Verzagen hilft nichts, ermahnte sie sich, und für Schwäche ist keine Zeit. Das Ufer ist nah, und mein Auftritt steht kurz bevor.

Charmion und Iras stützten sie, als sie die Kabine verließ, um zum Oberdeck zu steigen. Sie hatten sie in ein Gewand aus schimmerndem Gold gehüllt. Kleopatra ließ sich dankbar auf dem bereitgestellten Diwan nieder, über dem ein schattenspendender Baldachin aus goldener Seide errichtet worden war. Junge Sklaven, als Cupidos verkleidet, stellten sich neben ihr auf, breiteten die bunten Pfauenfächer aus und wedelten ihr Kühlung zu.

»Ankere im Hafen«, befahl Kleopatra dem Kapitän. »Wir gehen nicht an Land.«

Als sie in die Flußmündung steuerten und sich dem Hafen näherten, wurden die schlichten Zypressenruder, die man während der Reise benutzt hatte, mit schwarzen Ebenholzrudern vertauscht, deren Blätter versilbert waren.

Auch wurden für die Ankunft spezielle Segel aufgezogen, die in der Farbe des königlichen Purpurs leuchteten. Sie waren mit Zedernöl parfümiert. Jeder Windstoß entfaltete ihren Duft und umgab das Schiff mit dem köstlichen Hauch ihrer Wälder. Die Matrosen, die die Segel befestigt hatten, ließen sich an den Masten zurück aufs Deck gleiten. An ihre Stelle schlüpften junge Mädchen, die wie Meerjungfrauen gekleidet waren. Anschließend entzündete man die großen Rauchgefäße mit Weihrauch und Myrrhe.

Kleopatra sah, wie die Menschen zum Ufer strömten. Sie vernahm das ehrfürchtige Raunen, das durch die Menge ging, und Rufe des Entzückens.

Trotz ihrer Verfassung brachte sie ein Lächeln zustande. Sie hatte genau die Wirkung erzielt, die sie beabsichtigt hatte.

In der Regel hielt Antonius auf dem großen Ratsplatz hof, wo er von einem vergoldeten Thron aus die Rechte und Pflichten seiner neuen Gebiete bestimmte. In den vergangenen Monaten hatte er die Könige von Armenien, Thrakien und Judäa empfangen, die Tetrarchen von Pontos, Sidon und Galatien, die Führer und Vertreter jeder östlichen Provinz des römischen Reiches, die sich mit Dienern, Soldaten, Höflingen, Kamelen und vergoldeten Sänften über die staubigen Straßen Asiens auf den Weg gemacht hatten, um ihrem neuen Herrn Ehrerbietung zu erweisen.

Viele von ihnen hatten ihre Frauen und Töchter mitgeführt, um ihre diplomatischen Bemühungen zu unterstreichen, denn Antonius' Vorlieben hatten sich schnell herumgesprochen. So schenkte ihm die schöne Glaphyra ihre Gunst, um ihrem Sohn die Satrapie über Phrygien zu erhalten, und Mariamne blieb mehrere Nächte in seinem Schlafgemach, um ihrem Mann Herodes den Thron von Judäa zu sichern.

Auf diese Weise waren die Monate verstrichen. Ungeduldig und bereits ein wenig verdrossen wartete Antonius nur noch auf die Gesandtschaft aus Ägypten.

Seit Philippi hatte sich sein Leben wie ein wundervoller Traum entwickelt, der seine Sinne auf nahezu vollkommene Weise befriedigte. Asien war eine Offenbarung. Hier war er nicht mehr römischer Magistrat oder der Imperator einer Armee – hier war er ein Gott.

Wenn er wollte, würde er sogar über die Frau herrschen können, die Caesars Geliebte gewesen war. Der alte Knabe würde staunen, wenn er ihn jetzt sähe. Mit ein wenig Glück würde ihm bald nicht nur ihr Geld, sondern auch sie selbst gehören.

Doch dazu mußte sie erst einmal auftauchen.

Zuerst verwundert und anschließend verärgert schaute Antonius der Gruppe von Menschen nach, die gerade noch vor ihm gestanden, sich dann aber mit einemmal aufgelöst hatte und danach verschwunden war, bis nur noch er, sein römischer Offiziersstab und seine Leibwache zurückgeblieben waren.

Er wandte sich zu Quintus Dellius um. »Was ist denn los?« fragte er.

»Ich weiß es nicht, Imperator.«

»Bringe es in Erfahrung.«

Dellius rannte zur Dachterrasse des Palastes, von wo aus man den Hafen überblicken konnte. Er entdeckte, daß eine Flotte in den Hafen lief, wie er sie noch nie zuvor gesehen hatte. Allen voran glitt ein Flaggschiff mit purpurroten Segeln. Silberne Ruderblätter, die sich glitzernd aus dem Wasser hoben, Musik aus Trommeln und Flöten, Meerjungfrauen, die in der Takelage schwebten und das Steuer hielten – und in der Mitte, wie eine goldene Venus, Königin Kleopatra selbst. Neben ihr standen zwei Cupidos mit gefiederten Fächern, und ihre Dienerinnen streuten vom Heck aus Blüten auf die Wellen. Dellius schnupperte. Von der ägyptischen Flotte ging ein betörender Duft aus, der von einem zarten Windhauch getragen, an ihm vorbeizog.

Die Menschen am Ufer sprangen in kleine Boote und ruderten auf die Flotte zu, um sich dieses Schauspiel aus der Nähe zu betrachten.

Ein kleines, widerstrebendes Lächeln huschte über Dellius' Gesicht.

Alle Achtung, dachte er, der Auftritt ist ihr geglückt. Aus den Augenwinkeln nahm er wahr, daß sich einer der Sklaven an ihm vorbeidrücken wollte, und packte blitzschnell zu. »Sag mir, was hier vor sich geht«, herrschte er ihn an.

»Es ist Aphrodite«, kam die gestammelte Antwort. »Die Leute sagen, daß sie selbst erschienen ist, um mit dem Herrn Dionysos zu feiern.«

Dellius ließ den Sklaven los und sah ihm nach, wie er zum Hafen rannte. Aphrodite kam, um sich mit Dionysos zu vergnügen! Diese Ägypterin! Sie konnte nicht nur einen Auftritt gestalten, sondern wußte überdies, welches Stück am populärsten war. Ihre Spitzel mußten sich seit Tagen in der Stadt herumgetrieben haben, um die Geschichte zu verbreiten. Er war gespannt, wie Antonius reagieren würde.

Kleopatra beobachtete, wie sich ein größerer Segler den Weg durch das Gewirr der Ruderboote bahnte. Auf dem Deck sah sie rote Mäntel blitzen. Römer! Sie wartete – eine hingegossene Venus im goldenen Licht der Sonne. Von diesem Tag würden die Menschen noch ihren Enkeln berichten. Damals, als Venus nach Tarsos kam …

Der Segler legte längsseits ihres Schiffes an. Man half einer kleinen Gesandtschaft an Bord, aus der sich ein bekanntes Gesicht löste. Quintus Dellius.

Als er ihr gegenüberstand, wandte er den Kopf in alle Richtungen, um hinter den Ursprung des lieblichen Duftes zu kommen, der ihn umgab. Danach wanderten seine Blicke über die hübschen Sklavinnen in der Takelage und die feinen Prunkstoffe, mit der das Schiff ausgestattet war. Der gestrenge Römer war offenkundig beeindruckt.

»Eure Majestät«, sagte er.

Kleopatra deutete ein Kopfnicken an.

»Der edle Herr Antonius heißt die Königin von Ägypten an seinem Hof willkommen. Er lädt Euch zu sich ein und bittet Euch, heute abend an einem Bankett teilzunehmen, das er Euch zu Ehren gibt.«

Kleopatra blieb stumm. Charmion antwortete für sie. »Die Königin wünscht nicht an Land zu kommen, mein Herr. Statt dessen lädt sie den edlen Marcus Antonius ein, heute abend zu einem Bankett die königliche Galeere zu besuchen. Diese Einladung erstreckt sich auch auf die Offiziere und die Würdenträger der Stadt.«

Dellius blickte sich um, als frage er sich, welch eine Art von Bankett in dieser Umgebung ausgerichtet werden könne. »Ich werde meinem

Herrn Eure Antwort überbringen«, sagte er. »Seid gewiß, daß er der Einladung freudig folgt.«

Danach verneigte er sich und kehrte mit seinem kleinen Trupp Gefolgsleute an Bord des Seglers zurück. Hoffentlich ist sein Herr wenigstens halbwegs nüchtern, wenn er kommt, dachte Kleopatra, denn für mich geht es wieder einmal um sehr viel. Was würde Caesar wohl von dem kleinen Mädchen aus der Teppichrolle halten, wenn er jetzt vom Pantheon heruntersähe?

8

Obwohl Antonius bereits an etlichen Banketten orientalischer Höfe teilgenommen hatte, wie auch an unzähligen Gastmählern der römischen Aristokratie und an den Gelagen, wie man sie auf gewissen Landsitzen abhielt, so hatte er etwas wie dieses hier noch nie gesehen.

Das Schiff glich einem schwimmenden Palast. Es hatte inzwischen an der Hafenmauer angelegt, wo sich die Menschen immer noch zusammendrängten und nur von einer Kohorte römischer Legionäre zurückgehalten wurden.

Als die ersten Gäste erschienen, versank die Sonne gerade am Horizont, und die Dämmerung legte sich auf die Stadt. In diesem Augenblick flammten an Bord die Fackeln auf. Das Schiff verwandelte sich in ein Lichtermeer, das über dem Wasser schwebte.

Antonius schritt über einen breiten Steg, der in königlichem Purpur leuchtete. Erstaunt betrachtete er die Dienerschaft, die ihn in Form von Meerjungfrauen, Nymphen und Cupidos willkommenhieß.

Danach wurde seine Aufmerksamkeit jedoch auf die Wände des Schiffes gelenkt, die in reinem Gold zu schimmern schienen. Erst nach weiteren Schritten spürte er, daß er über weiche Polster ging anstatt über die gewohnten harten Planken. Er schaute zu Boden und entdeckte einen dicken Rosenteppich, der mit einem Netz überzogen war. Die Blüten, die er zertrat, verströmten süßen Duft.

Schließlich sah er auch Kleopatra. Sie lag auf einem goldenen Seidendiwan unter einem mächtigen Baldachin in Form eines geschnitzten Elefantenkopfes, dessen Stoßzähne in den Himmel ragten.

Die Perlen, die sich ihr um den Hals schmiegten und ihr schwer von den Ohren hingen, sandten glitzernde Strahlen aus. Ihr Haar fiel glänzend und schwarz auf die Schultern. Das Goldgewand schmiegte sich um ihren Körper, und ihre Sandalen waren mit Smaragden besetzt. Um ihre nackten Arme ringelten sich Schlangen aus Lapislazuli. Sie hatte den Ellbogen aufgestützt und sah ihm regungslos entgegen.

Unsterbliche Aphrodite, Venus, Isis, Königin des Meeres, Königin von Ägypten.

Antonius trat vor und verneigte sich. »Majestät«, murmelte er.

Ihre Augen funkelten. Sie bedeutete ihm näher zu kommen. Er beugte sich zu ihr vor, sog die köstlichen Gerüche ein, die sie umgaben – erlesene Duftwässer und der ureigene Geruch einer schönen Frau. Oh, Antonius, ging es ihm durch den Sinn, du bist wahrhaftig gestorben und bei einer Göttin im Himmel gelandet.

Kleopatras Lippen fuhren wie ein Hauch über sein Ohr. »Ich will dich«, wisperte sie und lehnte sich wieder zurück.

So weit das Auge reichte, traf es auf das Gepränge aus sattem Rot und Gold. Im Bankettraum tafelte man von goldenen Tellern und Pokalen, die Ruhebänke waren mit rubinroter Seide bespannt, die Beine der marmornen Tische bestanden aus Gold, besetzt mit Karneol, die Wände schmückten Teppiche aus dunkelroter Seide. Parfümierte Tauben flatterten über die Köpfe der Gäste hinweg, Sklaven salbten ihnen die Haare mit Zimtöl und wuschen ihnen Füße und Hände mit Rosenwasser.

Blonde Cupidos und dunkelhäutige Nymphen trugen die Speisen auf: geschmorte Wüstenhasen aus Libyen, rosig gedünstete Krebse, Austern in Seetang, gebratener Fasan, Kuchen aus feinem weißem ägyptischem Mehl, dicke Datteln in Honig, Gelees aus Granatäpfeln und Honig. Amphoren mit bestem italienischem Wein wurden hereingebracht und mit Wasser gemischt. Während des Essens spielten anziehende junge Sklavinnen auf silbernen Harfen. All diese Pracht wurde zudem noch ringsum von Wandspiegeln zurückgeworfen, die das Übermaß bis ins Unendliche wiederholten.

Antonius stellte fest, daß ihm der Sinn weder nach Nahrung noch nach den Getränken stand. *Ich will dich*. Er war nicht in der Lage, den Blick von Kleopatra abzuwenden, konnte nur an das denken, was sie ihm zugeraunt hatte. Doch sie behandelte ihn mit der gleichen Liebenswürdigkeit wie die anderen Abendgäste. Es war, als habe er die Verlockung nur geträumt.

Nicht einmal während des Festmahls bot sich Antonius die Gelegenheit, mit Kleopatra unter vier Augen zu reden. Sie scherzte mit seinen Offizieren und mit den Stadtvätern, die ihr offenbar schon zu Füßen lagen und sie mit artigen Schmeicheleien überhäuften – bis auf Quintus Dellius. Der ruhte auf seiner Bank und taxierte sie stumm mit solch kaltem Interesse, als sei sie eine der Tempeldirnen der Stadt.

Nachdem das Mahl beendet war, führte Kleopatra ihre Gäste an Deck. Draußen war die Nacht hereingebrochen. Rufe der Verzückung wurden laut, als die Gäste zu der Takelage aufschauten. Über ihnen schaukelten unzählige Laternchen an dünnen Seidenstricken, die den Aufbau des Schiffes wie das Dach eines verwunschenen Schlosses schimmern ließen.

»Ich schenke Euch, meine lieben Gäste, den goldenen Diwan auf dem Ihr geruht habt«, verkündete Kleopatra. »Zudem die goldenen Teller und Pokale, von denen Ihr gespeist und aus denen Ihr getrunken habt. Meine Diener werden Euch mit Fackeln nach Hause geleiten und die Geschenke tragen.«

Die Gäste klatschten in die Hände und brachen in erstauntes Gemurmel aus.

Als sich alle verabschiedeten, neigte sich Antonius zu Kleopatras Ohr. »Meine Herrin«, sagte er. »Ich hatte auf die Möglichkeit eines privateren Zusammenseins gehofft. Es gibt einiges zu erörtern.«

Die dunklen Augen schauten amüsiert und verwundert. Du kleines Biest, dachte Antonius. »Wir werden noch genügend Zeit dafür haben, mein Herr«, entgegnete Kleopatra. »An diesem Abend haben wir Euren Triumph über Brutus gefeiert. Laßt uns das nicht mit störenden Gedanken an Staat und Politik verderben.«

Davon ist auch nicht die Rede gewesen, dachte Antonius. Und das weiß sie ganz genau. Die Worte klangen immer noch in seinem Ohr. *Ich will dich.*

»Dennoch liegt mir an einem Moment, wo Eure Gesellschaft mir allein gehört«, beharrte er.

»Es war eine lange Reise, und ich bin müde«, erwiderte Kleopatra. »Vielleicht am morgigen Tag.« Danach schenkte sie ihm ein aufreizendes Lächeln, das ihn die ganze schlaflose Nacht über verfolgte. Und als er die Augen in den frühen Morgenstunden endlich schloß, träumte er von Ägypten.

Ich will dich.

9

Zu Antonius' Bankett, das am folgenden Abend stattfand, ging Kleopatra nicht als Venus, sondern in einem smaragdgrünen *chiton* aus sidonischer Seide, der an der Schulter mit einer Perlenspange gehalten wurde. Sie ließ sich auf einer Sänfte mit zugezogenen Vorhängen tragen. Die nubische Leibwache lief ihr mit Fackeln voraus.

Zu den vielen Gründen, aus denen die Soldaten Antonius verehrten, gehörte, daß er seine Mahlzeiten häufig mit ihnen in ihrem Speisesaal einnahm. Wie es aussah, wollte er auch für Kleopatra keine Ausnahme machen. Das Gebäude, in dem die Soldaten aßen, war vor ihrer Ankunft eine der großen Markthallen gewesen. Auch jetzt hing darin noch der Geruch von Gewürzen, Gemüse, Abfall und Fisch. Es war ein langgestreckter Steinbau, dessen gewölbte Decke von drei Säulenreihen getragen wurde.

Antonius hat zwar versucht, die Halle ein wenig herzurichten, dachte Kleopatra, während ihre Blicke über die bestickten syrischen Wandteppiche und die verzierten bronzenen Lampenständer glitten, doch sie sieht immer noch aus wie ein leergeräumtes Lager.

Auf einem Podest neben dem Eingang spielten Musikanten; ihre Klänge verloren sich allerdings in dem lauten Stimmengewirr. Als Kleopatra vortrat, setzten jedoch Fanfaren ein, und die Gespräche verstummten.

Bei der Mehrzahl der Anwesenden handelte es sich um Soldaten, die ihrem Rang nach an langen Tischreihen saßen. In der Mitte des Saals standen zwölf Ruhebänke für Antonius, seine obersten Befehlshaber und deren Gäste.

Alle Hälse reckten sich, um die große Königin zu betrachten – die Göttin, die in der Stadt in aller Munde war.

Die nubische Leibwache schritt vor Kleopatra in den Saal. Unter ihrem Gefolge waren Diomedes und Mardian.

Antonius kam ihr entgegen. Er trug den scharlachroten Umhang der Römer, der mit einer Spange aus Bronze über einer Wolltunika gerafft wurde. Kleopatra fand, daß er einen etwas gefaßteren Eindruck machte als am Vorabend, wo er sie wie ein Bauer angestiert hatte.

Wenn sie ehrlich war, mußte sie sogar zugeben, daß er nach wie vor gut aussah. Sie erinnerte sich an das Gerede in Rom, wonach römischen Frauen die Sinne schwanden, wenn sie ihn nur sahen. Was den Verstand betraf, konnte er es mit ihr natürlich nicht aufnehmen, und mit Caesar schon gar nicht. Doch das spielte im Moment keine Rolle. Er war Römer und gehörte zu den drei mächtigsten Männern der Welt.

Kleopatra wußte, was ihm bei ihrem Anblick durch den Kopf spukte. Zum einen spekulierte er auf die nächste rasche Eroberung, wie bei der Gemahlin des Herodes, und darüber hinaus lockte es ihn, endlich das zu kosten, was Caesar vor ihm geschmeckt hatte.

Wahrscheinlich wäre ihm nie der Gedanke gekommen, daß sie an eine ganz andere Art der Verführung dachte.

Nachdem sie die ersten Höflichkeiten ausgetauscht hatten, wandte Antonius sich den Versammelten zu und begrüßte sie noch einmal offiziell als Ehrengast des Abends.

»Wir freuen uns, die Königin von Ägypten willkommen zu heißen, die über das Meer zu uns gereist ist. Wir hoffen, daß sie sich in diesem bescheidenen Quartier wohl fühlt, das wir ihr zu Ehren ein wenig königlich zu gestalten versucht haben.«

Als Kleopatra sich niedergelassen hatte, lebten die Stimmen wieder auf. Sie ruhte neben Marcus Antonius. Er stierte schon wieder, doch sie tat, als bemerke sie es nicht, und behandelte ihn freundlich – wie es das Protokoll verlangte.

Nach einer Weile wurden die Mahlzeiten aufgetragen.

»Fraß«, hörte Kleopatra Mardian sagen, jedoch so leise, daß nur sie es verstand. Es schien, als habe Antonius sich gedacht, er könne ohnehin nicht mit ihrem Bankett wetteifern, und statt dessen entschieden, den Abend bewußt spartanisch zu halten. Das Essen bestand aus einfach gebratenen Zicklein und wurde auf Holztellern serviert. Der Wein, dem eifrig zugesprochen wurde, war vom Besten.

Antonius hatte seinen Zwerg Sisyphus bei sich. Es war ein abstoßender Bursche mit einem viel zu großen Gesicht und einem häßlichen keckernden Lachen. Antonius schien ihn jedoch unterhaltsam zu finden.

»Die Königin muß sehr beeindruckt sein von Eurem Gastmahl«, sagte er feixend zu Antonius. »Ihr habt ihr armseliges Bankett in den Schatten gestellt. Werdet Ihr ihr später auch den Teller und den Becher schenken?«

Antonius schaute zu Kleopatra und lächelte verlegen. »Die Königin kann sie mitnehmen oder ihren Dienern befehlen, auf dem Markt ein ganzes Dutzend davon zu kaufen. Der Preis wäre in etwa derselbe.«

»Wo bleiben überhaupt die Rosenblüten?« rief Sisyphus mit gespielter Entrüstung. »Der Wind, der durch die Ritzen zieht, muß sie fortgepustet haben. Ich werde die Dienstboten tadeln müssen.«

Kleopatra beschloß, die Peinlichkeit der Situation aufzuheben. »Wenn Euer Herr mich übertroffen hätte, wäre ich beschämt«, sagte sie, »denn ich brauchte sechs ganze Monate zur Vorbereitung unseres Treffens.«

»Dennoch hätte der Imperator sich ein wenig mehr Mühe geben können«, ließ sich einer der Generäle vernehmen. »Ich fürchte nur, als Gott hat er alle Hände voll zu tun.«

Antonius zuckte mit den Schultern und lachte gutmütig. Es schien ihn nicht zu stören, daß seine Männer sich über ihn lustig machten. »Laßt nur«, erwiderte er. »Wenn Octavian schon der Sohn eines Gottes ist, muß ich ihn eben übertrumpfen.«

Daraufhin lachten alle.

»Ich habe gehört, daß man Euch als neuen Dionysos bezeichnet«, hub Kleopatra wieder an.

»Das verdankt er seinem Zauberstab«, entgegnete Dellius spöttisch. »Legionen von Mänaden können das bezeugen.«

»Ein Stab von ganz erstaunlicher Macht«, fiel Sisyphus ein. »Nicht nur aufgrund seiner Größe, sondern auch wegen des Tannenzapfens am oberen Ende.«

Antonius' Lachen erstarb. Offenbar wußte er nicht, wie die Königin auf derlei Anzüglichkeiten reagieren würde. Kleopatra fragte sich, ob man sie vielleicht nur testen wollte. Ich könnte beleidigt tun, dachte sie, doch damit zöge ich mir nur ihre Feindschaft zu. Lieber beweise ich ihnen, daß ich keine Spielverderberin bin, und mache sie mir gewogen.

»Wie man mir sagte, wedelt Euer Herr mit dem Stab, wenn er durch die Straßen zieht, und erntet jubelnden Beifall«, sagte sie.

Selbst Dellius konnte sich ein Grinsen nicht verkneifen.

Wie es den Anschein hatte, waren Antonius' Liebesgeschichten auch an den Soldatentischen Thema, zumal der Wein dort ebenso reichlich geflossen war wie an den Tischen der Gäste. Eine Gruppe gallischer Soldaten stimmte ein Marschlied an, das kurz darauf von allen aufgegriffen wurde.

Wir kommen und dienen dem Gott des Weins,
der gab ihn Glaphyra ein.
Als sie wieder nüchtern war,
schickte er sie heim.

»Glaphyra«, sagte Kleopatra. »Das ist die Mutter des Prinzen von Phrygien, nicht wahr?«

»Das ist sie in der Tat«, erwiderte Dellius mit glitzernden Augen. »Sie kam auf den Knien zu Antonius gerutscht.«

O Antonius, dachte Kleopatra. Dieser Dellius scherzt nicht, er mag dich nicht. Kannst du das nicht erkennen? »Wie es aussieht, haben Euch die Staatsgeschäfte sehr beansprucht«, sagte sie zu Antonius gewandt.

Antonius war immerhin so anständig, betreten zu Boden zu schauen. Inzwischen hatten die Soldaten die nächste Strophe angestimmt.

Die Juden glauben an einen Gott,
den Herrn, der den Himmel zerteilt.
Herodes schickte uns seine Frau,
unser Herr zerteilt ihr die Beine.

»Ich muß mich für meine Männer entschuldigen«, sagte Antonius. »Es kommt manchmal vor, daß sie sich vergessen.«

»Oh, das ist nun mal die Art von Soldaten«, antwortete Kleopatra leichthin. »Ich erinnere mich, daß sie über Caesar ein ganz ähnliches Liedchen gedichtet haben.«

Heim kommt der kahle Hurensohn
Römer sperrt die Frauen ein
All das Gold, das ihr ihm schenktet
Ward der gallischen Dirnen Lohn.

Im Saal breitete sich Stille aus. Dann legte Antonius den Kopf in den Nacken und brach in lautes Gelächter aus. Die Menge fiel johlend ein. Etliche der Soldaten hämmerten ausgelassen mit den Fäusten und den Pokalen auf die Tischplatten.

Mit einemmal wurde Kleopatra bewußt, daß sie die Römer am Vorabend tief gekränkt hatte. Sie hatte die Bewohner von Tarsos mit ihren Schätzen zwar beeindrucken können, doch für Antonius und seine Gefährten hatte es eine Herabwürdigung bedeutet. Diese Männer hatte sie erst jetzt gewonnen, es hatte nur ein paar derber Spaßesworte bedurft. Ihre Liebe würde folgen, wenn sie die Liebe ihres Herrn errungen hätte – mit Ausnahme von Quintus Dellius. Dieser Schlange würde sie niemals trauen können.

10

Von der Terrasse des schwimmenden Palastes aus schaute man über den Hafen, dessen Wasser an diesem Tag indigoblau leuchtete. Diener errichteten einen Baldachin über dem Lager, auf dem Antonius und Kleopatra ruhten, und reichten ihnen Erfrischungen. Schneegekühlten Wein für Antonius, und für Kleopatra Früchte und Rosenwasser. Tief unter ihnen wiegte sich die königliche Galeere auf den Wellen, deren goldenes Heck im Sonnenlicht funkelte.

Ich will dich.

Hatte sie diese Worte wirklich ausgesprochen, oder hatte er sich das nur eingebildet? Die kleine Kostprobe von Ägypten fehlte ihm noch, obgleich der Osten mit Leckereien bisher nicht gegeizt hatte. Glaphyra, Mariamne – mal die Mutter eines Satrapen, mal die Gemahlin eines Königs. Es war, als räubere man in einem fremden Garten, dessen Früchte stets köstlicher waren als die, die man rechtmäßig erwarb. Kleopatra gehörte immer noch Caesar. Sie war die Frucht aus dem Garten des Gottes.

»Dieses Mal führen uns glücklichere Umstände zusammen als bei unserem letzten Treffen«, begann Kleopatra, nachdem sie eine Weile geschwiegen hatten.

»Das ist wohl wahr. Aber Caesar hat viele Probleme hinterlassen.«

»Und? Wurden sie inzwischen gelöst?«

»Darauf werde ich Euch nicht antworten«, erwiderte Antonius. »Ich bin sicher, daß Eure Spitzel Euch über Rom auf dem laufenden halten.«

»Man hat mir berichtet, daß Caesars Neffe sich nicht so leicht lenken ließ, wie man dachte.«

»Pah! Octavian mit seinen holden Knaben!« knurrte Antonius. »Es gab anfängliche Schwierigkeiten, weiter nichts.«

»Sie führten immerhin dazu, daß Ihr den Bergziegen Gesellschaft leisten mußtet«, sagte Kleopatra und lächelte spöttisch.

Dieses freche kleine Luder! dachte er. »Das ist vorbei. Doch lassen wir das. Darüber will ich nicht mit Euch reden.«

»Worüber wünscht Ihr denn zu reden, mein Herr Antonius?«

»Laßt uns mit Cassius beginnen. Er war unser beider Feind. Ich wüßte gern, warum Ihr ihm im Kampf gegen Dolabella Eure Legionen sandtet.« Ein Diener füllte Antonius den Pokal erneut mit Wein.

Antonius stellte zufrieden fest, daß Kleopatras Lächeln verschwunden war. »Wenn etwas zu absurd klingt, um wahr zu sein, besteht die Möglichkeit, daß es unwahr ist«, erwiderte sie.

»Ihr leugnet es?«

»Es waren *römische* Legionen. Dolabella hat nach ihnen verlangt, und sie verließen Alexandria, um sich ihm anzuschließen. Danach glaubte ihr Befehlshaber, daß Cassius siegen würde, und wechselte in Syrien die Fronten. Bei ihm liegt die Schuld, nicht bei mir. Glaubt Ihr wirklich, ich hätte Cassius unterstützt? Wie Ihr schon sagtet, er war mein Feind. Ohne ihn und seinesgleichen wäre ich heute Caesars Gemahlin.«

Antonius nickte. Es leuchtete ihm ein. Dennoch hatte es genauso überzeugend geklungen, als Octavian sie eines Doppelspiels bezichtigte. »Und was war mit Eurer zyprischen Flotte?«

»Wenn Ihr zu wissen wünscht, wer den Statthalter von Zypern beschwatzte, die Flotte Cassius zu senden, solltet Ihr die Antwort in Ephesos suchen, im Tempel der Diana.«

»Ihr redet von Arsinoë?« Antonius wirkte verblüfft. Er wußte noch, wie entrüstet Arsinoë sich gegen diesen Verdacht gewehrt hatte, als er sie verhörte. Er schüttelte den Kopf. Es war schwer zu entscheiden, wem man in diesen Zeiten trauen konnte.

Kleopatra hob die Schultern. Es war eine Geste bitterer Resignation. »Ich habe Caesar die Schwierigkeiten vorausgesagt, die sich ergäben, falls er sie leben ließe, doch er hielt ja Barmherzigkeit für eine Tugend. Er irrte sich bei Brutus, wie sich später herausstellte, und er irrte sich auch im Falle meiner Schwester.«

Antonius sah sie nachdenklich an.

»Wenn Cassius gesiegt hätte«, fuhr Kleopatra fort, »hätte er Arsinoë als Königin von Ägypten eingesetzt. Ihr habt Euer Leben in Rom verbracht und seid mit Intrigen vertraut. Erkennt Ihr nicht, daß man Euch gegen mich aufgestachelt hat? Und dabei ist es noch nicht einmal schwer zu erkennen, wer es tut und warum.«

»Ich dachte, Ihr hättet getan, was für Euch am vorteilhaftesten wäre.«

»Ich habe nichts dagegen, auf meinen Vorteil zu achten, doch Cassius zu unterstützen wäre Selbstmord gewesen. Denkt doch an meinen Sohn.«

»In einem Brief versprachtet Ihr mir, Eure Flotte nach Brindisi zu senden, um mir im Kampf gegen Brutus zu helfen.«

»... was ich auch versucht habe, wenngleich es Winter war. Meine Flotte ging im Sturm verloren. Die Wrackstücke werden noch heute in Griechenland angespült. Ich habe die Flotte selbst angeführt, wiewohl ich das Meer hasse. Ich tat es, um Euren Sieg zu sichern.« Sie beugte sich näher zu ihm, die schwarzen Augen blitzten vor Zorn. »Glaubt Ihr denn, ich hätte nicht Rache nehmen wollen an jenen, die Caesar töteten, und mit ihm meine Hoffnung?«

Antonius sah, daß sie vor wütender Erregung bebte. Erstaunlich, dachte er. Sie muß tatsächlich etwas für den alten Knaben empfunden haben.

Endlich war er überzeugt und wußte, wem er glauben konnte. Auf Octavians Worte würde er sich hinfort nicht mehr verlassen. Dieser Giftzwerg! Na ja, eigentlich hätte er es selbst besser wissen müssen.

Er atmete auf. Er brauchte Kleopatra derzeit genauso wie sie ihn und wollte nicht, daß früherer Verrat ihr Bündnis überschattete.

Die Augen mit den schwarz geschminkten Rändern brannten sich in seine Seele.

»Ihr habt bei Eurer Ankunft in Tarsos, als ich an Bord Eures Schiffes trat, etwas zu mir gesagt.«

»Ach ja?« Die Augen blickten nun unschuldig und erstaunt.

Er hielt ihrem Blick stand und senkte die Stimme. »Ihr sagtet, Ihr wolltet mich.«

»Vielleicht habe ich mich nach den Berichten über Glaphyra und Mariamne besonnen. Vielleicht will ich nicht mit Sklavinnen und Mänaden auf einer Stufe stehen.«

»Ihr wißt, daß es keine Frau auf der Welt gibt, die sich mit Kleopatra messen kann.«

Kleopatra lächelte. »Im Gegensatz zu Euch habe ich erst *einmal* im Leben geliebt, aber mir ist dennoch klar, daß ein Mann weiß, mit welchen Worten er eine Frau gewinnen kann.«

Antonius grinste. »Da mögt Ihr recht haben.«

Kleopatra nippte an ihrem Rosenwasser und beobachtete ihn über den Rand des Bechers hinweg. »Doch darüber wünschte *ich* nicht zu reden. Mir liegen politische Dinge am Herzen. Ihr wollt meine Hilfe im Kampf gegen Parthien.«

Sie lachte schallend, als sie die Überraschung auf seinem Gesicht erkannte. Antonius stellte fest, daß sie wie eine lieblichere Fulvia war – ebenso gewitzt, ebenso raffiniert und ihm immer einen Schritt voraus.

»Ich möchte vor allem wissen, was Ihr dafür von mir verlangt«, antwortete er nach einer Weile.

»Ich habe etliche Forderungen. Eine davon wird nicht verhandelt.«

»Und die wäre?«

Sie sagte es ihm.

Ephesos in Kleinasien

Der Artemis- oder Dianatempel, wie ihn die Römer nannten, war in der ganzen Welt berühmt. Ihn zierten hohe Säulengänge mit goldenen Statuen der Jagdgöttin und ihren Nymphen und Faunen. Eine der Wände schmückte ein gewaltiges Gemälde, das Diana und Alexander zeigte. Wie Isis und Aphrodite war sie die Göttin der Frauen, doch im Unterschied zu jenen besaß sie auch eine zerstörerische Seite.

Der Tempel mit seinen umliegenden Hügeln und Wäldern hatte in der Vergangenheit häufig Flüchtlingen Asyl gewährt – von entlaufenen Sklaven bis hin zu Dieben und Bettlern –, die sich inzwischen auf dem Tempelgelände niedergelassen hatten. Die meisten von ihnen fristeten ihr Dasein als Verkäufer unechter Silberstatuen, als Taschendiebe oder Dirnen für die Pilger, die aus ganz Asien herbeiströmten.

Arsinoë lebte hier seit der Errettung vor Caesars Henkersknechten. Als Priesterin des Tempels galt sie hinfort als unantastbar. Inzwischen hatte sie eine Gefolgschaft aus enttäuschten alexandrinischen Höflingen um sich geschart, die Kleopatra aus den unterschiedlichsten Gründen grollten. Hier und da weilten auch Besucher aus Zypern unter ihren Gästen, Gesandte des Statthalters Serapion, dem eine Zukunft als ihr *dioiketes* vorschwebte – für den Tag ihrer Rückkehr als Königin von Ägypten.

An diesem Nachmittag hatte sich Arsinoë aus der brütenden Hitze der Innenhöfe in die kühleren Nischen des Altarraums zurückgezogen, um zu beten. Das Dunkel des Heiligtums wurde nur von einigen Öllämpchen erhellt. Vor ihr ragte die Göttin auf, der die Sanftheit der Isis ebensosehr fehlte wie die Erotik der Aphrodite. Diana trug ein einfaches Jagdkleid, stand stramm wie ein Wachmann und hielt Pfeil und Bogen in der Hand.

Arsinoë lag tief versunken auf den Knien, als die Soldaten kamen. Sie polterten über die Schwelle, stießen Priester wie Priesterinnen zur

Seite, packten Arsinoë bei den Haaren und zerrten die Schreiende hinaus in die helle Säulenhalle vor dem Tempel. Dort riß man ihr die Hände auf den Rücken, während einer der Zenturionen ausholte und ihr mit einem gezielten Schlag den Kopf abtrennte. Der Blutbach ergoß sich über die Tempelstufen bis auf den Boden, wo er sich in dunklen Lachen sammelte.

Haß war das nicht, noch nicht einmal Krieg. Nur praktisches Denken und Politik.

Kein Mensch war unantastbar. Das hätte Arsinoë von Caesar lernen sollen.

11

In Tarsos

Dieses Mal gab es keine Cupidos, keine Nymphen und keinen Rosenteppich. Statt glitzernder Laternchen leuchtete ein schmaler Mond. Es gab weder Harfen noch Flöten, nur die Wellen des Meeres schlugen gegen den Rumpf des großen Schiffs.

Charmion führte Antonius wortlos unter Deck in Kleopatras Gemach und schloß die Tür hinter ihm zu.

Im schwachen Schein der Öllampen erkannte Antonius ein Bett, das mit Leopardenfellen bedeckt und von einem hauchdünnen Seidenvorhang umgeben war. Die Luft war von süßem Weihrauch durchdrungen.

»Ich will dich«, hörte er eine Stimme flüstern.

Fünf Tage war es her, seit sie diese Worte zum ersten Mal ausgesprochen hatte, fünf Tage lang hatte er auf diesen Augenblick gewartet. Nein, länger schon. Er wartete schon, seit er sie zum ersten Mal in Caesars Haus gesehen hatte.

Sie lag unter einem Tuch, ein Schatten, eine Verlockung in der Dunkelheit. Antonius ließ seinen roten Umhang zu Boden gleiten, schlüpfte aus seiner Tunika und schob den Vorhang zur Seite.

Kleopatra lachte kehlig. »Wie ich sehe, hast du den berühmten Zauberstab mitgebracht.«

Für den Bruchteil eines Moments stieß ihn die Bemerkung ab. Doch dann dachte er daran, daß er nun die Frau hinter der königlichen Maske sehen würde, genau wie sie den Mann hinter dem Gott.

Er zog das Tuch zurück. In den vergangenen Monaten hatte er so viele Körper besessen – so viele Frauen. Diese hier würde er jedoch nie vergessen. Sie war nicht nur eine Frau, sondern bedeutete Ägypten, war die Frau Caesars. Eine glorreiche Eroberung, an deren Ende er jedoch Gnade walten lassen wollte.

Sein Atem war anders – er roch anders, männlicher, eine Mischung aus Leder, Schweiß und Wein.

Sie öffnete die Lippen, und er küßte sie. Sie hatte ihn sich grob vorgestellt und erwartet, er nähme sie wie ein Soldat, doch dann stellte er sich als überraschend zärtlich und sanft heraus. Seine Lippen fuhren sacht über ihr Gesicht bis zu ihrem Ohrläppchen, an dem er liebevoll knabberte. Hübsche Kunststückchen hat er gelernt, dachte sie.

Danach wanderten seine Lippen über ihre Kehle zu ihren Brüsten, fanden ihre Brustwarzen, die sich ihm dunkel und hart entgegenreckten. Er saugte an ihnen. »Du bist wunderschön, Kätzchen«, flüsterte er.

»Nenn mich nicht so«, fuhr sie ihn an.

Antonius hielt überrascht inne, doch sie krallte die Hände in seine Haare und zog seinen Kopf wieder hinab auf ihre Brüste. Er hatte etwas in ihr wiedererweckt, das seit Caesars Tod in ihr geschlummert hatte.

Er wollte noch eine Weile mit ihr spielen, doch sie riß ihn an sich, schlang die Beine um ihn und wölbte sich ihm entgegen. Widerstandslos glitt er in sie hinein.

Sei nicht sanft heute nacht, flehte Kleopatra im stillen. Sei wild wie ein Gladiator. Sie bäumte sich auf, wollte die Begierde gestillt haben, suchte Erlösung. Doch es half nichts. Es war, als wolle sie einen Traum erneuern, Erinnertes wiederholen. Sie konnte den Gipfelpunkt nicht erreichen. Antonius schwitzte und keuchte. Kleopatra wand sich unter ihm, ihre Muskeln schmerzten. Antonius hielt ihr Stöhnen für Vergnügen und bewegte sich schneller, heftiger.

Kleopatra wußte, sie würde es nicht schaffen. Sie täuschte einen Moment der Ekstase vor und ließ sich dann zurücksinken. Anschließend lag sie ermattet, enttäuscht und verwirrt unter ihm.

Antonius schien einmal tief Luft zu holen und schrie dann auf, anders als Julius. Julius hatte es sich nie gestattet, die Kontrolle über sich zu verlieren, er hatte seinen Höhepunkt schweigend erreicht. Als Antonius sich erschöpft hatte, stieg die Trauer in Kleopatra hoch und breitete sich wie glühende Lava in ihr aus. Sie begann zu weinen. Antonius versuchte sie zu trösten, hielt sie in den Armen und strich ihr über die Haare. Er war von ihrem Gefühlsausbruch ebenso überrascht wie sie, und genau wie sie stand er ihm hilflos gegenüber.

Sie standen zusammen an Deck und sahen zu, wie das erste Tageslicht über den Osthimmel kroch. In der Takelage hingen immer noch die Laternchen. Vor einigen Tagen waren sie Antonius wie Sterne vorgekommen, jetzt erkannte er, daß es nur einfache Tonlichter waren. Es war eine Illusion gewesen, sonst nichts, dachte er. Genau wie das Leben. Man schuf Träume und Ängste aus schlichter Materie und bezeichnete sie nachher als wahr, so wie Dionysos und Aphrodite.

»Komm nach Alexandria«, sagte Kleopatra.

Antonius hatte damit gerechnet, daß sie ihn darum bitten würde. Die Versuchung war groß. »Es geht nicht«, antwortete er. »In Judäa gibt es Schwierigkeiten zwischen Herodes und den Makkabäern, außerdem verbreiten sich Gerüchte, daß die Parther vorhaben, in Syrien einzufallen. Mein Platz ist hier.«

»Parthien kann noch bis zum Sommer warten, und in Judäa wird es ohnehin nie ruhig. Der Winter in Tarsos ist kalt, in Alexandria hingegen ist er mild. Ich werde mir tausend kleine Zerstreuungen für dich ausdenken.«

Antonius schwieg. Er spürte, daß er innerlich anfing zu wanken.

»Du hast doch gerade erst einen Krieg beendet, und nun willst du gleich in den nächsten ziehen? Gibt es denn keine Pause für Dionysos den Freudenspender?«

Kleopatra hörte, wie er seufzte. »Du hast recht, ich bin müde.«

»Du und dein Stab, Ihr werdet im Palast meine Gäste sein. Du wirst in dem Bett schlafen, das Caesar gehörte.«

Caesar. Wie oft hatte jener ihn einen großen Jungen gescholten. Vielleicht hatte er recht gehabt, der alte Knabe. Er war wie ein Junge, ihm machten die Ferien mehr Spaß als die Schule.

»Komm nach Ägypten«, wiederholte Kleopatra. »Alexandria wird dir zu Füßen liegen.«

»Nein«, erwiderte Antonius. »Es ist ausgeschlossen. Bitte mich nicht noch einmal, es kann nicht sein. Zum letzten Mal: nein.«

12

In Alexandria

Antonius kam an einem kalten blauen Tag zu Beginn des Winters. Zu seinen Ehren war das Sonnentor mit Girlanden bekränzt, die Kanopische Straße blitzblank, und von den Palastmauern erschollen die Fanfaren. Man hatte ihm eine Ehrengarde entgegengesandt, die ihn auf dem Weg in die Stadt begleitete.

Die Straßen wurden von neugierigen Menschen gesäumt. Als die Schaulustigen sahen, daß Antonius nicht in der Toga des römischen Magistrats erschien, sondern in der einfachen *chlamys* der Griechen, brandete stürmischer Beifall auf.

Und schon hat er den Pöbel gewonnen, dachte Kleopatra, die den Zug vom Palast aus beobachtete. Wenn sie wüßten, wieviel er trinken kann, würden sie rasen vor Glück.

Antonius stürzte sich auf Alexandria wie ein Mensch, der nach langer Fahrt zurückgekehrt ist in das Reich seiner Väter, und die alte Stadt öffnete ihm dankbar die Arme und nahm ihn auf. Hier war endlich ein Mann, der sich das Kostüm des Dionysos nicht nur umlegte, sondern der ihn verkörperte und die Rolle mit Leben füllte.

Die schwere Toga, das Sinnbild römischer Macht, hatte Antonius zusammengefaltet und zum Überwintern mit der Rüstung in eine Eichentruhe gepackt. Statt ihrer trug er griechische Gewänder mit weichen Sandalen aus attischem Leder.

Er bewegte sich ohne Leibwache und begab sich jeden Tag zum Museion, wo er – und sei es auch nur, um Kleopatra zu gefallen – den Gelehrten zuhörte. Er ließ sich die große Bibliothek zeigen, stieg nachts mit auf die Dächer, um mehr über die Astronomie zu lernen, und sah den Ärzten zu, wie sie den menschlichen Körper anhand geöffneter Verbrecherleichen studierten. Er lauschte sogar einer dreistündigen Vorlesung über die Grundlagen der Philosophie.

Dann jedoch wurde der Junge in ihm dieser Anstrengungen müde, und Antonius verbrachte abermals einen Großteil seiner Zeit bei abendlichen Banketten und Gelagen. Schon bald glich sein Leben wieder einem nicht enden wollenden Kreislauf an Ausschweifung und Vergnügen, und eines Tages gründete er einen eigenen Bund – die *Amimetobioi*, der Bund der Freunde des Lebens.

Die Mitglieder dieses Bundes setzten sich aus der ersten Gesellschaft Alexandrias zusammen, aus den Freunden des Hofes, reichen Kaufleuten und Bankiers aus dem Brucheion-Viertel. Jeden Abend fand bei einem von ihnen eine *commissatio* statt, ein Gelage, bei dem man sich zu überbieten suchte, was die Opulenz des Essens, die Erlesenheit der Weine und das Ausgefallene der Unterhaltung betraf.

Als die Reihe schließlich an Antonius war, verkündete Kleopatra zu seiner großen Freude, daß sie ein Bankett für zehn Millionen Sesterzen ausrichten wolle, das teuerste und ausgefallenste der Geschichte.

Es waren lediglich drei Dutzend Gäste geladen, doch die aufgetürmten Köstlichkeiten hätten für sehr viel mehr Menschen gereicht. Auf den goldenen Platten lagen Fasane aus Samos, Rebhühner aus Phrygien, gebratene Kraniche aus Milos, Zicklein aus Ambrakia, Thunfisch aus Chalcedon, Austern aus Tarent, Stör aus Rhodos, damaszenische Äpfel, in kleinen Holzgittern geschmort, in Honig eingelegte Feigen aus Parthien, geröstete Eicheln aus Spanien und gedünstete Weintrauben aus dem königlichen Anbau Ägyptens. Die Gäste aßen bis zur Völle, wobei es etliche Römer unter ihnen gab, die nach ihrer Sitte Emetika nahmen, den Magen leerten und anschließend weitertafelten.

Nachdem das Bankett beendet war und die goldenen Teller und Becher hinausgetragen worden waren, wandte sich Antonius an Kleopatra. Er schien nicht betrunken zu sein, obwohl er so viel Falernerwein zu sich genommen hatte, daß andere Menschen an seiner Stelle längst ohnmächtig gewesen wären. Obwohl das Mahl von großer Pracht und Herrlichkeit gewesen sei, verkündete er, und die Unterhaltungskünstlerinnen zweifellos entzückend waren, addiere es sich bisher noch nicht einmal auf hunderttausend Sesterzen. Er gab zu, daß es sich dabei zwar bereits um eine fürstliche Summe handele, doch sie reiche nicht an die, die sie genannt habe. Niemand, setzte er hinzu, würde es schaffen, zehn Millionen Sesterzen für ein Bankett auszugeben.

»Es ist noch nicht zu Ende«, antwortete Kleopatra und winkte ihren Mundschenk zu sich. »Bring mir einen Becher mit Essig«, trug sie ihm auf.

Kleopatra trug eine riesige Perle aus dem Roten Meer an jedem Ohr. Bereits einer dieser Ohrringe kostete mehr als ein Vermögen. Die Gäste sahen mit Entsetzen zu, wie sie einen von ihnen abnahm, die Perle aus der Fassung brach und sie in den Becher mit Essig warf, den man ihr gereicht hatte.

Sie schwenkte die Flüssigkeit eine Weile im Kreis und schaute danach in den Becher. Die Perle schimmerte ihr vom Boden aus entgegen. »Diese Perle hat etwa fünf Millionen Sesterzen gekostet«, rief sie ihren Gästen zu. »Der Essig beginnt schon, sie aufzulösen. Ihr werdet gleich Zeugen sein, wie ich den teuersten Wein der Welt trinke.« Sie setzte den Becher an die Lippen trank ihn leer und schnitt eine Grimasse.

Die anderen stießen hörbar den Atem aus. Gewiß hatte niemand geglaubt, daß sie es wirklich wagen würde.

Kleopatra stülpte den leeren Becher um. Die Perle war verschwunden.

»Bring mir jetzt einen guten Tropfen!« befahl sie darauf ihrem Mundschenk. »So hoch der Preis des letzten war, sein Geschmack war höchst abscheulich.«

Anschließend nahm sie den zweiten Ohrring ab. »Möchtet Ihr, daß ich auch diesen trinke?« fragte sie die Gäste.

Antonius legte ihr die Hand auf den Arm. »Bitte nicht, meine Liebe. Das würden wir nicht verkraften. Du hast uns alle überzeugt.«

In seinen Augen lag der Ausdruck größter Bewunderung. Ob diese Barbaren tatsächlich glauben, daß sich Perlen in Essig auflösten? fragte sich Kleopatra.

Als Charmion am folgenden Morgen ihr Gemach betrat, hielt Kleopatra ihr ein Gefäß entgegen.

»Irgendwo da drinnen«, sagte sie und ignorierte Charmions gerümpfte Nase, »ist der Ohrring der Königin. Er hat den Wert eines großen Kriegsschiffs. Hol ihn heraus, laß ihn reinigen und bring ihn mir zurück.«

13

Auf dem Palatin in Rom

Plancus Munatius kam gerade von seinem Barbier und bewunderte sich im Spiegel, während Fulvia Karten auf dem Tisch ausbreitete. Munatius war einer der Befehlshaber Antonius' – in ihren Augen ein Speichellecker, der mit dem Tratsch auf dem Aventin besser vertraut war als mit dem Zustand der Armee. Aber was soll's? dachte sie achselzuckend. Schließlich ist es mir ja nur recht, daß er nicht weiß, was er tut.

Ich will die Befehle geben.

Antonius' Bruder Lucius hatte sich in eine Ecke zurückgezogen und brütete finster vor sich hin. Er wollte an Antonius' Ruhm teilhaben, das war sein ganzer Ehrgeiz. Dummerweise suchte er jedoch auch die Liebe des Volkes und schaffte sich dadurch Probleme. Denn beides, wußte Fulvia, konnte man nicht haben.

»Der junge Caesar ist eindeutig zu weit gegangen«, beschwerte sich Lucius, an Plancus gewandt. »Er schert sich keinen Deut um den Vertrag von Brindisi. *Er* hat seine Veteranen bezahlt, die von Antonius warten immer noch auf ihr Geld.«

»Rechtfertige es, wie du willst«, fuhr Fulvia dazwischen. »Wenn wir das Früchtchen zu Fall bringen, ist dir Antonius' Dankbarkeit gewiß.«

»Jetzt wäre ein günstiger Zeitpunkt«, verkündete Plancus, der sich nur schwer von seinem Spiegelbild trennen konnte. »Die Blockade von Sextus macht Octavian zu schaffen. Heute morgen hat es schon wieder Aufstände gegeben. Der Pöbel hat einen Kornspeicher in Brand gesteckt. Hungern und dann noch das Getreide verbrennen! Das ist typisch für Rom.«

»Bekommt Ihr genug Männer zusammen, die gegen Octavian kämpfen werden?«

»Die Armee ist mir treu ergeben«, versicherte Plancus.

Fulvia warf einen verstohlenen Blick auf Lucius. Die Armee ist *Antonius* treu ergeben, dachte sie. Ihr beide hängt euch nur an ihn dran. Doch wichtig war im Moment Octavian, ihn galt es zu vernichten. Die Soldaten standen kurz vor der Meuterei, die Bauern litten unter den Folgen des Bürgerkriegs, das ganze Land war in Unruhe.

Bald wird mein Mann der alleinige Herrscher sein, dachte sie. Selbst wenn ich ein wenig nachhelfen muß.

In Alexandria

»Man behauptet«, hub Antonius an, während ihm ein Sklave die fettigen Finger mit Rosenwasser wusch, »daß es auf dem Markt eine Frau gibt, die zweihundert Jahre alt ist. Sie sagt die Zukunft voraus.«

Kleopatra suchte sich eine dicke Dattel aus. »Wer den Schwatztanten am Hafen glaubt, verliert Unschuld und Geld.«

Antonius lachte. »Nun, eins davon ist längst verwirkt, und das andere hat mich noch nie interessiert.«

Nach einer Weile setzte er erneut an. »Wäre es nicht lustig, wenn wir einmal dorthin gingen?«

»Wohin? Etwa nach Rhakotis?«

»Ja. Warst du denn noch nie dort? Du wirst doch wohl deine eigene Stadt kennen, oder nicht?«

»Rhakotis stinkt. Was sollte ich dort wollen?«

»Wir könnten uns verkleiden. Es wäre ein Riesenspaß.«

Kleopatra kicherte. Die Vorstellung weckte die Abenteurerin in ihr. In früheren Jahren hätte sie nicht einen Moment gezögert, doch die Zeiten, in denen sie sich keck und mutig in Teppiche rollen ließ, waren lange vorbei.

Aber Antonius hatte ständig neue Einfälle und dachte sich fortwährend kleine Spielchen aus. Manchmal, wenn sie mit ihm zusammen war, fühlte sie sich wieder so unbeschwert wie früher.

»Eure Wünsche sind mir Befehl, mein Herr«, sagte sie. »Alexandria gehört Euch.«

Antonius grinste sie an. »Wer weiß?« erwiderte er. »Vielleicht finden wir auch einen schönen Matrosen für dich.«

Kleopatra bewarf ihn mit einem Apfel. Er fing ihn auf und warf ihn zurück. Sie schnappte ihn, gluckste vor Lachen und zielte erneut. Das war der Auftakt zur Schlacht. Die Dienstboten rissen Mund und Augen auf, so hatten sie ihre Königin noch nie erlebt.

Hinterher war der Marmorboden übersät mit Krebsschalen, Kuchenresten und aufgeplatzten Früchten.

Rhakotis war das Armenviertel am Westhafen der Stadt. Nachts wurde es von betrunkenen Matrosen und Dirnen heimgesucht. Sisyphus zeigte Kleopatra und Antonius eine Mauer, die mit bunten Tonfliesen beklebt war, auf denen ein Freier der Dame seiner Wahl Nachrichten hinterlassen konnten.

Kleopatra hatte das Armenviertel noch nie bei Nacht gesehen und war von den Eindrücken überwältigt. Der Gestank der Abwässer und der Fischmärkte vermischte sich mit dem von Kamel- und Eseldung und war überlagert von tausend anderen Gerüchen, die aus den Lagerhallen stammten.

Sie waren zu viert, denn Antonius hatte Sisyphus und Dellius mitgenommen. Die drei hatten sich als reisende Kaufleute verkleidet, Kleopatra trug den Umhang einer einfachen Frau. Sie streiften durch enge dunkle Gassen, in denen rote Rattenaugen aus Abfallbergen funkelten, und stießen auf düstere Tavernen, in denen sich sizilianische und phönizische Matrosen betranken und sich für wenige Münzen eine Hure für die Nacht kauften.

Kleopatra hätte es nicht für möglich gehalten, daß Menschen so leben konnten. Sie kannte die armen Fellachen der *chora*, doch derlei finstere Lasterhöllen hatte sie noch nirgendwo gesehen. Die Tavernen waren verrußt von schlechtem Lampenöl und durchtränkt vom billigen Duftwasser der Dirnen. Unter ihren Füßen knirschten leere Austernschalen. Antonius kaufte ihr eine Pastete, von der sie den ersten Bissen gleich wieder ausspuckte.

Und erst die Menschen, die diese Unterwelt bewohnten! Dickbäuchige Matrosen, die halbnackte, oft häßliche Huren betatschten. Antonius und seine Gefährten lachten bei dem Anblick und bestellten sich einen Becher Wein nach dem anderen.

Später, als er betrunken war, beschloß Antonius, selbst ein wenig zur Unterhaltung beizutragen. Er stolperte in eine Gasse, blieb vor einem der Häuschen stehen und hämmerte an die Tür. »Aufmachen!« brüllte er. »Wir suchen nach einem entlaufenen Sklaven. Sein Name ist Cicero.«

Nach einer Weile flackerte im Haus ein Licht auf, und ein Mann kam ihnen mit einer Öllampe entgegen. Antonius konnte sich vor Lachen kaum halten. Er packte Kleopatra am Arm und zog sie mit sich fort. Dellius und Sisyphus folgten ihnen hastig.

»Wer bist du?« hörten sie die aufgebrachte Stimme des Mannes hinter sich. »Was soll das? Du hast mich aufgeweckt. Du Haufen Eseldung! Du elender Kamelfurz!«

Sie bogen um eine Ecke. Antonius ließ sich prustend und keuchend gegen eine Hauswand sinken.

»Das reicht«, schnaufte Dellius. »Laßt uns zum Palast zurückkehren. Es wird gleich Morgen.«

Zu ihrer Überraschung stellte Kleopatra jedoch fest, daß ihr der Sinn noch nicht nach Rückkehr stand. Sie war wieder das kleine Mädchen, das im Alter von fünf Jahren die Wachen vor dem Palast mit Steinen bewarf oder eine Kerze an das Gewand seines Lehrers hielt und vor Vergnügen quietschte, als jener sich in den Seerosenteich rettete. Es war schon so lange her, daß sie etwas getan hatte, das frei war von Pflicht, das sie so mutwillig sein ließ wie damals, als sie ihr Söldnerheer in die Wüste führte und sich zu Caesar tragen ließ.

Antonius schien jedoch genug zu haben. Er plädierte ebenfalls für Heimkehr, als mit einemmal ein Stöhnen aus einem Fenster über ihnen drang. »Hört Ihr das?« fragte er.

»Es reicht jetzt, mein Herr«, mahnte Dellius noch einmal. »Wir müssen zurück.«

»Hört Ihr das denn nicht?« Antonius lachte. »Manche Männer lassen ihre Frauen wohl nie in Ruhe.« Sie beobachteten, wie er im Dunkeln einen Stein ertastete und damit auf den Holzladen vor dem Fenster zielte.

Wenige Augenblicke später flog das Fenster auf.

»Was gibt es da unten?« brüllte eine Stimme.

»Ist deine Frau noch im Dienst?« brüllte Antonius zurück.

»Was sagst du da?«

»Sie ist zwar fett und häßlich«, rief Antonius, »aber beim letzten Mal hat sie's für eine halbe Melone gemacht, und das war es mir fast wert.«

Drinnen wurde eine Öllampe angezündet, und sie hörten, wie jemand die Treppenstufen heruntergepoltert kam.

»Los, weg hier!« flüsterte Sisyphus.

Doch Antonius krümmte sich vor Lachen und rührte sich nicht vom Fleck.

Nun wurde die Haustür aufgestoßen, und ein Schatten schoß über die Schwelle. Kleopatra konnte einen Mann ausmachen, einen Kopf kleiner als Antonius. Er stürzte sich auf Antonius und hieb wie ein Wilder auf ihn ein. Antonius wehrte sich nicht, er taumelte lediglich rückwärts, bis er unsanft auf seinem Hinterteil landete.

»Ihr Säufer und Huren!« tobte der Mann.

Antonius konnte sich vor Lachen nicht mehr halten. Sein Angreifer stürmte zurück ins Haus und kam mit einem Prügel zurück, mit dem er sich über Antonius hermachen wollte. Dellius packte ihn roh und zerrte ihn zurück.

Was würde der Mann denken, wenn ich ihm sagte, wer ich bin? dachte Kleopatra. Daß er von den Spießgesellen der Königin gestört und beleidigt wurde? Wahrscheinlich würde er mir kein Wort glauben.

»In Ordnung«, rief Antonius, als der Mann sich aus Dellius' Griff befreite und erneut auf ihn losgehen wollte. »Dieses Mal eine ganze Melone, aber mehr ist nicht drin!«

»Für heute nacht ist es genug, mein Herr!« sagte Dellius und zog Antonius wie einen störrischen Maulesel hinter sich her.

»Hast du diesen Winzling gesehen?« fragte Antonius. »Aber er hatte einen ordentlichen Schlag am Leib. Sieh mal nach, ob ich irgendwo blute.«

Kleopatra fragte sich, ob dieser gutaussehende Tollkopf neben ihr derselbe Mann sein konnte, der Brutus und Cassius bei Philippi geschlagen hatte. Doch wie die alten Geschichtenerzähler berichteten, waren selbst Götter manchmal närrisch aufgelegt.

In der Dunkelheit streckte sich ihr eine Hand entgegen und krallte sich in ihr Gewand. Es war eine alte Frau, eine Bettlerin. »Gebt mir etwas!« krächzte sie.

»Laß los, du dreckige Vogelscheuche!« fuhr Dellius sie an.

Antonius blieb jedoch stehen, kramte in seinem Umhang, holte einen Geldbeutel hervor und warf ihn der Alten hin. Man hörte, wie schwere Münzen zu Boden fielen.

»Seid Ihr wahnsinnig?« zischte Dellius.

»Ob ich wahnsinnig bin, Quintus Dellius? Nein, ich bin nur betrunken. Aber morgen früh, wenn ich nüchtern bin, erwache ich in einem Palast. Diese Elende dort ist dann aber immer noch arm und erwacht in einer stinkenden Gasse.«

»Sie wird das Geld vertrinken«, schnaubte Dellius verächtlich.

»Und ich?« lachte Antonius und drehte sich schwankend zu ihm um. »Was tue ich denn mit meinem Geld?«

Kleopatra lächelte in der Dunkelheit. Ein Tollkopf, in der Tat. Nie wußte man, was er als nächstes tat.

Antonius lag ausgebreitet auf dem Rücken, während die Morgenröte über den Himmel kroch. Kleopatra warf sich neben ihn, strich ihm über die wirren Locken und fuhr ihm mit den Lippen über die Stirn. Er würde als Andenken an seine nächtlichen Eskapaden ein paar blaue Flecke davontragen.

»Ich liebe Alexandria«, murmelte er.

»Alexandria liebt dich.«

»Außer dem Winzling.«

»Das war kein Winzling, es war ein Mann von ganz normaler Größe. Aber du bist ein Riese.«

»Ein Riese«, wiederholte er glücklich.

»Oder ein König«, sagte Kleopatra. »Das sähen meine Alexandriner am liebsten. Sie wollen ein König. Du könntest es sein, mein Herkules, du könntest es sein.«

Er blinzelte sie schläfrig an. Dann wanderten seine Augen an die Decke, an der ein erster Sonnentupfer erschienen war.

»Ägypten gehört dir, wenn du es wünschst. Und wer Ägypten besitzt, der besitzt Rom.«

Antonius gab keine Antwort. Seine Augen schienen den Schatten zu folgen, die sich über die Wände hinweg wie furchtsame Sklaven in die Ecken stahlen. Kleopatra küßte ihn noch einmal, doch als sie in seine Augen schaute, waren sie geschlossen, sein Gesicht entspannt. Als er sich gegen Mittag erhob, griff er das Thema nicht wieder auf, verriet mit keinem Zeichen, daß er sich daran erinnerte, daß er überhaupt etwas gehört hatte.

14

Mardian beobachtete Kleopatra, als sie die morgendliche Sitzung eröffnete, und wunderte sich zum wiederholten Mal darüber, wie schnell sie sich von Strapazen erholte. In der vergangenen Nacht hatte sie sich mit Antonius und den sogenannten Freunden des Lebens bei einem Gelage vergnügt, doch nun war sie schon wieder auf den Beinen und kümmerte sich um Staatsangelegenheiten, während Antonius und dessen Kumpane noch in ihren Betten schnarchten. Mardian wußte zwar, daß Kleopatra den Wein nur stark verdünnt trank, so daß sie nicht annähernd soviel konsumierte wie Antonius, doch es wollte ihm nicht in den Kopf, daß ein Mensch mit so wenig Schlaf auskam.

»Ich kann schlafen, wenn ich im Grab liege«, hatte Kleopatra ihm einmal erklärt, als er sie darauf ansprach.

Auch während des Tages schonte Kleopatra sich nie. Sie arbeitete am Morgen, wenn Antonius schlief, und begleitete ihn nachmittags, wenn er sich mit dem Schwert übte oder im Gymnasion zum Ringkampf antrat. Manchmal unternahmen sie auch Kamelritte durch die Wüste jenseits der Stadt, gingen zum Angeln oder zogen an den See Mareotis, wo sie sich ein hübsches Plätzchen suchten und ihre Mahlzeit im Freien einnahmen.

Für Mardian war es, als wolle Kleopatra ein ganzes Leben in ein Jahr packen.

In diesem Moment lag Kleopatra auf ihrer Ruhebank ausgestreckt und wirkte so munter, als habe sie die vergangene Nacht durchgeschlafen. Sie hatte bereits eine Unterredung mit dem Obersten Zollmeister hinter sich, hatte Diomedes einen Brief an den Aufseher über die Steuereinnahmen diktiert, den Ausführungen des Hüters des Staatsschatzes zugehört, die Berichte über den Ausbau der Kanäle und Dämme entgegengenommen und studiert und dem Hohenpriester des Serapistempels eine Audienz gewährt.

Als sie schließlich allein waren, warf Kleopatra Mardian einen scharfen Blick zu. »Was ist los, Mardian?« fragte sie.

»Majestät?«

»Deine Miene! Den ganzen Morgen über ziehst du schon ein seltsames Gesicht. Was bedrückt dich denn?«

War er tatsächlich so leicht zu durchschauen? »Ich wundere mich lediglich über Eure Kräfte, Majestät.«

»Es ist noch mehr.«

Mardian schaute betreten zu Boden. »Der Anführer der Palastwache suchte mich heute früh auf, ein sehr besorgter Mann.«

Kleopatra schien in die vor ihr liegenden Schriftrollen vertieft zu sein. »Weiter.«

»Ihm dünkt, daß Ihr das Palastgelände verließet, ohne ihn zu unterrichten und ohne den notwendigen Schutz zur Begleitung.«

»Dünkt ihm auch, daß man mich so sehr haßt, daß ich sofort ermordet werde, wenn ich mich ohne Schutz entferne?«

»Es ist zur Zeit für keinen Herrscher ratsam, sich schutzlos zu bewegen – wenn man so will, zu *keiner* Zeit.«

Kleopatra warf ihm einen flüchtigen Blick zu, ob belustigt oder verärgert, hätte Mardian nicht zu sagen vermocht.

Er holte tief Luft. »Es wird gemunkelt, daß Ihr Euch als Sklavenmädchen verkleidet mit Antonius zu Ausflügen nach Rhakotis begebt.«

Sie gab ihm keine Antwort.

»Majestät?«

»Wie lange kennst du mich schon, Mardian?«

»Seit Ihr ein Kind wart, Majestät.«

»Und dann traust du mir dergleichen zu?«

»Nun, leider *gerade deshalb*.«

Mardian sah das vergnügte Grinsen auf Kleopatras Gesicht, den Ausdruck eines unartigen Mädchens. Er erinnerte sich nur zu gut daran. Demnach stimmte es also.

»Ich wünschte, Ihr ginget achtsamer vor«, sagte er tadelnd.

»Mein Begleiter bei diesen ›Ausflügen‹, wie du ihn nennst, hat einmal zwei Gladiatoren hochgestemmt, eine Leistung, die ich bisher bei keinem anderen sah. Es gibt nichts zu befürchten, wenn ich bei Marcus Antonius bin. Es ist, als wäre die makedonische Wache mit mir.«

»Es ziemt sich nicht für die Königin von Ägypten, sich derart aufzuführen.«

»Deshalb geht sie verkleidet.«

»Es spricht sich aber herum.«

»Es ist eine Sache, über etwas zu reden, und eine andere, etwas zu sehen. Du hast immer noch viel zu lernen, Mardian.«

»Ich verstehe nicht, was Ihr damit zu erreichen glaubt«, beharrte er.

Kleopatra schob die Schriftrollen zur Seite und schaute ihn an. »Die Krone von Rom und Ägypten für meinen Sohn, sonst gar nichts.«

»Wie soll das angehen?«

»Es wird einen nächsten Caesar geben«, erwiderte Kleopatra vielsagend und wandte die Aufmerksamkeit wieder den Schriftrollen zu.

Mardian wollte etwas entgegnen, besann sich jedoch eines Besseren. Er verstand ihre Beweggründe nicht. Dürstete es sie insgeheim nach Vergnügen? Sollte dieser unbesonnene Römer ihr zuletzt doch zum Seelengefährten geworden sein? Unwahrscheinlich. Glaubte sie, sich Antonius gefügig zu machen, indem sie ihm Alexandria als Garten der Lüste bot? Oder folgte sie seinen Launen, auf daß er sie als Gegenstück zur züchtigen römischen Frau betrachtete?

Nun, wie auch immer ihre Gründe aussehen mochten – er hoffte, daß sie sich nicht verrechnet hatte. Wenn sie auf einen nächsten Caesar wartete, war Antonius der falsche Mann. Aus einem Hundefell ließ sich kein Seidenteppich weben. Antonius hatte in Alexandria zur Zeit alles, was er ersehnte. Doch wie stand es mit seiner Fähigkeit, Gewonnenes zu erhalten? Besaß er dazu die Umsicht und Entschlossenheit?

Antonius war wie ein Kind. Er wollte sein Spielzeug, doch den Preis dafür kannte er nicht.

»Nein ... nein ... weg da! Hier kommt Caesarion! Das ist das Schiff von Caesarion!«

Der Dreiruderer rammte den kleinen Segler und ließ ihn kentern.

Caesarion kicherte und hieb mit der Faust nach dem Holzschiff.

»Du solltest besser damit umgehen«, schalt Kleopatra nachsichtig. »Apollodoros hat stundenlang an den Schiffchen gebastelt.«

»Das ist mir gleich«, krähte Caesarion. »Ich bin ein berühmter Admiral.«

»Dann mußt du dich erst recht in acht nehmen«, sagte Kleopatra. »Auch ein berühmter Admiral muß mit Stürmen rechnen.«

Sie schnipste ihm ein paar Tropfen Wasser ins Gesicht. Der Junge schaute sie überrascht an. Dann jauchzte er auf und bespritzte sie mit beiden Händen. Nach kürzester Zeit befand sich auf dem Fußboden mehr Wasser als in der Marmorwanne.

Kleopatra winkte Charmion fort und griff selbst nach dem Handtuch. Während sie Caesarion abrubbelte, wurde ihr wieder einmal schmerzhaft bewußt, wie sehr der Junge seinem Vater glich. Die gleichen Gesichtszüge, die gleichen Augen. In anderen Dingen wiederum, dachte sie mit einem Anflug von Ärger, ähnelt er ihm nicht im geringsten. Es kam oft vor, daß sie nach Wesenszügen forschte, die sie an Caesar erinnern sollten, und statt dessen nichts anderes entdeckte als ein wildes, verwöhntes Kind.

Caesarion hatte aufgehört zu lachen und schaute sie an. »Wer ist der Mann, mit dem du immer zusammen bist?« fragte er.

»Sprichst du von Marcus Antonius?«

»Hast du ihn lieb?«

Kleopatra betrachtete ihn erstaunt. Wie ernst das kleine Gesicht mit einemmal geworden war.

»Gehst du mit ihm fort?« fragte Caesarion weiter.

»Natürlich nicht. Ich bleibe bei dir.«

»Du bist aber nie bei mir. Du bist immer bei ihm.«

Er war eifersüchtig. Kleopatra seufzte. Gleichgültig was sie tat, Caesarion verlangte nach mehr. Vielleicht lag es daran, daß ihm ein Vater fehlte, der sich um ihn kümmerte. Für sie war der Tag häufig zu kurz. Die Staatsgeschäfte nahmen sie in Anspruch, Antonius' Bedürfnisse wollten befriedigt, der Unterricht ihres Sohnes mußte beaufsichtigt werden.

Sie schlang die Arme um Caesarion und drückte ihn an sich, doch Caesarion blieb unnachgiebig und stemmte sich gegen ihre Brust.

Sieh einer an, dachte Kleopatra. Diese Eigenschaft hat er in jeden Fall von seinem Vater geerbt.

»Ich werde dich nie verlassen«, flüsterte sie. »Du bist mein ein und alles. Alles, was ich tue, tue ich für dich.«

Alexandria war ganz anders als Rom. Die bunten Farben, das Gewirr der Sprachen, breite Straßen mit Säulengängen anstatt düsterer enger Gassen, weiße Gebäude und Paläste anstelle der trostlosen römischen Ziegelmauern. In dieser Stadt fühlt man sich lebendig, dachte Antonius –

und daher verstand er nicht, wieso sich jedermann mit dem Tod beschäftigte.

Kleopatras Bauhandwerker waren mit dem Mausoleum beschäftigt, das sie sich neben dem Isistempel auf der Landzunge von Lochias errichten ließ. Gewaltige Säulen aus rotem Porphyr wurden vor dem Eingang in die Höhe gezurrt, für die Zwischenräume hatte sie marmorne Sphingen geplant, an denen die Steinmetze zur Zeit arbeiteten. Anschließend würde man den Bau durch ein zweites Stockwerk ergänzen.

Antonius ließ den Blick über die nackten oder nur mit einem Lendenschurz bekleideten Sklaven schweifen, die über die Baustelle eilten. Von überall her klang Gehämmer, dazwischen ertönten die knallenden Peitschen der Aufseher. Er schüttelte den Kopf. »Diese Obsession in bezug auf den Tod ist mir unbegreiflich«, sagte er an Kleopatra gewandt.

»Es ist keine Obsession, Marcus, wenn man das Unvermeidbare ins Auge faßt. Die Tatsache, daß wir etwas nicht wünschen, heißt nicht, daß es nicht geschieht.«

»Aber du bist doch noch so jung.«

»Ich bin Königin, und meine Geschwister sind bereits tot. Unter den hohen Familien Ägyptens ist Jugend kein Schutz vor dem Tod. Ist dir das noch nicht aufgefallen?«

Antonius zuckte die Achseln. »Nein«, erwiderte er. Diese Ägypter! Wohin man auch ging, stolperte man über Grabstätten mit mumifizierten Leichen oder Läden, in denen die Einbalsamierer ihrer Arbeit nachgingen. Wenn er wüßte, daß seine Zeit gekommen wäre, würde er sich in sein Schwert stürzen, ohne Bedenken. Er würde dem Tod nicht mehr Aufmerksamkeit schenken als der Sonne am Horizont.

Dessen war er sich vollkommen sicher.

15

Perusia in Italien

Octavian fröstelte in seinem Mantel, während er zusah, wie die Stadt brannte. Es verschaffte ihm auf grausame Art Befriedigung, die Folgen des Aufstands zu beobachten. Er hatte nie ernsthaft vorgehabt, die Festung zu stürmen, die als natürliche Schutzburg oben auf den Bergen thronte. Er hätte gewartet, bis sie von allein herausgekommen wären.

Bei den Göttern, es war ekelhaft kalt. Der Boden war gefroren und mit einer dicken Schneedecke überzogen. Die Belagerung hatte den ganzen Winter in Anspruch genommen, und Octavian hatte die meiste Zeit über fiebernd im Zelt gelegen, während seine Männer die Wälle mit Steinen bombardierten und die Wasserläufe unterbrachen, die die Zisternen speisten. Fulvia und ihre Anhänger würden über kurz oder lang aufgeben müssen.

Obgleich es Mitte März war, schnitt der Nordwind noch immer durch die Berge und trieb die Feuer jenseits der Mauern an. Früher am Tag hatten ihm seine Kundschafter mitgeteilt, daß sich die ersten Soldatentrupps drinnen betranken und mit dem Plündern begonnen hatten. Gegenwärtig versuchten etliche von ihnen, sich an ihren Kameraden vorbei nach draußen zu stehlen, um sich seinem Heer anzuschließen. Wie es aussah, hatten sie dabei weitere Gebäude in Brand gesetzt. Seine Befehlshaber hatten angreifen wollen, doch Octavian hatte ihnen befohlen zu warten. Ein Kampf war nicht vonnöten. Schon oft hatte er erlebt, daß sich die Gegner gegenseitig an die Gurgel gingen. So würde es auch bei Fulvia und Lucius sein.

Fulvia. Eine ausgemachte Giftschlange! Sie ließ diejenigen hängen, die sich ergeben wollten. Die Leichen baumelten von den Palisaden herab. Ein blutrünstiges Weib.

Eine Windbö erfaßte Octavians Mantel und hätte ihn um ein Haar aus dem Gleichgewicht gebracht. Sie führte den Gestank von Asche und Rauch mit sich, von geronnenem Blut und fauligem Tod. Da drinnen schien es ja munter zuzugehen. Nur noch ein Weilchen, und dann war alles vorbei.

Die Iden des März – fast auf den Tag vier Jahre seit Caesars Tod –, und noch immer herrschte kein Friede im Land. Caesar hatte einfach zu viele Feinde am Leben gelassen.

Man feierte Antonius' zweiundvierzigsten Geburtstag, *Ludi et Natalicia Nobilissimi Antonii*, Wettspiele und Feiern zu Ehren des erlauchten Antonius. Kleopatra hatte einen Wettkampf mit griechischen Athleten angesetzt. Ich hoffe, deine Freunde werden nicht allzu enttäuscht sein, hatte sie zu Antonius gesagt. Es hat nichts gemein mit dem Circus Maximus, kein Mensch wird dabei in Stücke gerissen.

Die Zuschauer kamen scharenweise in Wagen und Sänften, darunter viele Frauen. Keine griechische Dame, die etwas auf sich hielt, würde sich den Anblick wohlgeratener Männerkörper entgehen lassen, erst recht nicht, wenn einer davon der des berühmten Marcus Antonius war.

Die Kampfparteien setzten sich aus Mitgliedern des Hofes und Antonius' Stabsoffizieren zusammen. Nicht alle waren gleich gut in Form, doch jeder trug ein Lendentuch und hatte den Körper eingeölt, um die Muskeln zu betonen. In Rom wäre so etwas natürlich undenkbar gewesen, dort stellte man seinen Körper nicht öffentlich zur Schau. Gewalt, aufgeschlitzte Bäuche, Folter, das mochte angehen, doch nackte Kämpfer waren verpönt. Das hatte zu den Dingen gehört, die Kleopatra nie verstanden hatte.

Es sollte ein Pentathlon veranstaltet werden, fünf Sportarten in Form von Wettlauf, Weitsprung, Diskus- und Speerwerfen und schließlich Ringen. Einige unter den Streitern – der magere Dellius und Sisyphus, dessen kleiner gedrungener Körper auf eigentümliche Weise bedrohlich wirkte – behaupteten lachend, daß man Antonius wohl gewinnen lassen müsse, da es ja sein Geburtstag sei. Doch jedermann wußte, daß Antonius auch ohne dieses Vorrecht siegen würde. Selbst im Alter von zweiundvierzig Jahren war sein Körper noch hart wie Eisen. Er konnte jeden im Laufen und Ringen bezwingen, gleich wieviel Wein er getrunken, wie vielen Gelagen er beigewohnt und wie viele Nächte er durchgefeiert hatte. Antonius war unter einem Glücksstern geboren, und so schien es nur natürlich, daß dieser Sohn des Herkules schneller, stärker und ausdauernder war als die anderen.

Kleopatra beobachtete ihn mit unverhohlener Bewunderung. Ihr war längst klar, weshalb man ihn in Athen, Ephesos und Tarsos für einen Gott gehalten hatte.

Sie haben recht gehabt, dachte sie. Wir sind Götter, er und ich. Und wir werden es immer sein.

Die Nacht senkte sich auf den See, die Öllampen spiegelten sich als helle Kreise auf dem ruhigen Wasser. Auf der königlichen Barke waren die Freunde des Lebens zu Gast, die Klänge der Flöten und Harfen drangen bis weit in die Dunkelheit. Drinnen im Bankettsaal nahmen die Trinksprüche kein Ende. Antonius hatte dem Wein heftig zugesprochen und befand sich in einem Zustand der Glückseligkeit.

Mardian schaute bekümmert mit an, wie Antonius die Königin in umziemlicher Weise liebkoste. Die Hand um ihre Brust geschmiegt, preßte er ihr weinfeuchte Küsse auf den Hals. Kurz darauf verließen die beiden die fröhliche Runde und stahlen sich fort. Nach etwa einer

Stunde kehrten sie zurück. Die Haare der Königin waren in Unordnung geraten, und ihre Wangen glühten mit einem Feuer, das allen Gästen den Grund verriet.

Mardian war dergleichen unbegreiflich. Wie konnten Männer und Frauen sich auf diese Weise lächerlich machen?

Am wenigsten verstand er jedoch, wie Kleopatra sich mit diesem Mann demütigen konnte. Er war ihrer nicht würdig, würde es nie sein.

»Charmion! Warum machst du so ein langes Gesicht?« Kleopatras Lächeln war liebevoll. »Ist es deine Zeit des Mondes?«

»Nein, Majestät.«

»Was ist es denn?«

»Es ist ... es ist nur ...«

»Sprich es aus, Mädchen. Sag mir, was dich bekümmert.«

»Vergangene Nacht«, stammelte Charmion. »Das war nicht recht.«

Kleopatras Lächeln erstarb. Wie konnte Charmion es wagen, ihr Vorwürfe zu machen, selbst wenn sie ihre Lieblingssklavin war? »Meinst du nicht, ich sollte selbst entscheiden, was für die Königin recht ist?«

»Jedermann weiß, was er mit Euch gemacht hat.«

»Und ich mit ihm.«

»Aber Ihr seid unsere Königin!«

»Und du bist meine Sklavin. Vergiß das nicht, Charmion, oder ich lasse dich für deine Worte peitschen.«

Charmion warf sich Kleopatra zu Füßen und wartete, bis Kleopatra die Worte der Vergebung ausgesprochen hatte. Danach erhob sie sich und setzte ihre Arbeit schweigend fort. Kleopatra wußte, daß das Mädchen ihr die Demütigung übelnahm, und bereute die heftigen Worte. Als ob sie Charmion je auspeitschen ließe! Doch die Sklavin hatte keinen Grund gehabt, ihr Vorwürfe zu machen. Natürlich genoß sie das Zusammensein mit Antonius, aber diente es nicht einem höheren Zweck? Würde sie ihm sonst solche Freiheiten erlauben, selbst wenn sie ihr Genuß verschafften? Sie behandelte Antonius nicht anders als ein kleines Kind und ließ ihm seinen Willen. *Sie verführte ihn.* War das nicht offenkundig?

16

Der See Mareotis lag im Süden von Alexandria. Kleopatra hatte dort einen Sommerpalast, so wie viele der reichen Beamten und Kaufleute der Stadt. Am Fuße des Palastes befand sich eine Anlegestelle für die königliche Barke, und um ihn herum erstreckten sich Gärten, Haine und Weinberge.

An diesen Ort zogen sich Kleopatra und Antonius zurück, wenn die Königin ihren Staatsgeschäften entfliehen wollte. Auf Ruhebänken verbrachten sie dann draußen unter der blaßgelben Wintersonne ihre Zeit, tranken Wein und plauderten miteinander.

An einem solchen Nachmittag beschloß Kleopatra, das Thema anzuschneiden, das sie bisher beide so sorgfältig gemieden hatten. »Denkst du oft an Rom?« erkundigte sie sich.

»So gut wie gar nicht«, lautete die Antwort.

»Fehlt Rom dir nicht? Überlegst du nicht manchmal, ob Octavian dir dort schadet?«

»Wir haben einen Vertrag geschlossen.«

»Verträge haben es an sich, gebrochen zu werden.«

Antonius hob die Schultern. Er hatte offenkundig keine Lust, darüber zu reden.

»Du weißt, daß du nur mit dem Finger winken müßtest, und die Welt wäre dein«, fuhr Kleopatra fort.

»Die Welt *ist* mein«, erwiderte er ein wenig gereizt.

»Nein, noch nicht, bisher ist es erst ein Teil.«

Er schien zu ahnen, worauf sie hinauswollte, denn er mied ihren Blick.

»Du hast die Legionen und die Macht. Ich habe das Geld. Denk darüber nach! Rom mit Syrien bleibt Rom. Auch Rom mit Judäa bleibt Rom. Doch Rom mit Äypten ergibt die Welt. Ich bin der Osten, und du bist der Westen. Wenn wir uns zusammenschließen, bilden wir das Ganze.«

Kleopatra erkannte, daß er unsicher geworden war. Diese Römer! Einer hatte Angst vor dem anderen. Selbst Caesar war vor dem letzten Schritt zurückgeschreckt, weil ihm der römische Segen fehlte. Was war denn so außergewöhnlich an Rom? Es war nur eine Idee, ein Gespinst aus Pflicht und Schuldigkeit, das jeden von ihnen fesselte.

Sie sah an seinem verblüfften Gesichtausdruck, daß dem großen und edlen Antonius die Gedanken, die sie geäußert hatte, zuvor noch nie gekommen waren. Wie auch? Zu Caesars Lebzeiten hatte er sich mit der Rolle des Gefolgsmannes zufriedengegeben und Caesar die Bürde tragen lassen. Caesar hat dich richtig beurteilt, dachte Kleopatra. Antonius nimmt Befehle entgegen, er erteilt sie nicht, hatte jener gesagt. Vielleicht fürchtete Antonius die Folgen der Macht, die kalten Entscheidungen über Leben und Tod, bei denen man Blut an den Händen behielt. Oder hatte er Octavian Rom überlassen, weil er nicht wußte, wie man die Macht behält?

Vielleicht war er zu weich.

Kleopatra fuhr ihm mit den Fingern durch die Locken. »Verbünde dich mit mir, und du wirst alles haben. Dann bist du wahrhaftig ein Gott, selbst in Rom.«

»Redest du von Heirat?«

»Das auch.«

»Was ist mit Fulvia?«

»Seit wann ist die Ehefrau in Rom ein Hindernis? Laß dich scheiden. Eines Tages tust du es ohnehin.«

»Das römische Gesetz verbietet die Ehe mit Fremden.«

»Wenn du mich heiratest, bist *du* das römische Gesetz.«

Kleopatra konnte sehen, wie ihn der Gedanke erschreckte. Der Mann, der riesige Armeen befehligte, der Veteran unzähliger Schlachten, fürchtete sich. Rom wußte offenbar, wie man die Kinder zähmte. Ihr Vater hatte ihr einmal geschildert, wie man Elefanten gefügig macht. Man legte dem Jungtier eine Eisenkette um den Fuß, die man im Boden verankerte. Sobald das Tier an der Kette riß, spürte es den Schmerz. Nach einer Weile hatte es gelernt, nicht mehr daran zu zerren.

Wenn das Tier erwachsen war, reichten ein Strick und ein Holzpflock im Boden, um den Elefanten an Ort und Stelle zu halten.

Ganz ähnlich waren die Römer – selbst der habgierigste und ehrgeizigste unter ihnen wagte es nicht, sich zu sträuben, obgleich die Macht, die ihn band, nicht mehr als ein Mythos war.

»Ich werde darüber nachdenken«, sagte Antonius.

Nun gut, dachte Kleopatra. Denk darüber nach, aber tu es bald. Der Winter ist so gut wie vorüber. Es wird Zeit, in die Welt zurückzukehren.

Lucius durcheilte die Stätten des Grauens. Seine Leibgarde hastete hinter ihm her. Sie mußten über Tote steigen und über herabgestürzte Gebäudeteile. Der Rauch hatte sich wie ein Leichentuch über die Stadt gesenkt. Die Meuterer waren bis auf den letzten Mann gerichtet worden, doch ihr Aufstand galt als schlechtes Zeichen. Niemand wußte, wie lange die restlichen Truppen noch Gehorsam leisten würden.

Sie kamen an einem der Felsbrocken vorbei, die Octavians Soldaten in die Stadt geschleudert hatten. Er war so groß wie ein Rad. GEBT ES FULVIA stand in rohen Lettern darauf eingeritzt. Die Trümmer des Gebäudes, dessen Wand er eingeschlagen hatte, türmten sich neben ihm auf.

Die Inschrift war Octavians Einfall gewesen. Es machte ihm allgemein Spaß, seine Feinde zu verhöhnen, doch jetzt zielte sein Spott einzig auf Fulvia, wobei er in den Legionären ein dankbares Publikum fand. Einer seiner Spottverse wurde in den Soldatenunterkünften bis zur Bewußtlosigkeit gegrölt:

Kleopatra treibt's mit Antonius, nein, wie peinlich!
Dafür will Fulvia mich – oh, abscheulich!
Auch Plancus will es mit mir treiben,
doch ich bin klug und laß es bleiben.
Mach's mir oder kämpfe, schreit sie,
doch ich weiß, welche Waffe ich einzieh'
und laß die Trompeten erschallen.

Das Lied bedeutete nicht, daß die Soldaten Octavian liebten, sondern wies vor allem darauf hin, wie sehr sie Fulvia haßten. Fulvia hatte alle gegen sich aufgebracht. Wie konnte man auch Magistrate hängen und ihre Leichen ausstellen lassen, nur weil sie von Kapitulation gesprochen hatten?

Inzwischen wurde von noch größeren Greueltaten gemunkelt, die in den Verliesen vor sich gingen – auf Fulvias Betreiben.

Es war unglaublich, was er da vor Augen hatte, einfach ungeheuerlich. Bilder auf Marmorwänden, die im zuckenden Fackellicht ein eigenes Leben annahmen. Hengste, die Zentauren bestiegen, Satyrn mit Ziegen, Mänaden, die sich Löwen hingaben, Bacchanten im Akt mit Pferden. Und über diesem Schmutz eine Aphrodite, die die Abscheulichkeiten mit holdseligem Lächeln quittierte.

Ahenobarbus war erschüttert. Er stammte aus einer alten römischen Familie, die seit Generationen der Republik ergeben war. Antonius war ihm mehr als ein Freund, er war der Waffenbruder, der Mann, mit dem er vor fünfzehn Jahren in Pelusium den ägyptischen Aufstand niedergeschlagen hatte, den er für seinen Mut bewunderte, für seine Redekunst, für das Geschick, mit dem er Armeen führte. Antonius war gleichbedeutend mit der Stärke Roms.

Deshalb hatte es ihn auch aus der Fassung gebracht, in dieser stinkenden Hundehöhle von Stadt anzukommen und den Imperator in seidenen Gewändern anzutreffen, in weichen Pantoffeln, juwelenbestückt wie ein Orientale und nach Duftwässern riechend wie ein Knabe der Lust.

Ahenobarbus war gekommen, um Antonius zu warnen und ihn auf die dunklen Wolken hinzuweisen, die sich in Syrien und Italien zusammenballten, doch wie es schien, hatte sich einer der edelsten der Römer im vergangenen Jahr in einen Griechen verwandelt.

An diesem Abend hatte Antonius zum Aphroditetempel nach Kanopos eingeladen, der etwa fünfzehn Meilen außerhalb von Alexandria lag. Die Gäste bestanden aus Höflingen, wohlhabenden Griechen und Juden, Antonius' Offizieren und anderen Speichelleckern und – nicht zu vergessen – der erlauchten Königin selbst. Mit einer Flotte aus Vergnügungsbooten waren sie über den See gesegelt, dann über einen Kanal und anschließend über den Kanopischen Arm des Nils.

Bei dem Tempel handelte es sich um einen der größten in Ägypten, seine Länge betrug fast ein halbes Stadion, und die Pforten waren aus schwerem Gold. Er war umgeben von Gärten, innerhalb eines terrassenförmig angelegten Kreises, die Mauern sechs Mann hoch, mit einem Umfang von achtzig Stadien. Verstreut über die Gärten lagen kleine Pavillons, in denen Dirnen aller Rassen ihren Dienst versahen und die

Einnahmen der Göttin opferten. Dunkelhäutige Frauen mit Goldringen in der Nase aus dem fernen Indien, Nubierinnen, deren Haut tiefschwarz glänzte, Germaninnen mit weißblondem Haar und rosiger Haut, rehäugige Syrerinnen, Spanierinnen mit blauschwarzem Haar, Armenierinnen, Partherinnen, Asiatinnen und Gallierinnen.

Jeder dieser Pavillons, in denen sie – wie sie behaupteten – ihrer Göttin dienten, hatte eine Tür aus rotem Kupfer, deren Türklopfer wie ein Phallus aussah.

»Jede der Frauen wird sieben Jahre lang in diesem Gebäude dort drüben ausgebildet«, hörte Ahenobarbus diesen widerlichen Zwerg Sisyphus sagen. »Man bezeichnet es als die Schule der Aphrodite. Dort werden sie in allen Finessen erotischer Liebeskunst unterrichtet.«

Soll mir recht sein, dachte Ahenobarbus. Doch während Antonius sich hier der Wollust ergibt, dreht sich die Welt weiter, und wenn er nicht rasch zur Tat schreitet, läßt sie ihn hinter sich zurück.

Der erlauchte Imperator hatte ihn tunlichst übersehen, seit er am Vortag angekommen war. Auch an diesem Abend hatte er ihm noch keine Gelegenheit zu einem Gespräch gegeben. Er hatte seiner Gästeschar eine ganz besondere Überraschung versprochen, doch worum es sich dabei handeln würde, ahnte Ahenobarbus schon jetzt und ließ ihn das Schlimmste befürchten.

Er beugte sich zu Antonius vor und tippte ihm auf die Schulter. »Marcus, wann können wir miteinander reden?«

Antonius wandte den Kopf gereizt nach hinten. »Später.«

»Es kann nicht warten! Ich habe erfahren, daß sich einer von Cassius' alten Generälen den Parthern angeschlossen hat und dort eine Armee zusammenstellt, mit der er Syrien überfallen will. Der Krieg ist unvermeidbar.«

Antonius machte eine unwirsche Handbewegung. »Wenn er unvermeidbar ist, gibt es für mich wohl kaum etwas zu tun.«

»Du mußt dich nach Syrien begeben und Saxas Truppen verstärken.«

»Saxa ist durchaus in der Lage, sich selbst zu verteidigen. Er ist ein fähiger Soldat.«

Antonius' Gleichmut brachte Ahenobarbus in Rage. Lag ihm inzwischen so viel an seinem Vergnügen, daß ihn sonst nichts mehr interessierte? »Das ist noch nicht alles. Man hat mir auch gesagt, daß deine Frau einen Aufstand gegen Octavian angezettelt hat.«

Natürlich hatte Antonius längst davon gehört. Aber auch das schien ihn nicht beeindruckt zu haben.

»Es ist mir gleich, was in Rom geschieht«, sagte er. »Ich war noch nie so glücklich wie hier. Sollen sie sich doch die Köpfe einschlagen, wenn sie wollen.«

Ahenobarbus glaubte seinen Ohren nicht zu trauen. Wie konnte es einem der Triumvirn gleich sein, was in Rom geschah?

Unter den Gästen hatte sich mittlerweile erwartungsvolle Stille breitgemacht. Ahenobarbus' Blick richtete sich auf das Theaterrund unter ihm. Über dem Tempel hing ein großer runder Mond, der die Palmen zu schwarzen Silhouetten erstarren ließ. Dazwischen schimmerten weiße Marmorsäulen wie Knochen. Das Rot des Tempelsockels wurde von der Dunkelheit verschluckt, so daß es aussah, als schwebe er über der Erde.

Ahenobarbus fühlte sich unwohl zwischen den dicht gedrängt sitzenden Gästen, dem Schweiß ihrer Körper und der erdrückenden Luft, die getränkt war vom Rauch der harzigen Fackeln.

Er sah, wie etwa vierzig Priesterinnen aus einem seltsamen dreiseitigen Gebäude schritten. Sie hatten sich hölzerne Phalli um die Taille gegürtet. Widerwärtig.

»Jetzt kommt das beste von allem«, flüstere Dellius ihm zu. Ahenobarbus wunderte es nicht, daß dieser ewige Kriecher die Vorlieben seines Herrn teilte. »Das sind die Hohenpriesterinnen des Tempels. Wenn du eine von ihnen für die Nacht kaufen möchtest, kostet es dich eine Mine aus reinem Gold.«

Eine Mine aus reinem Gold? Damit konnte man die Kriegskosten einer Kohorte für ein ganzes Jahr bestreiten!

Insgeheim gab Ahenobarbus zu, daß die Frauen tatsächlich recht reizvoll waren – trotz dieses unpassenden Taillenschmucks. Sie waren vollkommen unbekleidet, die Leiber eingeölt und glänzend. Dann fingen sie an zu tanzen, einen merkwürdigen Tanz. Es war, als befänden sie sich in Trance oder stünden unter dem Einfluß eines verbotenen Elixiers.

Ahenobarbus spürte, daß ihm der Schweiß ausbrach.

Die Trommeln wurden schneller und lauter. Einer der Frauen wurde eine seltsam geformte Kupferflasche gereicht, deren Inhalt sie trank.

»Was soll das?« fragte Ahenobarbus Dellius leise.

»Das Ritual findet einmal im Monat statt«, antwortete Dellius, die Stimme rauh vor Erregung. »Ich war schon zweimal dabei. Diese Frau dort wird heute der Göttin geopfert.«

»Sie hat die tödliche Dosis eines Liebestranks zu sich genommen«, ergänzte Sisyphus mit funkelnden Augen. »Da sie weiß, daß sie sterben wird, nimmt sie an nichts mehr Anstoß. Sie wird alles mit sich machen lassen.«

»Was meinst du mit ›alles‹?«

»Warte es ab.«

Ahenobarbus war viele Male im Circus gewesen, hatte mitangesehen, wie Männer und Frauen von wilden Tieren zerstückelt wurden, wie man sie verstümmelt und schreiend aus der Arena schleifte, nachdem sie halb zu Tode getrampelt worden waren. Er hatte geglaubt, daß er Gewalt in jeder Form kannte. Doch was sich nun vor seinen Augen abspielte, erschütterte ihn bis ins Mark.

Die Priesterinnen trugen die Frau, die man als Opfer bestimmt hatte, zu einem Steinaltar in der Mitte des Platzes und legten sie dort ausgestreckt nieder. Danach ergriffen sie die Holzphalli und penetrierten das Opfer auf zweifache Art, ein qualvolles Ritual aus Blut und Gewalt. Die Schreie des Opfers, halb Wahnsinn, halb Raserei, hallten durch die Nacht und reichten bis zum Altar der Aphrodite. Als es dem Ende zuging, schlossen die Priesterinnen einen Kreis um das Opfer, das sich in Zuckungen wand. Ob es zuletzt der Liebestrank war, der die Erlösung brachte, oder die Wunden ihres Körpers, hätte niemand zu sagen gewußt.

Ahenobarbus merkte, daß er für eine Weile die Luft angehalten hatte. Seine Kleidung stank nach Schweiß. Er sah zu Marcus Antonius hinüber. Auch auf dessen Stirn perlte der Schweiß, und in seinen Augen glomm ein dunkles Feuer.

Oh, edler Antonius, was ist nur mit dir geschehen? stöhnte Ahenobarbus innerlich. Er wußte, daß Antonius sich auf die Riten des Dionysos eingelassen hatte. Es war ein Geheimnis, das man sich in Rom zwar nur hinter vorgehaltener Hand weitererzählte, aber letzten Endes doch immer nur als Verirrung abtat. Nun schien es jedoch, als habe sich Antonius auf den düsteren Pfaden der Leidenschaft in einem Dickicht verirrt, und als sei es den Ägyptern mitsamt ihrer lasterhaften Königin gelungen, ihn in den Wahnsinn zu treiben.

Perusia in Italien

Lucius dachte, er müsse sich jeden Moment übergeben.

Der Mann war nackt und in Ketten. Fulvia stand über ihm, das Messer hoch erhoben, Arme, Hände und Gewand blutbesudelt. Der Mann zuckte schwach, seiner Kehle entrang sich ein hoher, pfeifender Ton.

Sein Bauch war aufgeschlitzt, und in der Luft lag der Gestank fauliger Verwesung.

Lucius spürte, wie ihm das Blut aus den Wangen wich. Er schwankte. Die beiden Wachen sandten ihm flehentliche Blicke zu.

»Fulvia …«, hub er an.

»Das ist einer von Octavians Spitzeln«, zischte sie.

»Bist du wahnsinnig?«

»Die ganze Stadt ist voll davon.«

Lucius machte ein paar Schritte auf sie zu. Näher heran wagte er sich nicht. Wer wußte schon, auf wen sie das Messer als nächstes richten würde? Ihre Augen loderten wild.

Lucius zwang sich, den Blick von dem Gefolterten abzuwenden. Er begann zu würgen. Selbst die Wachen wirkten elend.

»Warum hast du das getan?«

»Was ist mit euch los?« kreischte sie. »Ihr wollt Männer sein? Könnt Ihr keinen Krieg vertragen?«

»Was du tust, ist kein Krieg. Wer ist dieser Mann?«

»Er hat sich als Zenturio der Marslegion zu erkennen gegeben«, begann einer der Wachen. »Doch ehe wir …«

»Mach dem hier ein Ende«, befahl Lucius. Der Soldat trat vor und durchtrennte dem Gefangenen mit einem geschickten Hieb die Kehle. Der Mann bäumte sich noch einmal auf, danach fiel er in sich zusammen.

Fulvia schäumte vor Wut, doch Lucius wartete nicht, bis sie ihre Sprache wiederfand und über ihn herfallen konnte. Er hatte einen Entschluß gefaßt. Er würde *allem* ein Ende machen.

17

Octavian rümpfte verächtlich die Nase. Dieser Wicht sollte der Bruder von Marcus Antonius sein? Er sah aus wie ein Strolch, roch nach Wein und rußigem Rauch, und auf Gewand und Rüstung befanden sich eigentümliche Flecken.

Octavian bemühte sich, sein Gesicht in teilnahmsvolle Falten zu legen, während er sich die Geschichte anhörte, die sein Besucher vortrug. Fulvia habe ihn zum Aufstand verleitet, gestand er gerade, und ihn hernach zum Handlanger unvorstellbarer Greueltaten gemacht.

»Die Männer weigern sich, ihren Befehlen zu folgen«, sagte Lucius. »Sie stehen kurz vor der Meuterei.«

»Das kommt davon, wenn man Frauen gestattet, sich in die Politik einzumischen«, entgegnete Octavian. »Es ist für uns alle eine wichtige Lehre.«

»Garantiert Ihr mir, Gnade walten zu lassen, wenn wir uns ergeben?«

Du bist gar nicht in der Lage, mit mir zu verhandeln, dachte Octavian. Der Fall der Garnison ist nur eine Frage der Zeit. »Bin ich nicht Caesars Sohn?« gab er lächelnd zur Antwort.

Wenige Tage später verließ Lucius Perusia, um seinen neuen Posten als Prokonsul von Spanien anzutreten, am äußersten Rand der römischen Welt, kurz vor dem Absturz ins Nichts.

Als er mit einer Truppe von Octavians Reiterei frühmorgens die Stadt verließ, entdeckte er, daß seine Offiziere am Wegrand an den Bäumen hingen. Er ritt unter der langen Leichenreihe her und hörte das häßliche Krächzen der Krähen. Als er hochschaute, sah er, daß sie den Toten die Augen aushackten. Er erinnerte sich an Octavians Ausspruch: *Bin ich nicht Caesars Sohn?* Das ist also das Ausmaß seiner Gnade, dachte Lucius. Gut, daß ich Rom hinter mir lasse.

Die Kalenden des Martius nach dem römischen Kalender beziehungsweise der ägyptische Monat Tybi

In Alexandria

Weiße Blumen säumten die Ufern des Sees Mareotis, die Mandelbäume um den Lochias-Palast standen in voller Blüte, und in den Gärten summten Bienen und Insekten.

In Alexandria war Frühling. Im Hafen wurde das geschäftige Treiben aufgenommen, Seidenballen und Gewürze, die in den Lagern gestapelt worden waren, wurden verladen, und die ersten großen Handelsschiffe setzten sich in Bewegung und glitten am Leuchtturm vorbei in Richtung Ephesos, Athen und Rom. Bald darauf erschienen auch wieder fremde Segler am Horizont, die sich Alexandria näherten.

Sie brachten Nachrichten aus der Welt jenseits des Mittelmeeres.

18

Antonius schlug die Augen auf und wandte den Kopf. Er lag bäuchlings auf dem Bett in seinem Gemach. Über ihm stand Quintus Dellius, hatte ihn bei den Schultern gepackt und versuchte, ihn wachzurütteln. Antonius rieb sich die Augen und rollte sich auf den Rücken. Quintus Dellius warf einen verstohlenen Blick auf den Körperteil, der eindeutig nicht geschlafen hatte.

»Quintus Dellius. Wie spät ist es?«

»Die fünfte Stunde, mein Herr.«

»Noch so früh«, knurrte Antonius. Er streckte die Hand aus und fing gedankenlos an, mit seinem Glied zu spielen, während er die Stirn in konzentrierte Falten legte. »Mein lieber Mann, war das eine Nacht!« sagte er.

»In der Tat, mein Herr. Ich bin froh, wenn wir wieder in die Schlacht ziehen, das hält mein Körper besser aus.« Dellius war nervös. Er wollte es hinter sich bringen. »Mein Herr, es gibt dringende Angelegenheiten ...«

»Das läßt sich wohl nicht leugnen.« Antonius grinste.

Eine der syrischen Sklavinnen hatte den Raum betreten, doch nach einem Blick auf Antonius' Händespiel schnappte sie nach Luft und machte eiligst wieder kehrt.

»Komm her«, rief Antonius. »Du mußt nicht fortlaufen, ich beiße nicht. Außer wenn du mich darum bittest«, setzte er mit einem Augenzwinkern in Richtung Dellius hinzu. Das Mädchen kam widerstrebend herbei.

»Mein Herr, wir haben Nachrichten aus Syrien«, drängte Dellius.

Antonius ging darüber hinweg. »Komm zu mir, mein Kätzchen. So ist es schon besser. Hab keine Angst.«

»Mein Herr ...«

»Dellius, halt jetzt den Mund, und mach die Augen zu, wenn dir das lieber ist.«

Antonius zog das Mädchen zu sich auf das Lager. Seine Augen waren weit aufgerissen. Antonius lachte, drehte es auf den Bauch und schob seine Tunika hoch. Das Mädchen schrie auf, doch es wehrte sich nicht. Wer konnte schon etwas ausrichten gegen einen Römer – und einen Gott?

Dellius sah zu, wie Antonius sich mit den Fingern befeuchtete und in das zitternde Geschöpf eindrang. Ein hübsches Ding, gab er innerlich zu, mit zimtfarbener Haut und einem Hinterteil wie ein Pfirsich.

»Ah ... jetzt geht allmählich ... die Sonne auf«, sagte Antonius keuchend.

»Mein Herr, die Lage in Syrien ...«, setzte Dellius noch einmal an.

Antonius hatte die Augen geschlossen und die Finger in die Hüften des Mädchens gekrallt. »Die Lage in Syrien«, stieß er hervor, »ist ganz ausgezeichnet ...«

»Nein, mein Herr«, warf Dellius ein. »Die Parther sind dort eingefallen und haben unsere Legionen überrannt.«

Antonius öffnete die Augen. »Was ist mit dem Statthalter? Mit Saxa?«

»Decimus Saxa ist tot.«

Den letzten Satz schien Antonius nicht gehört zu haben. Er hatte die Augen wieder geschlossen und widmete sich seiner lustvollen Betätigung. Dellius spürte die eigene Erregung, die jedoch nicht nur auf die syrische Krise zurückzuführen war. Das Mädchen bewegte sich nicht.

»Die Parther sind bereits im Süden und haben Jerusalem eingenommen«, fuhr Dellius fort. »Allein Tyros kann sich noch halten. Zwei syrische Legionen haben wir schon verloren!«

Noch immer keine Reaktion. Antonius stöhnte, die Muskeln traten hervor.

»Herodes hat sich in Masada verschanzt.«

Antonius bäumte sich auf und sank danach auf dem Körper des Mädchens zusammen. Für eine Weile blieb er regungslos liegen und wartete, bis er wieder zu Atem gekommen war. Dann stieß er sich in die Höhe und ließ sich auf die Seite fallen. Er streifte einen seiner Smaragdringe vom Finger und hielt ihn dem Mädchen hin. »Da«, sagte er. »Für deinen Liebesdienst.«

Das Mädchen griff begierig nach dem Ring. Nach einem hastigen Blick auf Dellius huschte es aus dem Raum.

»Ihr müßt Euch wieder der wahren Welt widmen«, beschwor Dellius seinen Herrn. »Wir haben uns hier genug amüsiert. Da draußen wartet die Pflicht.«

»Wenn ...«, hub Antonius an, doch dann brach er ab. Er schien zu einem Entschluß gekommen zu sein. »Hol die Sklaven herbei«, trug er Dellius auf. »Ich brauche meine Gewänder. Die Götter mögen wissen, wo sie hingeraten sind.«

Kleopatra lag auf einer Ruhebank in ihrem Gemach und nahm ihr Frühstück ein: hauchdünne Brotfladen, Feigengelee, Ziegenkäse und schwarze Oliven, hübsch angerichtet auf einem Silbertablett. Neben ihr standen Mardian, Diomedes, ihre Minister und etliche der *strategioi.* In der Mitte des Raumes befand sich jedoch noch ein weiterer Mann mit sonnenverbranntem Gesicht und dichtem, glänzendem Bart.

Mit einemmal flog die Tür auf, und Antonius betrat den Raum, gefolgt von seinem Stab und Dellius. Er hat schon wieder getrunken, dachte Kleopatra. Und sich schon wieder mit einer meiner Sklavinnen eingelassen, wenn Mardians Auskünfte richtig sind. Wird er denn dieser Dinge nie müde? Kommt er nicht einmal auf die Idee, etwas Nützliches zu tun? Langweilen ihn seine Spielereien nicht allmählich, wie es bei einem intelligenten Menschen der Fall sein müßte?

»Sieh an, der edle Antonius«, begrüßte sie ihn. »Wir wollten dich gerade holen lassen. Dieser Mann hier hat Neuigkeiten, die dich interessieren könnten.«

Antonius betrachtete ihn mit abwägenden Blicken. Anmaßende Haltung, dachte er, hochmütiger Blick. Grieche, möchte ich wetten, oder Sizilianer.

»Das ist Apollodoros«, erklärte ihm Kleopatra, »er ist ein Händler. Er hat Rom direkt nach dem Ende der Winterstürme verlassen und bringt uns die ersten Nachrichten mit.«

»Ist etwas mit Octavian?« erkundigte sich Antonius hoffnungsvoll. »Hat er Fieber? Furunkel? Ist er tot?«

Kleopatra verzog keine Miene.

Es ist etwas Schlimmes, dachte Antonius.

»Edler Herr«, begann Apollodoros. »Wie Ihr sicherlich wißt, haben Euer Bruder Lucius und Eure Frau Fulvia eine Armee ausgehoben und gegen Octavian geführt. Es ist für sie nicht gut ausgegangen. Die letzte Nachricht, die ich erhielt, besagte, daß sie in der Bergfestung von Perusia belagert werden.«

Antonius schloß die Augen. Draußen war ein wundervoller Frühlingstag, durch die Fenster sah man das Meer in der Sonne glitzern, und durch die Luft zog ein sanfter Hauch. Einen Winter habe ich ausgesetzt, dachte er, mehr war es nicht. Doch wie es scheint, kostet mich das den Osten wie auch Italien. Ist es mir nicht gegönnt, die Freude zu genießen, ohne daß gleich ein Leid darauf folgt?

»Was ist mit meinen Legionen?« erkundigte er sich mit tonloser Stimme.

»Sie sind in ihrer Unterkunft. Ohne Euren Befehl weigerten sie sich, Eure Frau zu unterstützen.«

Antonius nickte. Ihm dröhnte der Kopf, und ab und zu fuhr ein Schmerz hindurch, als würde sich ein Schwert hineinbohren. Es war noch zu früh für derartige Botschaften.

»Etliche Römer sind geflüchtet, sie haben sich dem Schutz von Sextus Pompejus unterstellt.« Apollodoros schien zu zögern. »Eure Mutter ist eine von ihnen.«

Julia! dachte Antonius. Diese giftige Natter. Wahrscheinlich hatte sie dazu beigetragen, Fulvia zu diesem Irrsinn anzustiften. Die beiden haben mir alles zerstört.

Er blickte zu Kleopatra. Schau dir ihre Augen an, ging es ihm durch den Sinn. Wie sie funkeln! Sie gibt nicht einmal vor, beunruhigt zu sein. Natürlich kommt es ihr gelegen, wenn Römer sich bekämpfen. Wohin ich mich auch wende, sind es Frauen, die mich verraten.

»Es schmerzt mich, Euch diese Nachrichten überbringen zu müssen«, sagte Apollodoros.

Welch ein Lügner! »Es schmerzt mich, sie zu hören«, antwortete Antonius. »Ich werde mich mit meinem Stab beraten.« Er machte kehrt und verließ den Raum mitsamt seinem Gefolge. Im Namen der Götter, dachte er, jetzt brauche ich erst einmal einen Schluck.

Antonius wanderte wie ein gefangenes Tier in dem Raum auf und ab, trank aus seinem Pokal und schleuderte ihn plötzlich in einem Wutanfall an die Wand. Der Wein sickerte rot wie Blut auf den Boden.

Kleopatra ließ ihn nicht aus den Augen. Die Welt hat dich wieder auf Trab gebracht, dachte sie. Jetzt ist keine Zeit mehr zu verlieren. Laß dich von mir leiten, und ich zeige dir einen Zipfel von Caesars Traum. Dann kannst du all das sein, was jener gewesen wäre, hätte man ihn nicht getötet. Danach werden wir sehen, ob du tatsächlich Herkules bist oder nur ein Mann mit Löwenfell und Keule.

»Ich kann Octavian noch nicht einmal der Schuld bezichtigen«, hörte sie Antonius sagen. »Fulvia hat die Legionen gegen ihn aufgestellt. Bei Jupiter, sie hat sich sogar eigene Münzen prägen lassen. Welche gesetzliche Handhabe besäße ich, gegen Octavian vorzugehen?«

Gesetzliche Handhabe? dachte sie. Welche gesetzliche Handhabe besaß denn Caesar, als er gegen Pompejus vorging? Bauern richten sich nach dem Gesetz, Könige machen sich die Gesetze selbst. »Jetzt hat Octavian dich da, wo er dich immer haben wollte.«

»O nein, das ist allein Fulvias Werk. Sie hat es getan, weil ich nach Alexandria ging, anstatt nach Rom zurückzukehren.«

»Dann laß dich endlich von ihr scheiden. Sie nützt dir nichts! Im Gegenteil, sie richtet nur Schaden an. Ich kann dir fünfzig Legionen kaufen und zudem eine Flotte. Hebe dich mit mir in die Höhe! Heirate mich, und ich biete dir die Welt.«

So – nun hatte sie es ihm noch einmal angeboten, die große, einmalige Gelegenheit, die Welt zu beherrschen.

Antonius zögerte. »Ich habe einen Pakt mit Octavian und Lepidus geschlossen, ich habe mein Wort gegeben. Was soll Rom von mir denken, wenn ich dagegen verstoße? Wir haben lange genug unter dem Bruderkrieg gelitten.«

»Ein Reich kann nicht von zwei Männern regiert werden, und von dreien schon gar nicht. Die Macht muß bei einer Person liegen. Das weißt du auch. Der Pakt war gut, als es galt, Zeit zu gewinnen und Brutus und Cassius loszuwerden.«

Antonius nagte an seiner Unterlippe.

Kleopatra spürte, wie sich das Kind in ihr regte. Ihre Brüste waren bereits voller und runder geworden. Antonius hatte noch nichts bemerkt. Sie hatte geschwiegen, wollte es ihm nicht sagen – noch nicht. Erst sollte er sich beweisen.

»Wenn du ihn nicht vernichtest«, sagte sie, »vernichtet er dich.«

Sein Blick wurde hart. Er wußte, daß sie recht behalten würde, doch er wollte es nicht hören.

Was ist bloß mit ihm los? fragte sich Kleopatra. Er kann doch sein Leben nicht auf der Ruhebank verbringen, mit einer Frau auf dem Schoß und dem Weinkrug in der Hand! Irgendwann kommt immer die Zeit, wo man wieder aufstehen und seiner Pflicht nachkommen muß.

Dieser besorgte Ausdruck auf seinem Gesicht! Sie konnte es nicht fassen, daß er die Gelegenheit, die sie ihm bot, nicht beim Schopf ergriff. »Ich kann mein Wort nicht brechen«, sagte er.

19

Auf der Terrasse brannten die Fackeln. Kleopatra hatte die Arme über der Brust verschränkt und schaute über das Meer. Ihr Gesicht lag halb im Dunkeln, über die andere Hälfte zuckte der Widerschein des Lichts.

Antonius trat aus dem Gemach. Er trug die Rüstung des römischen Imperators mit emailliertem Brustschild und purpurrotem Umhang.

Das griechische Gewand war der Tunika gewichen, die weichen Sandalen halbhoch geschnürten Stiefeln.

»Mein Täubchen«, murmelte er.

Kleopatra blieb stumm. Sie wollte nicht, daß er den Zorn aus ihrer Stimme hörte.

»Beim ersten Licht breche ich auf«, sagte er.

»Gut.«

»Zuerst ziehe ich nach Syrien und kümmere mich um die Parther, danach widme ich mich den Problemen Italiens.«

»Ich habe dir gesagt, wie sie zu lösen sind.«

»Wenn alles erledigt ist, komme ich zurück.«

»Das sagst du jetzt.«

»Ich meine es ernst.« Er hielt inne. Man muß ihn sich nur anschauen, dachte sie wütend. Er sieht aus wie Caesarion, wenn ich ihn gescholten habe. Was ich ihm geboten habe, war ihm nicht genug, denn ich zähle weniger als die Pflicht gegenüber Rom. Ich habe ihm jedes Vergnügen bereitet, habe ihm die Stadt zu Füßen gelegt und ihm meinen Körper geschenkt. Glaubt er denn, eine ägyptische Königin gäbe sich einfach bedingungslos hin? Habe ich denn nicht Grund, tödlich beleidigt zu sein?

»Keinen Kuß, bevor ich gehe?« fragte er.

»Den hebe ich für deine Rückkehr auf«, entgegnete sie mit abgewandtem Gesicht. Er schien sich unbehaglich zu fühlen und trat von einem Fuß auf den anderen. Dann schickte er sich zum Gehen an.

In diesem Augenblick kochte ihr Zorn über. »Alles kannst du haben, Marcus Antonius! Gemeinsam sind wir mehr als Rom.«

»Ich komme wieder«, war das einzige, was er darauf antwortete.

TEIL IV

Cupido und Dionysos sind zwei der gewaltigsten Götter, denn sie können die Seele ergreifen und sie so weit in den Wahnsinn treiben, daß sie die Zügel verliert.

Achilles Tatius

1

Athen in Griechenland

Diese Giftnatter.

Antonius konnte Fulvias Anblick kaum ertragen. Perusia hatte sie um zehn Jahre altern lassen. Sie hatte sich die Haare mit Henna gefärbt, nach der germanischen Mode, doch das milderte nicht die Falten, die sich seit ihrer letzten Begegnung um ihren grausamen Mund gebildet hatten. Ihre Augen waren stumpf wie Blei, ihr Gesicht grau wie Basalt.

Es war jedoch weniger ihr Äußeres, das Antonius schaudern ließ, sondern die Erinnerung an das, was sie getan hatte. Diese Schlange, diese Xanthippe hatte sich in sein Leben eingeschaltet. Wenn es sich dabei um sein Liebesleben gehandelt hätte, hätte er das noch verstanden – aber nein, sie hatte sich in sein *politisches* Leben gemischt!

Munatius Plancus, der Speichellecker, stand hinter ihr und machte ein beschämtes Gesicht, anders als Fulvia, die ihn anfunkelte, als sei alles seine Schuld.

Das Anwesen lag auf einer Anhöhe, von der aus man einen Blick über das Meer hatte. Auf dem Boden in der Mitte des Raumes war eine Nillandschaft mit Flußpferd und Krokodil abgebildet. Ausgerechnet, dachte Antonius. Sie hatten auf beiden Seiten Stellung bezogen, zwischen ihnen schlängelte sich der Fluß, das Sinnbild seiner Sünden. Es hätte ihn nicht gewundert, wenn Fulvia das Mosaik selbst in Auftrag gegeben hätte.

»Wer hätte das gedacht?« sagte Fulvia endlich mit beißendem Hohn. »Der Krieger kehrt zurück. Hattest du einen angenehmen Winter?«

Ihre Unverfrorenheit verschlug ihm einen Moment lang die Sprache. »Das gleiche könnte ich dich fragen«, erwiderte er.

»Du hast gesoffen und gehurt«, zischte sie.

»... was nichts ist im Vergleich zu deinen Taten. Ich habe dich nur einige Monate allein gelassen, und schon hast du Italien an den Rand des Bürgerkriegs geführt.«

»Ich habe es für *dich* getan. Kannst du das auch von dir behaupten?«

Antonius warf Plancus einen Blick zu, der daraufhin verlegen fortsah. Antonius hätte ihn am liebsten gepackt und ins Meer geschleudert. »Hast du sie in diesem Wahnsinn unterstützt?« fragte er.

Plancus' Adamsapfel hüpfte wie ein Korken auf den Wellen auf und ab. »Mein Herr ...«, stammelte er und verstummte.

Antonius richtete seine Aufmerksamkeit wieder auf Fulvia. »Am meisten verwundert mich deine Dummheit.«

»Es wäre nicht geschehen, wenn du nach Rom gekommen wärest, anstatt deine Rute im Orient zu schwingen.«

Antonius starrte sie an. Wo hatte sie solche Ausdrücke gelernt? Sie hatte eindeutig zu lange unter Soldaten gelebt.

Die vergangenen Monate waren hart für ihn gewesen. Nach den wilden Lustbarkeiten Alexandrias erwartete ihn in Rom wieder die rauhe Wirklichkeit. Zuerst war er nach Ephesos gesegelt, wo er feststellen mußte, daß die Parther inzwischen fast ganz Syrien besetzt hatten, einschließlich der Stadt Tarsos. Um dieses Problem zu lösen, hatte er jedoch zuerst wieder ein Heer zusammenstellen müssen.

Eine Aufgabe, die leichter gewesen wäre, hätte sich nicht Octavian aufgrund dieses albernen Zwischenspiels in Perusia seine elf gallischen Legionen einverleibt.

In Athen hatte Antonius schließlich seine Frau und seine Mutter angetroffen, die vor Octavian geflüchtet waren. Da Sextus Pompejus seiner Mutter zuvor Zuflucht gewährt hatte, stand er nun auch noch in der Schuld dieses erbitterten Gegners des römischen Triumvirats.

»Claudia ist auch hier«, sagte Fulvia. Fulvias Tochter aus erster Ehe, die Octavian den Pakt hatte versüßen sollen, als sie das Triumvirat bildeten. »Octavian hat sie zurückgeschickt, einschließlich dieses Briefes.« Sie schleuderte ihm eine Schriftrolle entgegen. »Er behauptet, sie sei unversehrt. Wie kann das sein, wenn er sie drei Jahre lang bei sich hatte? Was hat er denn mit ihr gemacht?«

»Offenbar nicht viel.«

»Ebenso deine Schuld! Dein Bübchen hat dich hinters Licht geführt!«

Antonius hätte sie am liebsten erwürgt. »Ich habe den Krieg nicht angefacht. Ich fürchte, jemand anders ist von ihm hinters Licht geführt worden.«

»Du begreifst es einfach nicht.«

»Es gibt nichts zu begreifen, außer daß du mich mit in deinen Sumpf gezogen hast.«

»Octavian hat sich aufgeführt, als herrsche er über ganz Rom! Er suchte nur eine Ausrede, um dir die gallischen Legionen fortzunehmen. Du hast es ihm möglich gemacht.«

»Nein, meine Liebe, das warst allein du.«

»Du wurdest in Rom gebraucht. Was hast du denn getan, während ich deine Schlachten schlug?«

»Während du meine Schlachten *verlorst*!«

»Dein Bübchen ist hinter dir her! Er will dein geliebtes Triumvirat auflösen.«

»*Mein* Bübchen, *mein* Triumvirat?« Antonius wandte sich an Plancus. »Wie konntest du das zulassen?«

»Weil ich es ihm befohlen habe«, kreischte Fulvia.

Antonius wich zurück. Bei Jupiter, diese Frau war von Sinnen. Marcus Plancus mußte in den vergangenen zwölf Monaten eine höllische Zeit durchgemacht haben. Beinahe tat ihm der Schafskopf leid.

Fulvia machte einen Schritt auf Antonius zu. Ihr Gesicht war nur eine Handbreit von seinem entfernt. »Du wirst es schon noch sehen. Octavian lechzt nach deinem Blut.«

»Dieser Wicht? Ohne seinen Namen ist er ein Nichts. Mit dem werde ich fertig.«

»Das hat Cicero auch gedacht«, höhnte sie. In ihren Mundwinkeln hatte sich Speichel gesammelt, ein paar Tröpfchen klebten bereits an seinem Brustschild. Fulvia hatte tatsächlich den Verstand verloren. »Eines Tages wirst du mir recht geben. Er wird dich vernichten, Antonius, wenn du ihn nicht tötest.«

»Ich hatte einen Pakt mit ihm. Du hast mein Wort gebrochen.«

»Handele jetzt. Zerquetsche ihn! Danach bist du Herr über Rom.«

»Du bist ein Ungeheuer«, erwiderte Antonius, machte kehrt und verließ den Raum.

In Alexandria

Im Sommer leuchtete die Stadt so weiß, daß es die Augen schmerzte. Vom Hafen her kam ein Windhauch, der den Geruch von Tang und den Feuerrauch des Pharosturms mit sich führte. Über den Werften kreisten die Möwen mit wildem Geschrei. Weiter draußen tummelten sich Delphine, die feuchtglitzernd über die Wellenbrecher sprangen.

Antonius war seit drei Monaten fort. Im Palast war es wieder ruhig geworden. Der Bund der Freunde des Lebens hatte sich aufgelöst, und Kleopatra bekam wieder genug Schlaf. Dennoch fehlte Antonius ihr auf eigentümliche Weise.

»In Rom seid Ihr in aller Munde«, sagte Mardian.

Kleopatra wandte sich vom Fenster ab. »Immer noch?«

»Man redet über Antonius' Besuch in Alexandria. Von seinen Exzessen, aber auch von den Euren.«

»Von meinen?«

»Im Forum sagt man, daß Eure Gier der seinen entspricht. Auch sollt Ihr Gefangene zum Vergnügen foltern und Euch jede Nacht einen Sklaven zum Bettgefährten nehmen.«

»Das ist abscheulich! Ich fasse die Sklaven noch nicht einmal an, geschweige denn, daß ich mit ihnen mein Lager teile.«

»Genau das behauptet man aber.«

»Und weil ich bei seinen Exzessen dabei war, bin ich ihm schon gleich?«

»Offenbar ja.«

»Und was weißt du über die Versöhnung zwischen dem Imperator und seiner Frau?«

»Sie ist wohl nicht geglückt.«

Kleopatra schmunzelte. Sie konnte sich die Szenen zwischen den beiden lebhaft vorstellen.

»Zur Zeit segelt er nach Italien. Man spricht von dem Beginn eines neuen Bürgerkriegs.«

»Und Fulvia?«

»Sie bleibt in Athen. Fühlt sich nicht wohl, glaube ich. Wie es heißt, hat Perusia ihrer Gesundheit geschadet.«

»Ich danke dir, Mardian. Halte mich weiterhin auf dem laufenden.«

»Jawohl, Majestät.«

Nachdem Mardian sie verlassen hatte, wandte Kleopatra sich wieder dem Fenster zu. Sie war also immer noch Gesprächsthema in der Republik. Im Grunde machte ihr das Geschwätz kaum etwas aus, sie konnte Octavians Gerüchteküche ohnehin nicht ausmerzen.

Was würden sie erst sagen, wenn sie wüßten, daß ich Antonius' Kind in mir trage, dachte sie und legte die Hände auf ihren Bauch. Wahrscheinlich, daß es das Kind eines der Gefangenen ist, den ich gefoltert habe, oder das eines der zahllosen Sklaven, die ich in mein Bett genommen und anschließend enthauptet habe.

Sie ging zu einer der Ruhebänke und ließ sich darauf nieder. Es war zu heiß, um schwanger zu sein.

Ach, und der edle Herr Antonius hatte sich nicht mit seiner lieben Gemahlin versöhnt. Nun, das hatte sie ohnehin nicht für möglich gehalten. Fulvia hatte sich endlich als Hindernis erwiesen. Selbst Antonius würde nun einsehen, daß er sie loswerden mußte. Wenn man sich doch nur einmal auf ihn verlassen könnte! Und wenn er nun vor dem Problem Reißaus nahm, anstatt sich ihm zu stellen? Wahrscheinlich benötigte er Hilfe.

Sie rief nach ihrem Kammerherrn. »Hol mir Olympos herbei«, trug sie ihm auf.

2

An die allergnädigste und erlauchteste Majestät, Königin von Ägypten, Herrin der zwei Länder, vaterliebende Göttin.

Es gibt traurige Nachrichten, denn ich muß Eurer Majestät berichten, daß die Gemahlin des edlen Imperators Antonius, Triumvir von Rom, am heutigen Tag hier in Athen einer Krankheit erlag, die als Folge des vergangenen Kriegsgrauens in Italien angesehen werden darf. Die Menschen, die sie gekannt haben, werden sie beweinen.

Ich hatte das Glück, noch kurz vor ihrem Tode ihre Bekanntschaft zu machen. Ich habe Eure Grüße ausgerichtet und ihr Eure Geschenke überreicht. Die eingelegten Feigen in Honig, die ich ihr als Delikatesse unseres Landes empfahl, haben ihr Freude bereitet.

Zu Antonius ist ein Bote unterwegs, um ihm die traurige Nachricht zu überbringen.

Euer ergebener Diener und Freund
Olympos

Kleopatra betrat das Kinderzimmer. Sie mußte sich an den Wänden abstützen, da ihr plötzlich schwindelte. Die Geburtshelferinnen hatten ihr gesagt, daß sie sehr viel Blut verloren habe. Ihr Arzt hatte ihr starke Dosen Poleiminze verabreicht und ihr ein ranzig schmeckendes Gebräu eingeflößt, damit sie wieder zu Kräften kam. Kleopatra hatte jedoch verkündet, daß sie von allein genesen würde, sobald sie einen bestimmten Brief von Olympos erhielte.

Antonius war zweimal Vater geworden. Alexander und Kleopatra. Sie lagen in ihren Bettchen. Das von Alexander schmückte ein Elfenbeinfries mit Tigern, das der kleinen Kleopatra eins mit Elefanten. So, dachte Kleopatra, nun habe ich die Kinder der beiden größten Männer

Roms in meiner Obhut. Wir werden sehen, ob man mich jetzt immer noch verleugnen kann.

Alexander glich bereits seinem Vater. Es war ein gesunder, kräftiger Junge mit einem Kopf voller Locken. Die kleine Kleopatra war zierlicher, dunkler, mit olivfarbener Haut. Kleopatra kniete neben dem Bettchen nieder, betrachtete das kaum merkliche Heben und Senken der winzigen Brust und das herzförmige Mündchen. Eine Tochter, eine Frau wie ich. Die nächste Isis.

Wie wirst du mit dieser Männerwelt fertig werden? fragte sie stumm. Mir hat sie immer nur Schmerz bereitet. Männer sind treulos, rücksichtslos und selbstsüchtig. Sie trinken zuviel und lieben zuwenig.

Einer deiner Brüder ist ein Caesar, dein Zwilling ein Antonius. Ich werde euch voreinander schützen. Ich werde nicht zulassen, daß ihr euch Böses tut, wie es bei mir und meinen Geschwistern der Fall war. Ich werde mir etwas einfallen lassen, das euch allen etwas gewährt.

Schlaf gut, meine Kleine. Ich hole deinen Vater bald zu uns zurück.

Die Albaner Berge, außerhalb Roms

Meine Schwester ist ein entzückendes Geschöpf, dachte Octavian. Octavias helle Haare lagen in Flechten über dem Kopf und waren im Nacken hochgesteckt. Sie hoben den langen Hals hervor und wirkten im Sonnenlicht golden, ganz zauberhaft. Vielleicht wußten die ägyptischen Hundesöhne doch, was sie taten, wenn sie ihre Schwestern heirateten. Ich weiß nicht, ob ich etwas dagegen hätte.

An diesem Tag war Octavia in eine elegante, golddurchwirkte Stola aus himmelblauer Seide gehüllt. An den Ohren funkelten Perlen, um den Hals lag eine Kette aus Saphiren, an den Händen glitzerten goldene Armbänder und Ringe. Sie hatte einen kleinen Schirm aufgeklappt, der sie vor der Sonne schützte, und verströmte den teuren Geruch eines zimtgetränkten Duftwassers. Sie saßen auf der Terrasse von Octavians Haus in den Albaner Bergen mit Blick über den Albaner See. Inzwischen war es Herbst geworden, und die Blätter der Bäume färbten sich golden. Die Luft war warm und schwer, und die Olivenhaine und Weinberge, die sich auf den Hängen zu ihren Füßen erstreckten, leuchteten in satten Erntefarben.

»Wie lange bist du jetzt schon verwitwet?« fragte Octavian.

»Beinahe zwei Jahre, Bruder.«

Octavian gab ein paar bedauernde Schnalzlaute von sich. So lange schon? Ihr verstorbener Mann Marcellus war einer seiner Stabsoffiziere gewesen; er war bei Philippi gefallen. Sehr anständig von ihm, denn man wußte nie, wann man einmal eine heiratsfähige Schwester nötig hatte.

Nach diesem ruhmreichen Tod hatte Octavian die Vormundschaft über Octavia übernommen. Seitdem lebte sie unter seinem Dach. Er war froh, daß er Maecenas' Rat befolgt und sie nicht gleich wieder verheiratet hatte.

»Fehlt dir die Gesellschaft eines Gemahls?« fragte er Octavia. Ihm schien, daß es nur einen Grund gab, warum einer Frau von Octavias Rang ein Mann fehlen könne, doch im Falle seiner Schwester bezweifelte er selbst diesen. Sie wirkte kalt wie ein Fisch.

»Ich möchte das Andenken meines Gemahls nicht beflecken, indem ich schlecht von ihm rede«, antwortete Octavia nach einigem Nachdenken. »Doch es wäre falsch zu sagen, daß er mir fehlt.«

Octavian lächelte. »Aber gewiß sehnst du dich doch nach Kindern.«

»Hast du eine Ehe für mich geplant?«

»Vielleicht.« Hochgeborene Frauen konnte man in drei Gruppen aufteilen, dachte Octavian. Eine, die mit Gladiatoren ins Bett stieg, eine, die mit jedem ins Bett stieg, und eine, die zu Hause blieb. Octavia, die Götter mögen sie segnen, gehörte zu der letzten. Sie war nie eins der Gladiatorenliebchen gewesen, hatte die Stickerei wohlgeölten Muskeln und wildem Bettgerangel vorgezogen. Es hatte weder Tempeltreffen gegeben noch Verhältnisse mit Senatoren. Selbst Caesar hatte sie nicht bekommen, was auf dem Palatin noch immer große Verwunderung hervorrief.

»Ich finde, du hast Marcellus lange genug betrauert.«

Octavia schwieg. Ihre Augen waren so grau und kühl wie Schiefer. Octavian wußte selten, was sich in ihrem Inneren abspielte.

»Es wäre eine gute Ehe, sie entspräche der Schwester eines römischen Triumvirn. Ich denke an Marcus Antonius.«

Nicht die leiseste Regung, weder Interesse noch Abscheu, wobei er letzteres von einer Frau ihrer Bildung generell nicht erwartete.

»Ist dabei nicht auch Fulvias Meinung von Bedeutung?« erkundigte Octavia sich höflich.

»Nicht mehr. Sie ist tot.« Octavia betrachtete ihn forschend. Octavian hob die Hände in gespieltem Entsetzen. »Ich habe nichts damit zu tun, Schwester, obwohl der Verdacht besteht, daß sie vergiftet wurde. Das ist jedoch nicht meine Art.«

»Wo ist es geschehen?«

»In Athen. Zur Bestattung bringt man sie hierher zurück. Die Griechen wollten sie nicht begraben, aus Furcht, daß sie ihnen die Ernte verdirbt.«

»Das ist eine sehr grausame Bemerkung.«

»Ich sage nur, was jeder denkt. Du willst mir doch nicht die Wahrheit zum Vorwurf machen.«

Sie maß ihn mit unergründlichen Blicken. »Weiß Marcus Antonius von deiner Idee?« fragte sie.

»Noch nicht. Doch da sie dazu dient, Rom Sicherheit und Ruhe zu gewähren, wird er ihren Vorteil erkennen.«

Octavia seufzte. »Ich habe keinen Einwand.«

Und wenn, dachte Octavian, würde es keine Rolle spielen. »Gut, ich werde mich um alles weitere kümmern.«

In Alexandria

Kleopatra war wieder einmal früher zu ihren Pflichten zurückgekehrt, als die Ärzte es für ratsam hielten. Sie hatte ihnen die Fellachenfrauen vor Augen gehalten, die ihre Kinder während der Arbeit auf dem Feld gebaren. Und außerdem, hatte sie noch hinzugesetzt, gibt es Wichtigeres zu tun, als im Bett zu liegen und ranzig schmeckendes Gebräu zu trinken.

Es war zu Beginn des neuen ägyptischen Jahres, die Kalenden des Septembris, wie die Römer die Zeit nannten, in der der Nil anstieg. Zumindest hoffte man das in Alexandria.

Kleopatra saß mit ihren Ministern zusammen und studierte die Berichte ihrer Bezirksverwalter. Sie lauschte gerade den Ausführungen Diomedes' über den Bestand der Getreidespeicher, als Mardian unangemeldet hereinplatzte. Seine Miene verhieß nichts Gutes. Kleopatra machte sich auf das Schlimmste gefaßt.

»Laßt uns allein!« befahl sie den anderen.

Die Blicke der Minister huschten neugierig über Mardians Gesicht, ehe sie den Raum verließen. Eine derartige Unterbrechung verbreitet sich wie ein Lauffeuer im Palast, dachte Kleopatra. Erst stellt man Mutmaßungen an, danach werden Gerüchte laut.

Kleopatra holte tief Luft. Was würde es dieses Mal sein? Ein Aufstand in Oberägypten? Hatte es etwas mit Antonius zu tun? War sein Schiff im Sturm zerschellt? War er Octavian im Kampf unterlegen?

Mardian bebte wie ein Sklave, den man beim Küchendiebstahl erwischt hat. Es mußte etwas wahrhaft Verhängnisvolles eingetreten sein.

Kleopatra atmete noch einmal tief durch. »Ist Antonius tot?« fragte sie.

Der Eunuch schüttelte verneinend den Kopf, die weichen Hängebacken zitterten. »Nein, Majestät, er lebt.«

»Was ist es dann? Hat man uns überfallen?«

»Er hat mit Octavian Frieden geschlossen.«

Kleopatra spürte, wie ihr das Blut aus den Wangen wich. »Wieder?«

»Sie haben das Triumvirat in Brindisi erneuert und auf einen Bürgerkrieg verzichtet.«

Nun gut, das war zwar eine Enttäuschung, erklärte jedoch weder die Blässe seines Gesichts noch das Flattern seiner Hände. Innerlich hatte sie ohnehin gewußt, daß der edle Antonius trotz ihres Drängens nicht kämpfen würde. Caesar hätte natürlich nicht gezögert, doch Antonius war nicht Caesar.

»Womit hältst du zurück?«

»Der Friede hatte einen Preis.«

Eine Ahnung tauchte in ihr auf und schnürte ihr den Magen zu.

»Er wird Octavians Schwester heiraten.« Nachdem er es gesagt hatte, wich Mardian zurück, als fürchte er sich vor einem Wutausbruch der Königin. Doch Kleopatra starrte ihn nur an.

Etwas in ihr war in diesem Moment zerbrochen.

Nicht, weil Antonius sie verraten hatte, das war beileibe nichts Neues. Nein, es war die Schäbigkeit des Verrats. Ich habe seine Kinder geboren, während er seinen Elendspakt schloß, dachte sie. Ich habe ihm die Welt geboten, und er sucht sich ein Mauseloch. Ich wollte ihm Größe schenken, und er gibt sich mit dem Mittelmaß zufrieden.

»Der einzigartige Marcus Antonius hat das Ungeheuerliche getan«, sagte sie.

»Ich bedaure, daß ich Euch diese Botschaft überbringen mußte.«

»War es nicht zu erwarten? Er ist nicht besser als all die anderen.«

»Man sagt, daß er dazu gezwungen wurde, Majestät. Octavian ließ den Hafen von Brindisi verschließen. Antonius mußte nördlich davon an Land gehen. Als die Soldaten sich gegenüberstanden, verweigerten sie den Kampf. Viele der Legionen hatten zuvor bei Philippi Seite an Seite gekämpft, sie sind des Krieges müde. *Sie* haben das Bündnis herbeigeführt.«

»O ja, gewiß muß man Antonius mit Gewalt in das Bett dieser Frau zerren.« Antonius. Er glich einem Bär, der von einem Honigtopf zum nächsten tappte, um seine Tatze hineinzustecken. »Ist Octavians Schwester schön?«

»Nicht so schön wie Ihr.«

»Wenn du mich wie ein dummes kleines Mädchen behandelst, lasse ich dir den Kopf abschlagen.«

Mardian schaute sie unglücklich an. »Wie ich vernommen habe, ist ihr Hals wie der eines Schwans und ihr Gesicht wie das der Aphrodite.«

»Der arme Antonius, wie furchtbar muß das für ihn sein.«

»Stimmt, man kann sich seine Verzweiflung vorstellen.«

Kleopatra schwieg für eine Weile. Dann schien sie sich wachzurütteln wie aus einem langen Schlaf. »Was hat ihm das Bündnis eingebracht?«

»Octavian behält die gallischen Legionen, doch er wird Sizilien von Sextus befreien. Antonius wendet sich gegen die Parther.«

»Das heißt, daß Antonius den Westen kampflos aufgegeben hat.«

»Er scheint den Osten für wichtiger zu halten.«

Kleopatra seufzte. »Gut, es ist nicht mehr zu ändern. Wir haben gewürfelt und haben verloren.«

»Wünscht Ihr allein zu sein? Soll ich die Minister für heute entlassen?«

»Nein. Wenn sie an der Tür lauschen und hören, wie ich mit Vasen um mich werfe, werden sie glauben, ich sei wütend. Ich will die Sache nicht aufbauschen – es ist ein kleiner Rückschlag, weiter nichts. Laß sie wieder herein, ich muß mich an die Arbeit machen.«

Ein kleiner Rückschlag.

Der Schmerz wollte ihr schier die Brust zerdrücken. Am Ende ist es immer dasselbe mit den Römern, dachte sie. Ihren Samen geben sie mir, doch nie ihr Wort.

Ich bleibe eine Fremde, eine von diesen ägyptischen Sumpfpflanzen. Nun, sie haben mich *einmal* gekränkt, weil ich zu sehr als Frau empfand. Julius zu lieben war ein Fehler. Ein zweites Mal werde ich diesen Fehler nicht begehen.

Ich werde es als Ärgernis behandeln – so wie einen gebrochenen Vertrag. Das ist alles nur Politik.

Ich muß weiterkämpfen, muß mich an die Arbeit machen, genau wie ich es Mardian gesagt habe.

3

Auf dem Palatin in Rom

Antonius haßte es, die Toga zu tragen. Sobald er einen Schritt vorwärts machte, rutschte sie herunter und schleifte hinter ihm her. Togen waren zu warm, zu schwer, und ihre Wolle juckte auf der Haut. Welches verworrene römische Hirn hatte sich nur dieses Kleidungsstück ausgedacht?

Er und Octavia lagen auf Ruhebänken im Innenhof seines Hauses auf dem Palatin. Luftige Wolken zogen über den Himmel, auf der moosbedeckten Mauer sonnte sich eine Eidechse, und in den Gärten schrie ein Pfau und öffnete sein Gefieder zu einem großen schillernden Rad.

Antonius überlegte gerade, wie Octavia wohl ohne Kleidung aussähe. Bei den unförmigen, weiten Gewändern der Römerinnen ließ sich das nicht erkennen, anders als bei den Ägypterinnen, wo die Kleidung nur wenig verbarg.

Das Gespräch war bisher recht förmlich verlaufen. Antonius sehnte sich nach Kleopatras Witz und auch nach dem derben Spott seiner Huren. Dennoch war er zuversichtlich, daß er schließlich entschädigt würde, wenn er in der Hochzeitsnacht die Kerzen löschte.

»Wie hat Euch der Osten gefallen?« erkundigte Octavia sich höflich.

Antonius stutzte. Bezog sie sich womöglich auf seine Gelage mit den Freunden des Lebens? Ihr Blick verriet nichts, sie war ebenso schwer zu durchschauen wie ihr Bruder. »Oh, Alexandria besitzt eine einzigartige Bibliothek«, hörte er sich sagen. »Ganz hervorragend.« Er haßte sich selbst, wenn er nüchtern war.

»Dann habt Ihr gewiß viel Zeit mit Lesen verbracht.«

Machte sie sich über ihn lustig? »In Alexandria läßt sich vieles tun. Auch die Gymnasien finden so rasch nicht ihresgleichen. Ich habe gejagt und geangelt, und einmal bin ich auf einem Kamel geritten.« Bei allen Göttern, er hörte sich an wie Plancus. Selbst ein Streit mit Fulvia war vergnüglicher gewesen als dieses Geschwätz. Doch den würde es nicht mehr geben. Als er von ihrem Tod erfuhr, hatte er sich betrunken und mit Sisyphus und Dellius gefeiert.

Er griff nach dem Weinkrug. »Wünscht Ihr noch Wein?«

Octavia schüttelte den Kopf.

Nein, natürlich nicht. Antonius nahm einen tiefen Zug aus seinem Pokal. Danach fühlte er sich ein wenig besser.

»Es tat mir leid, von Fulvias Tod zu hören.«

»Habt Ihr sie gekannt?«

»Flüchtig. Wir sind uns nur selten begegnet.«

»Hättet Ihr sie besser gekannt, würde Euch ihr Tod nicht dauern.«

Diese Bemerkung brachte das Gespräch vorerst zum Erliegen. Das war ihr wahrscheinlich zu hart, dachte Antonius. Welch ein bleiches, wächsernes Geschöpf. Am liebsten würde ich ihr in den Hals beißen, um nachzusehen, ob überhaupt Blut in ihr fließt.

»Mein Bruder wünscht unsere Ehe«, hub sie nach einer Weile wieder an.

»Er beweist mir damit eine große Ehre.«

»Es dient zu seinem Nutzen und zu Eurem.«

Na gut, jetzt hatte sie es wenigstens ausgesprochen. »Das ist wohl wahr«, entgegnete Antonius. »Dennoch rühmt man in Rom Eure Schönheit. Ich darf mich glücklich schätzen.«

»Ihr werdet sehen, daß der Wert meiner Treue den meiner Schönheit übersteigt, Marcus.«

Der Pfau stieß abermals einen Schrei aus. Die Sonne hatte sich hinter einer Wolke verzogen. Was nutzt mir die Treue einer Frau, dachte Antonius. Eine kleine Kostprobe von dem Flaum zwischen deinen Schenkeln wäre mir lieber.

»Wir wollen etwas klarstellen«, sagte er. »Wenn wir verheiratet sind, bleibt meine Freiheit unangetastet. Ich bin ein Mann aus Fleisch und Blut.«

»Mir wäre es lieb, wenn ich Euch glücklich machte.«

Der Klang ihrer Stimme ließ ihn argwöhnisch werden. Wenn Frauen sein Glück erwähnten, erwarteten sie in der Regel eine Gegenleistung. Selbst Kleopatra. Doch Kleopatra hatte politische Interessen, ihre Beweggründe verstand er besser als die, die Fulvia getrieben hatten.

»Wir werden eine Hochzeit feiern, von der man in Rom lange reden wird«, sagte er, um ihr einen Gefallen zu tun. Er befahl seinem Mundschenk, den Wein für ihn neu zu mischen.

»Ihr solltet weniger trinken«, sagte Octavia.

Götter! Sie fing schon jetzt damit an. »Ich tue, was mir gefällt«, entgegnete er. Was man für ein Bündnis nicht alles in Kauf nahm! Ich kann die Zukunft erkennen, dachte er, ganz ohne Astrologen. Diese Frau verabscheut mich, sie wird genauso an mir herumnörgeln wie Fulvia. Sie wird mir den Wein verdünnen, wegen meiner Liebschaften zürnen und im Bett unter mir liegen wie eine Tote.

Doch wenn es uns allen einen Krieg erspart, ist es das wohl wert.

4

Kleopatra lag auf ihrem Bett, sah durch das Fenster zu, wie der Mond durch die Wolken glitt und lauschte den sanften Wellenschlägen. Es war eine heiße Nacht, ihr Körper war matt und schwer. Sie schloß die Augen. Den ganzen Tag über hatte sie sich mit ihren Ministern beraten und die Beschlüsse zur Verbesserung der Kanäle debattiert. Sie war müde und fand dennoch keinen Schlaf.

Die Gedanken an Antonius hielten sie wach.

Ihre Finger fuhren an ihrem Körper entlang, zwischen die Schenkel. Sie rieb sich sanft, befeuchtete die Finger mit der Zunge und ließ sie zwischen die seidigen Lippen gleiten. Sie stöhnte leise und bäumte sich auf, berührte sich, wie Julius es getan hatte.

Früher am Tag hatte sie einen Brief von Antonius erhalten.

An Ihre erlauchte Majestät, Kleopatra, Königin von Ägypten.

Wir senden Euch Grüße aus Rom und teilen Euch unsere Vermählung mit Octavia mit, ein Ereignis, das Rom mit Freude erfüllt. Überdies gratulieren wir Euch zu der Geburt Eurer königlichen Kinder, ein Ereignis, von dem wir erst jetzt erfuhren.

Wir danken Euch für Eure Gastfreundschaft während unseres Aufenthalts in Eurer prächtigen Stadt. Die Erinnerung an Eure warmherzige Freundschaft wird uns auf ewig begleiten. Wir erfreuen uns an der Gewißheit, daß Ihr uns wie auch Rom gewogen bleibt.

Imperator Marcus Antonius, Triumvir.

Der Zorn ließ ihre Finger schneller werden. Die Erleichterung kam plötzlich und heftig. Hinterher lag Kleopatra in der Dunkelheit, wach und dennoch unbefriedigt. Das Vergnügen ist wertlos, dachte sie, wenn kein Mann da ist, der einen im Schlaf umfängt.

Doch solche Gefühle bedeuteten Schwäche, und sie hatte sich geschworen, einer derartigen Schwäche nie mehr nachzugeben.

Auf dem Palatin in Rom

Das Mondlicht fiel durch die Zypressenzweige draußen vor dem Fenster und malte zarte Tupfer auf die Wände. Antonius schaute zu, wie Octavia ihre Tunika ablegte. Darunter trug sie ein Lendentuch und ein einfaches Brustband. Sie war zart wie eine Nymphe, und ihre Haut schimmerte wie Alabaster. Wie eine der Statuen im Garten, dachte Antonius.

Offenbar wünschte sie nicht, daß er sie nackt sah, denn sie schlüpfte sittsam, wie es sich für eine römische Frau gehörte, unter die Decke, um sich dort von ihrer Unterkleidung zu befreien.

Antonius rollte sich auf die Seite und streckte die Hand nach ihr aus. Durch den Vergleich mit den Statuen hatte er mit einem kalten Körper gerechnet, so daß ihn die warme Haut überraschte. Als er sie in die Arme nahm, schlangen sich ihre Glieder um ihn wie Weinreben um einen Eichenstamm. Mehr eine Umklammerung denn eine Umarmung, dachte er spöttisch.

Er küßte sie. Ihre Lippen waren weich, und ihr Mund schmeckte süß. Sie erwiderte seinen Kuß mit unerwarteter Hingabe.

Antonius schlug die Decke zurück, um sie anzusehen. »Bei allen Göttern, du bist wahrhaftig schön«, murmelte er. Die Vollkommenheit ihres Körpers war überwältigend. Sie war fast zu vollkommen.

Er beugte sich über sie und küßte ihre Brüste. Ihre Haut roch frisch und rein wie ein Bergquell. Er saugte an ihren Brustwarzen, knabberte daran mit den Zähnen, bis sie hörbar die Luft einzog und zurückzuckte.

Dann packte er sie bei den Hüften und zwang sie wieder zu sich.

Er drang in sie ein, schroff und rücksichtslos, stieß rasch und heftig zu. Er hatte nicht vorgehabt, ihr weh zu tun, doch ihre gefügige Schönheit machte ihn wütend. Seine Lust war angestachelt. Die blonden Haare und die weiße Haut verschmolzen zu einem Bild von Milch und Honig.

Doch als er die Augen schloß, lag nicht Octavia unter ihm, sondern er dachte an eine Frau mit olivfarbener Haut, an dunkle Haare, die ein Gesicht mit bemalten Lippen umrahmten, an verführerisch blitzende Augen. Mit einemmal war er wieder inmitten seiner exotischen Träume, die er glaubte aufgegeben zu haben, als er Alexandria verließ.

Antonius hatte während der Hochzeitsfeier zuviel Wein getrunken. Seine Sinne waren betäubt, die Gier hingegen aufgereizt. Den Gipfelpunkt der Lust erreichte er nicht nach einer köstlich ansteigenden Woge, sondern als plötzliche Explosion, die ihn keuchend und erschöpft auf seine schöne Gefährtin niederwarf.

Werde ich den höchsten Genuß nie mehr erreichen, ohne mir zuvor Kleopatras Bild heraufzubeschwören? ging es ihm durch den Kopf.

Octavia fuhr ihm zärtlich über die Locken, streifte sein Ohr mit ihren Lippen und flüsterte: »Ich habe mich schon so lange nach dir gesehnt, ich habe dich immer gewollt.«

Bei Jupiter, dachte er, habe ich mich verhört, oder hat sie das wirklich gesagt?

5

Im römischen Monat Janus
Im Jahre 39 vor Christi Geburt

Die Albaner Berge außerhalb Roms

Scribonia hatte sich die Haare rotblond färben lassen, wie es der germanischen Mode, die Rom derzeit beherrschte, entsprach. Es paßte nicht zu ihr und sah lächerlich aus. Zwischen dem dünnen Haar, das sie mit dem Brenneisen gekräuselt hatte, schimmerte die blasse Kopfhaut durch, was ihrem Aussehen etwas Gerupftes verlieh. Ihr Gesicht war mit Gerstenmehl und zermahlenem Hirschhorn gepudert und wirkte starr.

Sie trug ein Gewand aus kostbarer Seide und hatte sich mit Broschen, Ringen, Ketten, Ohrringen und breiten goldenen Armreifen geschmückt. Octavian fand jedes Stück so fehl am Platz wie Verzierungen an einem Müllwagen. Scribonia war grobknochig, ihre Zähne waren schlecht, ihr Ruf war der einer Xanthippe.

Doch sie war die Tante des Sextus Pompejus, des Abtrünnigen und Seeräubers, dessen Blockade Rom in die Knie gezwungen hatte. Octavian wußte, daß ihm nichts anderes übrigblieb, als sie zu heiraten.

»Einer der römischen Triumvirn«, sagte sie und musterte ihn wie einen Sklaven, den jemand zum Verkauf feilbot. »Ich hatte eigentlich etwas Besseres erwartet.«

»Ähnliches könnte ich behaupten.«

»Doch der Staat fordert die Pflicht.«

»So ist es.«

Scribonia trat auf die Terrasse. Die Statuen und Büsche in dem sanft abfallenden Garten waren mit Rauhreif überzogen. Die Rebstöcke auf den welligen Hügeln glichen knotigen braunen Skeletten. Sie würden erst wieder schön sein, wenn sie in saftigem Grün stünden, beladen mit schweren blauen Trauben. Sie ging wieder hinein und wärmte sich am Feuer der Pinienscheite, die auf dem Rost loderten.

»Ein hübsches Plätzchen habt Ihr hier. Ihr scheint mir wohlhabend.«

»Schön, daß es Euch gefällt.«

»Doch wie man sich erzählt, war Euer Großvater nur Seilmacher.«

Octavians Hände verkrampften sich zu Fäusten.

»In meiner Familie gab es sieben Konsuln«, fuhr sie fort.

Sie ist also nicht nur zänkisch, sondern auch hochnäsig, dachte Octavian. Es war abzusehen, daß er sie aus ganzem Herzen hassen würde, doch auch Claudia hatte er nicht gemocht. Das spielte keine Rolle. Es galt lediglich, den Pakt von Misenum zu besiegeln, den er mit Sextus geschlossen hatte, so daß die Seestraßen wieder geöffnet würden und er noch einmal Luft holen konnte nach den vielen Kämpfen. Ein politischer Schritt, sonst nichts.

Scribonia starrte ihn finster an.

»Ich möchte ein Kind.«

Bei allen Göttern, sie meinte das ernst.

»Seid Ihr dazu in der Lage? Wie man hört, zieht Ihr Knaben wie Maecenas vor.«

Octavian nahm sich zusammen und antwortete: »Ich war nie säumig, wenn es um die Staatspflicht ging.«

Scribonia lächelte. »Nun, dann wäre auch das geregelt. Stochert also hinfort nicht mehr an falschen Orten herum.«

Damit ist der Pakt wohl besiegelt, dachte Octavian.

In Alexandria

Kleopatra nahm Caesarion bei der Hand und führte ihn durch die kalten Gewölbe der königlichen Mausoleen. Die Luft war erfüllt von dem schweren, süßlichen Geruch des Verfalls. Um sie herum befanden sich die alten Grabmäler der Ptolemaier, die Straße ihrer Ahnen, angefangen bei dem schlichten, schmucklosen Sarkophag von Ptolemaios I. bis hin zu dem aufwendigen Grabmal ihres Vaters, mit dem dionysischen Fries aus Weinreben und Efeu. Dort drüben lag die Grabstätte ihres Bruders, Ptolemaios XIII., auch im Tode gestraft von Verachtung, ohne Schmuck, nur mit dem Namen versehen. Daneben das Grab von Antiochos, aus glänzendem rosafarbenem Granit, geschmückt mit Wagenskulptur und Pferden, den Dingen, die ihm als Kind am liebsten gewesen waren.

Knisternde Fackeln wiesen ihnen den Weg, und Spinnen und Käfer flohen vor ihnen in dunkle Ecken.

»Dieses ist das Mausolem von Ptolemaios IV.«, sagte Kleopatra. Ihre Stimme wurde als dumpfes Echo zurückgeworfen. »Er hat seinen Vater ermordet, um den Thron zu besteigen. Dort siehst du das Grab von dem Ptolemaios, den man den Dicken nannte. Und hier, unter der Platte mit den Schiffen und Elefanten, liegt einer, der seinen Neffen ermordet und die eigene Mutter geheiratet hat, Kleopatra II. Sie hatten ein Kind, doch dann hat er sich in seine Nichte verliebt, in Berenike. Er hat sie geheiratet, hat das Kind ermordet, das er mit seiner Mutter gezeugt hatte, und ihr den zerstückelten Körper übersandt. Als er starb, tötete Berenike auch Kleopatra. Diese Berenike war die Mutter deines Großvaters. Als er heranwuchs, versuchte sie ihn zu vergiften, woraufhin er sie hinrichten ließ.«

Caesarion starrte sie mit weit aufgerissenen Augen an. Er hatte sich an ihrer Hand festgekrallt und sah aus, als sei ihm übel.

»Warum erzählst du mir das?«

»Ich erzähle es dir, damit du die Wahrheit über deine Familie und über dein Erbe erfährst. Eines Tages bist du König von Ägypten, Caesar Ptolemaios XV. Bis dahin mußt du verstanden haben, daß Herrschaft sowohl eine Bürde als auch ein Geschenk bedeutet. Du mußt deine Vorfahren ehren, selbst wenn viele von ihnen schreckliche Dinge getan haben.« Kleopatra hielt einen Moment inne und fuhr dann fort: »Ich selbst habe auch schreckliche Dinge getan.«

»Was für schreckliche Dinge?«

Wie soll ich es ihm verständlich machen? dachte Kleopatra. Wie kann ich ihm das mit Arsinoë erklären, mit Antiochos und Fulvia? Wie soll er es verstehen? »Das erzähle ich dir, wenn du älter bist. Heute sollst du begreifen, daß Herrscher das Recht besitzen, ihre Pläne auszuführen, selbst wenn es für andere Leid bedeutet. In deinen Schlachten werden Soldaten sterben, und Rivalen werden auf deinen Befehl hin ermordet. Ist dir die Bürde zu groß, kannst du nicht König sein.«

Caesarion holte tief Luft. »Ich habe verstanden«, antwortete er, doch seine Stimme klang zaghaft. Ein ernstes Kind, dachte Kleopatra. Wie er seinem Vater gleicht!

»Nein, du hast es noch nicht verstanden. Das kannst du erst, wenn du einmal selbst die Macht benutzt hast. Du mußt nur wissen, daß Könige den Willen der Götter ausführen. Die Götter schenken uns Macht und vergeben uns unsere Taten.«

Aus einer der Ecken drang ein Rascheln an ihr Ohr. Es war ein Skorpion, der sich aus dem Schein der Fackeln ins Dunkle flüchtete.

»Mir gefällt es hier nicht«, klagte Caesarion weinerlich.

»Du mußt deine Herkunft begreifen, Caesarion.«

Das schmale, blasse Gesicht schaute zu ihr empor.

»Du bist ein Nachkomme der Isis, durch mich und durch deinen Vater, den die Götter erwählten, um Rom und Ägypten zu vereinen.«

»Warum liegt er nicht hier begraben?«

»Er war ein Römer, und dort herrschen andere Sitten. Dein Vater ...« Sie überlegte, wie sie ihn ihm beschreiben sollte. Ob sie alles erwähnen sollte, das Anmaßende in seinem Wesen, die Rücksichtslosigkeit, den Ehrgeiz? Oder nur, daß er ein großer Krieger, ein liebevoller Mann mit einzigartigem Verstand ausgerüstet, gewesen war? Wie sollte sie ihm Julius nahebringen, wenn ihr die Gründe für etliche seiner Taten selbst fremd geblieben waren? »Dein Vater war der kühnste Kämpfer, den es je gab. Er war so groß wie Alexander. Er herrschte über Rom, und er wünschte sich, daß sowohl das römische Reich als auch Ägypten eines Tages dir gehören.«

»Ich wünsche mir ...«, begann Caesarion und verstummte wieder. Was immer seine Wünsche ausmachte, ließ sich offenbar nicht in Worte fassen.

Kleopatra kniete sich vor ihn und legte die Hände auf seine Schultern. »Du hast ein Schicksal, Caesarion. Wenn du erwachsen bist, wirst du Rom und Ägypten vereinen und über ein Reich gebieten, das größer ist als das von Alexander. Du wirst den Osten vor den Römern retten. Dafür wurdest du geboren.«

Caesarion nickte, eingeschüchtert von dem Geruch des Todes und dem Blick seiner Mutter.

Er glaubte, was sie sagte, denn er war noch zu jung, um den Zweifel in ihren Augen zu erkennen.

Octavian betrat Scribonias Schlafgemach. Gewöhnlich vermied er übermäßigen Weingenuß, doch im Verlauf des abendlichen Hochzeitsfestes hatte er einiges getrunken. Dennoch fühlte er sich so nüchtern, als ob er Wasser getrunken hätte. Das wird wohl das Entsetzen sein, dachte er.

Scribonia saß aufrecht im Bett, in ein weißes Gewand gehüllt. Ihre Kammerfrau hatte sich große Mühe gegeben und ihr die Haare mit Kämmen und Spangen zu einer modischen Frisur aufgesteckt. Dann hatte man die Ärmste mit Bleiweiß gepudert und Wangen und Lippen mit dem Rot der Lackmusflechte gefärbt. Octavian fand das Ergebnis schaurig.

Er zog die Tür hinter sich zu und legte die Toga ab.

»Wir sollten es rasch hinter uns bringen«, sagte Scribonia.

»Darauf habt Ihr mein Wort.«

Er wußte nicht, ob er es schaffen würde. Agrippa hatte ihm geraten, sich die hübsche Sklavin vor Augen zu halten, die er am Morgen genommen hatte. Der Schuft Maecenas hatte ihm zugeraunt, er solle vor allem an ihn denken. Bis vor wenigen Augenblicken hatte Octavian das noch lustig gefunden, doch nun fühlte er sich wie ein Gladiator, der im Begriff ist, in die Arena zu steigen, und das fand er ganz und gar nicht mehr komisch.

Als er die letzten Kleidungsstücke ablegte, zog Sribonia eine Augenbraue hoch. »Da braucht Ihr aber noch etwas mehr, um einen Eimer zu füllen«, spottete sie.

Götter! Für eine angeblich so hochgeborene Dame ließ ihr Geschmack an Witzen einiges zu wünschen übrig.

6

»Hast du das gesehen?« fragte Octavian.

Sie saßen auf den obersten Rängen des Circus Maximus, und Octavian reichte Antonius eine Münze. Ein silberner *denarius*, auf dem Sextus' Vater Pompejus abgebildet war, mit einem Dreizack in der Hand. Im Hintergrund erkannte man einen Delphin, und auf der Rückseite befand sich eine Galeere mit aufgeblähten Segeln.

Antonius lächelte. Zu Lebzeiten hatte Pompejus an seinem Ruf als großer Admiral geschmiedet, nun war er sogar zu Neptun aufgestiegen. Wie es aussah, hatte Sextus beschlossen, Octavian bei dessen eigenem Spiel zu schlagen und sich selbst ebenfalls zum Göttersohn zu erheben.

»Ärgert dich das?«

Octavian verzog das Gesicht zu einer säuerlichen Grimasse. »Der Bastard fordert uns heraus. Läßt sich eigene Münzen gießen! Wagt es, sich Göttersohn zu nennen!«

»Das ist in der Tat unbegreiflich«, erwiderte Antonius. Die Ironie verfehlte jedoch ihre Wirkung.

Ihre Unterhaltung wurde von Fanfarenstößen unterbrochen, die den Beginn des Festes verkündeten. Als erstes erwartete man die Prozession der Götter, danach würden Wettkämpfe stattfinden. Jupiter, der als erster an den Zuschauern vorbeigetragen wurde, erntete dünnen, höflichen Applaus.

Antonius lehnte sich zurück, um den Zug in Ruhe zu genießen, doch seine Gedanken irrten ab. Octavian würde sich bald das Leben nehmen müssen, davon war er überzeugt. Er hingegen wollte sich baldmöglichst aus dem Staub machen. Sobald Octavia das Kind zur Welt gebracht hätte, würde er wieder nach Athen gehen. Die Republik kam einfach nicht zur Ruhe. Das Volk traute dem Pakt mit Sextus nicht und ahnte, daß Octavian zum nächsten Krieg rüstete. Als jüngste Maßnahme hatte der junge Caesar Sklaven und Erbschaften besteuern wollen, um neue Gelder einzutreiben, doch als die neuen Erlässe im Forum angeschlagen wurden, hatte der Pöbel sie heruntergerissen. Die Stimmung in der Hauptstadt war aufgeladen.

»Wie geht es Scribonia?« erkundigte sich Antonius nach einer Weile. Octavian war in Begleitung von Livia Drusilla erschienen, obwohl diese verheiratet war. Der junge Caesar schien davon auszugehen, daß ihm alles gestattet war. Auch Maecenas befand sich bei ihm, mit einem aufreizenden Lächeln auf den Lippen.

»Scribonia ist eine Hexe«, erwiderte Octavian.

»Oh, aber sie ist doch mit Neptun verwandt.«

»Wohl eher mit Medusa.«

Mittlerweile wurden weitere Götterstatuen auf Wagen an ihnen vorbeigerollt. Mars, Apollo, Mithras. Wildes Beifallsgejohle und begeistertes Klatschen brach aus, als die Reihe an Neptun war. Das war eine deutliche Absage an Octavian.

Antonius warf ihm einen verstohlenen Blick zu. Die Wangen des Bübchens brannten, seine Hände krallten sich um die vergoldeten Sesselstützen. Er gab dem Zenturio an seiner Seite einen Befehl, woraufhin dieser mit einer Kohorte im Gefolge die Stufen der Arena hinunterstürmte.

Das geht nicht gut, dachte Antonius.

Die Soldaten sprangen über die Barrieren und rannten über den Sand zu den Sklaven, die das Fuhrwerk mit der festgezurrten Neptunstatue zogen. Sie gestikulierten wild und deuteten auf die Ausgänge. Offenbar sollte Neptun den Umzug verlassen.

Die Menge bekundete ihr Mißfallen durch wütendes Gebrüll. Bald flogen Steine durch die Luft.

Antonius wandte sich an Octavian. »Ich glaube, das war keine gute Idee.«

»Sextus ist nicht der Herrscher von Rom.«

»Noch nicht«, knurrte Antonius leise.

Inzwischen waren etliche der Zuschauer in die Arena geklettert. Die Soldaten zückten ihre Schwerter. Es wird nicht mehr lange dauern, dachte Antonius, und der Sand ist mit Blut getränkt, nur daß es dieses Mal nicht das Blut der Gladiatoren sein wird.

Octavian war blaß geworden. Einer der Steine schlug dicht neben ihm auf – das Volk zeigte, was es von diesem Göttersohn hielt. Der Sohn des Neptun schien ihm besser zu gefallen.

Ein Soldat aus Octavians Leibwache beugte sich zu ihm vor und flüsterte ihm ein paar Worte ins Ohr.

»Er rät uns zum Aufbruch«, sagte Octavian zu Antonius.

Antonius grinste – ein Aufstand setzte sein Blut in Wallung. Er sah, wie Munatius Plancus mit erhobenem Schwert auf der obersten Treppenstufe erschien. Mutiger Bursche! Octavian hatte sich ordentlich verschätzt, was die Stimmung des Volkes betraf, ganz außerordentlich verschätzt.

Octavian war unter dem Vorwand, daß er sich um Livias Sicherheit sorgte, mit seiner Leibwache abgezogen. Antonius war geblieben, da es ihm widerstrebte, sich von einer Handvoll Aufschneider Angst einjagen zu lassen. Schließlich verließ er den Circus in Begleitung von Munatius Plancus und einer Phalanx makedonischer Legionäre.

Draußen vor der Arena umzingelte der Pöbel ihre Wagen und ging gegen die Posten vor, die man zum Schutz der Triumvirn abgestellt hatte. Blutjunge Soldaten, stellte Antonius fest, noch halbe Kinder. Wenn seine Veteranen hier gewesen wären, hätte man längst wieder Ordnung geschafft.

Als nächstes sah er, daß die Reihe der Posten schwankte. Dann wurde sie an einer Stelle durchbrochen. Octavian ging zu Boden.

Antonius riß sein Schwert aus der Scheide, doch Plancus packte ihn am Arm. »Wollt Ihr wirklich einschreiten?« raunte er.

»Wieso fragst du das?« zischte Antonius zurück, obgleich er wußte, was der andere dachte.

»Laßt sie doch gewähren! Danach seid Ihr der Herr über Rom. Das Volk liebt Euch, es wünscht nur Octavian den Tod.«

»Octavian ist mein Schwager!«

»Er ist Euer Rivale.«

Antonius erwiderte den Blick des anderen. Seltsam, er hatte Plancus immer für einen Schwächling gehalten, doch die Augen, die ihm jetzt entgegenbrannten, glichen schwarzen Löchern. Ihn hat man in Perusia zu nichts überreden müssen, dachte Antonius.

Er zögerte. Plancus hatte recht, er mußte nur stehenbleiben und zusehen.

7

Der ägyptische Monat Phaophi im Jahre 39 vor Christi Geburt

In Alexandria

Es war einer der letzten Tage des Sommers. Nachdem Kleopatra die morgendlichen Pflichten erledigt hatte, nahm sie ein leichtes Mittagsmahl zu sich, zog sich noch einmal für eine Stunde mit Mardian und dem *dioiketes* zurück und widmete sich anschließend ihren Kindern. Spät am Nachmittag nahm sie die Arbeit wieder auf, die sich unweigerlich bis in die Nachtstunden zog. Tag für Tag derselbe Ablauf.

Mardian hatte es aufgegeben, sie zu größeren Ruhepausen anzuhalten. Kopfschüttelnd und widerwillig nahm er es inzwischen hin, daß ihr Sehnen und Trachten auf nichts anderes gerichtet war als auf das Wohl Ägyptens und die Zukunft von Caesarion.

Eines Nachmittags, während er ihr Gesellschaft leistete, ließ sie sich ein Glas Rosenwasser einschenken, schob die Schriftrollen zur Seite und erkundigte sich nach den neuesten Nachrichten aus Rom.

»Nun«, begann er, »wie es aussieht, läuft jetzt alles gut für Marcus Antonius. Ventidius, sein Oberbefehlshaber, hat die Parther in Syrien besiegt, und Octavia hat ihm eine Tochter geschenkt.«

»Eine Tochter«, sagte sie. Auf ihren Zügen lag die Andeutung eines Lächelns.

»Antonia.«

»Antonia«, wiederholte sie mechanisch, während sie die Papiere wieder zu sich zog und die Berichte des Königlichen Hafenmeisters überflog, die sie über den Ausbau der neuen Flotte informierten.

»Doch es hat vor dem Circus neue Aufstände gegeben. Octavian wurde vom Pöbel angegriffen.«

»Wurde er verletzt?«

»Nur ein paar Schrammen. Wie es heißt, hat Antonius ihn gerettet.«

Das ließ sie innehalten. Sie hob den Blick und zog die Augenbrauen fragend in die Höhe. »Er hat ihn *gerettet*?«

»Wenn er und seine Soldaten nicht eingeschritten wären, hätte man Octavian zerstückelt.«

Kleopatra stieß einen langen Seufzer aus. »Was hat er sich nur dabei gedacht?«

»Offenbar ist er nicht nur ein Spaßvogel, Majestät, sondern ein Mann mit ganz unterschiedlichen Eigenschaften.«

»Und wir dürfen abermals nur ausharren und zusehen, wie uns ein Römer die Vielfalt seiner Eigenschaften vorführt.«

»Auch ich finde sein Verhalten rätselhaft. Es muß sich um eine seltsame Vorstellung von Ehre gehandelt haben.«

»... so daß wir nicht wissen, ob er sich eines Tages für oder gegen uns entscheidet.«

»Er ist tatsächlich schwer einzuschätzen.«

Kleopatra hielt den Bericht des Hafenmeisters hoch. »Nun, wenn Rom uns bedrängt, sind wir gewappnet. Noch nie zuvor war Ägypten so stark. Die neue Flotte ist beinahe fertig, die letzte Ernte war ausgezeichnet, unsere Speicher sind voll. Die Ausfuhr von Glas und Papyrus könnte nicht besser sein. Wir haben den Silberanteil in unseren Münzen erhöht, wogegen Rom die seinen entwertet hat. Rom darbt, wir blühen auf. Ich werde nie wieder vor Römern auf den Knien liegen.«

Mardian betrachtete sie mit einem stolzen Lächeln. Er erinnerte sich noch daran, wie er sie als Kind zum ersten Mal mit zum Hippodrom genommen hatte, um ihr das Reiten beizubringen. Ptolemaios hatte sich gleich nach dem ersten Sturz geweigert, sein Pferd noch einmal zu besteigen. Kleopatra hingegen hatte sich auch dann nicht davon abbringen lassen, als ihr Körper schon mit blauen Flecken übersät war.

Damals hatte er zu ihrem Vater gesagt, daß nur Kleopatra Ägypten retten könne. Entweder hatte jener sich die Worte zu Herzen genommen, oder der alte Trunkenbold war nach und nach selbst dahintergekommen.

Kleopatras Mut ließ sich nicht bezwingen. Sie würde immer einen Ausweg finden, um ihre Wünsche durchzusetzen. Armer Antonius. Beinahe hätte Mardian Mitleid mit ihm gehabt.

Der kleine Syrer hatte noch nicht einmal den ersten Flaum auf den Wangen. Statt dessen besaß er wunderschöne dunkle Augen und ein Hinterteil, das so fest wie ein Apfel war. Er saß auf Maecenas' Schoß, während ihm dieser über die Schenkel strich. »Du willst das gräßliche Weib also loswerden«, sagte er unterdessen zu Octavian.

»Erst warte ich noch ab, ob sie einen Sohn bekommt.«

»Was ist, wenn er ihr gleicht?«

»Wenn er ihr gleicht, kommt er in den Circus«, murmelte Agrippa.

»Sind dir schon Gründe eingefallen, um dich von ihr zu trennen?«

»Gründe?« wiederholte Octavian und zuckte die Achseln. »Noch nicht. Wie wäre es mit schlechtem Geschmack?«

»Warum? Weil ihr deine Geliebte nicht gefällt?«

»Nun, ich finde, das zeugt von schlechtem Geschmack.«

Es war in Rom ein offenes Geheimnis, daß Octavian sich in die junge Livia Drusilla verliebt hatte, die mit einem Senator verheiratet und im sechsten Monat schwanger war. Ob es das Kind ihres Mannes oder das von Octavian war, wußte keiner.

»Heißt das auch, daß du dich endlich um diesen kleinen Wüterich in Sizilien kümmern wirst?« erkundigte sich Maecenas, wenngleich er vermutete, daß Octavian gar keine andere Wahl hatte. Trotz des Vertrages von Misenum erreichten die Frachtschiffe mit dem Getreide Rom immer noch nicht. Sextus schob es auf die Piraten und tat so, als gehörten deren Schiffe, die vor Sizilien kreuzten, nicht zu seiner Flotte.

In Rom führte die Hungernot zu immer neuen Aufständen. Octavian mußte etwas unternehmen.

»Sextus hatte von Anfang an nicht vor, sich an den Vertrag zu halten«, kam es vorwurfsvoll von Agrippa.

»Du könntest Antonius um Hilfe bitten«, schlug Maecenas vor.

»Ich brauche seine Hilfe nicht.«

»Aber er ist einer der Triumvirn und ist verpflichtet, mit dir gegen den Feind zu kämpfen«, hielt Agrippa ihm entgegen.

»Zudem muß nicht nur Sextus Einhalt geboten werden. Das gleiche gilt für Antonius.«

»Das stimmt«, pflichtete Maecenas ihm bei. »Wir müssen ihn noch ein Weilchen von Parthien fernhalten, denn wenn er dort siegt, sind wir am Ende. Rom würde ihn feiern wie einen Gott.«

Octavian nickte nachdenklich. »Du hast natürlich recht. Ich will sehen, was ich tun kann.«

Maecenas' Hand war unter der Tunika des Jungen verschwunden, der zu kichern anfing und sich auf seinem Schoß wand. Octavian hätte im Grunde nichts dagegen gehabt, an diesem Spielchen teilzunehmen, doch er hielt sich zurück.

»Agrippa wird sich um Sextus kümmern«, sagte er zu Maecenas.

»Agrippa?« Maecenas gluckste. »Paß auf, daß du keine nassen Füße bekommst«, sagte er zu diesem gewandt.

Agrippa legte das Gesicht in beleidigte Falten. Octavian nickte ihm aufmunternd zu. Agrippa war ein kluger Kopf und ein geschickter Taktierer. Octavian war sich nur nicht recht schlüssig, ob einem Mann zu trauen war, der keine Knaben mochte.

8

Octavians Stadthaus war ein eindrucksvolles Gebäude aus Stein. Es lag auf dem Palatin inmitten eines Hains aus Pinien und Zitronenbäumen, mit Blick über das Forum. Auf der Terrasse standen Tontöpfe mit Lorbeerbüschen, darunter plätscherte ein Springbrunnen, gesäumt von Rosenbäumen, deren Duft die Sommerluft tränkte.

Spät am Nachmittag erschien Octavia in einer Sänfte mit zugezogenen Fenstern. Octavian wußte, daß sie allein gekommen war, denn Antonius besuchte zu dieser Tageszeit die öffentlichen Bäder, wo er sich mit Freunden treffen und mit seiner Muskelpracht prahlen konnte. Octavian stellte sich vor, wie er die nackten Männer begutachtete, die im *caldarium* schwitzten. Eine Gewohnheit, die schwer abzulegen war, selbst wenn er sich geschworen hatte, die Ehe nur noch mit Frauen zu brechen.

Octavia wirkte blaß und vielleicht auch ein wenig zu mager, doch wen sollte das wundern? Es war gewiß nicht leicht, einen Herkules zum Mann zu haben. Dennoch machte sie einen glücklichen Eindruck.

»Behandelt Antonius dich gut?« erkundigt sich Octavian, als sie auf den Ruhebänken lagen und die Diener ihnen Feigen und Weintrauben gebracht hatten.

»Er ist ein guter Ehemann«, erwiderte Octavia.

»Dann hast du ihn gezähmt.«

»Ich fürchte nicht, denn er streicht durch das Haus wie ein wildes Tier. Wenn ich ihn gezähmt habe, dann sicherlich nicht für lange Zeit.«

Für eine Weile plauderten sie über Belanglosigkeiten, über Antonia, das Wetter und Gedichte. Sie beide verehrten Vergil und Horaz. Die Politik ließen sie jedoch aus. Es war kein Thema, das römische Männer mit ihren Frauen besprachen, geschweige denn mit ihren Schwestern.

Schließlich sagte Octavian jedoch: »Wie ich gehört habe, willst du Rom verlassen.«

»Wir reisen nach Athen. Antonius trifft Vorbereitungen zur Eroberung Parthiens, er hat sich Griechenland als Stützpunkt ausgewählt.«

Octavian setzte ein schiefes Lächeln auf. »Parthien ...«

»Das war schon immer sein Ziel.«

»Sieh an. Nun, Griechenland wird ihm gefallen. Die Gelehrten dort können sich mit denen Alexandrias messen.«

Octavia fragte sich, ob er sie absichtlich ärgern wollte. Seine Miene kam ihr verdächtig vor. »Habe ich dein Wort, daß du in seiner Abwesenheit nichts gegen ihn unternimmst?«

»Wir schlossen doch einen Pakt.«

»Gegen den du verstoßen wirst, wenn es dir paßt.«

Er lächelte wieder, auch dieses Mal nicht freundlich. »Darf ich deinen Worten eine gewisse Zuneigung für unseren Herkules entnehmen?«

»Er ist jetzt mein Mann.«

»Gewiß.«

»Und er hält sein Wort, Octavian. Er tut dir nichts, wenn du ihm nicht schadest.«

»Du machst dir tatsächlich etwas aus ihm. Ich hätte nie gedacht, daß dir Gladiatoren gefallen, ich hielt dich eher Dichtern zugeneigt.«

»Spar dir deinen Spott!« fuhr sie ihn an.

Ihr kleiner Bruder hatte sich verändert. Richtig gemocht hatte sie ihn zwar nie, doch nun beschlich sie erstmalig ein Gefühl der Furcht. Seine Eifersucht auf Antonius war offenkundig geworden, seit dieser nach Rom zurückgekehrt war. Octavian hatte aufgehört, sich die Beine zu enthaaren, und hatte sich einen Bart stehenlassen, um männlicher zu erscheinen – und das, obwohl sich die Macht seit Perusia zu seinen Gunsten verlagert hatte.

Octavia waren die Gerüchte über Livia Drusilla und ihren Bruder inzwischen auch zu Ohren gekommen. Livia war eine hübsche und angesehene Frau, wogegen man Octavian nur schwerlich als attraktiv bezeichnen konnte, erst recht nicht dann, wenn ihm, wie jetzt, die Nase lief und er in seiner dicken Tunika und seinem wollenen Leibwärmer noch immer vor Kälte zitterte wie ein durchnäßtes Schaf. Wie bei manch anderen Männer auch, schien ihn jedoch die Macht begehrenswert zu machen.

Für Octavia war die Geschichte mit Livia ein Zeichen, daß das Einvernehmen zwischen ihrem Bruder und Sextus dem Ende zu ging – vorausgesetzt, es hatte je bestanden.

Livia Drusilla war mit Tiberius Claudius Nero, einem Vetter von ihr, verheiratet, einem kriecherischen Versager, der von einer Krise in die nächste stolperte und sich weder durch Mut noch durch Treue auszeichnete. Er hatte Caesar gegen Pompejus unterstützt, sich nach dessen Tod im Senat jedoch für Brutus stark gemacht. Nach den Proskriptionen hatte er sich auf die Seite von Antonius geschlagen, doch als Perusia fiel, war er nach Sizilien geflüchtet und hatte sich mit Sextus verbündet. Nach dem Vertrag von Misenum war er dann zu Octavian übergelaufen. Böse Zungen behaupteten, daß er sich den Namen dessen, dem er gerade anhing, abends auf einer Wachstafel notierte, da er sonst Gefahr liefe, sich nach dem Erwachen nicht mehr daran zu erinnern.

Livia entstammte einer der ältesten römischen Aristokratien. Wenn Octavian es schaffte, sich mit ihr zu vermählen, wäre das ein wichtiger Schritt zur Gewinnung der Republikaner. Octavia hatte auch gehört, daß ihr Bruder Livias Ehemann die Scheidung angeraten, und dieser, in seinem Eifer zu gefallen, darin eingewilligt hatte. Ein gefälliger Mensch, alles was recht war.

»Es wird erzählt, du hättest dir eine Geliebte zugelegt«, sagte sie jetzt.

»Caesars Blut läßt sich wohl nicht verleugnen.«

»Sie ist blutjung und schwanger. So weit ist Caesar nie gegangen. Ist es dein Kind oder das ihres Mannes?«

Das zufriedene Grinsen erlosch auf Octavians Gesicht. »Ich brauche keine Lektion von dir. Das ist meine Angelegenheit.«

»Ich hoffe nur, daß du Antonius nicht ebenso kalt fallenläßt, wie du es bei Scribonia erwägst.«

»Scribonia ist meine Frau, ihr schulde ich nichts. Antonius ist ein ganz anderer Fall. Zudem wünsche ich die Sache nicht weiter zu erörtern.«

Er hatte es mit leichtem Spott gesagt, doch Octavia wußte, er meinte die Scheidung ernst. Sie hoffte nur, daß er nicht annahm, auch sie würde sich ihres Mannes so leicht entledigen, wenn es politisch ratsam wäre. Sie hatte Antonius ins Herz geschlossen, denn er hatte das Zeug, ein großer Mann zu werden – wenngleich nicht unbedingt ein guter.

Die Sänfte schaukelte durch die Straßen des Aventin. Die Schreie der Händler und der Rauch aus den Badehäusern drangen durch die zugezogenen Fenster. Octavia dachte über die Worte ihres Bruders nach. Es war noch nicht entschieden, ob sie den Winter in Rom verbringen würde. Antonius fand, daß die Stadt zu weit von seinen Provinzen entfernt war, und wollte nach Athen.

Nun, wo immer es ihn hinzog, sie würde ihm folgen. Octavia wußte, was über ihren Mann und ihren Bruder geredet wurde, und daß man ihnen Böses unterstellte. Sie hoffte, daß sie sich nie für einen von beiden entscheiden mußte, denn sie waren die einzige Familie, die sie besaß.

In Alexandria

Kleopatra ließ den Blick über die Liste in ihrer Hand wandern. Ab und zu hielt sie inne und erkundigte sich bei ihrem *dioiketes* über die genaue Bedeutung der einzelnen Posten, wobei sie ihn scharf musterte, um zu sehen, ob er bei einer der Antworten zögerte oder den Blick senkte. Das sorgfältige Prüfen der Zahlen war ein Weg, sich der Ehrlichkeit ihrer Minister zu versichern. Ägypten war zwar reich, doch die menschliche Gier durfte man nicht unterschätzen.

Eine weitere Möglichkeit der Kontrolle war, die Minister sich gegenseitig überwachen zu lassen, denn auf ihren Eifer, den anderen zu entlarven, war größter Verlaß.

Als sie die gewünschten Auskünfte eingeholt hatte, entließ sie ihr Opfer und wandte sich an Mardian. »Nun, was hältst du von seinen Ausführungen?«

»Ihr wart sehr unerbittlich, Majestät.«

»Er ist der *dioiketes,* er hat sich vor mir zu verantworten.« Auf Kleopatras Tisch stand eine runde Hülse aus Metall. Sie ergriff sie und warf sie Mardian zu.

Er entnahm ihr eine Schriftrolle. Es war eine Botschaft von Apollodoros aus Athen, und Mardian überflog die Zeilen.

Antonius hatte es sich offenbar in Athen bequem gemacht, wo man ihn aufgenommen hatte wie einen verlorenen Sohn. Er war zum Schutzherrn der dortigen Spiele ernannt worden und hatte in seiner Rolle als neuer Dionysos an einem Kultfest zu Ehren der Göttin Pallas Athene teilgenommen.

Er hatte also wieder den Lebensstil aufgenommen, von dem er sich in Alexandria nur so widerwillig getrennt hatte. Ein Gelage folgte dem nächsten, wobei es sich um derart ausschweifende Orgien handelte, daß selbst die Griechen staunten – und das wollte etwas heißen.

»Sie errichten ihm Statuen«, zischte Kleopatra wütend. »Versehen mit Inschriften wie: dem großen und unnachahmlichen Antonius.«

»Groß und unnachahmlich wobei?« spöttelte Mardian und versicherte sich mit einem hastigen Blick, ob Kleopatra die Anspielung unziemlich fand. Wie es schien, war die Königin jedoch eines Sinnes mit ihm.

»Zur Zeit ist ihm Fortuna noch hold«, sagte Kleopatra. »Aber das wird nicht andauern, warte es nur ab. Bald wird er Botschaften nach Alexandria senden und uns ewige Liebe schwören. Ich weiß es genau.«

»Er scheint in der Tat gesegnet zu sein«, stimmte Mardian ihr zu. Gesegnet mit einem ausgezeichneten Feldherrn, dachte er insgeheim.

»Ich sollte mich nicht ärgern«, fuhr Kleopatra fort. »Doch seine Blindheit ist erstaunlich. Vielleicht haben die Griechen recht – vielleicht *ist* er ein Gott. Seine Schwächen jedenfalls übertreffen die eines gewöhnlichen Menschen bei weitem.«

»Auch seine Unbeschwertheit wirkt auf mich göttlich.«

»Nur daß die Götter sich das Unbeschwertsein leisten können, immerhin sind sie unsterblich.« Kleopatra schüttelte den Kopf.

»Oh, Mardian, was soll ich nur tun?«

Mardian verstand ihre Not. Die richtigere Frage wäre jedoch, was sie tun *konnte*. Sie ist Ägypten, dachte er. Sie muß sich mit Rom verbinden oder es bezwingen. Bezwingen konnten sie das mächtige Reich aber nicht. Demnach bliebe nur die Verbindung. Und von den beiden Römern, die dazu zur Auswahl standen, war einer ihr größter Feind – und der andere Marcus Antonius.

»Ich habe erfahren, daß Antonius in seinen Provinzen die Statthalter zu Königen kürt«, sagte Mardian. »Herodes ist jetzt König von Judäa und Amyntas König von Galatien. Das hat Antonius im Osten sehr beliebt gemacht.«

»Einem Mann, der Könige ernennen kann, wird es an Freunden nie mangeln, desgleichen aber auch nicht an Feinden.«

»Das Rad des Schicksals dreht sich schnell«, murmelte Mardian vieldeutig.

»Gewiß«, antwortete Kleopatra. »Aber wird es sich auch schnell genug drehen, um Ägypten zu retten?«

9

Auf dem Palatin in Rom

Scribonia, bar jeder Schminke, das Haar wirr um den Kopf, das Gesicht fahl und erschöpft von den Anstrengungen der Geburt, war ein unerfreulicher Anblick. Genaugenommen erinnerte sie Octavian an einen nassen Lappen, den man ausgewrungen und fallen gelassen hatte.

Nun, dachte er, was mußte sie in ihrem Alter auch noch ein Kind gebären? Es geschieht ihr nur recht.

Octavian stellte sich ans Fußende des Bettes und lächelte auf Scribonia hinab. Er genoß es, sie leiden zu sehen.

Ihre Sklavinnen und Dienstbotinnen drängten sich um das Bett. In dem Raum hing ein unangenehmer Geruch, bei dem Octavian befürchtete, daß er von Blut stammte. Eine der Geburtshelferinnen hastete an ihm vorbei und schaffte ein Behältnis aus dem Raum, in dem sich die Nachgeburt befand. Bei Jupiter, welch eine ekelhafte und widerwärtige Angelegenheit!

Scribonia hielt ein kleines Bündel in den Armen. Octavian beugte sich vor und erspähte ein rosafarbenes kleines, runzeliges Gesicht.

»Es ist ein Mädchen«, verkündete ihm eine der Frauen.

Na gut, damit wäre das erledigt. »Ich bin hier, um dir zu sagen, daß ich mich scheiden lasse«, sagte Octavian.

In Athen

Octavia folgte dem Lachen über die marmornen Gänge, vorbei an den mannshohen Vasen aus Porphyr, den hohen Säulen, um die sich rote Glyzinien rankten, den kunstvoll geschnittenen Hecken, dem plätschernden Brunnen. Vorbei auch an den Statuen des Dionysos, des Herkules und der Statue von Antonius selbst. Sie eilte durch die Kolonnaden, die den Innenhof umgaben, vorbei an den Gärtnern, die

die Beete mit den Rosen hegten. Sie fand Antonius in einem der Räume am hinteren Ende der Säulenhalle, zusammen mit Antonia. Er warf das Kind in die Luft und fing es wieder auf. Das kleine Mädchen quietschte vor Vergnügen.

Octavia genoß den Anblick und lächelte versonnen. Das Kind liebte Antonius abgöttisch, und umgekehrt galt das zweifellos ebenso. Octavia wünschte, alles würde immer so bleiben wie jetzt.

Antonius hielt inne und drehte sich um. Er sah, daß sie ihn beobachtete, und grinste ihr zu.

»Ich wußte nicht, daß du hier bist«, sagte sie.

»Sie ist schon wieder größer geworden«, gab Antonius zur Antwort. »Eines Tages sieht sie so aus wie du.«

»Oder wie du, was ich nicht hoffe.«

Er lachte schallend. »Mit dicken Muskeln und einer Knollennase? Ich hoffe nicht. Was sagst du dazu, mein süßes Prinzeßchen?« Er warf die Kleine abermals hoch und fing sie wieder auf. Das Kind juchzte und fuchtelte mit den kleinen Fäusten durch die Luft.

Octavia spürte, wie ihr Herz diesem Mann zuflog. Er konnte so wundervoll sein, wenn er wollte.

»Der Koch möchte wissen, was du zur Abendmahlzeit wünschst«, sagte sie lächelnd.

»Nichts, denn wir sind eingeladen. Quintus Dellius veranstaltet eine *symposia* in seinem Haus.«

Octavias Lächeln erlosch. »Ich dachte, wir würden den Abend zu zweit verbringen.«

Antonius betrachtete sie entsetzt.

»Vielleicht gehst du besser allein«, sagte sie. »Ich fühle mich nicht wohl.«

»Du wirkst nicht krank auf mich«, erwiderte er.

Sie wich seinem Blick aus. »Es ist wahrscheinlich das Kind. Du weißt, daß ich das Essen nicht bei mir behalte, wenn ich schwanger bin.«

Antonius lachte. »Ich behalte das Essen auch nicht bei mir, das hält mich aber von nichts zurück.«

»Nichts hält dich zurück«, entgegnete sie scharf und bereute die Worte im selben Augenblick.

»Hör zu, was willst du eigentlich von mir? Ich habe dich zu allen deinen Freunden begleitet, ja mir sogar noch Dichter und Philosophen angehört, die mich zu Tode gelangweilt haben. Heute abend möchte ich Wein trinken und einmal richtig ausgelassen sein.«

»Ist meine Gesellschaft dir nicht genug?«

»Octavia! Ich bin ein Mann mit rotem Blut in den Adern ...«

»Mit rotem Blut?« fiel sie ihm ins Wort. »Ist es nicht eher roter Wein?«

Mit welchen Blicken er sie maß! »Komm mit mir«, bettelte er ungeduldig. »Gönn dir doch auch einmal ein wenig Spaß. Es wird dir guttun.«

»Ich bleibe lieber hier. Du weißt, daß ich mir nichts aus Wein und wirrem Gerede mache.« Sie hatte nicht vorgehabt, zu nörgeln und sich wie eine römische Matrone aufzuführen, doch sie konnte nicht anders. Sie wußte, was er tat, wenn sie nicht bei ihm war. Wenn es allein das Trinken wäre, würde sie es vielleicht besser ertragen.

»Es ist doch nur ein bißchen Abwechslung«, knurrte er verdrossen.

»Ein bißchen Abwechslung? In Rom nennt man das ...«

»Es interessiert mich nicht, wie man es in Rom nennt! Ich hasse Rom! Dort ist es im Winter zu kalt und im Sommer zu heiß. Eine Stadt voller Wichtigtuer und Mörder. Warum, glaubst du, will ich hier leben?«

Antonia wand sich inzwischen wie ein Wurm in seinen Armen. Er setzte sie auf den Boden, erhob sich und stürmte aus dem Raum. Das Kind fing an zu weinen.

Octavia nahm ihr Töchterchen auf und versuchte, es zu trösten. Nach kurzer Zeit beruhigte sich das Kind, gluckste wieder fröhlich und nuckelte am Daumen. Octavia stieß einen tiefen Seufzer aus. Wenn sie auch nicht das Aussehen ihres Vaters hat, dachte sie, so doch gewiß sein Naturell.

Das Gelage, das auf das abendliche Mahl folgte, begann mit einem Wetttrinken, bei dem jeder Becher Wein in einem Zug zu leeren war. Als Gastgeber durfte Quintus Dellius bestimmen, wie viele Becher getrunken werden mußten und wie voll sie zu sein hatten.

An diesem Abend hatte er die Zahl auf zwölf Pokale festgesetzt, jeweils bis an den Rand gefüllt. Bei den Trinkern handelte es sich um Antonius, Plancus und Canidius, einen weiteren von Antonius' Offizieren, Sisyphus, den Zwerg, sowie vier Freunde von Antonius aus dem dionysischen Schauspielerbund Athens.

Die Regel besagte, daß jeder Mann seinen Becher austrinken und ihn zum Beweis, daß er geleert war, an seinen Nachbarn weiterreichen mußte. Die Tafelrunde durfte erst verlassen werden, wenn man sein Quantum bewältigt hatte.

»Es heißt, daß Octavian sich von seinem häßlichen Weib scheiden läßt«, sagte Plancus, während Antonius den Pokal ansetzte und ihn in gierigen Zügen leer trank, wobei ihm ein wenig davon auf die Tunika rann.

»Heute abend wird weder über Rom noch über Politik geredet«, befahl Antonius und wischte sich das Kinn mit dem Handrücken ab.

»Wie steht's mit Kleopatra?« erkundigte sich Sisyphus, das Altmännergesicht mit der großen Nase und dem breiten Kinn zu einem Grinsen verzogen, das ihn sowohl komisch wie tückisch wirken ließ. »Er schmachtet nämlich nach ihr«, verkündete er den anderen.

Canidius und Plancus tauschten verstohlene Blicke aus.

»Stellt Octavia Euch nicht zufrieden?« fragte Dellius.

Antonius wußte nicht recht, was er darauf antworten sollte. Wenn Octavia nicht so verständnisvoll wäre, könnte er sie womöglich ertragen, doch ihre Sanftheit versetzte ihn in Wut. Fulvia war ihm fast noch lieber gewesen als die geduldige und zärtliche Octavia. Sisyphus hatte recht, Kleopatra fehlte ihm. Sie war die Frau, die ihn verstand. Sie war im Bett zwar nicht so wild und entfesselt wie Fulvia, doch wer wollte schon jede Nacht eine Furie bei sich haben? Nein – Kleopatra hatte ihn einfach zu befriedigen gewußt, bei Tag und bei Nacht. Sie hatte ihm nie Vorhaltungen gemacht. Sie genoß seine Gesellschaft, wenn er sich vergnügte, ohne sich selbst hinreißen zu lassen. Sie war die vollkommene Gefährtin für einen Mann wie ihn.

Octavias stille Häuslichkeit hingegen belastete sein Gewissen. Sie verbrachte den Tag mit dem Kind, stattete Freunden Besuche ab, besuchte den Dianatempel, um zu beten, und beaufsichtigte die Dienerschaft. Ab und zu lauschte sie Vorträgen in Athens Platonischer Akademie. Einmal hatte sie den Stoiker Athenodoros zu einem abendlichen Gastmahl eingeladen. Einen Stoiker!

»Ich bin mit Octavia ganz zufrieden«, sagte Antonius nach einer Weile.

»Doch warum nur ein Feld beackern, wenn man auf vielen ernten kann?« prustete Plancus los.

»Auf unseren glorreichen Ackermann, unseren Dionysos«, krähte Sisyphus und leerte seinen Pokal.

Antonius griff nach dem nächsten Pokal, hob ihn hoch und verkündete: »Auf den Nil und seine reiche Ernte.«

»Auf den Osten und seine Wunder!« grölte Sisyphus, und alle stimmten johlend ein.

Dellius schaute noch einmal verstohlen zu Plancus. Er wußte, daß sie beide dasselbe dachten. Witze reißen, gut und schön, doch hoffentlich vergaß Antonius nicht, daß er Römer war und die ägyptische Ernte Rom zustand und sonst niemandem.

10

Die Höhle war mit grünen Zweigen geschmückt, an den Wänden hingen Tierhäute, und auf dem Boden standen Tamburine bereit. Dionysos saß auf seinem Thron und trank aus seinem Juwelenbecher. Sein Zwerg wartete ihm auf. Über der Schulter des Gottes lag ein Löwenfell, auf seinen Muskeln prangte ein frisch tätowiertes Efeublatt. Er trug eine Efeukrone und hielt einen efeubewachsenen Stab in der Hand, mit einem Tannenzapfen an der Spitze.

Der Neuling wurde hereingeführt. Es war ein junges Mädchen. Die Tamburine und Flöten wurden schneller, die Tänze der Eingeweihten enthemmter. Sie näherten sich bereits dem *enthousiasmos*, der ersten Phase der Ekstase. Ein flötenspielender Satyr zog hüpfend seine Kreise um das Mädchen. Eine der Priesterinnen trat vor den Thron und badete die Füße des Gottes in Wein.

Eine Ziege wurde in die Höhle gezerrt, sie bockte vor Angst, bis man ihr geschickt und schnell die Klinge über den Hals zog. Anschließend wurde ihr ein Stück Fleisch aus dem Leib geschnitten, das man dem Mädchen zum Verzehr hinhielt. Mit blutbeschmiertem Mund wurde es danach vor den Thron geschleift und auf die Knie gezwungen.

Eine Frau mit Dreizack und Peitsche näherte sich ihr. Das Mädchen zog die Tunika hoch, die Frau holte aus und ließ die Peitsche niederknallen. Bei jedem Knall vollführte der Satyr einen Luftsprung. Nackte Mänaden wanden sich in verzückten Drehungen.

Je schneller die Peitsche wurde, um so wilder bewegten sich die Tanzenden. Die Körper waren schweißgebadet. Das Mädchen fiel vornüber, und die Peitsche verstummte. Der Satyr half dem Mädchen hoch. Er schleppte es zum Altar, wo ein Bärtiger, als Frau verkleidet und geschminkt, ihr ein kupfernes Gefäß reichte, das mit Wasser gefüllt war. Der Kopf des Mädchens wurde heruntergedrückt, damit es sein Spiegelbild sah. Der Satyr flüsterte ihm etwas ins Ohr.

Das Mädchen rang nach Luft und stürzte aus der Höhle.

»Danach, Majestät«, sagte Mardian, »überließ man sich ganz der Zügellosigkeit.«

Kleopatra schwieg und brütete vor sich hin.

Dionysos war der Schutzherr des königlichen Hauses von Ägypten, sein Name wurde mit der gleichen Ehrfurcht angerufen wie der von Osiris. Ptolemaios IV. hatte ein Efeublatt auf dem Körper tätowiert gehabt, um sich als Anhänger des Gottes auszuweisen. Ihr Vater, als neuer Dionysos, verstand seine Rolle als Schirmherr der Künste. Nach der Legende war Dionysos, wie viele der alten Götter, von seinen Feinden ermordet und zerstückelt begraben worden. Zeus hatte ihn wieder zum Leben erweckt, ihn unsterblich gemacht und ihn als Wohltäter unter die Menschen geschickt. In Ägypten war die Anbetung des Dionysos eng verkettet mit der des Osiris.

Doch anders als Osiris besaß Dionysos eine Doppelnatur, seine geschlechtlichen Vorlieben waren nicht eindeutig. Da ihn der Mythos jedoch mit weiblichem Gefolge versah, besaß er vor allem unter den Frauen eine große Anhängerschaft und glich in diesem Punkt der Göttin Isis. Ausgeübt in reiner Form, suchte der Kult des Dionysos die Begegnung mit dem Gott durch Ekstase, nach der man mit rauschhaftem Trinken und Tanzen strebte. In früheren Zeiten gipfelten die Riten in einer Zeremonie auf einem Berg, wo sich die Anbeter ihren Gott in Form von wilden Ziegen einverleibten, die sie roh verschlangen und deren Blut sie tranken.

Die strengen, sittsamen Römer, die solche Exzesse abstießen, hatten den Kult verboten. Das hatte dazu geführt, daß er etlichen Völkern, die unter Rom litten, zum Ausdruck des Widerstands geworden war.

Und nun huldigte Antonius diesem Gott in aller Öffentlichkeit, ob als politische Herausforderung an Rom oder aus ureigenem Glauben.

»Was hat dein Spion sonst noch über dieses Fest herausgefunden, bei dem Antonius als Gott auftrat?« fragte Kleopatra.

»Nun, erst einmal hat er sich selbst in den Kult einweihen lassen«, berichtete Mardian. »Als Voraussetzung dafür durfte er tagelang nicht schlafen, mußte fasten und trank nur Wasser. Dadurch, so erklärte man ihm, reinigte er sich von den Sünden des irdischen Daseins und erschlösse sich den Weg zu einem guten Leben nach dem Tod. Für das Ritual wurde er als Frau verkleidet und denselben Peinigungen ausgesetzt, wie ich sie soeben schilderte. Danach erhielt er die Efeukrone und überließ sich sowohl dem Genuß des Weines als auch den Vergnügungen des Körpers. Die Erfahrung ist nach seinen Worten einmalig. Es war, wie er schreibt, als verließe man den Körper und bekäme einen Vorgeschmack auf die Ewigkeit.«

Kleopatra spürte, wie ihr ein Schauer über den Rücken lief. War es das, was ihr Vater gesucht hatte, in den endlosen Orgien der Trunkenheit, die mit den ursprünglichen Riten nichts mehr gemein hatten? Sie konnte sich des Verdachts nicht erwehren, daß ihm mehr am Vergessen gelegen hatte als an der Ewigkeit. »Und was flüstert der Satyr dem Neuling ins Ohr, wenn er sich im Wasser sieht?«

»›*Ich sehe, wie der Gott mich sieht*‹. Das behauptet jedenfalls mein Spion.«

»Ich sehe, wie der Gott mich sieht«, wiederholte Kleopatra nachdenklich. Eine gefährliche Spiegelung! Sie fragte sich, ob dies Teil der alten Riten war oder ob der unnachahmliche Marcus Antonius sich das selbst ausgedacht hatte. Er schien sich der Lust und dem Exzeß nun mit Haut und Haaren verschrieben zu haben – eine schmale Gratwanderung zwischen der Welt und dem Wahnsinn. Es würde schwer sein, ihn in die Wirklichkeit zurückzuholen. »Und welche Rolle spielt Octavia dabei?«

»Sie hört ja nur die Geschichten. Was soll sie also tun? Sie verbringt viel Zeit bei den Philosophen der Akademie.«

»Das leuchtet ein. Mit Antonius verheiratet zu sein erfordert ein hohes Maß an philosophischer Stärke. Ich danke dir, Mardian.«

Nachdem er sie verlassen hatte, stand Kleopatra lange Zeit am Fenster und schaute über die Halbinsel Lochias hinaus auf das Meer. Dahinter lagen sie auf der Lauer – der eine ein Göttersohn, der andere Dionysos höchstselbst. Beiden fehlte zur Vervollkommnung nur noch Ägypten. Ich bin gespannt, dachte sie, wer mich als erster besuchen kommt. Antonius, mit frisch tätowiertem Efeu und Bacchantenstab, oder Octavian, mit dem Schwert voraus, auf der Jagd nach Caesars Sohn.

Ich werde wieder einmal warten. Wahrscheinlich ist es Antonius. Der Große. Der Unnachahmliche.

11

Der Monat Martius nach dem römischen Kalender im Jahre 37 vor Christi Geburt

In Athen

Der Papyrus war gerollt, mit Kordel versehen und mit Wachs versiegelt worden. Es hatte achtundzwanzig Tage gedauert, bis er den Weg von Rom nach Athen zurückgelegt hatte. Antonius öffnete ihn und überflog den Text. Dann nahm er das Papier und schleuderte es Octavia in den Schoß. »Sieh dir das an – schon wieder bittet er mich um Hilfe.«

Octavia studierte die Zeilen mit Sorgfalt. Wie es schien, war Octavian glücklos, was seinen Krieg gegen Sextus betraf. In seinem Schreiben bat er den Freund und Triumvir um Hilfe und Nachschub an Schiffen.

»Ich bin ihm im letzten Jahr in Brindisi schon zu Hilfe geeilt«, fluchte Antonius. »Da hatte er es noch nicht einmal für nötig befunden, selbst in Erscheinung zu treten. Auf seinen Wunsch hin habe ich dort einen ganzen Sommer vertan. Was für ein Spielchen hat er sich nun wieder ausgedacht?«

Octavia reichte ihm den Brief zurück. »Du kannst das nicht ignorieren. Rom ist immer noch dein Land.«

»Wenn ich ihm helfe, geht abermals ein Sommer verloren, in dem ich mich auf den Kampf gegen Parthien vorbereiten sollte.«

»Mein Bruder wird dich nicht erneut verärgern wollen, seine Worte sind ernst gemeint. Du weißt, daß er als Stratege nichts taugt. Selbst wenn er hochmütig klingt, bedarf er deiner Hilfe.«

»Und warum sollte ich sie ihm gewähren?«

»Wäre dir Sextus Pompejus lieber als Herrscher von Rom?«

Antonius stieß einen Seufzer aus. »Nun gut. Dies eine Mal noch. Danach widme ich mich meinen eigenen Plänen.«

»Du darfst ihn nicht im Stich lassen.«

»Ich tue es für dich«, entgegnete er.

In gewisser Hinsicht stimmte das sogar. Ein Mann sollte seine Frau zufriedenstellen, jedenfalls im Rahmen des Möglichen. Abgesehen davon wußte Antonius aber auch, daß er Octavian nicht verärgern konnte, solange er eine Armee aus Italien brauchte. Er vermutete, daß der kleine Mistkerl das genau wußte.

Es war ein früher Aprilmorgen. Die Sonne überzog die Berge der Basilicata mit einem rosigen Hauch, und die Menschen eilten zu den Fischmärkten. Eine riesige graue Welle schob sich den Felsen entgegen. Im Hafen lag ein Schiff neben dem anderen, ein unübersichtliches Mastenheer, das sich hob und senkte. Die Soldaten und Seeleute aus Antonius' Flotte drängten in die Stadt.

Weiter draußen im Meer stapfte Antonius an Deck seines Flaggschiffes auf und ab, eingehüllt in seinen roten Mantel, umgeben von den Offizieren seines Stabs. »Er taucht nicht auf«, brüllte er aufgebracht und wedelte Octavia mit dem Brief vor der Nase herum.

Götter, sie sieht blaß aus, ging es ihm plötzlich durch den Kopf. Das Kind hat ihren Bauch anschwellen lassen, und die Überfahrt hat sie noch elender gemacht. Seit Tagen hat sie keine Nahrung bei sich behalten. »Er braucht deine Hilfe«, beschwor sie ihn, »aber er hat seinen Stolz«, setzte sie leise hinzu.

»Und ich habe meinen, Octavia«, begehrte Antonius auf. Er hatte wertvolle Zeit vergeudet und war erneut auf Octavians Mißachtung gestoßen. Doch welchen Zweck hatte es, ihr zu grollen? Sie konnte nichts dafür.

Antonia hatte zu weinen begonnen. Antonius nahm das Kind hoch und warf es in die Luft, bis es wieder lachte.

»Ich werde ihm schreiben«, sagte Octavia. »Laß mich die Sache zwischen euch beiden regeln.«

»Die Sache regeln«, knurrte Antonius. Als ob sie das könnte! Er starrte sie an. Arme Octavia, ihre Lage war so unschön wie seine. Vielleicht sollte er ihr eine Chance geben. Er mochte sie gern – auf seine Weise. Und einen Bruch des Abkommens wollte er ebensowenig wie sie. Er mußte die Sache mit Sextus erledigen, um anschließend ungehindert nach Parthien ziehen zu können. Seine Zukunft lag im Osten, Italien interessierte ihn nicht mehr. Octavian sollte damit glücklich werden. Solange jedenfalls, wie er ihm die Armee überließ.

»Dann schreibe ihm«, gab Antonius nach. »Ich werde warten. Vielleicht läßt sich dieses Debakel ja noch retten.«

Sie warteten zwei Monate, in denen die Kuriere zwischen Rom und Tarent kreuzten. Aus dem Frühling wurde Sommer, die Tage wurden heißer, der Ozean blau und glatt. Ich sollte in Parthien sein und

Krieg führen, dachte Antonius, anstatt hier weintrinkend und wütend in einem stinkenden Hafen zu sitzen. Das Bübchen treibt es zu weit.

Ein warmer Windhauch ließ die Türklappe des Zeltes flattern. Antonius schleuderte wütende Blicke über den Tisch, verbiß sich jedoch jeden Kommentar. Da saß er also. Octavian, der Wurm, mürrisch und schniefend. Den holden Maecenas an seiner Seite und diesen Holzkopf, Agrippa. Octavian hatte dem Trottel den Oberbefehl über die Flotte erteilt. Lediglich ein paar kleine Scharmützel am Rhein hatte der Bursche gewonnen, und schon glaubte er, er sei Admiral.

Was Antonius am meisten aufbrachte, waren die Geschichten, die Octavian über ihn und Kleopatra verbreitet hatte. Dieser elende Heuchler! Nach allem, was er gehört hatte, waren Octavian und seine Spießgesellen selbst nicht abgeneigt, wenn es um Huren und Würfelspiel ging. Der junge Caesar hatte angeblich eine Vorliebe für Jungfrauen entwickelt, die ihm der liebe Maecenas mit beträchtlichem Kostenaufwand besorgte.

Obwohl – wenn man ihn sah, wollte man es nicht glauben. Mitten im Hochsommer trug Octavian zwei Tuniken übereinander, nieste und schneuzte sich die Nase. Ein Wunder, daß er so lange am Leben geblieben war. Andere wurden bei seinem Anblick schon krank – die Haut dünn wie Pergament und Zähne, die wie moosige Felsen aus Sumpfgewässern ragten.

»Du siehst gut aus«, sagte Antonius. Octavian überlief ein Schauer, als ob ihn fröstele. In einem Jahr, dachte Antonius, wird Italien meine Sache sein.

»Ich habe mich ein wenig verkühlt«, erwiderte Octavian. »So etwas wird man nur schwer wieder los. Dazu kommt, daß mir die Füße schmerzen. Ich hätte Rom nicht verlassen dürfen, doch Octavia hat mich ja angefleht zu kommen.«

Diese kleine Ratte. »Ich hätte Athen nicht verlassen dürfen«, wiederholte Antonius und warf Octavians Brief auf den Tisch. »Doch du hast mir das hier geschrieben.«

Octavian betrachtete das Schriftstück so pikiert, als sei es etwas, das der andere hervorgehustet hatte. »Es war ein Irrtum.«

»Einer, der mich den größten Teil des Sommers gekostet hat.«

»Inzwischen habe ich mich entschieden, selbst mit Sextus abzurechnen.«

Antonius hatte gute Lust, den anderen vom Stuhl zu zerren und grün und blau zu schlagen. Dieser schniefende, anmaßende Wurm. »Und warum«, polterte er los, »hast du mir diesen Wisch hier geschrieben?«

Auf diese Weise ging es noch eine Weile hin und her. Maecenas und Agrippa flüsterten Octavian ihre Ratschläge ins Ohr, während der junge Caesar in seinen Tuniken fror und so tat, als sei sein Brief ohne Bedeutung und Antonius' Gegenwart lästig. Doch schließlich wurde ein weiteres Abkommen unterschrieben. Antonius würde hundertzwanzig der mitgebrachten Schiffe bei Octavian lassen – er brauchte sie ohnehin nicht, doch das wußte Octavian nicht – im Tausch gegen zwanzigtausend gallische Legionäre, die ihm nach Parthien folgen würden. Das Triumvirat wurde um weitere fünf Jahre verlängert, und als Zeichen des Vertrauens versprach Octavian, seine Tochter Julia, die nun zwei Jahre alt war, mit Antyllus zu vermählen, Antonius' Sohn aus der Ehe mit Fulvia, der gegenwärtig neun Jahre zählte.

Leicht war Antonius die Einwilligung nicht gefallen. Während der Verhandlungen hatte Canidius ihm in einem vertraulichen Gespräch geraten, sich besser mit Sextus zu verbünden. Sextus, so hatte er argumentiert, hatte Antonius' Mutter Schutz gewährt, als diese darum bat. Er würde die Seeherrschaft im italischen Teil des Mittelmeers beizutragen haben. Doch Antonius entschied sich schließlich doch für die Truppen, den Frieden und das Triumvirat in der bestehenden Form. Sein Blick war auf den Osten gerichtet, mit Rom und den damit verbundenen Problemen wollte er nichts zu tun haben.

Zudem, dachte er im stillen, bekomme ich das von allein, wenn mir erst Parthien gehört.

TEIL V

Später liegen wir lange tot,
und die Jahre zuvor verleben wir schlecht

Sappho

1

Antonius verbrachte auch die restlichen Sommermonate in Tarent. Octavia bekam ihr Kind. Es war wieder ein Mädchen. Als der Sommer verstrichen war, hatte Octavian die vier zugesagten Legionen noch immer nicht geliefert.

Abermals ein Jahr vertan, dachte Antonius, noch einmal einen Sommer vergeudet, in dem er in Syrien hätte sein sollen, um gegen die Parther zu kämpfen und Alexanders Ruhmestat nachzueifern. Er gab seiner Flotte Befehl, die Segel zu setzen – in Richtung Griechenland. Sie überquerten das Adriatische Meer und liefen den Hafen von Kerkyra an.

Antonius stand an Deck seines Flaggschiffs und schaute zu den zarten weißen Wolkenfedern hoch, die sich über den Himmel fächerten. Jenseits der Bucht döste Kerkyra in der Nachmittagssonne vor sich hin. Er sog den Geruch des Hafens ein, nasses Leinen und Pech, sah den Schaumkronen zu, die auf den Wellen tanzten, und hielt das Gesicht dem Wind entgegen. Endlich wieder frei von Rom!

Mit einemmal wallte Zorn in ihm auf, und er umklammerte die Reling. Das Bübchen hatte es gewagt, ihn abermals hereinzulegen. Er war mehr als geduldig gewesen und hatte sein Wort gehalten, wo andere es längst gebrochen hätten. Und was war der Lohn? Der kleine Mistkerl führte ihn an der Nase herum. Im letzten Sommer hatte er das gleiche Spiel getrieben. Damals hatte er Antonius nach Brindisi gelockt und ein wichtiges Treffen vorgetäuscht, zu dem er selbst nicht erschienen war. Immer wieder hatte er Antonius' Anläufe, den Krieg gegen Parthien zu beginnen, gestört. Erst hatte er ihm die gallischen Truppen entrissen, und nun verwehrte er ihm die Soldaten, die er in Tarent versprochen hatte.

Antonius hatte es satt. In den letzten Tagen war er zu einem Entschluß gekommen. Er würde sich die Mätzchen nicht länger bieten lassen, er würde diesem Wurm, der sich für Caesar hielt, nicht länger als Spielzeug dienen. Die eigene Schwester hatte das Bübchen benutzt, um ihn an sich zu binden. Und wer wußte denn überhaupt, ob Octavia ihn nicht ausspionierte? Doch damit war es jetzt aus und vorbei.

Octavia tauchte aus dem Unterdeck auf, gefolgt von der kleinen Antonia und einer Amme, die den Säugling trug. Octavias Gesicht war blaß und von Erschöpfung gezeichnet. Sie war während der Überfahrt seekrank gewesen.

Aus dem Hafen hatte sich eine Liburne gelöst, die auf sie zugehalten hatte und nun längsseits des Flaggschiffes anlegte. »Wie es scheint, kommt uns jemand besuchen«, sagte Octavia.

»Nein«, erwiderte Antonius. »Ich habe beschlossen, daß du einige Tage an Land verbringst. Da kannst du dich ausruhen, ehe du dich wieder nach Italien begibst.«

Octavia blickte ihn verständnislos an.

»Wir reisen nach Italien zurück?« fragte sie.

»Nur du und die Kinder.«

»Du kommst nicht mit uns?«

»Ich habe dir eine Eskorte besorgt. Es wird dir nichts geschehen.«

Octavia schien für einen Moment zu schwanken und hielt sich an der Reling fest. Die Geburt und die Überfahrt haben ihr zugesetzt, dachte Antonius. Und jetzt auch noch dieser Schreck. Doch er konnte es nicht ändern. Wenn sie nur nicht zu weinen begann. Weinende Frauen konnte er nicht ertragen.

»Und was tust du?« fragte sie mit erstickter Stimme.

»Ich fahre weiter nach Athen.«

»Aber mein Platz ist an deiner Seite!«

»Die Reise wird dir zuviel. Du bist noch immer geschwächt und sollst nicht noch mehr leiden. Ich breche bald nach Parthien auf, da ist es besser, wenn du mit den Kindern nach Rom zurückkehrst.«

»Ich wünsche dich nicht zu verlassen.«

Er wandte ihr den Rücken zu. »Es ist beschlossene Sache«, sagte er.

»Aber, Antonius ...«

»Ich habe meine Entscheidung getroffen«, kam es barsch zurück.

Wenngleich er ihr weiterhin den Rücken zugekehrt hielt, wußte er, welches Gesicht sie jetzt zog. Traurig und gekränkt aussehen, das konnte sie gut! Na, vielleicht war die Trauer echt, Antonius war sich darüber nie recht im klaren. Ebensowenig wußte er, ob sie *ihm* oder Octavian ergeben war.

Doch es gab eine Person, der er trauen konnte. Nicht ganz und gar vielleicht, doch zumindest wußte er, was sie von ihm wollte. Und was noch wichtiger war: was er von ihr wollte. Ihr Geld brauchte er und ihre Flotte. Gegen gewisse Zugaben hätte er auch nichts einzuwenden, aber so dumm war er nicht, daß er nur deshalb zurückginge. Sicher, sie hatte ihre Reize, und seinen Willen ließ sie ihm auch – doch Pläne auf dem Treibsand der Liebe zu errichten wäre nur Narretei.

Die Würfel waren gefallen. Sein Entschluß würde eine deutliche

Sprache sprechen. Hier, würde er dem Wicht sagen, hier hast du deine Schwester wieder! Ich will weder sie noch ihre Kinder – noch dich.

Antonia fing an zu weinen, als sie begriff, was geschah. Er würde sie vermissen. Sie war noch zu klein, um ihn zu verstehen.

Als sie aufbrachen, wich er Octavias Blicken aus. Man half ihr und den Kindern in die Liburne, die Matrosen machten die Leinen los, das kleine Schiff entfernte sich und hüpfte über die Wellen zurück in den Hafen von Kerkyra.

Antonius wußte, daß damit ein Kapitel seines Lebens abgeschlossen war. Höchste Zeit, das Ruder wieder selbst in die Hand zu nehmen. Dem Schicksal entgegenzusegeln.

In den Osten – zu Kleopatra.

2

In Alexandria

Kleopatra empfing Gajus Fonteius Capito auf der Terrasse des Palastes und nicht im Audienzsaal. Sie kannte ihn noch seit Antonius' Zeit in Ägypten. Vielleicht hatte Antonius ihn ihr deshalb als Gesandten geschickt.

Sie hatte gewußt, daß einer von ihnen kommen würde! Octavian oder Antonius. Das Schicksal hatte sich für Antonius entschieden. Vielleicht hatte er jetzt eingesehen, was sie ihm damals verkündet hatte. Seine Zukunft lag bei ihr – bei ihr und Alexandria.

Doch erst einmal wollte sie sich anhören, was dieser neue Gesandte auf dem Herzen hatte.

Die Sonne brannte heiß auf das Dach des seidenen Baldachins. Die syrischen Sklaven wedelten eifrig mit den gefiederten Fächern und verscheuchten die Fliegen, die träge und laut durch die stille Sommerluft summten. Capito ließ sich gekühlten Wein in einen Pokal einschenken. Kleopatra nippte an einem Jadebecher mit parfümiertem Wasser. Das Meer lag blau und ruhig zu ihren Füßen.

»Erlauchte Majestät, ich überbringe Euch die Grüße meines Herrn Antonius.«

»Ich weiß leider nicht, ob ich mich seiner erinnere.«

Capito konnte sich eines Schmunzelns nicht erwehren. »Nun, er erinnert sich Eurer bestens.«

Wie reizend, dachte Kleopatra. Die Römer werden gönnerhaft. »Es gibt einen Unterschied zwischen sich einer Person erinnern oder sie in Reserve halten. Das eine ist Sache des Herzens, das zweite ist Strategie.«

»Majestät, bei Antonius ist es eine Sache des Herzens. Er bat mich, Euch zu versichern, wie sehr er die Länge der Zeit bedauert, die seit Eurer letzten Begegnung verstrich. Er bittet Euch zu sich nach Antiochia, um sich an Eurem Liebreiz zu erfreuen.«

»Nette Worte, Capito, und sehr hübsch vorgetragen. Schade nur, daß man mir nicht leicht schmeicheln kann. Vier Jahre kaum ein Wort, und nun schickt er Euch und bittet mich nach Antiochia? Soll ich etwa wie ein verliebtes Mädchen folgen?«

»Die Vergangenheit ist vorbei. Er tat, was er tun mußte.«

»Er tat, was ihm *beliebte* – wozu auch der Verrat an mir gehört. Als er mich verließ, gab es einen Grund. Und der war nicht, sich in Rom wieder neu zu vermählen.«

Capito hielt ihrem zornigen Blick stand, was sie ihm hoch anrechnete. »Das waren doch nur politische Gründe, Majestät.«

»Nur politische Gründe? Wie man mir sagt, ist seine Frau sehr schön.«

»Wie man es sieht ...«

Kleopatra mußte ein Lächeln unterdrücken. »Wie darf ich das verstehen?«

»Sie ist wie eine schöne Statue. Doch Marmor läßt sich nicht so leicht erwärmen.«

»Sie kann nicht allzu kalt gewesen sein. Sie haben immerhin zwei Kinder.«

»Ein Mann tut seine Pflicht.«

»Ein Mann tut, was er will, aber das läuft ohnehin auf dasselbe hinaus.«

Capito zuckte die Achseln, was so gut wie alles bedeuten konnte. »Ihr wart stets in seinen Gedanken. Darauf gibt er Euch sein Wort.«

»Ich kenne den Wert seines Wortes.« Kleopatra wandte den Kopf ab und schaute über das Meer. Sie wollte Zeit zum Nachdenken gewinnen und Capito noch eine Weile zappeln lassen. Sie sah, daß ein Dreiruderer den Hafen verließ. Eine neue Getreidesendung für Rom, falls das Schiff Sextus' Piraten entging. Armer Octavian! Da war er der Sohn eines Gottes und immer noch nicht in der Lage, Rom zu ernähren. Wie leicht er jetzt zu stürzen wäre, wenn Antonius Kraft und Entschlossenheit besäße!

»Majestät, laßt mich noch einmal betonen, daß ich mich auf das Herz meines Herrn verstehe. Wie oft habe ich mit ihm zusammengesessen, und immer sprach er nur von Euch!«

»Um zu prahlen, wie ich vermute.«

Capito tat entrüstet. »Niemals! Wenn es nach ihm gegangen wäre, hätte er sich nicht mit Octavia vermählt. Es war eine politische Notwendigkeit.«

»Wie schön Ihr Eure Rede setzt, Fonteius Capito. Ihr solltet Teppiche verkaufen.«

»Er möchte seine Kinder sehen.«

»Die hat er auch in jedem anderen Hafen.«

Doch vielleicht hat Capito sogar recht, dachte Kleopatra. Antonius hatte Alexander und Kleopatra noch nie zu Gesicht bekommen. Trotz seiner zahlreichen Nachkommenschaft wird ihn die Neugier treiben.

»Die Ehe mit Octavia ist zu Ende«, sagte Capito. »Antonius wünscht *Euch* zu sehen.«

»Oh, Capito, ich wünschte, *Ihr* könntet *Euch* sehen! Ihr hättet Schauspieler werden sollen.«

»Ich sage nur die Wahrheit.«

Welch eine Unverfrorenheit! dachte Kleopatra. Nach allem, was geschehen ist, glaubt Antonius, er könne einfach da weitermachen, wo er einst alles fallengelassen hat? Sein Glück, daß sie ihn ebenso brauchte wie er sie. Doch mit dem Herzen hatte das nichts zu tun. Antonius war der einzige Mann, der Octavian Einhalt gebieten konnte, wenn dieser sich eines Tages an die Verfolgung Caesarions machen würde.

Doch zuerst wollte sie dieses Geplänkel mit seinem Boten noch ein wenig länger genießen. »Und warum, glaubt Ihr, sollte ich ihm helfen?«

»Oh, Majestät! Er bittet Euch nicht um Hilfe!«

»Falls ich mich mit ihm in Antiochia treffe, wird er mich also nicht um Soldaten, Geld und Getreide bitten?«

Capito beschloß, einen anderen Weg einzuschlagen. »Er wird auch ohne Euch nach Parthien ziehen. Doch wenn Ihr ihm helft und er dort siegt, wird er sich Eurer Hilfe erinnern. Und wenn er verliert, steht niemand mehr zwischen Euch und Octavian.«

Kleopatra lächelte kalt. Endlich kommen wir zur Sache, dachte sie. »Hat Antonius Euch gesandt, um mir zu drohen?«

»Nein. Doch er kennt Eure Lage so gut wie Ihr.«

Sie nickte nachdenklich. »Gut«, sagte sie. »Ich komme. Doch nicht, weil er mir droht. Richtet ihm aus, daß ich dieses Mal nicht als Königin der Liebe erscheinen werde. Dieses Mal komme ich als Königin von Ägypten.«

Capito lächelte und verneigte sich. Er schien zufrieden. Der große Traum war für alle greifbar nah gerückt.

Auf dem Palatin in Rom

Octavian hatte sich auf einer Ruhebank auf der Terrasse ausgestreckt. Ein Hut mit breiter Krempe schützte sein Gesicht vor der Sonne. Seine Tunika war schlecht geschnitten. Der oberste Herrscher Roms ließ bei der eigenen Ehefrau schneidern. Ein entsetzlich geiziges Paar, dachte Octavia. Sie wußte, daß die Römer über ihren Bruder lachten und ihn für verschroben und kauzig hielten. Er gab jedenfalls keine Sesterze zuviel für seine Kleidung aus, soviel war offenkundig.

»Schwester«, begrüßte er sie und nahm sich eine der Erdbeeren, die vor ihm standen. »Wie geht es den Kindern?«

»Es geht ihnen gut. Sie wachsen und gedeihen.«

Als ob ihn das interessierte, wo er doch in Wirklichkeit nur Neuigkeiten über Antonius loswerden wollte, dachte Octavia. Warum kam er nicht gleich zur Sache?

»Die älteren vermissen ihren Vater«, setzte sie hinzu, um ihn auf das eigentliche Thema hinzulenken. Auch Antyllus gehörte nun zu ihrem Haushalt.

»Sind sie seine Launen nicht inzwischen gewöhnt?« fragte Octavian und schenkte sich Wein ein. Der Lärm der Stadt drang aus der Ferne zu ihnen. Man sah die Tempeldächer in der Sonne glänzen, dazwischen die dunkleren Flecken der Gerichtsgebäude und der Basilika.

»Du hast etwas über Antonius erfahren«, begann Octavia erneut. »Bitte erzähle es mir.«

»Er hat uns verlassen, Octavia.«

»Was meinst du mit ›verlassen‹? Ist er tot?«

»Nicht tot, obwohl es fast das gleiche ist. Er hat *dich* verlassen und unsere Familie entehrt.«

Octavias Miene verriet nichts. Natürlich hatte sie gewußt, was Antonius plante, bereits in dem Augenblick, als er sie nach Italien zurückschickte. Sie faltete die Hände im Schoß. Es war diese Frau – diese Ägypterin. Sie war schon immer eine größere Gefahr gewesen als die

Sklavinnen, die er bei seinen Gelagen genommen hatte. Er hatte sie nicht wegen Parthien verlassen.

»Antonius ist in Antiochia und hat Kleopatra zu sich gebeten.«

Octavia biß sich auf die Lippen und schwieg, aus Furcht, die Stimme könne ihr versagen.

»Ich habe ihn falsch eingeschätzt. Ich hatte geglaubt, er würde dir ein guter Ehemann sein.«

Der Zorn über Octavians Unaufrichtigkeit half ihr, die Stimme wiederzufinden. »Ich bitte dich, Octavian! Als du die Hochzeit plantest, hat dich das nicht im mindesten gekümmert. Auch jetzt plagt dich allein die Angst, ihn als Verbündeten zu verlieren.«

»Nun, zumindest hoffte ich, er würde dir mit Achtung begegnen, wenn es zur Liebe schon nicht reichte.«

Seine Worte taten ihr weh. Auch unter der öffentlichen Kränkung würde sie leiden. »Mit derselben Achtung, mit der du ihm begegnet bist?«

»Ich wünschte, ich wüßte, worauf du hinauswillst.«

»Tu nicht so, als wüßtest du es nicht!«

»Dafür, daß sich Antonius durch mich beleidigt fühlt, muß ich mich nicht rechtfertigen.«

»Was ist mit den gallischen Legionen?«

»Seine Frau hatte den Krieg gegen mich verloren.«

»Und dein Ausbleiben in Brindisi und später in Tarent, wo ich dich zum Kommen zwingen mußte?«

Octavian hob die Schultern. Sein Gewissen war rein.

»Was hast du jetzt vor?« fragte sie ihn.

»Er hat dich und die Kinder zugunsten dieser Hure in Alexandria verlassen. Ich werde wieder dein Vormund sein.«

»Ich betrachte meine Ehe nicht als beendet.«

»Du wirst aus seinem Haus ausziehen und mit den Kindern bei mir leben.«

Wie konnte er es nur wagen, so mit ihr zu reden? Sie würde ihr Haus nicht aufgeben und sich wieder in sein Eigentum verwandeln. Offenbar wußte er nicht, daß sie ihren Mann liebte, so dumm und albern es auch war. Wahrscheinlich glaubte er wie alle anderen, sie sei so kalt wie ein Fisch.

»Solange er sich nicht scheiden läßt, bin ich seine Frau. In meinem Inneren weiß ich, daß er sich besinnen und wieder zu uns kommen wird.«

»Du willst in seinem Haus bleiben, obwohl er dich beleidigt hat?«

»Ja, das will ich.«

Octavian blies die Backen auf. »Das wird ja immer schöner«, knurrte er.

»Euer Bündnis mag beendet sein, doch eine Ehe ist kein Bündnis.«

»Du irrst, es ist genau das gleiche.«

»Mein Ehemann hat mich nicht verstoßen. Und solange er das nicht tut, bleibe ich, wo ich bin.«

Octavian musterte sie mit dunklen, blitzenden Augen. Er mochte es nicht, wenn man ihm widersprach, doch im Moment konnte er nichts gegen sie ausrichten. »Ich betrachte Antonius' Schritt als Kränkung gegen mich und meine Familie. Ich werde ihm nicht verzeihen.«

»Du hast ihn selbst dahin gebracht. Wenn du gleich nach Tarent gekommen wärest...«

»Ich kann nicht sofort ganz Italien durchqueren, nur um Marcus Antonius gefällig zu sein.«

»*Du* hattest ihn gebeten zu kommen!«

»Was hat er denn erwartet? Einen triumphalen Empfang?«

»Er erwartete nur dein Erscheinen. Du suchtest seine Hilfe.«

»Mir zu helfen war seine Pflicht.«

»Du hast ihn benutzt.«

»So wie er dich.«

Octavia erhob sich wortlos und ging. Octavian sah ihr nach. Nun, dachte er, das läuft ja alles wie am Schnürchen.

Dieser Marcus Antonius. Er war so... zuverlässig.

Oder vielleicht wäre berechenbar das bessere Wort gewesen.

3

Antiochia schien sich an die Berge zu klammern. An den felsigen Hängen waren Festungen errichtet worden, die sich in die Mauern schmiegten, die die alte Stadt umschlossen. Landeinwärts lagen fruchtbare Ebenen, die das Delta des Orontes säumten. Die Pilger kamen hierher, um in dem berühmten Apollotempel zu beten. Die marmornen Säulen schimmerten weiß in den dunklen Zypressenhainen.

Morgens warf der Berg Silpius seinen mächtigen Schatten über die Gassen, während die Häuser der Reichen an den sonnigen Hängen funkelten. Dazwischen zog sich der Orontes wie ein silbernfarbenes Band aus flüssigem Blei.

Antonius hatte sich für eine private Audienz entschieden. Er wollte nicht, daß Kleopatra ihren Hochmut dem versammelten Hof darbot. Und sie würde eine Weile mit ihm schmollen, das ließ sich wahrscheinlich nicht vermeiden.

Auf seine eigene Art hatte er sie vermißt, ganz bestimmt. So wie sie verstand ihn keine Frau. Deshalb würde sie ihm letztlich auch verzeihen – wenn er die richtigen Liebesworte gefunden hätte. Danach würde sie ihm die nötigen Gelder geben wie auch die Schiffe, die er brauchte. Und später, wenn er dann mit Gold beladen aus Parthien wiederkäme, wäre alles wieder in Ordnung. Octavian würde auf seinen Platz verwiesen, er selbst würde Herrscher von Rom, und Kleopatra stünde unter seinem Schutz.

Er wäre der Freudenspender – genau wie Dionysos, und er würde alle glücklich machen.

Nur den Wurm nicht, das Bübchen. Das vielleicht nicht.

Als Kleopatra eintrat, stand Antonius am Fenster. Er hatte den alten Palast der Seleukiden beschlagnahmt, der auf einer Insel im Orontes erbaut worden war. Hinter ihm dehnten sich die Felder bis zum Meer aus. Der Raum war von gewaltigem Ausmaß. Die Decke so hoch, daß sie sich im Schatten verlor, die dicken goldenen Streben mit den üppigen Schnitzereien schimmerten nur matt in der Dunkelheit. Alles war überladen, finster und kalt. Mitnichten die Art, die Antonius liebte. Er muß sich hier sehr unwohl fühlen, dachte Kleopatra.

Vier Jahre waren vergangen, seit sie sich zum letzten Mal gesehen hatten. Hatte er sich verändert? Nicht was das Aussehen betraf. Immer noch dasselbe spitzbübische Grinsen des Jungen, der weiß, daß er damit unwiderstehlich wirkt. Dasselbe dichte lockige Haar, der Körper gebräunt und fest. Er hatte sich für sie fein gemacht, den schönen goldenen Brustpanzer angelegt und den roten Umhang übergeworfen.

Kleopatra erinnerte sich an den Bericht über seine dionysischen Gelage. Vielleicht glaubte er tatsächlich, einen Gott zu sehen, wenn er im Wasser auf sein Spiegelbild traf.

»Meine liebliche, geliebte Königin.« Er machte keinen Versuch, sie zu umarmen. Nun, ihr sollte es recht sein.

Welch ein Unterschied verglichen mit ihrer Ankunft damals in Tarsos! Anstelle der goldenen Aphrodite war sie als ptolemaische Königin gekommen, in einem smaragdgrünen Gewand mit goldenem Saum und weißen, weichen Sandalen. Zu dem Kleid trug sie eine Kette sowie

Ohrringe und Armreifen aus Smaragden, und um ihren Oberarm schlängelte sich die goldene Kobra Ägyptens.

»Marcus«, sagte sie mit einem nachsichtigen Seufzer.

»Bitte, laß dich nieder.« Er deutete auf eine der Ruhebänke. Diener trugen silberne Schalen mit Trauben und gebrannten Nüssen herein und einen Krug mit Wein aus Laodicea. Kleopatra gab ihrer Leibwache einen Wink, woraufhin sie sich entfernte. Sie waren allein.

»Wo sind unsere Kinder?« fragte Antonius.

»Sie sind in Alexandria.«

»Du hast sie nicht mitgebracht?« Er wirkte gekränkt.

»Die Reise ist lang. Wenn du sie sehen möchtest, weißt du, wo du sie findest.«

»Geht es ihnen gut?«

»Sie werden groß und kräftig.«

Danach trat eine Pause ein. Er schien darauf zu warten, daß sie die Abwesenheit der Kinder noch weiter entschuldigte, versuchte, sie mit seinen enttäuschten Gefühlen ins Unrecht zu setzen. »Wie hast du sie genannt?«

»Das Mädchen Kleopatra, den Jungen Alexander.«

»Alexander«, wiederholte er versonnen. Kleopatra wußte, daß er mit der Wahl zufrieden war. »Wie sieht er aus?«

»Er hat dein lockiges Haar und den Körper eines kleinen Bullen. Er ist klug und aufrecht. Ohne das Haar und den Körper würde man nicht glauben, daß du der Vater bist.«

»Warum hast du es mir nicht gesagt ... ehe ich Alexandria verließ?«

»Wärest du geblieben, wenn ich es dir mitgeteilt hätte?«

Er vermied eine direkte Antwort. »Nun, wenigstens hättest du es mir sagen können. Ich wußte nichts davon, bis es im Senat verkündet wurde.«

»Du warst mit deiner Hochzeit beschäftigt. Ich wollte dich nicht mit Nebensächlichkeiten stören.«

Danach herrschte wieder für eine Weile Stille. »Du siehst wundervoll aus«, sagte er schließlich.

»Und du schuldbewußt.«

»Was hätte ich denn machen sollen?«

»Was du hättest machen sollen ist jedem klar, nur dir nicht.«

»Ich weiß, was du von mir hältst. Dennoch kennst du mein Herz nicht so gut, wie du glaubst. Du hast mir die ganze Zeit gefehlt. Wie viele Nächte lag ich bei Octavia und habe an dich gedacht!«

»Oh, inzwischen weiß ich, weshalb du die Augen offenhieltst, wenn du mich küßtest.«

Er sah sie verdutzt an.

»Du wolltest sehen, ob sich nicht etwas Besseres bot.«

Antonius füllte einen Pokal mit Wein und stürzte ihn in einem Zug herunter.

»Ich wußte, daß dieser Tag kommen würde«, fuhr Kleopatra fort.

»Ich habe darum gebetet«, warf er hastig ein.

Kleopatra lachte. »Marcus, bitte. Du hast zuviel Zeit mit Schauspielern verbracht, doch die schuldbewußte Miene steht dir nicht. Du hast Alexandria verlassen und danach keinen Gedanken mehr an mich verschwendet.«

»Das ist nicht wahr!«

»Es kommt der Wahrheit aber sehr nah.«

Antonius wirkte erbost, seine Wangen hatten sich kupferrot gefärbt. »Mach dich nur lustig, wenn du willst. Du verstehst die Zwangslage nicht, in der ich steckte. *Dich* konnte ich aufgrund des römischen Gesetzes nicht heiraten.«

»Oh, es war also ein rechtliches Problem! In meinen Augen war es eine Frage des Anstands.«

»Du versuchst nicht einmal, meine Lage zu erfassen.«

»Ich erfasse sie sehr gut. Damals war Octavia gut für dich und ich nicht, jetzt ist umgekehrt. Ist es nicht so?«

»Sie war nie wirklich gut für mich.«

»Es ist einfach immer dasselbe mit dir. Als Caesar bei mir in Alexandria war, hast du in Rom dein Unheil getrieben. Er konnte die Lage gerade noch retten. Dann läßt du Fulvia gewähren, doch sie stirbt beizeiten, und das Problem bleibt dir erspart. Inzwischen hast du Octavian am Hals, und nun fragst du dich, wer dich dieses Mal rettet.«

»Ich werde wieder Herr über Rom sein. Ich werde Parthien niederwerfen.«

»Parthien? Dein Feind ist Rom, nicht Babylon.«

»Mein Schicksal beginnt hier in Antiochia. Hier hätte es Caesar hingeführt, wenn Cassius und Brutus ihn nicht ermordet hätten. Nur wer so groß wie Alexander ist, kann Rom überragen.«

Wie seltsam, dachte Kleopatra. In der Art hatte sich auch Caesar geäußert, als er an Alexanders Grabmal kniete.

»Du willst mich wieder an deiner Seite wissen, nicht wahr?«

»Es ist mein innigster Wunsch.«

»Sehr schön. Doch von nun an wird unsere Verbindung von mir bestimmt.«

Sein Verhalten veränderte sich. Aus dem mißverstandenen Mann wurde wieder der hochfahrende Römer. »Du kannst mir keine Bedingungen auferlegen. Ich kann mir Ägypten nehmen, wann immer ich will. Vergiß nicht, daß ich der Herr des Ostens bin und daß dein Thron von meinem Schutz abhängt. Ägypten ist eine römische Provinz.«

Eine römische Provinz? Sie sah ihm direkt in die Augen. »Das würde Octavian dir gar nicht gestatten. Solange er lebt, gehört dir Ägypten nicht. Wenn du es dir nähmest, bötest du ihm Anlaß zum Krieg. Ägypten bekommst du durch mich oder gar nicht.«

Antonius hatte seine Worte bereits bereut. Sie hatte recht, und beide wußten es.

»Ich werde dich gegen Parthien unterstützen«, fuhr Kleopatra unbeirrt fort. »Wenngleich ich den Krieg nicht für ratsam halte. Doch da du entschlossen bist, will ich meine Zweifel begraben. Der Krieg wird unsere gemeinsame Sache sein. Doch zuerst meine Forderungen. Du wirst mir vier Jahre an Demütigung und Leid entgelten müssen.«

Antonius holte tief Luft. Genau das hatte er befürchtet. »Was sind das für Forderungen?« fragte er schließlich.

Vertrag, unterschrieben am heutigen Tag, zwischen Marcus Antonius, Triumvir von Rom, und Königin Kleopatra VII. von Ägypten.

Erstens. Königin Kleopatra überläßt die Hilfsmittel Ägyptens in Form von Geldern und militärischer Ausrüstung dem Triumvir Marcus Antonius, der darüber nach seinem Gutdünken verfügt.

Zweitens. Die Vertragsparteien schließen eine gesetzliche Ehe, die nach ägyptischem Ritual vollzogen wird.

Drittens. Marcus Antonius verzichtet auf den Titel des Königs von Ägypten. Er nennt sich hinfort Alleinherrscher über den Osten.

Viertens. Marcus Antonius erkennt Ptolemaios Caesar, Sohn von Kleopatra VII. und Julius Caesar, als rechtmäßigen Erben des ägyptischen Thrones an. Seine Kinder aus der Verbindung mit Kleopatra VII., Alexander und Kleopatra, werden mit Königreichen abgefunden, die sie aus der Hand ihrer Mutter Kleopatra VII. erhalten.

Fünftens. Kraft dieses Vertrages werden die nachstehend genannten Gebiete der ägyptischen Oberhoheit unterstellt und Kleopatra VII. sowie ihren Nachkommen übereignet: Sinai, Arabien (einschließlich der Zitadelle von Petra), das orientalische Ufer des Toten Meers, das Jordantal (einschließlich der Stadt Jericho), die judäischen Gebiete Samarias und Galiläas, die Küste von Phönizien (mit Ausnahme von Tyros und Sidon), der Libanon und die Nordküste Syriens, Kilikien (einschließlich der Stadt Tarsos) und Zypern.

Als Zeugen dieses Vertrages treten auf:
Marcus Canidius Crassus
Gajus Fonteius Capito
Marcus Quintus Dellius.

In Antiochia hatte der Winter eingesetzt. Von den Bergen zogen die Nebel herab und rollten sich in dichten Schwaden über die Zinnen der Festung. Sie brachten Regen mit, der sich in heftigen Güssen entlud. Die feuchte Kälte drang den Menschen bis in die Knochen, die trüben grauen Tage legten sich ihnen auf das Gemüt.

Domitius Ahenobarbus wünschte sich mehr als einmal am Tag, er hätte Rom nie verlassen. Er beugte sich über das Kohlebecken, um sich die Hände aufzuwärmen.

»Mir gefällt das nicht«, knurrte er. »Verträge mit der *peregrina*! Du hattest kein Recht, die Provinzen abzutreten.« Er war älter als die anderen Offiziere in Antonius' Stab, und die Jahre hatten ihm Statur verliehen. Sein Haar war ergraut, doch der dichte lange Bart hatte seine Kupferfarbe behalten. Die Adlernase gab seinem zerfurchten Gesicht einen Anstrich von kühner Entschlossenheit. Es genoß den Respekt der Jüngeren. Selbst Antonius hörte auf ihn.

»Ich habe getan, was nötig war.«

»Das Land, das du verschenkt hast, war nicht dein Eigentum. Es war das Eigentum Roms!«

»Im Osten bin ich Rom«, entgegnete Antonius.

»Wir sollten dennoch vorsichtig sein, um die Stimmung zu Hause nicht gegen uns aufzubringen«, schaltete sich Plancus ein.

»Du redest wie ein altes Weib«, beschied ihn Antonius, und Plancus verstummte.

Sie tranken ihren warmen Würzwein in brütendem Schweigen.

»Willst du sie wirklich heiraten?« hub Ahenobarbus erneut an.

»Warum nicht? Wo ist der Unterschied zu dem, was Caesar tat?«

»Sie war Caesars Geliebte, nicht seine Frau.«

»Das ist doch ein und dasselbe. Die Vereinbarung zählt ohnehin nur im Osten. Für Rom ist sie ohne Belang.«

»Trotzdem weiß ich nicht, wozu wir sie brauchen.«

»Wir haben einen Krieg vor uns! Wir brauchen Geld und Verpflegung. Dank meines geliebten Schwagers in Rom besitzen wir von beidem wenig.«

»Mir gefällt es trotzdem nicht. Wozu der Krieg mit Parthien?«

Antonius trank seinen Becher leer und schenkte sich nach. Er wurde allmählich ärgerlich. »Wenn wir ihn gewinnen, gehört uns alles.«

Canidius machte ein besorgtes Gesicht. Er war ein großer, finster dreinschauender Mann mit breitem, eckigem Kinn. »Euer Feind ist in Rom«, sagte er.

Antonius starrte ihn an. Dasselbe hatte Kleopatra gesagt.

»Es haben sich schon viele an Parthien versucht«, flocht Dellius ein. »Ich denke dabei nur an Crassus. Rom leidet noch heute unter den Folgen. Seit Alexander wurde Parthien nicht mehr bezwungen.«

Er hatte recht. Parthien galt als unbesiegbar. Nicht etwa wegen seiner Armee oder der Generäle, sondern dank der entfernten Lage jenseits des Euphrats, hinter einem hohen Bergwall. Die Eroberung dieses Landes würde großes Geschick erfordern – und einiges an Glück.

Antonius hieb mit der Faust auf den Tisch. »Mir steht Kleopatras Vermögen zur Verfügung, ich habe fünfzehntausend Reiter, die mir der armenische König versprochen hat. Crassus hatte weder das eine noch das andere. Wir sind beweglich, und wir haben Geld.«

»Und dennoch gefällt es mir nicht«, grummelte Ahenobarbus.

»Es wird die größte Armee sein, die sich in Asien je versammelt hat.«

»Dann sollten wir damit gegen Rom marschieren«, warf Canidius ein.

»Wieder ein Bruderkrieg? Davon hat Rom genug. Glaubt Ihr, daß die Legionen sich abermals bekämpfen werden? Das haben wir in Tarent versucht, und beinahe wäre es zur Meuterei gekommen. Mit dieser Schlacht schalten wir Octavian ein für allemal aus. Wenn wir aus Parthien zurückkommen, werden seine Legionen sich nie mehr gegen mich richten. Dann werde *ich* der neue Caesar sein. Es gibt keinen Grund für einen Kampf gegen Rom.«

Die anderen schwiegen. Sie wollten ihm gern glauben. Nur lag die Furcht noch im Streit mit der Gier nach Erfolg.

Jeder von ihnen sehnte sich nach Ruhm. Es waren großartige Visionen, die sie vorwärtsgetrieben und den Kampfgeist auch während der trostlosen Wintermonate aufrechterhalten hatten. Ein Traum, der ihnen ganz gegen den Verstand befahl, es dem gewaltigen Alexander nachzutun: die Welt zu beherrschen bis an die Grenzen Indiens.

Und deshalb redeten sie sich gut zu und sagten sich schließlich, daß Antonius wahrscheinlich recht habe.

4

Der Frühling kam, verhieß wärmere Winde, ließ die Segel am Horizont neu erblühen – und flüsterte vom Krieg und von bevorstehenden Schlachten.

Der Berg Silpius tauchte aus den Wolkenschleiern auf. Veilchen und Ringelblumen, wilde Orchideen und Mohn durchsetzten Wiesen und Hänge mit bunten Tupfern, auf den Bergen klingelten Ziegenglocken. Zeit der Erneuerung, Zeit auch, um zu sterben.

Anfang April verließ die Armee Antiochia und marschierte nach Armenien, eine riesige Schlangenlinie, die sich entlang der Flußwindungen bewegte. Zwei Stunden dauerte es, bis sie an einem vorbeigezogen war. Die Zelte lagen zusammengerollt auf den Rücken von Packeseln, Nahrung und Ausrüstung türmten sich hoch auf den Fuhrwerken. Der Rammbock mit dem mächtigen Eisenkopf belief sich auf achtzig Fuß. Er wurde von flachen Gelenkwagen gezogen, die ihn um die Wegbiegungen führen konnten. Es gab auch eine seltsame schwerfällige Kriegsmaschine auf Rädern, die aussah wie eine gewaltige Heuschrecke. Die Soldaten nannten sie ›Wildesel‹, weil sie beim Feuern nach hinten ausschlug. Mit ihr konnte man Felsblöcke über eine Viertelmeile schleudern und die dicksten Stadtwälle in Trümmer verwandeln. Ihr folgten die kleineren Katapulte, die den Truppen im Kampf Deckung gaben. Da es in Parthien kaum Holz zu fällen gab, hatte man während des Winters Stämme zurechtgesägt, die den Lagern als Schutzwall dienen würden. Auch sie stapelten sich jetzt auf Wagen, die von kräftigen Ochsen gezogen wurden.

Hinter diesen Wagen marschierte die Infanterie. Aus der Ferne sah es aus wie eine Armee aus Käfern mit Brustharnischen aus Bronze, roten Mänteln und kräftigen, genagelten Schuhen. Jeder der Soldaten trug die Verpflegung für drei Tage in einem Bronzekasten bei sich, dazu einen Kessel, eine Handmühle, Werkzeug für den Schanzenbau in Form von Axt, Kette, Säge, Haken, Palisadenpfählen und einem Korb, um Erde fortzuschaffen; dazu noch die Waffen, Lanze, Schwert, Dolch, den Schild und schließlich den schweren Bronzehelm. Selbst mit dieser Ausrüstung schafften die Veteranen fünfzehn Meilen am Tag, auch zwanzig, wenn es sein mußte.

Die Fünfte Legion, die noch von Caesar in Gallien ausgehoben worden war, war ebenfalls dabei – blonde Riesen, die in der Schlacht von Thapsus Kriegselefanten getrotzt hatten und nun den Elefanten auf ihrer Standarte trugen. Ebenso die Sechste Legion, die Eisengepanzerte, wettergegerbte Veteranen, die Caesar im Alexandrinischen Krieg gedient und ihn bei Philippi gerächt hatten.

Die beiden Legionen bildeten das Zentrum dieser Armee. Ihr Nachteil war nur, wie Kleopatra fand, daß sie mit der Zeit geschrumpft waren. Da jede Legion eine Einheit war, mit eigenem Emblem und eigener Geschichte, wurden die Verluste in ihren Reihen nie ersetzt. Aus neuen Rekruten wurden neue Legionen. Keine der sechzehn Legionen, die Antonius aus Italien mitgeführt hatte, war vollständig. Seinem Wunsch, zu Hause Nachwuchs auszuheben, hatte Octavian sich widersetzt.

Doch trotz dieser Einschränkungen war es eine großartige Armee, die zudem von einer stattlichen Anzahl fremder Hilfs- und Söldnertruppen unterstützt wurde. Selbst Caesar hatte nie etwas Vergleichbares besessen. Eine Niederlage war völlig undenkbar. Vielleicht hat Antonius doch recht gehabt, die Gelegenheit zu nutzen, dachte Kleopatra. Er konnte es tatsächlich schaffen, Alexanders Triumph zu wiederholen. In Friedenszeiten ließ er zwar zu wünschen übrig, doch im Krieg war er fest, nüchtern und stark.

Und jetzt war seine Zeit gekommen.

Im Mai erreichten sie die Stadt Artaxata am Fluß Araxes, weit oben im Nordosten. Hier überwog der persische Einfluß den der Griechen, stellte Kleopatra fest, als sie die Blicke über die Kuppeldächer der Zitadelle schweifen ließ und die Armenier betrachtete. Sie trugen Pluderhosen und Tuniken mit Troddelfransen, ihre Locken waren ölgetränkt. Nachdem sie durch die Pforten geritten waren, empfing sie der armenische König Artavasdes mit großem Gepränge, bewirtete sie drei Tage lang, richtete Feste aus und schwor Antonius unverbrüchliche Treue.

Als sie die Stadt verließen, war ihre Armee um dreißigtausend Soldaten verstärkt worden, von denen die Hälfte Panzerreiter waren, die besten, die der Osten besaß. Eine prächtige bunte Truppe. Noch lange Zeit danach erinnerte sich Kleopatra an den Eindruck, den diese schier endlose Truppenkette hinterließ, als sie durch die Weite kroch, die armenischen Reiter in leuchtenden Uniformen, die Hände glitzernd von den Ringen, die sie sogar an den Daumen trugen, das Bronzegeklirr an den Pferdedecken. Wie sie Antonius zujubelten, als er auf dem kastanienbraunen Pferd an ihnen vorbeiritt.

Später dann kam es ihr vor wie der reinste Hohn.

Antonius' Behausung bestand aus einem einfachen Zelt aus Ziegenhaut, die über ein Gerüst aus Eichenholz gespannt worden war. Im Innern standen ein schlichtes Lager, ein paar Schemel, ein Klapptisch mit ausgebreiteten Karten, die an den Enden mit Steinen beschwert worden waren, und Krüge mit Wasser, das man aus hölzernen Bechern trank. Die Laterne, die an der Decke hing, bot nur ein schwaches Licht. Von draußen drangen Lagerlaute zu ihnen, das Wiehern eines Esels, die Flüche der Soldaten. Die Luft war getränkt vom rauchigen Fettgeruch der Feuerstellen.

Antonius legte die Hand ehrfürchtig auf die Karten. »Das sind Caesars Pläne«, sagte er zu Kleopatra. »Sie garantieren uns den Erfolg. Sie haben mich immer angetrieben. Die Unterlagen des größten Strategen der Welt! Er hat sie auf dem Höhepunkt seiner Laufbahn entworfen. Den Namen hat er dem Bübchen vermacht, doch mir hinterließ er das wahre Erbe: den Schlachtplan für Parthien.«

Seine Augen glitzerten, sein Gesicht glühte vor Begeisterung. Richtig, dachte Kleopatra, Antonius hat sich damals Caesars Papiere besorgt. Die Pläne müssen darunter gewesen sein. Er hat sie heimlich aufbewahrt.

Antonius wandte seine Aufmerksamkeit wieder den Karten zu. »Wir greifen von Norden an, nicht vom Westen wie Crassus. Wir sind glänzend gerüstet und haben Belagerungsmaschinen. Genau wie der alte Knabe es vorhatte.«

Es war Antonius' Traum, wie es Caesars Traum gewesen war. Auch er hatte geglaubt, daß Parthien sein Schicksal war. Nur für die Macht interessierte sich Antonius nicht wie jener. Er wollte den Ruhm, den Triumph. Gewiß zog es ihn auch deshalb nach Parthien statt nach Rom, denn nach Bürgerkriegen wurden keine Triumphe gefeiert.

»Ich werde zu Isis beten und sie um ihren Schutz für dich bitten«, flüsterte Kleopatra.

»Ich brauche Isis nicht«, antwortete Antonius. »Ich habe Cäsar. Er steht hinter mir.«

Vielleicht hat er recht, dachte Kleopatra. Wenn er die Schätze Parthiens erbeutet, ist meine Zukunft sicher. Dann habe ich endlich den großen Sieg, Caesars Erbe, das mir so lange versagt geblieben ist. Vielleicht ist das wirklich Caesars Plan gewesen. Es hätte ihm ähnlich gesehen, die Stärksten für sich kämpfen zu lassen und Antonius letztmalig zu prüfen, ehe er ihm seinen Traum erfüllte.

Am Tag darauf sah Kleopatra zu, wie die Armee den Fluß überquerte und sich auf das Gebirge zubewegte, auf Gebiete, die seit Alexander kaum mehr von Karten erfaßt worden waren. Sie wäre gern mit ihnen gezogen, doch sie mußte zurück nach Ägypten, zurück zu ihren Pflichten. Zudem gab es einen weiteren Grund, der ihr die Begleitung der Truppen unmöglich machte.

Der lange Winter in Antiochia hat Kleopatra viel eingetragen, denn ihr Land war so sicher wie nie zuvor, und durch den Vertrag, den sie Antonius abgerungen hatte, hatte sie nahezu alle Gebiete zurückgewonnen, die ihre Vorfahren verloren hatten. Damit hatte sie sich als eine der größten unter den Ptolemaiern erwiesen, denn in nur fünfzehn Jahren hatte sie Ägypten wieder zur Macht verholfen. Und sie besaß noch etwas von Antonius, doch das war in keinem Vertrag erwähnt.

Sie erwartete wieder ein Kind.

5

Auf dem Palatin in Rom

Er sieht aus wie eine schwitzende Schweineschwarte, dachte Octavia. Wie er da sitzt! Selbstgefällig mit seinem Purpurmantel, die schwarze Lockenperücke sorgfältig auf den kahlen Kopf drapiert. Ein Windstoß, und die Pracht wäre dahin. Entsetzlich, diese reichen alten Männer mit ihren Eitelkeiten.

Der Senator zupfte sich eine der Locken zurecht. Auf seinem kreisrunden Gesicht hatten sich Schweißbäche gebildet. Jeder in der Republik schien in diesen Sommertagen aus irgendeinem Grund zu schwitzen.

»Habt Ihr Neuigkeiten vom Imperator?« erkundigte er sich nun.

Gewiß waren auch ihm die Gerüchte zu Ohren gekommen, nach denen Antonius in Antiochia die *peregrina* geheiratet hatte. Eine Barbarenhochzeit, die nach römischem Recht ohne Gültigkeit war, obgleich jeder in Rom davon sprach. Doch hier auf dem Palatin bin immer noch ich seine Frau, dachte Octavia. Und wenn Antonius mich für das Werkzeug meines Bruders hält, werde ich ihm das Gegenteil beweisen. Wahrscheinlich unterschätzt er mich. Das hat er von Anfang an getan.

»Ich habe nichts mehr gehört, seit er den Euphrat überschritten hat.«

»Nach seiner Rückkehr werden wir ihm einen glorreichen Triumph gewähren.«

Rom hatte einen Helden bitter nötig, denn zur Zeit herrschte der Pöbel im Land. Octavian wurde von allen Seiten belagert. Seine Zukunft lag in der Hand seines mürrischen Freundes Agrippa, der den Winter damit verbracht hatte, im Hafen von Misenum neue Ruderer auszubilden.

Octavians Flotte war einem Sturm in der Straße von Messina zum Opfer gefallen. Viele der untergegangenen Schiffe zählten zu denen, die Antonius in Tarent zurückgelassen hatte. Das Flaggschiff war gestrandet, und beinahe wäre ihr Bruder dabei ertrunken. Es war bereits das zweite Mal, daß er als Schiffbrüchiger endete. Er tat allmählich gut daran, sich vom Wasser fernzuhalten.

Inzwischen hieß es, daß Agrippa Octavian eine neue Flotte bauen ließ, mit größeren Schiffen als zuvor. Schwimmende Festungen wurden sie genannt. Doch man hatte Octavian dafür angeprangert, denn Sextus' Piraten auf den kleinen, wendigen Liburnen behielten im Kampf die Oberhand. Octavian schaffte es einfach nicht, sich gegen Sextus durchzusetzen. Dabei war ein Sieg auf dem Meer dringend vonnöten. Doch wie sollte das angehen, wenn einem Neptuns Sohn gegenüberstand? Wußte ein Mann wie Agrippa überhaupt, worauf es ankam?

Octavian hatte jetzt Maecenas nach Rom entsandt, um die Lage zu entschärfen, und Octavia fragte sich, was er sich dabei gedacht hatte. Ob Maecenas die Aufständischen mit seinem Lockenstab erstechen sollte? Das einzige, was ihren Bruder retten könnte, wäre ein Sieg in Sizilien. Wenigstens hatte er es jetzt geschafft, dort endlich Truppen an Land zu setzen. Einundzwanzig Legionen, ein Riesenheer, und bislang treu ergeben. Auch das war Caesars Vermächtnis.

»Ihr solltet den edlen Antonius wissen lassen, daß er meine ganze Unterstützung hat«, hörte Octavia den Senator sagen.

»Ich werde ihm die Botschaft übermitteln«, erwiderte sie. »Er wird sich darüber freuen.«

In den vergangenen Monaten war die Kette der Besucher in ihrem Haus so gut wie nie abgerissen. Ein römischer Würdenträger folgte dem nächsten – unterwürfige Gestalten, die befürchteten, daß sich das Blatt wenden konnte. Wenn Antonius in Parthien siegte, wollten sie sicher sein, daß ihnen der neue Alexander gewogen war. Wahrscheinlich sind ihnen auch die Proskriptionen noch lebhaft in Erinnerung, dachte Octavia. Viele von ihnen hatten Cicero persönlich gekannt, und keiner sehnte sich nach einem ähnlichen Schicksal, wenn er den Kopf aus der Sänfte streckte.

Im großen und ganzen ging man offenbar davon aus, daß Octavian am Ende war – auch dieser eitle alte Mann, der vor noch nicht allzu langer Zeit vor ihrem Bruder gekrochen war.

»Euer Gemahl kann im Senat jederzeit mit mir rechnen«, versicherte er ihr gerade.

»Und mein Bruder?«

Er schaute sie verdattert an. »Euer Bruder desgleichen«, stotterte er. »Er selbstverständlich auch.«

Was in sich ein Widerspruch war, dachte Octavia. Welch ein Schafskopf!

Falls Antonius den Sieg in Parthien errang, würde Caesars Vermächtnis nicht mehr ausreichen, um Octavian zu retten. Ein derartiger Triumph wäre beispiellos. Und was Octavian betraf, so klänge Caesars Name hohl, wenn er an Sextus scheitern würde. Das geschähe Octavian jedoch nur recht, denn er hatte das Maß längst verloren, handelte grausam und kalt. Vielleicht würde ihm ein stilles Exil beschieden sein – falls sie es schaffte, sich für ihn einzusetzen. Auch das war ein Grund, warum sie weiter in diesem Haus verweilte.

Genau wie ihren Besuchern lag Octavia daran, Antonius ihrer Treue zu versichern, und wenn es nur um ihres Bruders willen geschah. Wenn sie nur absehen könnte, wie die Sache ausgehen würde!

In Alexandria

Die Winterstürme tobten um den Leuchtturm, der von grauen Regenschwaden verhüllt wurde. Das Meer brandete in aufschäumenden Gischtwellen gegen den Sockel. Kleopatra legte die Hand auf ihren

Bauch. Sie spürte, wie sich das Kind bewegte, winzige Tritte eines Wesens, das ins Leben drängte.

In diesen Tagen fiel es ihr schwerer als früher, sich auf ihre Pflichten zu konzentrieren, wobei es nicht nur das Kind war, das sie ermatten ließ. In Parthien mußte es schon zum Kampf gekommen sein – und damit zu Siegen und Niederlagen. Das Schicksal hatte bereits Entscheidungen getroffen. Doch wie sie aussahen, wußte Kleopatra nicht.

Sie stellte sich manchmal den Boten vor – wie er atemlos zu ihr gehetzt kam und die Metallhülle schwang, die die Nachricht enthielt. Wie er sich verhaspelte, während er die Ereignisse schilderte und die leuchtenden Heldentaten beschrieb. Wie sie abermals nach Rom reisen würde, um bei Antonius' Triumph dabeizusein, dem größten, den es je gegeben hatte, bedeutender noch als die Triumphe Caesars. Antonius wäre der Herr der Welt, könnte sich das nehmen, was Caesar versagt geblieben war, den Titel, nach dem er gedürstet hatte. Rex. König.

Und sie wäre seine Frau, seine militärische Verbündete. Kein Hindernis stünde ihrer offiziellen Vermählung mehr im Weg. Niemand würde es wagen, dem Sieger von Parthien zu trotzen. Sie und Antonius wären die Erben des größten Reiches seit Alexander. *Sie* wären Rom.

Und ihr Caesarion wäre der rechtmäßige Nachkomme. Nicht dieser Emporkömmling, dieses verweichlichte Männerliebchen – dieser Octavian.

Der Sturm warf sich mit Macht gegen die Mauern, riß in den Gärten Büsche aus, bog die Palmen bis zur Erde. Das Kind bewegte sich abermals.

Alexandria, wie überhaupt ein großer Teil der Welt, war voller Erwartungen, Befürchtungen – überall schwirrten Gerüchte herum. Man hatte das Töpferorakel befragt. Auf den Fischmärkten, in den Basaren und in den Gängen des Palasts wurde von nichts anderem gemunkelt. Es war eine uralte Weissagung, die vor dreihundert Jahren aus demotischem Ägyptisch ins Griechische übersetzt worden war. Es sprach von einer ägyptischen Königin, die Rom erobern, Asien vereinen und ein neues Zeitalter ausrufen würde, das Zeitalter der Sonne.

»... und während Rom noch zaudert
über der Eroberung Ägyptens,
erscheint die mächtige Königin
des Ewigen Königs unter den Menschen.
Unstillbarer Zorn unter den römischen Männern.

Drei werden Rom ein klägliches Schicksal bescheren,
die Menschen sterben in ihren Häusern,
aus dem Himmel stürzen sich feurige Fluten.
Der Heilige Herr schwingt sein Zepter über der Erde,
denn er wird hinfort über sie herrschen.

Eintracht und Liebe, gut und gerecht,
Brüderlichkeit zwischen den Menschen.
Die Armut entflieht,
nach ihr Chaos und Leid,
Neid, Schuld, Zorn und Narrheit,
blutrünstiger Streit und Gier,
Diebstahl und Zerstörung
sowie auch die anderen Übel.
Sie werden fortan erlöschen.

Das war natürlich zusammengereimter Unsinn, doch Kleopatra konnte sich ihn womöglich zunutze machen. Die Menschen sehnten sich nach einem Retter, der sie vom römischen Joch befreite. Warum sollte es sich dabei nicht um Kleopatra und Antonius handeln, die die Welt im lodernden Feuerschein des Ruhmes erlösten?

Überdies erwähnte das Orakel auch ein goldenes Kind, das am Geburtstag der Sonne geboren würde, am fünfundzwanzigsten Tag des römischen Monats Decembris. Kleopatra bezweifelte allerdings, daß Antonius' Kind sich noch bis dahin gedulden würde. Doch es gab andere Wege, die Weissagung so zu deuten, daß sie der Wirklichkeit entsprach.

Neue Nachrichten kamen aus Rom, und alle waren schlecht. Octavian hatte in Sizilien gesiegt, Sextus' Flotte war zerstört. Agrippa hatte seine Kritiker eines Besseren belehrt und die Seeschlacht gewonnen. Seine frisch ausgebildeten Ruderer und seine neue Flotte hatten den Sohn des Neptuns bezwungen. Agrippa hatte eine neue Waffe entwickelt, die *harapax*, ein Katapult, das mit Enterhaken schoß, so daß die kleineren Liburnen an die schwimmenden Festungen gezogen und von dort aus zerstört werden konnten. Sextus hatte alles auf eine einzige Seeschlacht gesetzt – und verloren. Er floh mit dem Rest seiner Flotte nach Osten, mit siebzehn Schiffen von vormals dreihundert.

Auch ein anderes Geschehen hatte sich für Octavian günstig entwickelt. Sextus' Fußsoldaten hatten sich Marcus Lepidus ergeben, dem vergessenen Mitglied des Triumvirats. Verbittert aufgrund der Vielzahl an Kränkungen hatte jener die Truppen benutzt, um Octavian herauszufordern und Sizilien für sich zu beanspruchen. Er hatte jedoch die Stimmung unter den Soldaten verkannt, die der Kämpfe längst überdrüssig waren. Als der junge Caesar mit einer Handvoll Offiziere in Lepidus' Lager einmarschierte, schlugen sie sich auf seine Seite. Lepidus hatte um Gnade gefleht und sich Octavian zu Füßen geworfen. Dieser hatte sich ausnahmsweise als großzügig erwiesen und ihm den Rückzug ins Exil gestattet, anstatt ihn an einem Baum aufzuknüpfen.

Nun besaß Octavian auch Lepidus' Armee. Zusammen mit seiner eigenen bedeuteten das fünfundvierzig Legionen mit hundertzwanzigtausend Soldaten, die ihm unterstanden. Er ist wie eine Hydra, dachte Kleopatra. Gerade noch wähnt man ihn am Ende, doch schon reckt sich ein neuer Kopf in die Höhe. Das konnte einem wahrhaftig die Laune verderben. Wie schaffte das elende Bübchen es nur, daß ihm alles gelang?

Im zweiten Monat des neuen ägyptischen Jahres, als der Nil seinen höchsten Stand erreicht hatte, schenkte Kleopatra einem Sohn das Leben. Ptolemaios Philadelphos. Kurz danach erhielt sie weitere Nachrichten aus Rom: Octavian hatte im Forum das Ende der Bürgerkriege verkündet. Die verängstigten Senatoren hatten ihm das Tragen des Lorbeerkranzes gestattet, und zwar zu jeder Zeit, genau wie Caesar.

Das verändert alles, dachte Kleopatra. Nun muß Antonius ihnen den Kopf des Partherkönigs auf einem Silbertablett überbringen, denn sonst ergeht es uns schlecht.

6

Kleopatra spürte, daß sie ein Gefühl böser Vorahnung beschlich, als sie Quintus Dellius durch den Marmorsaal kommen sah: Lederrüstung, Brustpanzer, den Helm mit dem roten Federbusch unter dem Arm. Alles sah aus wie immer. Doch etwas stimmte nicht an dem Bild. Das war nicht der strahlende Bote, den sie erwartet hatte. Die Wangen waren ausgehöhlt, das Gesicht war ernst, gezeichnet von Erschöpfung und von Leid.

»Majestät«, sagte er und verneigte sich. »Ich überbringe Euch die Grüße des Imperators Marcus Antonius.«

»Was ist geschehen?« fragte sie und machte sich auf das Schlimmste gefaßt. Ein Blick auf sein Gesicht hatte genügt.

»Er braucht Eure Hilfe«, antwortete Dellius. Es klang, als müsse er die Worte herauswürgen.

»Wo ist er?«

»In Syrien, Majestät. In Leuke Kome, einem Ort nördlich von Sidon, den man als das Weiße Dorf bezeichnet. Er benötigt Geld, Nahrung und Kleidung für die Soldaten.«

Kleopatra starrte ihn an. *Ich hatte ihn gewarnt*, war alles, was sie denken konnte. Soviel also zu Caesars Vermächtnis.

»Wie schlimm ist es?« brachte sie schließlich hervor.

Dellius schluckte krampfhaft. »Zwanzigtausend von uns – haben es zurückgeschafft.«

Um sie herum wurden entsetzte Rufe laut. Zwanzigtausend Überlebende! Das bedeutete den Verlust von vierzigtausend Soldaten – mehr, als Crassus verloren hatte. Wie um alles in der Welt hatte das passieren können?

»Ich komme«, sagte Kleopatra. »Sagt ihm, daß ich komme.«

7

Leuke Kome in Syrien

Nicht viel war von dem Traum übriggeblieben.

Reihen von Kranken und Verwundeten, die auf dem nackten Erdboden lagen oder sich auf den Holzpritschen krümmten, mit stinkenden, durchweichten Bandagen, unter dünnen, abgewetzten Decken. An manchen Stellen hatte man Zeltdächer errichtet, die den Elendesten unter ihnen kargen Schutz gewährten. Der Rauch der Lagerfeuer zog über sie hinweg und verlor sich über den Feldern. Die Männer wimmerten im Fieberwahn oder schrien vor Schmerzen.

Seine unbesiegbare Armee. Caesars Legionen.

Als Antonius durch die Reihen ging, erkannten sie seinen Purpurmantel, und viele riefen ihn beim Namen. Er blieb bei jedem stehen, flüsterte Trostworte und schämte sich angesichts der Dankbarkeit, die ihm dafür zuteil wurde. Diese Männer hatten ein besseres Schicksal verdient. Er hatte sie ins Verderben gelockt.

Er wußte nicht, wie viele von ihnen er noch verlieren würde. Manche würden es bis nach Hause schaffen und fortan nutzlos sein, ohne Gliedmaßen oder auch blind. Andere würden hier an den kahlen Hängen sterben, der Kälte oder den Wunden erliegen. Wie glorreich sie ausgesehen hatten, als sie Antiochia verließen! Die stolzeste Armee des Ostens! hatte er vor Kleopatra geprahlt. Und nun war nur noch ein Haufen zerlumpter Skelette übrig.

Antonius fröstelte unter seinem Mantel. Er trug drei Tuniken übereinander und hatte sich wollene Lappen um die Beine gewickelt, doch der Wind fraß sich durch bis auf die Knochen. Eine Stunde lang wanderte Antonius durch den Gestank von Tod und Verwesung. Die Männer stammelten seinen Namen, als sei er ihr Wohltäter. Antonius ... Imperator. Sie liebten ihn immer noch, selbst nach dem Leid, das er ihnen beschert hatte.

Endlich fand er den Mann, den er gesucht hatte. Den kindgroßen Körper mit dem riesigen Kopf. Er lag unter einer blutgetränkten Decke. Antonius kniete sich neben ihm nieder und berührte ihn an der Schulter. Der Mann schlug die Augen auf.

»Sisyphus«, sagte Antonius.

Der Zwerg versuchte zu lächeln. »Die Parther sind gute Schützen«, flüsterte er, »wenn sie selbst so kleine Ziele wie mich treffen können.«

Vom Himmel nieselte eiskalter Regen. Das schwache Rauschen umgab sie wie ein Flüstern.

Antonius hob die Decke hoch. Der Feldarzt hatte den Arm des Zwerges unter dem Ellbogen abgenommen. Der Stumpf steckte in schmutzigen Bandagen.

»Wie geht es dir, alter Freund?«

»Ein einarmiger Zwerg! Jetzt könnt Ihr mit Fug und Recht behaupten, daß Euch die kurioseste Kreatur auf der Welt gehört.«

»Du wirst schon wieder. Wir schaffen dich hier raus.«

Die Augen des kleinen Mannes glänzten fiebrig. »Mein Leben war auch bisher nicht einfach. Es wird mir nicht fehlen, wenn es erlischt.«

»So darfst du nicht reden. Was glaubst du, wie viele Gelage wir beide noch vor uns haben.«

Sisyphus schloß die Augen und ergab sich dem Schicksal, das die Götter für ihn bereithielten. »Sagt mir, warum wir das alles taten?«

»Für Rom, mein Freund.«

»Nein, Antonius, wir taten es für Euch. Was glaubt Ihr? Ist es das wert gewesen?«

Quintus Dellius entdeckte Antonius auf der Mole. Er blickte auf den grauen Ozean, wo der Wind weiße Schaumkronen dem Strand entgegen trieb. Der lange Purpurmantel bauschte sich und schlug ihm um die Beine.

»Imperator?«

»Wo ist sie, Dellius?«

»Sie sagte, sie würde kommen, mein Herr.«

»Wir haben kaum Wasser und keine Nahrung. Meine Armee stirbt langsam vor sich hin, die Männer können nicht marschieren. Wenn sie nicht kommt ...«

»Nun, *Ihr* könntet Euch retten«, murmelte Dellius. Und mich dazu, dachte er, denn wenn Antonius nach Alexandria zöge, nähme er seine Feldherren mit. Solange sie jedoch blieben, litten sie wie die anderen Soldaten.

Antonius schüttelte den Kopf. »Ich lasse meine Armee nicht im Stich. Wenn Kleopatra nicht kommt, werden alle sterben. Dann gehe ich mit ihnen in den Tod.«

Dellius machte ein enttäuschtes Gesicht. Antonius wandte sich ab und schaute wieder über das Meer, suchte den Horizont nach Segeln ab, nach einem Zeichen, das Rettung verhieß.

Trostlos und grau. Eine Art Hafen, den man aus dem Felsen gehauen hatte, das Land dahinter ohne Konturen. Leuke Kome, das Weiße Dorf, wenngleich die zusammengewürfelten Häuser, die Kleopatra am Strand erkennen konnte, nichts anderes aufwiesen als schmutziges Grau. Dennoch war ihr selbst dieser Anblick nach der Seereise willkommen. Sie zitterte unter dem dicken, pelzgefütterten Mantel, obwohl ihre Wangen fiebrig brannten.

Kleopatras Flaggschiff führte die kleine Flotte in den Hafen. Unten in der *Antonia* stapelten sich Decken, Tuniken und Mäntel für zwanzigtausend Mann. Die Versorgungsschiffe waren mit Getreide beladen. Außerdem hatte sie Geld mitgebracht, dreihundert Talente Gold. Ich habe mich dir mehr als treu erwiesen, Marcus Antonius, dachte sie.

Im Näherkommen erblickte sie die kläglichen Lagerfeuer und die zerlumpten Überbleibsel jener Armee, die sie zuletzt beim Überqueren des Euphrats gesehen hatte. Eines stand für sie fest: Antonius mochte zwar Caesars Pläne an sich genommen haben, doch Caesars Verstand war damit nicht auf ihn übergegangen.

Canidius und Dellius begleiteten Kleopatra zu Antonius' Zelt. Er war offenbar zu stolz oder zu beschämt, um sie am Hafen zu begrüßen. Als sie durch das Lager ging, wurde Kleopatra das Ausmaß der Niederlage erst richtig bewußt. Oh, Antonius, dachte sie, was hast du nur getan?

Sein Zelt war besser ausgestattet als die Unterkünfte der Offiziere, denn auf dem Boden lagen Teppiche, und Antonius selbst hatte einen Sessel, auf dem er zusammengesunken hockte. Er stand auf, um sie willkommen zu heißen, vermied es dabei jedoch, ihr in die Augen zu sehen. Eine Schmach dieses Ausmaßes hatte er noch nie erlebt. Damals in Mutina war er einer Übermacht erlegen, die ihn von zwei Seiten bedrängte, war er ein Opfer politischer Ränkespiele gewesen. Dies hier jedoch war sein Feldzug gewesen, er hatte darauf hingearbeitet, Ort und Zeit des Kampfes bestimmt – und verloren.

»Antonius«, sagte sie.

Er schien um zehn Jahre gealtert zu sein. Sein Blick wirkte gehetzt, die Wangen waren eingefallen, das Gesicht gezeichnet von Entbehrung, Müdigkeit und Furcht. Nichts erinnerte mehr an den kraftstrotzenden Feuerkopf und Spaßmacher von früher.

»Ich wußte, daß du kommen würdest«, sagte er.

»Es stand wohl außer Frage.«

»Hast du uns Nahrung mitgebracht?«

»Die Schiffe sind mit allem beladen, was sich kurzfristig zusammenraffen ließ. Ich habe Getreide, warme Kleidung und Geld mitgebracht, genau wie du es verlangtest.«

Kleopatra ließ sich auf einem harten Schemel nieder. Antonius näherte sich ihr nicht, und sie konnte sich nicht überwinden, auf ihn zuzugehen. Sie starrten sich schweigend an. Der Wind blähte die Zeltbahnen auf und trug den Gestank des Lagers zu ihnen herein.

Antonius war Kleopatra immer wie ein Riese vorgekommen, doch jetzt erschien er ihr zusammengeschrumpft und klein. Doch es waren nicht nur Hunger und Erschöpfung, die diesen Eindruck bewirkten, es war der verlorene Glaube an sich selbst. Sie würde ihn aufrütteln müssen und stärken, denn ihrer beider Schicksal war nun unweigerlich verknüpft. Wenn Antonius unterging, würde sie ihm folgen.

»Was ist geschehen?« fragte sie schließlich.

»Wir wurden von Artavasdes, dem Armenier, verraten.«

Danach schilderte er ihr im einzelnen, was vorgefallen war. Die Kriegsmaschinen und schweren Gepäckfuhrwerke hatten das Vorwärtskommen durch die Berge verlangsamt, so daß er gezwungen gewesen war, die Streitmacht aufzuteilen. Artavasdes hatte das Ende des Heers schützen sollen, zusammen mit zwei Legionen unter Oppius Statianus. Antonius war mit den anderen Truppen vorausgeeilt. Doch Artavasdes und seine Reiter hatten Statianus im Stich gelassen und waren nach Armenien zurückgekehrt. Nach ihrem Verschwinden waren die Parther über Statianus' Truppen hergefallen, hatten die Soldaten niedergemetzelt, die Kriegsmaschinen zerstört und die Standarten geraubt.

Inzwischen hatte Antonius die parthische Grenzstadt Phraata erreicht, doch weil ihm die Katapulte fehlten, hatte er sie nicht einnehmen können. Da sich der Winter mit gewaltigen Schritten genähert hatte, war er zum Rückzug gezwungen gewesen, der von der parthischen Reiterei immer wieder gestört wurde. Allein in siebenundzwanzig Tagen war es zu achtzehn Verteidigungsschlachten gekommen, erst danach konnte er den Bergen entrinnen, doch er hatte ein Drittel seiner Armee verloren, vierzigtausend Mann, die an ihren Wunden, an der Kälte oder an Seuchen starben. Von seinen sechzigtausend Veteranen lebten noch achtzehntausend.

Als sie in Syrien ankamen, hatten sie weder nach Tyros noch nach Sidon marschieren können, da die Gefahr bestand, daß die Parther ihnen bereits den Weg abgeschnitten hatten. Deshalb waren sie hierher gezogen.

Als Antonius seine Geschichte beendet hatte, erhob er sich, trat an den Zelteingang und starrte hinaus in die rauchverhangene Luft. Seine Verzweiflung schien ihn niederzudrücken wie eine unsichtbare Hand.

So ist das also gewesen, dachte Kleopatra. Caesars Pläne zu nichts zerfallen! Nur weil Antonius ungeduldig – oder unfähig – gewesen war. War es auch Caesars Plan gewesen, die Streitmacht aufzuteilen? Zeugte es von militärischem Geschick, auf Vasallentreue zu bauen und sich nicht abzusichern, indem man Geiseln als Faustpfand mit sich nahm? Solche Fehler wären Julius nicht unterlaufen. Antonius war mit eigenen Plänen vorgeprescht und hatte Caesars Vermächtnis vertan.

»Du hast alles zunichte gemacht, Marcus«, sagte Kleopatra. Sie sah, wie sich sein Rücken versteifte.

»Nun bist du hier gelandet, ißt verschimmeltes Brot, mußt den Schmutz vom Wasser schöpfen, ehe du es trinkst, und verkriechst dich zum Schlaf an einen verlassenen Strand. Caesar an deiner Stelle wäre schon in Indien eingezogen.«

Er fuhr zu ihr herum. »Du kannst dir deine Worte sparen!«

»Ich wiederhole nur, was du dir ohnehin schon sagst, denn im Moment vergräbst du dich in Selbstmitleid. Was geschehen ist, ist nicht zu ändern. Ich habe dich vor Parthien gewarnt. Die Zeichen standen von Anfang an schlecht.«

»Wenn Artavasdes nicht gewesen wäre, hätten wir gesiegt. Die Parther müssen von unseren Plänen erfahren haben. Er hat uns nicht nur verlassen, sondern wird uns auch verraten haben.«

Und wenn es das nicht wäre, dachte Kleopatra, fiele dir eine andere Ausrede ein. In Wahrheit war es ein sinnloser Krieg mit einem unvermeidlichen Ausgang. Ich wüßte gern, was Octavian jetzt tut. Wahrscheinlich liegt er auf der Ruhebank, verschlingt genüßlich ein paar Leckereien und befingert einen seiner Knaben.

»Wie alt bist du jetzt, Marcus? Sechs- oder siebenundvierzig? Von nun an geht die Reise abwärts und führt zum Boot am Ufer des Styx.«

»Ich bin noch nicht am Ende«, knurrte er.

»Es freut mich, das zu hören. Es kam mir vor, als hättest du schon aufgegeben.«

»Ich werde mir Parthien holen.«

»Vergiß doch Parthien!« zischte Kleopatra wütend. »Hast du die Neuigkeiten nicht vernommen? Weißt du nichts von Octavians Erfolgen?«

»Von seinem Sieg über Sextus? Ich habe davon gehört. Es war Agrippas Sieg, nicht seiner.«

»Ein Unterschied, der den Römern leider entgangen ist. Lepidus gibt es nicht mehr als Triumvir. Er befindet sich an einem warmen Plätzchen, auf einem Landgut, das weit von Rom entfernt ist.«

»Octavian hatte kein Recht, ihn zu verstoßen, ohne mein Einverständnis einzuholen.«

»Eine Vorschrift, die er geflissentlich übersah.«

Antonius ging zu seinem Sessel und ließ sich schwer darauf niedersinken. »Das Blatt wird sich auch wieder wenden.«

»Erst wenn du bereit bist, etwas dafür zu tun.«

Er stützte den Kopf in die Hände und saß lange Zeit still wie eine Statue. »Ich bin so froh, daß du gekommen bist«, sagte er endlich.

»Ich wünschte nur, du nähmest meinen Rat so bereitwillig an wie mein Gold.«

»Ich zahle dir alles zurück«, erwiderte Antonius, doch seine Augen blitzten zornig. Güte wird nie verziehen, hatte Mardian Kleopatra einmal erklärt. Die Menschen hassen nichts so sehr wie Schulden, sei es in Form von Geldern oder Gefälligkeit. Doch hatte sie eine Wahl, wo sie Antonius unterstützen mußte, um sich selbst zu retten? Sie mußte dafür sorgen, daß er wieder auf die Beine kam, daß er die Hand mit dem Schwert gegen den wahren Feind richtete, statt sie sich von diesem abschlagen zu lassen.

8

Sie lagen in Antonius' Zelt und lauschten dem stürmischen Wellenrauschen, dem Heulen des Windes, der sich gegen die Zeltwände warf und die Öllampe, die von der Decke hing, quietschend hin und her schaukeln ließ. Dazwischen erklang das Gestöhn der Verwundeten und Sterbenden.

Das Lager war hart und schmal, ihre Körper schlüpfrig und verklebt. Antonius' Umarmung war heftig gewesen, ungeduldig, beinahe wütend. Kleopatra hatte ihn gewähren lassen. Hinterher hatte er sich so fest an sie geklammert wie nie.

»Es ist noch nicht alles verloren«, flüsterte sie und strich ihm über die Haare. »Du hast mich. Du hast die Kinder. Du hast Alexandria und den Reichtum des Ostens. Du kannst eine neue und bessere Armee aufstellen, und ich besitze die größte Flotte der Welt.« Sein Kopf lag an ihrer Brust. Sie küßte seine Stirn. »Doch Parthien mußt du vergessen.«

»Ich hätte gewinnen können«, murmelte er. »Ohne den Armenier hätte ich gewonnen.«

»Ich werde deine Soldaten mit nach Ägypten nehmen. Dort können sie sich wieder stärken, und du kannst sie neu ausrüsten. Quintus Dellius schickst du nach Rom. Er wird dort deinen Sieg verkünden und vor dem Senat erklären, daß du in Parthien Schätze erbeutet hast und einen neuen Angriff planst. Wer weiß denn schon, was wirklich geschah? Denke daran, daß jedermann glaubt, Caesar habe Britannien erobert. Mir hat er anvertraut, daß er lediglich gestrandet ist und ein paar Kelten schlug, die sein Lager überfielen.«

»Der Tag wird kommen, an dem ich durch Babylon reite«, sagte Antonius.

»Vergiß Babylon! Parthien ist zu groß, zu weit entfernt von den anderen Ländern der Welt. Als Alexander dort einzog, bestand es nur aus wenigen Stämmen mit ihren Reiterscharen. Jetzt ist es dicht bevölkert und reich. Dein wahrer Feind lebt in Rom, Antonius.«

Kleopatra schlang die Arme um ihn und preßte sich an ihn. Von nun an, dachte sie, werde ich die Rolle des Mannes einnehmen. Ihm würde sie die Zügel nicht länger überlassen, denn er war kein Caesar, kein Stratege. Ein mutiger, starker Soldat, das ganz gewiß, doch seine Körperkraft hatte getäuscht, hatte dazu geführt, daß jedermann ihn überschätzte.

»Das Schlimmste liegt nun hinter uns«, verkündete Antonius während seiner Lagebesprechung am folgenden Morgen. Er hatte sich mit seinem Stab um den Tisch versammelt, auf dem die Karten und Pläne ausgebreitet lagen. »Wir müssen unsere Kräfte wieder sammeln. Dann rächen wir uns an Armenien. Danach machen wir Pläne für einen neuen Angriff auf Parthien.«

Antonius' Generäle warfen sich verstohlene Blicke zu. Keiner von ihnen hatte Lust, denselben Weg noch einmal zu gehen.

»Vierzigtausend Legionäre lassen sich nicht einfach ersetzen«, gab Canidius zu bedenken.

»Ich hole mir die Legionen, die Octavian mir seit Tarent noch schuldig ist.«

Ahenobarbus spuckte aus. »Von diesem treulosen Schurken bekommst du nichts. Der geht der eigenen Mutter ans Leben, wenn er sich davon Gewinn verspricht.«

»Abwarten. Doch im Grunde brauchen wir Octavian auch nicht, Kleopatra hat uns ihre Unterstützung zugesagt.«

Nach diesen Worten schauten alle unbehaglich zu Boden. »Wieviel Geld hat sie mitgebracht?« fragte Ahenobarbus.

»Dreihundert Talente.«

»Das ist noch nicht einmal das Lösegeld für einen König«, murrte Ahenobarbus.

»Sie hat den Winterstürmen getrotzt, um zu uns zu kommen. Sie hat uns Nahrung, Kleidung und Geld besorgt. Glaubst du nicht, daß sie Dankbarkeit verdient?«

»Sie will dich nur als Werkzeug ihrer Macht.«

Tödliches Schweigen. Antonius starrte Ahenobarbus finster an.

»Wir müssen Vorsicht walten lassen«, sagte Dellius schließlich bedächtig. »Wir sollten nehmen, was sie gibt, und ihr dafür unsere Freundschaft bieten. Doch erneuern müssen wir uns in Rom, nicht in

Alexandria. Für eine weitere Schlacht bedarf es guter römischer Soldaten, und die bekommen wir in Ägypten nicht.«

»Ich werde Alexandria als Stützpunkt für die Eroberung Armeniens wählen«, beharrte Antonius.

»Und ich bin für Rom und nicht für Alexandria«, widersetzte sich Ahenobarbus.

»Sie ist meine Königin«, hielt Antonius ihm entgegen. »Das scheinst du dabei zu vergessen.«

»Sie ist eine nützliche Verbündete«, kam es von Plancus.

Bei allen Göttern, dachte Antonius, auch diese kleine Kröte will ihr Quaken beigetragen haben.

»Ihr seid vor allem Triumvir«, fuhr Plancus fort. »Und Römer! Das macht die Rückkehr nach Rom zur Pflicht. Wir werden uns dort wieder stärken.«

»Was denkst du, Canidius?« erkundigte sich Antonius.

Canidius' zerfurchte Stirn legte sich in noch tiefere Falten. »Es steht außer Frage, daß wir im Moment Kleopatras Hilfe benötigen. Sie hat die Schiffe, um uns nach Ägypten zu bringen, und sie hat das Getreide und das Geld, dessen wir dringend bedürfen. Es wäre eine gute Allianz gewesen, wenn wir Parthien erobert hätten. Doch nun ist es nicht ratsam, sich ihr noch enger anzuschließen. Ihr solltet das Augenmerk Rom zuwenden und den Osten vergessen, da Eure Situation sonst gefährlich wird.«

»Weil sie mein Lager teilt?«

Die anderen schwiegen.

»Rom interessiert sich nicht für das nächtliche Treiben seiner Generäle. Ein kleiner Liebesskandal ist ohne Bedeutung. Denkt an das Beispiel von Caesar.«

»Die Verbindung mit Alexandria wird uns an den Abgrund führen.«

»Wir haben keine Wahl«, beschied Antonius. »Ohne Geld gibt es keine Armee, und Kleopatra ist meine Bank. Es ist nie klug, den Geldverleiher vor den Kopf zu stoßen.«

»Noch weniger klug ist es jedoch, mit ihm das Lager zu teilen«, knurrte Ahenobarbus.

»Diese Ansicht solltest du überdenken«, erwiderte Antonius, »denn deine Taschen sind immer leer.«

Plancus brach in wieherndes Gelächter aus.

»Ihr segelt dennoch in gefährlichen Gewässern«, ließ Dellius sich vernehmen.

»Das läßt sich nicht vermeiden, wenn man Entscheidungen trifft«, entgegnete Antonius. »Es ist nun beschlossene Sache. Wir gehen nach Alexandria.«

Er hieb mit der Faust auf den Tisch, um seine Worte zu unterstreichen. Dann wandte er sich ab und stapfte aus dem Zelt ins Freie.

9

Sie warteten, bis sich das Wetter beruhigte, ehe sie Antonius' Armee nach Alexandria verluden. Antonius überwachte den Aufbruch, der etliche Wochen in Anspruch nahm.

Eines Tages tauchte ein anderes Schiff im Hafen auf, ein römischer Segler. Dellius kam zu ihnen gerannt und verkündete atemlos, daß sich an Bord ein Bote befände, mit einer Nachricht aus Griechenland.

Der Bote kam von Octavia. Sie war in Athen und hatte siebzig Kriegs- und Versorgungsschiffe dabei sowie zweitausend der besten römischen Soldaten, sorgfältig ausgesuchte Männer, die zu Octavians Leibgarde gehörten. Sie unterstanden ihrem Befehl. Octavia, so hieß es, erwarte Antonius' Anweisung, wie nun weiter zu verfahren sei.

Kleopatra hatte die Lippen spöttisch gekräuselt. »Edler Antonius«, sagte sie. »Du bist wahrlich auserwählt unter den Menschen. Eine Niederlage, und schon kreuzen sämtliche Ehefrauen auf, die im Eifer, dir zu helfen, mit ihren Schiffen beinahe kollidieren.«

Antonius brachte ein mühsames Lächeln zustande. Sieh an, dachte Kleopatra, sein Wort, auf das er sich so gern beruft, scheint nur unter Männern zu gelten, denn wenn es um Frauen geht, schwankt er wie ein Rohr im Wind. Ich habe mich zwar den Winterstürmen ausgesetzt und halb Ägypten geplündert, um zu ihm zu kommen, doch nun ist er satt, hat Schiffe und Geld und kann wieder neue Angebote prüfen.

»Zweitausend Mann«, murmelte Antonius. »Der kleine Giftzwerg schuldet mir zwanzigtausend! Er hat einen Vertrag unterzeichnet, in dem er mir für meine Schiffe vier Legionen versprach.«

»Wenn du die vier Legionen hättest, würdest du zu ihr gehen, nicht wahr?«

Antonius gab keine Antwort.

Was ist das für eine Frau – diese Octavia? fragte sich Kleopatra. Ihr Mann hatte eine andere geheiratet, mit der er sogar auf Münzen abgebildet ist, und dennoch bricht sie im Winter auf und segelt ihm ungefragt nach. War sie so sanft und gut, wie man es ihr nachsagte, oder steuerten andere ihr Tun, von denen einer Octavian war?

»Ich gehe nicht nach Athen«, sagte Antonius.

»Gibst du mir darauf dein Wort?«

Er zögerte.

Wie widerlich du bist, Antonius! dachte Kleopatra. Und ich war kurz davor, Erbarmen mit dir zu haben.

»Geh nach Athen oder nach Alexandria, du hast die Wahl. Wenn du mit mir ziehst, bist du der Herrscher des Ostens. Wenn du Athen vorziehst, bist du nur der Schwager des Triumvirs.«

Antonius blieb lange Zeit still. Dann schüttelte er den Kopf. »Zweitausend Mann«, wiederholte er immer noch ungläubig.

Sie tranken sauren Wein und kauerten wie Verschwörer beim Licht der Öllampe im Zelt: Antonius, Sisyphus, Ahenobarbus und Canidius. Alle vier waren bereits im fortgeschrittenen Stadium der Trunkenheit.

Sisyphus mit seinem wunden Armstumpf kletterte auf den Tisch und stimmte mit schwerer Zunge ein Lied an.

Jung Caesar ist ein guter Gesell',
da läßt sich kein Makel finden.
Ob schöner Mann, ob schöne Frau,
er nimmt sie von vorn und von hinten.

Antonius brüllte vor Lachen, während Ahenobarbus finster vor sich hin brütete. Antonius befahl Sisyphus, noch ein Lied zum besten zu geben.

Früher hieß er Octavian,
jetzt ist der Kleine göttlich.
Maecenas schüttelt den Kopf und sagt,
sein Hintern ist unersättlich.

Antonius lachte erneut, doch diesmal klang es ein wenig gezwungen. Ahenobarbus beugte sich zu ihm vor, seine Gesichtszüge waren grimmig verzerrt. »Du solltest nach Rom zurückgehen«, murmelte er. »Die ganze Stadt würde dir zu Füßen liegen. Es gibt noch andere Träume als die, die du hier vergeblich geträumt hast.«

»Ich will auf einem Pferd durch Babylon reiten – wie Alexander.«

Ahenobarbus und Canidius tauschten resignierte Blicke aus. Der Imperator führte sich auf wie ein Schläger, der einen Boxkampf verloren hatte. Das einzige, was ihm im Kopf herumspukte, war, sich aufzurappeln und erneut dreinzuschlagen, um es dieses Mal allen zu zeigen.

»Hier können wir unsere Verluste nicht ersetzen«, sagte Ahenobarbus. »Wenn wir neue Legionen wollen, müssen wir nach Italien zurück.«

»Zweitausend Mann«, beschwerte sich Antonius. »Selbst Fulvia hatte dreitausend dabei, als sie nach Athen kam. Das ist doch keine Armee, sondern nur eine Leibgarde!«

»Wir haben Rom zu lange den Rücken gekehrt«, warf Sisyphus nun ein. »Sechs Jahre wart Ihr nicht mehr dort, doch Rom ist immer noch Mittelpunkt der Welt.«

Antonius schüttelte den Kopf. Seine Weinlaune war verflogen. »Ich habe genug von Eurem Genörgel. Ich habe euch gesagt, daß mein Entschluß feststeht. Wir gehen nach Alexandria.«

Er stand auf, schlug die Zeltbahn vor der Eingangsöffnung zur Seite und verschwand in der Dunkelheit. Sisyphus folgte ihm. Die anderen hörten, wie er Antonius draußen abermals umzustimmen versuchte.

Nachdem die beiden fort waren, füllte Canidius sich den Becher auf. Als er auch Ahenobarbus nachschenken wollte, schüttelte dieser den Kopf. »Es kommt nichts Gutes dabei heraus, wenn er sich weiter mit der *peregrina* einläßt«, knurrte er.

»Trotzdem hat Antonius recht. Octavian hat ihn hintergangen.«

»Hintergangen! Antonius hat sich von diesem Bürschchen an der Nase herumführen lassen! Er kann es drehen und wenden, wie er will, aber Rom läßt sich nicht vom Osten aus regieren.«

»Doch wenn er jetzt zurückginge, käme er als Besiegter, während Octavian sich noch im Sieg über Sextus sonnt.«

»Das alles gefällt mir nicht.«

»Nun komm schon! In Alexandria haben wir doch immer eine lustige Zeit verlebt.«

»Die lustige Zeit ist längst vorbei. Der hat Antonius sich ausgiebig gewidmet – mehr, als gut für ihn war.«

»Sei's drum. Er glaubt nun einmal, daß Alexandria Macht bedeutet – nicht Rom.«

»Als ob es ohne Rom überhaupt Macht gäbe«, brummte Ahenobarbus, rülpste und ging hinaus.

Quintus Dellius folgte einem Dienstboten über einen Innenhof zu Octavias Gemächern, wo er darauf wartete, daß er ihr gemeldet wurde. Auf dem Bodenmosaik war vor dem Hintergrund rebenumrankter Säulen Dionysos abgebildet, mit Efeukranz, Bacchantenstab und einer nackten Mänade, die zu seinen Füßen lag. Eine etwas unglückliche Anspielung, fand Dellius.

Die Wand schmückte ein Gemälde, vornehmlich aus blauen und grünen Farbtönen, mit Aphrodite und einem Dreimaster, um den sich Meerjungfrauen tummelten. Die Göttin hatte blondes Haar und blaue Augen. Sie machte einen eher kühlen Eindruck und glich der Frau, die ihm nun entgegentrat.

»Quintus Dellius, habt Ihr Nachricht von meinen Mann?«

»Der edle Antonius sendet Euch seine Grüße.«

»Ist er wohlauf?«

»Der Kampf in Parthien war ...«, Dellius suchte nach den rechten Worten, »... hart und schwierig. Antonius ist erschöpft, doch sonst geht es ihm gut.«

»Wir haben in Rom gehört, daß er ruhmreiche Siege errungen hat.«

Nun, dachte Dellius, wenn man den erfolgreichen Rückzug als Sieg bezeichnen will, oder wenn es ruhmreich ist, dem sicheren Tod zu entrinnen, dann stünde uns in der Tat Lorbeer zu.

»Das Wetter hat uns zurückgedrängt«, wich er aus. Das war wenigstens nicht gelogen, denn wenn der Winter nicht eingesetzt hätte, stünde Antonius wahrscheinlich noch vor Phraata und wartete auf die Kriegsmaschinen, während ringsum die Soldaten verreckten.

»Ich warte auf seine Anweisungen«, sagte Octavia. »Ich habe Vieh aus Rom hergebracht, als Nahrung für seine Armee, sowie Kleidung für die Soldaten und Verstärkung aus den Reihen der Wachen.«

»Mein Herr ist Euch dafür sehr dankbar. Er fragt sich dennoch, warum Euer Bruder ihm nicht die Truppen sandte, die er ihm in Tarent versprochen hat.«

Octavia schien für einen Moment mit der Antwort zurückzuhalten. Was war das für ein Ausdruck auf diesem schönen Gesicht? Es sah beinahe aus wie Scham. »Octavian kämpft in Illyrien und braucht die Soldaten selbst.«

»Vier Legionen von seinen fünfundvierzig scheint indes nicht viel verlangt.«

»Mag sein. Ich verstehe mich nicht auf militärische Strategien, doch mein Bruder will meinem Mann nichts Böses – das beweist meine Anwesenheit in Athen.«

Deine Anwesenheit in Athen beweist genau das Gegenteil, dachte Dellius. Dein Bruder ist ein gerissener Halunke, und wir sollten alle auf der Hut vor ihm sein.

»Doch Ihr habt meine Frage nicht beantwortet«, unterbrach Octavia seine Gedanken. »Wie lauten Antonius' Anweisungen für mich?«

Dellius holte tief Luft. »Mein Herr sorgt sich um Eure Sicherheit – ohne angemessenen Schutz. Er wünscht, daß Ihr nach Rom zurückkehrt, wo er Euch in Obhut weiß.«

Octavia wich das Blut aus den Wangen. Einen Augenblick lang befürchtete Dellius, sie würde zu Boden sinken, doch sie hatte sich bereits wieder gefaßt, wandte sich ab und schaute auf den Hafen, wo ihre Flotte vor Anker lag.

»Ich bin wohl kaum ohne Schutz«, hörte er sie sagen. »Mich begleiten zweitausend der besten Soldaten meines Bruders.«

»So lauteten die Anweisungen meines Herrn.«

Octavia nickte. Was nützte es, mit dem Boten zu streiten? »Wenn er es wünscht, kehre ich zurück.«

Dellius beobachtete fasziniert, wie ein Träne über ihre Wange rollte und auf ihren blauen Umhang fiel. Octavia stand so still wie eine Marmorstatue. »Die Soldaten und auch die weiteren Versorgungsmittel lasse ich in Athen. Er mag darüber nach Gutdünken verfügen«, sagte sie. »Ich danke Euch, Quintus Dellius.«

Er verneigte sich und ging. Sein Auftrag war erfüllt. Bevor er den Raum verließ, warf er jedoch noch einen letzten Blick auf Octavia und empfand großes Mitleid mit ihr. Octavian zum Bruder zu haben und Antonius zum Mann war ein bitteres Los für eine so außerordentlich schöne Frau!

TEIL VI

Festina lente – Eile mit Weile

Octavian

1

Auf dem Palatin in Rom

Der Abend senkte sich auf den Palatin und hüllte alles in ein rosiges Dämmerlicht. Ein sanfter Windhauch strich durch die Zypressen. Octavian saß im Innenhof seines Hauses und machte ein zufriedenes Gesicht. Es gab nur einen Mann auf der Welt, den Octavia noch mehr haßte als ihn.

Sie verstand nun, was Octavian beabsichtigt hatte. Ihre Reise nach Griechenland war seine Idee gewesen, damit sie, wie er gesagt hatte, ihr Glück bei Antonius versuche. Hätte sie ihn zurückgebracht, wäre Antonius als reumütiger Sünder gekommen, gefügig wie ein Lamm. Doch auch so hatte Octavian bekommen, was er wollte, denn er würde Antonius' Weigerung als Beleidigung gegenüber Rom auslegen und seinen Vorteil daraus ziehen. Doch was hätte sie anderes tun können?

»Du wirkst ein wenig blaß«, sagte Octavian. »Wie war die Reise?«

»Wir sind in einen Sturm geraten. Es war beschwerlich.«

»Du solltest täglich einen Becher Rotwein trinken, bis es dir wieder bessergeht. Das kräftigt dein Blut.«

Octavia schaute ihn an. Er trug schon wieder seinen albernen Sonnenhut und dennoch zwei seiner schlechtgeschnittenen Tuniken übereinander, obwohl es schon später Frühling und der Abend warm war.

»Es tat mir leid, als ich hörte, was geschah.«

»Ich danke dir«, brachte Octavia mühsam hervor. Es tat ihm nicht im mindesten leid, wie sie sah, sondern er frohlockte.

»Offenbar verschmäht er dich.«

»Sollte dich das etwa bekümmern?«

»Angeblich hat er sich in einer barbarischen Feier mit dieser Hexe Kleopatra vermählt.«

»Nach römischem Recht ist er *mein* Mann.«

Octavian schien überrascht. »Erzähle mir nicht, daß du deinen Herkules immer noch liebst.«

»Ich hasse ihn aus ganzem Herzen«, erwiderte sie.

»Gut. Ich finde auch, daß es reicht. Du und die Kinder zieht jetzt bei mir ein. Ich werde euch als Mündel betrachten.«

»Nein«, entgegnete sie, ohne recht zu wissen, warum. Hoffte ein Teil von ihr immer noch auf Antonius' Rückkehr? Vielleicht war sie auch einfach nur zu stolz, um eine Niederlage zuzugeben. Oder wollte sie vielleicht ganz Rom vorführen, was für ein Mensch Antonius war, und im Martyrium ihre Rache suchen?

»Er kommt nicht zu dir zurück«, sagte Octavian.

»Ich bleibe dennoch in seinem Haus.«

»Du weißt, daß er nach seinem Sohn Antyllus geschickt hat.«

»Antyllus kann tun und lassen, was er will. Meine Pflicht ist es, zu bleiben, bis Antonius zurückkommt oder sich von mir scheiden läßt.«

Octavian lächelte und applaudierte spöttisch. »Meine tapfere Schwester.«

»Du bist an allem schuld«, fuhr sie ihn plötzlich wütend an. »Du hast dich zwischen uns gestellt.«

Sein Lächeln verschwand. »Es geht hier um Rom, Octavia, um ein Imperium«, entgegnete er kühl. »Daneben ist dein persönlicher Kummer nichtig.« Er erhob sich. Am liebsten hätte Octavia jetzt *ihm* applaudiert. Ihr verschlagener kleiner Bruder hatte es immerhin geschafft, die mutigsten Männer Roms zu besiegen.

»Also gut«, sagte Octavian im Weggehen, »bleibe in seinem Haus, wenn du willst. Doch hoffe nicht, daß er zurückkommt. Für ihn ist es vorbei.«

In Alexandria

Das Museion war der Hort der neun Musen: der Musen der Liebesdichtung, des Flötenspiels und der Lyrik, der Philosophie, der Geschichtsschreibung, der Tragödie, des Tanzes und Gesangs, des Kitharaspiels, der Komödie und der Astronomie. Die große Bibliothek Alexandrias schloß sich direkt an das Museion an. Die Sammlung war ursprünglich von Ptolemaios II. in Auftrag gegeben worden. Jetzt umfaßte sie die größte der Welt – unzählige Schriftrollen, die, um einen Stab gewickelt, in Regalen oder kleineren Fächern gelagert wurden. An jeder Rolle hing ein hölzerner Titelstreifen, der auf den Inhalt verwies. Die großen Lesesäle gingen ineinander über, das Licht fiel in hellen Schäften durch die Fensterreihen, die sich hoch unter den gewölbten Decken befanden.

Als Canidius und Ahenobarbus durch diese Säle streiften, schenkten sie den angesammelten Werken jedoch nicht die geringste Aufmerksamkeit, denn sie waren auf der Suche nach ihrem Imperator. Schließlich fanden sie ihn in einem der hintersten Säle an einem Marmortisch, wo er mit gerunzelter Stirn in die Lektüre vertieft war.

»Marcus«, knurrte Ahenobarbus.

Antonius gab keine Antwort.

»Wir haben Euch überall gesucht«, sagte Canidius.

»Platon vergleicht die Seele mit einem zweispännigen Wagen«, ließ Antonius sich ohne aufzuschauen vernehmen. Seine Stimme schien aus weiter Ferne zu kommen. »Eines der Pferde ist wild und schwer zu zügeln. Es bedeutet die Lust des Leibes. Das andere ist zahm und gefügig – das ist der Geist. Der Wagenlenker steht für die Vernunft. Nach Platon streiten sich in unserer Natur Wagenlenker und wildes Pferd, und die Frage ist, wer schließlich obsiegt.«

»Was macht Ihr hier?« fragte Canidius. Es war nicht gut, wenn ein Mann zuviel Zeit mit Büchern verbrachte. Ein Mann gehörte ins Gymnasion oder hinaus ins Freie, um sich im Reiten zu üben, und hockte nicht in dunklen Ecken, um sich in verstaubten Schriften zu vergraben.

»Hier befinden sich alle Werke der Philosophie«, antwortete Antonius. »Platon, Sokrates, die Stoiker, die Kyniker, es ist alles da. Sie zeigen, wie sich der Mensch sein Wesen erklärt.«

»Willst du damit den Sommer zubringen?« fragte Ahenobarbus. »Wir haben viel zu tun. Oder hast du Parthien schon vergessen?«

»Vielleicht bin ich ja wegen Parthien hier.« Antonius wickelte die Schriftrolle auf und steckte sie wieder in ihr Fach zurück. Dann legte er die Arme um die Schultern seiner Gefährten und wanderte mit ihnen durch die Säle.

»Warum zieht ihr so lange Gesichter?«

»Wann brechen wir wieder auf?« erkundigte sich Ahenobarbus.

»Gefällt es dir in Alexandria nicht?«

»Ich bin nicht gern müßig, wenn meine Arbeit wartet. Deine Frau richtet für dich in Rom großen Schaden an.«

»Meine Frau – Kleopatra?«

»Deine Frau Octavia«, gab Ahenobarbus kalt zurück.

»Was hat sie denn angerichtet?«

»Sie verhält sich ohne Fehl und Tadel.«

»Wie schändlich.«

Ahenobarbus überging die Ironie seiner Bemerkung. »Sie ruiniert deinen Ruf.«

»Indem sie sich sittsam verhält?«

»Ja, als Gegensatz zu Eurer Sittenlosigkeit«, warf Canidius ein.

Antonius machte eine unwirsche Miene. Er war die Vorwürfe seiner Gefährten leid.

»Du hast immer noch Freunde in Rom«, fuhr Ahenobarbus fort. »Unter den alten Republikanern und den Aristokraten. Doch mit jedem Tag, den du hier verbringst, verlierst du ein paar von ihnen an Octavian. Octavia empfängt deine Anhänger und spielt vor ihnen die liebevolle Mutter und treue Ehefrau. Sie erntet Bewunderung, die sich jedoch in Unmut verkehrt, was dich betrifft.«

»Sie liebt mich nun einmal – was soll ich dagegen unternehmen?«

»Sie liebt dich nicht!« Ahenobarbus hatte die Stimme erhoben, und seine Worte hallten durch den Saal. In einer Ecke schaute ein alter Grieche auf und starrte sie entrüstet an. »Entweder hat Octavian sie dazu angestiftet, oder sie betrachtet es als ihre Form der Rache. In jedem Fall schadet dir ihr Verhalten mehr, als wenn sie dich schmähen würde.«

»Und was soll ich deiner Meinung nach tun?«

»Du mußt nach Rom zurück! Du mußt mit denen reden, die dich noch immer verehren. Von Octavia mußt du dich scheiden lassen oder dich mit ihr versöhnen. Wenn du so weitermachst wie bisher, wird Octavian dich vernichten.«

Antonius' Hochstimmung war verflogen. Er runzelte die Stirn. »Ich werde es mir überlegen«, sagte er. Er löste sich von ihnen und ging mit gesenktem Kopf davon.

Er ist und bleibt ein Kind, dachte Canidius. Wenn ihm die Pflichten lästig sind, zieht er sich zurück und fängt an zu spielen.

»Ich würde zu gern wissen«, murmelte er, »wer bei ihm den Wagen lenkt.«

Nachts war es still, bis auf das Rauschen des Meeres und manchmal das Geräusch leichter Schritte, wenn ein Sklave über die Gänge huschte, oder festeren, wenn ein Soldat der Leibwache seine Runde drehte.

Kleopatra lag an Antonius geschmiegt und fühlte, wie sich seine mächtige Brust hob und senkte. Er hatte sein früheres Aussehen zurückgewonnen, die reichhaltige Nahrung und der gute Wein hatten ihn erneut gekräftigt. Doch die vormalige Lebensart hatte er nicht wieder aufgenommen; es gab weder Freunde des Lebens noch nächtelange Vergnügungen in Kanopis oder am See Mareotis. Vielleicht hielt der Gott sich nicht mehr für unsterblich.

Kleopatra hatte geglaubt, er schliefe, doch plötzlich murmelte er: »Ahenobarbus will, daß ich nach Rom zurückgehe.«

Ahenobarbus, dachte Kleopatra, der Sittenwächter mit dem zerfurchten Sorgengesicht. Sie hatte nicht vor, Antonius jemals wieder aus den Augen zu lassen. Er hatte sie zum letzten Mal verraten. »Und was hast du ihm gesagt?«

»Daß ich es mir durch den Kopf gehen lassen würde. Er glaubt, daß meine Freunde dort …«

»Wenn du nach Rom gehst, mußt du mit mir als Feindin rechnen.«

Er drehte sich zur ihr um. »Täubchen …«

Kleopatra stieß ihn von sich und richtete sich wütend auf.

»Ich bin kein Täubchen, sondern ein Falke. Ich habe Krallen!«

»Wenn ich nach Rom zurückkehrte, könnte ich mit einigen Bestechungsgeldern …«

»Du bist schon einmal zurückgegangen und hast mich danach im Stich gelassen. Wenn du mich wieder verläßt, weiß ich, daß ich dir nichts bedeute. Mein Zorn wird dieses Mal furchtbar sein.« Antonius lachte. Wahrscheinlich glaubt er, daß ich scherze, dachte sie.

»Oho!« sagte er. »Kleopatra mit ihren zahlreichen Legionen!«

»Nein, Kleopatra mit ihrem vielen Geld. Was sind denn deine Legionen – ohne Geld, um sie zu bezahlen und ihnen Waffen und Nahrung zu kaufen?«

Antonius gab keine Antwort, sondern warf die Decke von sich und ging in das Nebenzimmer. Sie hörte, wie er einen der Sklaven weckte und ihm befahl, Wein herbeizubringen. Nach einer Weile legte sie sich einen dünnen Umhang um und trat in den Nebenraum. Antonius lag nackt auf einem Diwan und wartete darauf, daß ihm der Sklave den Weinpokal füllte.

Er sah ihr verdrossen entgegen. »Jeder will immer irgend etwas von mir.«

»Das kommt dir nur so vor, weil du dich mit Nichtstun begnügen willst.«

»Ich warte lediglich darauf, daß meine Armee wieder kampfbereit ist. Dann kümmere ich mich um Armenien.«

»Warum damit die Zeit verschwenden?«

»Weil ich das nicht so stehenlassen kann! Vierzigtausend Mann vernichtet! Und das wegen Artavasdes, diesem Verräter! Es vergeht kein Augenblick, an dem ich nicht daran denke.«

»Der Feldzug gegen Parthien war von vornherein ein Fehler.«

»Parthien ist mein Schicksal.«

»Wieso glaubst du das?«

»Ich *weiß* es«, entgegnete er.

Er kommt nicht davon los, dachte Kleopatra. Parthien war Caesars Traum gewesen. Antonius hat ihn einfach übernommen – ein treuer Gefolgsmann bis zum bitteren Ende. Er hat sich ein Ziel gesetzt, und nun verfolgt er es stur und ohne nachzudenken, anstatt sich den neuen Gegebenheiten anzupassen.

Caesars Geist herrschte noch immer in diesem Raum. Er hatte auf demselben Diwan gesessen, auf dem jetzt Antonius lag, jedoch nicht nackt und halb betrunken, sondern in kriegerischem Gewand, mit dem vertrauten Gesichtsausdruck, als amüsiere ihn die Welt unablässig. Dort hatte er sie in jener Nacht genommen, als Apollodoros sie in der Teppichrolle zu ihm gebracht hatte.

Wenn er doch nur hier wäre! Er würde das Richtige tun.

»Die Ratschläge, die man mir ständig gibt, reichen für zehn Leben«, hörte sie Antonius sagen. »Erst Ahenobarbus, dann Canidius, und jetzt auch noch du. Aber mein Entschluß steht fest: Ich werde nach Armenien ziehen und Artavasdes strafen. Eher ruhe ich nicht.«

»Tu mit ihm, was du willst. Doch Parthien mußt du vergessen.«

Kleopatra ging wieder in ihr Bett zurück, während Antonius blieb, wo er war, und dem Weinkrug sein Elend klagte, bis ihn in den frühen Morgenstunden Sklaven in seine Gemächer trugen, wo er seinen Rausch ausschlief.

2

Der Monat Martius nach dem römischen Kalender im Jahre 34 vor Christi Geburt

Auf dem Palatin in Rom

Octavian lag auf seiner Ruhebank ausgestreckt, nahm mit seiner Frau die Abendmahlzeit ein und studierte dabei einen Bericht, den ihm einer seiner Offiziere überbracht hatte. Ab und zu kratzte er an dem Eiterbläschen auf seiner Wange.

»Jetzt hat er es also geschafft.«

Livia nahm sich noch ein kleines Stück von der gebratenen Meeräsche auf dem Tisch. »Geht es um deinen Freund Antonius?«

»Er hat einen Gewaltmarsch zurückgelegt und ist in Armenien eingefallen. Er hat die Festung Artaxata besetzt und den König gefangengenommen. Das Land ist jetzt römische Provinz, und Antonius verkündet es als großen Sieg.«

»Bestimmt will er jetzt einen Triumphzug haben«, sagte Livia verächtlich.

»Bestimmt.«

Wie sollte man so einen Menschen verstehen? dachte Octavian. Wie konnte sich jemand so töricht verhalten? Zuerst die Angelegenheit mit Sextus Pompejus, der nach Armenien geflohen war, drei Legionen ausgehoben und auf das beste Auftragsangebot gewartet hatte. Er war kurz davor gewesen, den Parthern den Zuschlag zu geben, als ihn einer von Antonius' Generälen ergriff und hinrichten ließ. Es war dieser Dummkopf gewesen – dieser Munatius Plancus.

Natürlich hatte man Sextus loswerden müssen – ein gräßlicher Störenfried! –, doch weshalb sich Antonius die Hände damit schmutzig gemacht hatte, blieb Octavian ein Rätsel. Der römische Pöbel hatte Sextus geliebt und nach seinem Tod natürlich zum Helden erhoben, zum wahren Kämpfer der Republik, zum edlen Römer, dem letzten seiner Art. Und der böse Antonius war nun schuld an dessen Tod! War dieser Mensch denn wirklich bar jeder List und Tücke?

Und dann noch diese Brut, die er mit seiner ägyptischen Mätresse gezeugt hatte! Das Mädchen war in Selene umbenannt worden, der Zwillingsbruder hieß neuerdings Helios – der Mond und die Sonne! Titel, die den parthischen Königen gehörten! Antonius mußte tatsächlich von allen guten Geistern verlassen und von Parthien besessen sein.

»Vielleicht sollte ich die Nachricht unterschlagen«, sagte Octavian.

Livia zog eine Augenbraue in die Höhe. »Wozu die Mühe? Gib den Sieg ruhig im Senat bekannt und ernenne Armenien zur römischen Provinz, als sei es dein Verdienst gewesen. Im Grunde mußt du gar nichts tun, Antonius erledigt alles für dich.«

Welch ein kluges Mädchen, dachte Octavian. Die vorbildliche Ehefrau, die ihren Mann unterstützt. Natürlich hat sie recht. Ich werde den Ruhm für mich beanspruchen und Antonius unberücksichtigt lassen. Solange er nicht nach Rom zurückkommt, gibt es nichts zu befürchten. Soll er doch im Osten tun und lassen, was er will, von einer Schlacht in die nächste taumeln und sich in den Armen seiner Hure wälzen. Ihm konnte das alles recht sein. Er suchte keinen Krieg mit Antonius –

zumindest jetzt noch nicht. Die Armee war noch nicht gefestigt und neigte zur Meuterei, solange ihm Gelder und Länder fehlten, um sie zu bezahlen.

Festina lente, dachte er. Eile mit Weile.

In Antiochia

Selene hatte sich wie ein verwundeter Soldat über Antonius geworfen, Speicheltröpfchen rannen ihr über die Wange und benetzten seinen Arm. Helios hatte seine Ohren gepackt und versuchte, ihn auf den Boden zurückzuzerren. Antonius lachte schallend, schnappte sich den Jungen und lud ihn sich auf die Schultern. Die Kinder kreischten vor Vergnügen.

Kleopatra sah zu, wie Antonius sich mit den Kindern auf dem Pantherfell balgte. Ein plötzliches Gefühl von Zärtlichkeit stieg in ihr auf. Für so etwas ist er wie geschaffen, dachte sie. Wenn das Schicksal gnädiger gewesen wäre, hätte es ihn zu einem Schreiner gemacht oder zu einem Schiffsbauer. In dieser Rolle wäre er glücklich geworden, mit einer netten Frau und Kindern zum Herumtollen, gelegentlichen Tempelbesuchen, um sich eine *heterai* zu kaufen, genug Geld, um sich billigen Wein zu besorgen und sich ab und zu eine Schlägerei in einer Spelunke am Hafen zu leisten. Mardian hatte unrecht gehabt – Antonius selbst war kein Rätsel, vielmehr war ihm das Leben ein Rätsel geblieben. Und die Göttin Fortuna war grausam gewesen und hatte ihn mit einer Rolle versehen, mit der er nichts anzufangen wußte, hatte ihm eine Bürde auferlegt, die er nicht tragen konnte.

Es tat Kleopatra leid, das Trio zu stören, doch ihre Nachricht drängte. Sie klatschte in die Hände. »Kinder!« rief sie. »Ruhe jetzt! Ich muß mit eurem Vater reden.«

Selene und Helios hielten abrupt inne und starrten sie an. Auf ihren Gesichtern malte sich Enttäuschung ab. Sie halten mich zwar für eine gute Mutter, dachte Kleopatra, aber sie finden mich nicht lustig. Nicht wie Antonius, diesen Riesen, der ein ebensolcher Kindskopf ist wie sie.

Antonius schaute sie erwartungsvoll an. »Neuigkeiten aus Rom?« erkundigte er sich.

Sie bedauerte das, was sie ihm sagen mußte, doch es gab auch einen Teil in ihr, der darüber frohlockte. Was hätte sie wohl gemacht, wenn die Römer ihm einen Triumph gewährt hätten? Doch mit Octavian an der Macht war die Aussicht von Anfang an gering gewesen.

»Der Sieg in Armenien ist im Senat verkündet worden. Das Land ist als römische Provinz annektiert worden.«

»Und?«

»Das ist alles.«

»Keinen Triumph?«

»Keinen Triumph.«

Selene krabbelte auf seinen Schoß und versuchte, ihm eine ihrer nackten Zehen in den Mund zu stecken, während sie kichernd auf seine Beine sabberte. Antonius packte sie sanft und setzte sie ab. Dann löste er Helios' Arme von seinem Hals und stand auf. Er gab den Sklaven ein Zeichen, die Kinder nach draußen zu bringen und sie dort zu beschäftigen.

Die Kinder verließen ihn ungern, doch ohne zu murren, da sie seine veränderte Stimmung spürten.

»Keinen Triumph?« wiederholte Antonius ungläubig.

Er ist immer noch so treuherzig, daß er glaubt, er bekäme stets, was ihm zusteht, dachte Kleopatra. Wie kann ein Mensch so lange leben und dabei so wenig begreifen? »Haben sie keine Feiern angesetzt, keinen Umzug, um meinen Sieg zu würdigen?«

Sieg! Es war wohl eher ein Beutezug gewesen. Dennoch verstand Kleopatra, daß ihn die Nachricht schmerzte. Selbst sein General Ventidius hatte einen Triumph für seine Erfolge in Syrien feiern dürfen und Sosius sogar einen nur für die Rückeroberung Jerusalems. Und nun würde er leer ausgehen? Es war, als ob Rom ihn vergessen hätte, als ob sie ihn nicht mehr für einen der Ihren hielten.

»Aber ich habe ihn verdient!« schrie er wütend auf.

Er drehte sich um, ergriff eine gefüllte Amphore und schleuderte sie an die Wand. Das Gefäß zerschellte, und der Wein sickerte wie ein roter Blutbach an der Wand herab.

»Ich habe ihn *verdient*!«

Das war es, was er wollte: Das Volk sollte seinen Namen jubeln, so wie zuvor den Caesars. Er wollte auf dem geschmückten Triumphwagen stehen, genau wie der alte Knabe – vor ihm die Kriegsgefangenen und die Fuhrwerke mit den erbeuteten Schätzen, vorbei an dichtgedrängten Menschenmassen. Die Budenbesitzer sollten grölen, die Brotverkäufer, die Kesselflicker, die Besitzer der Spelunken sowie der ganze andere Pöbel.

»Du sollst deinen Triumph haben«, sagte Kleopatra.
»Wie denn?«
»Wenn man es in Rom nicht tut, dann geschieht es eben hier in Alexandria.«
Er starrte sie verdattert an. »In Alexandria?«
»Warum denn nicht?«
»Triumphe feiert man nur in Rom.«
»Vielleicht die römischen Triumphe. Wir werden dir einen alexandrinischen Triumph bereiten.«
Antonius ließ sich die Worte eine Weile durch den Kopf gehen. Kleopatra beobachtete die wechselnden Gefühle, die sich auf seinem Gesicht abmalten. *Warum eigentlich nicht?* schien er sich zu sagen. Es wäre eine Form der Rache. Antonius, der Rom beweist, daß man ihn weder übergehen noch beleidigen kann.
»Octavian wird dir nie gewähren, was dir gebührt«, flüsterte Kleopatra. »Es ist genau wie mit den Legionen, die er dir versprochen hatte. Er hat dir nur seine Schwester gegeben, damit sie dich ausspionieren kann und hindern …«
»Ausspionieren …«
»Bist du noch nie auf die Idee gekommen?«
»Du glaubst, sie war eine Spionin? Von Anfang an?«
»Octavian lag jedenfalls nie an Eurem Bündnis.« Armer Antonius, es dauerte so lange, bis er Octavians Ränke erfaßte. »Verzichte auf das Amt des Triumvirs. Es wird Zeit, daß du der alleinige Herrscher des Ostens wirst.«
Plötzlich glomm in seinen Augen ein Funke auf. Vielleicht erkannte er endlich das Ausmaß seiner Möglichkeiten. »Ich habe meinen Triumph verdient«, murmelte er. »Ich habe ihn verdient.«

3

Diese ganze fremdländische Umgebung kann ja nichts Gutes bewirken, dachte Ahenobarbus. Die Wandschirme aus Perlmutt, die golddurchwirkten Kissen und Schemel aus Ebenholz, die weichen Ruhebänke und Alabasterlampen, die schweren seidenen Behänge. Wir sind Römer! Der orientalische Luxus darf sich nicht in unsere Seelen fressen – er ist wie Rost auf einem Schwert.
»Da kommt seine Herrlichkeit«, grummelte er, an Canidius gewandt.

Lächerlich, dachte er, wie Antonius da in den Raum gesegelt kam, mit Kleopatra, den Lustknaben und den Eunuchen im Schlepptau, den Friseuren, Nagelbeschneidern, Bauchnabelreinigern und was sonst nicht alles – der Hof sieht aus wie eine Wanderkomödie. Und allen voran Antonius, in fließender Robe und Juwelenpantoffeln, beringt wie einer, der Huren verkauft, und nicht wie ein römischer Magistrat.

»Ich habe gehört«, flüsterte Munatius Plancus, »daß er in Alexandria einen Triumph feiern will.«

»Was will er?« stieß Ahenobarbus hervor.

Plancus genoß es, der erste zu sein, der die Neuigkeit verkünden konnte. »Der Triumph findet in Alexandria statt. Für unseren Sieg im Krieg gegen Armenien.«

»Das war doch kein Krieg! Wir sind lediglich einmarschiert, haben uns die Beute geschnappt und sind wieder hinausmarschiert.«

»Wir kamen, sahen und nahmen«, murmelte Canidius.

»Er kann außerhalb Roms keine Triumphe feiern.«

Plancus zuckte die Achseln. »Genau das wird aber behauptet.«

Ahenobarbus schüttelte den Kopf. Es war Irrsinn – der blanke Irrsinn.

»Ich bitte dich, das Ganze noch einmal zu überdenken«, sagte Ahenobarbus. »Um unserer aller willen.«

Antonius hatte sich auf einen Sessel geflätzt, der aussah wie ein Thron. Neben ihm stand ein Krug mit Wein. Früher hatte Ahenobarbus sich nie an Antonius' Weinkonsum gestört, doch inzwischen fand er, daß dessen Trunksucht haltlos geworden war.

»Findest du nicht, daß mir ein Triumph zusteht?« erkundigte Antonius sich empört und setzte sich aufrecht. »Rom verweigert mir die Armee, liefert weder Waffen noch Proviant, und dennoch erobere ich eine neue Provinz für das Reich. Und du findest, daß ich keinen Triumph verdiene?«

»Ich sage ja nicht, daß du ihn nicht verdienst ...«

»Sondern?«

Ahenobarbus hatte Antonius noch nie so wütend gesehen. Wo war der sorglose Soldat von früher geblieben? Der neue Antonius gefiel ihm sehr viel weniger. »Ich sage doch nur, daß du Rom nicht den Rücken kehren sollst.«

»Du willst immer noch, daß ich zurückgehe?«

»Aber ja.«

»Dann sag mir doch, was mich dort erwartet! Ich darf in Italien keine Truppen ausheben, ich habe kein Geld, keine Flotte, keine Einkünfte. Ich könnte noch nicht einmal einen Aufstand in einem Bäckerladen beginnen, geschweige denn woanders.«

»Du hast noch Freunde im Senat. Mächtige Freunde.«

»So mächtig, daß sie noch nicht einmal meinen Triumph durchsetzen konnten?«

»Das ist doch nicht so wichtig.«

»Für dich vielleicht nicht«, herrschte Antonius ihn an.

»Du tust einen Schritt, den wir alle bereuen werden.«

»Ich *brauche* Kleopatras Geld. Es ist weder das erste noch das letzte Mal, daß ein Römer sich fremder Hilfe bedient. Pompejus hat Spanier gegen Caesar eingesetzt, Brutus führte bei Philippi Gallier gegen uns ins Feld. Und als Caesar hier belagert wurde, hat ihn keine römische Legion befreit, sondern die Vasallen Mithridates und Herodes taten es. Danach hat er mit Kleopatras Geld die Kriege in Afrika und Spanien bestritten. Ich habe nichts anderes vor als er. Ägypten ist die Schatztruhe der Welt, und dank Kleopatra habe ich dazu Zugang.«

»Ich sage ja auch nur, daß in Rom ...«

»Wenn ich mich wieder nach Rom begebe, verliere ich Kleopatras Unterstützung, das hat sie mir deutlich gesagt. Damit ist alles geklärt, denn zur Zeit brauche ich sie noch dringend.«

Ahenobarbus betrachtete ihn nachdenklich. Es ergab tatsächlich einen Sinn. Sie brauchten Ägypten, wenn sie ihre Kriege gewinnen wollten. Doch gefallen mußte es ihm deshalb noch lange nicht. Er spürte es in den Knochen, daß dabei nichts Gutes herauskam.

»Octavian ist schon wieder krank«, fuhr Antonius fort. »Wer weiß, ob er nicht in den nächsten Wochen stirbt. Doch selbst wenn nicht, wird er auf Dauer die Truppen nicht im Zaum halten können, denn der Geldbeutel Roms ist leer. Wie du schon sagtest, gibt es noch Senatoren, die mich unterstützen. Wir wollen abwarten, was daraus wird. Vielleicht überhäufen mich andere mit Schmähungen, doch das werde ich ebenso überleben wie die Beleidigungen Octavians.«

»Es geht nicht um Beleidigungen. Der Pöbel Roms ...«

»Der Pöbel!«

»Die Römer interessieren sich nicht für Hintergründe. Für das Volk ist der Triumph gleichbedeutend mit freiem Essen und Spielen. Sie werden glauben, daß du ihnen das versagen willst.«

»Aber nicht ich versage es ihnen, sondern Octavian!«

»So sehen sie es aber nicht.«

»Das Volk ist mir ganz gleich.«

»Es ist dir nicht gleich, wenn es dich umjubelt.«

»Ich halte meinen Triumph so ab, wie ich es will. Und auch Kleopatra erhält, was sie sich wünscht.«

»Und was wäre das?« fragte Ahenobarbus argwöhnisch.

»Das wirst du dann schon sehen«, erwiderte Antonius.

Als Ahenobarbus Antonius verließ, wußte er nicht, ob er ihn für genial oder wahnsinnig halten sollte. Nun, dachte er, aber immerhin kümmert er sich wieder um strategische Fragen. Man munkelte, daß Alexander Helios mit der einzigen Tochter des medischen Königs verlobt werden sollte, in dessen Bergland sowohl Crassus als auch Antonius gescheitert waren. Bei einem nächsten Angriff gegen Parthien würde Antonius dort einen Stützpunkt haben und einen treuen Verbündeten.

Ahenobarbus beunruhigte jedoch, daß Antonius sich ständig auf Caesar bezog. Caesar war nicht zuletzt umgekommen, weil er eine eigene Dynastie hatte gründen wollen, und nun schien Antonius sich an derselben Krankheit angesteckt zu haben. Denn die Verlobung mit der medischen Prinzessin würde ja nicht zuletzt bedeuten, daß der Sohn eines römischen Triumvirs – auch wenn er nicht legitim war – eines Tages König von Medien wäre! Solche Machenschaften waren gefährlich, denn es war die griechische Art, die Art des Osten, sich Länder durch Heirat abzusichern. Könige taten so etwas, Römer nicht!

4

In Alexandria

Es war ein trüber Tag mit grauen Wolken, die über die Dächer der Häuser zogen, ein Tag, dem die Götter nicht hold zu sein schienen. Dennoch war die ganze Stadt auf den Beinen, um sich das Schauspiel anzusehen. Jüdische Händler drängten sich unter den Kolonnaden des Gymnasion zusammen, griechische Gelehrte mit ihren Schülern machten sich in den Fenstern des Museion die Plätze streitig, halbnackte Ägypter in ledernen Faltenröcken kletterten auf die Dattelpalmen, hockten auf den Mauern des Palasts, waren bis auf die Tempeldächer vorgedrungen oder klammerten sich an Statuen fest. Auf der breiten marmornen Prachtstraße Soma, die mitten durch Alexandria führte, standen die Menschen in zwanzig Reihen hintereinander.

Antonius war schon am frühen Morgen aufgebrochen und hatte sich zum Großen Hafen begeben, wo der Triumphzug beginnen sollte. Von dort aus führte er zum Neptuntempel, dann am Lochias-Palast und an den königlichen Gärten vorbei bis zur großen Kanopischen Straße und um den Panhügel herum. Danach würde sich der Zug in Richtung Süden wenden, der Soma folgen und schließlich am Tempel des Serapis enden.

Kleopatra ruhte auf einem Silberthron, den man auf den Tempelstufen errichtet hatte, und wartete auf die Ankunft des Triumphators. Antonius wurde schon von weitem durch Beifallsgeschrei angekündigt, genau wie es damals bei Caesar gewesen war. Es hörte sich an wie eine Welle, die langsam anbrandete. Heute, dachte Kleopatra, hat er den Triumph bekommen, von dem er immer geträumt hat. Er war der König! Und alle würden sehen, daß sie nicht nur mehr Königin von Ägypten war, sondern darüber hinaus auch die auserkorene und geliebte Gefährtin Roms.

Wie lange hatte sie auf einen solchen Augenblick gewartet – selbst wenn der Sieg noch nicht vollkommen war, da Octavian weiterhin auf sie lauerte. Doch jetzt marschierte durch ihre Straßen wieder ein Römer, der nicht als Oberbefehlshaber kam, sondern ihr Verbündeter war, ihr Gemahl. Sie hatte ihr Land von der Schande befreit, die ihre Väter Ägypten bereitet hatten. Ihre Söhne und ihre Tochter besaßen alle eine Zukunft – nicht *einen einzigen* Thron, um den sie kämpfen mußten, sondern jeder einen nach eigenem Recht. Antonius' Triumph war letztlich auch der ihre.

Kleopatra hatte sich als Isis kleiden lassen. Sie trug ein silberdurchwirktes Gewand mit dem mystischen Knoten über der Brust, auf dem Haupt die Uräusschlange mit dem hochgereckten Kopf und ein Diadem, das den Mond und die beiden Federn der Gerechtigkeit faßte. Die Finger ihrer rechten Hand waren mit Henna rot gefärbt und hielten das *ankh*, das Zeichen des Lebens, während ihre Linke das lotusgestaltige Zepter umfaßte. Unterhalb von ihr, auf einem Thron, befand sich Caesarion, der mit seinen neun Jahren bereits wie ein Römer gekleidet war, in Tunika und *toga virilis*, beides sorgsam um seinen schmächtigen Körper drapiert.

Zu seinen Füßen waren für die anderen Kinder drei kleinere Throne aufgestellt. Alexander Helios trug das Gewand eines parthischen Königs mit Pluderhose und weitem Umhang über einer Tunika und einen weißen Turban, auf dem eine Tiara mit einer Pfauenfeder prangte. Neben ihm saß Kleopatra Selene in einem knöchellangen Silbergewand, umgeben von griechischen Wachen mit silbernen Schilden. Und schließlich der kleine Philadelphos im Purpur der makedonischen Könige, mit dem Kausias, um den ein Diadem gebunden war, einer *chlamys,* und winzigen Stiefelchen aus Filz. Er reckte seinen Kopf zu Kleopatra empor, und sie sah, wie seine Unterlippe bebte. Er war erst zwei Jahre alt, die Zeremonie war noch ein wenig zuviel für ihn. Kleopatra schenkte ihm ein aufmunterndes Lächeln.

In den Reihen unterhalb der Kinder saßen die Ehrengäste, die Vasallenkönige, die gekommen waren, um Antonius ihre Treue zu bekunden, die Prinzen aus Kappadokien, Pontos, Galatien und Paphlagonien. Aus Thrakien, Mauretanien, Judäa und Kommagene waren die Satrapen vormals römischer Provinzen angereist, die ihren neuen Lehnsherren Antonius und Kleopatra huldigen wollten.

Dem Triumphwagen voraus zogen die Legionen. Ihnen folgten die schweren Reiter, dann ägyptische Söldner, berittene Bogenschützen aus Medien und schließlich die leichte Reiterei aus Pontos. Das ist jetzt mein Reich, dachte Kleopatra zufrieden, es gehört nicht mehr Rom.

Danach schloß sich der Zug der Gefangenen an, geschlagene Armenier mit Soldaten und Sklaven, danach eine Kette von Fuhrwerken, die unter den Schätzen ächzten, die Antonius im königlichen Palast in Artaxata erbeutet hatte. Den Abschluß bildete ein staubbedeckter König Artavasdes, der gebeugt seine Ketten mit sich schleppte.

Antonius' Rache für Parthien, dachte Kleopatra und hoffte, daß die Schmach dieses Königs ausreichen würde, um ihn über die Katastrophe in den medischen Bergen hinwegzutrösten. Die Vergangenheit mußte begraben werden. Vom heutigen Tag an galt es, nur nach vorn zu schauen und die Zukunft zu planen, die sie gemeinsam errichten würden.

Und dann tauchte Antonius auf.

Er stand auf einem goldenen Wagen, der von vier Schimmeln gezogen wurde. Anstatt mit Purpurmantel und Lorbeerkranz des römischen Triumphators war er als Dionysos gekleidet, mit Efeukranz, Stab und einem goldenen, juwelenbesetzten Gewand. Er kam als Gott, als wiedergeborener Osiris, als Erlöser und Befreier. Die Menge brach in Begeisterungsstürme aus.

Antonius stieg von dem Wagen herunter und schritt die Stufen des Tempels empor. Kleopatra sah, wie er zu ihr hochschaute, und lächelte. Marcus Antonius, der alleinige Herrscher über den Osten, war endlich zufriedengestellt.

Der Serapistempel lag auf der höchsten Erhebung der Stadt und schien in den Himmel zu ragen. In seinem Inneren stand Serapis, der bärtige Gott der Ptolemaier, in Marmor gehauen, der große goldene Kopf und die Juwelenaugen schimmerten im dunklen Schrein.

Ganz Alexandria verharrte stumm und ehrfürchtig, als Antonius die letzten Stufen nahm, nur der Wind strich durch die Kolonnaden, und aus dem Tempel klang gedämpft das Rasseln eines Sistrums. Die Hohenpriester erwarteten ihn oben auf der Treppe, die scharlachroten Gewänder blähten sich im Wind. Antonius betrat die Eingangshalle. Er wirkte klein neben Anubis und Hathor, den mächtigen Göttersäulen mit dem Lotuskapitell. Zwischen den riesigen Fackeln, die das Eingangsportal flankierten, blieb er stehen, danach durchquerte er die Halle und begab sich zu dem Schrein, um dem Gott der Stadt mit einem Opfer zu danken. Jetzt gehört er ein für allemal mir, dachte Kleopatra. Zu Octavia kehrt er nie mehr zurück.

Wie oft würde sie später an diesen Tag zurückdenken! Wie eitel wir waren, ging es ihr dann durch den Kopf – und wie blind. An jenem Tag sind wir Götter gewesen, durchdrungen von so großem Stolz, daß wir glaubten, wir könnten die Berge zerteilen. An jenem Tag haben wir uns für unbesiegbar gehalten. Auf jenem Tempelhügel in Alexandria haben wir nicht geahnt, wie uns die wahren Götter hernach in die Knie zwingen würden. Dabei haben sie immer nur mit uns gespielt! Und daß wir uns damals so mächtig fühlten, muß sie erst recht belustigt haben.

Antonius hatte das Tempelinnere verlassen, stand nun vor der Eingangshalle und schaute über die schweigende Menge hinweg. Caesar hatte einen Sklaven hinter sich gehabt, der ihn an seine Sterblichkeit gemahnte – Antonius jedoch nicht.

»Königin von Ägypten«, sagte er mit lauter Stimme, die über den weiten Platz hallte. »Tochter der Isis, Pharaonin von Ägypten, Freundin und Verbündete Roms, wir präsentieren Euch heute unseren Gefangenen, den elenden Artavasdes, auf daß er die Strafe erfährt für seinen Verrat. Seine Armee, seine Familie und sein Gold hat er bereits verwirkt.«

Antonius machte eine Pause und schien nach den nächsten Worten zu suchen.

»In Anbetracht unserer Eroberungen im Osten verkünde ich das Folgende: Ptolemaios Philadelphos, unser Sohn, erhält die Königreiche von Syrien und Kilikien. Die Länder Pontos, Galatien und Kappadokien werden seiner Herrschaft unterstellt, sobald er das rechtmäßige Alter erreicht hat.«

Kleopatra sah, wie der kleine Junge unruhig wurde und anfing zu zittern, als er hörte, daß sein Name vor all diesen Menschen ausgerufen wurde.

Antonius fuhr fort: »Unserer Prinzessin Kleopatra Selene gebe ich Kyrenaika und Kreta. Ihren Bruder Alexander Helios ernenne ich zum König von Armenien, Herrscher über Medien und alle Länder östlich des Euphrats bis zu der Grenze Indiens.«

Für einen Moment herrschte Totenstille. Danach erhob sich ein Raunen in der Menge, das sich fortsetzte wie die Wellenringe, die entstehen, wenn man einen Stein in einen Tümpel geworfen hat.

Antonius setzte erneut an, und das Raunen verstummte. »Unsere Gemahlin Kleopatra, Königin von Ägypten und Zypern, trägt hinfort den Titel Königin der Könige. Ihr Erbe wird ihr Sohn Caesar Ptolemaios sein, der einzig legitime Nachkomme von Julius Caesar.«

Die Menge verharrte noch einen Moment lang wie benommen, doch dann geriet sie außer sich und fing an zu rasen. Was Antonius getan hatte, war jenseits aller Erwartungen, jenseits allen Vorstellungsvermögens gewesen. Kleopatra sah, daß Antonius' Generäle und Freunde wie erstarrt auf der Stelle standen. Auch ihre eigenen Höflinge waren weiß geworden. Selbst Mardian war erblaßt.

Ich habe es ihnen immer wieder gesagt, dachte Kleopatra, und nun sehen sie es selbst. Selbst das Orakel hat sich schließlich als Wahrheit erwiesen. Nun glauben alle, daß ich Isis bin. Und wer weiß – vielleicht haben sie recht.

5

Der Morgen danach, dachte Ahenobarbus – Zeit für die Wirklichkeit.

Auf der breiten Kanopischen Straße waren die Sklaven bereits bei der Arbeit und schafften den Abfall beiseite. Noch nie zuvor hatte Alexandria eine derartige Nacht erlebt. Kleopatra hatte die ganze Stadt bewirtet, und wenn man ihnen schon sonst nicht viel Gutes nachsagen konnte – feiern konnten die Griechen und Ägypter, das mußte man ihnen lassen. Das erste Morgenlicht geisterte bereits durch die Schleier der Nacht, als die letzten Zecher durch die Straßen torkelten und immer noch ihre Lieder grölten. An ihnen holperten die Fuhrwerke vorbei, auf denen sich zerbrochene Amphoren stapelten. Dazwischen streunten Katzen und machten sich über die Speisereste her.

In der Umgebung des Lochias-Palastes hatten die Sklaven ihre Arbeit schon lange vor Anbruch der Morgendämmerung begonnen und waren dem Unrat mit Besen und Schaufeln zu Leibe gerückt. Die Blumenkränze und Rosenblüten waren inzwischen verwelkt, Minister, Höflinge, sogar etliche der Sklaven lagen auf Gängen, unter Tischen, auf Marmortreppen, überall dort, wo sie der Schlaf zuletzt übermannt hatte. Ahenobarbus sah eine dionysische Schauspielerin, eine lüsterne Dirne, die nackt einen seiner römischen Offiziere umschlungen hielt.

Antonius' Triumphfeier hätte sogar die Bacchanalien seines ersten Besuches in Alexandria übertroffen, hatte Ahenobarbus die anderen sagen hören. Nun, wie auch immer – jetzt war das Fest vorbei, Zeit, die Zeche zu bezahlen. Auf nicht nachvollziehbare Weise hatte sich der edle Antonius eingeredet, er könne der Mann der ägyptischen Königin sein und gleichzeitig römischer Magistrat bleiben. Wie es aussah, hatte er sich dabei von den Schmeichlern beraten lassen und von dem Geschrei des Pöbels. Doch sein Triumph war ein Trugbild gewesen – wahre Triumphe gab es nur in Rom, wenn sie der Senat gewährte. Auch hätte Antonius' Opfer Jupiter gebührt, der auf dem römischen Capitol residierte – und nicht diesem halb griechischen, halb ägyptischen Gott Serapis.

Und dann der Höhepunkt! Wie konnte Antonius römisches Territorium verschenken, ohne nicht von Rom anschließend für wahnsinnig erklärt zu werden? Selbst Länder, die ihm gar nicht unterstanden, hatte er abgetreten! *Alle Länder östlich des Euphrats bis zu der Grenze Indiens*! Er hatte sich dabei auf Parthien bezogen, dessen Eroberung ja wohl noch anstand. Wie stellte er sich das eigentlich vor? Sollten tapfere römische Legionäre dafür ihr Leben lassen? Länder mit ihrem Blut erkaufen, um sie hernach an einen ägyptischen Bastard zu verschenken?

Antonius mußte dringend Einhalt geboten werden. Man mußte ihn von diesem orientalischen Weibsbild fortschaffen, ehe der Schaden nicht mehr zu beheben war.

6

Der ägyptische Monat Epeiph im Jahre 33 vor Christi Geburt

In Antiochia

Ihr alter Freund Apollodoros! Er schien noch wohlhabender geworden zu sein; an seinen Fingern prangten dicke Ringe, und um die Taille hatte er ein wenig zugelegt. Kleopatra empfing ihn in ihrem Privatgemach. Mardian ruhte auf der Bank neben ihr, da sie dem Guten das Stehen ersparen wollte. Seine Knöchel waren stets geschwollen, er geriet bereits nach wenigen Schritten außer Atem, und seine Haut war von ungesunder, teigiger Blässe. Sie hoffte jedoch, daß er noch nicht vorhatte, sich dem letzten Gericht von Anubis zu stellen, denn sie brauchte ihn nach wie vor.

Antonius hatte seinen Hof für die Sommermonate nach Antiochia verlegt, und Kleopatra hatte eingewilligt, ihm zu folgen. Der Grund lag angeblich in den Vorbereitungen für den nächsten Parthienfeldzug, doch sie vermutete, daß ihn seine römischen Freunde dazu überredet hatten, um ihn dem ägyptischen Einfluß zu entziehen. Das war brav gedacht, doch indem man den Aufenthaltsort eines Mannes veränderte, änderte man noch lange nicht sein Verhalten. Glaubten sie denn, es sei ihre Schuld, wenn Antonius trank und sich mit jeder Frau abgab?

Nachdem Apollodoros sich verneigt und ihr seine Ehrerbietung erwiesen hatte, erkundigte sie sich liebenswürdig nach seiner Gesundheit und seinen Geschäften und erfuhr, daß weder an dem einem noch dem anderen etwas auszusetzen war.

»Kommst du direkt aus Rom?« erkundigte sie sich anschließend.

»Ich verließ die Stadt am Geburtstag des erhabenen Julius Caesar und bin heute morgen in den Hafen von Alexandria eingelaufen.«

»Und? Redet man in Rom immer noch über mich?«

»Wie es aussieht, Majestät, redet man weiterhin über nichts anderes.«

Wie schön, daß es mich gibt, dachte Kleopatra, denn sonst würden die Römer gar keinen Gesprächsstoff haben. »Und was hört man so in der Stadt?«

»Daß Ihr den edlen Antonius verhext habt.«

»Verhext?«

»Mit Liebestränken und dergleichen. Antonius sei nicht mehr er selbst, sondern habe sich Eurer Lasterhaftigkeit ergeben. Zudem sollt Ihr im Palast nächtlich Orgien feiern. Antonius soll unrömisch geworden sein und dekadent.«

»Orgien? Ich wünschte, sie hätten recht. Ich habe vier Kinder und einen Papyrusberg zu bewältigen, der kein Ende nimmt. Woher stammt denn ihrer Ansicht nach meine Energie, mich auch noch Orgien zu widmen?«

»Am liebsten erzählt man sich jedoch im Forum, daß Antonius jetzt einen goldenen Nachttopf benutzt.«

Kleopatra starrte ihn sprachlos an. Einen goldenen Nachttopf? Wer dachte sich so etwas aus? »Der edle Herr Antonius hatte sich dem Laster bereits ergeben, bevor ich ihn kennenlernte. Mit seinen Gewohnheiten habe ich nichts zu tun, wenngleich ich nicht glaube, daß der Gebrauch eines goldenen Nachttopfes dazu gehört.«

»Hinter all dem steckt Octavian«, ließ Mardian sich vernehmen.

»Das gleiche denke ich auch«, pflichtete Apollodoros ihm bei. »Er gibt sich große Mühe, sich gegen Antonius abzuheben, und stellt sich als Inbegriff römischer Tugend dar. Und dennoch weiß ich von einer Freundin, daß seine Gier nach Jungfrauen unersättlich ist. Sie werden ihm von Maecenas geliefert, doch manchmal auch von seiner Frau.«

Diese Römer! dachte Kleopatra. Erstaunliche Menschen! Barbaren! Ein Wunder, daß sie überhaupt eine zivilisierte Sprache beherrschten, von anderen Erfolgen ganz zu schweigen?

»Wer ist diese Freundin?«

»Sie unterhält ein Bordell in der Nähe des Circus Maximus. Wir kennen uns schon sehr lange, Majestät, und ...«

Kleopatra hob abwehrend die Hand. »Die Einzelheiten mußt du mir nicht erzählen.«

»Mir auch nicht«, grummelte Mardian vor sich hin.

»Wie findet das Volk denn Octavian, den edlen Sohn des Gottes?« erkundigte Kleopatra sich weiter.

»Er ist noch immer nicht beliebt, doch es ist besser geworden. Man nennt ihn auch nicht mehr Octavian, sondern Caesar, so daß man häufig nicht weiß, ob vom Onkel oder Neffen die Rede ist. Er versucht auf vielerlei Arten die Gunst des Volkes zu gewinnen.«

»Nenn sie mir.«

»Nun, Rom erlebt eine Zeit der Renaissance, die Stadt wird in Marmor wiedergeboren. Neue Tempel werden gebaut, neue Basiliken, neue

Amphitheater, sogar eine Bibliothek. Man könnte fast annehmen, daß sie Alexandria imitieren.«

»Woher hat Octavian das Geld dafür?«

»Nicht aus der eigenen Tasche«, kam es von Mardian.

»Natürlich nicht. Er hat seine Anhänger überredet, in die neuen Projekte zu investieren. *Er* macht ihnen Zusagen, *sie* geben ihm ihr Geld.«

»Das hat er von Antonius gelernt«, erklärte Mardian, doch Kleopatra brachte ihn mit einem drohenden Blick zum Schweigen.

»Agrippa hat dafür gezahlt, daß man die Cloaca Maxima reinigt. Die Stadt wirkt gar nicht mehr wie Rom, seit der Gestank verschwunden ist.«

»Und ich habe immer geglaubt, er stamme von den Senatoren«, spöttelte Kleopatra.

»Außerdem hat Octavian angeordnet, daß der Besuch von Bädern und Theatern unentgeltlich ist«, fuhr Apollodoros fort. »Sogar die Wagenrennen darf man nun kostenlos genießen. Und an die Armen der Stadt läßt er Öllampen verteilen, die mit kleinen Silberdelphinen verziert sind, um an seinen Sieg über Sextus zu erinnern.«

Mardian gab ein verächtliches Schnauben von sich. »Dabei erzählt man sich, daß er wie ein Mädchen unter Deck gekauert hat, als die Kämpfe ausgefochten wurden. Agrippa hat diese Schlacht gewonnen.«

Apollodoros hob die Schultern. »So steht es aber nicht in den offiziellen Dokumenten.«

Kleopatra warf Mardian einen bedeutsamen Blick zu. »Octavian ist schlau.«

»Das ist er in der Tat«, stimmte Apollodoros ihr zu. »Er läßt sich auch einen Tempel neben seinem Haus auf dem Palatin errichten, für seinen neuen Schutzherrn Apoll.«

»Für Apoll?« fragte Kleopatra erstaunt. Doch dann begriff sie den Zusammenhang. Apoll galt als der Hüter von Recht und Ordnung, die Inbegriffe römischer Tugend. Octavians Botschaft war deutlich und durfte als Warnung gelten, denn in den alten Göttergeschichten war es auch Apoll, der Dionysos tötete.

»Gibt es denn überhaupt noch jemanden in Rom, der etwas Gutes über Antonius sagt?« fragte Kleopatra.

Apollodoros wurde zurückhaltender. »Seit den Schenkungen sind solche Stimmen seltener zu finden ...«

»Seit den *was*?«

»So nennt man sie in Rom. Die Schenkungen von Alexandria. Es handelt sich um die Erklärungen, die Antonius nach seinem Triumph abgegeben hat.«

Alle drei versanken in nachdenkliches Schweigen. »Vielleicht sollte unser Römer doch lieber zurückgehen«, ließ sich Mardian nach einer Weile vernehmen. »Das Blatt wendet sich gegen uns.«

Kleopatra bedachte ihn mit einem kalten Blick. »Wenn der Herrscher des Ostens nach Rom geht, begleitet ihn seine Königin, oder aber er geht gar nicht.«

Darauf gaben die beiden Männer vorsichtshalber keine Antwort, denn wenn die Königin in diese Stimmung geriet, war es besser, nicht mit ihr zu streiten.

»Vielen Dank, Apollodoros«, sagte Kleopatra schließlich.

Apollodoros verabschiedete sich und war froh, daß jetzt sein Schwager und nicht er Kleopatras Laune ausbaden durfte. Dabei hatte er ihr das Ausmaß der Hysterie in Rom noch vorenthalten. In Wirklichkeit waren die Römer außer sich, was Antonius und sein ägyptisches Abenteuer betraf. Jede einzelne Lügengeschichte wurde als Wahrheit aufgenommen. Man konnte es sich nicht ausmalen, wenn man es nicht selbst erlebt hatte. Was ihn betraf, so war er überzeugt, daß die Römer vor Panik den Verstand verloren hatten.

»Dekadent!« Antonius lachte, als Kleopatra ihm Apollodoros' Bericht weitergab. »Unrömisch! Und das behauptet ein Junge, der seinen Hintern unter Caesars Freunden im Badehaus verhökert hat. Angeblich hat er Aulus Hirtius dreihunderttausend Sesterzen dafür abgeknöpft.«

Das hatte Kleopatra nicht gewußt, und sie fragte sich, ob es stimmte oder ob Antonius sich das ausgedacht hatte.

»Und was ist mit seiner Frau? Sie war mit einem anderen verheiratet, als er sich mit ihr eingelassen hat. Und schwanger war sie obendrein. Und dann glaubt er, er könne mich als dekadent bezeichnen?« Antonius wußte offenbar nicht, ob er erbost oder belustigt sein sollte.

»Nun jedenfalls hat er vor, dich zu vernichten.«

»Weißt du, daß er sich Straßenhuren beschaffen läßt? Seine Frau ermuntert ihn sogar dazu. Wahrscheinlich ist sie froh, wenn er sie in Ruhe läßt. Hast du dir einmal seine Zähne angeschaut? Auf ihnen wächst mehr Moder als auf alten Säulen.«

Kleopatra ließ ihn reden und trat ans Fenster. Sie schaute dem Orontes nach, wie er sich zwischen den grünen Feldern verlor. Auf seinen

Wellen spielte das Sonnenlicht. Der Sommer war fast vorbei, ein Sommer, den Antonius mit dem Aufstellen neuer Truppen zugebracht hatte, die er von seinen Vasallen erhalten hatte. Er plante stur den neuen Krieg gegen Parthien, da er sich dem wahren Kampf nicht stellen wollte.

»Du mußt etwas dagegen unternehmen«, sagte Kleopatra.

Auf Antonius' Gesicht breitete sich ein Grinsen aus. »Also weißt du, es ist wirklich allerhand! Eine Junge, dessen Vater Geldverleiher war und dessen Mutter mit Duftwässern gehandelt hat.«

»Er hat vor, dich zu vernichten«, wiederholte Kleopatra. »Der Junge ist inzwischen ein Mann. Er hat sich an die Macht gewöhnt und weiß, wie man sie benutzt.«

Du hingegen, dachte sie, bist kein junger Mann mehr, sondern beinahe so alt wie Caesar, als ich ihn das erste Mal traf. Fast das gleiche Alter, doch welch ein Unterschied! Caesar war ein Mann von Geist und Verstand, doch du denkst nur an deine körperlichen Freuden.

»Zieh mit deiner Armee nach Italien, nicht nach Parthien.«

Antonius' Grinsen erlosch. »Ich habe keinen offiziellen Grund, gegen Octavian vorzugehen.«

»Dann denk dir einen aus.« Diese Römer mit ihren Gesetzen!

Er wandte sich unwirsch ab. »Schuld daran hat nur dieser Armenier. Ohne ihn gehörte mir jetzt schon alles.«

Kleopatra konnte ihre Wut nicht länger im Zaum halten. »Vergiß doch endlich den Armenier! Vorbei ist vorbei. Es läßt sich nicht mehr ändern!«

»Ich hätte geduldiger sein müssen. Es war mein Fehler. Ich habe einfach zu viele Fehler gemacht. Beim nächsten Mal mache ich es anders.«

»Und ich sage dir noch einmal, daß dein Feind nicht in Parthien sitzt«, erwiderte sie zornig. Wieso hörte er nicht endlich auf sie?

»Ich kann Octavian nicht ohne Grund angreifen.«

Kleopatra packte ihn bei den Schultern und schüttelte ihn wie ein störrisches Kind. »Hör mir genau zu! Wenn du Octavian nicht vernichtest, vernichtet er dich! So einfach ist das. Rom kann ebensowenig zwei Herrscher haben wie eine Frau zwei Ehemänner. Für Octavian gibt es kein Triumvirat. Erst hat er sich Lepidus' entledigt, und jetzt plant er dasselbe Los für dich.«

Antonius lachte auf. »Dieser kleine Junge?«

Doch dann erstarb sein Lachen. Sein Blick wurde unruhig. Vielleicht bin ich endlich zu ihm durchgedrungen, dachte Kleopatra.

»Wirst du es tun?« fragte sie.

Antonius fuhr sich durch die Locken. »Ich hätte die Belagerungsmaschinen einfach nicht zurücklassen dürfen«, sagte er. »Das nächste Mal, wenn Medien auf meiner Seite steht, wird alles anders.«

Auf dem Palatin in Rom

Octavian krümmte sich auf dem Abort. Sein Arzt hatte ihn zur Ader gelassen und ihm Umschläge verschrieben, um seine Verstopfung zu beheben. Danach hatte er ihm ein Abführmittel verordnet, dessen Wirkung schlimmer war als die vorausgegangene Beschwerde. Octavian zitterte, und sein Gesicht war leichenblaß.

»Hast du diese neue Münze gesehen, die man in Antiochia geprägt hat?« fragte Livia Drusilla und hielt die Münze gegen das Licht. Zwei Köpfe waren darauf abgebildet, einer glich dem von Antonius, daneben war der seiner *peregrina*. Darüber stand auf einer Seite ARMENIEN EROBERT und auf der anderen: KÖNIGIN DER KÖNIGE UND IHRE KÖNIGLICHEN SÖHNE. »Der edle Antonius muß den Verstand verloren haben.«

Octavian überlief ein Schauder, als sein Gedärm sich abermals verkrampfte. Er verstand nicht, daß Livia in seiner Nähe blieb, ihn hätte der Gestank längst in die Flucht geschlagen. Aber was sie sagte, war richtig. Antonius war in der Tat verrückt geworden. Mit den Schenkungen hatte er Kleopatra das alte Reich der Ptolemaier zurückgegeben, und einen von ihren Bastarden hatte er zum König von Armenien ernannt. Seit wann wurde ein Vasallenprinz König einer römischen Provinz? Es war eine offene Herausforderung gegenüber Rom.

»Glaubst du, ich sollte gegen ihn vorgehen?« stöhnte er.

»Das Triumvirat läuft im nächsten Jahr aus. Du mußt nichts anderes tun als abwarten. Als guter Soldat wird er wissen, wie man sich in das eigene Schwert zu stürzen hat.«

Und was wird nach dem Triumvirat kommen? dachte er. Die Republik war tot, das wußte jeder, wenngleich man im Senat noch immer von ihrer Erneuerung redete. Die Republik erneuern! Das war, als ob man eine Leiche zum Leben erwecken wollte. Sicher konnte man einen Toten im Sessel aufrecht hinsetzen und ihm einen Weinpokal in die Hand drücken, doch man vermochte ihn nicht wieder zum Singen zu bringen.

Außerdem waren die Römer inzwischen daran gewöhnt, nur von einem Mann regiert zu werden. Genaugenommen war die Republik schon seit Caesars Zeiten tot, doch der Einsatz des Spiels hatte sich inzwischen erhöht. Wenn er Antonius loswerden könnte, würde ihm, Octavian, die alleinige Macht über Rom gehören. Es gäbe keine Republik mehr, sondern nur noch ihn selbst: Octavian Caesar, den erhabenen Herrscher der Welt.

Über Octavians Gesicht breitete sich ein zufriedenes Lächeln aus. Doch dann schüttelte ihn ein neuer heftiger Anfall, der sogar Livia Drusilla aus dem Raum vertrieb.

7

In Alexandria

Von ihrem Fenster im Lochias-Palast aus konnte Kleopatra die neuen Schiffe sehen, die im Hafen vor Anker lagen. Zweihundert Zweiruderer und Dreiruderer, die Kernstücke einer jeden Flotte, gewaltige Holzbauten mit Geschützturm und Enterhaken, sowie die flachen liburnischen Galeeren, die nur eine Ruderreihe besaßen, dafür jedoch wendiger waren als die großen Schiffe. Doch sie hatte auch Galeeren mit fünf Ruderreihen bauen lassen, einige sogar mit sechs, ihre eigenen schwimmenden Festungen mit riesigen Bronzerammböcken am Bug. Kleopatras Flaggschiff war ein Sechsruderer – sie hatte es *Isis* genannt.

Agrippas Vorbild folgend hatte sie ausgebildete Ruderer angeheuert, die ihre neue Flotte bemannten. Sie waren geschickter als Sklaven und billiger, da man sie nur für den jeweiligen Einsatz entlohnte und nicht ein Leben lang zu versorgen hatte.

Dank sei dem Vertrag von Antiochia, dachte Kleopatra, der diese Flotte ermöglicht hatte, denn den Bau hatte sie aus dem Erlös der Balsamwälder bestritten, die mit einem Teil von Judäa ihr Eigentum geworden waren. Die Ruder für die schweren »Sechser« waren aus den dicken Zypressen und Zedern gefertigt, die aus ihrem neuen Lehen, dem Libanon, stammten.

Mit dieser Flotte hatte sie den jüngsten Handel mit Antonius besiegelt, denn für die sogenannten Schenkungen hatte sie ihm die Flotte versprochen. Nun konnte Antonius gegen Agrippas Seemacht bestehen – zu Land war er Octavian ohnehin überlegen.

Kleopatra wandte sich vom Fenster ab. Sie stellte fest, daß Mardian sie beobachtet hatte. »Bald ist es soweit«, sagte sie. »Dann haben wir Antonius mit der besten Flotte der Welt ausgerüstet.«

»Ein nicht unerhebliches Risiko.«

»Ich bin mein Leben lang Risiken eingegangen, doch wie du siehst, habe ich die Niederlagen bisher ganz gut überstanden. Warum ziehst du schon wieder so ein mißmutiges Gesicht?«

»Majestät, glaubt mir, daß Ihr meine Gedanken nicht wissen wollt.«

»Marcus Antonius«, sagte sie.

Mardian hob vielsagend die Schultern.

Kleopatra wußte, was er dachte, und natürlich hatte er recht. Ihr Feind war nach wie vor Rom. Antonius ihre Flotte zu überlassen bedeutete, einem Mann zu trauen, der sich gemeinhin als unzuverlässig erwies.

»Er hat seinen Freund Ahenobarbus nach Rom entsandt. Hat er Euch das erzählt?«

Kleopatra schüttelte den Kopf. Natürlich nicht. Warum sollte er ihr etwas derart Wichtiges erzählen?

»Wie es aussieht, hat unser edler Herr seine Meinung wieder geändert. Er hofft noch immer, den Konflikt mit Rom vermeiden zu können.«

»Dann wollen wir hoffen, daß er sich irrt«, erwiderte sie scheinbar ruhig, doch ihre Hände hatten sich zu Fäusten geballt. Nachts kamen Antonius die süßesten Honigworte über die Lippen, und er schwor ihr ewige Liebe und Treue, doch sobald sich ihm die Gelegenheit bot, hinterging er sie und bohrte ihr einen Dolch in den Rücken. Glaubte er denn, daß sie sich von seinem Geschwätz einlullen ließ und nicht hinter die Wahrheit käme? Sie war doch kein kleines Mädchen mehr, sondern eine Frau von vierunddreißig Jahren, die Liebesworten schon längst nicht mehr traute! Kleopatra seufzte. Antonius war und blieb ein treuloser Lump, aber sie brauchte ihn nun einmal und konnte nichts dagegen unternehmen.

»Ahenobarbus wird bei Octavian gar nichts erreichen«, sagte sie. »Erst die Königin des Meeres wird ihn bezwingen. Warte es nur ab.«

In Rom

Die Menschen froren in einem eisigen Winter. Die Gegend auf dem Aventin war trostlos und finster, und man wußte nie, in was man trat, wenn der Stiefel auf Unrat traf. Ein Eimer mit Schmutzwasser wurde aus einem der Fenster entleert, der Inhalt verdreckte Ahenobarbus das Gewand. Ein Fuhrwerk, hoch mit Pinienstämmen beladen, bog in die Gasse ein, drängte ihn gegen die Hauswand, und die nächste Ladung Unrat spritzte ihm an die Beine.

Bei den Göttern, dachte Ahenobarbus. Ich liebe Rom von ganzem Herzen, doch nach Alexandria kommt es mich bitter an. Er betrat eine Taverne und nahm zwischen Wäschern, Fuhrleuten und Eisenhändlern Platz. Er aß eine fette, heiße Pastete und hörte dem Gerede zu, wobei er erfuhr, daß Caesar – so nannte man Octavian nun – viel für die Stadt tat, während Antonius im Osten dem Müßiggang frönte, sich mit Eunuchen und Lustknaben amüsierte, auf juwelenbesetzten Lagern ruhte und sich in einen goldenen Nachttopf entleerte. Und daß ihm die ägyptische Königin mit Liebestränken und Orgien den Kopf verdreht hatte. Ahenobarbus spürte, wie es in ihm anfing zu brodeln, was nicht zuletzt darauf zurückzuführen war, daß einiges von dem Geschwätz stimmte.

Wohin man sah, erblickte man Caesarstatuen, und die Menschen in der Stadt redeten von ihm, als sei er noch am Leben. Im Juliustempel des neuen Forums wurde seine Statue wie eine Gottheit verehrt, der Opfer gebracht und zu der gebetet wurde.

Du alter Schurke, dachte Ahenobarbus, als er vor der Statue stand. Das alles hast du deinem Neffen zu verdanken, der dich zu Lebzeiten nicht ausstehen konnte, geschweige denn, daß er inzwischen etwas von dir hielte. Doch er hat dafür gesorgt, daß das Volk dich als Gott ansieht. Dabei warst du nur ein gerissener Fuchs, der zu taktieren verstand, und das einzig Übernatürliche an dir waren die vielen Weiber, die du bestiegen hast, du gieriger, glatzköpfiger Mörder.

In den Läden waren die Regale mit Trinkbechern gefüllt, auf denen Motive aus dem Omphale-Mythos abgebildet waren. Auch dabei hatte Octavian seine Hand im Spiel gehabt, denn Omphale war die Königin, die Herkules drei Jahre lang als Sklaven gehalten hatte. Auf den Bechern trug sie den Helm des Helden, seine Keule und sein Löwenfell, während er sich als Frau verkleidet neben ihrem Wagen befand und einen Sonnenschirm über sich hielt. Der Bezug zu Antonius war für jedermann erkennbar.

Ein Straßenhändler folgte Ahenobarbus und bedrängte ihn derart, einen der Becher zu kaufen, daß Ahenobarbus drohte, ihn in ein Faß mit ranzigem Öl zu werfen. Als der Mann dennoch nicht von ihm abließ, schleuderte Ahenobarbus den hingehaltenen Becher gegen die nächste Hausmauer, würgte den Händler und stieß ihn zu Boden.

Omphale oder Kleopatra, die Frauen waren schon immer Antonius' Schwäche gewesen, doch daß sie ihm nachgerade zum Verhängnis werden würden, hätte man vorher nicht gedacht.

Ahenobarbus erhob sich, um seine Rede vorzutragen. Er rückte sich seine Toga zurecht, deren Schwere er nicht mehr gewöhnt war. Dann räusperte er sich und schaute auf die wohlgenährten Gesichter im Senat, die ihm nun mit finsteren Mienen entgegenstarrten.

»Erlauchte Senatoren«, hub er an. »Ihr habt in der letzten Zeit Ungutes über die Taten des Triumvirs Marcus Antonius gehört. Ich bin hier, um euch zu beruhigen und euch zu versichern, daß er sich nie jenseits unserer Gesetze bewegt hat. Antonius ist und bleibt ein großer Römer …«

Danach schilderte er die Geschichte von Anfang an:

Wie Antonius die berühmte Schlacht bei Philippi geschlagen hatte, während Octavian krank auf seinem Lager lag.

Wie Octavian sich später Antonius' gallischer Truppen bemächtigt und nur Antonius' große Duldsamkeit Rom vor einem weiteren Bruderkrieg gerettet hatte.

Wie Antonius Octavian in Tarent vier Flottengeschwader überlassen hatte, damit er den Piratenkönig Sextus Pompejus bekämpfen konnte, und Octavian ihm dafür vier Legionen versprach, die Antonius nie geliefert bekam.

Wie Antonius sich zum Ruhme Roms an die Eroberung Parthiens gemacht hatte, wenngleich Octavian ihm weiterhin Hilfe versagte und man sich daraufhin der Hilfe seitens Ägyptens versichert hatte, dem Freund und Verbündeten Roms.

Wie im Rahmen dieses Feldzugs Armenien Rom zugeführt wurde, eine Tat, die der Senat ungewürdigt gelassen hatte.

Er erklärte, daß die vermeintlichen Schenkungen nichts anderes seien als eine Umordnung der Macht der Vasallenkönige und daß Antonius weiterhin oberster Herrscher über diese Gebiete sei, gemäß der Vereinbarungen von Brindisi.

Schließlich schwor er, daß der edle Antonius den Gesetzen Roms treu ergeben sei, wogegen Octavian die Auflagen des Triumvirats mißachte. Auch sei es allein dessen Verantwortung, daß Rom sich nicht stabilisiere. Käme es zu einem neuen Bruderkrieg, so läge die Schuld nur bei diesem Mann und gewiß bei keinem anderen. Er gebe daher zu bedenken, ob es nicht ratsam sei, Octavian zum Feind des Volkes zu erklären.

Als Ahenobarbus sich setzte, erntete er Schweigen.

Danach erhob sich Octavian.

»Ich habe die schönen Worte des guten Ahenobarbus vernommen«, setzte er an. »Und ich bin voller Bewunderung für sein Geschick, die Fakten für Antonius in ein so günstiges Licht zu rücken.«

Einige der Senatoren fingen an zu glucksen.

»Wie ich feststellen konnte, hielt er es für angemessen, die Rolle der Königin von Ägypten in diesen Angelegenheiten zu verschweigen. Nur leider muß ich mich fragen, ob Antonius nicht von dieser Frau verblendet wurde und ob seine Taten nicht eher ihren Zielen dienen anstatt den unseren?«

Ahenobarbus spürte, wie ihm das Blut in die Wangen schoß. Genau davor hatte er Antonius immer gewarnt. Die Verbindung mit dieser Königin machten alle Bemühungen zunichte.

»Da wäre zuerst einmal ihre Behauptung, ihr Sohn sei tatsächlich ein Nachkomme Caesars«, höhnte Octavians Stimme weiter. »Wie viele Kinder hat denn der edle Caesar gezeugt? Da wäre Julia, seine Tochter, doch das war dreißig Jahre bevor er die ägyptische Königin kennenlernte. Danach hatte er drei Ehefrauen – Cornelia, Pompeja, Calpurnia –, von denen ihm keine Kinder gebar, wohingegen die Liebelei mit Kleopatra ihm gleich einen Sohn einbrachte … Ich halte das für ein Wunder, und zwar für eins, das Ägypten sehr gelegen kam.«

Lautes Gelächter in den Reihen der Zuhörer.

»Doch wenden wir uns Antonius' Taten im Osten zu. Er hat vor nicht langer Zeit einen Triumph gefeiert, und zwar in der Hauptstadt Ägyptens, mit dem er sowohl Rom als auch das römische Volk beleidigt hat. Wir alle wissen, daß nur dieser Senat einen Triumph gewähren kann und daß er nicht als persönliche Ehrung gilt, wie der edle Antonius glaubt, sondern als Ruhmeszeichen für unsere Stadt und unsere Republik. Sich dergleichen selbst anzumaßen betrachten wir als unverzeihlich, als einen Akt, der die Strafe der Götter auf sich zieht.«

Unter den Senatoren erhob sich zustimmendes Gemurmel. Selbst Ahenobarbus konnte nicht umhin, widerwillig zu nicken.

»Die Schätze, die Antonius erobert hat, überließ er Kleopatra, seinen

Dank entrichtete er ihren Göttern. Nun frage ich euch, ob das das Verhalten eines wahren und edlen Römers ist?«

Octavian hatte sich inzwischen in Eifer geredet.

»Kleopatra hat nicht nur Antonius' Sinne betört, sie beherrscht offenbar auch seinen Verstand. Möchtet Ihr, edle Senatoren, daß Rom von Kleopatra gesteuert wird? Sie plant, Alexandria zur Hauptstadt des Reiches zu machen und dieses Reich anschließend selbst zu regieren. Wenn Ihr Euch ihrem Wunsche anschließen wollt, dann haltet nur still und laßt Antonius weiter gewähren.«

Auf diese Worte hin brach ein Tumult los, in dem Antonius' Anhänger versuchten, Octavian niederzubrüllen, woraufhin sich dessen Anhänger aufschwangen, um die anderen mit Schmähungen zu bedenken.

Octavian deutete mit dem Zeigefinger auf Ahenobarbus und schrie über den Lärm hinweg: »Ich werde Euch nicht gestatten, die Ehre meines Vaters zu besudeln. Wer Rom zerstören will, der hat sein Leben verwirkt.«

Der Senat glich einem Tollhaus. Ahenobarbus drängte sich durch die Reihen hinaus. Dieses Bübchen mag eine schwächliche Hülle haben, dachte er, doch er besitzt Caesars Feuer und Verstand.

8

Der ägyptische Monat Phamenoth im Jahre 32 vor Christi Geburt

In Alexandria

»Hier kommt der große Löwe«, brummte eine tiefe Stimme.

Selene fing hinter dem Seidenbehang an zu kichern. Antonius folgte dem Geräusch und entdeckte die Wölbung unter dem Stoff und unter dem Saum die beiden kleinen Füße.

Er stapfte mit schwerem Schritt über den Marmorboden und hörte, wie sie abermals kicherte. »Wo ist meine Speise?« knurrte er.

Vor dem Behang blieb er stehen und zögerte die Spannung noch ein wenig heraus. Er hörte, wie Serene schluckte und die Luft anhielt. Dann packte er sie mitsamt dem Seidenbehang, und sie kreischte vor Entsetzen und Vergnügen.

Kleopatra betrat den Raum und unterbrach das unbeschwerte Spiel.

»Es gibt Nachricht von Ahenobarbus. Er kommt bald aus Rom zurück.«

»Wie schön«, entgegnete Antonius. »Ich habe seine Witze und seine muntere Gesellschaft vermißt.«

Antonius ließ Selene los und trug ihr auf, zu ihrem Bruder zu laufen und mit ihm zu spielen.

So etwas muß sie auch lernen, dachte Kleopatra. Sie wird in ihrem Leben noch viele solcher Unterbrechungen erfahren.

»Nun?« erkundigte sich Antonius.

»Du wolltest immer den römischen Gesetzen gehorchen, doch wie es aussieht, hat Octavian weniger Skrupel, sie zu ignorieren.«

»Was ist geschehen?«

»Am Tag, nachdem Ahenobarbus seine Rede gehalten hat, ist Octavian mit bewaffneten Häschern in den Senat gekommen und hat deinen Gesandten bedroht. Ahenobarbus und etliche andere deiner Anhänger waren gezwungen, aus Rom zu fliehen. Sie sind zu uns unterwegs.«

Antonius lachte. »Donnerwetter! Ich hätte nicht geglaubt, daß das Bübchen so viel Mut besitzt.«

»Richtig, das hast du nicht, obwohl ich es dir tausendmal gesagt habe.« Antonius fuhr sich mit den Händen durch die Haare. Er lachte noch einmal auf, doch dann hieb er mit der Hand gegen eine der Marmorsäulen.

»Er ist jetzt dein Feind«, sagte Kleopatra.

»Vielleicht hast du recht«, erwiderte er, doch sie erkannte an seinem Blick, daß er noch nicht überzeugt war. Armer Antonius. Sie hatte ihn immer vor Octavian gewarnt. Doch ein Blick in sein Gesicht genügte ihr, um zu wissen, daß er dessen Machenschaften auch weiterhin nicht durchschaute.

Auf dem Palatin in Rom

Octavian ruhte, auf Kissen gestützt, auf einer Bank. Sein Gesicht war leichenblaß, und sein Atem stieg rasselnd aus der Lunge. Maecenas massierte ihm sanft die Schenkel. Agrippa befand sich im Hintergrund und betrachtete die beiden mit finsterer Miene.

Wie prüde Agrippa ist, dachte Octavian. Er will uns seine Mißbilligung zeigen, und dennoch bleibt er immer zugegen.

Maecenas klatschte in die Hände, woraufhin ein Mädchen in den Raum geführt wurde. Es war noch sehr jung und machte einen verängstigten Eindruck. Auf ein Nicken von Maecenas begann es, die Tunika abzustreifen.

»Du hast ihn endlich zum Krieg herausgefordert«, sagte Maecenas.

»Das kann nicht gut ausgehen«, knurrte Agrippa. »Wir haben kein Geld, und unsere Soldaten murren und fordern ihren Sold. Antonius hingegen besitzt Kleopatras Flotte und ihren Reichtum.«

Das Mädchen legte sein Brustband ab. Winzige rosige Brustwarzen kamen zum Vorschein. Octavian betrachte sie mit ausdruckslosem Gesicht.

»Es mußte einfach dazu kommen«, fuhr Maecenas fort. »Das war von Anfang klar.«

Das Mädchen entfernte das Lendentuch. Maecenas klatschte ein zweites Mal in die Hände, und es ging widerstrebend auf Octavian zu.

»Ich weiß nicht, warum du an so etwas Spaß hast«, sagte Maecenas zu Octavian gewandt. »Der Hintern von deinem kleinen Syrer ist fester, und seine Brüste sind auch nicht viel kleiner.«

»Dreh dich um«, befahl Octavian dem Mädchen.

Es tat wie befohlen. Octavian streckte eine blasse Hand aus und kniff in ihr Hinterteil.

»Zu Land können wir Antonius nicht schlagen«, ließ sich Agrippa vernehmen.

»Dann eben zur See.«

»Kleopatra hat eine hervorragende Flotte bauen lassen. Es wird nicht so leicht sein, wie du denkst. Meiner Meinung nach wäre es klüger gewesen, zu einer Übereinkunft zu gelangen.«

Octavian zog das Mädchen zu sich und preßte ihre Hand zwischen seine Schenkel. Es machte sich an die Arbeit. »Nicht so!« fuhr er es an. »Das ist kein Kerzenständer, den du polierst.«

Maecenas zwinkerte Agrippa zu. »Für eine Übereinkunft ist es zu spät. Das weitere wird von dir abhängen. Du mußt eben gnadenlos sein.«

Agrippa kehrte das Gesicht zur Wand, denn Octavians Tun war ihm peinlich.

»Ich finde, es ist allerhand«, grunzte Octavian, »wenn ein Mann zu krank ist, um eine Jungfrau zu entehren.«

»Wahrscheinlich ist sie ohnehin keine Jungfrau mehr«, tröstete ihn Maecenas, woraufhin beide lachten, bis Octavian anfing zu husten und das Mädchen fortgescheucht wurde, um einen Brechnapf zu holen.

9

In Ephesos

Ephesos, eine der größten Städte des Ostens, erstreckte sich zu Füßen des Berges Pion – ein unübersichtliches Gewirr von Straßen, das sich um das Amphitheater und die *agora* breitete. Die Häuser der Reichen zogen sich an den Hängen hoch, wo eine stete Brise vom Meer ihren Bewohnern Kühlung verschaffte.

Im Hafen war die ägyptische Flotte vertäut worden, darunter sechzig schwimmende Festungen mit glänzenden Rammböcken, den Rumpf mit dicken Eisenbändern verstärkt, und wuchtigen hölzernen Türmen. Im Herzen dieses gewaltigen Aufgebots befand sich Kleopatras Flaggschiff, die *Isis*, ein prächtiger Anblick mit purpurnen Segeln und goldenem Heck.

Etwas Vergleichbares, darin waren sich alle einig, hatte der Osten noch nie besessen.

Zum ersten Mal seit den Tagen Alexanders befehligte nur ein Mann die vereinte Seemacht des Ostens, insgesamt dreihundert Versorgungs- und fünfhundert Kriegsschiffe, wovon die Hälfte ägyptischer Herkunft waren.

Die Stadt quoll über von Seeleuten und Soldaten. Die Gassen hallten vom Stiefelschritt neuer Truppen, die von den Bergen und aus den weiten Ebenen kamen, aus Mauretanien, Kappadokien, Paphlagonien, Kommagene, Judäa und Medien. Alle Vasallen von Antonius waren seinem Ruf gefolgt, einschließlich Amyntas aus Galatien, der zweitausend Mann seiner berühmten Reiterei entsandt hatte.

Es waren Vasallen, die Antonius ihre Herrschaft verdankten und die davon ausgingen, daß eine Streitmacht dieses Umfangs nicht zu schlagen sei, vor allem nicht, wenn ihre Versorgung mit den Geldern Ägyptens bestritten wurde. Natürlich wollten sie sich auch seines Wohlwollens versichern und hofften insgeheim auf einen Anteil an der Beute. Doch in erster Linie ging es allen um eines: Sie lechzten nach römischem Blut.

In der *agora* herrschte ein wirres Durcheinander aus vielen Sprachen, und die verschiedenen Uniformen ergaben ein buntes Bild. Gallier mit kurzen Lederwesten, geschwungenem Schnauzbart und wilden blonden Locken, furchteinflößende Germanen mit rotblondem Haar, breitschultrige ägyptische Ruderer in ledernen Faltenröcken und engen Westen, Schwarze aus Mauretanien, die nackten Arme mit Silberschmuck bedeckt, griechische Bogenschützen, phönizische Matrosen, levantinische Piraten, Beduinenreiter, Stammesangehörige aus Medien – sie alle waren hier auf Antonius' und Kleopatras Geheiß.

Zudem verfügte Antonius noch über seine restlichen römischen Legionen sowie fünfundzwanzigtausend Söldner und zwölftausend erfahrene Reiter. Wie eine einzige gewaltige Flut würden sie sich erheben, um über Rom hereinzubrechen und Octavian fortzuspülen.

Plötzlich hieß es, es seien noch weitere Schiffe im Hafen angekommen, diese jedoch stammten aus Rom.

An Bord befanden sich Ahenobarbus, Konsul Sosius und beinahe die Hälfte der römischen Senatoren. Octavian hatte Antonius' Anhängern ein Ultimatum gestellt, nach dessen Inhalt sie ihm Treue zu schwören oder Rom zu verlassen hatten. Dreihundert Senatoren waren Ahenobarbus gefolgt, so daß Antonius nicht allein über militärische Schlagkraft verfügte, sondern nun mit Fug und Recht auch behaupten konnte, daß das römische Gesetz hinter ihm stand.

»Du mußt Kleopatra nach Hause schicken!« brüllte Ahenobarbus und schlug mit der Faust auf den schweren Zederntisch in Antonius' Hauptquartier. Es befand sich in einem der Häuser des Statthalters von Ephesos, von den Fenstern aus sah man das Meer und bewaldete Felsinseln, die den Horizont sprenkelten.

»Das kann ich nicht«, entgegnete Antonius.

»Du *mußt*! Die Senatoren äußern bereits Zweifel an der Klugheit ihrer Entscheidung. Sie haben den Imperator Marcus Antonius erwartet, der ordentliche römische Legionen befehligt, und nicht einen Zirkushaufen von schmuddeligen Ägyptern und Lustknaben!«

Antonius lachte. »Zwei von dreien meiner Legionäre sind schmuddelige Ägypter und Lustknaben, wie du sie zu nennen beliebst. Da Octavian mir neue Rekruten verweigert, muß ich mich mit ihnen begnügen.«

»Es geht nicht nur um die Fremden in deiner Armee, sondern auch um die Frage, wer ihnen befiehlt ...«

»Auch unter den Reitern sind schmuddelige Ägypter«, fuhr Antonius unbeirrt fort. »Dazu kommen noch einmal fünfundzwanzigtausend Lustknaben als Söldner.«

»Es geht um Kleopatra! Sie ist das Problem! Sie begleitet dich überallhin und tut, als wäre sie deine Königin.«

»Nun, das ist sie doch auch.«

»Du weißt, daß ein römischer Magistrat keine Königin haben kann.«

»Streiten wir etwa über einen Standpunkt des Gesetzes?«

»Wir streiten darüber, was Menschen sehen und was sie wahrnehmen! Sie ist eine Frau, und du behandelst sie wie deinesgleichen! Erkennst du nicht, welche Schwierigkeiten du dir damit einbrockst?«

Ahenobarbus warf einen hilfesuchenden Blick zu Canidius, doch der schlug die Augen zu Boden. Gefühlsmäßig stimmte er Ahenobarbus zu, doch sein Verstand riet ihm zu gegenteiliger Ansicht.

»Ich brocke uns allen größere Schwierigkeiten ein, wenn ich sie fortschicke«, erwiderte Antonius. »Sie zahlt für die Versorgung unserer Armee und kommt für die eigene Flotte auf. Eine Armee dieser Größe, mit Nahrung, Kleidung...« Er hob vielsagend die Schultern. »Sie zahlt ein halbes Vermögen. Mehr, als es ihren Vater gekostet hat, seinen Thron von Pompejus zurückzukaufen. Hast du überhaupt eine Ahnung vom Ausmaß dieser Summe? Ohne Königin Kleopatra wären wir alle nicht hier.«

»Na gut, dann gibt sie dir eben Geld. Damit hat sie sich aber noch lange nicht das Recht erkauft, dir zu sagen, was du zu tun hast.«

Antonius lachte laut auf. »Jede Frau sagt einem, was man zu tun hat, selbst wenn es nur die Ehefrau ist. Was erwartest du denn von der Königin von Ägypten?«

Antonius' Heiterkeit stachelte Ahenobarbus nur noch weiter auf. »Ihre Anwesenheit ist eine Herausforderung für jeden Römer.«

»Sie unterscheidet sich nicht von den anderen Vasallenkönigen, die unseren Herrn Antonius unterstützen«, ließ Canidius sich vernehmen. Ahenobarbus seufzte. Wie es schien, hatte sich doch einer der römischen Generäle von diesem Pack blenden lassen. »Natürlich unterscheidet sie sich von den anderen«, herrschte er Canidius an. »Mit den anderen Königen teilt Antonius nicht sein Bett.«

Antonius zog die Stirn kraus. »Bis jetzt noch nicht. Ich bin ja erst seit kurzem hier.«

Auch Dellius fühlte sich nun genötigt, einen Einwand vorzutragen. »Ich fürchte, Ahenobarbus hat recht. Die Senatoren sind hier, um *Euch* zu unterstützen, mein Herr Antonius. Durch Kleopatras Anwesenheit taucht der Verdacht in ihnen auf, daß sie statt dessen eine fremde Königin und deren Ehrgeiz fördern.«

»Wie dem auch sei – ich kann Kleopatra nicht fortschicken und gleichzeitig die Armee aufrechterhalten.«

»Wir müssen einen Weg finden, der es dennoch möglich macht.«

»Und der wäre?«

Auf diese Frage hin breitete sich Schweigen aus.

»Da habt ihr's«, sagte Antonius.

Ahenobarbus schüttelte den Kopf. »Ich sage dir noch einmal, Imperator, sie muß fort. Stell Caesarion an die Spitze der Äypter.«

»Caesarion? Er ist doch noch ein Kind.«

»Er wäre nur eine Galionsfigur – das, was seine Mutter auch hätte bleiben müssen.«

Canidius zog die Augenbrauen hoch. »Das hieße, daß wir von all den fremden Monarchen hier Kleopatra wieder nach Hause schicken. Und das nur, weil sie eine Frau ist? Sie hat einen besseren Verstand für militärische Angelegenheiten als jeder dieser anderen orientalischen Bauerntölpel.«

»Wenn du sie nicht nach Hause schaffen kannst, mußt du mit Octavian Frieden schließen.«

»Dem stimme ich zu«, kam es von Dellius.

»Wollt Ihr denn, daß Rom von einem Lustknaben regiert wird? Wünscht Ihr Euch nicht, daß wir die Republik erneuern?«

Ahenobarbus machte eine feierliche Miene. »Das ist mein größter Herzenswunsch.«

»Und wie sollen wir dann mit Octavian Frieden schließen?«

Ahenobarbus' Hände ballten sich zu Fäusten. Gegen Antonius' Ziele hatte er nichts einzuwenden, er stieß sich allein an dessen Methoden. »Diese Frau gefährdet das ganze Unternehmen«, knurrte er schließlich.

Antonius klopfte ihm lachend auf die Schultern. »Komm, alter Schurke, trink noch ein wenig Wein, und schau nicht so grimmig. Wir können nicht verlieren!«

Der alte Schurke schien jedoch nicht in Trinklaune zu sein, denn er stapfte mürrisch fort. Antonius zuckte die Achseln und drückte jedem seiner Gefährten einen weingefüllten Pokal in die Hand. Canidius blieb und trank. Desgleichen Dellius, der im Verlaufe des weiteren Beisammenseins auch über Antonius' Witze lachte, wenngleich es hier und da ein wenig gequält klang. In seine Seele hatten sich Zweifel eingeschlichen, und er kam sich vor wie ein Mann, der am Abgrund taumelt und nur noch darauf wartet, daß er stürzt.

Livia Drusilla saß an ihrer Spindel, um die Wolle für die neue Tunika ihres Mannes herzustellen, denn während der Wintermonate benötigte er davon vier übereinander.

Im vergangenen Herbst war er aus der Schlacht in Illyrien zurückgekehrt und hatte sich erneut den Geschäften des Reiches gewidmet. Vielleicht würde er bald wieder wie ein normaler Bürger leben, dachte sie, denn die Zeit des Triumvirats lief in Kürze aus. Andererseits wäre es möglich, daß seine Stellung in Rom unverändert bliebe, denn während der vergangenen zwölf Jahre hatte sein Einfluß sich so stark gefestigt, daß er wie sein Onkel als Diktator regierte. Allerdings wäre es als Triumvir leichter, einen offiziellen Grund für den Krieg zu finden und Antonius einen Bruch der Verträge anzulasten.

Dieser versoffene Dummkopf hatte nach wie vor treue Gefolgsleute in Rom, und das bei allem, was er angerichtet hatte. Mehr als ein Drittel der Senatoren hatte sich mit ihm im Osten verschanzt, andere auf dem Palatin blieben unbestimmt, wollten sich für keine Seite entscheiden, warteten einfach ab, wie die Dinge sich entwickeln. Nun, zu gegebener Zeit würde man sich ihrer erinnern. Wenn man nicht für den erhabenen Caesar war, dann war man gegen ihn, und die Zeit der Abrechnung käme bestimmt.

Man mußte sich dringend etwas einfallen lassen, um gegen Antonius vorzugehen, die öffentliche Meinung gewinnen und dann losschlagen. Doch zu überstürzen brauchte man nichts, denn wie Livia Marcus Antonius kannte, würde er ihnen den Grund für den Angriff selbst in die Hände spielen.

Octavian ließ sich steifbeinig nieder. Er war in Illyrien am Knie verwundet worden, eine Verletzung, auf die hinzuweisen er nie müde wurde, da sie all jene Lügen strafte, die ihm nachsagten, er könne nicht kämpfen. Na gut, er hatte die Verletzung bei einem Sturz vom Schutzwall davongetragen, doch es war dennoch eine Wunde, die einem Krieg entstammte, und er sah keinen Anlaß, dies anders darzustellen.

»Heute hat es schon wieder Aufstände auf dem Aventin gegeben«, knurrte er verdrossen.

Livia Drusilla setzte ihre Spinnarbeit fort.

»Im Forum wurde ein Volkstribun angegriffen und ermordet.«

Octavian hatte kürzlich ein Gesetz erlassen, nach dem ein Viertel eines jeden Einkommens als Steuer erhoben werden sollte, um die

Armee zu finanzieren, die Rom gegen den Angriff von Marcus Antonius verteidigen sollte. Das Gesetz war auf heftigen Widerstand gestoßen, denn die Römer hatten sich inzwischen daran gewöhnt, daß die Provinzen des Ostens für derartige Ausgaben aufkamen. An manchen Orten hatte sich dieser Widerstand in Gewalttätigkeiten geäußert, zum Beispiel dort, wo der erzürnte Pöbel die Gebäude der Steuerbehörden einfach niedergebrannt hatte, was Octavian dazu veranlaßt hatte, die Ordnung mit Hilfe der Armee wiederherzustellen und die Anführer kreuzigen zu lassen.

»Außerdem hat der Pöbel versucht, das Emporium in Brand zu setzen. Ich mußte tatsächlich die Vierte aus ihren Lagern holen, um für Ruhe zu sorgen. Auch in Capua und Arretium ist es zu Aufständen gekommen.«

»Machst du dir etwa Sorgen, nur weil ein paar Wurstverkäufer randalieren?«

»Die Lage gerät außer Kontrolle, ich muß einen Weg finden, um das Volk hinter mich zu bringen.«

Livia Drusilla lächelte. »Sei ganz beruhigt, Antonius wird ihn für dich finden. Auf ihn kannst du dich verlassen.«

Sisyphus sprang auf den Tisch, um sein neuestes Lied vorzutragen.

Antonius regiert in Ephesos,
er ist der Herr im Osten.
Doch er muß tun, was Kleopatra will,
denn sie bezahlt die Kosten.

Die meisten seiner Zuhörer lachten, und Antonius lachte am lautesten. Er sieht die Gefahr einfach nicht, dachte Ahenobarbus, er tut, als sei es ein Witz gewesen. Canidius war da, Dellius, Plancus und zwei von den Schmuddelkönigen, Bogud aus Mauretanien und Amyntas. Antonius schien deren Gesellschaft angenehm zu finden, doch er, Ahenobarbus, würde keinem von beiden trauen.

Sisyphus kletterte vom Tisch hinunter, sein Stumpf sah aus wie ein Stachel. Antonius warf ihm eine Handvoll silberne *denarii* zu, die der Zwerg zusammenraffte, ehe er sich wieder über den Wein hermachte.

Ich habe gehört«, setzte Ahenobarbus an, »daß du dich von deiner Frau scheiden lassen willst.«

»Von Kleopatra?«

»Von der richtigen – von deiner *römischen* Frau!«

Antonius zuckte mit den Schultern. »Ein Mann sollte stets mehrere Frauen haben. Seht euch Canidius an: Vier Frauen, und doch kein Ergebnis. Vielleicht beackert er nicht die richtige Furche.«

Canidius' langes Pferdegesicht überzog sich mit verlegener Röte. Ein guter Junge, dachte Antonius, aber keinen Sinn für Humor.

»Wenn du Octavia verläßt, verlierst du in Rom deine Freunde.«

»Ich denke, meine Freunde sind alle hier?«

»Octavian wird die Situation ausnutzen.«

»Octavian nutzt alles aus. Wenn ich in Griechenland furze, beschuldigt er mich für den Gestank in Rom.«

»Ahenobarbus hat dennoch recht«, schaltete Dellius sich ein. »Jeder in Rom achtet Octavia.«

»Dann soll sie doch jeder in Rom heiraten. Sie sorgt wenigstens dafür, daß die Männer brav zu Hause bleiben und ihre Nase nicht in politische Angelegenheiten stecken.«

»Sie hat die Senatoren in den letzten Jahren für dich umworben. Wenn du dich scheiden läßt, sieht es aus wie Verrat.«

»Sie haben es ja auch nicht als Verrat angesehen, als Octavian sich meine gallischen Legionen einverleibt hat, geschweige denn daß sie seine Vertragsbrüche als Verrat bezeichnet hätten.«

»Octavia ist aber eine Frau und daher hilflos«, hielt Ahenobarbus ihm entgegen.

»Diese Erkenntnis wäre mir neu«, entgegnete Antonius. Er wandte sich an Munatius Plancus. »Was hast du dazu zu sagen?«

»Was Frauen anbelangt?«

»Nein, zu dem, was die anderen über Octavia vortragen.«

»Ich möchte meine Weisheit nicht mit Eurer messen.«

Antonius schnitt eine Grimasse. Was für eine schleimige kleine Kröte. Er richtete seine Aufmerksamkeit wieder auf Ahenobarbus. »Da hast du es.«

Sisyphus sprang auf einen Stuhl und beugte sich zu Antonius' Ohr vor. »Die anderen haben recht, mein Herr.«

»Nach deiner Meinung habe ich nicht gefragt, Narr«, knurrte Antonius und tat so, als wolle er ihm eins hinter die Ohren geben.

Sisyphus wich in gespieltem Entsetzen zurück. »Tut mir nichts zuleide, mein Herr«, rief er, »ich bin hilflos!« Er reckte den Stumpf in die Höhe, und alle außer Ahenobarbus brachen in schallendes Gelächter aus.

»Kleopatra ist nach wie vor unser Problem«, hub Ahenobarbus abermals an, doch er hatte die Stimme gesenkt, damit es die Schmuddelkönige nicht hörten. »Wenn du deine Frau wegen der *peregrina* verläßt, halten die Römer dich endgültig für verhext.«

»Wieso denn verhext?«

»Nach dem armenischen Sieg hast du dich mit ihr auf Münzen abbilden lassen. Denkst du denn, die Römer wüßten das nicht?«

»Doch nur, weil sie meine Verbündete ist!«

»Bist du denn auch mit Herodes abgebildet, mit Bogud oder Amyntas?«

»Vielleicht solltet Ihr Euch doch nicht von Octavia scheiden lassen«, schlug Dellius vor, »und statt dessen nach Rom zurückkehren, um mit Octavian Frieden zu schließen.«

Antonius starrte ihn fassungslos an. »Jetzt, wo er im Nachteil ist? Wo wir die größte Armee zusammenhaben, die es im Osten jemals gab?« Er lachte auf. »Du machst dir zu viele Sorgen. Sisyphus, bring den Weinkrug her. Der Mann hier muß aufgemuntert werden.«

Ahenobarbus beschloß, es dabei zu belassen, er hatte ohnehin schon zuviel gesagt. Dennoch hätte er gern gewußt, was für einen Eindruck die beiden Fremdlinge von ihnen gewonnen hatten.

10

Kleopatra lag im Bett und sah zu, wie Antonius sich entkleidete. Die Jahre hatten es gut mit ihm gemeint. Er hatte nur in der Taille angesetzt, sonst war sein Körper weiterhin muskulös und kräftig geblieben, und in seinen Haaren war erst wenig Grau zu sehen.

Doch sie sorgte sich weniger um die Auswirkung des Weins auf seinen Körper als um die Art, wie er auf seinen Charakter Einfluß nahm. Antonius war zwar immer unbeständig gewesen, doch in jüngster Zeit war daraus Unberechenbarkeit geworden. Solange er trank, war er ausgelassen und lustig, doch am folgenden Tag fand man ihn mißmutig und verstimmt. Auch zeigte er wenig Interesse an militärischen Angriffsplänen, ja im Grunde war seine Begeisterung für den Krieg ziemlich erlahmt, er ließ sich mitziehen, anstatt zu steuern.

Nun, dachte sie, letztlich ist es genau das, was ich wollte. Inzwischen begleitete sie ihn überallhin, beherrschte die Lagebesprechungen, inspizierte die Truppen und fungierte als Richterin, wenn es zu Streitigkeiten kam. Es diente nicht nur der Sorge, ihn vor Fehlern zu bewahren, sondern entsprach im Grunde der wahren Situation: Es war *ihr* Krieg, um den es nun ging. Antonius selbst hätte längst einen Rückzieher gemacht, wäre lieber nach Parthien aufgebrochen, um in den Bergen abermals Unheil anzurichten.

Allerdings hinderte sie noch immer ein Umstand daran, ihre Lage als sicher anzusehen – ein letztes Glied, das zu durchtrennen war, um die Treue des Treulosen zu garantieren.

Antonius schob den zarten blauen Seidenvorhang, der das Bett umgab, zur Seite, glitt neben ihr unter die Decke und wollte sie umfassen. Sie ließ sich von ihm in die Arme nehmen, doch er spürte ihr Desinteresse und ließ von ihr ab. »Was ist denn mit dir?« fragte er.

»Wann läßt du dich von ihr scheiden?«

»Das ist jetzt nicht der richtige Zeitpunkt.«

»Du hebst eine Armee gegen ihren Bruder aus, du hast dich mit der ägyptischen Königin vermählt, und dennoch sagst du fortwährend, es sei nicht der richtige Zeitpunkt. Wem von uns beiden machst du denn etwas vor? Octavia oder mir?«

Die Kerzenflamme in der rosenfarbenen Glaslaterne neben dem Bett flackerte unruhig, ihr Widerschein verlieh Antonius einen unsteten Blick. »Solange ich mit Octavia verheiratet bleibe, kann mich der Giftzwerg nicht als unrömisch hinstellen.«

»Ist das der einzige Grund?«

»Welchen anderen sollte es geben?«

»Den, daß du mich benutzt, Antonius.«

»Wie soll ich das verstehen?«

»Mardian hat mir erzählt ...«

»... natürlich, deine Spitzel stecken überall.«

»... Mardian hat mir erzählt, du hättest Ahenobarbus versprochen, die Republik wiederherzustellen. Ist das dein Plan, Antonius? Octavian zu besiegen, um wieder römischer Bürger zu werden? Rom in der Hand zu halten, um es anderen zurückzureichen?«

»Natürlich nicht.«

»Das aber glauben deine Freunde.«

»Ich bitte dich, etwas muß ich ihnen doch sagen.«

»Genau wie mir. Was hast du deinen römischen Freunden versprochen, Antonius?«

Er gab ihr keine Antwort. Er erzählt allen, was sie hören wollen, dachte Kleopatra, und niemand weiß, was er wirklich plant.

»Ich hatte es so verstanden, daß Rom Caesarions rechtmäßiges Erbe wird, daß du römischer Herrscher wirst und wir nach euren Gesetzen heiraten, so wie wir es nach meinen taten.«

»Das habe ich auch vor.«

»Deinem Freund hast du es anders erzählt.«

»Er würde mich sonst nicht unterstützen.«

»Und woher soll ich wissen, wen du tatsächlich betrügst?«

Antonius wollte sie wieder in die Arme nehmen, doch sie schob ihn von sich. Wie typisch für einen Mann, dachte sie, eine Frau mit Küssen beschwichtigen zu wollen.

»Du hältst mich für nutzlos, nicht wahr?«

»Ich weiß nicht, ob du für mich kämpfst oder ob du nur mein Geld und meine Zeit verschwendest.«

»Ich werde mein Bestes tun.«

Kleopatra erhob sich und warf sich einen Umhang über die weiße Tunika, die sie nachts trug. Es war zum Verzweifeln! Dieser Mann wand sich wie ein Aal durch die Schlingen, und seine Absichten waren nie eindeutig. »Dann beweise es mir! Laß dich von ihr scheiden, und ich vertraue auf dein Wort. Wenn du es nicht tust, nehme ich meine Flotte und mein Geld und kehre nach Alexandria zurück.«

»Mein Täubchen ...«

»Ich bin nicht dein Täubchen und bin es nie gewesen! Ich bin ein Falke und zeige dir meine Krallen. Laß dich von dieser Frau scheiden, oder betrachte Ägypten als deinen Feind im Osten.«

Mit diesen Worten verließ sie sein Gemach und kehrte in ihr eigenes zurück, wo sie Iras und Charmion zu sich rief, damit sie ihr bei ihren Verrichtungen halfen.

Antonius lag im Bett und starrte die Tür an. Im Namen Jupiters! Sie schien es ernst gemeint zu haben.

11

Jubelnde Menschenmassen säumten die breiten Straßen, um sie in Athen willkommen zu heißen. Dennoch fühlte sich Kleopatra in dieser Stadt nicht wohl, denn ihr spukten dort zu viele Geister von Menschen, die Athen in früheren Zeiten aufgenommen hatte. Brutus war nach dem Mord an Caesar hierher geflohen, eine Tafel erinnerte an den Besuch Ciceros vor vielen Jahren, und Octavia war eine Inschrift unter der Statue von Pallas Athene gewidmet worden.

Man hatte Antonius und Kleopatra den Sitz der römischen Gesandtschaft überlassen, ein palastartiges Stadthaus mit Gängen, die mit rotem Porphyr und schwarzem Marmor gekachelt waren, und mit Wandgemälden, auf denen sich Faune und Mänaden tummelten. Dahinter lag ein Garten mit rosafarbenen, weißen, gelben und dunkelroten Rosenbüschen. Im Innenhof befand sich ein *impluvium*, in dessen Nischen Kopien berühmter Statuen aufgestellt worden waren. Den Apoll des Leochares ließ Antonius umgehend entfernen, wogegen er dem Dionysos des Phidias einen Ehrenplatz gab.

Das *triclinium* diente als Raum für die Lagebesprechungen. Von dort aus hatte man einen Blick auf den Springbrunnen im Innenhof und auf den überdachten Laubengang, der ihn umschloß. Wenn die Türen offenstanden, schwebte der schwere Rosenduft von draußen herein. Von den höhergelegenen Fenstern des Hauses aus blickte man auf die weißen Säulen des Parthenons in der Ferne.

Doch es gab wenig Zeit, die Aussicht zu genießen, denn meistens standen Kleopatra und Antonius mit den römischen Generälen um einen Tisch und brüteten über den ausgebreiteten Karten.

Ihre Streitmacht war zum Angriff bereit. Zu Wasser verfügten sie über die ägyptische Flotte sowie römische Geschwader aus Rhodos, Kreta und Zypern, zu Land unterstanden Antonius über neunzehn Legionen, wozu noch weitere elf aus Alexandria, Kyrenaika und Syrien zählten, als Reserve.

»Warum schlagen wir nicht los?« erkundigte sich Canidius. »Ganz Rom ist in Aufruhr wegen der neuen Steuern, die Soldaten sind unterbezahlt und schlecht ernährt, das Volk ist Octavian leid.«

Dellius schüttelte den Kopf. »Wir können Italien nicht angreifen, solange die ägyptische Königin mit uns zieht. Das käme einer fremden Invasion gleich, gegen die sich Italien trotz des verachteten Octavian erhöbe.«

»Dann setzen wir ohne sie über«, erklärte Ahenobarbus.

Diese Römer! dachte Kleopatra. Nichts als Undankbarkeit und Verrat! Das wird ihnen schon mit der Muttermilch eingeflößt.

»Wenn Ihr ohne mich nach Italien übersetzt«, sagte sie, »tut Ihr es weder mit meiner Flotte noch mit meinem Geld. Und dann wird man sehen, wie weit Ihr kommt.«

Daraufhin breitete sich erst einmal Schweigen aus.

»Es wäre ohnehin zu schwierig«, sagte Antonius schließlich, »denn es gibt nur zwei Häfen, Tarent und Brindisi. Wenn Octavian sie schließen läßt, können wir nicht landen.« Er stieß mit dem Zeigefinger auf die Karte. »Ich habe vor, die Truppen hierher zu verlegen, nach Patras, und sie im Golf von Korinth zu stationieren.«

Ahenobarbus schüttelte den Kopf. »Und die Via Egnatia willst du Octavian überlassen? Das ist verrückt.«

»Ich stimme ihm zu«, sagte Dellius. »Die Via Egnatia müssen wir halten.«

Antonius zuckte die Achseln. Er schien nicht recht bei der Sache zu sein. »Die brauchen wir nicht«, murmelte er.

Ahenobarbus war fassungslos. »Das ist die Verbindung zwischen der Adria und dem Osten! Auch Caesar hat sie als Schlüsselposition bezeichnet.«

Kleopatra wurde ungeduldig. Konnte Antonius denn noch nicht einmal seinen Feldherren gegenüber einen klaren Standpunkt vertreten? »Die Flotte wird im Süden stationiert«, erklärte sie. »In Aktium, Kerkyra, Patras und Methone. Dort bietet die Inselwelt sichere Häfen, und wir werden von Ägypten aus versorgt statt von Griechenland. Die Via Egnatia ist unpraktisch und nicht nötig.«

Alle starrten sie an: die Römer, Amyntas, Bogud und die anderen Vasallenkönige. Sie waren es nicht gewöhnt, daß eine Frau an Kriegsbesprechungen teilnahm, geschweige denn, daß sie ihre Meinung kundtat oder gar die Strategie bestimmte.

Ahenobarbus blickte Antonius an, als warte er darauf, daß dieser Einspruch erhob. »Imperator?«

Doch Antonius schien ihn nicht gehört zu haben. Er war ans Fenster getreten, schaute den Schwalben zu, die um die Säulen des Innenhofs flatterten – und trank. Es war noch früh am Morgen, doch er hielt bereits einen gefüllten Weinpokal in der Hand. Kleopatra hatte ihn beim Einschenken beobachtet und bemerkt, daß er den Wein inzwischen unverdünnt trank. »Es ist entschieden«, erklärte er wie nebenbei und bedeutete ihnen mit einem Wink, sich zu entfernen. Seine Gefährten verließen widerstrebend den Raum.

»Sie wünschen, daß ich nach Alexandria zurückkehre«, sagte Kleopatra, nachdem sie allein waren. »Sie wollen zwar mein Geld und meine Flotte, doch mich wollen sie nicht.«

»Vielleicht haben sie recht. Es wäre besser, wenn du mich die Kampfmaßnahmen entscheiden ließest.«

»Soll ich mich etwa an die Spindel setzen?«

»Wenn du nicht wärst, könnte ich Octavian jetzt vernichten.«

»Könntest du das wirklich? Warum hast du es dann nicht längst getan? Weil es nicht in deiner Macht lag ohne mein Geld und meine Schiffe, oder weil dir dazu die Willenskraft fehlte? Ohne mich würdest du doch weiterhin seine Befehle annehmen und reihum die Frauen seiner Familie heiraten, wenn sie durch Witwenstand oder Reife verfügbar würden.«

»Du bist so unerbittlich!« stöhnte Antonius. »Warum verhältst du dich nicht wie eine normale Frau?«

»Die Zukunft meines Sohnes steht auf dem Spiel«, entgegnete Kleopatra. »Ich glaube, daß sich jede normale Frau um solche Dinge kümmert.«

Antonius' Blick wanderte erneut zu den Schwalben, die sich unter dem Kolonnadendach ihr Nest gebaut hatten. Sein Leben lang war er so frei gewesen wie sie, und nun hatte man ihn vor einen Karren gespannt, auf dem eine Frau und seine Freunde die Zügel in den Händen hielten.

»Ich habe getan, was du wolltest«, seufzte er schließlich. »Was verlangst du denn noch von mir?«

Götter, ich muß ihm alles einzeln aufzählen, dachte Kleopatra. Er schien nicht in der Lage zu sein, zu tun, was das Schicksal ihm auferlegte, und mutig voranzuschreiten, sondern glich einem Schauspieler, der Größe darstellt, jedoch nicht weiß, was das ist.

Draußen nahm Ahenobarbus Canidius zur Seite. »Hast du gesehen, wie sie ihm befiehlt?«

»Sie ist eine Königin. Sie hat Ägypten zwanzig Jahre lang allein regiert, und es fällt ihr nicht schwer, Befehle zu erteilen.«

»Auch einem römischen Magistrat? Glaub mir, daß uns vor ihrem Tod kein Sieg beschieden ist.«

»Was können wir denn tun? Wenn wir sie nach Hause schicken, werden ihr die anderen Könige folgen. Zwei Drittel unserer Truppen gehören ihnen! Das sind Menschen, die Kleopatra für Isis halten und ohne ihre Anwesenheit womöglich schlechter kämpfen werden.«

»Woher weißt du denn, ob sie überhaupt kämpfen werden? Unsere Armee ist doch ein einziger Trug! Nur vier Legionen davon sind richtige Römer. Der Rest besteht aus Lustknaben und Wilden.«

»Solange die Königin bei uns bleibt, werden sie kämpfen. Mit dieser Anzahl von Truppen können wir nicht verlieren.«

»Meine Sorge gilt nicht nur der Niederlage, sondern auch dem, was im Falle eines Sieges geschieht. Der edle Antonius scheint mir Caesar nachzueifern und zu sehr nach dem Königsthron zu schielen.«

»Solche Absichten sind mir nicht bekannt, da müßtest du ihn schon selbst befragen.«

»Das werde ich auch tun«, schnaubte Ahenobarbus, »falls ich ihn je antreffe, ohne daß ihm die Königin das Händchen hält.«

12

In Griechenland war es Frühling geworden. Der Kriegsvorbereitungen überdrüssig geworden, hatte Antonius sich mit einem Gefolge aus Schauspielern und Musikanten auf die Insel Samos zurückgezogen. Doch ehe er aufbrach, hatte er noch ein gewaltiges Bacchanal in einem der Athener Theater gefeiert und sich anschließend zur Akropolis tragen lassen, wo ihn die Griechen zum Inbild des Dionysos erklärt hatten.

Das Inbild des Dionysos, dachte Kleopatra, übertrifft den Gott bei weitem, und wenn es nur das Trinken anbelangt.

Die Vasallenkönige waren mit Antonius nach Samos gezogen und übertrafen sich gegenseitig in der Ausrichtung von Gelagen und prächtigen Geschenken für ihren Herrn.

Mardian hatte Kleopatra berichtet, daß es in den Theatern jeden Abend Aufführungen mit nachfolgenden Gastmahlen gäbe und daß sich Antonius abermals eine dionysische Höhle habe bauen lassen, in der er von den Morgenstunden an mit seinen Freunden trinke. Außer den Schauspielern und Musikanten des Dionysischen Bundes umgäbe ihn auch die übliche Heerschar aus Mänaden und Satyrn, und die ganze Insel halle wider von ihrem Lärm. Den Orgien säße der edle Antonius als Dionysos natürlich selbst vor.

Der edle Antonius, dachte Kleopatra, sechsundvierzig Jahre alt und inzwischen beleibt, und doch sitzt er noch Orgien vor, die man nur jungen Männern als Ausdruck überschäumender Lebenskraft nachsieht. Was sollte man von jemandem halten, der auch in den mittleren Jahren noch am Jugendrausch festhielt und ihn als Religion verbrämte?

Die Sonne hatte die Marmorbank vorgewärmt, und die Bienen summten in den Rosenbüschen. Kleopatra lauschte dem Plätschern des Brunnens und hielt ihr Gesicht den Sonnenstrahlen entgegen. Sie winkte die Dienstboten fort, die mit den gefiederten Fächern Insekten vertrieben, so daß sie und Mardian sich ungestört unterhalten konnten.

Der alte Eunuch saß neben ihr und wedelte sich mit seinem Fächer verzweifelt Luft zu. Sein Gesicht hatte sich mit einem Kupferton überzogen, und auf seinem weiten Gewand hatten sich Schweißflecke gebildet.

»Was meinst du?« hub Kleopatra an. »Habe ich das Richtige getan?«

Ihr oberster Ratgeber betupfte sich die Stirn mit einem Seidentuch. »Nun, immerhin habt Ihr das getan, was Ihr wolltet.«

»Was ich wirklich *wollte*, war, daß Julius länger lebt.«

»Ich fürchte, das lag nicht in Eurer Macht. Majestät, erlaubt Ihr mir, anmaßend zu sein?«

»Warum denn nicht? Die Römer sind es allezeit, und dich habe ich viel lieber als sie.«

»Habt Ihr diesen Barbaren geliebt?«

»Natürlich nicht, das war nur Politik. So etwas wie Liebe gibt es nicht.«

»Diese Antwort höre ich allenthalben.«

Kleopatra betrachte den Eunuchen von der Seite und fragte sich, wie sein Leben verlaufen wäre, wenn er sich als Junge den elterlichen Wünschen nicht gefügt und nicht in den Eingriff eingewilligt hätte, um dem Haus der Ptolemaier zu dienen. »Vermißt du den Mangel an diesem Wissen?«

»Was die Liebe angeht? Der Mensch vermißt nur, was er kennt.«

»Fragst du dich nie, was Männern an Frauen gefällt und umgekehrt?«

»Selbst wenn ich zweihundert Jahre alt würde, wüßte ich nicht, was einem an Männern gefallen sollte, und was die Frauen betrifft, Majestät, so habe ich Euch geliebt – doch das ist etwas anderes.«

»Du bist sehr treu gewesen.«

»Das scheint einem Menschen wie mir leichterzufallen.«

Kleopatra lächelte.

»Was ist mit Antonius?« fragte Mardian. »Geht es da auch nur um Politik?«

»Glaubst du, ich könnte ihn sonst ertragen?«

»Ich habe nie etwas von Antonius gehalten.«

»Ich fürchte nur, daß ich ihn vergeblich geduldet habe, denn er scheint allen Mut eingebüßt zu haben.«

»In Parthien?«

»Ja, in Parthien.«

»Das ist nicht die einzige Erklärung für sein Verhalten.«

»Nein, das stimmt. Ich weiß, daß er die Bequemlichkeit mehr liebt, als es dienlich ist, und daß er in seinem Herzen ein Junge geblieben ist, der die Verantwortung scheut wie die Pest, und daß seine Eitelkeit maßlos ist. Dagegen besitzt er körperlichen Mut, ist auf seine Art unwiderstehlich und wird von seinen Soldaten verehrt wie ein Gott. Doch das ist nicht genug.«

»Bei Hofe versteht man nicht, warum er den Krieg gegen Octavian so lange verzögert.«

»Ich weiß auch nicht, warum er das tut. Ich mußte ihn hierher zwingen, und nun bezeichnen mich seine Freunde als Bürde, obgleich er ohne mich noch immer in der parthischen Wüste Staubwolken jagen würde.«

»Der Mensch entscheidet zuerst mit dem Herzen und rechtfertigt seine Taten später mit Rhetorik und Verstand.«

»Was willst du damit sagen?«

»Der Osten war sein Spielplatz, Majestät, nicht mehr als das, und gleichgültig was dort geschah, so war sein Herz stets in Rom, der größere Teil davon sogar bei Octavian.«

Kleopatra starrte ihn an. »Bei Octavian?«

»Ihr habt ihn nicht verhext. Eure Verbindung ist auch für ihn nur Politik. Wenn Ihr mich fragt, wen er geliebt hat, dann lautet die Antwort: weder Euch noch Fulvia, noch Octavia, sondern nur den jungen Caesar. Alles was sich Antonius immer gewünscht hat, war die Gunst Caesars. Seit sich der junge Caesar dem alten ebenbürtig erwiesen hat, sehnt sich Antonius nach dessen Gunst. Er muß ihm wie Caesars Geist vorkommen. Der edle Antonius ist und bleibt ein treuer Soldat, ein nüchterner Befehlshaber wird er nie.«

»Vielleicht hast du recht. Wer weiß? Gewiß ist nur, daß er jetzt jedermanns Soldat geworden ist. Seine Freunde wollen Freiheit und Demokratie, seine Vasallen wollen das römische Joch abschütteln, und ich will, daß Caesarion sein Recht erhält. Wir ziehen alle in den Krieg, doch keiner weiß, wofür er letztlich kämpfen wird. Das ist der Grund, weshalb ich ihn nicht aus den Augen lassen kann.«

»Ihr habt einen Löwen am Schwanz gepackt, Majestät. Ihn weiterhin festzuhalten wäre Wahnsinn, loszulassen hingegen Selbstmord.«

»Vielen Dank, Mardian. Welch ein tröstliches Bild an einem so schönen, warmen Tag.«

Die Sonne verschwand einen Moment lang hinter den Wolken, und Kleopatra fröstelte. Zwanzig Jahre lang hatte sie gekämpft, für sich, für ihren Sohn, für Alexandria, für Ägypten.

Nun, so oder so – es würde bald vorbei sein.

Auf dem Palatin in Rom

Octavia hatte gehofft, daß die Leidenschaft ihres Mannes für diese Ägypterin abklingen würde, so wie sein Interesse an allen Frauen im Laufe der Zeit erloschen war. Als es nicht so kam, hatte sie angefangen, ihn zu hassen. Doch dann hatte sie feststellen müssen, daß auf ihren Haß kein Verlaß war, daß es sogar Tage gab, an denen er sie ganz im Stich ließ, an denen sie vergaß, daß Antonius sie gedemütigt und verlassen hatte, daß er sie zurückgewiesen hatte, als sie ihm gefolgt war.

Genaugenommen versagte ihr Haß immer häufiger, enttäuschte sie ohne Unterlaß – bis zu dem Tag, an dem ihr ein Bote die Nachricht überbrachte, daß sich ihr Mann von ihr scheiden lassen würde.

Nun mußte sie zuletzt doch tun, wozu Octavian sie so lange gedrängt hatte: Sie mußte Antonius' Haus verlassen und sich mit ihren Kindern in die Obhut ihres Bruders begeben.

Octavian verwandelte ihren Umzug natürlich in ein öffentliches Ereignis, wenngleich man ihn auch nachts hätte durchführen können, um Octavias Würde zu wahren. Doch das hätte seinen Plänen nicht entsprochen, und deshalb geschah das Ganze bei hellem Tageslicht. Er hatte es zuvor überall kundgetan, denn als sie aus dem Haus trat, hatte sie draußen eine Menge vorgefunden, die ihren Auszug begaffte, als würde sie zur Hinrichtung geführt.

Auch hatte Octavian ihr keine Kutsche zur Verfügung gestellt, so daß sie zu Fuß über den Palatin wandern mußte, die Kinder und die Sklaven im Gefolge. Welch einen traurigen Anblick wir bieten, dachte Octavia, ein jämmerliches Schauspiel, das mein Bruder benutzt, um die Abtrünnigkeit meines Mannes unter Beweis zu stellen.

Ich habe jedenfalls von Männern für mein Leben lang genug, beschloß sie hernach. Wenn Antonius mich benutzt hat, dann hat es mein Bruder noch mehr getan, denn er benutzt selbst mein Elend noch für seine Zwecke. Ich hoffe, daß sich die Türen des Hades für beide auftun und daß sie nach ihrem Tod im ewigen Schattenreich leiden müssen. Was mich angeht, so werde ich auch im jenseitigen Leben nur noch die Nähe der Frauen suchen.

13

In Athen

Antyllus war ein unbeholfener Junge, hoch aufgeschossen, dünn, schüchtern und Antonius nicht im entferntesten ähnlich.

Antyllus war das einzige von Antonius' Kindern, das sich nach der Scheidung entschlossen hatte, Rom zu verlassen und hinfort bei seinem Vater zu leben. Antonius, der den Jungen zuletzt als kleines Kind gesehen hatte, schien angesichts dieser Zuwendung jedoch eher peinlich berührt als erfreut zu sein.

»Antyllus«, sagte er nur, »mein Junge.« Er erhob sich nicht, um ihn zu umarmen, und auch der Junge ging nicht auf ihn zu, sondern murmelte lediglich: »Ich grüße dich.« Danach stierte er wieder auf das Muster des Marmorbodens.

Antonius, der zitternd und mit rotgeränderten Augen auf der Ruhebank lag, hatte sich von dem Exzeß der vergangenen Nacht noch nicht erholt. Er benötigte beide Hände, um seinen Pokal an die Lippen zu führen. Kleopatra, Caesarion und die anderen Kinder hatten sich um ihn versammelt, um ihr neues Familienmitglied willkommen zu heißen. Die Kinder benahmen sich hölzern und steif und musterten Antyllus mit offenkundigem Widerwillen.

»Er kräuselt sich ja die Haare!« ließ sich Caesarion mit einemmal vernehmen.

»Sie sind von Natur aus so«, stammelte Antyllus verwirrt.

Caesarion schnupperte in der Luft. »Und er benutzt ein Duftwasser wie die syrischen Lustknaben bei uns am Hof.«

»Das reicht«, fuhr Antonius ihn an.

»Du wirst dich jetzt entschuldigen«, befahl Kleopatra ihrem Sohn.

»Es tut mir leid«, murmelte Caesarion mürrisch. »Es tut mir leid, daß ich dich mit einem *syrischen* Lustknaben verwechselt habe.«

Antyllus war feuerrot geworden, und seine Unterlippe bebte.

»Wie geht es Octavia?« erkundigte Antonius sich kühl, während seinem Sohn eine Träne über die Wange lief.

»Es geht ihr gut.«

Danach herrschte wieder unbehagliches Schweigen. »Hat Octavian dich gut behandelt?«

»Sehr gut. Ich teilte ihm jedoch mit, mein Platz sei hier bei dir.«

Antonius nickte. »Richtig.«

»Außerdem hat er gewiß eigene Lustknaben«, spottete Caesarion. »Schönere als dich.«

Kleopatra gab Caesarions Lehrer einen Wink. »Bring Caesarion fort und züchtige ihn.« Caesarion warf ihr einen haßerfüllten Blick zu. Er ist zwar schon sechzehn Jahre alt, dachte Kleopatra, und Schlägen eigentlich entwachsen, doch ein derartiges Benehmen werde ich nicht dulden.

Der Eunuch, der Caesarion unterrichtete, zerrte den Jungen aus dem Raum. Er war zu alt und zu schwach, um großen Schaden anzurichten, doch Kleopatra hoffte, daß es ihrem Sohn eine Lehre sein würde.

Antonius wußte offenkundig nicht, was er mit Antyllus anfangen sollte, auch wenn er Helios, Selene und Philadelphos gegenüber ein wundervoller Vater war. Vielleicht hatte er ein schlechtes Gewissen, weil er die Existenz dieses Jungen vergessen gehabt hatte, vielleicht erinnerte er ihn aber auch an seine Ehe mit Fulvia.

Schließlich wurde Antyllus fortgeführt, um sich die Räume zeigen zu lassen, die man für ihn hergerichtet hatte. Kleopatra bedeutete auch den anderen Kindern und deren Lehrern, den Raum zu verlassen.

»Es tut mir leid, daß Caesarion so unhöflich war«, sagte sie, nachdem sie mit Antonius allein war. »Vielleicht betrachtet er Antyllus als Nebenbuhler.«

Antonius nickte. »Alle Brüder sind Nebenbuhler.«

»Das gleiche gilt für Schwestern«, erwiderte Kleopatra im Angedenken an Arsinoë.

Die Szene zwischen Caesarion und Antyllus hatte sie nachdenklich gemacht. Wieviel Bedeutung wir Kindern beimessen, ging es ihr durch den Kopf. Es ist, als wollten wir unser Leben durch sie verlängern, selbst wenn sie uns nicht ähnlich sind. Welch ein hämischer, boshafter Junge Caesarion geworden ist, dem sowohl der edle Charakter als auch der Verstand seines Vaters fehlten! Und wie schwach und weinerlich Antyllus reagierte, der offenbar zu lange verzärtelt worden war!

Sie ließ Antonius in bedrückter Stimmung zurück, doch sie war sicher, daß er nach dieser unliebsamen Begegnung seinen Trost wie immer im Weinkrug finden würde.

Allerdings verblaßte die Bedeutung von Antyllus' Erscheinen zwei Tage später vor der Nachricht, daß Munatius Plancus Athen verlassen hatte, um sich in Rom Octavian anzuschließen.

Auf dem Palatin in Rom

Eine widerliche Kreatur, dachte Octavian, während er sich auf der Ruhebank ausstreckte. Für mich kaum ein Gewinn, für Antonius schwerlich ein Verlust. Ein weiterer Speichellecker, und sonst gar nichts.

Dennoch, Agrippa würde die Informationen des Abtrünnigen interessant finden, um Einzelheiten über die Anzahl von Antonius' Truppen und ihrer Stationierung zu erfahren, obwohl es denkbar war, daß Antonius seine Pläne nun ändern, dem Rat seiner Generäle folgen und die Via Egnatia doch besetzen würde.

Sie befanden sich in dem Raum, in dem Octavian sich mit Vorliebe aufhielt, einem Prunkgemach gewaltigen Ausmaßes, vier Mann hoch und mit blattgoldbelegter Decke und Wandgemälden, auf denen Apoll, Jupiter und Mars ihre Feinde erschlugen. »Und was hat Euch letztlich bewogen, die Seiten zu tauschen?« fragte Octavian Plancus.

»Weil ich Rom liebe, Imperator«, erwiderte Plancus. »Als ich erkannte, daß Kleopatra Antonius verhext hatte und daß sie ihn lediglich benutzt, um ihren Machthunger zu stillen, wußte ich, daß ich ihm nicht mehr dienen wollte. Natürlich hatte ich auch von Eurer Weisheit gehört und von Eurer Gnade, und deshalb dachte ich ...«

»Ja, schon gut«, unterbrach ihn Octavian. Noch mehr von diesem Geschwätz, und ihm wäre übel geworden. Er wußte längst über Plancus Bescheid. Ein nichtswürdiger, treuloser Mann! Aber was soll's, sagte er sich, Treue war noch nie seine Stärke gewesen. In Perusia hatte er auf Fulvias Seite gestanden, dann seine Gesandtenrolle benutzt, um der Belagerung auszuweichen, und sich in Athen abermals Fulvia angeschlossen. Später hatte ihn Antonius als Statthalter von Syrien eingesetzt, bis offenkundig wurde, daß es zu Plancus' Vorlieben gehörte, neun- oder zehnjährige Mädchen zu entehren. Sicher, dachte Octavian, keiner von uns ist vollkommen, doch an bestimmte Regeln muß der Mensch sich halten. Er selbst hatte sich immerhin auferlegt, daß seine Mädchen bereits behaart sein mußten, damit er nicht von der Gesellschaft geächtet wurde.

Natürlich kannte Octavian auch den wahren Grund für Plancus' Fahnenwechsel, da es derselbe war, der ihn schon in Perusia dazu bewogen hatte. Die Ratte riecht das Feuer, dachte er, denn inzwischen hat sich herumgesprochen, daß Antonius' Scheidung von Octavia ein großer Fehler gewesen war.

»Ein weiterer Grund, Antonius zu verlassen, bestand natürlich auch in seinem Testament«, erklärte Plancus.

Octavian richtete sich ruckartig auf. »Seinem Testament?«

»Er hat alles der Hexe und ihren Kindern vermacht und angeordnet, daß man ihn in Alexandria begräbt.«

In Alexandria? Bei allen Göttern, Antonius hatte tatsächlich den Verstand verloren! Kein Römer dieser Welt, nicht einmal der elendeste aller Verbrecher, wollte jenseits der Heimat begraben sein. Wenn er dieses Dokument in die Hände bekäme, würde Antonius keinen einzigen römischen Freund mehr haben.

»Wo befindet sich dieses Testament?«

»Es ist in der Obhut der Priester des Isistempels im Brucheion ...«

»Und Ihr hattet nicht Verstand genug, es zu stehlen?« fuhr Octavian Plancus an, der ihn daraufhin entgeistert anstarrte. Wie enttäuschend! dachte Octavian, ihm fehlt der Sinn für das Nächstliegende.

»Wenn der Inhalt bekannt wird ...«, setzte Plancus abermals an.

»... ist es doch nur ein Gerücht«, unterbrach ihn Octavian verärgert. »Ein Gerücht reicht nicht aus. Ich muß das Dokument in den Händen haben!«

Plancus verstummte.

»Geht!« befahl ihm Octavian verstimmt und winkte ihn in Richtung Tür.

Plancus entfernte sich eiligst.

Livia Drusilla tauchte hinter dem Vorhang auf, von wo aus sie das Gespräch belauscht hatte.

»Was hältst du davon?« fragte Octavian.

»Du brauchst das Testament.«

»Es aus Alexandria zu stehlen dürfte nicht ganz einfach sein.«

»Es muß doch nicht das richtige Testament sein, sondern nur wie ein solches erscheinen.«

Octavian schaute sie bewundernd an und gratulierte sich abermals zu seiner Wahl. Livia Drusilla war die vollkommene Ehefrau: Sie war verschlagen, schlau, ihm ergeben, und sie konnte zudem noch spinnen und nähen.

Octavian lächelte. »Du hast wie immer recht. Genau das ist die Lösung. Ich muß nur noch überlegen, wie ich das am besten bewerkstellige.«

Unter hochgeborenen Römern war es Brauch, ihr Testament im Tempel der Vestalinnen auf dem Forum Romanum zu hinterlegen, wo es bis zum Tod des Verfassers aufbewahrt wurde. Dort war es sicherer als an jedem anderen Ort, denn die vestalischen Jungfrauen waren unantastbar, und dem Zuwiderhandelnden drohte ein schrecklicher Tod als Strafe.

Daher erschütterte es die Römer zutiefst, als sie erfuhren, daß der Tempel entweiht und beraubt worden war. Die Priesterinnen, so hieß es, seien von Unbekannten überwältigt worden.

In Rom gab es kein anderes Thema mehr, und alle Stimmen waren sich einig, daß dies ein Frevel ohnegleichen war.

Als sich später Octavian im Senat erhob, um zu verkünden, daß er auf rätselhafte Weise in den Besitz des Testamentes von Marcus Antonius gekommen sei, weitete sich das Entsetzen aus, da man erkannte, daß die Schandtat zu seinen Lasten ging.

In den Reihen der Senatoren entstand daraufhin ein Tumult, denn selbst bei dem Sohn des göttlichen Caesar würde auf derartige Machenschaften die gerechte Strafe folgen.

Ungeachtet des Aufruhrs begann Octavian, das Testament zu verlesen, und schon nach kürzester Zeit verblaßte die schnöde Tat vor dem Inhalt der Schrift.

Antonius hatte Kleopatras Sohn Caesarion zu Caesars rechtmäßigem Erben erklärt.

Antonius bezeichnete Kleopatra als seine Gemahlin, wenngleich das Gesetz Römern die Heirat mit Fremden verbot.

Antonius versah nur die Kinder, die er mit der ägyptischen Königin gezeugt hatte, mit Schenkungen, die Kinder, die er mit Fulvia und der duldsamen Octavia gezeugt hatte, berücksichtigte er nicht.

Und Antonius verfügte, daß er im königlichen Mausoleum der Ptolemaier in Alexandria begraben sein wollte.

Als Octavian zu Ende gelesen hatte, waren sich die Senatoren einig, daß die Mittel zur Erlangung des Testaments gerechtfertigt gewesen seien.

Antonius, Konsul, Triumvir und Imperator, hatte mit diesem Dokument seine privilegierte Position in der Welt verloren – er hatte aufgehört, ein Römer zu sein.

Nicht einem der Anwesenden kam der Verdacht, daß das Testament gar nicht unter gestohlenen Schriftstücken hätte gewesen sein können, denn es war nicht denkbar, daß ein Mensch ein so furchtbares Verbrechen nur aus List auf sich lud.

Und da sich die Senatoren ein derartiges Ausmaß an Tücke nicht ausmalen konnten, war es nur naheliegend, daß sie Antonius seines Amtes als Konsul enthoben, wenngleich sie ihn erst kürzlich in diesem Amt bestätigt hatten.

Und wenn schon die Senatoren keinen Argwohn hegten, dann tat es erst recht nicht der römische Pöbel, der in derselben Nacht zum Palatin stürmte, um mit anfeuernden Rufen Octavians Leibwache zu unterstützen, als diese Antonius' Haus bis auf die Grundmauern niederbrannte.

14

Octavian erhob sich bedächtig. Das hohe Haus des römischen Senats war bis auf den letzten Platz gefüllt, denn jedermann wußte, daß an diesem Tag Schicksalhaftes entschieden würde.

Octavian wartete, bis sich das Husten und Füßescharren gelegt hatte.

»Erlauchte Senatoren! Wir stehen vor einer Bedrohung, wie Rom sie seit Hannibals Tagen nicht mehr gekannt hat. Dabei geht es nicht um einen Bürgerkrieg, wie etwa in dem Streit zwischen meinem Vater und Pompejus oder in den nachfolgenden Auseinandersetzungen mit Pompejus' Söhnen, sondern es geht um die ureigenste Bedrohung dieser Stadt.

Eines jedoch muß ich voranstellen: Mein Angriff zielt nicht auf Marcus Antonius, sondern auf die Frau, die sein Handeln bestimmt und die auch das unsere bestimmen wird, wenn wir die Waffen nicht erheben …«

Die Flammen der Fackeln zuckten an den Wänden. Die ersten Winterstürme fegten über Patras hinweg, und durch den Golf trieben graue Regenschwaden. Im Hafen unter der Festung schwankten die Schiffe auf hohen Wellenbergen, die Kais lagen verlassen, die Segel waren eingerollt und verstaut.

Die Glut in den Holzkohlebecken leuchtete auf, als ein Windstoß durch die Türritzen stob. Kleopatra hatte sich in einen Pelzmantel verkrochen und wärmte sich mit heißem Würzwein.

»Wo ist der edle Antonius?«

»Er hat sich noch nicht erhoben, Majestät«, sagte Mardian.

»Es ist bereits Mittagszeit.«

»Er hat in der letzten Nacht mit einigen der Soldaten getrunken.«

Kleopatra schüttelte den Kopf. »Ein vorbildlicher Feldherr!«

Mardian senkte die Stimme. »Es ist noch nicht zu spät zur Umkehr, Majestät.«

»Doch, Mardian, das ist es. Es ist viel zu spät.«

»... Als Römer und Beherrscher des größten und besten Teiles der Welt von einer Ägypterin – von einer Frau – unterdrückt zu werden, ist unser und unserer Väter nicht würdig. Sollen wir uns von Fremden schmähen lassen? Von Alexandrinern, die sich von einer Frau beherrschen lassen? Müssen wir nicht hadern, wenn römische Soldaten dieser Frau als Leibwache dienen? Müssen wir nicht aufstöhnen, wenn ihr römische Generäle und Senatoren schmeicheln? Möchten wir nicht weinen, wenn ein römischer Konsul und Imperator seine Kinder als Sonne und Mond bezeichnet, sich den Titel ›Dionysos‹ verleiht und römische Länder verschenkt, als wären sie sein eigen?«

Die große Karte von Griechenland war auseinandergefaltet worden und lag auf dem Tisch vor Canidius, Dellius, Sosius, dem Oberbefehlshaber der Flotte, und den Stabsoffizieren.

»Antonius' Plan ist, die Flotte so zu verteilen, daß sie Octavians Schiffe abfängt, ehe sie von Italien aus aufkreuzen«, erklärte Sosius. »Der Großteil unserer Flotte liegt geschützt im Golf von Ambrakia und ist so gegen die Winterstürme gefeit. Weitere Geschwader sind zwischen Kerkyra im Norden und Methone im Süden verteilt, wohingegen das Heer während der Wintermonate in Patras verbleibt. Wir befestigen den Westen Griechenlands wie einen Schild, das Octavians

Armee abwehrt und hinter dem wir angreifen, während wir gleichzeitig die Versorgungswege aus Ägypten absichern.«

Dellius runzelte die Stirn. »Es macht mir dennoch Sorge, daß wir Octavian die Via Egnatia überlassen.«

»Sie nutzt ihm nichts, wenn er nicht in Griechenland landen kann.«

Doch auch Canidius schien sich der Sache nicht sicher zu sein. »Unsere Verteidigungslinie ist zu langgestreckt«, gab er zu bedenken. »Zudem sind wir zu sehr auf Ägypten angewiesen.«

»Für Ägypten steht ebensoviel auf dem Spiel wie für uns«, hielt ihm Sosius entgegen. »Sie lassen uns nicht im Stich.«

»Der Golf von Ambrakia«, ließ Ahenobarbus sich vernehmen, »ist als Flottenhafen verschwendet. Dadurch geben wir die besten Angriffspositionen auf, nur um die Flotte Kleopatras zu schützen.«

Sosius machte ein ernstes Gesicht. »Es ist Antonius' Entscheidung.«

Dellius warf Canidius einen verstohlenen Blick zu. Es war auch Antonius' Entscheidung gewesen, die Truppen in Parthien zu trennen, und man wußte ja, was dabei herausgekommen war.

»Ich wünschte, wir hätten Octavian früher angegriffen«, sagte er.

»Nun, jetzt ist es zu spät«, bemerkte Sosius mit einem Blick aus dem Fenster. Man würde mit dem Krieg bis zum Frühling warten müssen.

»Ich stimme dir zu, Quintus Dellius«, sagte Canidius. »Doch nach den Worten des Imperators ist es aus politischen Gründen zwingend, daß Octavian als erster angreift. Und die Zeit arbeitet für uns, warum also etwas riskieren? Wir haben Verpflegung und Geld, unsere Armee ist größer, die Flotte besser, Italien hingegen hungert, und Octavians Taschen sind leer. Wenn seine Armee meutern sollte, wie man munkelt, könnte es sogar sein, daß wir überhaupt nicht kämpfen müssen. Bis dahin provozieren wir ihn zu unüberlegtem Handeln. Es ist eine gute Strategie.«

»Wir müssen nichts weiter tun«, verkündete Sosius, »als in Griechenland auf ihn zu warten. Das setzt voraus, daß er seine Truppen bis hierher schafft und sie natürlich versorgt, doch er kann sie noch nicht einmal in Italien unterhalten. Wenn Ihr mich fragt, kommt es erst gar nicht zum Krieg.«

»Sofern er seine Truppen im Frühling noch hat«, erklärte Canidius, »zerstören wir sie, wenn sie übersetzen. Die Überlebenden werden verhungern, weil es niemanden gibt, der sie ernährt. Danach ziehen wir gemütlich gen Norden und erledigen den Rest.«

Dellius nickte. Es hörte sich gut an, doch seine Unruhe wollte nicht weichen. Antonius' seltsames Verhalten und Kleopatras Anwesenheit störten ihn ebenso wie die Tatsache, daß man Plancus' Fahnenflucht überging. Es gab immer noch so vieles, das schiefgehen konnte.

»... Was soll ein guter Römer denken, wenn er mit ansieht, wie Antonius die barbarischen Sitten des Ostens aufgreift, weder uns noch unseren Göttern Ehre erweist und statt dessen einer Hexe huldigt, die vorgibt, die Göttin Isis zu sein? Ich muß bekennen, daß ich diesem Mann einst selbst in einem Maß ergeben war, daß ich ihn mitregieren ließ, ihm meine Schwester zur Gemahlin gab und ihm Legionen gewährte. Ich war ihm derart zugetan, daß ich ihn nicht befehden wollte, wenngleich er meine Schwester kränkte, die Kinder, die er mit ihr zeugte, vergaß, Kleopatra meiner Schwester vorzog und ihren Kindern seinen – nein, euren Besitz vermachte. Ich habe immer geglaubt, daß er als römischer Bürger zuletzt doch die Wege der Vernunft wiederfindet.

Doch mein Bemühen ist bei ihm auf Verachtung gestoßen. Er wollte nicht entschuldigt werden, wiewohl wir es gern getan hätten – er wollte auch nicht bemitleidet werden, wiewohl wir auch dazu bereit gewesen wären. Dennoch soll sich hier niemand vor ihm fürchten und sich sorgen, daß er den Krieg gewinnen könnte, denn dieses hat er auch früher nicht vermocht, was die unter euch bezeugen können, die ihn bei Mutina geschlagen haben ...«

Eros, Antonius' Leibdiener, half seinem Herrn in die Höhe. Er konnte sich noch an Zeiten erinnern, an denen dieser die Nacht durchzecht hatte, am Morgen putzmunter zum nächsten Glas gegriffen und sich zum Besuch der Kampfspiele bereit gemacht hatte. Doch seit ihrem jüngsten Aufenthalt in Griechenland sah es aus, als wolle sich Antonius am liebsten gar nicht mehr erheben. Die geplatzten Äderchen auf seiner Nase und in den Augen traten inzwischen deutlich zutage. Auch den Fettring um Antonius' Taille hatte es vor einem oder zwei Jahren noch nicht gegeben. Eros wurde von einem Gefühl persönlichen Versagens übermannt, denn er umhegte Antonius so fürsorglich, als habe man das beste Pferd im Stall seiner Pflege anvertraut.

Er legte ihm das Gewand an und reichte ihm einen Becher mit Wasser. Antonius trank es, als sei es Gift, ließ sich auf einer Ruhebank nieder und starrte Eros mit blicklosen Augen an. »Alles wäre anders gekommen, wenn Armenien mich nicht verraten hätte«, sagte er.

»Darüber wollen wir heute nicht reden, mein Herr«, beschwichtigte ihn Eros. »Wartet nur ab, bis es wieder Sommer ist. Dann habt Ihr Octavian besiegt, und Parthien ist vergessen.«

»Ich werde Parthien nie vergessen«, murmelte Antonius vor sich hin.

»... Obgleich dieser Mann Mut und Kampfkraft besaß, mit denen er einst für uns kämpfte, so hat er diese infolge seiner neuen Sitten längst eingebüßt. In den letzten zehn Jahren hat er für Rom nichts mehr erreicht. Sein Krieg in Parthien war eine schmähliche Niederlage, bei dessen Rückzug er zehn Legionen tapferer römischer Soldaten verlor.

Wenn wir mit ihm um die Wette trinken oder uns im Tanz mit ihm messen müßten, wäre der Sieg ihm gewiß, denn diese Betätigungen sind inzwischen seine Stärke. Doch was gibt es zu befürchten, wenn wir ihn auf dem Schlachtfeld treffen? Sein körperliches Geschick und seine Kraft? Er ist längst über den Zenit hinaus, und wie ich hörte, ist er fett geworden. Die Stärke seines Verstandes? Die ist infolge seiner Begierden und Lüste längst erloschen. Seine Freunde und Kampfgenossen? Sie haben ihm angehangen, als sie schnell reich zu werden hofften, doch sie werden ihre Brüder nicht bekämpfen, um einer fremden Königin zu dienen ...«

Ahenobarbus stand inmitten des stürmischen Windes am Hafen und ließ seinen Blick über die große Flotte schweifen. In seiner Verblendung hat Antonius sich diese riesige Flotte und eine gewaltige Armee aufgeladen, dachte er, wo doch weder das eine noch das andere nötig gewesen wäre, um Herr über Rom zu werden. Es hätte gereicht, wenn er mit einem halben Dutzend Legionen in Brindisi gelandet und auf Rom zumarschiert wäre, denn Octavians Truppen hätten sich ihm niemals in den Weg gestellt. Für die Soldaten war Antonius immer noch ein Held, zudem führte er weiterhin die besten der römischen Legionen an – die ›Gallische‹, die mit Caesar bei Munda gekämpft hatte, die ›Eisengepanzerte‹ mit Veteranen aus dem gallischen Krieg, Pharsalos und Alexandria, und die ›Lerchen‹, zähe Gallier, die von Spanien bis Parthien in jeder Schlacht dabeigewesen waren.

Wenn sie als Römer nach Italien gezogen wären, hätte Octavian das Feld räumen müssen. Doch statt dessen betrachtete Antonius sich als Gott, sah sich als Herrscher des Ostens und König der Welt. Was sollte jetzt aus der Republik werden? Antonius' Schwüre waren nur Lippenbekenntnisse, und nach einem Sieg Octavians wäre sie endgültig tot – denn anschließend würde die Tyrannis beginnen.

Er hatte Antonius mehr als einmal gewarnt, hatte ihm erklärt, daß er weder Kleopatras noch anderer Vasallen bedurfte, doch dieser hatte nicht auf ihn gehört und sich nur weiterhin Dionysos ergeben.

Ahenobarbus zog eine Schriftrolle aus seiner Tunika hervor. Seine Blicke wanderten über die Worte. »Hiermit erkäre ich, daß ich dieselben Freunde und Feinde habe wie Imperator Caesar Divi Filius, daß ich mit Leib und Seele, zu Land und zur See gegen den kämpfe, der ihn bedroht, daß ich jeglichen Verrat melde, der mir zu Augen und Ohren kommt, daß mir mein Leben und das meiner Kinder weniger gilt als die Sicherheit des Imperators Caesar. Sofern ich diesen Eid breche, bestrafe mich Jupiter mit Ächtung, Bann und Vernichtung.«

Das war der Treueeid, den alle Bürger Italiens unterzeichnen sollten, und einige hatten es umgehend getan, sei es wegen Antonius' Gebaren, wegen der Schenkungen, der Scheidung oder wegen des von Octavian verlesenen Testaments.

Andere hatten die Unterschrift aus Furcht vor Octavian geleistet, denn sie wußten, daß sich jener im Falle des Sieges an die erinnern würde, die sie verweigert hatten, zumal ihm die Treuebeweise in schriftlicher Form zur Verfügung stünden.

Es ist Erpressung, dachte Ahenobarbus, aber dennoch konnte er nicht umhin, Octavian für seine Gerissenheit zu bewundern. Zuerst hatte er sich als Schutzherr römischer Tugend aufgeführt und das Volk auf seine Seite gezogen. Dann hatte er zum Angriff gerüstet, doch da er wußte, daß Antonius noch über Anhänger verfügte, nicht *ihm* den Krieg erklärt, sondern Kleopatra, der Feindin, der Fremden und Verführerin, der Frau, die sich Antonius zu ihrem Werkzeug gemacht hatte.

Ahenobarbus seufzte. Canidius behauptete immer noch, sie würden gewinnen, und er wünschte, er könne dessen Optimismus teilen. Er zerknüllte die Seite wütend und schleuderte sie auf das aufgewühlte Meer, wo sie eine Weile auf den Wellen tanzte und danach versank.

»… Warum, frage ich euch, fürchten wir uns denn überhaupt vor ihm? Ist es die Anzahl der Truppen, die ihm unterstehen? Die schiere Menschenzahl kann gegen Mut nicht siegen. Oder ihre fremde Herkunft?

Sie sind es eher gewohnt, Melonen denn Waffen auf dem Rücken zu tragen. Ist es ihre Erfahrung? Sie können im Wasser angeln, doch nicht zur See kämpfen. Was mich angeht, so möchte ich mich fast schämen, gegen derart geringe Geschöpfe vorzugehen, da ihre Vernichtung uns keinen Ruhm einträgt. Wer also wird gegen uns antreten? Wer sind denn Antonius' Generäle? Wie ich hörte, ist er von Eunuchen und von Kleopatras Sklavenmädchen umgeben. Das sollen unsere Feinde sein – so tief ist der edle Antonius gesunken.

Wenn Antonius in einem fremden Land sterben und begraben sein möchte, wollen wir ihm diesen Wunsch gern gewähren. Er soll nach Pharaonenart einbalsamiert werden. Mein Gebein soll jedoch am Tiber ruhen, denn auch als Staub will ich dich, erhabenes Rom, weder verlassen noch verraten …«

»Hier gefällt es mir nicht.«

Kleopatra betrachtete Caesarions verdrossene Miene. Im Profil glich er seinem Vater, doch im Wesen war er vollkommen anders, es sei denn, auch Caesar wäre als Junge griesgrämig, unleidlich und aufsässig gewesen. Er war ihr Sohn, und sie liebte ihn, hatte all ihre Hoffnungen und Träume in ihn gesetzt, doch außer einem gewissen Geschick beim Reiten und im Erlernen von Sprachen hatte sie wenig Gutes über ihn zu sagen. Vielleicht würden sich die anderen, besseren Eigenschaften im Laufe der Jahre noch entwickeln – vielleicht.

»Du mußt aber hier sein«, erklärte sie ihm. »Dieser Krieg wird um deinetwillen ausgefochten.«

»Aber ein Schiff betrete ich nicht. Du weißt, daß ich seekrank werde.«

Nun, dachte Kleopatra, wenigstens etwas, das er von mir geerbt hat. »Wir bleiben über den Winter hier, danach sehen wir weiter.«

»Ich will nicht hierbleiben! Hier ist es langweilig und kalt.«

»Du widmest dich deinem Unterricht. Es wird höchste Zeit, daß du dich in Rhetorik und Arithmetik übst.«

»Wozu?«

»Weil du ein Königssohn bist«, herrschte sie ihn an.

Caesarion zog ein beleidigtes Gesicht.

»Warum durfte Antyllus in Athen bleiben?«

»Der Krieg hat nichts mit ihm zu tun.«

Caesarion schwieg und starrte weiterhin aus dem Fenster auf das graue Meer hinaus. Welch gräßliche Eigenschaften er hat, dachte Kleopatra. Er erinnert mich mehr an meine Brüder als an Caesar, denn unter den Ptolemaiern hat es eine stattliche Anzahl an Schwächlingen und Nörglern gegeben. Wie dem auch sei: Er ist das einzige, was mir von Caesar geblieben ist.

Octavian, in Lederrüstung und verziertem Brustschild, marschierte in feierlichem Zug zum Marsfeld, wo die römischen Senatoren seiner bereits harrten. Die Zeremonie, die er abhalten wollte, gehörte zu den ältesten Ritualen Roms, doch sie war schon so lange nicht mehr durchgeführt worden, daß sie noch keiner der Anwesenden erlebt hatte.

Octavian schritt durch die Pforte in den Tempel der Kriegsgöttin Bellona, tauchte eine Lanze in frisches Menschenblut und trat wieder heraus.

Seine Stimme hallte laut und klar durch die Morgenluft.

»Wir erklären die ägyptische Königin Kleopatra, die ihr Augenmerk auf Rom gerichtet hat und uns regieren will, zu unserer Feindin. Diese Hyäne aus dem Hause Ptolemaios, die unseren General Marcus Antonius bezwungen und versklavt hat, diese Ägypterin, die Schlangen und anderes Getier als Gottheiten anbetet, muß vernichtet werden.

Er hob die Lanze hoch und schleuderte sie südwärts, in Richtung Ägypten.

»Mit dieser Handlung erklären wir dieser fremden Macht, die uns bedroht, den gerechten Krieg. Wir lassen es nicht zu, daß sich eine Frau auf die Stufe des Mannes erhebt!«

Der Krieg hatte begonnen.

Zwischen Kleopatra und Antonius hatte sich das Schweigen eingenistet, und es kam vor, daß sie es sogar vermieden, sich in die Augen zu sehen.

Sie saßen beieinander, lauschten auf das Heulen des Sturmes, sahen, wie der Wind das Meer aufpeitschte, und zogen ihre Pelzmäntel noch fester um sich. In solchen Augenblicken dachten sie weniger über Octavian nach als darüber, was zwischen ihnen noch wäre, wenn es ihn nicht gäbe.

Das ist ein anderer Antonius als der, den ich vor Jahren in Rom kennenlernte, dachte Kleopatra, denn dieser Mann hier hat den Glauben an sich verloren. Die einzige Beschäftigung, der Antonius sich hingab, war das gemeinsame Trinken mit seinen Kumpanen, bei dem sie die Erinnerung an alte Schlachten aufwärmten, bis er zu seiner früheren Munterkeit zurückfand. Wenn sein Rausch vorbei war, versank er abermals in Trübsinn.

Parthien hatte ihn gebrochen und ihm die Überzeugung geraubt, daß er ein Liebling der Götter sei, und nun mußte sie weiterkämpfen und ihn hinter sich herziehen wie einen störrischen Gaul. Ahenobarbus mochte ihr zwar anlasten, daß sie bei ihrem Unterfangen eine Bürde war, doch sie hätte das gleiche von Antonius behaupten können.

Ein Holzscheit flammte sprühend auf und fiel danach in sich zusammen.

»Na, siehst du«, sagte Antonius nach einer Weile, »nun hast du, was du wolltest. Jetzt haben wir Krieg.«

»Was *ich* wollte?«

»Ja. Schließlich hast du mich dazu gezwungen.«

Für einen Moment verschlug es ihr die Sprache. »Octavian hat dir den Krieg schon lange vorher erklärt.«

Antonius schaute zu Boden und schwieg, das Gesicht zur Maske erstarrt.

»Willst du jetzt etwa bestreiten, daß du den Osten wolltest?«

»*Du* bist diejenige, die Octavian haßt.«

»O nein, ich diene ihm nur als Entschuldigung. Du bist sein Feind, und ehe er dich nicht vernichtet hat, rastet er nicht.«

»Ich weiß nur, daß ich gegen meinen Willen in diesen Krieg hineingezogen wurde.«

Gegen deinen Willen? dachte Kleopatra. Begreifst du denn Octavians Machenschaften immer noch nicht? Sie erhob sich. »Du hast einfach jede Tugend verloren«, sagte sie. »Du kennst weder Treue noch irgend etwas anderes außer deinem Vergnügen. Du widerst mich an.«

Antonius gab ihr keine Antwort. Der Feuerschein warf ein Licht auf seine Züge, doch sein Blick wirkte leer und schien sich auf etwas in seinem Inneren zu richten.

Kleopatra ließ ihn zurück. Mochte er doch die Wellen zählen, die sich an diesem kalten Wintertag an den Felsen brachen, oder von ihr aus auch mit der Natur und der Gleichgültigkeit des Meeres hadern.

15

Der Monat Martius nach dem römischen Kalender im Jahre 31 vor Christi Geburt

Patras im Golf von Korinth

Und wieder waren es die Iden des März, die den Schicksalsboten mit der Nachricht brachten. Der Winter war noch nicht zu Ende, doch Octavian hatte sich nicht aufhalten lassen, oder besser, sein Admiral Marcus Agrippa hatte gezeigt, daß er zu einem gefährlichen Feind wurde, wenn er sich bedrängt fühlte.

Agrippa hatte den großen Schild umgangen, der Griechenland umgab, war mit der Hälfte seiner Flotte weiter nach Süden gesegelt und hatte Methone eingenommen. Das Geschwader, das dort vor Anker lag, war überrascht worden, denn dessen Mannschaft hatte nicht mit einem Angriff gerechnet, sondern bezweifelt, daß es überhaupt zum Kampf kommen würde.

Es war ein reines Spähgeschwader gewesen, das im Hafen überwintert hatte und in einem einseitig geführten Kampf vernichtet worden war. Die Festung von Methone befand sich danach in den Händen des Feindes, und Bogud von Mauretanien, einer von Antonius' treuesten Vasallen, war gefallen. Es war ein harter Schlag, denn Methone war als Stützpunkt gedacht gewesen, von dem aus der Nachschub aus Ägypten gesichert werden sollte.

Antonius und seine Offiziere waren wie betäubt, denn nun mußten sie befürchten, daß Octavians Truppen dort an Land gehen und nach Norden marschieren würden.

Die nächsten Ereignisse kamen Schlag auf Schlag.

Ehe Antonius und seine Generäle sich's versahen, hatte sich Agrippa mit seinen Truppen in Methone eingerichtet und griff von dort aus Antonius' Südflanke an, wogegen andere Schiffe Vorstöße auf Kerkyra wagten. Und während man noch Auswege aus dieser Umzingelung suchte, erreichte sie die Nachricht, daß Octavian in Panormos gelandet war, einhundert Meilen nördlich des Golfes von Ambrakia. In nur wenigen Wochen war Antonius die Initiative aus der Hand genommen worden, und sein strategischer Angriffs- oder Verteidigungsplan war null und nichtig. Es war ihm zwar gelungen, einige Attacken abzuwehren, doch Agrippa hatte ihn eindeutig übertrumpft und das Gesetz des Handelns an sich gerissen.

Auch die Erwartung, Octavians Legionäre würden meutern, erfüllte sich nicht. Vielleicht war sie auch gar nicht begründet gewesen, sondern lediglich Antonius' Wunschdenken entsprungen.

Antonius Soldaten hingegen tranken und randalierten noch immer in den Hafentavernen von Patras und glaubten, daß sie, wenn überhaupt, auf einen entmutigten und geschwächten Feind treffen würden.

Doch die, die es inzwischen besser wußten, fragten sich, wie sich diese katastrophale Entwicklung erklären ließ.

Nun – Antonius hatte seine Armee abermals getrennt und auf Kerkyra im Norden und die südlichen Stützpunkte konzentriert und dazwischen eine zu lange Verteidigungslinie gelassen, die sich nun als zu schwach erwies.

Schließlich gab Antonius den Befehl, die Armee von Patras nach Norden zu schaffen, um Octavians Truppen Einhalt zu gebieten. Seine Basis würde er nach Aktium verlegen, an den Golf von Ambrakia, wo er dem Quälgeist ein für allemal ein Ende bereiten wollte.

16

Aktium lag am Zipfel des südlichen Golfufers, umgeben von Marschen und kleinen Gewässern, mit vorgelagerten Inseln, die den gleichen sumpfigen Boden hatten. Die umliegenden Hügel bestanden aus Kalkstein, auf denen nichts wuchs außer kargem Gestrüpp. Es war ein unwirtliches Gelände, über das die Möwen kreisten und klagende Schreie ausstießen.

Kleopatras Flotte war dort den Winter über vertäut gewesen, die Masten ragten vor den wolkenverhangenen Bergen von Akaramania in die Höhe. Jenseits der offenen Mündung sah man die hellen Klippen der Insel Leukas.

Rauchschwaden zogen über das Lager hinweg. Die Truppen hatten Holzzäune und Wassergräben als Schutzwälle errichtet, und auf den ersten Blick schien alles in Ordnung zu sein. Doch als Kleopatra an der Torwache vorbeiritt, erschrak sie beim Anblick der ausgemergelten und erschöpften Gesichter. Der Winter auf diesem trostlosen Flecken Erde mußte sehr lang und hart gewesen sein.

Das ist das Problem, wenn man Krieg führt, ging es ihr durch den

Kopf: Was auf der Karte vernünftig und klar wirkt, wird durch die Wirklichkeit oft widerlegt. Todesgeruch und Resignation vermittelten die Karten jedenfalls nicht. Auf dem langen Marsch vom Golf von Korinth nach Norden hatten sie erstmalig Furcht und Zweifel beschlichen, die nun übermächtig zu werden drohten, als sie das Lager von Aktium sah. Die Reise kam ihr vor wie der Aufbruch in das Schattenreich des Todes.

Antonius' oberster Feldherr, Marcus Grattius, erstattete ihnen in seinem Hauptquartier Bericht – eine karge Fischerhütte mit schiefen Mauern und niedrigem Dach. Er breitete die Karte des Golfes von Ambrakia auf einem großen Klapptisch aus und zeigte ihnen, wo sie sich und wo sich Octavians Truppen befanden.

Octavian hatte sich auf der nördlichen Landzunge veschanzt, an einem Ort, den sie von ihrem Lager aus sehen konnten. Doch wie sich Grattius zu versichern beeilte, gab es dort keinen guten Hafen, so daß Agrippas Flotte jedwedem Wetter ausgesetzt sei, wogegen sich ihre Flotte in sicheren Golfgewässern befände und man zudem über die Insel Leukas als Landeplatz für die ägyptischen Getreideschiffe verfüge.

Einmal habe Agrippa bisher versucht, sich in den Golf zu drängen, fuhr er fort, doch da sei er im Handumdrehen abgeschlagen worden. Man habe zwar damit gerechnet, daß Octavian seinen Vorstoß zu Land unterstützen würde, doch dies sei nicht geschehen, wahrscheinlich sei er zu hasenherzig gewesen.

»Gestern haben sie uns mit brennenden Fackeln und Felsbrocken bombardiert«, sagte er, »um uns zum Angriff zu provozieren. Es waren zwei von ihnen gegen einen von uns, doch schließlich haben sie sich zurückgezogen. Octavian hat nicht den Mumm, uns auf dem Land anzugreifen.«

Danach beschrieb ihnen Grattius die einzelnen Stellungen ihrer Truppen und bemühte sich, seinem obersten Befehlshaber zu imponieren. Er strengt sich zu sehr an, dachte Kleopatra, es muß etwas geben, das er verbergen will.

Anschließend sagte sie sich jedoch, daß man immerhin bald die Trompeten zum Angriff blasen und Antonius spätestens dann aus seiner Teilnahmslosigkeit erwachen würde.

Antonius' purpurfarbener Mantel war schlammbespritzt, Gesicht und Hände waren verklebt vom Schmutz und Schweiß der langen Reise. Eros brachte ihm ein Gefäß mit frischem Wasser. Nachdem Antonius sich erfrischt und gereinigt hatte, ließ er sich auf einem Schemel niedersinken und die Lederstiefel aufschnüren. Dann verlangte er nach einem Becher Wein.

Kleopatra betrachtete ihn stumm. Wie hatte Mardian ihn einst bezeichnet? Als Soldat in Generalsuniform, dessen Mut man nicht mit militärischem Geschick verwechseln dürfe.

Ob es inzwischen wohl zu spät sei, Agrippa zu verführen, hatte Mardian Kleopatra in der vergangenen Nacht gefragt, und sie hatte ihn für seine Frechheit getadelt. Doch im Grunde hatte er recht – sie hatte sich mit dem falschen Mann verbündet. Doch Octavian war nie eine ernsthafte Alternative gewesen, selbst wenn sie sich gezwungen hätte, sein Äußeres zu vergessen. Es war nicht nur wegen Caesarion, sondern auch weil das Bübchen, wie Antonius ihn immer noch nannte, die Macht mit niemandem teilen würde.

Die Luft in der Gegend war stickig und schwül. Kleopatra rümpfte die Nase. »Das gefällt mir alles nicht.«

»Das ist ja auch nicht nötig«, knurrte Antonius. »Wir wollen hier keine Hauptstadt errichten.«

»Ich habe mich dabei auf die Flotte bezogen. Sie hat den Winter über in seichtem Gewässer gelegen, das Holz muß inzwischen voller Würmer sein.«

»Nun, im Moment läßt sich nichts dagegen unternehmen.«

»Mir scheint, daß vieles davon abhängt, daß wir die Insel Leukas halten können. Bist du dir sicher, daß Grattus dort genügend Männer hat?«

»Wer, glaubst du, ist hier der oberste General?«

Kleopatra zuckte die Achseln. »Bisher würde ich Agrippa dafür halten.«

Der Stachel ging tief, und Kleopatra schalt sich, daß sie ihre Zunge nicht besser im Zaum gehalten hatte.

»Überlaß bitte mir die Sorge um den Kampf«, grollte Antonius. »Warum gehst du nicht in dein Quartier und kümmerst dich um deine Sklaven?«

Kleopatra erkannte, daß es wenig Zweck hatte, mit ihm zu streiten, denn er verlangte bereits nach mehr Wein.

Nachts lag Kleopatra in dem Seidenzelt, das in der Nähe von Antonius' Quartier errichtet worden war. In den benachbarten Zelten befanden sich ihre Sklaven und Höflinge, und draußen war ihre nubische Leibgarde postiert, die das ägyptische Lager bewachte.

Ihre Ankunft war wieder einmal Anlaß für Gerede gewesen, denn da sie als Königin kam, hatte sie auch die Ausstattung mitgeführt, die ihrer erhabenen Stellung entsprach. Dicke kappadokische Teppiche schmückten ihr Zelt, des weiteren prächtige, mit Perlen und Korallen besetzte Sessel, Tische aus Elfenbein, Tafelgeschirr aus Gold und Silber und Pokale aus Jaspis. Ihre Gewänder, die Schuhe und der Schmuck waren während der Reise in Ebenholztruhen transportiert worden, und natürlich waren auch Iras und Charmion bei ihr, um für ihr Wohl zu sorgen.

Mag sein, daß die Römer den Aufwand anstößig finden, dachte Kleopatra; wahrscheinlich begreifen sie nicht, daß dergleichen für eine Königin ebenso unabdingbar ist wie für sie Katapulte und Legionen.

Sie lauschte dem Summen der Fliegen, die hinter dem seidenen Vorhang auf warmes Menschenblut lauerten. Trotz des Geruchs des kostbaren arabischen Weihrauchs trug die Brise den Gestank des Marschlandes herein. Die Nacht war kalt, und Kleopatra fröstelte unter ihren Decken.

Sie wünschte, sich an einen warmen Leib schmiegen zu können, doch es war lange her, daß sie und Antonius das Lager geteilt hatten, denn sie war für ihn keine Aphrodite mehr, und er für sie kein Gott. Sie waren zusammen, weil sie sich jeweils in den Zielen und Schwächen des anderen verfangen hatten, und seitdem waren ihre Schicksale miteinander verknüpft.

Kleopatra wußte, daß sie keine andere Wahl gehabt hatte, doch sie wünschte sich sehnlichst, daß Julius bei ihr wäre. Er war aus demselben Holz geschnitzt gewesen wie sie, und wenn er nur ein wenig länger gelebt hätte, hätte sich ihnen bald niemand mehr widersetzt.

Kleopatra spürte, daß die Sehnsucht übermächtig wurde und daß sie sich wieder sehr einsam fühlte. Niemand war ihr ebenbürtig, doch ihr Streben hatte sie an einen Punkt geführt, an dem sie abermals von einem Mann abhing.

17

Canidius kam im Eilmarsch aus Patras, mit sieben Legionen und den Kontingenten der asiatischen Verbündeten. Auf der Halbinsel im Süden des Golfes lagerten nun einhunderttausend Mann. Antonius hielt in der ehemaligen Fischerhütte die erste große Lagebesprechung ab, bei der sich alle – die verbündeten Könige, die Generäle und die befreundeten Senatoren – um den großen Kartentisch drängten.

Auf der ausgebreiteten Karte waren die Stellungen der beiden Armeen verzeichnet, die Antonius ihnen erläuterte. Die Messungen hatten ergeben, daß die Öffnung des Golfes sich auf etwa vier Stadien belief und daß die Sandbänke eine natürliche Schwelle bildeten. Auch die Passage, die die Insel Leukas vom südlichen Festland trennte, ließ sich aufgrund von Sandbänken kaum befahren. Zudem hatte Grattius die Hafeneinfahrt mit Türmen und Wurfmaschinen befestigen lassen, so daß für Agrippas Schiffe kein Durchkommen möglich war.

Der Feind dagegen hatte sich im Norden auf einem hochgelegenen Stützpunkt verschanzt, den Octavian mit Gräben und Schutzwällen zu einer Festung hatte ausbauen lassen, die bis zum Meer hinunter reichte. Agrippas Flotte hatte sich in die Bucht von Gomaros zurückgezogen.

Doch Octavian war nicht der einzige Feind, wie sich herausstellte, als sich Canidius bei Kleopatra nach der Bereitschaft ihrer Flotte erkundigte.

»Wir haben im Winter zehntausend Ruderer infolge einer Seuche verloren«, erklärte sie ihm nach kurzem Zögern.

Die Männer um den Kartentisch zogen hörbar die Luft ein.

»Zehntausend!« rief Canidius entsetzt. Grattius hatte ihm zwar etwas von einer Seuche berichtet, doch daß sie dabei einen derartigen Verlust erlitten hatten, erfuhren alle erst jetzt.

»Nun, das ist nicht allzu verwunderlich«, ließ sich Ahenobarbus vernehmen. »Grattius' Männer sind in erster Linie Syrer und Asiaten, die immer wieder dieselben Latrinen benutzen und sich nachher wundern, wenn sie erkranken.«

Kleopatra bemerkte, daß Amyntas und die anderen Verbündeten befremdete Blicke austauschten, denn sie waren es nicht gewöhnt, daß man sie so offen brüskierte.

»Was auch immer der Grund sein mag«, versuchte Kleopatra zu beschwichtigen, »die Seuche hat sich nun einmal unter meinen Ruderern breitgemacht.«

»Dann werden wir bei der hiesigen Bevölkerung neue Ruderer anwerben«, sagte Antonius.

»Die Männer, die ich verloren habe, waren Phönizier und Ägypter, die wir zuvor monatelang ausgebildet hatten. Sie werden sich nicht so einfach ersetzen lassen.« Ihr Einwand schien Antonius nicht zu behagen, doch das konnte sie im Moment nicht ändern. Jeder anständige General hätte für annehmbare Bedingungen gesorgt, bevor er seine Männer im Marschland überwintern ließ, wo bekanntermaßen Seuchen drohten. »Außerdem«, fuhr Kleopatra fort, »gefällt es mir nicht, daß wir im Golf eingeschlossen sind.«

»Wir sind nicht eingeschlossen«, entgegnete Antonius. »Wir schützen lediglich die Flotte. Agrippa hingegen ist in Gefahr, weil ihm der Sturmhafen fehlt.«

»Im Gegensatz zu uns kann er sich jedoch frei bewegen.«

»Ich stimme Antonius zu«, kam es von Ahenobarbus. »Wir sind hier unangreifbar. Wir danken Euch dennoch für Eure Meinung, Kleopatra, wenngleich wir uns fragen, aus welchen Schlachten Ihr Eure Kenntnis bezieht.«

Kleopatra mußte sich zwingen, Ruhe zu bewahren. Was erlaubte sich dieses Stück römischen Eseldungs, sie ohne ihren Titel anzureden? »Sicherlich fehlt mir die Erfahrung«, erwiderte sie, »aber dafür bediene ich mich meines gesunden Menschenverstandes.«

»Da wir derzeit keine Seeschlacht planen, ist der Punkt im Moment ohne Bedeutung«, wies Antonius sie zurecht. Danach wandte er seine Aufmerksamkeit wieder der Karte zu und erklärte die Lage der Sümpfe, Bäche und Flüsse. Kleopatra spürte jedoch die Feindseligkeit ihr gegenüber unter den Römern.

»Octavian lagert hier«, fuhr Antonius fort, »auf dem Hügel von Mikalitzi. Da wir ihn nicht direkt angreifen können, müssen wir ihn von seinem Hochstand herunterlocken. Wie mir scheint, bietet sich dazu seine Wasserversorgung an.« Er stieß mit dem Finger auf einen Punkt auf der Karte. »Sie holen sich das Wasser aus dem Fluß Louros oder aus diesen Bächen am Fuße des Hügels. Wenn wir sie dabei erwischen, müssen sie die Festung verlassen und kämpfen, wobei ihnen Agrippa nicht helfen kann.«

»Die Bäche sind gut gesichert. Sie haben die Erde aufgeschüttet und ringsum Wälle errichtet.«

»Das habe ich mitbedacht. Wir werden einen Frontalangriff vortäuschen, doch die Reiterei nach Osten ziehen lassen, um die Wasserquellen zu umzingeln. Das wird uns gelingen, denn schließlich verfügen wir über die besten Reiter der Welt.« Antonius warf Amyntas ein aufmunterndes Lächeln zu.

Kleopatra schwieg, wenngleich sie seine Absicht durchschaut hatte. Er suchte den Kampf zu Land, so daß er sowohl sie als auch ihre Flotte entbehren konnte. Welch ein Aberwitz, wo er doch seine Schenkungen investiert hatte, damit sie ihm diese kostspielige Flotte baute!

Als Kleopatra am nächsten Morgen erwachte, sah sie eine dicke schwarze Rauchwolke, die sich über die Insel Leukas wälzte. Kurz darauf stürzte Mardian zu ihr ins Zelt und berichtete, daß Agrippa mit einem Überraschungsangriff das dort liegende Geschwader und das auf der Insel befindliche Lager vernichtet hatte. Vereinzelte Überlebende taumelten noch immer wie benommen an den Strand.

Der nächste Verlust! Die Herrschaft über den Seeweg, der sie mit Ägypten verband, verloren! Von nun an würden sie ihren Nachschub an Waffen, Nahrung und Kleidung über den beschwerlichen Landweg vom Golf von Korinth aus herbeischaffen müssen, und wenn ihnen nicht bald ein Sieg gelang, würden sie irgendwann verhungern. Jetzt durfte nicht mehr gezaudert werden, jetzt mußten sie eine Schlacht erzwingen.

18

Eros half Antonius, die Rüstung anzulegen, befestigte die Riemen an Schultern und Taille und zurrte den Brustschild über der Tunika zurecht. Das war die richtige Kleidung für seinen Imperator, denn auf dem Schild waren die glorreichen Taten des Herkules abgebildet. Er würde einiges von dessen berühmter Kraft und Tapferkeit brauchen, dachte Kleopatra, die sich bei ihnen befand und zusah.

Als nächstes setzte Antonius den schweren Bronzehelm mit Visier und Federbusch auf, nahm das zweischneidige Schwert in die Hand und steckte es in die Scheide. Danach prüfte er die Halterung des wappenförmigen Schildes und legte seinen Purpurmantel an.

Während Eros noch die letzten Einzelheiten kontrollierte, schaute Antonius durch den Zelteingang nach draußen, wo die Insel Leukas aufragte, vor der nun Agrippas Schiffe patroullierten.

»Ich habe Isis angerufen und um deinen Erfolg gebetet«, sagte Kleopatra. Sie hatte einen kleinen Altar neben ihrem Zelt aufgestellt, wo eine von Kerzen umgebene Isis aus Marmor täglich Opfer aus Weihrauch und Wein entgegennahm.

Antonius überging ihren Hinweis auf die Göttin. Wer weiß, dachte Kleopatra, vielleicht wendet er sich ja jetzt, wo Fortuna ihn im Stich läßt, wieder den strengen römischen Göttern zu. Von Dionysos war jedenfalls schon lange keine Rede mehr gewesen. »Es tut gut, die Rüstung wieder auf dem Leib zu spüren«, sagte Antonius grinsend, und für einen kurzen Moment blitzte der alte Kämpfer in ihm auf.

»Es tut mir leid«, sagte Kleopatra versöhnlich, »wenn ich bei der Besprechung gestern deine Überlegungen in Zweifel zog, doch schließlich bin ich eine Königin und nicht gewöhnt zu schweigen.«

»Das macht jedoch einen schlechten Eindruck bei den anderen«, antwortete Antonius.

»Daß ich eine Meinung habe?«

»Daß sich der Imperator von einer Frau befehlen lassen könnte.«

»Ich bin keine Frau, sondern eine Göttin.«

Antonius starrte sie an, als wisse er nicht recht, ob sie das ernst meine.

»Die Machenschaften der Götter sind mir genau wie die der Frauen immer rätselhaft geblieben«, bemerkte er schließlich.

»Das ist im umgekehrten Fall gewiß nicht anders gewesen.«

Er grinste abermals. »Wahrscheinlich hast du recht.« Dann gab er ihr einen flüchtigen Kuß und trat aus dem Zelt.

Draußen zog der Lagerrauch durch die Luft, der sich mit den Gerüchen von Pferden und Leder mischte. Die Armee stellte sich nach Rängen auf, ein weites, schimmerndes Meer von Rüstungen und Helmen. Die Standartenträger reckten die römischen Adler hoch, die Fanfaren erschollen, und von irgendwoher näherte sich das Getrappel von Pferdehufen.

Canidius und Ahenobarbus preschten heran, um ihren Feldherrn abzuholen. Antonius schwang sich in den Sattel seines Pferdes, und im selben Augenblick fielen die Spuren seines vergangenen ausschweifenden Lebens von ihm ab. Er winkte Kleopatra noch einmal zu und galoppierte mit seinen Gefährten los, um sich an die Spitze der Truppen zu setzen.

Kurz vor Anbruch des Abends kamen sie zurück.

Antonius ritt direkt zu seinem Zelt, sprang ab und stapfte wortlos hinein. Kleopatra hörte, wie er drinnen herumpolterte und wütend nach einem Pokal Wein verlangte.

Als nächstes kam Ahenobarbus angeritten, den Bart von einer Schwertwunde im Gesicht blutverkrustet. Seinen Helm hatte er unter den Arm geklemmt, und seine Schultern waren nach vorn gesunken.

»Seid ihr besiegt worden?« erkundigte sich Kleopatra.

Ahenobarbus bedachte sie mit einem geringschätzigen Blick. »Nein, wir sind nicht besiegt worden.«

»Was ist denn passiert?«

»Die Schutzwälle sind zerstört, und wir haben Octavians Wasserquelle eingenommen.«

»Und warum die unheilverkündende Miene?«

»Nun, wir hatten sie bei den Bächen besiegt, und die Schlacht sah gut für uns aus. Doch als wir ihr Lager einnehmen wollten, hat Deiotaros mit seinen Reitern die Seite gewechselt. Ohne die Reiter wäre jeder weitere Kampf Selbstmord gewesen.« Deiotaros war der König von Paphlagonien, ein Mann, der Antonius seinen Thron verdankte. Welch eine unnachahmliche Art, sich auf diese Weise erkenntlich zu zeigen!

»Er hat euch verraten?«

Ahenobarbus runzelte die Stirn. »Vielleicht hat er eher *Euch* verraten.«

»Wieso denn das?«

»Er befürchtete wohl, daß Ihr Euch nach dem Sieg sein Land einverleiben könntet. Offenbar läßt er sich lieber von Rom beherrschen als von einer Frau.«

Kleopatra spürte, wie der Zorn in ihr hochstieg. »Ihr wollt mich für seinen Verrat verantwortlich machen?«

Ahenobarbus ging nicht auf sie ein. »Bei allen Göttern«, knurrte er, als er sich von seinem Pferd gleiten ließ, »ich habe noch nie in einem Krieg gekämpft, der unter derart ungünstigen Vorzeichen stand.« Mit diesen Worten ließ er sie stehen.

Aus Antonius' Zelt hörte man immer noch, wie er mit Gegenständen um sich warf und Eros anbrüllte, er solle ihm gefälligst die Rüstung abnehmen und endlich mit dem Wein herbeikommen. Der alte Antonius hatte, wie es schien, am Morgen nur eine kurze Gastvorstellung gegeben.

In der darauffolgenden Zeit setzte Agrippa seine Angriffe auf ihre Häfen fort. Patras fiel als nächster, mit ihm der Zugang zum Golf von Korinth und damit auch die letzte freie Versorgungsroute der ägyptischen Getreideschiffe. Nun mußte der Nachschub über die Bergpässe aus dem Süden Griechenlands angeliefert werden, doch bei der Größe der Armee würde die Not nicht lange auf sich warten lassen. Sie besaßen die größten Getreidevorräte der Welt – doch sie hatten keinen Zugang mehr dazu.

TEIL VII

*Befreit von der Mühsal des Lebens ruhe ich hier,
fragt nicht nach meinem Namen, sondern nehmt
meinen Fluch und zieht dahin.*

Inschrift auf dem Grabmal
Timons von Athen

1

Sommer in Aktium.

Ein weißer Dunstschleier lag über dem Golf, die Marschen flimmerten in der Hitze, in der Luft hing der Gestank der stehenden Gewässer, vermischt mit dem Schweiß und dem Dreck von hunderttausend Mann. Im Lager wütete abermals eine Seuche, und Kleopatras Ruderer erlagen ihr in Scharen. Tag für Tag rumpelten die Leichenwagen durch die Zeltreihen, auf die man die Toten wie Abfall warf und sie hernach in entfernter liegenden Gruben verbrannte.

Im Wasser verfaulten die Schiffe, da man im Winter versäumt hatte, sie zum Schutz gegen Würmer zu teeren. Die vordem mächtige Flotte war auf sechs Geschwader zusammengeschrumpft, doch selbst diese ließen sich inzwischen nicht mehr vollständig besetzen. Die ausgedünnten Reihen wurden mit griechischen Landarbeitern und Maultiertreibern aufgefüllt, denen Antonius' Truppen auf Feldern und Bergpässen auflauerten, um sie danach auf die Schiffe zu verschleppen. Es waren verzweifelte und wohl auch vergebliche Maßnahmen, denn es würde Monate, wenn nicht Jahre dauern, bis diese Menschen es an Geschick mit den verlorenen Ruderern aufnehmen könnten. Doch das war nicht der einzige Fluch, der auf Antonius' Kampftruppen lastete, denn in dem Schilfgelände am Ufer hausten auch Schlangen, und abends stiegen dunkle Stechfliegenschwärme auf, die die Soldaten quälten. Weitere Lebewesen, die in den öden Sümpfen zu gedeihen schienen, waren wilde Wasservögel wie Kraniche, Enten und Reiher – sie alle fielen den hungrigen Männern zum Opfer.

Natürlich machten die Hitze und der Hunger die Soldaten gereizt, so daß es täglich zu Schlägereien kam, bei denen es entweder um Proviant oder Dirnen ging. Etliche der Soldaten starben an Dolchwunden oder wurden gekreuzigt, weil sie gemeutert oder Befehle verweigert hatten.

Der Kampf zwischen Octavian und Antonius hatte sich zu einem Stellungskrieg entwickelt. Agrippa hielt seine Seeblockade aufrecht, und Antonius belagerte Octavian vor dem Hügel von Mikalitzi. Allerdings erhielt Octavian noch immer Getreide aus Italien, wogegen Antonius die Versorgung seiner Soldaten nur schwerlich aus dem griechischen Hinterland bestritt. Beide warteten darauf, daß etwas geschah – daß der andere zum Angriff überging.

Dann wieder versuchte Antonius, Octavian mit kleineren Vorstößen in den Kampf zu locken, doch dieser verschanzte sich hinter seinen Barrikaden und wartete ab. Er wußte, daß die Zeit wie schon zuvor für ihn arbeiten würde.

Der heiße Wind wirbelte den Sand zu ihren Füßen auf. Kleopatra und Antonius hatten sich unter einem Baldachin niedergelassen, in der Hoffnung, daß es draußen kühler sein würde als in dem stickigen Zelt. Sie ließen sich Luft zuwedeln, doch trotz der großen Pfauenfächer kam es Kleopatra vor, als ob es nicht genug Luft zum Atmen gäbe.

Antonius hatte die Hände auf die Knie gestützt und starrte auf das Meer hinaus. Er trug nur seine rote Untertunika, die geschnürten Stiefel und sein rotes Tuch um den sonnenverbrannten Hals. »Ich hätte damals gewinnen können«, murmelte er. »Wenn der König von Armenien nicht gewesen wäre, könnte ich jetzt in Babylonien sein.«

»Antonius, wie lange willst du dieses Klagelied noch singen? Du mußt etwas unternehmen.«

Er fuhr sich durch die Haare. »Ich habe diesen Krieg nicht gewollt.«

»Aber jetzt ist er da, und deshalb mußt du etwas tun.«

Er nickte, als ob er ihr beipflichten wolle, doch dann schienen sich seine Blicke wieder auf die verlorene Zukunft zu richten, und er murmelte: »Wenn es diesen Verräter nicht gegeben hätte, hätte ich gewonnen.«

Die Offiziere umstanden den Kartentisch, wie sie es in den vergangenen Wochen unzählige Male getan hatten. Inzwischen hatten sich Verzweiflung und Erschöpfung in ihre Gesichter eingegraben, und ihre Tuniken waren übersät mit Flecken aus Schmutz und Schweiß. Auch Amyntas und die anderen Satrapen waren dabei – die Schmuddelkönige, wie Ahenobarbus sie nannte – sowie einige fettleibige Senatoren, deren vormals so sorgfältig gekräuselte Haare stumpf und strähnig geworden waren.

Die drückende Schwüle schien alle zu lähmen. Auf dem Tisch standen ein Weinkrug sowie etliche juwelenbesetzte Becher, deren Pracht in der schäbigen Umgebung fehl am Platz wirkte.

Quintus Dellius ergriff den Krug, schenkte sich Wein ein und spuckte den ersten Schluck angewidert auf den Boden. »Ich möchte wetten, daß Octavian etwas anderes trinkt als diesen Essig«, klagte er.

In früheren Zeiten hätte Antonius mit einem schlagfertigen Witz reagiert, doch nun starrte er Dellius nur finster an.

»Er hat auch Getreide für Brot«, nörgelte Dellius weiter.

Das stimmte. Zwar litt man in Italien Hunger, doch Octavian hatte dafür gesorgt, daß der Getreidenachschub für seine Truppen funktionierte. Antonius hingegen war weiterhin auf die Versorgung durch griechische Bauern angewiesen, die mit Getreidesäcken auf den Schultern aus den Bergen gestolpert kamen, die Rücken voller Striemen von den Peitschen der Römer.

»Du kannst auch Octavians Brot essen, wenn du willst«, sagte Antonius.

Danach wurde es still, und Dellius' schoß das Blut in den Kopf. »Das ist nicht mein Wunsch, mein Herr. Ihr wißt, daß ich Euch treu bin bis zum Tod.«

Für einen Moment sah es so aus, als ob Antonius darauf eingehen würde, doch dann wandte er sich ab, stützte die Hände auf den Tisch und sagte nur: »Wie es aussieht, ist Octavian auch weiterhin nicht zum Kämpfen aufgelegt.«

»Vielleicht gereicht uns das zum Vorteil«, ließ sich Kleopatra vernehmen.

Die Männer schauten sie so mißbilligend an, als hätte sie etwas Unflätiges von sich gegeben. Es war immer das gleiche. Ob sie immer noch glaubten, daß sie zu schweigen habe? Litt sie denn nicht unter den gleichen Entbehrungen wie alle anderen? Auch sie badete nur in schmutzigem Wasser, deckte sich nachts mit zerschlissenen Decken zu, ertrug die Hitze, den Gestank und die Fliegen.

Antonius bedachte sie mit einem zornigen Blick. »Hast du einen Plan?« fragte er kalt.

»Wir müssen die Schlacht erzwingen, bevor meine Flotte verfault und auch die restlichen Ruderer der Seuche erlegen sind. Octavian sitzt hier genauso gefangen wie wir. Ein Seegefecht kann die Entscheidung bringen.«

Ahenobarbus und Dellius funkelten sie böse an.

»Wie stellst du dir das vor?« erkundigte sich Antonius.

»Die besten Legionen bemannen meine Schiffe und versuchen, die Blockade zu durchbrechen.«

Ahenobarbus' Blick war voller Verachtung. »Agrippa hat sich bei jeder bisherigen Begegnung als überlegen herausgestellt. Wie sollen wir ihn plötzlich besiegen können?«

»Wir müssen ihn nicht besiegen. Ein Durchbruch würde genügen.«

»Um wohin zu ziehen?« fragte Antonius.

»Nach Italien.«

»Italien ...«, wiederholte Antonius mit einem wehmütigen Lächeln.

»Du hast selbst gesagt, daß dort nur wenige gegen dich sind, und die restlichen Senatoren befinden sich bei Octavian. Du müßtest nur mit den Soldaten auf Rom zumarschieren, danach gehört die Stadt dir. Anschließend wäre Octavian derjenige, der hungert.«

»Und was wäre mit Euch? Was habt Ihr vor?« fragte Ahenobarbus lauernd.

Kleopatra betrachtete ihn mit eisiger Miene. »Es ist meine Flotte, ich führe sie an.«

»Ausgeschlossen!« stieß Ahenobarbus hervor.

»Ein Seegefecht – und Octavian wäre am Ende!«

Ahenobarbus wandte sich an Antonius. »Du darfst nicht auf sie hören! Wenn du mit der ägyptischen Königin in Italien landest, gibst du Octavian recht. Das ganze Land wird sich gegen dich erheben, und niemand wird dir Unterstützung gewähren.« Unter den Senatoren erhob sich zustimmendes Gemurmel.

»Was schlagt *Ihr* mir denn vor?« fragte Kleopatra. »Ihr scheint zu vergessen, daß ich genau wie Ihr in der Falle sitze.«

»Ihr und Euer ... Gefolge solltet über Land zurück nach Ägypten ziehen. Eure Flotte nützt uns nichts mehr, doch Ihr hängt uns wie Blei um den Hals. Eure Anwesenheit schadet Antonius und seiner Sache.«

»Er hat recht, Majestät«, sagte Canidius, wenngleich in gemäßigterem Ton. »Wenn Ihr zurückbleibt, könnte Euer Vorschlag verdienstvoll sein. Doch wenn nicht ...«

»Es ist immer das gleiche mit euch glorreichen Römern. Als Nachtgespielin ist euch Kleopatra willkommen, doch hinterher zu ihr halten wollt ihr nicht.«

Daraufhin entstand betretenes Schweigen.

Antonius' Aufmerksamkeit war in die Ferne gerichtet. Wie es schien, hatte er sich wieder in seiner eigenen Gedankenwelt verloren.

Canidius unterbrach die Stille und deutete auf die Karte. »Es gibt nur einen Weg, Octavian aus seinem Lager zu locken, Imperator.«

Antonius mußte sich erst besinnen, ehe seine Blicke Canidius' Fingerzeig folgten.

»Wir müssen ihm den Zugang zum Louros abschneiden. Das ist

seine letzte Wasserquelle. Danach kommt er zwangsläufig hervor, um uns anzugreifen.«

Es sah aus, als ob Antonius immer noch nicht ganz bei der Sache wäre.

»Der Fluß ist zu gut bewacht«, begehrte Dellius auf. »Es könnte bedeuten, daß wir hangaufwärts kämpfen müssen.«

»Wir haben immer noch die besten Reiter Asiens zur Verfügung«, entgegnete Canidius und lächelte Amyntas zu, der bis dahin geschwiegen hatte.

»Es wird mir eine Ehre sein, den Angriff anzuführen«, sagte dieser daraufhin, doch Kleopatra erkannte, daß ihn die Uneinigkeit der Römer verwirrte. Wenn mich nicht alles täuscht, dachte sie, wird er der nächste sein, der uns verläßt.

»Damit ist es entschieden«, verkündete Antonius mit einemmal. »Genauso gehen wir vor.« Danach machte er kehrt und verschwand in seinem Zelt. Die anderen schauten sich fragend an, doch dann entfernte sich langsam einer nach dem anderen.

Nicht einem von ihnen kann ich trauen, dachte Kleopatra verzweifelt. Noch nicht einmal mehr Antonius. *Vor allem* nicht Antonius.

Canidius war noch geblieben. Er beugte sich über die Karte auf dem Tisch und starrte darauf, als gäbe es eine geheime Botschaft darin zu entschlüsseln.

Er war der einzige, der Kleopatra nicht zu hassen schien, denn sein Verstand konzentrierte sich allein auf militärische Fragen und befaßte sich nicht mit Politik.

»Ich möchte Euch etwas fragen, Canidius Crassus«, sagte Kleopatra.

Canidius sah auf. »Ja, Majestät?«

»Vor drei Monaten waren wir in Patras und sagten uns, daß es zu keinem Krieg käme und es nur eine Frage der Zeit sei, bis Octavian ins Exil verbannt worden sei. Wir hatten eine gewaltige Armee, Geld und Versorgungsmittel, für die ein Pompejus oder ein Caesar seinen rechten Arm gegeben hätten. Wir hatten eine Flotte, um die uns die Welt beneidete. Und was hatten die anderen? Nichts. Kein Geld – und einen Feigling zum Feldherrn.«

»Sie haben Agrippa.«

»Kann *ein* Mann einen solchen Unterschied bewirken?«

»Es war wohl eher so, daß wir ihn unterschätzten.« Canidius schien zu zögern. Er schaute zu Antonius' Zelt und senkte die Stimme. »Ich will Euch gegenüber offen sein, Majestät. Wir haben den Krieg verloren. Wir können nur noch hoffen, uns so heil wie möglich aus diesem Durcheinander zurückzuziehen, und danach noch einmal beginnen.«

Kleopatra schaute ihn entgeistert an. »Wir haben den Krieg verloren?«

Canidius nickte. »Ja. Seit dem Tag, an dem Agrippa Methone errang. Und ich glaube, der Imperator weiß das.«

Er faltete die Karte zusammen und ging mit schwerfälligem Schritt von dannen. Kleopatra starrte ihm nach. Verloren? Ob er das wirklich glaubte? Ob auch Antonius' bester und erfahrenster General aufgegeben hatte?

Am folgenden Morgen brach Antonius auf, um den Angriff auf Octavians Befestigungen entlang des Flusses Louros anzuführen. Mit ihm würden Amyntas und dessen Reiter vorstoßen, gefolgt von zwei Legionen unter Dellius' Befehl, während Canidius mit den restlichen Legionen die Reserve bilden würde.

Sie verließen das Lager kurz nach Anbruch der Morgendämmerung. Die Schlacht sollte zehn römische Meilen entfernt auf der anderen Golfseite stattfinden, so daß Kleopatra das Geschehen nicht mitverfolgen konnte. Die einzigen Laute, die an ihr Ohr drangen, waren die einsamen Schreie der Möwen, die wilde, wirre Kreise zogen. Bedrückt von dem feindseligen Schweigen seitens Ahenobarbus' und der anderen Römer und ermattet von der Hitze, zog sie sich in ihr Zelt zurück, wo sie von dumpfer Vorahnung erfüllt saß und wartete.

Am frühen Nachmittag hörte Kleopatra, wie die Pferde zurück ins Lager gedonnert kamen, und wußte, daß sie mit keiner guten Nachricht rechnen konnte. Die Kämpfer kamen zu schnell zurück.

Mardian kam schnaufend zu ihr ins Zelt gewatschelt, sein Gewand war schweißdurchtränkt. Er ließ sich auf die Knie niedersinken und beugte die Stirn bis auf den Teppich. Dann schaute er auf und murmelte: »Der Angriff wurde abgebrochen, Majestät.«

»Ist Antonius in Sicherheit?« erkundigte sich Kleopatra. Seit einigen Tagen beschäftigte sie die Frage, was wohl mit ihr geschehen würde, wenn Antonius etwas zustieße. Nicht nur, daß sie dann allein wäre – Ahenobarbus und die anderen würden sie zweifellos an Octavian verraten, um sie gegen die eigene Sicherheit einzutauschen. Trotz seiner vielen Unzulänglichkeiten war Antonius der einzige Schutz, den sie in Aktium hatte.

»Er ist in Sicherheit«, sagte Mardian.

Kleopatra wartete stumm, daß er ihr den Rest der Geschichte erzählen würde.

»Amyntas ist zu Octavian übergelaufen«, sagte Mardian. »Er ist bis zur Festung vorausgeritten, doch anstatt anzugreifen ist er durchgaloppiert, bis er auf Octavians Seite stand. Antonius ist abermals verraten worden.«

Zuerst Artavasdes, dann Deiotaros und jetzt Amyntas. Der arme Antonius! Er hatte sich in den Osten verliebt, doch der hatte sich als ebenso untreu erwiesen wie er selbst. Wahrscheinlich überlegt er jetzt, wer ihn als nächster verrät, dachte Kleopatra.

Ob ich das sein werde.

2

Ahenobarbus wirkte elend und krank. Auf seiner Stirn glänzte der Schweiß, sein Gesicht war eingefallen, und seine Augen lagen tief in den Höhlen.

Er stand mit Canidius und Dellius am Eingang zu Antonius' Zelt und schien sich nur schwer auf den Beinen halten zu können. Dennoch war er wie immer entschlossen, seinen Standpunkt zu vertreten.

»Du mußt Kleopatra aufgeben«, sagte er. »Übergib sie und verhandele mit dem Giftzwerg. Es ist der einzige Ausweg.«

»Und was ist mit meiner Ehre?« fragte Antonius leise.

»Was hat denn Ehre damit zu tun?« kam es bitter von Ahenobarbus. »Jeder wird seine Haut retten wollen. Warum nicht auch du?«

»Weil ich nicht so tief sinken will.«

»Na, großartig! *Jetzt* redest du von Tugend! Sieh dir den Morast doch an, in den wir durch dich geraten sind!«

»Ich habe dich nicht gebeten mitzukommen. Es war deine Wahl, gegen Octavian zu kämpfen.«

»Aber ich war von Anfang an gegen deine Verbindung mit dieser Frau.«

»Sie hat sich als treuere Freundin erwiesen als viele unserer anderen Verbündeten.«

»Das dürfte nicht schwer gewesen sein.«

Antonius schwieg.

»Schau, alter Junge«, setzte Ahenobarbus ein wenig versöhnlicher an, »wir kennen uns jetzt doch schon ziemlich lange. Warum willst du nicht auf mich hören? Wenn du sie fallenläßt, gibt es noch einen Ausweg. Octavians Truppen kennen dich von früher und würden lieber für als gegen dich kämpfen, sofern du ihnen nur einen Grund dafür lieferst. Doch solange diese Hure zwischen euch steht...«

»Nenn sie nicht so!« brauste Antonius auf und schoß drohend in die Höhe.

Doch Ahenobarbus war nicht bereit, sich einschüchtern zu lassen. »Was soll das Ganze denn jetzt noch?« rief er aufgebracht. »Du hast gesagt, wir brauchen ihr Geld und ihre Flotte! Nun, beides kannst du dir mittlerweile hinten hineinstecken!«

Die beiden anderen blieben stumm, und Ahenobarbus' Worte hallten in der Stille nach. Danach hörte man eine Weile nur den Wind, der an den Zeltbahnen und dem Gestänge riß und rüttelte.

»Sie ist immer noch die Königin von Ägypten.«

»Wenn sie der König von Ägypten wäre, hättest du sie nicht so lange bevorzugt. Beherrscht sie dich, weil sie deine Geliebte ist?« Ahenobarbus war jetzt nicht mehr zu bremsen. Als Antonius nichts erwiderte, fuhr er fort: »Weißt du eigentlich, daß jeder von deinen Vasallen eifersüchtig auf sie ist, und daß jeder von unseren Senatoren sie als Gefahr ansieht und los sein will?«

Antonius blickte Canidius fragend an, der nach kurzem Zögern nickte.

»Siehst du?« sagte Ahenobarbus.

Antonius schaute sie der Reihe nach an. Ahenobarbus, Dellius, Canidius – seine treuesten Anhänger und Generäle. Es stimmte wahrscheinlich, was sie sagten.

Dennoch – es hätte gelingen können. Er hätte Parthien dem Reich zuführen und dank des ägyptischen Reichtums eine eigene Dynastie gründen können. Das war auch Caesars Absicht gewesen. Er war nur den Plänen des alten Knaben gefolgt, war so kurz vor dem Ziel gewesen.

Doch die anderen hatten recht. Er hatte keine Wahl mehr, er mußte etwas unternehmen. »Ich werde mit Kleopatra reden«, sagte er.

Kleopatra erkannte, daß Antonius betrunken war. Es macht ihm längst keine Freude mehr, dachte sie, er trinkt nur noch, um vor der Wirklichkeit zu flüchten.

Er stand unsicher auf den Beinen, und seine Blicke wanderten über die reiche Ausstattung ihres Zeltes.

»Du hast dich wieder mit deinen Freunden der Republik unterhalten«, bemerkte Kleopatra.

»Wie konnte es nur soweit mit uns kommen?« fragte er dumpf.

Nun, für sein Gejammer fehlte ihr die Geduld. »Marcus, deine empfindlichsten Teile haben sich in einer Felsspalte verklemmt. Es hat wenig Zweck, sich zu fragen, wie sie dort hineingeraten sind, sondern eher, wie man sie wieder von dort herausbekommt.«

»Die anderen behaupten, du seist der Felsen.«

»Ahenobarbus?«

»Jeder.«

Sie betrachtete ihn, wie er unschlüssig vor ihr stand, die Augen rot wie gekochte Trauben. »Was habe ich denn getan, um dir die Lage zu erschweren, edler Antonius?« erkundigte sie sich. »Lag es an meinem Geld, an meiner Flotte oder an meinem Getreide? Hat dir etwas von diesen Dingen im Weg gestanden?«

»Deine Anwesenheit macht mir den Kampf unmöglich.«

»Weil ich eine Frau bin?«

Er ließ sich auf einen der Sessel fallen. »Bitte, Täubchen«, sagte er mit weicher Stimme, »dein Vorschlag, die Blockade zu durchbrechen und in Italien zu landen, kann Erfolg haben. Er könnte mich und die anderen retten. Doch du kannst nicht mit uns ziehen, wenn es gelingen soll.«

»Ich bin schon einmal zurückgeblieben, erinnerst du dich? Das nächste, was ich damals hörte, war, daß du Octavians Schwester geheiratet hast.«

»Das war doch nur eine politische Sache.«

»Das ist meine Anwesenheit auch.«

»Octavian hat dir den Krieg erklärt, nicht mir. Wenn du mit nach Italien ziehst, ist unser Plan dahin.«

»Wenn ich nicht mitzöge, wäre ich nur ein Vasall, was ich jedoch nicht bin und nie sein werde.«

»Geh nach Ägypten zurück.«

Wie konnte ich je annehmen, du wärest ein zweiter Caesar? dachte Kleopatra. Ich kann dir weder trauen, noch glaube ich, daß du gewinnst. Du hast mein Geld und meine Schiffe vergeudet, und jetzt willst du mich wegwerfen wie ein geleertes Faß. Wenn ich dich nach Italien ziehen ließe, würden dich deine Freunde beschwatzen, mich endgültig fallenzulassen, und Caesarions Rechte wären verwirkt. Ich befände mich in der gleichen Lage wie vor zwanzig Jahren, wieder an dem Punkt wie damals, als ich den Thron bestieg.

Kleopatra ließ den Blick auf ihm ruhen. Antonius' Verfall war offensichtlich. »Edler Antonius«, hub sie an, »in Antiochia batest du mich zu kommen, und ich kam. In Leuke Kome, als du am Ende warst und deine Armee hungerte, hast du nach mir gerufen, und ich bin gekommen. Ich habe dir nie etwas versagt, und jetzt wirst *du* mir *meine* Wünsche nicht versagen.«

»Du kannst mir vertrauen.«

»Wie, Antonius? Wie kann ich dir vertrauen?«

»Wir wünschen uns beide dasselbe, und dieses Mal werde ich dich nicht verlassen.«

Kleopatra erhob sich und trat zu ihm. In seinen Augen flackerte Hoffnung auf.

Sie stellte fest, daß er inzwischen auch seine Pflege vernachlässigte, denn seine Locken waren wirr und schmutzig. Sein Atem roch schal nach abgestandenem Wein, und die Zeichen des Alters hatten sich um seine Augen eingegraben. »Ich weiß, daß du mich dieses Mal nicht verläßt«, sagte sie, »denn ich werde es verhindern.«

Antonius schien in sich zusammenzusinken und vergrub sein Gesicht in den Händen. Kleopatra hätte Mitleid mit ihm empfunden, wenn sie ihn nicht schon so lange gekannt hätte. Der göttliche Dionysos hatte sich seine Lage selbst zuzuschreiben. Wie ich mir die meine, dachte sie. Vielleicht würde Isis ihr eines Tages verraten, an welcher Stelle auf ihrem Weg sie in die Irre geraten war.

»Laß mich allein«, sagte sie.

Antonius stand auf und entfernte sich wortlos. O Isis, dachte Kleopatra, wie konnte es soweit kommen? Sie erinnerte sich an den Tag in Alexandria, als sie ihm den Triumph gewährt hatte. Damals waren sie Götter gewesen.

Wie sehr die wahren Götter gelacht haben mußten!

»Also, was ist nun?« fragte Ahenobarbus.

Er hatte gesehen, wie Antonius das königliche Quartier verließ, und war ihm in sein Zelt gefolgt, wo jener auf einem Schemel saß, den Kopf gesenkt, die Hände mutlos zwischen den Knien. »Sie wird nicht gehen«, sagte er.

»Dann schicke Quintus Dellius als Boten los. Er soll mit Octavian verhandeln. Lege Kleopatra in Ketten, und dann überlegst du dir, wie du dich herausreden kannst.«

Antonius schaute Ahenobarbus an. Ein niederträchtiger, wenngleich verführerischer Gedanke, dachte er, doch es gibt einen Punkt, an dem man sich nicht mehr herausreden kann. Das habe ich mein Leben lang getan und, wie es schien, auch Erfolg damit gehabt. Soll ich tatsächlich einen nächsten Vertrag mit Octavian aushandeln und diesen mit Kleopatras Blut besiegeln? Wahrscheinlich würde Octavian mir die ›Eisengepanzerte‹ und die alte Fünfte überlassen und mir Syrien als Provinz übergeben. Noch in diesem Jahr könnte ich meine Orgien und Gelage wieder aufnehmen und gelegentlich parthische Eindringlinge abwehren, damit meine Selbstachtung nicht sinkt.

»Also?« drängte Ahenobarbus.

»Nein!« sagte Antonius.

»Aber du hast doch gar keine andere Wahl!«

»Es gibt immer eine andere Wahl. Zu diesem Zweck haben uns die Götter den Tod überlassen. Er ist ein Geschenk, wenn das Leben unerträglich wird.«

Ahenobarbus schüttelte den Kopf. »Ich hätte nie gedacht, dich einmal so reden zu hören.«

»Und ich hätte nie gedacht, daß das Bübchen mitsamt seinen Knaben mich einmal an diesen Punkt bringt. Das Leben hält offenbar für uns alle Überraschungen bereit.«

Ahenobarbus schien zu wanken – zum Teil aus Verzweiflung, zum Teil jedoch auch aus Erschöpfung. Er ließ sich auf einem Schemel neben Antonius nieder. Er hat die Seuche und sollte auf seinem Lager liegen, dachte Antonius. Ich rieche die Krankheit und spüre, wie die Fieberhitze seinem Körper entweicht.

»Marcus Antonius«, sagte Ahenobarbus mit tonloser Stimme. »Du weißt, wie lange wir uns kennen und daß ich dich zu meinen engsten Freunden zähle. Ich bitte dich, tu, was ich dir sage, denn es ist nichts Unehrenhaftes dabei. Sie ist eine Fremde und eine Frau; du würdest keinen römischen Bruder verraten. Laß uns diesen Wahnsinn beenden. Verhandle und rette dich. Rette uns alle!«

Antonius erwiderte seinen Blick und hielt sich abermals die Wahrheit von Ahenobarbus' Worten vor Augen. »Nein«, sagte er.

Ahenobarbus erhob sich mühsam. Er zitterte. »Ich habe dich geliebt, Marcus Antonius«, sagte er. »Ich hatte geglaubt, du würdest uns vor diesem kleinlichen Tyrannen retten. Der Irrtum grämt mich sehr.«

»Er grämt mich desgleichen, Ahenobarbus«, erwiderte Antonius.

Es waren die letzten Worte, die die beiden Freunde wechselten.

Nachdem Ahenobarbus ihn verlassen hatte, saß Antonius lange Zeit still da und starrte auf den Boden. Wenn die Menschen den Tod nicht fürchteten, dachte er, besäße das Leben keine Macht.

Es wäre so leicht ...

3

»Ahenobarbus ist fort«, sagte Dellius.

Antonius hatte am Morgen eine Lagebesprechung anberaumt. Er, Kleopatra, Sosius, Canidius und die anderen Befehlshaber hatten sich um den Kartentisch versammelt, erörterten neue Strategien und mögliche Verlegungen der Truppen.

Vielleicht rüttelt meine Nachricht ihn endlich auf, dachte Dellius. Er überreichte Antonius eine Wachstafel, auf der ein paar Zeilen eingeritzt waren. Die anderen schwiegen, während Antonius las, denn alle wußten, wie schwer diese Worte für ihn wogen.

»Er ist in der vergangenen Nacht über den Golf gerudert und hat Sisyphus mitgenommen«, verkündete Dellius nach einer Weile.

Antonius nickte. Er wirkte ein wenig benommen, als er die Tafel beiseite legte.

»Er hat seine ganzen Besitztümer zurückgelassen. Sie befinden sich noch in der großen Truhe in seinem Zelt. Sollen wir sie verbrennen lassen?«

»Nein, natürlich nicht. Sorge dafür, daß sie ihm nachgesandt werden.«

»Mein Herr?«

»Wenn er wieder vernünftig essen kann, anstatt an trockenen Brotkanten zu nagen, soll er auch nicht in seinen alten Lumpen an Octavians Tafel erscheinen müssen. Sieh zu, daß er seine Sachen erhält.«

»Aber er hat uns doch verraten«, begehrte Dellius auf.

»Mach nicht so ein unglückliches Gesicht.« Antonius lachte und wandte sich wieder den Karten zu.

Als sie nach einer Stunde auseinandergingen, war immer noch nichts entschieden worden.

Kleopatra blieb bei Antonius zurück. »Das mit Ahenobarbus war sehr großzügig von dir«, sagte sie.

Antonius hatte den Blick auf die andere Golfseite gerichtet, wo über Octavians Lagerwall Rauchschlieren in den Himmel zogen. »›Durch

Großzügigkeit kann man nichts verlieren‹, hat mein Vater immer gesagt. Er hat fast unser ganzes Vermögen durchgebracht, hat es entweder verspielt oder verschenkt, so daß meine Mutter die Dienstboten anhielt, das silberne Geschirr im Haus vor ihm zu verstecken, und zudem Sorge trug, daß mein Vater nie Geld in der Tasche hatte. Als ihn eines Tages ein Freund um Geld bat, befahl mein Vater einem Diener, Früchte herbeizubringen, die dieser natürlich auf einem silbernen Teller anbot. Mein Vater entfernte die Früchte, reichte den Teller seinem Freund und sagte: ›Nimm ihn, damit kannst du deine Schulden begleichen‹.«

»Es war jedoch nicht nur Großzügigkeit, die dich Ahenobarbus den Besitz nachsenden ließ«, bemerkte Kleopatra.

»Nein, ich tat es aus Freundschaft. Ich bin sicher, daß er uns eigentlich nicht verlassen wollte, sondern lediglich einer Schwäche nachgab. Wir haben alle unsere Schwächen – die seine war die Angst zu sterben.«

»Teilst du sie nicht?«

»Ich bin Soldat. Der Tod kann mich nicht schrecken.« Unter dem Ärmel seiner Tunika wurde das tätowierte Efeublatt sichtbar, das sich über seinen Muskeln wölbte. Kleopatra wußte immer noch nicht, ob er mit seiner Verehrung des faunischen Gottes nur einer Mode gefolgt war oder ob er tatsächlich an ihn glaubte. Verhalf ihm seine Tapferkeit zu diesem stoischen Mut, oder wähnte er sich durch seinen Gott errettet? Ausreichend gehuldigt hatte er ihm, daran bestand kein Zweifel.

Kleopatra berührte Antonius sanft an der Schulter. Manchmal, wenn sie einen Blick auf den alten Antonius erhaschte, spürte sie, wie etwas in ihr aufflackerte.

»Wenn du heute nacht in mein Zelt zu kommen wünschst«, flüsterte sie, »werde ich dich bereitwillig empfangen.«

Als Antonius nichts erwiderte, kehrte sie in ihre Behausung zurück. Nachts wartete sie auf ihn, doch als er nicht erschien, gestand sie sich schließlich ein, daß sie im Grunde nicht damit gerechnet hatte.

Der römische Monat Julius war angebrochen und bescherte ihnen abermals Tage mit weißer, flirrender Hitze. Antonius' Bündnis mit den restlichen Vasallenkönigen wurde dünn und morsch durch die Untätigkeit und die fortschreitende Zahl der Toten, bis es endgültig zerfiel. Die Zahl der Fahnenflüchtigen mehrte sich, auch der König von Thrakien wechselte die Fronten und schloß sich Octavians Truppen an. Ahenobarbus' Schmuddelkönige verdankten Antonius zwar die

Krone, doch inzwischen schienen sie überzeugt zu sein, daß sie zu seinem Gegner überlaufen mußten, damit sie ihnen bliebe.

Als man eines Nachts einen asiatischen Satrapen entdeckte, der in Begleitung eines römischen Senators fliehen wollte, ließ Antonius beide hinrichten.

Octavian, der wie gewöhnlich keine Gelegenheit versäumte, Zwietracht zu säen, hatte Botschaften an den Felsbrocken befestigt, die er von seinem Hügel in Mikalitzi zu ihnen ins Lager schleudern ließ.

Nicht Herkules führt euch, denn man könnte sagen,
daß ihr eingespannt seid vor Alexandrias Wagen.
Kleopatra zwingt euch zu kämpfen,
und wenn ihr nicht sterbt,
wird sie mit euch schimpfen.

Der Julius schleppte sich fort, bis er vom römischen Monat Sextilis abgelöst wurde. Der Hundsstern erschien am Himmel, und der Gestank, der aus den trockenen Sümpfen stieg, wurde schier unerträglich. Inzwischen waren nahezu alle phönizischen und ägyptischen Ruderer gestorben oder lagen, vom Fieber geschwächt, in ihren Zelten. Die Leichenwagen schafften täglich unzählige Opfer in die Gruben, die Schiffe rotteten weiter vor sich hin, und um ihre Rümpfe sammelte sich der Unrat, der aus dem Lager ins Meer gespült wurde. In den Takelagen nisteten Vögel, und auf den Wellen schwamm ein grüner Algenteppich.

Das Lager wirkte unter der Decke aus Verzweiflung und Lethargie wie gelähmt. Antonius weigerte sich, Octavians Hügel anzugreifen, da er befürchtete, daß er bei einem Frontalangriff alles verlieren würde. Ebensowenig wollte er sich auf ein Seegefecht einlassen, da er Agrippa für unschlagbar hielt. Er wartete statt dessen auf die Gelegenheit, die nie kam, wobei ihm Heer und Flotte so elend unter den Händen zerrannen wie in der ärgsten Schlacht.

Aber er zauderte immer noch.

4

Es entspricht beileibe nicht dem, was ich gewohnt bin, dachte Kleopatra, denn mit einem alexandrinischen Gastmahl hat es genausowenig zu tun wie mit den Gelagen der Freunde des Lebens.

Die Tische waren mit bunten Seidentüchern bedeckt worden, um sie ein wenig zu verschönern, doch die Armseligkeit der Speisen ließ sich nicht verbergen. Das Brot war angeschimmelt, der Wein nicht viel besser als Essig, und das Hauptgericht bestand aus grätigen Fischen und faserigen grünen Bohnen.

Kleopatra teilte ihr Mahl mit Mardian, denn weder die Römer noch die asiatischen Satrapen legten in diesen Tagen Wert auf ihre Gesellschaft. Wahrscheinlich würden sie lieber mit Medusa speisen als mit mir, dachte sie.

Ganze Insektenschwärme hatte sich in ihrem Zelt versammelt und schwirrten um die Fackeln. Die syrischen Sklaven wedelten mit den Pfauenfächern, doch die drückende Schwüle des Abends vermochten sie nur wenig zu mildern.

»Es wird bald eine Ende nehmen, Mardian. Antonius muß sich in Kürze entscheiden. Was meinst du, wie lange kann er noch warten?«

»Ich sorge mich mehr um die Art, *wie* er es beendet.«

»Glaubst du, er will mit Octavian reden? Befürchtest du einen Handel?«

»Ich bin mir dessen sicher.«

Kleopatra wählte ein kleines Stück Brot aus, untersuchte es kritisch und warf es angewidert zurück.

»Wißt Ihr, daß Ahenobarbus gestorben ist, Majestät?«

»Ich hoffe, sein Ende war qualvoll und lang.«

»Er ist der Fieberseuche erlegen.«

»Ich werde nicht eine Träne um ihn weinen.«

»Nun, wenigstens muß er jetzt nicht mehr tagelang am Hafen stehen und auf den Golf von Ambrakia starren.«

»Das ist etwas, worum wir ihn beneiden sollten. O Mardian, was soll ich tun? Ich darf Antonius nicht aus den Augen lassen, doch wenn ich bleibe, gehen wir alle unter.«

»Wenn Ihr mir die Bemerkung gestattet, Majestät, dann solltet Ihr mit Sicherheit nicht mehr von einem zweiten Caesar träumen.«

Kleopatra verbiß sich die Antwort aus Furcht, daß sie an den Worten ersticken würde.

»Wir haben nur noch eine Hoffnung, Majestät: Wir müssen uns aus diesem Wirrwarr befreien, um sicher nach Ägypten zurückzugelangen.«

Sie wußte, daß Mardian recht hatte. Wenn sie nach Ägypten zurückging und Antonius seine Schlacht allein schlagen ließ, konnte sie sich und Alexandria womöglich noch retten. Antonius durfte nicht untergehen, selbst wenn es einen Handel erforderte, denn ein Triumph Octavians würde ihr Ende bedeuten.

Wieder einmal hatten sie sich um den Kartentisch versammelt und starrten auf die Pläne, wenngleich dies bisher nichts anderes gebracht hatte, als daß Kleopatra nachts von ihnen träumte.

Antonius' Befehlshaber der Flotte, Sosius, war da, außerdem Quintus Dellius und Canidius, der sich verzweifelt der Fliegen erwehrte.

»Wie ist der gegenwärtige Zustand der Armee?« erkundigte sich Antonius.

»Ich verfüge noch über siebzigtausend einsatzfähige Männer«, erwiderte Canidius.

Das hört sich eindrucksvoll an, dachte Kleopatra, bis man die Rechenkunst bemüht und feststellt, daß bereits ganze dreißigtausend der Fieberseuche erlegen sind – eine Anzahl, die man bei manchen Schlachten nicht verliert.

»Wie steht es mit der Flotte?«

Kleopatra blickte Sosius an. Er sollte die Antwort geben, damit sie die empfindlichen römischen Ohren nicht mit ihrer Frauenstimme schmerzte. »Der Flotte mangelt es an Männern«, erwiderte er. »Wir haben zehntausend Ruderer an die Seuche verloren, außerdem bedürfen die Schiffe dringend der Reparatur.«

»Wie viele sind denn noch übrig?« fragte Antonius ungeduldig.

»Die Besatzung reicht für dreihundert Schiffe.«

Dreihundert! Im vergangenen Sommer hatten sie fünfhundert Kriegs- und dreihundert Versorgungsschiffe besessen, die sich zwischen Kerkyra und Methone aufhielten.

Antonius wandte sich an Canidius. »Was schlägst du vor?«

»Ich würde sagen, wir lassen die Flotte zurück und ziehen über die Berge nach Makedonien, denn König Dikomes ist uns freundlich gesonnen. Wenn er uns seine Unterstützung gewährt, können wir Octavian zu Land in einen Kampf verwickeln. Agrippas Flotte wäre ihm dann keine Hilfe mehr.«

O nein, das war einfach zuviel! »Wollt Ihr euch abermals auf Verbündete verlassen?« fragte Kleopatra empört. So, dachte sie, das hatte wenigstens gesessen, denn Antonius war bleich geworden. Wie oft, fragte sie sich, will er denn noch auf seine königlichen Freunde bauen?

Er ging jedoch nicht auf ihre Bemerkung ein, sondern trug einen eigenen Einwand vor. »Unsere Soldaten sind von Hunger und Krankheit geschwächt«, sagte er zu Canidius. »Was glaubst du, wie viele wir verlieren, wenn wir sie über die Bergpässe führen?«

»Es ist immer noch besser, als bei einem Seegefecht alles zu verlieren. Agrippas Flotte ist größer als die unsere und befindet sich in besserem Zustand. Außerdem kann es zu Wasser niemand mit ihm aufnehmen, während Ihr zu Land nicht zu schlagen seid. Ihr habt die ›Eisengepanzerte‹ und die Fünfte. Die eigenen Stärken zu nutzen ist die beste Voraussetzung für den Sieg.«

Antonius schien bereits überredet zu sein. Ja, dachte sie, dazu wäre er fähig. Meine Flotte würde er verbrennen und sich nach Griechenland verziehen. »Hast du vergessen, wie viele Männer du bei dem Rückzug aus Parthien verloren hast?« fragte sie ihn. Sie sah, daß Canidius erschrak. »König Dikomes würde seine eigene Mutter verkaufen! Wie kannst du ihm vertrauen? Er kann ein zweiter Artavasdes werden.«

»Octavian müßte uns über unwegsames Gelände folgen, und seine Versorgungskette würde immer dünner werden«, fuhr Canidius standhaft fort.

»Wollt ihr denn Octavian tatsächlich die Seeherrschaft überlassen, anstatt die Versorgungslinien freizukämpfen?«

»Wir sind ihm zu Land überlegen.«

»Und wenn Ihr verliert?«

»Ziehen wir uns weiter zurück – so wie Pompejus.«

»Pompejus hatte Schiffe zum Rückzug, Canidius, und dennoch hat es ihm nichts genutzt.«

Dellius konnte nicht mehr an sich halten und rief aufgebracht: »Aber zu Land werden wir siegen!«

»Wenn ich Octavian wäre«, hub Kleopatra an, »würde ich mich auf diese Herausforderung gar nicht einlassen. Ihr müßt doch inzwischen begriffen haben, wie er verfährt! Octavian kennt seine Schwächen besser als jeder andere, und das ist auf seltsame Weise sein Gewinn. Er hat noch nie eine Schlacht aus eigenem Anstoß gewonnen, sondern läßt die Zeit und die Irrtümer anderer wirken. Wenn ihr nach Makedonien zieht, wird er Dikomes bestechen, und wenn ihr nach Osten weiterflüchtet, werden am Hellespont Agrippas Schiffe auf euch warten. Dann seid ihr wieder im gleichen Dilemma wie jetzt. Nur daß ihr dann durch Verrat, Flucht und Krankheit weitere dreißigtausend

Soldaten eingebüßt habt. Kommt dir die Lage bekannt vor, edler Antonius?«

Antonius machte einen niedergeschmetterten Eindruck. Endlich hatte er Octavians Vorgehensweise erkannt! Selbst seine eigene Leichtgläubigkeit schien er mit einemmal einzusehen.

»Und was soll mit meiner Flotte geschehen, während ihr nach Norden marschiert?« fuhr Kleopatra fort.

»Ihr durchbrecht die Blockade und kehrt nach Ägypten zurück«, entgegnete Canidius.

»Und wie sollen wir die Blockade durchbrechen, wenn wir keine kämpfenden Truppen haben? Mit diesem Vorschlag weiht ihr uns dem Tod.«

»Es gibt keinen anderen Ausweg«, erklärte Canidius bedrückt.

»Den gibt es wohl! Unsere einzige Hoffnung liegt auf dem Meer. Wenn ihr die Flotte aufgebt, ist alles verloren.«

»Wir können nicht siegen, solange Ihr hier seid«, warf Dellius mürrisch ein.

»Nun gut, dann bleibt nur eine Wahl.«

Antonius warf ihr einen verzweifelten Blick zu. »Und die wäre?«

»Da ihr glaubt, daß ihr ohne mich siegen könnt, werde ich euch verlassen.«

Alle starrten sie ungläubig an.

»Ich schlage folgendes vor: Wir bemannen so viele Schiffe wie möglich und verbrennen den Rest, damit Octavian sie nicht in die Hände bekommt. Ihr laßt mir sechzig meiner Triremen für meine Schatztruhen, meine Leibwache und mein Gefolge. Auf die anderen Schiffe kommen eure besten Legionen, die die Blockade durchbrechen. Dabei werdet ihr zwar einige, jedoch nicht alle verlieren. Das ist in jedem Fall besser, als alle in den Bergen einzubüßen und Octavian die Flotte zu überlassen. Die, die den Durchbruch schaffen, marschieren nach Rom. Ich aber kehre nach Alexandria zurück.«

»Was ist mit den restlichen Truppen?«

»Die ziehen über die Berge in Richtung Taenarus. Wenn unser Angriff fehlschlägt, habt ihr sie als Reserve und könnt sie über das Meer nach Alexandria übersetzen, ehe der Winter beginnt. Außerdem habt ihr noch eure Legionen in Syrien und Kyrenaika, mit anderen Worten noch immer eine Armee, die sich im Winter erneuern läßt.«

Wenn sie klug sind, machen sie es so, dachte Kleopatra. Wahrscheinlicher ist jedoch, daß Antonius sich etwas anderes ausdenkt, sobald ich außer Sichtweite bin. Wie dem auch sei, ich kann nicht länger bleiben und zusehen, wie meine Flotte verkommt. Auf diese Weise lassen sich wenigstens Schiffe und Gelder retten. Danach muß ich wieder von vorn anfangen – inzwischen weiß ich ja, wie das geht.

Antonius schien noch immer in den Anblick der Karte versunken.

»Wir können die Legionen nicht für die Schiffe opfern«, wandte Dellius schließlich ein. »Wir sind nicht in der Lage, Agrippa zu besiegen.«

»Ihr müßt ihn nicht besiegen, sondern nur durch seine Reihen brechen. Es ist nicht gefährlicher, als die makedonischen Berge zu überqueren, der Lohn jedoch ist ungleich höher. Wenn ihr in Italien seid, habt ihr alles gewonnen.«

Antonius hatte die Augen geschlossen. Seine Generäle schauten ihn besorgt an. Auf ihrer Stirn hatte sich der Schweiß gesammelt.

»Kleopatra hat recht«, murmelte Antonius schließlich. »Mein Bedarf an hilfreichen Königen und Rückzügen über die Berge ist gedeckt. Wir machen jetzt ein Ende. Eine Schlacht, die alles entscheidet! Zu Wasser!«

»Aber edler Imperator ...«, setzte Dellius an.

»Aus! Es ist entschieden!« brüllte Antonius, stieß die Generäle zur Seite und marschierte zurück in sein Zelt, wo sie hörten, wie er seinen Dienern befahl, ihm Wein und ein paar Musikanten herbeizubringen.

Quintus Dellius sah zu, wie schwarze Rauchspiralen in den Himmel stiegen. Die Decks der Schiffe waren mit Pech und Öl übergossen worden, damit sie leichter brannten. Über die Holzflächen züngelten orangefarbene Flammen, die größer wurden und die Rümpfe zu Scheiterhaufen verwandelten. Sie brannten für eine Weile lichterloh, bis sie zusammenfielen und im sumpfigen Wasser versanken. Bei den meisten der aufgeopferten Schiffe handelte es sich um Triremen, doch es waren auch einige ›Sechser‹ unter ihnen, teure Kolosse, die entweder zu morsch geworden waren oder nicht mehr in ausreichender Zahl bemannt werden konnten.

Immer noch rannten Männer am Meer entlang, um Brandpfeile auf die Schiffe zu schleudern, bis schließlich das Ufer einer einzigen Feuerwand glich, aus der sich dicke Wolken lösten, die sich auf das Landesinnere zu wälzten. Es roch nach verbrannten Zypressen und Zedern.

Sosius hatte den Umfang der Flotte großzügig geschätzt, denn bei genauerem Hinsehen waren es nur noch zweihundertdreißig Schiffe gewesen, die sich seit dem Aufbruch aus Ephesos gehalten hatten. Dellius seufzte und schüttelte den Kopf. Welch eine Schande! Genau wie der Verfall von Marcus Antonius. Schade, daß auch er ihn nun aufgeben mußte!

Aber es war der einzige Ausweg. Von Kleopatra einmal abgesehen, standen auch alle anderen Zeichen schlecht. Einer der Kundschafter hatte ihm berichtet, daß in Athen ein heftiger Sturm die Bacchus-Statue von ihrem Sockel gestürzt hatte und der Herkules-Tempel in Patras von einem Blitz getroffen worden war. Die Götter hatten sich gegen den Imperator verschworen – gewiß war der Grund dafür, daß er sich mit der *peregrina* eingelassen hatte.

Es wurde Zeit aufzubrechen, um nicht in dem kommenden Blutvergießen niedergemetzelt zu werden. Und Octavian würde sich freuen, wenn jemand auftauchte, der Antonius' Angriffsplan kannte.

5

Die Götter scheinen sich tatsächlich gegen mich verschworen zu haben, dachte Antonius.

Der Regen und die Sturmwinde, die von Norden her über sie hinwegfegten, hielten bereits seit Tagen an. Das Lager hatte sich in einen Morast verwandelt, Sturzbäche flossen zwischen den Zeltreihen hindurch, überschwemmten die Latrinen draußen im Sumpf und spülten den Unrat ins Lager zurück. Am Ufer ragten die Rümpfe der verbrannten Schiffe wie dunkle Schatten zwischen den Regenschwaden auf.

Nach den langen Monaten der Untätigkeit hatte er sich endlich zur Tat entschieden, und nun zwang ihn das Wetter wieder zum Stillstand und ließ ihn müßig die Stunden zählen. Der Vorteil, den er sich von seinem überraschenden Vorstoß versprochen hatte, war bereits dahin. Quintus Dellius war kurz vor Ausbruch des Sturmes zu Octavian übergelaufen, so daß Agrippa längst Zeit gefunden hatte, um seine Geschwader zu positionieren. Ein Gutes hatte der Sturm jedoch gehabt: Er hatte Agrippa gezwungen, mit seiner Flotte gegen den Wind aufs Meer hinaus zu rudern, damit sie nicht am Ufer zerschellte. Vielleicht würde sich das als Vorteil erweisen.

Wenn nicht – wenn die Entscheidung gegen ihn fiele –, würde er den Richtspruch der Parzen hinnehmen, denn ein Soldat kannte keine

Furcht vor dem Tod. Wenn er die Blockade nicht durchbrechen konnte, würde er mit seinen Männern sterben. Er würde nicht nach Ägypten flüchten. Er würde den Rest seiner Tage nicht wie Pompejus' Söhne zubringen, verbannt oder als Seeräuber, würde sich nicht Kleopatras Gnade ausliefern. Er wollte entweder Rom oder gar nichts.

Am folgenden Morgen, nachdem Sturm und Regen vier Tage lang gewütet hatten, klärte sich der Himmel. Bereits im ersten Licht der Dämmerung gab Antonius den Befehl, die Schiffe zu bemannen.

Die Spieren und die Segel wurden gewöhnlich vor einer Schlacht an Land verstaut, da sie die Bewegungsfreiheit der Truppen an Deck behinderten und wertvollen Raum beanspruchten, an dem man weitere Soldaten unterbringen konnte. An diesem Tag jedoch befahl Antonius, die Leinen und Segel für die Takelage mitzunehmen, obgleich es ihn während des Kampfes in einen leichten Nachteil setzen würde. Wenn sie die feindlichen Reihen jedoch erst einmal durchbrochen hatten, würden sie mit Hilfe der Segel schneller vorwärtskommen als Agrippa. Schließlich ging es ja bei dem anstehenden Kampf nicht um Sieg oder Niederlage, sondern darum, das Wettrennen auf Rom zu gewinnen.

Während die besten aus Antonius' Legionen die Kriegsgaleeren bestiegen, bereitete sich Kleopatras Gefolge in aller Eile auf die Rückkehr nach Alexandria vor. Die römischen Senatoren, die sich noch vor nicht allzu langer Zeit zu schade gewesen waren, mit ihr an gemeinsamen Mahlzeiten teilzunehmen, wurden nun erbötig und bemühten sich um freundliche Aufnahme auf ihren Schiffen. Wie eine Gänseherde marschierten sie die Landungsbrücken hoch, Gepäck und Dienerschaft im Schlepptau.

Kleopatras Eunuchen und Höflinge kontrollierten an Bord der *Isis* das Verladen der Möbelstücke, die von den strauchelnden Sklaven durch den Morast gehievt wurden. Auch die Schatztruhen wurden auf die Schiffe zurückgeschleppt, riesige Truhen mit eisernen Gürtelpanzern.

Nach der vorausgegangenen Lethargie schwirrten die Menschen im Lager nun so aufgeregt durcheinander, als habe man in einem Ameisennest herumgestochert. Canidius' Offiziere teilten die Legionen und Hilfstruppen in Marschreihen ein, die sich auf den Weg durch Griechenland begeben würden. Wieder andere scheuchten die Soldatendirnen auf, die laut kreischend umherstoben. Dann wurden die Maultiere beladen, und die Fanfaren gaben bereits das Zeichen zum Aufbruch, während die letzten Soldaten mit Brandfackeln durch das Lager hetzten, um die hölzernen Palisaden und Unterkünfte zu vernichten, damit sich Octavian ihrer nicht bedienen konnte.

Es war der zweite Tag des römischen Monats Septembris. Draußen über dem Meer leuchtete der Himmel in strahlendem Blau, durchsetzt von zarten Wolkenfasern, die sich in Richtung Rom verzogen. Ein guter Tag, um zu sterben, dachte Antonius – wenn es sein muß.

Kleopatra trug einen Bronzehelm und einen feuerfesten Umhang. Auf dem Weg durch das Lager versanken ihre Stiefel im Schlamm, und der Saum ihres Umhangs streifte durch schmutzige Pfützen. Sie war in Begleitung ihrer nubischen Wache, doch sie ließ sie zurück, ehe sie Antonius' Zelt betrat, um sich von ihm zu verabschieden.

Er hatte bereits die Rüstung des Imperators angelegt, den Brustpanzer mit der Darstellung von Herkules' Taten, die hochgeschnürten Stiefel, den ledernen Faltenrock und den roten Umhang.

Lange Zeit starrten sie sich schweigend an. »Ich weiß nicht, ob wir uns noch einmal wiedersehen«, sagte Antonius schließlich.

»Nun, in dem Fall darf ich wohl frei heraus reden.«

Antonius blieb stumm.

»Ich will dir nur das eine sagen«, begann sie und holte noch einmal tief Atem. »Du bist der elendeste aller Männer und Gefährten. Du hast die Weinbauern Griechenlands ernährt, um deiner Trunksucht nachzugeben, und in deinen vielfältigen Formen der Lasterhaftigkeit hast du dich jeder Sklavin und Dirne bedient. Du hast mich sowohl als Verbündeter als auch als Mann betrogen, denn du kennst kein Leid außer dem deinen. Du bist eitel und selbstgefällig – was früher einmal reizvoll an dir gewesen sein mag, ist inzwischen jedoch unpassend und unerträglich geworden. Ich habe dich einmal verehrt, Antonius, doch heute begegne ich dir nur noch mit Verachtung.«

»Ich hatte gehofft, du seist gekommen, um mir Glück zu wünschen«, erwiderte Antonius, und als sie schwieg, setzte er hinzu: »Hast du denn gar nichts Gutes mehr über mich zu sagen?«

»Gelegentlich hast du mich erheitert, doch sicher nicht in jüngster Zeit.«

»So ist das also. Ich hatte einen liebevolleren Abschied erwartet.«

»Vielleicht kannst du mich versöhnen, wenn du diesem Schaustück, das du als Schlacht bezeichnest, den Sieg abgewinnst. Wenn du verlierst und mich und meine Kinder dadurch der Schande übergibst, werde ich dich noch mit meinem letzten Atemzug verfluchen.«

Aus Antonius' Gesicht war alle Farbe gewichen.

»Hast du noch etwas zu deinen Gunsten anzumerken?« fragte Kleopatra.

»Du wirst dieser Falle entkommen, darauf gebe ich dir mein Wort. Ich werde dafür sorgen, daß du sicher durch die Blockade kommst. Danach sollen die Würfel entscheiden. Entweder habe ich Rom – oder ich wähle den Tod.«

»Die Weinbauern werden um ihre Einkünfte bangen.«

»Kein gutes Wort?«

Kleopatra forschte in ihrem Herzen, um seinem Wunsch zu entsprechen, entdeckte jedoch die Vergeblichkeit dieser Suche und schüttelte den Kopf.

»Weißt du«, sagte Antonius, »du hast mich immer fasziniert, und dabei denke ich jetzt nicht an die Politik. Ich war von Anfang an von dir besessen. Wo immer ich mich in der Welt auch aufhielt, ich habe an dich gedacht, selbst in Parthien, selbst unter der Attacke von Feinden. Von allen Frauen, die ich in meinem Leben kannte, bist du mir noch immer ... unergründlich.«

»Dabei gibt es gar kein Geheimnis, Antonius. Ich bin in erster Linie Königin und danach erst Frau, doch weder die eine noch die andere hat dir je die Hochzeit mit Octavia verziehen.«

Nach diesen Worten machte Kleopatra kehrt und verließ Antonius' Zelt.

Ich habe ihm noch nicht einmal »Lebewohl« gesagt, dachte sie im Fortgehen, doch jetzt ist es dafür zu spät.

6

Sie ruderten ein Schiff hinter dem anderen aus dem verhaßten Golf und teilten sich in vier Geschwader auf, von denen drei die ägyptische Flotte von vorn und von den Seiten schützten. In der Ferne zeichneten sich die dunklen Umrisse von Agrippas Schiffen ab.

Später formierten sie sich zu einer Zweierreihe, die in einem langgestreckten Bogen vom nördlichen Mündungsufer bis zu den seichteren, sandigen Gewässern der Insel Leukas fuhr. Antonius befehligte eines der vierstöckigen Kriegsschiffe mit dem großen Turm auf dem Heck und einem holzgeschnitzten Krokodil als Galionsfigur. Er stand am Bug, die Hände um die Reling geklammert. Das Meer war spiegelglatt bis auf kleine Wellen, die an den Schiffsrumpf schwappten, die Sonne so grell, daß sie die Augen blendete. Er erkannte den säuerlichen Geschmack im Mund, das Anzeichen der nackten Angst, das allen Soldaten vertraut war.

»Komm schon, Marcus Agrippa«, murmelte er, »komm heraus und kämpfe!« Doch er wußte, daß diese Hoffnung vergeblich war. Agrippa war zu schlau, um sich an dieser Stelle einem Kampf zu stellen, denn er hätte zuwenig Raum zum Navigieren. Agrippa würde warten, bis sie das offene Meer erreicht hätten, bis er mit den kleinen Liburnen im Vorteil wäre.

Antonius' Schiffe würden mit ihrer Segellast langsamer sein und für seine Männer schwerer zu manövrieren, ein Nachteil, der sich durch die Unterbesetzung und die unzulängliche Ausbildung der griechischen Bauern an den Rudern noch verstärkte. Es war gewiß keine Flotte, die Agrippa das Fürchten lehren würde. Erst wenn ihnen der Durchbruch gelungen wäre, würde es besser werden – dann würden sie die kleineren Schiffe wie Nußschalen hinter sich lassen.

Schließlich lag die Flotte reglos im Wasser und wartete auf den Wind. Eine gespenstische Stille hatte sich ausgebreitet, die nur von den Schreien der Möwen unterbrochen wurde. Die Männer standen dichtgedrängt an Deck und schwitzten unter ihren Rüstungen. Die Augen hatten sie auf den Horizont gerichtet, doch jeder von ihnen hing seinen eigenen Gedanken nach.

Als die Sonne den Zenit erreichte, tauchten die ersten Schaumkronen auf den Wellen auf, und der Wind erhob sich wie jeden Tag aus Südwest – eine günstige Brise, die Antonius bis nach Rom treiben würden, wenn es den Göttern gefiele.

Antonius gab den Befehl zum Rudern.

Zu den Taktschlägen der Trommeln hoben und senkten sich die langen Ruderhölzer, von ihren Blättern ergoß sich das Wasser in Sturzbächen, und die Flotte glitt in weitem Bogen hinaus in das offene Gewässer. Antonius sah, daß Agrippas Flotte sich zurückzog. Er wußte, daß er ihn bedrängt hatte, doch er wollte ihn noch ein Stück scheuchen, ehe er angriff. Er hatte das Schlachtfeld gut vorbereitet und zu lange auf diesen Moment gewartet, um nun überstürzt zu handeln.

Seine Schiffe waren den anderen zwei zu eins überlegen, und er würde einen ordentlichen Manövrierraum brauchen, um dieses Verhältnis geschickt zu nutzen.

Langsam drehte sich der Wind und wehte nun von Nordwesten, ein Wind, der Kleopatras Schiffen zugute käme und sie an der Insel Leukas vorbei aus der Falle retten würde. Agrippa hatte seine Flottenreihe zum Stillstand gebracht, die Masten seiner Schiffe bohrten sich in den Himmel. Antonius' Bogen- und Schleuderschützen kletterten auf die Türme an Bug und Heck, während die Zenturionen auf dem Deck patrouillierten und ihren Männern befahlen, sich zum Gefecht bereit zu machen.

Die Legionäre, viele von ihnen Veteranen mit zerfurchten und wettergegerbten Gesichtern, zogen ihre Schwerter und reihten sich hinter der Reling auf. Zwei Dekaden lang hatten einige von ihnen bereits unter Antonius gedient – darunter in Philippi und Parthien. Auch dieses Mal würden sie ihrem Schicksal begegnen, selbst wenn es ihnen ein Grab in den Wellen verhieß.

Dann hagelte es Pfeile und Steine aus Agrippas Türmen, wobei einige der Geschosse harmlos auf das Deck prasselten, während woanders gellende Schmerzensschreie verrieten, daß sie ihr Ziel gefunden hatten. Die Opfer bäumten sich auf und brachen blutend auf dem Boden zusammen, während andere wie leblose Puppen in der Takelage hingen, nachdem sie getroffen waren.

Danach wurde für Antonius alles zu einem wirren Knäuel aus Eindrücken, die weder Anfang noch Ende besaßen. Er wußte, daß er Feuerkugeln gesehen hatte, die in leuchtenden Bahnen auf die Segel zuflogen, und daß die Männer wie die Wahnsinnigen übereinander in die Takelage geklettert waren, um die Brände mit nassen Tierhäuten zu löschen …

… daß der glänzende Rammsporn aus Bronze am Eisenmantel eines Schiffes zerschellte, daß ein riesiges Steingeschoß auf Deck einschlug, daß Männer schrien, als das Schiff vor ihren Augen zerbarst, und daß sie danach unter dem schweren Rumpf verschwanden, wo die grauen Wogen sie verschluckten …

… daß einer der Bogenschützen vom Vorderdeck stürzte und zwischen zwei Schiffen zermalmt wurde, und daß er danach wie ein geplatztes Bündel auftauchte und sich das Meer unter ihm rot färbte …

… daß eine Trireme ihre Breitseite rammte und die Ruder wie

Zweige knickte, und daß ihn einer der Griechen anstarrte, dem Blut aus dem Mund strömte und ein Ruderende in der Brust stak …

… und einmal erkannte er auch Agrippas »Sechser« neben sich, kaum mehr als ein Stadium entfernt, und glaubte seinen Peiniger auszumachen, der beinahe regungslos auf dem Heckturm stand und ihm dann das Gesicht zuwandte. Doch danach war eine Rauchmauer auf ihn zugewandert, und Agrippa war verschwunden.

Antonius erlebte einen kurzen Moment innerer Klarheit, in dem er wußte, daß sein Durchbruch gescheitert war. Die Rauchzeichen, die das Schlachtfeld markierten, waren nicht mehr sichtbar, die Schlachtordnung zerschlagen, seine Schiffe in die Defensive gedrängt. Agrippas Liburnen griffen die größeren Schiffe an, in denen Ruderer saßen, die nicht wußten, wie sie auszuweichen hatten; die Rammsporne seiner Schiffe durchbrachen die Rümpfe von Antonius' Triremen und »Sechsern«, noch ehe Steine und Feuerkugeln aus den Türmen abgeschossen werden konnten. Zudem waren die feindlichen Zweiruderer mit Eisenkrallen ausgestattet, die die Segel zerrissen und sie für die Weiterfahrt untauglich machten.

Auch war der Großteil seiner Schiffe inzwischen so erfolgreich gekapert worden, daß sich der geplante Durchbruch in einen Überlebenskampf verwandelt hatte.

Ein beißender schwarzer Rauchvorhang trieb über das Meer, der in den Augen brannte. Als er sich für einen kurzen Moment teilte, sah Antonius ein Stück Purpurfarbe aufblitzen. Es war die *Isis*, die die Segel hochzog – Kleopatras Schiff, das sich im Schutz seiner Schiffe südwärts wandte. Sie war in Sicherheit! Er hatte sein Wort gehalten!

Später – wieviel später? – wurde sein Flaggschiff von Liburnen und Biremen belagert, die sich wie Hunde an die Fersen eines Bullen hefteten. Das Steuerruder war zerbrochen, und auf dem Vorderdeck war ein Feuer ausgebrochen. Der Rauch des brennendes Teers drohte die Männer zu ersticken und trieb sie in die Flucht. Ohne Segel und Ruderkraft lag das Schiff nun bleiern und unbeweglich wie ein hilfloser Koloß auf dem Wasser.

Dann regnete es plötzlich Speere auf Deck, eine Feuerkugel prallte zweimal auf und schlug zurück ins Wasser. Antonius hörte, wie die Enterhaken auftrafen. Danach wurde eine Landungsbrücke über die Reling geworfen, und die Veteranen kämpften von Mann zu Mann gegen Agrippas Legionäre.

Mit einemmal tauchte Sosius' Gesicht vor Antonius auf, eine Hälfte war blutüberströmt. »Ihr müßt fort von hier!« hörte er ihn brüllen.

Antonius starrte ihn an, unfähig zu glauben, daß ihm das Schicksal erneut eine Kampfniederlage bescherte. Er wandte sich um, um den bedrängten Veteranen zu Hilfe zu eilen, glitt in einer Blutlache aus und stürzte. Blut, dachte er, überall Blut, die Luft ist getränkt von dem Geruch.

Als er sich wieder aufgerafft hatte, wurden sie gerammt, und das Schiff wurde von einem Aufprall erschüttert, der ihn erneut zu Boden warf. Er taumelte hoch und klammerte sich an der Reling fest. Unter ihm war das Meer mit Toten übersät und mit verwundeten Soldaten, die sich an zerbrochene Ruder, Reste der Takelage und treibende Holzstücke klammerten.

Antonius bekam mit, daß Sosius ihm ins Ohr brüllte: »Rettet Euch, solange Ihr könnt! Wenn Ihr am Leben bleibt, gibt es noch Hoffnung!«

Längsseits hatte sich eine Bireme genähert. Der Kapitän rief ihm zu, er solle springen.

Antonius dachte an Canidius und seine fünfzigtausend Soldaten, die in diesem Moment auf Taenarus zumarschierten, an seine Legionen in Syrien und Kyrenaika, die Werften in Alexandria und am Roten Meer. Es muß hier noch nicht enden, ging es ihm durch den Kopf.

Wenn Ihr am Leben bleibt, gibt es noch Hoffnung!

Er hatte immer geglaubt, daß er den Tod nicht fürchten würde, wenn er käme, daß es ihm leichtfallen würde, zu scheiden, doch in diesem Augenblick, als das Schattenreich nahte, schrak er zurück. Einen Triumph mußte es noch für ihn geben, noch ein Gelage, ehe er sich dem Tod endgültig überließe. Diese Niederlage konnte er nicht akzeptieren. Nicht, wenn sie ihm von dem Bübchen beigebracht wurde – nicht von ihm.

Antonius kehrte dem Kampf den Rücken, sprang durch die Rauchwolken auf das schlingernde Deck, landete auf den Füßen und rollte sich ab, um die Wucht des Aufpralls zu verringern. Dennoch verlor er für einen kurzen Augenblick das Bewußtsein.

Als er wieder zu sich kam, sah er durch den Rauch, daß sich sein Flaggschiff entfernte, doch einer seiner Veteranen, ein Mann, den er seit Philippi kannte, beugte sich weit über die Reling und deutete mit dem Finger auf ihn.

»Du Bastard!« brüllte er, doch dann ragte die Spitze eines Schwerts aus seiner Brust, und er stürzte kopfüber in die Wellen.

Kleopatra lag in ihrer Kabine und wurde wie immer auf See so heftig von Schwäche und Übelkeit gequält, daß sie für das, was um sie herum geschah, weder Augen noch Ohren hatte. Charmion hatte sich zu ihr vorgebeugt und hielt ihr eine Silberschale hin. Sie eilten dem Süden entgegen, verfolgt von stürmischen Wogen, die das Gebälk des Schiffes ächzen ließen, während sich der Rumpf aufbäumte und wieder niedersank. Mardian mußte sich an der Wand abstützen, um sich aufrecht zu halten.

»Majestät, der edle Antonius ist an Bord gekommen!« sagte er.

Kleopatra war kaum in der Lage, den Kopf zu heben. Antonius an Bord? Das war doch vollkommen unmöglich! Er hatte ihr selbst erklärt, es gäbe für ihn nur Rom oder den Tod. Es mußte an ihrer Übelkeit liegen, daß Mardians Worte keinen Sinn ergaben.

»Sind wir … geschlagen worden?« fragte sie kraftlos.

»Das ganze Meer ist von Rauch verhüllt. Wir sind zu weit entfernt, um etwas zu erkennen.«

»Was … sagt denn … der edle Antonius?«

»Er will nicht reden. Er sitzt allein am Bug und hat das Gesicht in den Händen vergraben.«

Kleopatra überlief ein Schauder, und sie schloß die Augen. Wie war er an Bord gelangt? Sie mußten den Kampf verloren haben. Doch zumindest waren sie Aktium entronnen – später würden die Würfel neu fallen.

Drei Tage danach erreichten sie Kap Taenarus, einen kleinen Fischerhafen an der Südspitze der Peloponnes. Außer Kleopatras sechzig Schiffen waren weitere vierzig der Schlacht entronnen.

Nun wartete man noch auf Canidius' Legionen. Auch die Satrapen von Kommagene, Kappadokien und Pont schienen Antonius weiterhin treu ergeben, so daß sie nun, wie Kleopatra Mardian erklärte, nicht nur der Falle von Aktium entkommen seien, sondern immerhin auch noch über fünfzigtausend Mann verfügten. Damit fangen wir wieder an, sagte sie.

Doch es sollte nicht sein.

Als Canidius drei Wochen später, verdreckt von dem langen Ritt, in Taenarus eintraf, kam er allein – bis auf einige seiner Stabsoffiziere und die Soldaten seiner Leibwache. Kleopatra und Antonius empfingen ihn im Prunksaal der *Isis*. Canidius faßte das Geschehene mit wenigen Sätzen zusammen. Das Heer von fünfzigtausend Mann war nicht mehr vorhanden, denn es hatte sich Octavian kampflos ergeben.

»Die Asiaten und Syrer wollten nur noch nach Hause«, sagte er, »und unsere Truppen dachten, Ihr hättet sie im Stich gelassen. Octavian hat ihnen Geld und Land geboten – ich mußte fliehen, um mein Leben zu retten.«

Antonius' Gesicht war aschfahl geworden.

»Ich hätte in Aktium sterben sollen«, sagte er und ging wieder hinaus zum Bug, wo er einsam grübelnd die Nacht durchwachte.

7

Welch ein trostloser, von allen Göttern verlassener Ort! Sein Name war Paraetonion, er lag einhundertfünfzig römische Meilen westlich von Alexandria, eine kleine Festung auf einem schmalen, hohen Kliff, um das die heißen Wüstenwinde wehten.

Dort gab es eine kleine Garnison, die die westliche Zufahrt zu Ägypten kontrollierte. Sie waren hier vor Anker gegangen, ehe sie weiter nach Alexandria segelten, um die Berichte abzuwarten, die Antonius über den Zustand seiner Hilfstruppen in Kyrenaika informierten. Doch gleich nach ihrer Ankunft war ihnen ein Gesandter entgegengerudert, der ihnen ein Schreiben mit der Botschaft des Kommandanten überbrachte, die besagte, daß Antonius' afrikanische Truppen zu Octavian übergelaufen seien.

Kleopatra beobachtete Antonius' Gesicht, während er die Zeilen las. Seine Armee hatte sich wie ein Trugbild verflüchtigt, mit dem die Luft in der Wüste spielt. Wie viele böse Überraschungen hält die Schicksalsgöttin denn noch für ihn bereit? fragte sie sich. In der Vergangenheit hatte sie ihn so großzügig mit ihrer Gunst bedacht, daß ihr plötzlicher Gesinnungswandel Kleopatra unerklärlich erschien. Handelte es sich dabei nur um eine Götterlaune, oder sollte es etwa eine Lehre sein, so daß sie dem Ungetreuen die gleiche bittere Mahlzeit servierte, die auch Antonius so trefflich zuzubereiten verstand?

In der folgenden Nacht war Antonius in seiner Kabine geblieben und am Morgen in Rüstung und Generalsmantel aufgetaucht. Kleopatra und er hatten seit dem Aufbruch aus Griechenland nur wenige Worte miteinander gewechselt, sich weder Mut zugesprochen noch sich getröstet – was hätte es auch zu sagen gegeben in Anbetracht dessen, was geschehen war?

Antonius hatte seine Freunde und Anhänger so schnell verloren wie seine Truppen. Den Senatoren, die ihn unterstützt hatten, hatte Antonius sicheres Geleit nach Korinth gewährt, damit sie dort mit Octavian zu ihren Gunsten verhandeln konnten. Seine Offiziere hatte er von ihrem Treueeid entbunden und ihnen genug Gold gegeben, damit sie in die barbarischen Länder des Osten fliehen und sich dort niederlassen konnten. Der einzige, der bei ihm geblieben war, war Canidius.

Vom Strand hatte sich ein Ruderboot entfernt. Antonius sah ihm regungslos entgegen, doch sein Blick war leer. Die Falten in seinem gebräunten Gesicht hatten sich tiefer gegraben. Er war alt geworden.

Die römischen Soldaten an Bord des Ruderbootes hielten die Blicke abgewandt, als sie näher kamen, denn Demütigung und Schande waren für sie schlimmer als der Tod.

Kleopatra wußte, was Antonius vorhatte, doch als sie sah, daß er sie ohne ein Lebewohl verlassen wollte, schmolz etwas in ihr, und sie ging auf ihn zu. In Aktium, als es noch in seiner Macht gestanden hatte, ihr Schicksal zu ändern, war es sie leicht angekommen, zornig zu sein, doch jetzt empfand sie Mitleid mit ihm, wenngleich er sich sein Versagen selbst zuzuschreiben hatte.

Er war der Vater ihrer Kinder – und vollkommen erkalten würde ihr Herz ihm gegenüber nie.

»Marcus!«

Antonius wandte sich um. Der Anblick des Leids auf seinem Gesicht war schwer zu ertragen. »Tu es nicht!« murmelte Kleopatra. »Komm mit mir nach Alexandria.«

»Ich würde dich gefährden.«

»Octavian wird sich jetzt ohnehin an Caesarions Verfolgung machen. Du kannst ihn weder ermutigen noch daran hindern.«

Antonius schüttelte den Kopf. »Ich werde Alexandria nicht mehr wiedersehen.«

Kleopatra legte ihm die Hand auf den Arm. »Es muß nicht so zu Ende gehen.«

»Es ist der einzig ehrenhafte Ausweg.«

Ein guter Römer. Man öffnet sich die Adern oder stürzt sich in sein Schwert.

Er würde ihr fehlen. Trotz seiner Fehler würde Alexandria anders sein ohne ihn. Es war seine Stadt geworden, sie trug seinen Stempel so unauslöschlich wie die Münzen, die man damit geprägt hatte. Was sollte sie Helios und Selene sagen?

»Tu mir noch einen Gefallen«, bat Antonius. »Richte Artavasdes, wenn du in Alexandria bist. Er ist die Ursache all meines Übels. Er und das Schicksal, denn auch die schöne Dame Tyche hat mich zuletzt im Stich gelassen.«

Er stieg über die Strickleiter von der *Isis* hinab und sprang in das Ruderboot. Kleopatra stand am Heck und sah ihnen nach, wie sie zurück zum Ufer ruderten. Danach sah sie Antonius die verlassene Uferböschung hochsteigen – und dann war er aus ihrem Blickfeld verschwunden.

Alexandria glitzerte am Horizont – schneeweiße prächtige Paläste, die in der Sonne funkelten. Welch ein wohltuender Anblick nach den langen und grauen Monaten in Aktium und der dumpfen Verzweiflung nach der Niederlage!

Kleopatra befahl, die *Isis* mit Kränzen zu schmücken, die purpurroten Segel von den Salzkrusten zu befreien und eine begeisterte Menge zum Hafen zu schaffen, die ihr am folgenden Morgen zujubeln sollte. Sie müssen Blumen streuen, wenn wir in den Hafen laufen, hatte sie Mardian aufgetragen, es soll aussehen, als hätten wir gesiegt. Wir führen wieder ein Theaterstück auf, Mardian, das Leben ist ja doch nur Schauspielerei. Die Menschen glauben, was sie sehen. Wenn wir uns heimlich bei Nacht in den Hafen schleichen, rebellieren die Ägypter schon am nächsten Morgen, deshalb machen wir ihnen lieber etwas vor – mal sehen, wer es wagt, mich eine Lügnerin zu schimpfen.

Kleopatra traf sich bereits eine Stunde nach ihrer Ankunft im großen Audienzsaal mit ihrem *dioiketes* und den anderen Ministern. In einem kostbaren langen Kleid aus golddurchwirkter Seide und geschmückt mit einer breiten Halskette aus Karneol und Lapislazuli ließ sie sich auf ihrem Thron nieder. Dort verkündete sie, daß man Octavian in einem Seegefecht vernichtend geschlagen habe, daß sie, Kleopatra, sich in den Wintermonaten in Ägypten aufhalten wolle, um sich den Staatsgeschäften zu widmen, während die Flotte in Pelusium vor Anker läge und Antonius im Westen die Truppen kontrolliere. Sie erkannte die Verwirrung in den Blicken ihrer Minister, denn die Gerüchte über Aktium waren natürlich auch an ihre Ohren gedrungen. Nun, dachte

Kleopatra, sollen sie die Wahrheit doch herausknobeln, dann haben sie wenigstens etwas zu tun.

Eine gute Nachricht gab es jedoch, denn ihre Minister teilten ihr mit, daß die Ernte des vergangenen Jahres die ertragreichste gewesen sei, so lange man denken könne, und die Schatzkisten zum Bersten voll seien. Prächtig, dachte Kleopatra, denn das war genau das, was sie jetzt brauchte. Das Projekt, das sie als nächstes vorhatte, war immerhin sehr kostspielig.

Nach der offiziellen Audienz zog sich Kleopatra mit Mardian in ihre Privatgemächer zurück. »Eine überwältigende Vorstellung«, lobte er sie.

Plötzlich glich sie einem jungen Mädchen, dem man ein Kompliment für seine Schönheit gemacht hatte. »Findest du wirklich?« fragte sie und lächelte verschmitzt.

»Selbst ich habe geglaubt, daß wir in Aktium siegreich waren, obwohl ich doch dabei war.«

»Nun, es gehört zu den Vorzügen meiner erhabenen Stellung, daß man mich nicht der Lüge bezichtigen darf. Doch nun erzähle mir, was deine Spitzel über die Stimmung im Volk berichten.«

Wie strahlend sie wirkt! dachte Mardian. Schwierigkeiten saugt sie auf und stärkt sich daran wie andere an der Muttermilch.

»In unserer Abwesenheit hat die übliche Anzahl von Ptolemaiern Anspruch auf den Thron erhoben«, berichtete er. Es war ein Phänomen, denn obgleich Caesar Ptolemaios' Leichnam damals in Rhakotis ausgestellt hatte, tauchten immer wieder neue Prätendenten auf, die vorgaben, Kleopatras verschollener Bruder zu sein, und in Krisensituationen versuchten, Aufstände anzuzetteln.

»Kümmere dich um die, die sich gegen mich erhoben haben, und sag mir, was der Pöbel von alldem hält.«

»Die Schiffe, die im Hafen anlegen, bringen natürlich neue Gerüchte in unser Land. Es sind Gerüchte, die von Octavian ausgestreut wurden ...« Mardian verstummte.

»Komm schon, Mardian! Sag mir, was es Schlimmes zu berichten gibt.«

»Er behauptet, daß Ihr Eure Truppen im Stich gelassen hättet ... wie man es auch nicht anders erwarten könne von einer Ägypterin und von einer ...«

»... einer Frau«, beendete Kleopatra den Satz für ihn.

»Des weiteren erzählt man sich, daß Antonius, von Leidenschaft verblendet, seine Männer allein kämpfen ließ, um Euch zu folgen. Octavian feiert seinen Erfolg als Sieg römischer Tugend über den orientalischen Sittenverfall.«

Kleopatra schwieg. Octavian hatte wie immer sein Geschick bewiesen, sich wie ein Holzwurm durch die Wahrheit zu nagen und das Ergebnis zu seinen Gunsten zu verdrehen. Was er als glorreichen Sieg auf dem Meer darstellte, war keine kriegerische Schlacht, sondern lediglich ein Fesselungsangriff gewesen. Sie hatten aus Aktium fliehen wollen, und Agrippa hatte es nicht zu verhindern gewußt. Nur vierzig ihrer Schiffe waren gesunken, und die anderen hatten sich erst ergeben, als Sosius und seine Offiziere entdeckten, daß Antonius sie verlassen hatte. Mehr als ein Viertel der Flotte hatte sich bis Taenarus durchschlagen können, und das war beileibe kein schlechter Erfolg.

Octavians Leistung hingegen hatte sich wie immer fernab von dem Schlachtfeld abgespielt – als es ihm gelungen war, Canidius' Soldaten mit Gold und Land zu bestechen. Erst danach war Antonius besiegt gewesen. Dieser elende Schurke Octavian, dachte Kleopatra, er kennt den Wert einer Lüge genauso gut wie ich.

»Gibt es auch Nachrichten über Octavian?« fragte sie.

»Er befindet sich in Athen, Majestät, und beschäftigt sich mit seinen eigenen Problemen, denn seine Veteranen sind zurück in Italien und meutern, weil die versprochenen Gelder und Ländereien ausgeblieben sind. Wie es heißt, ist er im Begriff, die Segel zu setzen, um zu Hause nach dem Rechten zu sehen.«

»Aber es ist doch schon fast Winter!«

»Die Lage in Italien ist zu brenzlig – er muß die Stürme riskieren.«

»Vielleicht ist das unsere Rettung.«

»Vielleicht«, erwiderte Mardian, doch insgeheim glaubte er es nicht. Octavian war bereits zweimal in seinem Leben gestrandet und hatte es überlebt. Wenn man ihn fragte, hatte Neptun sich weder Pompejus noch Sextus als Sohn auserwählt, sondern diesen widerwärtigen Octavian.

»Er hat seinen Erfolg immer nur auf Versprechungen gebaut«, hörte er Kleopatra sagen. »Wenn er sie jemals einlösen will, muß er sich an unserem Geld vergreifen. Seine derzeitigen Probleme verschlimmern unsere Lage nur.«

»Wir können zumindest ein wenig Zeit herausschinden.«

»Das stimmt. Außerdem gebe ich mich noch längst nicht geschlagen – ich habe nämlich einen Plan.«

Sie läßt sich einfach nicht unterkriegen, dachte Mardian. »Und wie lautet dieser Plan?«

»Wir können es uns nicht leisten, hier tatenlos auf ihn zu warten. Wie du schon sagtest, hat das Schicksal uns Zeit gewährt. Wir werden sie sorgsam nutzen.«

»Um uns Octavian zu widersetzen?«

»Wie denn? Wir haben nicht die Armee, um uns zu widersetzen. Ohne Antonius können wir noch nicht einmal mehr den Legionen vertrauen, die er bei uns zurückgelassen hat. Nein, Alexandria ist für uns verloren, doch Alexandria ist ja auch nicht die ganze Welt.«

Mardian war sprachlos. Was sagte sie da? Alexandria nicht die ganze Welt? Alexandria war sogar der *Mittelpunkt* der ganzen Welt!

»Doch als erstes widmen wir uns unserem lieben Artavasdes. Ich werde nicht erlauben, daß ihm Octavian wieder zu seinem Thron verhilft, zumal ich Antonius versprochen habe, daß er stirbt. Ich will, daß man ihn enthauptet und seinen Kopf nach Medien bringt.«

»Und warum das?«

»Der König von Medien ist Armeniens Feind und wird sich über unser Geschenk freuen. Gleichzeitig werden wir ihm abermals die Verbindung zwischen Helios und seiner Tochter antragen. Mit seiner Hilfe bleibt wenigstens einer meiner Söhne vor dem Untergang bewahrt.«

»Und was wird mit uns anderen, Majestät?«

»Wir gehen ins Exil! Mach nicht so ein verzweifeltes Gesicht. Das haben wir doch auch schon getan, als sich Pothinos gegen uns verschwor. Wir werden es gewiß noch ein zweites Mal überleben.«

»Damals war ich jünger als heute.«

»Du darfst zurückbleiben, wenn du willst, denn dein Leben ist nicht in Gefahr.«

Mardian schoß die Röte ins Gesicht. »Ich habe Euch mein Leben lang gedient, Majestät«, wehrte er entrüstet ab. »Dergleichen käme nie in Frage.«

Auf Kleopatras Gesicht erschien der Anflug eines Lächelns. »Es beglückt mich, das zu hören, Mardian. Für einen Moment befürchtete ich schon, du würdest mich verlassen.«

»Wir werden uns aber nicht wieder in die Wüste begeben, oder?«

»Nein, denn ich bin auch nicht mehr so jung wie früher. Ich habe an Indien gedacht… oder vielleicht sogar an Parthien.«

»Parthien? Dort leben Eure Feinde!«

»Feinde hat man zu gewissen Zeiten, Mardian, doch sie ändern sich. Für mich mag alles vorbei sein, doch für Selene gilt das nicht. Sie könnte einen parthischen Prinzen heiraten und später mit Hilfe ihres Mannes den ägyptischen Thron zurückerobern. Ich könnte mir vorstellen, daß dieser Vorschlag den Parthern gefällt, zumal ihnen die Unterstützung von Selenes Bruder in Medien gewiß wäre.«

»Indien und Parthien sind von Ägypten weit entfernt.«

»Wir besitzen noch immer die Flotte.«

»Die uns bei dieser Reise wenig nutzt.«

»Du hast deine Geschichtslektionen vergessen, Mardian.«

Er starrte sie verständnislos an.

»Vor etwa fünfhundert Jahren hat der Perserkönig Darius Ägypten erobert. Er hat einen Kanal zwischen dem Roten Meer und dem Nil gebaut, der natürlich längst versandet ist, doch ich glaube, daß man ihn finden und wiederherstellen kann. Wir bergen unsere Flotte am Roten Meer und können später von dort aus flüchten.«

»Ein gewaltiges Unterfangen, das unsere Gelder erschöpfen wird.«

»Was soll ich denn statt dessen mit den Geldern anfangen? Sie gleich Octavian übergeben?«

Mardian war zutiefst beeindruckt. Selbst Alexander hätte solcher Kühnheit Beifall bekundet. »Ich werde sofort den Ministerrat einberufen«, sagte er. »Wir werden uns gleich an die Arbeit machen.«

»Mardian – du weißt, was mit mir geschieht, wenn Octavian mich lebend faßt?«

Mardian nickte. Er hatte Arsinoë damals in Caesars Triumphzug erlebt, die sich an ihren Ketten durch das Forum Romanum schleppte. Doch ihr hatte man, wenn auch widerwillig, Achtung gezollt, wohingegen Kleopatra mit reinem Haß zu rechnen hätte. Der Pöbel würde sie mit Unrat bewerfen und verhöhnen, und am Ende des Triumphzuges würde sie erwürgt und in die römische Kloake geworfen. »Ja, das weiß ich«, entgegnete er bekümmert.

»Ich werde das nie zulassen«, sagte Kleopatra.

Caesarion war inzwischen kein Junge mehr, sondern mit seinen sechzehn Jahren beinahe schon ein Mann. Er war einen Kopf größer als Kleopatra und glich seinem Vater auf derart gespenstische Weise, daß niemand, der Caesar gekannt hatte, an seiner Abstammung gezweifelt hätte.

Doch der Ausdruck auf Caesarions Gesicht hatte nichts dem mit Caesars gemein, denn in seinen Augen glomm weder dessen Intelligenz, noch spielte um seinen Mund ein ähnlich spöttisches Lächeln. Kleopatra verspürte Schuldgefühle angesichts seiner mürrischen, dumpfen Natur, denn sie wußte, daß sie ihn gleichsam verwöhnt und überfordert hatte. Natürlich hatte ihm auch die strenge Hand des Vaters gefehlt, an deren Stelle die Schmeichler und Eunuchen der Hofgesellschaft getreten waren. An diesem Morgen hatte sie Caesarion mit seinem Lehrer Rhodon zu sich in ihre Privatgemächer gebeten. Kleopatra schauderte trotz des Sandelholzes, das in den Becken glühte, denn sie wußte, daß dies der letzte Winter sein würde, den sie hier verbrachte.

»Wir müssen Alexandria verlassen«, sagte sie.

Caesarions Lippen verzogen sich verächtlich. »Dann stimmt es also doch – du hast verloren, und Antonius hat sich als Feigling herausgestellt.«

Kleopatra fühlte, wie heißer Zorn in ihr aufstieg. Sie hatte den Jungen aus Griechenland zurückgesandt, um ihm die Kämpfe zu ersparen, doch vielleicht wäre es besser gewesen, wenn sie ihn bei sich behalten und er eine Lektion gelernt hätte. »Wenn du einmal so viele Schlachten geschlagen hast wie der edle Antonius, gestatte ich dir, ihn zu beurteilen. Bis dahin behältst du deine Meinung bitte für dich.«

»Man hat mir erzählt, daß er während des Sommers in Aktium nicht ein einziges Mal nüchtern war.«

Er ist wirklich ein niederträchtiger Junge, dachte Kleopatra. »Du hast nur Fehler gemacht«, hörte sie ihn sagen.

Rhodon sah aus, als würden ihm vor Entsetzen gleich die Sinne schwinden. Er wich zurück, als Kleopatra sich erhob, wohingegen Caesarion sie weiterhin trotzig anstarrte. »Verlasse diesen Raum!« sagte Kleopatra bebend vor Wut.

Nachdem sich beide entfernt hatten, lehnte sie sich ans Fenster und schaute hinaus, bis sie sich wieder beruhigt hatte. Wieviel sie für Caesarion geopfert hatte – und nun sah ihr die Zukunft wie ein Spottbild entgegen.

Kleopatra hatte in den Werften des Roten Meeres den Bau neuer Schiffe in Auftrag gegeben, während der Rest ihrer Flotte – bis auf die *Isis* und die geretteten »Sechser«, die im Königlichen Hafen ankerten – auf riesigen Holzgestellen und Rollen bei Pelusium an Land gezogen wurde.

Mardian wollte noch immer nicht an das Gelingen des großen Vorhabens glauben, denn die Landenge zwischen dem Mittelmeer und dem Roten Meer war an der schmalsten Stelle einhundertundsechzig Stadien breit. Ein Heer von *fellaheen* war nötig, um das Kanalsystem freizulegen, und was man von ihnen verlangte, war eine übermenschliche Leistung.

Kleopatras *oikenomoi* klagten, daß der ägyptische Staatsschatz nicht ausreichte, um alles zu bezahlen, woraufhin Kleopatra neue Steuern erhob, um ihre Pläne zu finanzieren.

Als der Nil anschwoll, war es endlich soweit. Die Schiffe wurden über die ersten instandgesetzten Kanäle bis in die Seen von Ballah und Timsah gesegelt.

Danach erreichte die Flotte die Bitterseen, den Ort, an dem die Verfolger Moses' von der Meeresflut erfaßt worden waren. Inzwischen waren die Seen jedoch zu einem großen Teil verlandet, so daß die *fellaheen* gezwungen waren, die Schiffe durch übelriechendes, schlangenverseuchtes Sumpfgebiet zu ziehen.

Doch schließlich erreichten sie die nächsten Kanalabschnitte, und die Schiffe wurden durch schmale Wasserwege ins Rote Meer geführt. Endlich war die Flotte Octavians Zugriff entzogen und lag bereit, um Kleopatra, ihre Familie, ihr Vermögen und ihr Gefolge zu retten. Mardian vergoß Tränen, als er die Nachricht hörte. Welch ein Triumph, dachte er, Kleopatras Wille ist nicht zu brechen.

8

Kleopatra befand sich im Audienzsaal des Palastes und übte gerade ihr Amt als Richterin aus, als sie die Nachricht erfuhr.

Mardian kam keuchend und schweißüberströmt durch das große Portal gehastet, und sie wußte, daß die Götter noch nicht genug hatten, daß sie auch weiterhin mit ihr spielen wollten. Tyche, dachte sie, Göttin des Schicksals, bist du der Heiterkeit noch nicht überdrüssig?

Die Menschen, die sie umgaben, waren verstummt. Ihre Blicke waren auf Mardian gerichtet.

»Malchus!« stammelte er.

Malchus war der Anführer der nabatäischen Araber, der einen Groll gegen sie hegte, seit ihr Antonius in Antiochia Land vermacht hatte, das zuvor sein Eigentum gewesen war. Es ging vor allem um ein Gebiet am Roten Meer, das Erdpech enthielt.

»Was hat er getan?«

Mardian schien um Worte zu ringen, brachte jedoch außer einigen Lauten nichts zustande.

Plötzlich war es ihr, als ob sich eine Hand nach ihrem Herzen ausstreckte und es mit eiskalter Faust umschlösse. »Die Schiffe!« flüsterte sie.

Mardian nickte.

Danach stieß er die Geschichte bröckchenweise hervor. Die Nabatäer hatten von ihrer Hauptstadt Petra aus die Flotte im Roten Meer überfallen und die Schiffe in Brand gesteckt. Nicht nur die Schiffe, die mit so hohem Aufwand an Arbeit und Gold durch Wüste und Sumpf geschleppt worden waren, sondern auch die neu erbauten Biremen. Sie alle waren zerstört – alle waren Malchus' Rache zum Opfer gefallen. Die Erdpechfelder, die sie in Antiochia errungen hatte und welche die ägyptische Staatskasse mit so erfreulichen Gewinnen ausgestattet hatten, waren zu einem Verlust geworden, dessen Höhe sich kaum beziffern ließ.

Kleopatra mußte nun erkennen, daß sie nicht achtsam gewesen war, daß sie sich so ausgiebig zu dem Erfolg der verschifften Flotte beglückwünscht hatte, daß sie den Schutz derselben vergessen hatte. Natürlich hätte Malchus gar keinen Überfall gewagt, wenn der syrische Statthalter Didius Antonius treu geblieben wäre, doch dieser war kürzlich mit drei von Antonius' Legionen zu Octavian übergelaufen. Danach hatte Malchus nicht nur gewußt, daß von den Ägyptern keine Gefahr mehr drohte, sondern auch, daß ihm die Römer die Tat wahrscheinlich lohnen würden.

Wieder einmal hatten sich die Ereignisse zu Octavians Gunsten entwickelt, und Kleopatra saß nun in Alexandria gefangen.

Ihre Träume waren in Flammen aufgegangen, ihre Pläne für sich, Caesarion und Selene zu Asche verraucht und erloschen. Ihr war, als hätte man ihr Steine als Nahrung aufgezwungen. Wie konnte die Große Mutter zulassen, daß ihr so etwas widerfuhr?

»Laßt mich allein!« sagte sie zu den Umstehenden. »Geht! Alle!«

Als Mardian kurz vor Einbruch der Abenddämmerung nach Kleopatra suchte, fand er sie noch immer in dem marmornen Audienzsaal vor, wo sie in ihren prächtigen Staatsgewändern zwischen den hohen Porphyrsäulen wie eine Puppe hockte, die Kinder beim Spielen vergessen hatten. Sie starrte aus dem Fenster zu dem großen Leuchtturm hinüber. Es war ein verhangener grauer Abend.

»Majestät«, sagte Mardian. »Geht es Euch gut?«

»Gibt es Nachricht aus Paraetonion?« flüsterte sie, ohne den Blick zu heben.

»Antonius ist in Kyrenaika und versucht die Legionen wieder auf seine Seite zu bekommen.«

»Zumindest lebt er noch.«

»So sieht es aus.«

»Sein Schwert scheint eine stumpfe Klinge zu besitzen. Armer Antonius – er liebt das Leben viel zu sehr. Er war nie ein richtiger Römer.«

Seltsam, dachte Mardian, daß ihre Stimme oft so weich, beinahe liebevoll klingt, wenn sie von ihm spricht. Es war für ihn schwer zu verstehen, denn seiner Meinung nach mußte sie Antonius ebenso hassen wie Octavian, nach den Enttäuschungen, die er ihr bereitet hatte.

»Was sollen wir nur tun?« fragte er ratlos.

»Vielleicht kommt Antonius zu uns zurück.«

»Ich glaube nicht, daß wir uns von ihm Rettung erhoffen können, Majestät.«

»Nein. Doch es wäre schön, ihn wiederzusehen. Verzweifle nicht, Mardian. Ich werde mir wieder etwas einfallen lassen.«

Meine arme, tapfere Königin! dachte Mardian. Sie weiß noch nicht wie es ist, wenn man die letzte Niederlage schmeckt.

Der ägyptische Monat Phamenoth im Jahre 30 vor Christi Geburt

Mardian besaß einen kleinen Palast am See Mareotis, der von Hainen und Weingärten umgeben war, mit einem eigenen kleinen Hafen, in dem seine Privatbarke lag. Die Gemächer waren beinahe ebenso kostbar ausgestattet wie die des königlichen Palastes. Apollodoros ließ seinen Blick wie bei jedem Besuch anerkennend in die Runde schweifen und kam zu dem Schluß, daß es seinem Schwager im Dienst der Königin eigentlich ganz gut ergangen war, wenngleich er den Preis für diese Pracht nie hätte bezahlen wollen. Mardian prangte in einem gewaltigen Seidengewand auf einer der kostbaren Ruhebänke und winkte ihn mit matter Geste näher, wobei die Smaragd- und Rubinringe an seinen Fingern funkelten. Vor ihm stand eine juwelenbesetzte Karaffe mit Wein.

Er machte einen mitgenommenen Eindruck und führte den gefüllten Weinpokal mit zitternder Hand zum Mund. Wie ungewöhnlich für ihn, dachte Apollodoros, um die Mittagszeit schon zu trinken! Doch wenn er es genau betrachtete, wunderte es ihn nicht, denn für Ägypten waren harte Zeiten angebrochen, obgleich es ihm als reisendem Händler schwerfiel, den Kummer der Seßhaften zu begreifen.

»Apollodoros«, sagte Mardian, »wie schön, dich wiederzusehen! Möchtest du einen Schluck Wein?«

Apollodoros nahm dankend an und ließ sich in die Kissen auf einer Ruhebank sinken.

»Wie geht es dir?« fuhr Mardian fort. »Ist dir dein Schicksal weiterhin hold, oder hat dir der Krieg geschadet?«

»Er hat mir in keiner Weise geschadet. Die Menschen wollen immer noch auf weichen Teppichen gehen und Gewürze für ihre Speisen haben. Krieg ist die Angelegenheit von Soldaten, Händler kümmert er nicht.« Apollodoros nahm ein paar kleine Schlucke Wein. »Du bist ein wenig dünner geworden, Mardian. Hast du in Aktium gelitten?«

»Erinnere mich nicht daran! Für einen Eunuchen gibt es nichts Schlimmeres als Hunger. Doch wie du siehst, bin ich noch lange kein Skelett.«

»Und wie fühlt sich unsere reizende Göttin nach ihrem jüngsten Ausflug?«

»Oh, sie läßt sich nicht unterkriegen.«

Der Sizilianer lächelte. »Hast du dich manchmal gefragt, wie es wäre … nein, hast du wahrscheinlich nicht.«

»Ich weiß dennoch, was du sagen willst. Wie es scheint, hast du dir zu viele von Octavians Lügen angehört. Sie hatte in ihrem Leben gerade einmal zwei Bettgefährten, die weder ihrer würdig waren, noch zu schätzen wußten, was sie an ihr hatten.«

»Ja, aber ein Mann darf doch wohl noch träumen, oder nicht? Manchmal, wenn ich in ihre Augen schaue …« Apollodoros verstummte.

»Man hält sie oft für geheimnisvoll, doch glaub mir, sie denkt nur an ihr Land.«

»Du brichst mir das Herz, Mardian.«

Mardian blieb ernst. »Wobei ich fürchte, daß sie derzeit ausnahmsweise weniger an ihr Land denkt als vielmehr an das eigene Überleben.«

»Ich habe von dem Überfall auf die Flotte gehört. Was hat sie denn nun vor?«

»Ich weiß es nicht. Eine Flucht ist unmöglich geworden.«

»Ist sie nicht. Ich kann sie von hier fortschaffen. Nach Spanien oder in den Süden des Nils, in das Land der Elefanten. Dort würde man sie aufnehmen.«

Mardian schüttelte den Kopf. »Dafür ist sie viel zu stolz. Sie will nicht, daß man sich ihrer erbarmt – eher würde sie sterben. Und was wäre mit ihrer Dienerschaft, ihrer Leibwache, ihrer Armee, ihren Schatztruhen? Hast du genügend Schiffe, um das alles zu transportieren? Hast du bewaffnete Schiffe, um sie zu schützen, wenn sie das Land verläßt?«

»Ich habe sie schon einmal gerettet.«

»Die Zeiten haben sich geändert. Ohne Bewachung und Schutz wäre sie heute jedem ausgeliefert, der auf Octavians Seite ist.«

»Was ist mit ihrem Sohn?«

»Caesarion? Ein verzogenes Bürschchen, das glaubt, daß sein Darmwind Weihrauch ist. Seine Mutter liebt ihn, doch Octavian wird ihn bis ans Ende der Welt verfolgen – bis in die Unterwelt, wenn es sein muß.«

Danach schwiegen sie für eine Weile, jeder in die eigenen Gedanken versunken. »Ich habe gehört, daß Antonius wieder in Alexandria ist«, sagte Apollodoros schließlich.

»Dann hast du richtig gehört. Er hat sich in eine kleine Hütte am Meer zurückgezogen und läßt niemanden zu sich. Wahrscheinlich hofft er, daß Octavian ihn mit der Zeit vergißt. Das muß man sich vorstellen! Der Mann, der sich für den neuen Dionysos hielt!«

»Ich hätte gewettet, daß er sich in sein Schwert stürzt.«

»Am Ende wird ihm der Mut gefehlt haben. Dabei sollte man doch annehmen, daß er des Lebens überdrüssig ist, nachdem es ihm so übel mitgespielt hat.«

»Ich kann mir nicht vorstellen, daß man des Lebens je überdrüssig wird – ganz gleich, wie es einem mitspielt.«

»Er hat sich wie ein Dieb nach Alexandria zurückgeschlichen, ist nicht einmal im Palast aufgetaucht, um die Königin zu begrüßen. Und er will ein Mann sein? Sie hat nicht aufgegeben! Wieso kann er nicht ebenso standhaft sein?«

Apollodoros beugte sich zu Mardian vor. »Richte ihr aus, daß meine Flotte alle Häfen anlaufen kann. Ich kann sie und ihre Familie verstecken und einen sicheren Ort für sie finden. Sag ihr das!«

»Warum willst du ein derartiges Risiko eingehen? Octavian nagelt dich ans Kreuz, wenn er es entdeckt! Erzähle mir nicht, daß dich Gefühle leiten.«

Apollodoros machte ein beleidigtes Gesicht. »Nein, ich erwarte gutes Geld dafür.«

Mardian konnte sich eines Lächelns nicht erwehren. »Ich werde dein Angebot weitergeben, doch ich kann dir jetzt schon sagen, daß daraus nichts wird, denn ich fürchte, die Königin ist dabei, einen ihrer eigenen Pläne auszuhecken.«

Die letzten Bauten an Kleopatras Mausoleum neben dem Isistempel waren während ihrer Zeit in Aktium fertiggestellt worden. Die Eingangspforte bestand aus mächtigem libanesischem Zedernholz und besaß ein Fresko, auf dem die Göttin Isis dargestellt war. Die Pforte war mit dicken Eisenstangen gepanzert und wurde von innen mit schweren Riegeln geschlossen. Dahinter erstreckte sich ein Saal mit Säulen aus schwarzem, glänzendem Porphyr, die die schwarze Granitdecke abstützten, während die Wände in weißem Marmor erstrahlten. Von dort aus führte der Weg zu einem Schrein, in dem zwei Sarkophage aus rosafarbenem Granit nebeneinanderstanden. Sie würden der Inschrift nach Marcus Antonius, Imperator von Rom, und Kleopatra VII. Philopator, Königin der Zwei Länder, als letzte Ruhestätte dienen.

Kleopatra fuhr mit den Fingern über den glatten Stein ihres Sarkophages und fragte sich, was Caesar wohl in Anbetracht dieser Beisetzungsstätte gesagt hätte. Er hatte immer zu jenen gehört, die die ägyptischen Todesvorbereitungen als unnatürliche Besessenheit verachtet und verspottet hatte. Wer weiß, dachte Kleopatra mit bitterem Lächeln, ob er ihre Vorsorge inzwischen auch noch verlachen würde.

Hinter dem Schrein mit den Sarkophagen gab es noch einen größeren Raum, aus dem ein starker Gewürz- und Pechgeruch drang. Kleopatra trat durch den Säuleneingang und verharrte bei dessen Anblick für einen Moment wie gebannt auf der Schwelle.

Vor ihren Augen türmte sich ein wahrer Berg an Kostbarkeiten auf, das größte Vermögen jenseits von Babylon, ein Wert, der das jährliche Einkommen Roms um ein Vielfaches überstieg. Zuunterst lagerten auf einem Bett aus Pech schwere Tafeln aus Ebenholz, darüber dicke Barren aus Gold und riesige Stoßzähne von Elefanten, die sich bis zu einer Höhe von vier Männern stapelten. Daneben häuften sich Säcke, gefüllt mit Zimt, Muskat und Safran, auf denen wiederum Seidenballen ruhten, die aus fernen Ländern des Ostens stammten. Vor ihnen standen Gefäße mit arabischen Perlen, Smaragden und goldgeädertem Lapislazuli, der in der Dunkelheit wie ein überirdisches Leuchten glomm.

Nur wenige Fackeln wären nötig, um den Pechboden anzuzünden und den Reichtum den Flammen anheimzugeben. Das Holz und die Gewürze würden brennen, die Perlen und Juwelen platzen, das Elfenbein verkohlen – nun, die Goldbarren würde Octavian womöglich retten können.

Ob der junge Caesar das alles aufs Spiel setzen würde? Kleopatra bezweifelte es. Vielleicht würde es ihr doch gelingen, Ägyptens Reichtum als Tauschmittel gegen ihr Leben und den ägyptischen Thron einzusetzen.

9

Der Winter schritt unbarmherzig voran, die Zeit, die noch blieb, zerrann.

Im Frühling kehrte Octavian nach Griechenland zurück und segelte dann nach Syrien, um seinen Marsch nach Süden zu beginnen. Danach begann man die Tage zu zählen – sie waren der Zeitmesser des Untergangs.

Es war ein klarer, leuchtender Tag, der Himmel nur hier und da mit dunstigen Wolkenfasern durchzogen. Im Königlichen Hafen schaukelte die *Isis* mit frisch vergoldetem Bug auf den Wellen. Nicht allzu weit davon entfernt, am Ende der Halbinsel bei den Wellenbrechern, befand sich eine einfache Kalksteinhütte. Mardian bewegte sich schnaufend über die lange Mole und schwitzte trotz der frischen Brise. Nur mit halbem Ohr lauschte er dem Donnern der Brandung, die sich an den Riffen brach, und den schrillen Schreien der Möwen, die ihre Kreise über den ausgelegten Fischernetzen von Rhakotis zogen.

Er schirmte die Augen gegen die gleißende Helle über dem Wasser ab und sah einen dunklen Riesen vor sich, der ihm den weiteren Weg versperrte.

Fast hätte er den Riesen nicht erkannt. Er hatte seit ihrer letzten Begegnung abgenommen, trug einen wilden Bart und war ungewaschen. Seine Tunika war zerschlissen, das Haar verklebt und strähnig wie das eines Bettlers.

Manche behaupteten, Antonius habe sich die Hütte selbst gebaut, doch Mardian bezweifelte das. Er hatte ihr jedoch einen Namen gegeben und nannte sie Timonium, nach Timon von Athen, einem Einsiedler, welcher der Menschheit die Schuld an seinem Elend gegeben hatte. Antonius lebte hier schon seit Wochen und hatte bisher noch mit keinem Menschen gesprochen. Er blickte Mardian abweisend an und verzog verächtlich den Mund. »Laß mich in Ruhe, Dickwanst«, sagte er.

»Ich grüße Euch desgleichen, edler Antonius«, erwiderte Mardian.

»Du und auch die anderen seid hier nicht willkommen.«

»Ich will Eure Zeit nicht lange in Anspruch nehmen. Vielleicht laßt Ihr mich wenigstens in den Schatten der Hütte treten?«

»Von mir aus kannst du ruhig braten.« Antonius machte Anstalten, sich wieder in seiner Behausung zu verkriechen.

»Die Königin wünscht Euch zu sehen.«

»Ich suche keine menschliche Gesellschaft. Meine Freunde haben mich verraten, das Schicksal hat mich im Stich gelassen, und die Frauen haben mir nur geschadet. Ich spucke auf alle.« Um seine Worte zu betonen, spuckte er vor Mardians Füßen aus.

»Es geht um Euren Sohn Antyllus.«

Flackerte da so etwas wie Interesse in Antonius' Augen auf? Mardian war sich nicht sicher.

»Ich habe keinen Sohn.«

»Ihr habt nicht nur einen Sohn, sondern mehrere Kinder, sowohl in Alexandria als auch in Rom. Wenn Ihr die Welt schon verachtet, so verachtet Ihr doch gewiß nicht Euer eigen Fleisch und Blut.«

Antonius schien zu zögern. »Ist er wohlauf?«

»Er ist jetzt ein Mann«, antwortete Mardian.

»Was willst du damit sagen?«

»Die Königin hat die traditionellen Riten für ihren Sohn abgehalten, mit denen er mündig erklärt worden ist. Dasselbe hat sie für Euren Sohn getan.«

Antonius' Schultern fielen nach vorn. Schau an, dachte Mardian, seine ganze Härte ist nur Theater gewesen. Antonius ist und bleibt so durchsichtig wie eh und je.

»Weiß sie, was sie damit angerichtet hat?«

Natürlich weiß die schlaue Hexe das, dachte Mardian. Jetzt gilt Antyllus als Mann und ist dadurch für Octavian ebenso zum Racheziel geworden wie Caesarion. Damit holt sie dich aus deinem Bau und zwingt dich zum Handeln. »Ja, das weiß sie.«

»Diese Schlange«, sagte Antonius.

»Das ist sie in der Tat. Darf ich ihr sagen, daß sie mit einem Besuch rechnen kann?« fragte Mardian lächelnd.

An den Imperator Octavian, Divi Filius.

Ich grüße Euch. Euer Stern ist hoch am Himmel aufgegangen, doch aufgrund unseres Streits scheint Ihr weiterhin entschlossen, mich des Thrones zu entheben. Vielleicht gibt es dennoch eine Möglichkeit, unseren Freunden und Anhängern ein Blutvergießen zu ersparen. Daher schlage ich Euch vor, daß Ihr an der Grenze Ägyptens umkehrt, wofür ich Euch zwölf Talente Gold anbiete, die Euch für die Kosten des Krieges entschädigen und Euren Soldaten eine glückliche Rückkehr nach Italien gewähren. Darüber hinaus werde ich dem Thron zugunsten meines Sohnes Ptolemaios Caesar entsagen und mich an einen Zufluchtsort begeben. Mein Sohn hat an der Schlacht von Aktium nicht teilgenommen, und meine Sünden sind nicht die seinen. Der edle Antonius hat sich mit einem Einsiedlerleben beschieden und wird für Euch hinfort kein Hindernis mehr sein. Zum Zeichen meiner ehrlichen Absicht übersende ich Euch mit diesem Schreiben das goldene Diadem und das Zepter Alexanders.

Folgt meiner Bitte, und Ihr werdet nie mehr von mir hören.

Kleopatra VII. Philopator, Königin der Zwei Länder, Erwählte der Isis, Frucht des Amun, Königin der Könige.

Philadelphos spielte am Fuße der breiten Palasttreppe im seichten Gewässer des Meeres und sammelte Seesterne und Seeanemonen. Mit dem Frühling waren auch die Delphine wieder zurückgekehrt, die sich weiter draußen im Hafenbecken zwischen den verankerten Schiffen tummelten. Sie waren die natürlichen Gefährten der Seekönigin Isis, und Kleopatra hoffte, daß sich das als gutes Zeichen deuten ließ.

Armer Junge, dachte sie, als sie ihrem Jüngsten beim Spielen zusah, was wird wohl aus dir werden?

Kleopatra wandte sich zu Caesarion um, der mit seinem Lehrer Rhodon neben ihr stand und wie üblich griesgrämig dreinschaute. »Du mußt fort«, sagte sie.

Er nagte an der Unterlippe. »Wohin?« fragte er verdrossen.

»Wir führen Handel mit dem Prinzen von Barygaza, einem Land jenseits des arabischen Meeres. Ich habe ihm geschrieben, und er hat versprochen, dich als Ehrengast aufzunehmen. Du wirst dich in Begleitung deines Lehrers zu ihm begeben. Ein Vermögen an Juwelen garantiert dir bis zu deiner Rückkehr ein angenehmes Leben.«

»Was wird aus dir?«

»Ich bleibe.«

»Hier?« Er schien sich die Sache durch den Kopf gehen zu lassen. »Was ist mit diesem fetten Römer unten am Hafen? Ich hoffe, daß du auf ihn nicht mehr zählst.«

Kleopatra spürte, wie ihr das Blut in den Kopf stieg, doch sie zwang sich zur Ruhe. »Vielleicht kann ich mit Octavian verhandeln.«

»So wie du mit meinem Vater verhandelt hast?«

Kleopatra schlug ihm ins Gesicht. Er zuckte zusammen, seine Unterlippe fing an zu zittern, und auf seiner Wange breitete sich ein leuchtendroter Fleck aus. Sie starrten einander an. Kleopatra rechnete mit Tränen, doch Caesarion hielt ihrem Blick grollend stand. Nun, dachte sie, vielleicht hatte er doch etwas von seinem Vater.

»Octavian wünscht *deinen* Tod«, sagte er.

»Nein, er wünscht den deinen. Mich will er nur aus dem Weg haben. Deshalb bis du derjenige, der fliehen muß.«

»Wann kann ich wieder zurückkommen?«

»Octavian erfreut sich keiner guten Gesundheit, man sagt, daß es ein Wunder ist, daß er noch am Leben ist. Er hat keinen Sohn, und Livia kann keine Kinder bekommen. Sobald er tot ist, kommst du zurück.«

Es klang alles so einfach. Wenn er tot ist ... wenn Livia unfruchtbar bleibt ... wenn, wenn, wenn ... Antonius hatte Octavians Tod schon vor Jahren prophezeit, und er war immer noch nicht eingetreten. Er hatte seine Krankheiten überlebt, die Schiffsunglücke und zahlreiche Aufstände. Allmählich hinterließ er den Eindruck, daß er wahrhaftig unsterblich sei.

»Ich will nicht fort«, klagte Caesarion.

»Du hast keine Wahl«, erwiderte Kleopatra und stieg die Stufen hoch, um in den Palast zurückzukehren. Als sie sich noch einmal zu ihm umwandte, sah sie, daß er nun doch weinte. Ob es wegen der Ohrfeige war oder weil er sie verlassen mußte, oder einfach aus Furcht, würde sie wahrscheinlich nie erfahren.

An Königin Kleopatra.

Ich grüße Euch. Ich habe die Zeichen Eurer Unterwerfung empfangen und erkenne, daß Ihr Euch meinem Willen beugt. Die Frage der ägyptischen Thronnachfolge läßt sich unter den gegenwärtigen Bedingungen nicht lösen. Ich verlange kein Diadem von Euch, sondern den Kopf von Marcus Antonius. Übersendet ihn mir, dann läßt sich über den Anspruch Eures Sohnes auf den Thron von Alexander reden. Erst wenn dies geschehen ist, werde ich Euer Ersuchen wohlwollend erwägen.

Octavian Gajus Julius Caesar, Divi Filius, Imperator.

10

Gegen Ende des römischen Monats Maius war Octavian mit seinen Truppen von Antiochia aus nach Süden marschiert und befand sich nun weniger als fünfhundert römische Meilen von der ägyptischen Grenze entfernt. Die reichen Bewohner Alexandrias sowie die Händler und die hohen Beamten feierten verschwenderische Gelage, zu denen sie sich mit ihren feinsten Essenzen salbten, die teuersten Weine zu sich nahmen und anschließend endlos darüber debattierten, ob man alles aufgeben und irgendwohin ins Exil fliehen sollte oder ob sich mit den richtigen Bestechungsgeldern Gnade erkaufen ließe und dann die Geschäfte so weiterlaufen würden wie bisher.

Wenn es ein Blutvergießen gäbe, würde Kleopatra sie möglicherweise mit in ihr Verderben ziehen und Octavian vielleicht nicht eher ruhen, bis er sie alle umgebracht hätte.

Währenddessen verließ Antonius seine Hütte bei den Wellenbrechern und stieg den Hügel zum Lochias-Palast empor.

»Der edle Antonius!« sagte Kleopatra.

Vor ihr stand wieder der Mann aus früheren Tagen. Die Zeit spartanischer Enthaltsamkeit hatte ihn von seinem Fettring um die Taille befreit, und seine Augen blickten so klar wie schon lange nicht mehr. Die Rolle des Menschenfeindes war ihm augenscheinlich gut bekommen. Er trug die purpurfarbene *chlamys* eines griechischen Höflings, sein Bart war geschabt, die Locken von einem *tonsore* geschnitten und frisiert worden. Und er lächelte.

»Majestät«, sagte er.

Kleopatra erwiderte sein Lächeln. »Wir hatten Euch bereits aufgegeben.«

»Ich habe die Welt eine Weile für mein Unglück verantwortlich gemacht, doch inzwischen habe ich begriffen, daß ich es mir selbst zuzuschreiben hatte.«

»Wir sind froh, Euch wieder bei Hof zu sehen.«

»Und ich bin froh, wieder hier zu sein.« Er wandte sich an die Höflinge. »Warum macht ihr alle so bedrückte Gesichter? Ist inzwischen das Ende der Welt angebrochen?«

Die Umstehenden lachten ein wenig mühsam, denn die Juden sagten tatsächlich die Apokalypse sowie das Erscheinen eines neuen Herrschers voraus, und die jüngsten Ereignisse schienen ihnen recht zu geben.

»Manche bei uns befürchten tatsächlich das Ende der Welt«, erklärte Kleopatra.

Antonius ließ den Blick in die Runde schweifen, über die bunten Gewänder, die gekräuselten Locken und die mit kostbaren Edelsteinen geschmückten Finger. »Geldhändler und Kaufleute«, murmelte er. »Für sie wird es nie ein Weltende geben. Sie werden lediglich mit den Römern Geschäfte machen statt mit den Griechen.« Laut sagte er: »Ich gebe heute abend ein Bankett in meinen Gemächern im Palast. Ich lade die früheren Freunde des Lebens ein sowie die anderen Gefährten aus meinem ersten Winter in dieser Stadt.«

»Wir sind entzückt, daß Ihr wieder zu Euch zurückgefunden habt«, sagte Kleopatra.

»In der Einsamkeit kann ein Mann sehr viel lernen.«

»Ich habe davon gehört.«

»Außerdem«, setzte Antonius grinsend hinzu, »könnte ich nach all diesen Monaten einen ordentlichen Schluck vertragen.«

Damals hatte Antonius die Gesellschaft »Freunde des Lebens« genannt, doch nun gab er ihr einen neuen Namen und bezeichnete sie als »Freunde des Todes.«

Im Bankettsaal drängten sich die erlauchtesten Mitglieder der alexandrinischen Gesellschaft, denen die Sklaven beim Eintreten geflochtene Kränze aus Weiden, Mohn und Nachtschattengewächsen überreicht hatten, den symbolischen Zeichen der Unterwelt. Zur Unterhaltung hatte Antonius zwei dionysische Schauspieler eingeladen, wovon einer das schwarze Gewand des Hades trug und der andere als geierköpfiger Anubis erschienen war.

Antonius hatte sein Gesicht unter der doppelgesichtigen Maske von Tragödie und Komödie verborgen und verkündete allen, daß in den anstehenden Tagen sowohl die eine als auch die andere Hälfte ihren Zweck erfüllen würde.

Antonius hatte nur eine Regel für den Abend erhoben: Keiner der

Anwesenden durfte von Octavian oder dem herannahenden römischen Heer reden, sondern man sollte nur Themen wählen, die sich um harmlose Dinge wie Mode, Speisen, Theater oder Musik drehten. Während in den Nischen des Saals Musikanten auf Harfen spielten, wurden prächtige Silbertabletts mit dem Festmahl aufgetragen, zu dem gebratene Hirschstücke gehörten, Gazellenlendchen in würzigen Soßen, Klößchen aus Heuschreckenkrebsen, Austern mit Zitronensorbet, mit Wachtelfleisch gefüllte Enten, geschmortes Wildgeflügel und zarte Lammrücken in Minzesoße. Dazu wurden die besten italienischen Weine gereicht sowie später frische Melonenscheiben, Weintrauben, Datteln aus Jericho, Feigen und Honigkuchen.

Als das Mahl beendet war, ließ Antonius Falernerwein bringen und trug jedem der Gäste auf, dreizehn Trinksprüche vorzutragen. Danach, so versprach er, würde man mit dem Tanz beginnen. Dieser Tanz wurde von Hades geleitet, der die Gäste in einer langen Reihe zu den Klängen von Flöten, Trommeln und Schalmeien durch die Gemächer führte und allmählich das Tempo steigerte, bis der Tanz schließlich einem wilden, ausgelassenen Taumel glich.

Danach ließen sich alle lachend und erschöpft auf die Ruhelager, die Teppiche oder draußen im Freien auf die Erde fallen, schnappten sich je nach Vorliebe einen der Sklaven oder eine der Sklavinnen und beendeten die Nacht mit einer Orgie der Fleischeslust.

Antonius war mit drei Mänaden hinaus in die Gärten gezogen, wo er die düsteren Tage von Paraetonion mit Hilfe zarter, feuchter Pforten und fester runder Schenkel auslöschte, die Lippen gierig öffnete, um an Weintrauben oder Brüsten zu saugen, Wein von weichen Körpern leckte oder ihn sich in den Mund träufeln ließ, bis er auf dem Höhepunkt seines Sinnenrausches jenen kleinen Tod erfuhr, der ihm ein Abbild des größeren vor Augen führte.

Bruder, ich bitte dich nicht um Gnade für mich, da ich weiß, welche Art von Mensch du bist. Dennoch sind wir Brüder gewesen, haben unsere Mahlzeiten geteilt und sind in Liebe und Achtung deiner Schwester gegenüber verbunden. Ich bitte dich lediglich, von Ägypten abzulassen und nach Rom zurückzukehren. Ich habe mich gegen dich erhoben, Kleopatra war nur Verbündete und Vasallin, so wie Amyntas und jene anderen, denen du Gnade gewährt hast. Gib mir dein Wort, daß du sie und ihre Kinder leben läßt! Danach stürze ich mich in mein Schwert und mache allem ein Ende. Ich bin dein Feind, nicht sie. So du es mir verweigerst, nehme ich die Legionen, die mir verblieben sind, und die Flotte, um dich bis zu meinem letzten Atemzug zu verfolgen. Laß ihnen das Leben, und es ist vorbei. Laß außer dem meinen kein Blut mehr fließen. Gewähre Kleopatra das Leben.

Marcus Antonius.

11

Im glühendheißen Monat Julius stand Octavian kurz vor Joppa, nur mehr dreihundert Meilen von ihnen entfernt. Alexandria lag unter einer Schicht aus Staub und Hitze, die nur erträglich wurde, wenn sich der Wind vom Meer erhob.

Antonius und die Freunde des Todes hatten die alten Gewohnheiten wiederaufgenommen und zogen durch die Tavernen, wo sie mit lautem Frohsinn die gespenstische Starre der wartenden Stadt zu durchbrechen suchten. Die anderen Menschen wälzten jedoch immer wieder dieselben Gedanken und fragten sich, ob es eine Schlacht oder eine Belagerung gäbe oder ob die Bevölkerung womöglich einfach niedergemetzelt würde. Oder würde Ägypten wie die Nachbarländer in eine römische Provinz verwandelt und glimpflich davonkommen und alles wieder wie vorher sein? Man hortete Nahrung, verfaßte Testamente, versöhnte sich mit Feinden und schrieb Abschiedsbriefe an Freunde und Verwandte außerhalb des Landes.

Und man wartete.

Kleopatra schaute aus dem Fenster auf den großen Leuchtturm von Alexandria. Sie erinnerte sich daran, wie Caesar damals Achillas' Truppen herausgefordert hatte, als diese sich dort verschanzt hatten. Es kam ihr vor, als sei es erst gestern gewesen, wenngleich inzwischen doch schon so viele Jahre verstrichen waren und sich ihr Leben dem Ende näherte.

Wie schnell alles vergangen war! Gib mir die Zeit zurück, Isis. Laß mich das Leben noch einmal beginnen! Kleopatra spürte, daß Mardian sie beobachtete, wandte sich vom Fenster ab und sagte scheinbar unbefangen: »Wie es scheint, hat Antonius das weltliche Vergnügen wiederentdeckt, das ihm so teuer gewesen ist.«

»Den Wein und das Weib«, pflichtete Mardian ihr bei.

Kleopatra lächelte. »So ist es.«

»Doch beides hält ihn nicht davon ab, Octavian heimlich Botschaften übermitteln zu lassen.«

Ihr Lächeln erstarb. »Wissen deine Spitzel, was sie enthalten?«

Mardian schüttelte den Kopf.

»Glaubst du, daß er mich verrät?«

»Es ist möglich. Seinen Freunden erzählt er jedenfalls, daß er sich nach Athen zurückziehen will, um seine restlichen Tage als Landedelmann zu beschließen.«

»Als Landedelmann«, murmelte Kleopatra. Wie unglaubwürdig für die, die ihn kannten! Octavian würde ihm das niemals abnehmen, und selbst wenn, würde er es nicht zulassen. Er hatte sich in der Vergangenheit als gnadenlos erwiesen, und sie bezweifelte, daß sich daran etwas ändern würde, wenn es um seinen ärgsten Widersacher ging.

»Und was wird aus uns, Majestät?«

Kleopatra fühlte sich mit einemmal sehr müde. »Wir werden Octavian noch einmal einen Handel anbieten. Setze einen Brief an ihn auf, Mardian, mit den üblichen Formulierungen. Schreibe ihm, daß ich abdanken und in die Verbannung ziehen werden, so er es wünscht. Darüber hinaus erhält er das königliche Vermögen, das seine Erwartungen bei weitem übertreffen wird. Als Gegenleistung ernennt er Caesarion zu meinem Nachfolger. Wenn er sich weigert, werde ich mich und auch mein Vermögen zerstören, und er verliert das, wonach er strebt.«

Mardian sah von der Wachstafel hoch, auf die er ihre Anweisungen notiert hatte. Er wirkte bestürzt. »Ist das Euer Ernst, Majestät?«

»Ja, Mardian.«

»Aber das könnt Ihr nicht tun!«

»Octavian will den königlichen Schatz mehr als alles andere. Er wird verhandeln, wenn er befürchten muß, ihn zu verlieren.«

»Und wenn er es nicht tut?«

»Es ist der größte Schatz jenseits von Babylon. Er *wird* verhandeln!«

»Ihr dürft nicht den Ausweg der Römer wählen, Majestät! Das lasse ich nicht zu!«

Kleopatra lächelte. »Deine Sorge rührt mich, Mardian, doch du überschätzt deine Kompetenzen. Ich bitte keinen Menschen um Erlaubnis – nicht einmal meinen alten Lehrer. Du hast mir die letzten Befehle erteilt, als ich vierzehn war, und daran wird sich nichts mehr ändern.«

»Es gibt eine andere Möglichkeit, Majestät. Apollodoros kann Euch sicher nach Spanien bringen ...«

»Isis soll sich an das Ende der Welt begeben?«

»Majestät, Euer Gerede von Isis …«

»Halte deine lästerliche Zunge im Zaum, Mardian, denn ich bin immer noch die Göttin von Ägypten. Und fange nicht mehr von dem anderen an, denn Octavian würde mich auch in Spanien verfolgen. Selbst wenn ich bis auf den Grund des Meeres tauchte, würden seine Häscher hinter mir her sein. Entweder werde ich mich mit ihm einigen, oder ich wähle den Tod. So oder so werde ich danach Frieden haben. Endlich Frieden.«

Sie verließ den Raum und sah den Gram nicht, der sich auf Mardians Zügen abzeichnete. Doch es hätte ohnehin nichts an ihrer Entscheidung geändert. Das Schicksal würde entscheiden – *sie* hatte keine Wahl.

An den alleredelsten Antonius.

Ich grüße dich. Es betrübt mich, dein Gerede vom Tod zu hören. Ich will deinen Tod nicht, und daß du solches annimmst, grämt mich sehr, denn die Wurzel unseres Streits hat nur einen Grund, und dieser Grund heißt Kleopatra. Um den Krieg zu beenden, ist nichts weiter vonnöten, als daß du sie mir auslieferst. Danach können wir über den Frieden zwischen uns reden.

Imperator Gajus Julius Caesar, Divi Filius

Sein Name war Thyrsus. Er war ein Jüngling, ein Freigelassener, den Octavian gesandt hatte. Kleopatra empfing ihn in ihrem Audienzsaal. Sie hielt ihr Zepter und hatte ihr Staatsgewand angelegt, ein purpurfarbenes Kleid mit goldenem Saum und Kragen, zu dem sie goldene Sandalen trug. Auf ihrem Haupt reckte sich der goldene Uräus, und um ihre Arme wanden sich kunstvoll geschmiedete goldene Schlangen.

»Eure Majestät«, sagte der Junge und verneigte sich. »Ich überbringe Euch eine Botschaft Caesars.«

Es klang in Kleopatras Ohren wie eine Gotteslästerung, und sie mußte sich zwingen, ruhig zu bleiben. Nach einem kurzen Moment des Schweigens fragte sie: »Hat er sie Euch aus dem Grab heraus überreicht?«

Der Junge wirkte konfus.

Kleopatra heftete den Blick auf diesen Wurm am Fuße ihres Thrones – auf diesen Freigelassenen, dieses Nichts. »Es hat nur *einen* Caesar gegeben«, sagte sie. »Er ist der Vater meines Sohnes. Euer Herr ist Gajus Octavian, der weder Caesar noch göttlich ist. Redet also vernünftig, oder ich lasse Euch in die Schlangengrube werfen.«

Der junge Gesandte wurde blaß. Welch eine Kränkung, dachte Kleopatra, mir dieses nichtswürdige Bürschchen zu senden. Wie es scheint, glaubt Octavian bereits die eigenen Lügengeschichten und hält mich für so verworfen, daß er mich mit einem hübschen Knaben verlocken kann.

Doch vielleicht würde sich Antonius für das Wissen des Jungen interessieren – sie würde ihn also noch eine Weile im Palast behalten, bis zum Nachmittag, wenn Antonius aufwachte.

»Wie lautet Eure Botschaft?« erkundigte sie sich.

»Caes ... der edle Octavian läßt Euch ausrichten, daß er bei Eurem Schreiben erschrak und daß ihn die Erwähnung Eures Todes bekümmert hat.«

»Bekümmert ihn das Schicksal meines Vermögens nicht sehr viel mehr?«

»Niemals, Majestät. Ich war dabei, als er den Brief öffnete. Er hat um Euch geweint.«

Welch eine Dreistigkeit! Ob der Junge tatsächlich annahm, sie würde solchen Unfug glauben?

»Er hat mir aufgetragen, Euch zu übermitteln, daß, wenn Ihr die Tore der Stadt öffnet und ihm den Kopf des Verräters Marcus Antonius bringt ...«

»Wie könnt Ihr es wagen!«

Thyrsus schluckte verzweifelt. Ganz offensichtlich hatte er eine Königin erwartet, die, gedemütigt und eingeschüchtert, bereit wäre, jeden Handel einzugehen.

»Der Imperator hat ... hat gesagt, daß ...«

»Sagt Eurem Imperator, daß er die Mauern selbst einreißen und ihn sich holen muß, wenn er den wirren Kopf meines betrunkenen Gemahls ersehnt. Er braucht ihn noch nicht einmal für die Rückreise zu konservieren, denn das hat Antonius mit dem Wein schon selbst erledigt. Sollte er sich für dieses Vorgehen entscheiden, erinnert ihn bitte an den Inhalt meines Schreibens und sagt ihm, daß Kleopatra nichts verspricht, was sie nicht hält. Und nun schert Euch fort, und zwar auf der Stelle!«

Die Männer der nubischen Leibwache beförderten den Jungen aus dem Saal. Kleopatra schaute auf ihre Hände, sie hatten sich um die Stützen des Thrones geklammert, die Knöchel waren weiß hervorgetreten. Ich werde Antonius nicht verraten, schwor sie sich, denn von Verrat hat er in seinem Leben genug gehabt. Kleopatra ist keine Verräterin.

12

Thyrsus hatte sich in das Gemach verzogen, das man ihm zum Ausruhen überlassen hatte. Von dort aus schaute man in die üppigen königlichen Gärten mit leuchtenden Blumenbeeten und einem Teich, in dem die Sklaven die Lotusblüten umsorgten. Neben seinem Diwan stand ein kostbarer Ebenholztisch mit einer goldenen Schale voller Früchte.

Das Leben eines Gesandten könnte mir gefallen, dachte er, wenngleich er zugeben mußte, daß ihm die Begegnung mit der Königin zugesetzt hatte. Natürlich hatte er vorher schon erstaunliche Dinge über sie gehört, doch jetzt wußte er, daß sie gestimmt hatten. Sie war gefährlich schön mit ihren lodernden, dunklen Augen und von sichtlich leidenschaftlichem Temperament. Man hatte ihm erzählt, daß sie an langweiligen Nachmittagen ihre Gefangenen quälte und sich nachts einen Mann aus der Leibwache in ihr Bett kommen ließ, den sie am anderen Morgen dem Henker übergab.

Seine Freunde in Rom würden staunen, wenn er ihnen von ihr berichtete und ihnen schwor, er habe alles mit eigenen Augen gesehen.

Er suchte sich eine Feige aus und zog die Haut ab, um das süße, weiche Fruchtfleisch zu genießen. Saftig und reif, dachte er grinsend – ganz wie die ägyptische Königin.

Seine Gedanken wurden jäh unterbrochen, als die Tür aufflog und ein Koloß auf ihn zustürzte, wütend wie ein Gladiator und mit einer Pferdepeitsche in der Hand. Seine Faust schloß sich um Thyrsus' Kehle und stemmte ihn in die Luft.

»Du Stück Kameldung«, höhnte die Erscheinung, ließ ihn los und stieß ihn roh zu Boden. Thyrsus rang nach Luft.

Als er sich aufraffen und entkommen wollte, packte ihn der Riese und schleuderte ihn gegen die Wand. Thyrsus hörte, wie die Peitsche durch die Luft schnitt, und kurz danach durchfuhr ihn ein brennender Schmerz.

»Was hat sie zu dir gesagt?« brüllte der Riese, doch Thyrsus war vor Schmerz verstummt. Der andere packte sein Haar und riß ihm den Kopf nach hinten. Er sah, daß eine der nubischen Wachen entsetzt hinter dem Rücken des Riesen auftauchte, aber nicht einzugreifen wagte, wenngleich er ein Schwert besaß.

»Was hat sie zu dir gesagt?« wurde noch einmal gebrüllt.

Thyrsus wollte »wer?« stammeln, doch der Laut, der sich seiner Kehle entrang, klang wie ein rauhes Schluchzen.

Der Riese schüttelte ihn nun so heftig, als sei er ein Hund, der ein Fleischstück aus seinem Opfer zerrt. »Welche Botschaft hat die Königin dir für Octavian mitgegeben?«

»Sie hat gesagt ...«, Thyrsus' Stimme klang hoch und schrill wie die eines Mädchens ..., »daß, wenn er ... Antonius' Kopf ... haben wolle ... er ... er ... selbst kommen ... müsse ... und ...«

Sein Peiniger ließ ihn wie einen Sack auf den Boden fallen. Die Peitsche fuhr noch drei weitere Male durch die Luft und landete auf seinem gekrümmten Rücken, bis er in eine Ecke krabbelte und die Arme schützend über dem Kopf verschränkte. Der Riese warf die Peitsche von sich und stürmte aus dem Raum.

Thyrsus rollte sich zusammen und wimmerte vor sich hin.

Liebster Bruder.

Ich sende dir deinen Freigelassenen Thyrsus. Er hat eine böse Abreibung bekommen, da mir sein Gesicht nicht gefiel und ich sein Gebaren als Herausforderung betrachtete. Ich verliere zur Zeit leicht die Geduld, was du im Hinblick auf die Umstände verstehen wirst. Solltest du jedoch für diese Tat auf Rache sinnen, verweise ich dich an meinen Freigelassenen Sisyphus, der bei dir ist – einen auffallend kleinen Mann, der nur noch einen Arm besitzt. Er stand in meinen Diensten, um auf deine Kosten zotige Witze zu reißen. Verfahre mit ihm ähnlich, und wir werden uns nichts vorzuwerfen haben.

Marcus Antonius.

13

Charmion hatte die seidigen Haare der Königin ausgiebig gebürstet und teilte sie nun in zwei gleich dicke Stränge, die sie übereinander flocht, ehe sie sie mit goldenen Spangen zu einem Knoten befestigte. Iras hatte ein Kästchen aus Ebenholz aufgeklappt, dem sie Malachit entnahm, um Kleopatras Augen zu umranden. Anschließend färbte sie ihr die Hände mit Henna. Kleopatra verfolgte die Bemühungen in einem polierten Silberspiegel. Da tauchte Mardians Gesicht hinter dem Wandschirm auf. »Eine Botschaft von Octavian, Majestät«, sagte er, trat ganz in Erscheinung und reichte ihr eine metallene Röhre, die mit Leder bezogen war.

Kleopatra ergriff sie und brach das Siegel auf. »Wo befindet er sich?« fragte sie.

»In Rafah, Majestät – an der Grenze.«

Octavian war in einem Eilmarsch durch die glühende Hitze über die Halbinsel Sinai vorgedrungen. Seine Truppen werden erschöpft und halb verdurstet sein, dachte Kleopatra. Wie sehr sie nach meinem Blut lechzen müssen!

Sie las Octavians Schreiben zweimal, um sicherzugehen, daß sie kein Zeichen der Hoffnung übersah.

An die Königin Kleopatra.

Ich fürchte, zwischen uns hat es ein Mißverständnis gegeben, denn mit Euch hadere ich nicht. Doch solange Ihr einen Feind Roms beherbergt, habe ich keine Wahl, als ihn mit meinen Truppen zu jagen. Wenn Ihr ihn aus Eurer Stadt verstoßt und ihn in Ketten zu mir bringt, könnt Ihr mit meinem Wohlwollen und meinem Verständnis rechnen.

Octavian Gajus Julius Caesar, Divi Filius, Imperator.

Kleopatra hielt den Brief in die Kerzenflamme und warf ihn als lodernden Fetzen auf den Marmorboden, wo er erlosch und zu Asche zerfiel.

»Die Priesterschaft steht weiterhin hinter Euch«, sagte Mardian. »Die Menschen in der *chora* haben geschworen, Truppen aufzustellen, um gegen Octavian zu kämpfen.«

»Warum wollen sie das tun?«

»Weil Ihr ihnen während der Hungersnot Getreide gegeben habt. Weil Ihr den Apis-Stier heiligt und ihre Tempel instand gehalten habt. Weil Ihr Isis seid.«

Kleopatra schüttelte den Kopf. »Sagt ihnen, sie sollen zurück auf die Felder gehen. Warum soll ich noch mehr Menschenleben vergeuden?«

Danach überreichte sie Mardian eine versiegelte Papyrusrolle. »Hier sind meine Anweisungen für die Kinder. Selene und Ptolemaios sollen sich in den Tunneln unter dem Palast verbergen. Die Verstecke sind bereits mit Lampen, Nahrung und Wasserreserven versehen. Der Hauptmann der Palastwache wird sie dorthin begleiten.«

»Was wird aus Antyllus?«

»Für ihn ist sein Vater zuständig.«

»Und Caesarion?«

»Er wird schon morgen mit seinem Lehrer abreisen. Ist Apollodoros erschienen?«

»Er wartet draußen, Majestät.«

»Dann laß ihn herein.«

In diesen letzten Tagen war es wichtig, daß die Menschen sie für unbesiegbar hielten, wenngleich Kleopatra wußte, daß sie geschlagen war. Als sie hinter dem Wandschirm hervortrat, war sie königlich hergerichtet, in einem goldenen Gewand und dem Isisknoten auf der Brust. Sie hatte einen großen Kragen aus Lapislazuli umgelegt, und an ihren Ohren funkelten Perlen. Auch in ihr Haar waren Perlenschnüre geflochten, und um den Arm wand sich eine goldene Schlange mit Augen aus Karneol.

Apollodoros wartete in ihrem Vorzimmer. Ein wenig älter, ein wenig grauer, ein wenig beleibter, doch immer noch amüsiert angesichts der Unwägbarkeiten der Welt. Sie sah ihn noch vor sich, damals am Berg Kasios, und ganz ähnlich war auch ihre Furcht gewesen – doch in jenen vergangenen Tagen hatte es Hoffnung für sie gegeben.

»Majestät«, sagte er.

»Mein Apollodoros! Nun bist du also abermals gekommen, um mich zu retten.«

»Habt Ihr denn auch den Teppich aufbewahrt?«

»Er war für Caesar gedacht. Er hat ihn mit nach Rom genommen.«

Um seine Züge spielte ein spöttisches Lächeln. Wie immer ließ er es an Respekt fehlen, doch das gehörte zu seinem Reiz – vielleicht war es sogar der Grund, weshalb sie ihm vertraute.

»In diesem Auftrag steckt kein Gewinn für dich, Apollodoros. Wenn Octavian deine Tat entdeckt, wirst du fliehen müssen.«

»Ich bin reich und kann mir die Flucht leisten.«

»Aber warum willst du es tun?«

Apollodoros holte tief Luft. »Majestät, meine Familie hat sich immer vom Meer ernährt. Ich habe gehandelt und andere im Rahmen der Gesetze beraubt. Mein Bruder hingegen ist Seeräuber geworden, wofür ihn die Römer gekreuzigt haben. Er hat drei Tage gelitten, bis er starb – Caesar hatte seinen Tod befohlen.«

»Julius?«

Apollodoros nickte. »Ich hasse die Römer. Ich habe immer gebetet, daß Ihr eines Tages siegt. Und wenn Ihr es nicht seid, dann vielleicht Euer Sohn.«

Kleopatra spürte, wie sich der erste Zweifel in ihr regte.

»Er ist auch Caesars Sohn.«

»Nein, er ist Euer Sohn. Ich würde mein Leben für ihn geben.«

»Ich hoffe, es wird nicht dazu kommen.«

»Ich habe bereits alles Notwendige veranlaßt. Ich werde ihn auf einer Feluke bis Koptos begleiten. Danach schließt er sich einer Karawane an, die durch die Wüste bis Berenice zieht. Am Roten Meer werden meine Schiffe auf ihn warten, die mit ihm nach Indien segeln. Wir müssen lediglich auf die Monsunwinde warten, da die Reise sonst zu gefährlich ist.«

»Laß mich nicht im Stich, Apollodoros.«

Er grinste wie ein Junge. »Habe ich das jemals getan?«

14

Pelusium war gefallen. Danach gab es für Octavian auf seinem Marsch nach Alexandria kein Hindernis mehr. Kleopatra verrichtete ihre letzte Pflicht als Mutter.

Caesarion trug das derbe, einfache Gewand eines Wüstenbewohners, sein Gesicht war mit Schmutz unkenntlich gemacht. Nun, dachte Kleopatra, die Art eines Bauern ist ihm bereits zu eigen, jetzt paßt auch die Kleidung zu seinem Benehmen. Rhodon war ähnlich ausgestattet, doch er wirkte weniger überzeugend. Das weiche, gepflegte Gesicht würde noch nicht einmal einen Blinden täuschen, geschweige denn einen der römischen Offiziere.

Eine einfache Barke legte am Königlichen Hafen an, eine von denen, die den Nil zu Hunderten befuhren. Caesarions Leibwache eilte an Bord und verbarg sich unter Deck, gefolgt von Rhodon und Sklaven mit Büchertruhen.

Die Barke würde sie durch den Königlichen Hafen bringen und durch das Heptastadion in den Hafen der Glücklichen Wiederkehr. Von dort aus würden sie einem Kanal folgen, der unter Rhakotis durchführte und in den See Mareotis mündete. Auch Caesarion und Rhodon würden sich unter Deck verkriechen, um den Augen von Octavians Häschern zu entgehen.

Das ist nun die endgültige Trennung von Julius Caesar, dachte Kleopatra; jetzt geht das einzige von mir, das mir von ihm geblieben ist, und mit ihm entschwinden meine Träume. Sie nahm Caesarion in die Arme und drückte ihn an sich, doch ihr Sohn blieb steif und unnachgiebig.

»Leb wohl«, flüsterte sie.

Caesarion schwieg. Dann stieß er sich von ihr ab und schritt die Stufen zu der wartenden Barke hinunter. Kleopatra wußte nicht, ob er vor Trauer oder vor Furcht verstummt war, doch schließlich hatte sie nie begriffen, was in ihm vorging.

Apollodoros kam, um sich noch einmal vor ihr zu verneigen. Kleopatra bedachte ihn mit einem forschenden Blick und fragte sich abermals, ob es richtig war, ihm ihre kostbare Fracht anzuvertrauen.

»Ich passe gut auf ihn auf«, versicherte Apollodoros, als ob er ihre Gedanken erraten habe.

Kleopatra sah zu, wie die Barke ablegte und durch den Hafen glitt. Sie wußte, daß sie Caesarion nie wiedersehen würde.

Antonius hatte denselben Raum für seine Lagebesprechungen ausgewählt wie vor ihm schon Caesar. Er hielt einen letzten Kriegsrat ab. Bei ihm befanden sich Canidius und eine kleine Anzahl von treu gebliebenen Offizieren sowie Kleopatras phönizische Admiräle, der Befehlshaber ihrer ägyptischen Truppen und ihr Hauptmann der Wache.

Antonius war in voller Rüstung und hatte sich wieder in einen Römer zurückverwandelt.

»Edler Antonius«, sagte Kleopatra, als sie den Raum betrat.

Antonius grinste sie an.

»Ich habe nicht erwartet, dich hier zu finden.«

»Hast du gedacht, das Vergnügen sei mir wichtiger als die Schlacht?«

»Ich weiß nicht, was ich gedacht habe.«

Kleopatra trat an den Kartentisch. Das ist ein anderer Antonius als der, der dem Kriegsrat in Aktium vorgestanden hat, dachte sie. Damals war er kraftlos und vom Trunk zerrüttet, doch jetzt wirkt er strahlend und zuversichtlich, und die anderen stehen in seinem Bann. Wenn er doch nur früher zu sich zurückgefunden hätte!

Antonius deutete auf die Karte, zeigte ihnen die Positionen von Octavians Truppen und erklärte, wo sich ihre eigenen Verteidigungslinien befanden. »Wir besitzen immer noch vier Legionen«, sagte er, »die ägyptischen Truppen und die nubische Garde. Im Hafen liegen die großen Kriegsschiffe, die die Schlacht von Aktium überstanden haben – es ist nach wie vor eine mächtige Flotte.«

Octavian hatte, entweder aufgrund zu großen Selbstvertrauens oder ausnahmsweise einmal durch übergroße Hast, nur sieben Legionen mitgeführt sowie eine kleine Flotte aus Zweiruderern und Liburnen.

»Unsere Armee ist ausgeruht, satt und gut besoldet«, fuhr Antonius fort, »wogegen die seine müde und durstig ist und schon seit Monaten, wenn nicht Jahren, kein Geld mehr gesehen hat. Zudem fehlt ihnen dieses Mal Agrippa, deshalb sind die Fronten womöglich ausgeglichener als erwartet.

Octavians Vorhut ist gestern in Kanopos gesichtet worden, das heißt etwa hundert Stadien von unserem Standpunkt entfernt. Ich habe unsere Legionen vor das Sonnentor gezogen, um den Angriff aus dem Osten abzuwehren. Die Reiterei wird von mir angeführt. Canidius nimmt das Heer und Publicola befehligt die Flotte.«

»Glaubst du, daß wir gewinnen können?« fragte Kleopatra.

»Wir können das Blatt zumindest wenden. Wenn Octavian jetzt eine Niederlage erfährt, kann ich den Befehlshaber der Truppen von Kyrenaika vielleicht noch einmal zum Nachdenken bringen. Wenn er auf unsere Seite wechselt, wird in den anderen Provinzen Unruhe entstehen. Octavians neue asiatische Verbündete werden ihn nur so lange unterstützen, wie sie glauben, daß er gewinnt. Die Lage ist keineswegs aussichtslos.«

Kleopatra schaute Canidius an. Er wirkte zuversichtlich.

»Dann also – vorwärts!« sagte sie.

Spät in der Nacht kam Antonius in ihr Gemach. Er stand zuerst unentschlossen im Türrahmen, immer noch in seiner Rüstung – kein junger Mann mehr, sondern ein vom Leben gezeichneter. Doch auf seine Art war er immer noch derselbe Mann wie früher – Antonius, der Unnachahmliche.

»Mein Gemahl.«

Er lächelte.

»Warum bist du gekommen?«

»Weil du meine Gemahlin bist.«

»Wir haben Kinder, Antonius. Es scheint mir in unserer Lage nicht ratsam, weitere zu zeugen.«

»Das ist jetzt alles ohne Bedeutung«, sagte er und legte seinen Helm auf den großen Zederntisch. Das Licht der Lampen schimmerte auf seinem Brustschild. Von draußen drangen die Laute des Lochias-Palastes und das leise Klatschen der Wellen im Hafen herein. Man sah den Schein des Leuchtturms, der über die Fensteröffnungen glitt.

»Es tut mir leid«, sagte Antonius.

»Was tut dir leid?«

»Alles.« Er zerrte ungeschickt an den Laschen, an denen sein Brustschild befestigt war. »Hilfst du mir bitte?« flüsterte er schließlich.

Kleopatra erhob sich und half ihm aus der schweren Rüstung. Er nahm sie in die Arme und küßte sie. Dann zerrte er ihr die Seidentunika so ungeduldig von den Schultern, daß der kostbare Stoff zerriß. Ich habe ein Vermögen dafür ausgegeben, dachte Kleopatra, doch er hat recht, das ist jetzt alles ohne Bedeutung. Es zählt nur noch dieser Augenblick.

Sie wollte sich seinem Ansturm ergeben, doch er trug sie auf ihr Lager, ließ sich neben ihr nieder, barg sein Gesicht an ihrem Hals und blieb lange Zeit still umschlungen mit ihr liegen. Danach küßte er sie wieder und liebkoste sie sanft und hingebungsvoll.

»Du hast mir gefehlt«, murmelte er.

»Dir fehlt niemand.«

»Du irrst dich.«

Als er in sie eindrang, stieß sie einen Schrei aus. Das hat *mir* gefehlt, dachte sie, die Liebe eines Mannes. Es ist das erste Mal, daß ein Mann nichts anderes von mir will als nur mich selbst, denn ich habe nichts weiter zu geben. Und auch ich erwarte nur noch diesen Trost, denn eine andere Rettung gibt es nicht mehr.

Später hätte sie nicht zu sagen vermocht, wie lange sie sich geliebt hatten, denn ihr Gefühl für die Zeit war erloschen. Sie hielt ihn im Arm und spürte den heftigen Pulsschlag an seiner Kehle. Ein Schweißrinnsal bahnte sich den Weg zwischen ihren Brüsten hindurch.

»Hast du mich je mehr geliebt als Julius?« flüsterte er.

Sie gab ihm keine Antwort, und er wiederholte die Frage nicht mehr. Sie lauschten beide auf den Rhythmus des Meeres. Jetzt war alles getan – alles vergeben.

TEIL VIII

Fortuna freut sich ihres grausamen Geschäfts, und
ohne Rücksicht spielt ihr Spiel sie beharrlich,
tauscht unbeständige Ehren,
bald mir, bald einem anderen gnädig.

Horaz
Oden XXX

1

Der erste Tag des ägyptischen Monats Mesore

Kleopatra starrte zum großen Leuchtturm hinüber, zu dem Feuer mit dem Spiegelschild aus glänzender Bronze. Heute – wie an jedem Tag – würde ein Sklave in dicker Lederrüstung die Schiene unter dem Spiegelschild drehen, so daß das Feuer weithin zu sehen war.

Der Leuchtturm war seit ihrer Kindheit ein fester Bestandteil ihres Lebens – wie schwer es war, von ihm Abschied zu nehmen!

Antonius' Truppen hatten an diesem Tag erste Scharmützel ausgefochten, wobei es der Reiterei gelungen war, Octavians Vorhut zu verjagen, als diese auf der Pferderennbahn ein Lager errichten wollte. Der entscheidende Kampf würde jedoch erst am folgenden Tag stattfinden.

Kleopatra hörte das Gekreische und Gelächter von dem Gelage, das im Palast stattfand. Wenn es denn seine letzte Nacht auf Erden wäre, hatte Antonius gesagt, wolle er dafür sorgen, daß sie seinen Freunden in bester Erinnerung bliebe.

Kleopatra störte das Getöse nicht. Sie hätte ohnehin nicht schlafen können, da im Palast Geister spukten, die über die Marmorböden schlichen und sich aus den seidenen Wandbehängen lösten. Dort am Tisch saß Julius, der seine Erinnerungen an den gallischen Krieg aufschrieb, das vertraute Lächeln spielte um seinen Mund. Hinter ihm standen Ptolemaios, der Caesar unter Tränen bat, ihn nicht aus dem Palast zu jagen, und Arsinoë in weißem Gewand mit hochmütigem schönem Gesicht.

Und schließlich gab es noch Antiochos, der sie mit eingefallenen Wangen anstarrte. Kleopatra schloß die Augen. »Ich hatte keine andere Wahl«, flüsterte sie.

Als Königin und Göttin, dachte sie, bin ich alles auf dieser Welt gewesen, und denen, die mich als grausam erachten, kann ich Gnadenakte und Wohltaten entgegenhalten. Alle Mächtigen der Welt laden Schuld auf sich, denn in Königen muß neben Demut und Milde auch kriegerische Stärke wohnen.

Was wird man wohl nach meinem Tod über mich sagen? Octavian wird mich als Hure bezeichnen, obgleich ich nur zwei Bettgefährten hatte und die Hälfte meines Lebens keusch gewesen bin. Er wird mich mit seinen Lügengeschichten zum Ungeheuer und zur

Verführerin machen und nie erwähnen, daß ich der Pflicht gehorchte.

Ich bin nicht von Natur aus grausam, und ich traf Entscheidungen, die mich schaudern ließen. Aber wiegt denn der Mord an Geschwistern schwerer als der Kriegstod von Soldaten? Ptolemaios und Arsinoë hatten sich gegen mich erhoben – aber wir waren ohnehin nie wie gewöhnliche Geschwister zueinander.

Auch der Tod von Antiochos ließ sich nicht vermeiden, denn aus schwächlichen Kindern können bleiche Finsterlinge werden, wie unser Freund Octavian beweist. Wenn ich Olympos auftrug, Antiochos zu vergiften, dann nur, um meinem Land späteres Blutvergießen zu ersparen.

Fulvias Tod war ein politischer Schritt, und zudem war niemand da, der sie beklagte.

Alles, was ich tat, tat ich zum Wohl Ägyptens. Mein Leben lag offen zutage, meine Entscheidungen konnten bezeugt, verurteilt und von meinen Feinden verspottet werden. Dem Pöbel habe ich eine göttliche Maske gezeigt, hinter der ich mich selbst oft nicht wiedererkannte – doch bei meinen Kindern war ich ganz Mutter. Ich gab ihnen all meine Liebe.

Die Rolle der Aphrodite mußte ich spielen, wenngleich ich die Männer nicht übermäßig schätzte, denn ich begegnete ihnen selten als Frau. Statt dessen habe ich mich dem Ehrgeiz hingegeben – mein Land kam an erster Stelle, vor jedem Mann.

Auch vor Julius. Unsere Verbindung war uns beiden dienlich – obwohl, ihn habe ich vielleicht doch geliebt. Er hat meinen Körper erweckt, und für den ersten Mann hegt eine Frau oft zärtliche Gefühle.

Antonius? Es war notwendig, ihn zu lieben, und am Anfang hat es mir Spaß gemacht. Wir haben uns wie Götter vergnügt und waren auf verspielte Weise glücklich. Wir dachten, wir würden ewig leben, und haben die Zeit genossen – doch jetzt, wo das Ende naht, bestehen auch wir nur aus Fleisch und Blut und sterben wie alle Menschen.

Kleopatra stand auf der Terrasse des Palastes und schaute zu, wie Antonius von den Kindern Abschied nahm. Selene hatte sich wie eine Ertrinkende an seinen Hals geklammert. Helios versuchte tapfer zu sein und stand stramm wie ein Soldat, doch über seine Wangen liefen Tränen. Es war unwahrscheinlich, daß er so bald eine medische Prinzessin heiraten würde, denn nach dem Überfall der Nabatäer und dem Verlust Syriens war es zu gefährlich geworden, ihn durch diese Gegenden reisen zu lassen.

Antonius hob Philadelphos hoch und küßte ihn. Der Junge war zu klein, um die Bedeutung des Augenblicks zu verstehen, doch er weinte, weil seine Geschwister weinten. Antonius lachte sie alle aus und tat ihre Tränen als Unfug ab. Vielleicht, dachte Kleopatra, glaubt er selbst nicht daran, daß das das Ende ist.

Antyllus stand ein wenig abseits von den anderen und schaute so unglücklich zu Boden, daß er Kleopatra dauerte.

Kleopatras Blick wanderte nach Osten über das Sonnentor hinweg zu den ausgedörrten Feldern jenseits der Pferderennbahn, wo man Staub aufwirbeln sah. Octavians Truppen sammelten sich zum Angriff. Nur noch wenige Stunden, und ihr Schicksal würde sich offenbaren. Doch ihr Entschluß stand fest: Was immer auch geschähe – sie würde Isis bleiben, die Göttin und Königin von Ägypten, im Leben wie im Tod.

2

Über die Stadt hatte sich Totenstille gelegt. Die Werften und Märkte waren leer, nicht ein Fuhrwerk rumpelte durch die Gassen, selbst die Palastgärten lagen wie ausgestorben. Kleopatra stand mit Mardian auf der Terrasse. Sie schauten zu, wie ihre Flotte den Leuchtturm passierte, um Octavians Schiffe abzufangen. Nach außen hin wirkte Kleopatra ruhig, doch ihr Herz hatte sich so furchtsam zusammengezogen, daß es sie schmerzte.

Gleich würde die Schlacht beginnen. Als sich die beiden Flotten näherten, holte sie tief Luft und wartete auf die Steingeschosse und Feuerkugeln, die durch den Himmel schießen würden … doch als die Schiffe die offenen Gewässer erreicht hatte, drehte Publicolas Vorhut den Angreifern die Breitseite zu und hob die Ruder zum Zeichen der Freundschaft.

Kleopatras Kehle entrang sich ein Stöhnen.

Kurze Zeit später steuerte Octavians Flotte den Hafen an. Es war vorbei.

Sie wandte sich zu Mardian. »Laß uns einen Spaziergang in der Sonne machen«, sagte sie.

Antonius sprang von seinem Pferd und stürmte in das Zelt, das als sein Hauptquartier errichtet worden war. Er riß sich den Helm ab und schleuderte ihn zu Boden. Er hatte von den Göttern nicht mehr verlangt als den Heldentod, doch selbst der war ihm verwehrt geblieben. Vor wenigen Augenblicken war seine Reiterei desertiert und hatte ihn auf dem Schlachtfeld stehenlassen. Bei diesem Anblick hatten auch die Fußsoldaten kehrtgemacht und waren zurück in die Stadt geflohen.

Verräter! Treulose Mistkerle! Banditen!

Eros kam herbeigelaufen und löste die Gurte des Brustpanzers, an denen Antonius in ohnmächtiger Wut zerrte. Antonius warf den Panzer zu dem Helm und bearbeitete beides mit Fußtritten. Danach ergriff er den Kartentisch, kippte ihn auf die Seite und zertrampelte die heruntergefallenen Karten und Pläne.

»Nutzlose Kameltreiber, Abschaum der Menschheit!« brüllte er.

Eros stand zitternd hinter ihm.

Antonius wandte sich um, zog sein Schwert und hielt es ihm hin.

»Tu es!«

»Mein Herr…«

»… es ist zu Ende – aus – vorbei! Verstehst du? Tu es!« Er entblößte seine Brust. »Stoß zu!«

»Das kann ich nicht…«, stammelte Eros.

»Du mußt es! Es ist deine Pflicht!«

Eros starrte mit weit aufgerissenen Augen zuerst auf das Schwert und dann auf Antonius. Er ist nur ein Junge, fuhr es Antonius durch den Sinn, ein dummer Landjunge, der in seinem Leben nichts gelernt hat, außer mir Kleidung und Rüstung anzulegen und mir Wasser zum Waschen zu besorgen.

»Mein Herr, ich liebe Euch«, sagte Eros mit bebender Stimme.

»Tu es einfach!«

Eros sah aus, als würde er jeden Moment in Tränen ausbrechen. Er nahm das Schwert, wobei ihm die Hände so stark zitterten, daß Antonius befürchtete, er würde es fallen lassen. Dann drehte er es herum, stemmte den Griff auf dem Boden auf und stürzte sich in die Klinge.

Antonius schaute auf die gekrümmte Gestalt, die wimmernd und blutend vor ihm lag.

»Du Bastard!« knurrte er.

Er versuchte, das Schwert freizubekommen, doch es steckte zu tief in dem Leib des Jungen. Wutschnaubend schlug er die Waffentruhe auf und zog ein neues Schwert aus der Scheide. Er schaute zu Eros hin. Es war noch Leben in dem Jungen, doch einen schönen Anblick bot er nicht. Braver Bursche, dachte Antonius, doch mit deinem Treuebeweis hast du mir keinen Gefallen getan, denn du zeigst mir nur das Grauen des Todes.

Er breitete seinen Umhang auf dem Boden aus. Will mir die Gedärme nicht schmutzig machen, dachte er und fing haltlos an zu lachen. Er setzte die Schwertspitze unterhalb der Rippen an, so daß sich der Stoß im Fallen nach oben richten würde. Hoffentlich gelingt es mir besser als Eros, dachte er, als er den Jungen röcheln hörte.

Antonius hielt inne. Die Zeit verstrich. Er blickte zu Eros. Dessen Augen waren leblos geworden – er erinnerte Antonius an einen toten Fisch.

Bei den Göttern, dachte er, ich hätte gewettet, daß es mir leichterfallen würde.

Zweimal habe ich bereits versagt, ging es ihm durch den Kopf. Zuerst bei Aktium, als ich von meinem Flaggschiff sprang. Ich habe mir eingeredet, es sei nur vernünftig, weil ich die Armee weiter führen müsse, doch in meinem Herzen wußte ich, daß mir der Mannesmut fehlte.

Danach Praetonion, wo die Ehre meinen Tod erforderlich machte. Wie oft habe ich dort mit dem Schwert am Strand gesessen, nur um immer wieder davor zurückzuschrecken.

Mir ist das Leben zu lieb geworden, bin zu wenig Soldat und zu sehr Gott – und doch nicht unsterblich.

Antonius spürte, wie ihm die Schwertspitze die Haut ritzte, und ihm ein Blutrinnsal über den Bauch sickerte. Dionysos hatte ihm das Elysium versprochen, doch was, wenn dieses Versprechen nur Trug gewesen war?

Tu es, Antonius! Tu es jetzt!

Er zauderte.

Kleopatra brachte Isis ihre letzten Opfer dar. Sie stellte fest, daß ihre Hände zitterten. Gib mir die Kraft, Große Mutter, betete sie, laß mich Ägypten die Treue bis zum Ende bewahren!

Im Tempelhof wurden Hufschläge laut. Ein Bote überbrachte ihr die Nachricht. Antonius' Truppen waren geflohen, die Reiter zu Octavian übergelaufen, im Hafen lag die römische Flotte vertäut.

Ihre Zeit war abgelaufen.

»Wir müssen uns beeilen«, drängte Mardian.

Kleopatra erhob sich und folgte ihm über die schattigen Pfade des Tempelhains zum Eingang ihres Mausoleums, wo Charmion und Iras bereits auf sie warteten. Drinnen stemmten sie sich gegen die schweren Portale und legten die eisernen Riegel vor.

Warum war es so schwer zu sterben? Antonius betrachtete die purpurfarbenen Seidenwände seines Zeltes, die sich in der Brise blähten. Der Tod stand wie ein zaghafter Gast auf der Schwelle, der nicht wußte, ob er eintreten soll, wenngleich man ihm eifrig Willkommen zuwinkte.

Überall ist Blut, dachte Antonius, an meinen Händen, meiner Kleidung, meinem Umhang. Über seine starren Glieder krochen die ersten Kältefinger.

Vor seinen Augen tauchten Bilder auf. Er erkannte Aphrodite, die in den Hafen von Tarsos segelte, ihre Segel bauschten sich im Wind und verschmolzen mit den flatternden Zeltbahnen. Er sah einen häßlichen Jungen mit schlechten Zähnen und hörte, wie Caesar sagte: »Marcus, das ist mein Neffe Octavian.« Danach wurde es kälter. Er war in Parthien und blickte zu den hohen Schneegipfeln der Berge auf.

Er hörte das Schreien eines Pfauenvogels, sah, wie die Sonne hinter die Wolken glitt, und hörte, wie Octavias Stimme sagte: »Ihr werdet sehen, daß der Wert meiner Treue den meiner Schönheit übersteigt, Marcus.«

Treue! Wo fand ein Mann wahre Treue?

Andere Gesichter tauchten vor ihm auf. Canidius, Sklaven, Bedienstete. Einer von ihnen murmelte: »Er hat es nicht geschafft!«

»Kleopatra!« Es war seine eigene Stimme, die ihm fremd und seltsam vorkam. Er schmeckte sein Blut. Ja, dachte er, Octavian, du hast nicht gelogen. Deine Vorwürfe waren berechtigt, denn ich habe mich ihrer schuldig gemacht – vor allem die ägyptische Königin konnte ich nicht verlassen.

Die Luft im Raum war getränkt vom Geruch der Gewürze. Das Licht der Fackeln brach sich auf den Barren aus Gold, die Edelsteine funkelten auf der Spitze des Berges – der Scheiterhaufen war bereit. Mardian hörte, daß die Stimmen von Octavians Soldaten näher kamen, Zenturionen, die in derbem Latein Befehle brüllten. Es würde nicht mehr lange dauern, und sie hätten das Mausoleum umstellt.

Kleopatra stand in einer der höher gelegenen Kammern am Fenster. Sie hatte sich für ihre letzte Vorstellung als Pharaonin zurechtgemacht und trug ein enges Goldgewand. Auf ihrem Kopf reckte sich der goldene Uräus in die Höhe, und um ihre Arme ringelten sich die goldenen Schlangen. Wie gefaßt sie ist, dachte Mardian. So ruhig, so still.

Als er zu ihr trat, sah er, daß draußen am Fenster eine Leiter lehnte. »Du mußt jetzt gehen«, sagte sie.

Mardian durchzuckten Gefühle von Hoffnung und Verzagen. »Ich will Euch nicht verlassen!« erwiderte er.

»Charmion und Iras haben den Tod gewählt, und ich erlaube ihnen zu bleiben. Sie sind meine Dienerinnen, und es ist richtig, wenn sie mit mir sterben. Das gilt nicht für dich, Mardian.«

Von draußen wurde gegen das Hauptportal gehämmert.

»Mardian, du mußt gehen!« wiederholte Kleopatra.

Mardian rührte sich nicht.

Er hörte, wie jemand unter dem Fenster etwas rief, und beugte sich nach draußen. Auf dem Marmorpodest am seitlichen Eingang befand sich ein Karren, daneben erkannte er Canidius und einige von Antonius' Dienern. Auf dem Karren lag eine Gestalt auf einer Trage, die in einen blutbefleckten Umhang gehüllt worden war.

»Ihr müßt uns helfen!« rief Canidius.

Kleopatra trat neben Mardian. Danach war es, als würde sie taumeln. »Oh!« stöhnte sie.

Canidius wartete ihre Antwort nicht ab. Er hatte ein Seil um die Trage geschlungen, mit dessen Ende er nun die Leiter hochstieg. Als er vor ihrem Fenster stand, warf er ihnen das Ende zu. »Beeilt euch und zieht!« sagte er.

Gegen den Haupteingang wurde inzwischen mit einem Rammbock gestoßen. Antonius' Diener hoben die Trage an. Canidius stemmte sich in das Seil. »Helft mir doch!« brüllte er Mardian an.

»Was soll das denn noch?« jammerte Mardian.

»Er will an der Seite der Königin sterben. Findet Ihr nicht, daß ihm wenigstens das zusteht?«

Kleopatra stieß Mardian zur Seite, griff nach dem Seil und fing an zu ziehen. Götter, dachte Mardian, sie hat in ihrem Leben nie etwas anderes als ihr Zepter gehalten, und nun krallt sie sich an das Seil wie ein Bauernmädchen, das einen Wassereimer aus dem Brunnen zieht. Aufseufzend winkte er Charmion und Iras zu sich, und mit vereinten Kräften – und seinem nicht unbeträchtlichen Gewicht – schafften sie die Last nach oben.

Als die Trage Fensterhöhe erreicht hatte, hielten die Frauen das Seil, während Canidius und Mardian sie behutsam durch die Fensteröffnung lenkten und auf den Boden gleiten ließen. Auf dem Sims entstanden Blutspuren. Antonius gab ein schwaches Stöhnen von sich

Kleopatra warf sich über ihn.

Draußen bebte das Portal unter dem Ansturm des Rammbocks.

»Wir müssen nach unten«, drängte Charmion.

»Warte noch«, flüsterte Kleopatra.

Also bist du doch eine Frau, dachte Mardian. Du *hast* ihn geliebt. Es war nicht nur Politik.

Kleopatra starrte abwechselnd auf das Blut an ihren Händen und dann wieder auf Antonius. Sein Gesicht war grau, und seine Augen fingen an, sich zu trüben. Seine Finger zuckten, als wollten sie etwas greifen.

»Majestät«, mahnte Mardian.

Sie schaute ihn mit Augen an, in denen ein solcher Kummer lag, daß er den Blick senkte.

»Majestät!« murmelte er. »Gebt nur den Befehl, und wir entzünden den Scheiterhaufen!«

Antonius bäumte sich auf. Kleopatra hielt seine Hand, strich ihm über die Locken und begann zu weinen.

Unter ihnen wurden erregte Stimmen laut. Octavians Soldaten hatten die Leiter gefunden. Canidius sprang vor, um sie umzustoßen, aber er kam zu spät.

In Kleopatras Hand war ein Dolch aufgetaucht, doch als sie ausholte, um ihn sich in die Brust zu bohren, stand bereits einer der römischen Offiziere vor ihr, der ihr den Dolch entwand.

Ihm folgten drei Legionäre, die sich Canidius' bemächtigten. Mardian riß eine Fackel an sich, doch als er sich damit entfernen wollte, wurde er roh zu Boden gestoßen, und ein Legionär setzte ihm sein Schwert an den Hals.

Mardian wandte den Kopf und blickte zu der Königin. Die Soldaten hatten sie wie eine gemeine Gefangene gepackt und ihre Arme auf dem Rücken gefesselt. Antonius' Kopf war nach hinten gefallen, die Augen blicklos wie stumpfes Glas.

Der Tod war über die Schwelle getreten und hatte schließlich doch Einzug gehalten in dieses wilde, aufrührerische – und edle Haus.

3

In Berenice am Ufer des Roten Meeres in Oberägypten

Die Nacht war zu drückend und zu warm, als daß man hätte schlafen können. Durch die Wolken am Himmel schwamm ein runder gelber Mond. Apollodoros stand an Deck seiner Feluke, schaute auf die wenigen Lichter, die am Ufer glommen, und lauschte dem Schwappen der Wellen gegen den Rumpf. Sein Auftrag würde bald erfüllt sein, wenngleich Caesarion es ihm beileibe nicht immer leicht gemacht hatte. Es galt jetzt nur noch, die letzte Nachricht aus Alexandria abzuwarten. Wenn sich die Königin mit Octavian geeinigt hätte, würden sie zurückkehren, wenn nicht, würden sie weiter nach Indien segeln.

Die Holzplanken an Deck knarrten. Apollodoros fuhr herum, doch dann erkannte er, daß es nur Rhodon war, dieses weiche, weibische Wesen.

Er wandte sich wieder um. »Eine schöne Mondnacht«, sagte er zu Rhodon. »Isis hält über uns Wacht.«

Danach durchzuckte ihn ein stechender Schmerz. Es dauerte einen Augenblick, bis er verstand, daß ihn ein Dolch getroffen hatte. Er taumelte und stürzte vornüber. Wie dumm von mir, dachte er, ehe er in den schwarzen Fluten versank, daß ich vergaß, daß selbst weiche, weibische Wesen Zähne haben.

In Alexandria

Kleopatra befand sich nun schon eine Woche lang als Gefangene in ihrem Palast. Als besondere Kränkung hatte Octavian sie im Gästetrakt unterbringen lassen, wo er ihr, Charmion, Iras und Mardian zwei Gemächer überließ. Er hatte Kleopatra eine Kleidertruhe zugestanden und ließ ihnen täglich Brot, Wasser und ein paar Früchte bringen.

Eine Botschaft von Octavian hatte Kleopatra jedoch noch nicht erhalten.

Antonius war in Kleopatras Mausoleum beigesetzt worden, wie er es sich gewünscht hatte. Kleopatra hatte den Trauerzug von ihrem Fenster aus beobachten können. Der goldene Sarg war unter Trommelschlägen auf einem goldenen Wagen aus dem Palast gerollt worden.

Nachdem sein Feind tot war, wollte Octavian sich offenbar als großzügig erweisen.

Später sandte Octavian Thyrsus zu Kleopatra, der sich in seiner Rolle aalte und es genoß, daß sie ihm keine Befehle mehr erteilen konnte. Es schien ihm eine besondere Freude zu sein, ihr mitzuteilen, daß man Helios, Selene und Philadelphos in den Katakomben entdeckt und gefangengenommen habe und daß Antyllus ebenfalls gefunden und inzwischen getötet worden sei.

Von Caesarion kein Wort!

Kleopatra hatte seit dem Untergang ihrer Stadt keine Nahrung mehr zu sich genommen. Die meiste Zeit über lag sie stumm auf ihrem Bett. Wenn sich Charmion oder Iras näherten, um sie anzukleiden, zu frisieren und zu schminken, winkte sie sie fort.

Am achten Tag ihrer Gefangenschaft erschien Octavian.

Er sieht immer noch so abstoßend aus wie früher, dachte Kleopatra. Die sonnenverbrannte Haut und die aufgesprungenen Lippen machen ihn nicht schöner, und seine Tunika ist derart unkleidsam, daß ich ihn bestenfalls für einen meiner Gärtner halten könnte. Und dieser Mann beherrscht nun die Welt!

Octavian ließ sich auf einer Ruhebank nieder.

»Ihr seid mager geworden«, sagte er. Und älter, setzte Kleopatra im stillen hinzu.

»Ich habe, wie es scheint, den Appetit verloren.«

»Das habe ich gehört.«

Kleopatra fragte sich, was er nun von ihr erwartete. Wollte er sie betteln sehen, oder gelüstete es ihn auch nach einem Häppchen Ägypten, wie Julius es einmal ausgedrückt hatte. Oder dachte er gar, sie würde auch ihm sich und den ägyptischen Thron anbieten?

»Seid Ihr hier, um Euch an meinem Anblick zu ergötzen?«

»Nein – ich ergötze mich nicht an Eurer Demütigung.«

»Demütigung? Ich halte es lediglich für eine Niederlage.«

»Das ist das gleiche.«

Etwas lag in seinen Augen – ein tückisches Glimmen –, das ihr zur Vorsicht riet. Caesarion! dachte sie. Warum hätte er sonst so lange mit seinem Besuch warten sollen? Er wollte sich erst des letzten Sieges sicher sein. Sie spürte, wie sich ihr Herz verkrampfte. Nein, dachte sie, bitte nicht – nicht auch noch mein Sohn!

»Wie sehen Eure Pläne für mich aus?« fragte sie.

»Ihr kommt mit mir nach Rom. Dort werdet Ihr der Mittelpunkt meines Triumphzuges sein. Die berüchtigte Königin in Ketten! Das wird dem Pöbel gefallen. Ihr seid in Italien sehr unbeliebt.«

»Das habe ich Euch zu verdanken.«

»Nun, Ihr habt mir vortrefflich in die Hände gespielt – oder zumindest doch Antonius.«

»Antonius hatte einen einfachen Verstand, aber er war tapfer und gut. Ihr seid ihm in keiner Weise ähnlich.«

Das hatte ihn offenbar getroffen, denn er funkelte sie wütend an. Vielleicht war es weniger der Inhalt ihrer Bemerkung, der ihn ärgerte, sondern daß sie weiterhin den Mut besaß, ihn zu schmähen.

»Nach dem Triumphzug lasse ich Euch erwürgen«, bemerkte er leise. »Euer Leichnam wird in der Kloake enden.«

Wie konnte ich die Gelegenheit versäumen, den Scheiterhaufen anzuzünden? dachte Kleopatra. Es galt nur noch, die Fackel darauf zu werfen. Warum bin ich schwach geworden und habe um Antonius geweint?

Octavian beugte sich zu ihr vor. »Ihr könnt Euch noch retten.«

Er schien darauf zu warten, daß sie sich nach den näheren Einzelheiten erkundigte, doch diesen Gefallen würde sie ihm nicht tun.

»Ihr habt Eure Gunst sowohl Caesar als auch Antonius erwiesen«, hub er wieder an. »Wenn Ihr sie auch mir erweist, würdet Ihr meine Dankbarkeit kennenlernen.«

Das war es also, was er wollte! Nun, auf seine Formen der Dankbarkeit konnte sie verzichten. »Eher würde ich mich mit einem Warzenschwein paaren«, entgegnete sie, ohne nachzudenken.

Octavian sprang auf. Er war weiß vor Wut. »Diese Worte werdet Ihr bereuen! Vielleicht denkt Ihr an sie, wenn Ihr meinem Wagen durch das Forum folgt!«

Er tut so, als ob ich meine Rettung verspielt hätte, dachte Kleopatra. Dabei hätte er mich nur genommen, um mich danach triumphierend den Henkern zu übergeben.

Octavian machte Anstalten zu gehen, doch zuvor wandte er sich noch einmal um. »Oh, ehe ich es vergesse – Euer Sohn Caesarion ...«

Kleopatra richtete sich hastig auf.

»... ist tot.«

Octavian lächelte. »Der Mann, der ihn schützen sollte, ist in Berenice einem Unfall zum Opfer gefallen und ertrunken. Der Lehrer Eures Sohnes hat den Jungen überzeugen können, daß es in seinem

Interesse läge, nach Alexandria zurückzukehren. Natürlich hat er ihn belogen, doch dafür hat er eine großzügige Belohnung erhalten. Der Schritt war leider nötig. Ein Caesar reicht – mehrere sind von Übel.«

Rhodon! dachte Kleopatra. Und sie hatte Apollodoros mißtraut! Wie hatte sie nur so blind sein können?

»Seht Ihr«, schloß Octavian, »nun habt Ihr nichts mehr zu verlieren.«

Octavian betrachtete Marcus Plancus mit einer Mischung aus Widerwillen und Spott. Er ist der ewige Kriecher, dachte er, doch er erfüllt seinen Zweck. Ein Gott ist kein Gott, wenn es keine Menschen gibt, die ihn als solchen bezeichnen.

Er streckte sich genüßlich auf einem Diwan aus. Wie er gehört hatte, war es der, den auch Caesar während seines Aufenthalts in Alexandria bevorzugt hatte, und auch Antonius hatte die Annehmlichkeiten dieses Palastes genossen. Nun, die Stadt hatte durchaus ihren Reiz. Einen hübschen Ausblick hatte man von dieser Stelle. Vor einem lag der Hafen, und dahinter erhob sich der Leuchtturm. Ein erstaunliches Bauwerk. Aus dem Palast würde er ein paar Erinnerungsstücke mitnehmen. Diesen Tisch, zum Beispiel, mit der dicken Lapislazuliplatte, den Gold- und Korallenintarsien und den Beinen aus Basalt, die Sphingen nachgestaltet waren. Angeblich gehörte er den Ptolemaiern schon seit den Zeiten Alexanders.

»Edler Herr!« hub Plancus an. »Habt Ihr die Königin von der Wertlosigkeit ihres Leben überzeugen können?«

Octavian richtete seine Aufmerksamkeit wieder auf Plancus. »Ich glaube schon«, erwiderte er. »Wahrscheinlich hat die Nachricht vom Tod ihres Sohnes den Ausschlag gegeben.« Bei Jupiter! dachte er, das Problem hätte sich längst von selbst gelöst, wenn man ihr nicht den Dolch entrissen hätte. Nun gut, jetzt gibt sie wenigstens ein Zierstück in meinem Triumphzug ab.

»Bedenkt, daß der Pöbel gemurrt hat, als Caesar … als Euer Vater … Arsinoë vorführte.«

»Ich weiß«, seufzte Octavian. »Es ist ein wenig unerfreulich.«

Plancus überreichte ihm eine Schriftrolle, und Octavian ließ den Blick darüber gleiten. »Was soll das sein?« erkundigte er sich.

»Meine Empfehlungen für den Senat. Unter anderem werden wir drei Triumphzüge fordern. Einen für Illyrien, einen für Aktium und einen für Ägypten.«

»Und was soll das hier? Wir sollen Antonius' Geburtstag verfluchen?«

»O ja. Außerdem schlage ich ein Gesetz vor, das es verbietet, die Namen Marcus und Antonius zusammen zu führen, und das vorsieht, seinen Namen von jedem Denkmal zu merzen. Als letztes empfehle ich, für Euch, Caesar, einen neuen Namen und Titel einzusetzen.«

Octavian betrachtete ihn wohlwollend. Plancus war eine Ratte – aber er war *seine* Ratte. »Und was schwebt dir dabei vor?«

»Augustus«, entgegnete Plancus.

Augustus – der Erhabene. Das klang durchaus nicht übel. Es beinhaltete eine gewisse Heiligkeit, an der die Republikaner, die in Rom immer noch Einfluß hatten, keinen direkten Anstoß nehmen konnten.

»Imperator Caesar Augustus«, murmelte Octavian vor sich hin.

»Und wie Euer Vater den Monat seiner Geburt nach sich benennen ließ, schlage ich vor, daß der Monat Eures Sieges in Alexandria Euren Namen erhält – als Monat Augustus.«

»Das hast du gut gemacht, Plancus. Wir werden deine Vorschläge dem römischen Senat vorlegen.«

»Jetzt müssen wir nur noch warten, bis Kleopatra das Nötige tut.«

»Darauf werden wir nicht lange warten müssen.«

4

Ende des Monats Mesore, etwa vier Wochen nach Octavians Sieg in Alexandria, erhielt Kleopatra die Erlaubnis, Antonius' Grabstätte im Mausoleum zu besuchen. An dem Morgen erhob sie sich zum ersten Mal von ihrem Lager und erklärte Charmion und Iras, was sie zu tun hätten.

Als erstes mußte Iras ihr das Bad vorbereiten und das Wasser mit wohlriechenden Ölen und Essenzen tränken. Danach wusch ihr Charmion das Haar. Als es trocken war, bürstete sie es lange, flocht es zu Zöpfen und legte es zu der Frisur der Großen Mutter Isis. Danach ließ sich Kleopatra von Charmion schminken. Ihre Stirn wurde mit Kreide weiß gepudert, die Augenbrauen wurden mit Asche aus Spießglanz dunkler gefärbt, die Lippen und die Wangen mit Lackmusflechte gerötet. Anschließend pinselte ihr Charmion Henna auf Hände und Füße und rieb ihr Nacken und Handgelenke mit einem Duftwasser ein, das von Veilchen und schwarzen Hyazinthen stammte.

Als ihr Werk verrichtet war, nahmen die Sklavinnen Körbe auf und begleiteten Kleopatra mit der Leibwache und einem kleinen Gefolge zu dem Mausoleum.

Sie wird es tun, dachte Mardian. Nach der endgültigen Niederlage hatte sich Kleopatra ihrem Leid hingegeben, doch an diesem Morgen wirkte sie ruhig – beinahe heiter. Mardian spürte, wie ihm das Herz schwer wurde, wie sich ein Schmerz in ihm ausbreitete, der nicht mehr weichen wollte.

»Hast du getan, worum ich dich gebeten habe?« fragte Kleopatra Olympos, als sie das Mausoleum betraten. Die Grabkammer wirkte leer, kühl und dunkel nach dem hellen, warmen Sonnenschein in den Gärten. Das königliche Vermögen war verschwunden und befand sich in Octavians Besitz.

»Ich habe alles so gemacht, wie Ihr es befohlen habt«, antwortete Olympos. Kleopatras Leibarzt hatte sich als einfacher Sklave verkleidet. Ein sehr alter und nutzloser Sklave, wie Mardian fand, doch zumindest war er dadurch den Wachen nicht aufgefallen.

»Ich danke dir, Olympos«, hörte er Kleopatra sagen. »Nun bitte ich Euch alle, mich zu verlassen. Alle, bis auf Charmion und Iras.«

Olympos sah aus, als wollte er widersprechen, doch dann schien er seine Worte herunterzuschlucken und folgte den anderen Sklaven nach draußen.

Kleopatra wandte sich zu Mardian um. »Du auch, Mardian.«

»Aber, Majestät ...«

»Geh!« Ihre Miene verriet, daß sie keinen Widerspruch duldete, die dunklen Augen funkelten, und das Kinn war gebieterisch hochgereckt.

Was denkt sie, und was fühlt sie? fragte sich Mardian und spürte, wie ihn der Kummer übermannte. »Majestät, ich möchte nicht mehr leben. Laßt mich hierbleiben ...«

»Oh nein, das werde ich nicht gestatten. Du hast mir treu gedient, und ich danke dir dafür – doch jetzt ziehe dich in deinen Palast zurück, und genieße den Herbst deines Lebens.«

Es hatte Zeiten gegeben, in denen er sich nichts sehnlicher gewünscht hatte als dies. Wie ein Händler hatte er dann die Tage gezählt und in Gedanken seinen Lebensabend ausgeschmückt.

Inzwischen aber hatten die verbleibenden Lebenstage für ihn an Bedeutung verloren. »Majestät, ich habe Eure Gnade und Eure Weisheit genossen, Eure Launen und Beleidigungen erduldet, und eins wie

das andere ist mir wie Trank und Speise geworden. Jetzt bitte ich Euch: Laßt mich mit Euch sterben.«

»Nein, Mardian. Geh!«

Er wollte ihr sagen, daß sein Geist mit ihr erlösche, doch sie hatte Schwäche nie ertragen. Gewiß würde sie ihn geringer achten, wenn er nun weinerlich würde. Er wandte sich ab, um zu gehen.

»Es tut mir leid«, hörte er Kleopatra sagen, »was mit deinem Schwager geschehen ist.«

Mardian nickte und schleppte sich durch das Portal nach draußen. Es war ein strahlender, heißer Sommertag, an dem der Wüstenwind Sand in die Stadt wehte. Mardian befürchtete zu ersticken, und seine Augen waren blind vor Tränen.

Die Wachen schlossen das schwere Portal, und Kleopatra war mit Charmion und Iras allein. Möglicherweise würde man die Wachen hernach auspeitschen, weil sie sie allein gelassen hatten, doch andererseits war Kleopatra davon überzeugt, daß Octavian ihren Plan kannte. Sie spielten eine weitere Scharade, ein letztes Theaterstück.

Antonius, dachte Kleopatra. Wie schwer ihm das Sterben gefallen war! Sein Blut war zu dunklen Flecken geronnen, und unter dem Fenster befand sich noch der Abdruck einer blutigen Hand.

In der Grabstätte brannten vier Fackeln an eisernen Haltern in der Wand. Kleopatra legte Blumen und Weihrauch auf Antonius' Sarkophag, küßte den kalten Stein und sprach ein Gebet. Danach überließ sie sich abermals den kundigen Händen von Charmion und Iras.

Die beiden Sklavinnen entkleideten Kleopatra und färbten ihr die Brüste mit zerstoßenem Lapislazuli blau. Danach entnahmen sie einem der Körbe ein schimmerndes Gewand aus blauer Seide, ließen es über sie gleiten und banden den Knoten der Isis. Sie befestigten die kostbaren Ohrringe und reichten ihr das goldene Zepter. Anschließend streiften sie ihr die goldenen Schlangenreife über die Arme und setzten ihr das Diadem mit dem hochgereckten Uräus auf – die Schlangenkrone Unterägyptens, das heilige Zeichen der Göttin Isis, Schutztier der jenseitigen Gärten und Sinnbild des ewigen Lebens.

Als die Sklavinnen ihre Verrichtungen beendet hatten, war die Frau und Königin verschwunden. An ihre Stelle war Isis getreten, die Mutter Ägyptens und der Welt. Sie nahm auf dem bereitgestellten Goldthron Platz – vollendet, heiter, entrückt.

Charmion brachte Kleopatra den Korb, den Olympos bei sich getragen hatte, und überreichte ihn ihr liebevoll und sanft. Kleopatra betrachtete ihn lange, ihr Atem schien schneller zu gehen, und über ihre Hände lief ein leichtes Zittern.

Durch die hochgelegene Fensterreihe drangen schmale Lichtstreifen in den Raum, und wie aus weiter Ferne hörte man die Geräusche der Stadt, die ihr gewohntes Leben wieder aufgenommen hatte – die Gesänge der Priester, die Brandung des Meeres.

Kleopatra hob den Deckel des Korbes.

Die Kobra lag zusammengerollt in ihrem Nest, reckte den Kopf träge in die Höhe und starrte Kleopatra mit schwarzen Augen an. Kleopatra versetzte ihr einen Schlag, um sie zu reizen, worauf sich die Halsrippen des Tieres spreizten. Der Kopf stieß vor.

Kleopatra starrte auf die winzigen Male auf ihrer Hand. Es war getan.

Der Kopf stieß noch einmal vor, der Biß traf Kleopatras Arm. Danach schlüpfte das Tier aus dem Korb, glitt zu Boden und wand sich fort. Kleopatra hörte, wie sich der Körper über den Boden schlängelte.

Das Gift wirkte rasch. Zuerst spürte Kleopatra ein Brennen in den Fingern, danach wurde ihr Arm taub und sank an ihr herab. Kurz darauf breitete sich ein Gefühl der Kälte in ihren Gliedern aus, das sich allmählich auf den ganzen Körper ausdehnte. Etwas wie ein eisernes Band schlang sich um ihre Brust und erschwerte ihr das Atmen. Sie unterdrückte einen Anfall von Furcht und zwang sich zur Ruhe.

Kleopatra schloß die Augen und dachte an die größte Liebe ihres Lebens. »Julius«, flüsterte sie. Danach drang ein Rauschen an ihre Ohren, und sie spürte die Nähe der dunklen Schatten, die ihr entgegeneilten.

Und dann war es vorbei.